DE BALLADE VAN SLANGEN EN ZANGVOGELS

VAN GOOR

SUZANNE COLLINS

DE BALLADE VAN SLANGEN EN ZANGVOGELS

Vertaald door
Maria Postema

Vijfde druk 2020

ISBN hardcover 978 90 00 37292 8
ISBN paperback 978 90 00 37205 8
ISBN e-book 978 90 00 37206 5
NUR 330/285

oorspronkelijke titel *The Ballad of Songbirds and Snakes*
oorspronkelijke uitgave © 2020 Scholastic Press, an imprint of Scholastic Inc., New York

www.bestofyabooks.nl
www.hongerspelen.nl

tekst © 2020 Suzanne Collins
vertaling Maria Postema
omslagontwerp Tim O'Brien en Elizabeth B. Parisi © 2020 Scholastic Inc.
omslagtypografie Erwin van Wanrooij
zetwerk binnenwerk Mat-Zet bv, Huizen

Voor deze uitgave is gebruikgemaakt van het font P22 Constructivist-Square

Voor Norton
en Jeanne Juster

'Hieruit blijkt duidelijk dat de mensen, gedurende de tijd dat zij niet onder een gemeenschappelijke macht leven die allen ontzag afdwingt, in een toestand verkeren die we oorlog noemen, en wel een oorlog van allen tegen allen.'

– Thomas Hobbes, *Leviathan*, 1651

'De natuurtoestand wordt beheerst door een natuurwet die voor iedereen bindend is. Deze wet is de rede, *die de hele mensheid, als zij er maar bij te rade wil gaan, leert dat waar allen gelijk en onafhankelijk zijn, niemand een ander dient te schaden in leven, gezondheid, vrijheid of bezit.'*

– John Locke, *Over het staatsbestuur*, 1689

'De mens is vrij geboren, maar ligt overal in ketenen.'

– Jean-Jacques Rousseau, *Het maatschappelijk verdrag*, 1762

'Wat de Natuur leert is volmaakt;
't Verstand is ontevreden,
Verminkt de schoonheid die het raakt –
We moorden en ontleden.'

– William Wordsworth, 'De rollen omgedraaid', *Lyrische balladen*, 1798

'Ik dacht aan de goede bedoelingen waarmee hij zijn leven was begonnen, en aan de daaropvolgende vernietiging van al zijn welwillendheid door de walging en verachting waarmee zijn beschermers hem hadden behandeld.'

– Mary Shelley, *Frankenstein*, 1818

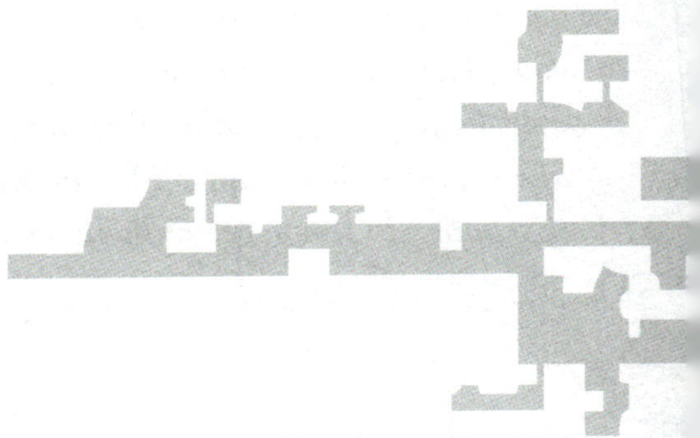

deel 1

'DE MENTOR'

1

Coriolanus liet een handvol kool in de pan met kokend water vallen en zwoer dat hij het op een dag nooit meer zou hoeven eten. Maar vandaag was niet die dag. Hij moest een grote kom van het slappe spul naar binnen werken en de soep tot op de laatste druppel opdrinken om te voorkomen dat zijn maag tijdens de boeteceremonie zou rammelen. Het was een van de vele voorzorgsmaatregelen die hij nam om te verhullen dat zijn familie, ook al woonden ze in het penthouse van het duurste appartementengebouw van het Capitool, zo arm als districtsratten was. Dat de achttienjarige erfgenaam van de ooit zo machtige familie Snow al zijn creativiteit moest aanspreken om te overleven.

Hij maakte zich zorgen over zijn hemd voor de boete. Vorig jaar had hij op de zwarte markt een donkere pantalon gekocht die er redelijk mee door kon, maar het hemd, dat was wat mensen zagen. Hun schooluniform werd gelukkig betaald door de Academie, maar voor de ceremonie van vandaag hadden de leerlingen opdracht gekregen om zich stijlvol maar met gepaste ingetogenheid te kleden. Tigris had gezegd dat hij op haar moest vertrouwen, en dat deed hij. Tot nu toe hadden haar naaikunsten hem altijd uit de brand geholpen. Maar hij mocht geen wonderen verwachten.

Het hemd dat ze achter uit de kast hadden gevist – het was van zijn vader geweest, in betere tijden – was vergeeld en bevlekt. De helft van de knopen ontbrak en op een van de manchetten zat een brandvlek van een sigaret. Zelfs in tijden van uiterste nood zou niemand er een cent voor geven, en dat moest dan zijn boetehemd worden? Vanochtend was hij in alle vroegte naar haar kamer gegaan, om tot de ontdekking te komen dat zowel zijn nichtje als het hemd verdwenen was. Geen goed teken. Had Tigris het oude vod opgegeven en de zwarte markt getrotseerd in een laatste, wanhopige poging iets fatsoenlijks voor hem te zoeken? En waarvoor zou ze dat in vredesnaam moeten ruilen? Ze bezat alleen haar lichaam nog, en zo diep was de familie Snow nog niet gezonken. Of gebeurde dat nu, terwijl hij zout in de koolsoep strooide?

Hij vroeg zich af wie er voor haar zou betalen. Met haar lange, spitse neus en magere lijf was Tigris geen schoonheid, maar ze had iets liefs en kwetsbaars wat misbruik uitlokte. Als ze wilde, zou ze ongetwijfeld geïnteresseerden kunnen vinden. Hij voelde zich misselijk en machteloos en daardoor walgde hij van zichzelf.

Ergens diep in het appartement hoorde hij dat het volkslied van het Capitool, 'Pracht van Panem', werd aangezet. De hoge, trillerige stem van zijn oma schalde door de kamers.

Pracht van Panem,
Een stad zo groots,
Uit de as weer opgestaan.

Zoals altijd zong ze verschrikkelijk vals en net iets te langzaam. In het eerste jaar van de oorlog had ze het lied altijd op nationale feestdagen voor de vijfjarige Coriolanus en de achtjarige Tigris gedraaid om hun liefde voor het vaderland bij te brengen. De dagelijkse vertolking was pas begonnen op die zwarte dag dat de rebellen het Capitool hadden omsingeld, waardoor de stad de laatste twee jaar van de oorlog niet meer bevoorraad kon worden. 'Denk eraan, kinderen,' zei ze dan, 'we worden slechts belegerd – we hebben ons niet overgegeven!' En terwijl de bommen op de stad neerdaalden kweelde zij het lied uit het raam van hun appartement. Haar bescheiden daad van verzet.

Wij buigen diep
Voor wat jij schiep,

En dan de regel die altijd te hoog voor haar was...

Door 't vuur zullen wij gaan!

Coriolanus trok een grimas. De rebellen zwegen inmiddels al tien jaar, maar zijn oma niet. Nog twee coupletten.

Pracht van Panem,
Rechtvaardig hart,
Wijsheid siert jouw fiere bouw.

Hij vroeg zich af of het geluid gedempt zou worden met meer meubels, maar daar kon hij slechts naar gissen. Op dit moment was hun penthouse het Capitool in het klein: zwaargehavend door de meedogenloze aanvallen van de rebellen. Door de zes meter hoge muren liepen kronkelende scheuren, het beschimmelde plafond zat vol gaten waar het pleisterwerk naar beneden was gevallen en het gebroken glas in de gewelfde ramen die uitkeken over de stad werd bij elkaar gehouden door lelijke zwarte repen isolatietape. In de oorlog en de tien jaar daarna was de familie gedwongen geweest om veel van haar bezittingen te verkopen of te ruilen, waardoor sommige kamers nu helemaal leegstonden en niet meer gebruikt werden, en andere hooguit schaars gemeubileerd waren. En erger nog, tijdens de laatste, bitterkoude winter van de belegering waren er meerdere mooie houten beeldjes en ontelbare boeken aan de open haard geofferd om te voorkomen dat de familie zou doodvriezen. Hij had elke keer gehuild als hij de kleurige bladzijden van de prentenboeken die hij zo vaak met zijn moeder had gelezen in rook zag opgaan. Maar liever droef dan dood.

Door bezoekjes aan vrienden wist Coriolanus dat de meeste families inmiddels bezig waren om hun appartementen te renoveren, maar de familie Snow kon zich niet eens een paar meter linnen voor een nieuw hemd veroorloven. Hij dacht aan zijn klasgenoten die nu door hun kledingkast gingen of hun nieuwe, op maat gemaakte pak aantrokken, en vroeg zich af hoe lang hij de schijn nog zou kunnen ophouden.

Jij bent de zon,
Verenigt ons,
Aan jou zweren wij trouw.

Wat moest hij doen als het door Tigris opgekalefaterde hemd niet draagbaar zou blijken? Doen alsof hij griep had en zich ziek melden? *Zwak.* Zich er in zijn uniformhemd doorheen slaan? *Oneerbiedig.* Zich in het rode overhemd wurmen dat hem al twee jaar te klein was? *Arm.* Acceptabele optie? *Geen van bovenstaande.*

Misschien had Tigris haar werkgeefster om hulp gevraagd,

Fabricia Vanalles, een vrouw die net zo belachelijk was als haar naam maar die wel een zeker talent had voor het verfraaien van kleren. Of de mode nu veren, leer, plastic of pluche voorschreef, ze wist het altijd voor een redelijke prijs in een kledingstuk te verwerken. Tigris was niet zo'n studiebol en had de Universiteit laten schieten om haar droom na te jagen en modeontwerper te worden. Officieel was ze stagiaire, maar Fabricia gebruikte haar meer als een soort slaaf – Tigris moest haar voetmassages geven en de knalpaarse klonten haar uit de afvoer vissen. Maar Tigris klaagde nooit en wilde geen slecht woord over haar bazin horen, zo blij en dankbaar was ze met haar baan in de mode.

Pracht van Panem,
Symbool van macht,
Sterk in vrede, schild in strijd.

Coriolanus trok de koelkast open, op zoek naar iets waarmee hij de koolsoep kon opfleuren. Er stond alleen een ijzeren pannetje in. Hij haalde de deksel eraf en keek recht in een brij van gestolde aardappelpuree. Had zijn oma haar dreigement uitgevoerd en eindelijk leren koken? Was dat spul überhaupt eetbaar? Hij deed de deksel weer op de pan tot hij meer informatie had. Wat een luxe zou het zijn om die prut achteloos in de vuilnisbak te gooien. Wat een luxe zou het zijn om vuilnis te hebben. Hij kon zich nog herinneren, of dat dacht hij in elk geval, hoe hij als dreumes naar de vuilniswagens had gekeken die met Avox-arbeiders erop – geen betere arbeider dan een arbeider zonder tong, aldus zijn oma – door de straat bromden en grote zakken vol weggegooid eten, verpakkingen en versleten spullen ophaalden. Daarna was er een periode gekomen waarin weggooien een zonde was en elke calorie welkom, waarin je alles kon gebruiken om te ruilen, te verbranden of de muur te isoleren. Iedereen had geleerd om afval te verachten. Maar het raakte langzaam weer in. Een teken van welvaart, net als een fatsoenlijk hemd.

Bescherm ons land
Met harde hand,

Het hemd. Het hemd. Zijn gedachten konden zich vastbijten in een willekeurig probleem en dan niet meer loslaten. Alsof hij zichzelf voor de ondergang kon behoeden zolang hij in elk geval één onderdeel van zijn leven onder controle had. Het was een slechte gewoonte die ervoor zorgde dat hij andere gevaren over het hoofd zag. Een obsessieve neiging die zich in zijn hersenen had genesteld en die hem ongetwijfeld ten val zou brengen als hij niet leerde haar te slim af te zijn.

De stem van zijn oma perste piepend de laatste regel eruit.

Het Capitool zijn wij!

Ze was een maf oud wijf dat zich nog steeds vastklampte aan het leven van voor de oorlog. Hij hield van haar, maar ze was de werkelijkheid al jaren geleden uit het oog verloren. Bij elke maaltijd stak ze weer een verhaal af over de legendarische rijkdom van de familie Snow, ook al aten ze waterige bonensoep en muffe crackers. En als je haar moest geloven ging hij een glorieuze toekomst tegemoet. 'Als Coriolanus president is...' begon ze vaak. 'Als Coriolanus president is...' dan zou alles, van de zwakke Capitoolluchtmacht tot de exorbitant hoge prijs van koteletten, op magische wijze verbeteren. Gelukkig kwam ze door de kapotte lift en haar jichtige knieën nauwelijks buiten en waren haar zeldzame gasten net zulke fossielen als zij.

De kool begon te koken en vulde de keuken met de geur van armoede. Coriolanus porde erin met een houten lepel. Nog steeds geen Tigris. Straks was het te laat om met een smoesje weg te blijven. Dan zou iedereen al in de Heavensbeezaal van de Academie zijn. Ze zouden boos en teleurgesteld reageren, vooral zijn docent communicatieleer, Satyria Click, die haar best had gedaan om een van de vierentwintig felbegeerde mentoraten in de Hongerspelen voor hem te bemachtigen. Hij was niet alleen Satyria's lievelingetje maar ook haar klassenassistent en ze zou hem vandaag ongetwijfeld ergens voor nodig hebben. Ze kon onvoorspelbaar zijn, vooral als ze had gedronken, en dat zou ze zeker doen op de dag van de boete. Hij kon haar maar beter bellen om haar te waarschuwen, zeggen dat hij de hele tijd moest overgeven of zoiets, maar dat hij zijn best zou doen om toch nog te komen. Hij zette zich schrap en pakte de telefoon, klaar om een vreselijke ziekte te veinzen, toen hij opeens iets bedacht: als hij niet kwam opdagen, zou ze zijn mentoraat dan naar iemand anders laten gaan? En zou dat dan zijn kans verkleinen op een van de Academieprijzen die bij de diplomatie-uitreiking werden uitgedeeld? Zonder zo'n prijs kon hij niet naar de Universiteit, en dat betekende geen carrière, en dat betekende geen toekomst, niet voor hem, en het was niet te voorspellen wat er dan met de familie zou gebeuren, en...

De verbogen voordeur schraapte kreunend open.

'Coryo!' riep Tigris, en hij smeet de telefoon neer. De bijnaam die ze hem vlak na zijn geboorte had gegeven, was blijven hangen. Hij vloog de keuken uit en liep haar bijna omver, maar ze was te enthousiast om hem een standje te geven. 'Het is gelukt! Het is me gelukt! Om er iets van te maken, bedoel ik.' Trappelend van opwinding hield ze een hanger omhoog met een oude kledinghoes eromheen. 'Kijk dan!'

Coriolanus ritste de hoes open en trok hem van het hemd.

Het was prachtig. Nee, beter nog, het was chic. Het stevige linnen was niet wit of vergeeld meer, maar had nu een prachtige roomkleur. De manchetten en de kraag waren vervangen door zwart fluweel en de knoopjes waren gouden en zwarte vierkantjes. Mozaïeksteentjes. Ze hadden allemaal twee gaatjes voor het garen.

'Je bent geweldig,' zei hij oprecht. 'Het beste nichtje dat er is.' Hij hield het hemd beschermend opzij en omhelsde haar met zijn vrije arm. 'Sneeuw komt er altijd bovenop!'

'Sneeuw komt er altijd bovenop!' jubelde Tigris. Het was de zin die hen door de oorlog had gesleept, toen ze voortdurend hadden moeten vechten om niet vertrapt te worden.

'Vertel me alles,' zei hij, want hij wist dat ze dat wilde. Ze deed niets liever dan over kleren praten.

Tigris stak haar handen op en lachte opgetogen. 'Waar moet ik beginnen?'

Ze begon bij het bleken. Tigris had tegen Fabricia gezegd dat haar slaapkamergordijnen groezelig waren en ze in bleekwater geweekt, waarna ze het hemd er stiekem bij had gestopt. Dat had al enorm geholpen, maar hoe lang ze het ook weekte, de vlekken gingen er niet helemaal uit. Daarom had ze het hemd gekookt met de verdorde goudsbloemen die ze in de vuilnisbak voor het huis van Fabricia's buren had gevonden, en die hadden net genoeg kleur afgegeven om de vlekken te maskeren. Het fluweel voor de manchetten kwam van een grote buidel waarin een inmiddels waardeloze gedenkplaat van hun opa had gezeten. De mozaïeksteentjes had ze uit de binnenkant van een kastje in de badkamer van de meid gepulkt. Ze had de conciërge zover gekregen om er gaatjes in te boren en in ruil daarvoor de gaten in zijn overall gestopt.

'Heb je dat vanochtend gedaan?' vroeg hij.

'O nee, gisteren. Zondag. Vanochtend heb ik... Heb je mijn aardappels gevonden?' Hij liep achter haar aan naar de keuken, waar ze de koelkast opentrok en de pan eruit haalde. 'Ik ben de hele nacht opgebleven om er stijfsel van te maken. En toen ben ik snel naar de Dolittles gegaan om het mooi te kunnen strijken. Dit restje had ik voor de soep bewaard!' Tigris kieperde het spul in de kokende kool en roerde het door.

Hij zag de paarse kringen onder haar lichtbruine ogen en voelde zich ineens een beetje schuldig. 'Wanneer heb je voor het laatst geslapen?' vroeg hij.

'O, ik voel me prima. Ik heb de aardappelschillen opgegeten. Daar schijnen toch de meeste vitamines in te zitten. En vandaag is de boete, en dat is bijna een vrije dag!' zei ze vrolijk.

'Niet bij Fabricia,' zei hij. Eigenlijk nergens. In de districten was de dag van de boete verschrikkelijk, maar in het Capitool was het ook niet bepaald een feest. Net als hij vonden de meeste mensen het niet prettig om terug te denken aan de oorlog. Tigris zou haar werkgeefster en haar bonte mengeling aan gasten de hele dag op hun wenken moeten bedienen terwijl ze elkaar sombere verhalen vertelden over alle ontberingen die ze tijdens de belegering hadden moeten doorstaan en zichzelf bewusteloos dronken. Morgen zou nog erger worden, want dan moest ze hen door hun katers helpen.

'Maak je niet zo veel zorgen. Vooruit, eet iets!' Tigris schepte een kom vol soep en zette die op tafel.

Coriolanus wierp een blik op de klok, goot de soep naar binnen zonder zich te bekommeren om het feit dat hij zijn mond verbrandde, en rende met het hemd naar zijn kamer. Hij had zich al gedoucht en geschoren en zijn lichte gezicht was vandaag gelukkig pukkelvrij. Met het door school uitgedeelde ondergoed en de zwarte sokken was niets mis. Hij trok zijn pantalon aan, die er prima uitzag, en propte zijn voeten in een stel leren veterschoenen. Die waren te klein, maar het ging nog net. Daarna trok hij behoedzaam het hemd aan, stopte de onderkant in zijn broek en draaide zich om naar de spiegel. Hij was kleiner dan hij zou moeten zijn. Net als zo veel kinderen van zijn leeftijd had het voedselgebrek zijn groei waarschijnlijk belemmerd. Maar hij was atletisch gebouwd, met een voortreffelijk postuur, en het hemd deed zijn figuur goed uitkomen. Hij had er niet meer zo koninklijk uitgezien sinds zijn oma hem als kleuter in een paars fluwelen pakje over straat had laten paraderen. Hij streek zijn blonde krullen naar achteren en fluisterde spottend tegen zijn spiegelbeeld: 'Ik groet u, Coriolanus Snow, toekomstige president van Panem.'

Speciaal voor Tigris kwam hij met veel bravoure binnen; hij spreidde zijn armen en draaide een rondje om het hemd te laten zien.

Ze slaakte een opgewonden gilletje en klapte in haar handen. 'Je ziet er geweldig uit! Zo knap en modieus! Kom eens kijken, grootmadam!' Nog een bijnaam die Tigris als kind had verzonnen, die 'grootmoeder' en zeker 'oma' ontoereikend vond voor zo'n vorstelijke vrouw.

Hun oma kwam binnen met een net geplukte rode roos die ze liefdevol in haar trillende handen hield. Ze droeg een lange, zwarte, wijde tuniek, een kledingstuk dat voor de oorlog ongelooflijk populair was geweest en nu lachwekkend ouderwets, en geborduurde muiltjes met een omkrullende neus die ooit bij een kostuum hadden gehoord. Dunne, witte plukken haar piepten onder haar verschoten fluwelen tulband uit. Dit waren de restanten van wat ooit een extravagante garderobe was geweest; haar laatste fatsoenlijke kledingstukken bewaarde ze voor bezoek of haar sporadische uitstapjes.

'Kijk eens, jongen. Doe deze erbij. Zo uit mijn daktuin,' beval ze.

Hij wilde de roos pakken, maar bij de beverige uitwisseling prikte er een doorn in zijn handpalm. Er welde bloed op uit het wondje en hij hield zijn hand voor zich uitgestoken om zijn kostbare hemd niet vies te maken. Zijn oma keek onthutst.

'Ik wilde alleen dat je er elegant uitzag,' zei ze.

'Natuurlijk, grootmadam,' zei Tigris. 'Het komt goed.'

Ze bracht Coriolanus naar de keuken en hij herinnerde zichzelf aan het feit dat zelfbeheersing een onontbeerlijke vaardigheid was, en dat hij zijn oma dankbaar moest zijn dat ze hem dagelijks de gelegenheid bood om die te oefenen.

'Gaatjes bloeden nooit lang,' beloofde Tigris terwijl ze snel zijn hand schoonmaakte en er een pleister op plakte. Ze knipte een stuk van de roos af, maar behield wat van het groen en speldde de bloem aan zijn hemd. 'Het staat wel echt elegant. Je weet hoe belangrijk haar rozen voor haar zijn. Je moet haar bedanken.'

En dat deed hij. Hij bedankte hen allebei en vloog de deur uit, de twaalf overdadige trappen af, door de hal het Capitool in.

Zijn voordeur kwam uit op de Corso, een laan die zo breed was dat er in tijden van weleer acht strijdwagens naast elkaar hadden kunnen rijden, toen het Capitool had gepronkt met militaire parades voor het volk. Coriolanus wist nog hoe hij als klein kind uit het raam van hun appartement had gehangen, naast hun gasten die opschepten dat ze op de voorste rij zaten. Toen waren de bommen gevallen en was de straat lange tijd onbegaanbaar geweest. De rijbanen waren eindelijk weer vrijgemaakt, maar er lagen nog altijd bergen puin op de stoepen, en hele gebouwen stonden er nog even zwartgeblakerd bij als op de dag dat ze waren geraakt. Tien jaar na de overwinning moest hij om brokken marmer en graniet heen slalommen terwijl hij zich een weg naar de Academie zocht. Soms vroeg Coriolanus zich af of men de troep liet liggen om de inwoners te herinneren aan wat ze hadden doorstaan. Mensen vergaten snel. Ze moesten door de puinhopen lopen, de smoezelige voedselbonnen afscheuren en naar de Hongerspelen kijken om de oorlog vers in het geheugen te houden. Als die wegzakte werden ze misschien zelfgenoegzaam, en dan waren ze terug bij af.

Hij sloeg af naar de Weg van de Wetenschappers en probeerde rustiger te lopen. Hij wilde op tijd komen, maar koel en beheerst, niet vies en bezweet. Deze boetedag leek zoals zo vaak een bloedhete te worden. Maar wat wilde je ook op 4 juli? Hij was blij met de zoete geur van de roos van zijn oma, want zijn warmer wordende hemd rook vaag naar aardappelen en droge goudsbloemen.

De Academie was de beste middelbare school van het Capitool en leidde de kinderen van zijn vooraanstaande, welgestelde en invloedrijke inwoners op. Met bijna vierhonderd leerlingen per jaar waren Tigris en Coriolanus zonder veel moeite toegelaten, dankzij alle familieleden die hun voor waren gegaan. Anders dan aan de Universiteit werd hier geen schoolgeld gevraagd en waren de lunch en de schoolspullen gratis, net als het uniform. Iedereen die ertoe deed zat op de Academie, en Coriolanus zou die connecties nodig hebben om zijn toekomst op te bouwen.

Alle leerlingen pasten op de indrukwekkende trap van de Academie, dus er was meer dan genoeg ruimte voor de vele functionarissen, leraren en leerlingen die op weg waren naar de boetefestiviteiten. Coriolanus liep langzaam omhoog en probeerde de schijn van terloopse waardigheid te wekken voor het geval iemand hem opmerkte. Mensen kenden hem – of hadden in elk geval zijn ouders en grootouders gekend – en van een

Snow werd toch een zeker niveau verwacht. Dit jaar, te beginnen met deze dag, hoopte hij ook persoonlijke erkenning te krijgen. Een mentoraat in de Hongerspelen was zijn laatste project voordat hij in de zomer zou afstuderen aan de Academie. Als hij uitblonk als mentor zou hij met zijn uitmuntende schoolprestaties een grote geldprijs krijgen waarmee hij het collegegeld voor de Universiteit zou kunnen betalen.

Door middel van een loting zouden er vierentwintig tributen geselecteerd worden, een jongen en een meisje uit alle twaalf verslagen districten, die in een arena gegooid zouden worden om elkaar in de Hongerspelen dood te vechten. Dat stond allemaal in het Verdrag van het Verraad dat een einde had gemaakt aan de Donkere Dagen van de districtenopstand, een van de vele manieren waarop de rebellen waren gestraft. Net als voorgaande keren zouden de tributen, samen met een stel wapens waarmee ze elkaar konden afmaken, worden opgesloten in de Capitoolarena, een inmiddels vervallen amfitheater waar voor de oorlog sporttoernooien en andere evenementen waren gehouden. De inwoners van het Capitool werden aangemoedigd om ernaar te kijken, maar veel mensen meden de Spelen. De uitdaging was om ze aantrekkelijker te maken.

Om die reden zouden de tributen nu voor het eerst mentoren toegewezen krijgen. De Academie had vierentwintig van haar beste en slimste laatstejaars uitverkoren, maar wat die precies gingen doen, moest nog verder uitgewerkt worden. Er werd gesproken over het voorbereiden van de tributen op een persoonlijk interview, misschien een opknapbeurt voor de camera. Iedereen was het erover eens dat de Hongerspelen een betekenisvollere ervaring moesten worden als ze ermee door wilden gaan en het feit dat de Capitooljeugd aan de districtstributen werd gekoppeld, maakte veel mensen nieuwsgierig.

Coriolanus liep via een hal vol zwarte banieren en een gewelfde gang naar de reusachtige Heavensbeezaal, waar ze de uitzending van de boeteceremonie zouden kijken. Hij was absoluut niet te laat, maar de zaal gonsde nu al van de docenten, leerlingen en een aantal functionarissen van de Spelen die verder niet aan de openingsuitzending hoefden mee te werken.

Avox bewogen zich door de menigte met bladen posca, een brouwsel van waterige wijn met honing en kruiden. Het was een bedwelmende versie van het zure spul dat het Capitool in de oorlog overeind had gehouden en dat zogenaamd beschermde tegen ziektes. Coriolanus pakte een beker en liet wat posca door zijn mond klotsen in de hoop alle sporen van zijn kooladem uit te wissen. Maar hij mocht maar één slokje van zichzelf. Het was sterker dan de meeste mensen dachten en in voorgaande jaren had hij belangrijke mannen die te veel hadden gedronken zichzelf compleet voor schut zien zetten.

De wereld dacht nog steeds dat Coriolanus rijk was, maar het enige betaalmiddel dat hij bezat was zijn charme, waar hij gul mee strooide tijdens zijn rondje door de aanwezigen. Gezichten lichtten op toen hij leerlingen en docenten vriendelijk begroette, naar familieleden vroeg en links en rechts complimentjes uitdeelde.

'Uw les over districtsvergelding heeft diepe indruk op me gemaakt.'

'Mooie pony!'

'Hoe is de rugoperatie van je moeder gegaan? Zeg maar dat ze mijn heldin is.'

Hij slenterde langs de honderden pluchen stoelen die voor de gelegenheid waren neergezet en liep het podium op, waar Satyria een of ander sterk verhaal afstak voor een groep Academiedocenten en Hongerspelenfunctionarissen. Hij ving alleen de laatste zin op – 'Dus ik zeg: "Tja, jammer van je pruik, maar jij wilde zo graag die aap meenemen!"' – maar lachte toch braaf mee met de anderen.

'Ah, Coriolanus,' teemde Satyria wenkend. 'Daar hebben we mijn beste leerling.' Hij gaf haar de kus op de wang die van hem werd verwacht en merkte dat ze al meerdere glazen posca achter de kiezen had. Ze moest echt haar drankgebruik onder controle zien te krijgen, maar dat gold voor zo'n beetje de helft van de volwassenen die hij kende. Zelfmedicatie was een ware stadsepidemie. Maar ze was grappig en niet al te stijf, een van de weinige docenten die zich door de leerlingen met hun voornaam lieten aanspreken. Ze leunde naar achteren en bekeek hem. 'Prachtig hemd. Waar heb je dat vandaan?'

Hij keek naar het hemd alsof het hem zelf ook verbaasde en haalde zijn schouders op als een jongeman met eindeloze mogelijkheden.

'De familie Snow heeft diepe kasten,' zei hij luchtig. 'Ik ging voor respectvol maar feestelijk.'

'Dat is gelukt. Wat zijn dat voor vernuftige knoopjes?' vroeg Satyria, en ze voelde aan een van de blokjes aan zijn manchet. 'Mozaïeksteentjes?'

'Zou het? Dat verklaart in elk geval waarom ze me aan de badkamer van de meid doen denken,' antwoordde Coriolanus, en haar vrienden begonnen te grinniken. Dit was het beeld dat hij in stand probeerde te houden. Een opmerking om hen eraan te herinneren dat hij een van de weinige mensen was met een badkamer voor de meid – betegeld met mozaïeksteentjes nota bene – om die vervolgens af te zwakken met een grapje over zijn eigen hemd.

Hij knikte naar Satyria. 'Schitterende jurk. Nieuw, of niet?' Hij zag meteen dat het dezelfde jurk was die ze altijd naar de boeteceremonie droeg, opgelapt met plukjes zwarte veren. Maar zij had zijn hemd goedgekeurd en nu was het zijn beurt.

Ze ging er dankbaar op in. 'Speciaal voor vandaag laten maken,' antwoordde ze. 'Tienjarig bestaan en zo.'

'Heel elegant,' zei hij. Alles bij elkaar waren ze geen slecht team.

Zijn goede humeur verdween toen hij de sportlerares, Agrippina Sickle, zich met haar brede schouders een weg door de menigte zag banen. Achter haar liep haar assistent Sejanus Plinth, die het versierde schild droeg dat professor Sickle elk jaar per se wilde vasthouden bij de groepsfoto. Het was haar na de oorlog uitgereikt omdat ze de ontruimingsoefeningen van de Academie tijdens de bombardementen zo goed had geleid.

Coriolanus' aandacht werd niet getrokken door het schild, maar door de kleding van Sejanus: een lichtgrijs pak met een spierwit hemd en een contrasterende, kleurige das, zo gesneden dat zijn lange figuur minder hoekig werd. Het was een stijlvol geheel, gloednieuw, en het rook naar geld. Naar woekerwinsten uit de oorlog, om precies te zijn. De vader van Sejanus was een fabrikant uit District 2 die de kant van de president had gekozen. Hij was zo rijk geworden met de handel in munitie dat hij voor zijn gezin een leven in het Capitool had kunnen kopen. De familie Plinth genoot nu privileges die alleen de oudste en machtigste Capitoolfamilies in de loop van generaties hadden verworven. Dat een in een district geboren jongen als Sejanus op de Academie zat was ongekend, maar de naoorlogse restauratie van de school was grotendeels bekostigd met de gulle giften van zijn vader. Een oorspronkelijke Capitoolbewoner zou verwachten dat er een gebouw naar hem vernoemd werd, maar de vader van Sejanus had slechts een opleiding voor zijn zoon gevraagd.

Voor Coriolanus vormden mensen als de familie Plinth een

bedreiging voor alles wat hem lief was. De nieuwe rijken die zich in het Capitool omhoogwerkten tornden puur door hun aanwezigheid aan de oude orde. En het was extra tergend omdat het fortuin van de familie Snow ook voor het grootste deel in munitie was gestoken – maar dan in District 13. Hun uitgestrekte complex, eindeloze rijen fabrieken en onderzoekscentra, was helemaal platgebombardeerd. Er waren kernbommen op District 13 gegooid en het stralingsniveau in het hele gebied was nog altijd levensgevaarlijk hoog. Het kloppend hart van de wapenindustrie van het Capitool was naar District 2 verhuisd, waar de familie Plinth het zo in de schoot geworpen had gekregen. Toen het nieuws over de vernietiging van District 13 het Capitool had bereikt, had Coriolanus' oma er publiekelijk haar schouders over opgehaald en gezegd dat ze gelukkig nog allerlei andere inkomstenbronnen hadden. Maar dat was niet zo.

Sejanus was tien jaar geleden op het schoolplein verschenen, een verlegen, gevoelige jongen die de andere kinderen behoedzaam opnam met ernstige bruine ogen die veel te groot waren voor zijn gespannen gezicht. Toen bekend werd dat hij uit de districten kwam, was Coriolanus in eerste instantie geneigd geweest om zich bij zijn klasgenoten aan te sluiten die vast van plan waren de nieuwe jongen het leven zuur te maken. Maar bij nader inzien had hij hem genegeerd. De andere Capitoolkinderen dachten dat hij zich te goed voelde om zo'n sloeber uit het district te pesten, maar Sejanus dacht dat hij het uit fatsoen deed. Ze hadden geen van allen gelijk, maar beide opvattingen versterkten het imago van Coriolanus als iemand met klasse.

Professor Sickle was een vrouw met een indrukwekkend postuur en ze beende de kring rond Satyria in, waarbij haar ondergeschikten alle kanten op vlogen. 'Goedemorgen, professor Click.'

'O, Agrippina, mooi. Je hebt aan je schild gedacht,' zei Satyria, die haar stevig de hand schudde. 'Ik ben bang dat de jongelui de ware betekenis van deze dag zullen vergeten. En Sejanus. Wat zie je er mooi uit.'

Sejanus probeerde een buiging te maken en er viel een weerbarstige pluk haar in zijn ogen. Het onhandige schild prikte in zijn borst.

'Té mooi,' zei professor Sickle. 'Ik zei al tegen hem: als ik een pauw had gewild, had ik de dierenwinkel wel gebeld. Ze zouden allemaal in uniform moeten zijn.' Ze wierp een blik op Coriolanus. 'Dat ziet er niet slecht uit. Het oude officiershemd van je vader?'

Was het dat? Coriolanus zou het niet weten. Er kwam een vage herinnering aan zijn vader in keurig avondtenue en behangen met onderscheidingen bij hem op. Hij besloot erin mee te gaan. 'Wat fijn dat u dat opmerkt, professor. Ik heb het laten vermaken omdat ik niet wilde pretenderen dat ik zelf heb gevochten. Maar ik wilde graag dat hij er vandaag bij was.'

'Heel toepasselijk,' zei professor Sickle. Vervolgens richtte ze haar aandacht op Satyria en haar mening over de recente inzet van vredebewakers, de soldaten van het land, in District 12, waar de mijnwerkers hun quota niet haalden.

Nu hun docenten druk in gesprek waren knikte Coriolanus naar het schild. 'Lekker je armspieren trainen?'

Sejanus glimlachte wrang. 'Altijd een eer om van dienst te kunnen zijn.'

'Fraai gepoetst, hoor,' antwoordde Coriolanus. Sejanus verstijfde bij de insinuatie dat hij... zich probeerde in te likken? Haar voetveeg was? Coriolanus liet de spanning nog even oplopen om die vervolgens te doorbreken. 'Ik kan het weten. Ik moet altijd Satyria's wijnglazen doen.'

Sejanus ontspande. 'Echt?'

'Nee. Maar alleen omdat ze er nog nooit aan gedacht heeft,' zei Coriolanus, soepel schipperend tussen minachting en kameraadschap.

'Professor Sickle denkt overal aan. Ik moet dag en nacht voor haar klaarstaan.' Sejanus leek nog iets te willen zeggen, maar zuchtte toen. 'En natuurlijk gaan we vlak voor mijn eindexamen dichter bij school wonen. Perfecte timing, zoals gewoonlijk.'

Coriolanus was ineens op zijn hoede. 'Waar gaan jullie heen dan?'

'Naar een huis op de Corso. Veel van die luxeappartementen komen binnenkort op de markt. Iets met dat de eigenaren de belasting niet kunnen betalen, volgens mijn vader.' Het schild schraapte over de grond en Sejanus tilde het weer op.

'Er wordt geen belasting geheven op huizen in het Capitool. Alleen in de districten,' zei Coriolanus.

'Het is een nieuwe wet,' vertelde Sejanus. 'Om meer geld op te halen voor de wederopbouw van de stad.'

Coriolanus probeerde zijn opkomende paniek te onderdrukken. Een nieuwe wet. Om belasting op zijn appartement te heffen. Hoeveel? Ze kwamen nu al nauwelijks rond met Tigris' hongerloontje, het schamele militair pensioen dat zijn oma ontving omdat haar man Panem had gediend en zijn eigen toeslag die hij als kind van een gesneuvelde oorlogsheld tot zijn eindexamen zou krijgen. Als ze de belasting niet konden ophoesten, zouden ze het appartement dan verliezen? Het was het enige wat ze nog hadden. De verkoop zou niets opleveren: hij wist dat zijn oma er de hoogst mogelijke lening voor had afgesloten. Als ze het verkochten, zouden ze er vrijwel niets aan overhouden. Ze zouden naar een of andere achterbuurt moeten verhuizen en zich bij het groezelige, gewone volk moeten aansluiten, zonder status, zonder macht, zonder waardigheid. Zijn oma zou de schande niet overleven. Het zou menslievender zijn om haar uit het raam van het penthouse te gooien. Dan was het tenminste snel gebeurd.

'Gaat het?' Sejanus keek hem onderzoekend aan. 'Je ziet ineens zo bleek.'

Coriolanus vermande zich. 'Komt door de posca, denk ik. Mijn maag kan er niet tegen.'

'Ja,' beaamde Sejanus. 'Ik moest het in de oorlog altijd drinken van Moe.'

Moe? Werd Coriolanus' plek bedreigd door iemand die zijn moeder 'Moe' noemde? De kool en de posca kwamen bijna weer omhoog. Hij haalde diep adem en dwong zijn buik om het binnen te houden. Hij verachtte Sejanus meer dan ooit sinds de weldoorvoede districtsjongen met het lompe accent voor het eerst naar hem toe was gekomen met een zak gomballen in zijn hand.

Coriolanus hoorde een bel rinkelen en zag zijn medeleerlingen naar de voorkant van het podium lopen.

'Nu krijgen we zeker de tributen toegewezen,' zei Sejanus somber.

Coriolanus volgde hem naar vier rijen van zes stoelen die daar speciaal voor de mentoren waren neergezet. Hij probeerde zijn zorgen over het appartement uit zijn hoofd te zetten en zich op de belangrijke taak die voor hem lag te richten. Het was nu nog belangrijker dat hij uitblonk, en om te kunnen uitblinken moest hij een tribuut hebben die kon winnen.

Rector Casca Highbottom, de man die de Hongerspelen had bedacht, zag persoonlijk toe op het mentorprogramma. Hij verscheen voor de leerlingen met de geestdrift van een slaapwandelaar, met lodderige ogen en zoals gewoonlijk zwaar onder invloed van morfling. Vroeger had hij een goed figuur gehad, maar nu was zijn lichaam ingezakt en omhuld door loshangende huid. De tot op de millimeter nauwkeurige knipbeurt die hij had gehad en zijn nette pak vestigden alleen maar meer aandacht op zijn aftakeling. Dankzij zijn bekendheid als uitvinder van de Spelen had hij zijn baan tot nu toe nog kunnen behouden, maar er gingen geruchten dat de Academieraad zijn geduld begon te verliezen.

'Zo dan,' brabbelde hij, zwaaiend met een verfrommeld vel papier. 'Ga 't nu voorlezen.' De leerlingen vielen stil en spitsten hun oren om hem boven het geroezemoes uit te kunnen verstaan. ''k Lees eerst de tribuut op en dan degene die die krijgt. Ja? Goed. District 1, jongen, gaat naar...' Rector Highbottom tuurde naar zijn papiertje en probeerde het te lezen. 'Bril,' mompelde hij. 'Vergeten.' Iedereen staarde naar zijn bril, die al op zijn neus stond, en wachtte tot zijn vingers hem ook gevonden hadden. 'Ah, kijk aan. Livia Cardew.'

Livia kreeg een grijns op haar smalle gezichtje en riep 'Yes!' met haar schrille stem terwijl ze triomfantelijk haar vuist in de lucht stak. Ze was altijd al een opschepper geweest. Alsof ze deze gewilde deelnemer enkel aan zichzelf te danken had, en niet aan het feit dat haar moeder directeur van de grootste bank van het Capitool was.

Coriolanus werd steeds wanhopiger terwijl rector Highbottom zich door de lijst worstelde en de jongen en het meisje van elk district aan een mentor toewees. Na tien jaar was er een patroon ontstaan. De districten 1 en 2, die meer voedsel hadden en het Capitool betergezind waren, leverden meer winnaars, en ook de vissers en boeren uit 4 en 11 waren serieuze kandidaten. Coriolanus had op een 1 of een 2 gehoopt, maar die gingen niet naar hem, wat nog beledigender werd toen Sejanus de jongen uit District 2 pakte. District 4 kwam voorbij zonder dat zijn naam werd genoemd, en zijn laatste echte kans op een winnaar – de jongen uit District 11 – ging naar Clemensia Dovecote, dochter van de minister van Energie. Anders dan Livia reageerde Clemensia tactvol op het gunstige nieuws; ze duwde haar lange, ravenzwarte haar over haar schouder en schreef haar tribuut ijverig in haar map.

Er klopte iets niet als een lid van de familie Snow, die ook nog eens een van de beste leerlingen van de Academie was, werd overgeslagen. Coriolanus begon te vermoeden dat ze hem vergeten waren – misschien kreeg hij een of andere eretaak? – toen hij rector Highbottom tot zijn afgrijzen hoorde mompelen: 'En de laatste en de minste, 't meisje uit District 12… gaat naar Coriolanus Snow.'

2

Het meisje uit District 12? Was er een grotere belediging denkbaar? District 12, het kleinste district, het kansloze district, met zijn ondervoede, kreupele kinderen die altijd in de eerste vijf minuten al doodgingen, en dan ook nog het meisje? Niet dat een meisje niet kon winnen, maar in zijn hoofd draaiden de Hongerspelen toch vooral om brute kracht, en de meisjes waren van nature kleiner dan de jongens en daardoor in het nadeel. Coriolanus was nooit het lievelingetje van rector Highbottom geweest, die hij onder vrienden voor de grap High-als-een-papegaai-Bottom noemde, maar deze publieke vernedering had hij niet verwacht. Had de rector de bijnaam te horen gekregen? Of was dit gewoon een bevestiging van het feit dat de familie Snow er in de nieuwe wereldorde steeds minder toe deed?

Hij voelde zijn wangen gloeien en probeerde een stalen gezicht te trekken. De meeste leerlingen waren overeind gekomen en praatten opgewonden met elkaar. Hij moest bij hen gaan staan, doen alsof dit helemaal niet erg was, maar hij leek zich niet te kunnen verroeren. Het lukte hem net om zijn hoofd naar rechts te draaien, waar Sejanus nog altijd naast hem zat. Coriolanus deed zijn mond open om hem te feliciteren, maar zweeg toen hij de onverholen ellende op het gezicht van de andere jongen zag.

'Wat is er?' vroeg hij. 'Ben je niet blij? De jongen uit District 2, dat is het beste paard van stal.'

'Je vergeet dat ik uit diezelfde stal kom,' zei Sejanus schor.

Dat liet Coriolanus even tot zich doordringen. Dus de tien jaar in het Capitool en het bevoorrechte leven dat de stad bood, waren niet aan Sejanus besteed geweest. Hij zag zichzelf nog steeds als een districtsbewoner. Sentimentele onzin.

Sejanus leek erg van slag. 'Mijn vader heeft er vast om gevraagd. Hij wil dat ik me aanpas.'

Dat zal best, dacht Coriolanus. Voor de afkomst van die ouwe Strabo Plinth had men geen respect, maar voor zijn diepe zakken en invloed wel. En hoewel de mentoraten officieel werden toegekend naar verdienste, werd er achter de schermen duidelijk aan touwtjes getrokken.

Het publiek was inmiddels gaan zitten. Aan de achterkant van het podium gingen gordijnen open om een scherm te onthullen dat de hele muur besloeg. De boete werd live uitgezonden vanuit alle districten, van de oostkust naar de westkust, en was in het hele land te zien. Iedereen stond op toen het embleem van Panem het scherm vulde, begeleid door het Capitoollied.

Pracht van Panem,
Een stad zo groots,
Uit de as weer opgestaan.

Sommige leerlingen zochten naar de juiste tekst, maar Coriolanus, die zijn oma het lied al jaren dagelijks hoorde blèren, zong de drie coupletten met krachtige stem mee, wat hem een paar goedkeurende knikjes opleverde. Het was te sneu voor woorden, maar hij had elke kruimel goedkeuring nodig die hij kon krijgen.

Het embleem vervaagde langzaam en president Ravinstill kwam in beeld, zijn haar vol grijze strepen. Hij droeg zijn vooroorlogse uniform, alsof hij iedereen eraan wilde herinneren dat hij de districten al ver voor de Donkere Dagen van de opstand in toom had gehouden. Hij las een kort fragment voor uit het Verdrag van het Verraad, waarin de Hongerspelen een herstelbetaling werden genoemd – jonge districtsbewoners die hun leven gaven voor de jonge Capitoolinwoners die waren omgekomen. De prijs die de rebellen voor hun verraad moesten betalen.

De Spelmakers brachten het kale plein van District 12 in beeld, waar voor het Gerechtsgebouw een tijdelijk podium was neergezet, omringd door vredebewakers. Burgemeester Lipp, een plompe, besproete man in een hopeloos ouderwets pak, stond tussen twee jutezakken in. Hij stopte zijn hand diep in de zak links van hem, trok er een papiertje uit en keek er vluchtig naar.

'De meisjestribuut van District 12 is Lucy Gray Baird,' zei hij in een microfoon. De camera gleed over de menigte grauwe, hongerige gezichten in grauwe, vormeloze kleding, op zoek naar de tribuut. Er werd ingezoomd op een opstootje, meisjes die terugdeinsden voor de ongelukkige uitverkorene.

Het publiek begon verrast te mompelen toen het haar zag.

Lucy Gray Baird stond rechtop in een jurk met een regenboog aan ruches, die nu haveloos was maar ooit mooi was geweest. Haar donkere krullen waren opgestoken, met slappe bloemen erin. Haar kleurrijke uitdossing viel op, als een beschadigde vlinder in een veld vol motten. Ze liep niet rechtstreeks naar het podium maar zigzagde door de meisjes rechts van haar.

Het ging heel snel. Haar hand die naar de ruches bij haar heup vloog, een felgroen gekronkel dat uit haar zak naar de kraag van een gemeen grijnzend, roodharig meisje werd verplaatst, haar zwierende rok toen ze verder liep. De aandacht bleef op het slachtoffer gericht, haar grijns die overging in afgrijzen, haar gegil toen ze klauwend naar haar kleren op de grond viel, het geschreeuw van de burgemeester. En op de achtergrond zigzagde haar belager verder; zonder ook maar één keer om te kijken schreed ze naar het podium.

Er brak rumoer uit in de Heavensbeezaal en mensen stootten elkaar aan.

'Zag je dat?'

'Wat liet ze in die jurk vallen?'

'Een hagedis?'

'Volgens mij was het een slang!'

'Heeft ze dat meisje vermoord?'

Coriolanus tuurde naar het publiek en voelde een sprankje hoop. Zijn kansloze tribuut, zijn flutdeelnemer, zijn belediging, had zojuist de belangstelling van het Capitool gewekt. Dat was goed, toch? Met zijn hulp kon ze die belangstelling misschien vasthouden en zou hij van de schande nog een fatsoenlijke vertoning kunnen maken. Zijn lot was in elk geval onherroepelijk met het hare verbonden.

Op het scherm vloog burgemeester Lipp het trapje van het podium af, en hij duwde de groep meisjes opzij om bij het gevallen kind te kunnen komen. 'Mayfair? Mayfair?' riep hij. 'Mijn dochter heeft hulp nodig!' Om haar heen was een opening ontstaan, maar de paar halfslachtige pogingen om haar te helpen werden gedwarsboomd door haar spartelende armen en benen. De burgemeester rende de kring in, net op het moment dat een kleine, felgroene slang uit haar jurk tussen de omstanders door schoot, die het beest gillend probeerden te ontwijken. Mayfair kalmeerde nu de slang weg was, maar haar angst maakte onmiddellijk plaats voor schaamte. Ze keek recht in de camera en besefte dat alle inwoners van Panem haar konden zien. Haar ene hand probeerde een scheefgezakte strik in haar haar recht te trekken, haar andere ging naar haar kleren, die nu vies waren van het zwarte stof dat alles bedekte en die gescheurd waren door haar gekrab. Toen haar vader haar overeind hielp, werd duidelijk dat ze het in haar broek had gedaan. Hij trok zijn jasje uit, legde het om haar schouders en bracht haar naar een vredebewaker, die haar afvoerde. Hij liep terug naar het podium en wierp een moorddadige blik op de nieuwste tribuut uit District 12.

Toen Coriolanus Lucy Gray Baird het podium zag bestijgen, kreeg hij een onbehaaglijk gevoel. Was ze misschien niet helemaal goed bij haar hoofd? Ze had ergens iets bekends, maar ook iets verontrustends. Die rijen fuchsiaroze, koningsblauwe en kanariegele ruches...

'Ze lijkt wel een circusartiest,' merkte een van de meisjes op. De andere mentoren mompelden instemmend.

Dat was het. Coriolanus groef in zijn geheugen naar de circussen uit zijn vroege jeugd. Jongleurs en acrobaten, clowns en ronddraaiende meisjes in wijde jurken terwijl hij licht in zijn hoofd werd van de gesponnen suiker. Dat zijn tribuut zulke feestelijke kledij had uitgekozen voor de wreedste gebeurtenis van het jaar was te vreemd om zomaar een inschattingsfout te zijn.

De tijd die voor de boete van District 12 was uitgetrokken, was ongetwijfeld al verstreken en ze hadden nog niet eens een mannelijke tribuut. Maar toen burgemeester Lipp het podium weer op kwam, liep hij langs de zakken met namen rechtstreeks naar de meisjestribuut, om haar zo hard in haar gezicht te slaan dat ze op haar knieën viel. Hij hief zijn hand om nog een klap uit te delen, maar op dat moment kwamen een paar vredebewakers tussenbeide; ze grepen zijn armen in een poging hem weer naar de jute zakken te brengen. Toen hij niet wilde meewerken sleurden ze hem naar het Gerechtsgebouw, waardoor de hele ceremonie tot stilstand kwam.

De aandacht verschoof naar het meisje op het podium. De camera zoomde in en Coriolanus bleef twijfelen aan de geestelijke gezondheid van Lucy Gray Baird. Hij had geen idee waar ze de make-up vandaan had gehaald, want die was zelfs in het Capitool net weer mondjesmaat verkrijgbaar, maar op haar zwart omlijnde ogen zat blauwe oogschaduw, op haar wangen rouge en op haar lippen een vettig, vlekkerig rood. Hier in het Capitool zou het gewaagd geweest zijn. In District 12 was het losbandig. Hij móést naar haar blijven kijken, zoals ze daar zat en haar hand over haar rok liet gaan om de ruches dwangmatig glad te strijken. Pas toen ze netjes hingen, bracht ze haar hand naar haar beurse wang. Haar onderlip trilde licht en in haar ogen blonken tranen die bijna begonnen te stromen.

'Niet huilen,' fluisterde Coriolanus. Hij zweeg geschrokken en keek zenuwachtig om zich heen, maar de andere leerlingen waren aan het scherm gekluisterd. Hun blik was bezorgd. Ondanks haar excentrieke verschijning leefden ze met haar mee. Ze hadden geen idee wie ze was of waarom ze Mayfair had aangevallen, maar iedereen zag dat dat grijnzende kind gemeen was en haar vader een schoft die een meisje dat hij zojuist ter dood had veroordeeld ook nog eens neersloeg.

'Het is vast doorgestoken kaart,' zei Sejanus zacht. 'Haar naam stond niet op dat briefje.'

Net toen het meisje op het punt stond haar gevecht tegen de tranen te verliezen, gebeurde er iets vreemds. Ergens in het publiek begon iemand te zingen. Het was een jonge stem, van een jongen of een meisje, maar zo hoog dat hij over het stille plein zweefde.

Je krijgt nooit mijn ziel.
Je krijgt nooit mijn tijd.

Er blies een zuchtje wind over het podium en het meisje keek langzaam op. Ergens anders in het publiek klonk nu een zwaardere stem, duidelijk van een man.

Misschien krijg je mijn pa,
Maar zijn naam zijn we kwijt.

Er speelde een zweem van een glimlach om de lippen van Lucy Gray Baird. Ineens duwde ze zichzelf overeind, beende naar het midden van het podium, pakte de microfoon en barstte los.

Wat je kan krijgen hoef ik toch niet te houden.

Haar vrije hand greep de ruches van haar rok om ermee te zwieren, en ineens klopte het allemaal: het kostuum, de make-up, haar haar. Wie ze ook was, ze was gekleed voor een optreden. Ze had een mooie stem, licht en helder bij de hoge noten, hees en diep bij de lage, en ze bewoog zich zelfverzekerd.

Je krijgt nooit mijn charme.
Je krijgt nooit mijn grappen.
Je krijgt nooit mijn centen,
Want hier valt niks te gappen.
Wat je kan krijgen hoef ik toch niet te houden.

Tijdens het zingen werd ze iemand anders en Coriolanus vond haar plotseling een stuk minder verontrustend. Ze had iets opwindends, iets aantrekkelijks zelfs. De camera verslond haar toen ze naar de rand van het podium liep om zich lief en schaamteloos over het publiek te buigen.

Je denkt dat ik beef.
Je denkt dat ik ril.
Je denkt dat ik jou alles geef.
Je denkt dat ik zwak ben, gehoorzaam en mak ben.
Denk maar niet dat ik doe wat jij wil!
Want…

En daar ging ze weer, heupwiegend over het podium, pal langs de vredebewakers, van wie sommige hun glimlach nauwelijks konden onderdrukken. Ze probeerden haar niet tegen te houden.

Je krijgt nooit mijn eer.
Je krijgt nooit mijn mond.
Dus krijg 't heen-en-weer
En kus dan m'n kont.
Wat je kan krijgen hoef ik toch niet te houden.

De deuren van het Gerechtsgebouw zwaaiden open en de vredebewakers die de burgemeester hadden meegenomen stormden het podium weer op. Het meisje stond met haar gezicht naar het publiek, maar je zag dat ze hun komst voelde. Ze liep naar de andere kant van het podium voor de grote finale.

Nee meneer,
Wat je kan krijgen dat hoef ik niet meer.
Je mag het zo hebben, het doet heus geen zeer.
Wat je kan krijgen hoef ik toch niet te houden!

Voordat ze haar vastgrepen wist ze het publiek nog een luchtkus toe te werpen. 'Mijn vrienden noemen me Lucy Gray – ik hoop dat jullie dat ook zullen doen!' riep ze. Een van de vredebewakers trok de microfoon uit haar hand en een andere tilde haar op om haar terug naar het midden van het podium te dragen. Ze zwaaide alsof er een daverend applaus klonk in plaats van een doodse stilte.

Heel even bleef het in de Heavensbeezaal ook stil. Coriolanus vroeg zich af of ze net als hij hoopten dat ze door zou zingen. Toen barstte iedereen los, eerst over het meisje en vervolgens over de geluksvogel die haar toegewezen had gekregen. De andere leerlingen verrekten hun nek om naar hem te kijken; sommige staken hun duim op, andere wierpen hem venijnige blikken toe. Hij schudde beduusd zijn hoofd, maar vanbinnen gloeide hij. Sneeuw komt er altijd bovenop.

Vredebewakers brachten de burgemeester weer naar buiten en gingen wijdbeens aan weerskanten van hem staan om verdere aanvaringen te voorkomen. Lucy Gray negeerde hem en leek door haar optreden haar zelfvertrouwen terug te hebben gekregen. De burgemeester keek boos in de camera, stak zijn hand in de tweede zak en haalde er meerdere papiertjes uit. Een paar dwarrelden naar het podium terwijl hij het overgebleven briefje voorlas. 'De jongenstribuut uit District 12 is Jessup Diggs.'

De kinderen op het plein gingen opzij om ruimte te maken voor Jessup, een jongen met een zwarte lok die aan zijn hoge voorhoofd plakte. Voor een tribuut uit District 12 was hij niet slecht; hij was groter dan gemiddeld en zag er sterk uit. Aan zijn groezeligheid te zien werkte hij al in de mijnen. Een halfslachtige poging om zich te wassen had geresulteerd in een relatief schoon ovaal in het midden van zijn gezicht, maar daaromheen zat een zwarte rand en zijn nagels waren vies van het kolenstof. Stijfjes liep hij het podium op. Toen hij vlak bij de burgemeester was, stapte Lucy Gray met uitgestoken hand naar voren. De jongen aarzelde even en pakte hem toen. Lucy Gray glipte voor hem langs, verwisselde haar rechterhand voor haar linker, en zo stonden ze ineens hand in hand naast elkaar terwijl ze een diepe buiging maakte en de jongen meetrok. De toeschouwers uit District 12 klapten aarzelend en één persoon joelde, tot de vredebewakers naar voren kwamen en de uitzending overging naar District 8.

Coriolanus deed net alsof hij geboeid naar de tributen keek die in 8, 6 en 11 werden getrokken, maar in zijn hoofd was hij alleen maar bezig met het feit dat hij Lucy Gray Baird had gekregen. Ze was een geschenk, daar was hij zich van bewust, en zo moest hij haar ook behandelen. Maar hoe kon hij haar grandioze entree het best benutten? Hoe kon hij succes lospeuteren uit een jurk, een slang, een lied? De tributen zouden erg weinig tijd met de kijkers krijgen voordat de Spelen begonnen. Hoe kon hij het publiek met slechts één interview verleiden om zich aan haar, en daarmee ook aan hem, te binden? Hij keek met een schuin oog naar de andere tributen, grotendeels meelijwekkende wezens, en lette op bij de sterkere. Sejanus kreeg een boom van een kerel uit District 2 en Livia's jongen uit District 1 leek hem ook een serieuze kandidaat. Het meisje van Coriolanus zag er redelijk gezond uit, maar haar tengere lichaam was meer geschikt om te dansen dan om te vechten. Maar ze kon vast hard rennen, en dat was ook belangrijk.

Tegen het einde van de boete zweefde de geur van eten vanaf het buffet over het publiek. Vers brood. Uien. Vlees. Coriolanus' maag begon onwillekeurig te knorren en hij nam een paar slokken posca om hem tot zwijgen te brengen. Hij was gespannen, duizelig en uitgehongerd. Toen het scherm op zwart ging moest hij al zijn wilskracht aanspreken om niet naar het buffet te rennen.

De eindeloze dans met de honger bepaalde al heel lang zijn leven. De eerste jaren nog niet, voor de oorlog, maar sindsdien was elke dag een strijd, een onderhandeling, een spel geweest. Wat was de beste manier om de honger op afstand te houden? Al het eten in één keer opeten? Of gedurende de dag, stukje bij beetje? Alles naar binnen schrokken of elke kruimel tot pap kauwen? Het was allemaal een psychologisch spelletje om zichzelf af te leiden van het feit dat het nooit genoeg was. Niemand gaf hem ooit genoeg.

Tijdens de oorlog waren de voedselproducerende districten in handen van de rebellen geweest. Die hadden geprobeerd het Capitool een koekje van eigen deeg te geven door het Capitool uit te hongeren en met eten – of het gebrek daaraan – tot overgave te dwingen. Nu waren de rollen omgedraaid en liep de bevoorrading weer via het Capitool, dat bovendien nog een stap verderging en de districten extra hard strafte met de Hongerspelen. Te midden van het geweld van de Spelen was er een stil leed dat alle inwoners van Panem kenden, de wanhopige zoektocht naar genoeg eetbare dingen om ook deze dag weer te overleven.

Die wanhoop had keurige Capitoolinwoners in monsters veranderd. Mensen die op straat dood neervielen van de honger werden onderdeel van een gruwelijke voedselketen. Op een winterse avond waren Coriolanus en Tigris het appartement uit geglipt om een paar houten kisten op te halen die ze in een steegje hadden zien staan. Onderweg kwamen ze langs drie lijken, waaronder dat van het jonge dienstmeisje dat altijd zo aardig thee serveerde als de familie Crane 's middags gasten kreeg. Het sneeuwde hard en nat en ze dachten dat er niemand op straat was, maar op de terugweg verstopten ze zich achter een heg voor een dik ingepakte man. Ze keken toe hoe hun buurman Nero Price, een spoorweggigant, met een angstaanjagend mes het been van het dienstmeisje afzaagde. Hij wikkelde het in de rok die hij van haar middel had gerukt en verdween via een zijstraat naar de achterdeur van zijn herenhuis. Coriolanus en Tigris praatten er nooit meer over, zelfs niet met elkaar, maar het stond in zijn geheugen gegrift. De barbaarse grimas op het gezicht van Price, het witte sokje en de versleten zwarte schoen aan het afgezaagde been, en het pure afgrijzen waarmee hij had beseft dat ook hij nu als eetbaar kon worden beschouwd.

Coriolanus schreef het feit dat hij de oorlog zowel fysiek als moreel had overleefd toe aan de vooruitziende blik van de grootmadam. Zijn ouders waren dood, net als die van Tigris, en beide kinderen woonden bij hun oma. De rebellen maakten langzaam maar zeker opmars naar het Capitool, hoewel de inwoners dat in hun arrogantie lang niet allemaal wilden erkennen. Door de voedseltekorten waren zelfs de rijkste mensen gedwongen om bepaalde boodschappen op de zwarte markt te doen. En zo stond Coriolanus op een namiddag in oktober bij de achteringang van wat ooit een hippe nachtclub was geweest, met het handvat van een rood wagentje in zijn ene hand en de gehandschoende hand van de grootmadam in de andere. Er hing een bittere kou in de lucht, een onheilspellende voorbode van de winter, met boven hen een deken van sombere grijze wolken. Ze kwamen voor Pluribus Bell, een oudere man met citroengele brillenglazen en een witte, bepoederde pruik die tot zijn middel kwam. De gesloten nachtclub was van hem en zijn partner Cyrus, een muzikant, en de twee probeerden zich nu te bedruipen door aan de achterdeur spullen te verhandelen. De familie Snow wilde graag een paar blikken gecondenseerde melk, want verse was al weken niet meer verkrijgbaar, maar Pluribus zei dat ze op waren. Hij had wel net kratten vol gedroogde limabonen binnengekregen, die hoog opgestapeld achter hem op het podium vol spiegels stonden.

'Blijven jaren goed,' beloofde Pluribus de grootmadam. 'Ik wil er een stuk of twintig houden voor eigen gebruik.'

De oma van Coriolanus moest lachen. 'Afschuwelijk.'

'Nee, schat. Het wordt pas afschuwelijk zonder die bonen,' zei Pluribus.

Verder zei hij niets, maar de grootmadam lachte niet meer. Ze wierp een blik op Coriolanus en haar hand kneep even in de zijne. Het leek een reflex, bijna een siddering. Toen keek ze naar de kisten en leek in gedachten een berekening te maken. 'Hoeveel heb je er over?' vroeg ze aan de nachtclubeigenaar. Coriolanus trok één krat in zijn wagentje naar huis en de overige negenentwintig werden in het holst van de nacht bezorgd, want hamsteren was officieel verboden. Cyrus sjouwde met een vriend de kratten de trap op en zette ze midden in de overdadig gemeubileerde woonkamer. Boven op de stapel lieten ze één blikje melk achter, cadeautje van Pluribus, en daarna vertrokken ze weer. Coriolanus en Tigris hielpen de grootmadam om de kratten te verstoppen in bergruimtes, in grote kledingkasten, zelfs in de oude klok.

'Wie gaat al die bonen opeten?' vroeg hij. Op dat moment was er nog spek in zijn leven geweest, en kip, en af en toe een braadstuk. Melk was schaars maar er was kaas in overvloed en bij het avondeten was er altijd een toetje, al was het soms alleen maar brood met jam.

'Wij. En misschien kunnen we ze ook ruilen,' zei de grootmadam. 'Ze zijn ons geheimpje.'

'Ik hou niet van limabonen.' Coriolanus trok een pruillip. 'Dat denk ik tenminste.'

'We vragen wel of Kokkie een lekker recept zoekt,' zei de grootmadam.

Maar de kok werd opgeroepen om in de oorlog te vechten en stierf vervolgens aan de griep. De grootmadam bleek niet eens te weten hoe ze het fornuis moest aanzetten en kon al helemaal geen recept volgen. Het was aan de achtjarige Tigris om van de bonen eerst de stoofpot, daarna de soep en ten slotte de waterige bouillon te maken die hen door de oorlog zou helpen. Limabonen. Kool. Het broodrantsoen. Ze leefden ervan, dag in, dag uit, jarenlang. Het had ongetwijfeld zijn groei geremd. Met meer eten zou hij ongetwijfeld langer geweest zijn, met bredere schouders. Maar zijn hersenen waren prima ontwikkeld, dat hoopte hij in elk geval. Bonen, kool, bruin brood. Coriolanus had er een hartgrondige hekel aan gekregen, maar het hield hen in leven, zonder schande, en zonder dat ze de lijken op straat hoefden aan te spreken.

Coriolanus slikte het speeksel weg dat zijn mond in liep terwijl hij het goudgerande bord met het embleem van de Academie erop pakte. Zelfs in de magerste tijden was er in het Capitool genoeg deftig servies geweest, en thuis had hij heel wat koolbladeren van prachtig porselein gegeten. Hij haalde een linnen servet, een vork, een mes. De stoom wolkte om zijn lippen toen hij de deksel van de eerste zilveren warmhoudschaal tilde. Zilveruitjes in roomsaus. Hij schepte een bescheiden lepel op en probeerde niet te kwijlen. Gekookte aardappelen. Courgette. Gebraden ham. Warme broodjes en een klontje boter. Of nee, twee klontjes. Een bord vol, maar niet te gulzig. Niet voor een tienerjongen.

Hij zette zijn bord naast dat van Clemensia op tafel en ging zijn toetje van een kar halen, want vorig jaar was alles op geweest en had hij helemaal geen tapiocapudding gekregen. Zijn hart maakte een sprongetje toen hij de rijen appeltaartpunten zag, allemaal versierd met een papieren vlaggetje met daarop het embleem van Panem. Taart! Wanneer had hij dat voor het laatst gegeten? Hij wilde een middelgrote portie pakken toen iemand hem een bord met een enorm stuk onder de neus duwde. 'Neem toch een grote. Je bent in de groei, dat kun je best aan.'

Rector Highbottom had waterige ogen, maar de glazige blik van die ochtend was verdwenen. Ze waren zelfs onverwacht indringend op Coriolanus gericht.

Hij pakte het taartbordje aan met een grijns waarvan hij hoopte dat hij jongensachtig opgewekt was. 'Dank u wel, meneer. Een stuk taart kan er altijd nog bij.'

'Ja, voor geneugten is altijd plek,' zei de rector. 'En ik kan het weten.'

'Dat denk ik ook, meneer.' Dat kwam er niet goed uit. Hij had die opmerking over de geneugten willen beamen, maar nu klonk het net alsof hij de rector bekritiseerde.

'Dat denk jij ook.' Rector Highbottom kneep zijn ogen tot spleetjes en bleef Coriolanus aanstaren. 'Vertel eens, Coriolanus, wat zijn jouw plannen voor na de Spelen?'

'Ik wil graag naar de Universiteit,' antwoordde hij. Wat een vreemde vraag. Dat bleek toch duidelijk uit zijn schoolprestaties?

'Ja, ik zag je naam tussen de prijskandidaten staan,' zei rector Highbottom. 'Maar stel dat jij geen prijs krijgt?'

Coriolanus begon te hakkelen. 'Eh, tja, dan… dan betalen we het collegegeld natuurlijk zelf.'

'Is dat zo?' Rector Highbottom lachte. 'Moet je jezelf nou eens zien, met je geïmproviseerde hemd en je te kleine schoenen, allemaal om de boel bij elkaar te houden. Dat paradeert maar door het Capitool terwijl de familie Snow volgens mij nog geen nagel heeft om aan haar gat te krabben. Zelfs mét een prijs zou het krap worden, en je hebt nog niets gewonnen. Ik vraag me af wat er dan van je zou worden. Hm?'

Coriolanus kon zich niet inhouden en keek om zich heen om te zien wie die verschrikkelijke woorden had gehoord, maar de meeste mensen zaten geanimeerd aan tafel te praten.

'Maak je maar geen zorgen, niemand weet het. Of bijna niemand. Eet smakelijk, jongen.' Rector Highbottom liep weg zonder zelf ook een stuk te pakken.

Coriolanus zou het liefst zijn taart laten vallen en naar de deur rennen, maar in plaats daarvan zette hij de veel te grote punt terug op het karretje. Die bijnaam. Het kon niet anders of rector Highbottom had gehoord welke bijnaam Coriolanus voor hem had bedacht. Het was dom geweest. De rector was nog altijd veel te machtig om in het openbaar belachelijk te maken. Maar was het echt zó erg? Alle docenten hadden minstens één bijnaam, meestal nog een stuk minder complimenteus. En High-als-een-papegaai-Bottom deed niet bepaald veel moeite om zijn verslaving te verbergen. Hij leek te vragen om hoon. Zou er een andere reden zijn waarom hij zo'n hekel aan Coriolanus had?

Wat het ook was, Coriolanus moest er iets aan doen. Die prijs mocht niet aan zijn neus voorbijgaan vanwege zo'n stomme bijnaam. Hij was van plan om na de Universiteit een lucratief beroep uit te gaan oefenen. Welke deuren zouden zonder opleiding voor hem opengaan? Hij probeerde zich een toekomst voor te stellen in een of ander onbeduidend stadsbaantje... Wat zou hij moeten doen? Toezicht houden op de steenkooldistributie aan de districten? De kooien schoonmaken van genetische freaks in het mutilantenlab? Belasting innen bij Sejanus Plinth in zijn vorstelijke appartement op de Corso terwijl hij vijftig straten verderop in een of ander rattenhol woonde? En dan zou hij nog geluk hebben! Capitoolbanen waren schaars en hij zou een arme stumper zijn met enkel een diploma van de Academie op zak. Waar moest hij van leven? Een lening? Schulden leidden in het Capitool traditiegetrouw tot een bestaan als vredebewaker, en dat betekende twintig jaar dienst in een of andere uithoek van Panem. Ze zouden hem vast naar een ellendig, achtergesteld district sturen waar de mensen nauwelijks beter dan dieren waren.

De dag die zo veelbelovend begonnen was stortte razendsnel in. Eerst het feit dat ze hun appartement dreigden kwijt te raken, daarna de toewijzing van de laagste tribuut – die bij nader inzien beslist gestoord was – en nu de ontdekking dat rector Highbottom hem genoeg verachtte om hem de kans op een prijs te ontnemen en hem te veroordelen tot een leven in de districten!

Iedereen wist wat er gebeurde als je naar de districten ging. Dan werd je afgeschreven. Vergeten. In de ogen van het Capitool was je zo goed als dood.

3

Coriolanus stond op het lege perron te wachten tot zijn tribuut zou aankomen, met een witte roos aan een lange steel zorgvuldig balancerend tussen zijn duim en wijsvinger. Het was Tigris' idee geweest om iets voor haar mee te nemen. Ze was de avond van de boete heel laat thuisgekomen, maar hij was opgebleven om met haar te overleggen, haar over zijn vernedering en angsten te vertellen. Ze weigerde het gesprek op wanhoop te laten uitdraaien. Hij zou heus wel een prijs krijgen, dat kon niet anders! En vervolgens een schitterende universitaire carrière. En over het appartement moesten ze eerst de details uitzoeken. Misschien zou de belastingmaatregel niet voor hen gelden, of pas veel later. Misschien zouden ze op de een of andere manier het geld wel bij elkaar kunnen schrapen. Maar daar moest hij zich nu niet druk om maken. Hij moest zich op de Hongerspelen richten en op de vraag hoe hij daar een succes van kon maken.

Op Fabricia's boetefeest had iedereen laaiend enthousiast op Lucy Gray Baird gereageerd, vertelde Tigris. Zijn tribuut zou een echte ster kunnen worden, hadden haar vrienden verkondigd terwijl ze dronken hun posca naar binnen slobberden. Tigris en Coriolanus waren het erover eens dat hij een goede eerste indruk op het meisje moest maken, zodat ze bereid zou zijn om met hem samen te werken. Hij moest haar niet als een veroordeelde gevangene behandelen, maar als een gast. Coriolanus had besloten om op het treinstation al kennis met haar te maken. Dan kon hij meteen aan zijn opdracht beginnen en hopelijk ook haar vertrouwen winnen.

'Ze is vast verschrikkelijk bang, Coryo,' had Tigris gezegd. 'En verschrikkelijk eenzaam. Voor mij zou het heel veel betekenen als je me het gevoel gaf dat je je om me bekommerde. Nee, meer dan dat. Dat ik gewaardeerd werd. Neem iets voor haar mee, een muntje desnoods, om haar te laten weten dat je haar waardeert.'

Coriolanus dacht aan de rozen van zijn oma, die nog altijd veel waard waren in het Capitool. De oude vrouw verzorgde ze ijverig in de daktuin die bij het penthouse hoorde, zowel in de buitenlucht als in een kleine kas. Maar ze behandelde de bloemen als diamanten, dus het had hem heel wat overredingskracht gekost om dit prachtexemplaar te krijgen. 'Ik moet een band met haar krijgen. En u zegt altijd dat uw rozen alle deuren openen.' Dat hij deze uiteindelijk had gekregen, gaf aan hoeveel zorgen zijn oma zich om hen maakte.

De boete was inmiddels twee dagen geleden. Het was nog altijd drukkend heet in de stad en het treinstation werd nu al een oven, ook al was de zon nog maar net op. Coriolanus voelde zich veel te opvallend op het brede, verlaten perron, maar hij was bang dat hij haar trein zou missen. Het enige wat hij bij zijn benedenbuurman, Spelmaker-in-Opleiding Remus Dolittle, had kunnen lospeuteren, was dat die woensdag zou aankomen. Remus was net afgestudeerd aan de Universiteit en zijn familie had hemel en aarde bewogen om die baan voor hem te bemachtigen, die net genoeg betaalde en een springplank naar een goede toekomst was. Coriolanus had ook bij de Academie kunnen informeren, maar hij wist niet of men het zou afkeuren dat hij zijn tribuut van de trein wilde halen. Er waren op zich geen spelregels gegeven, maar hij vermoedde dat de meesten van zijn klasgenoten hun tributen pas zouden ontmoeten tijdens een bijeenkomst die de volgende dag onder toezicht van de Academie gehouden zou worden.

Er ging een uur voorbij, en nog een, en nog steeds was er geen trein verschenen. De zon scheen ongenadig door het glazen dak van het station. Zweet droop langs zijn rug, en de roos, die die ochtend nog zo majestueus was geweest, liet inmiddels gelaten haar kopje hangen. Hij vroeg zich af of het toch een slecht idee was en hij helemaal niet beloond zou worden voor zijn onthaal. Andere meisjes, normale meisjes, zouden onder de indruk zijn, maar Lucy Gray Baird was allesbehalve normaal. Er was zelfs iets heel intimiderends aan een meisje dat zo'n vrijpostig optreden kon geven terwijl ze net door de burgemeester was aangevallen. En dat nadat ze een giftige slang in de jurk van een ander meisje had laten vallen. Coriolanus wist natuurlijk niet of hij echt giftig was geweest, maar zo werkte het brein nu eenmaal, nietwaar? Eerlijk gezegd vond hij haar doodeng. En daar stond hij dan, in zijn uniform, met een roos in zijn knuist als een verliefde schooljongen, in de hoop dat ze... wat? Hem aardig zou vinden? Zou vertrouwen? Niet ter plekke zou vermoorden?

Het was van groot belang dat ze meewerkte. Gisteren had Satyria een mentorbijeenkomst geleid waarin hun eerste opdracht was toegelicht. Voorheen waren de tributen de ochtend nadat ze in het Capitool waren aangekomen meteen de arena in gegaan, maar nu de Academieleerlingen erbij betrokken waren, werd er meer tijd voor hen ingeruimd. Er was besloten dat alle mentoren hun tribuut zouden interviewen en vijf minuten zouden krijgen om hen live op televisie aan Panem voor te stellen. Als de mensen iemand hadden om aan te moedigen, zouden ze misschien zin krijgen om daadwerkelijk naar de Hongerspelen te kijken. Als alles goed ging zou het primetimetelevisie worden – misschien zouden de mentoren zelfs tijdens de Spelen hun tributen mogen becommentariëren. Coriolanus had stilletjes gezworen dat zijn vijf minuten het opvallendste moment van de avond zouden worden.

Er kroop nog een uur voorbij en hij wilde net de handdoek in de ring gooien toen er ergens diep in de tunnel een stoomfluit klonk. In de eerste maanden van de oorlog had die fluit zijn vaders terugkeer van het slagveld aangekondigd. Zijn vader had het idee gehad dat hij zijn positie in het familiebedrijf zou legitimeren door als munitiemagnaat het leger in te gaan. Met feilloos strategisch inzicht, stalen zenuwen en een imponerende uitstraling was hij snel opgeklommen. Om aan iedereen te laten zien hoe toegewijd ze aan het Capitool waren, ging de familie Snow altijd gezamenlijk naar het station, Coriolanus in zijn fluwelen pakje, om hun geweldige vader op te halen. Tot de dag dat de trein alleen het nieuws bracht dat een rebellenkogel doel had getroffen. Het was lastig om een plek te vinden in het Capitool waar hij geen akelige herinneringen aan had, maar hier was het wel heel erg. Hij kon niet zeggen dat hij veel van de afstandelijke, strenge man had gehouden, maar hij had zich wel door hem beschermd gevoeld. Zijn dood riep gevoelens van angst en kwetsbaarheid op die Coriolanus nooit meer van zich af had kunnen schudden.

De fluit ging opnieuw en de trein reed het station in om piepend tot stilstand te komen. Het was een korte trein, een locomotief en twee wagons. Coriolanus probeerde door de ramen een glimp van zijn tribuut op te vangen en besefte toen dat de wagons die niet hadden. Ze waren bedoeld voor goederen, niet voor passagiers. De vracht werd beveiligd door zware ijzeren kettingen met ouderwetse hangsloten eraan.

Verkeerde trein, dacht hij. Ik ga wel naar huis. Maar toen hoorde hij een onmiskenbaar menselijke kreet uit een van de goederenwagons komen en bleef staan.

Hij verwachtte dat er vredebewakers zouden toesnellen, maar de trein bleef twintig minuten staan voordat er een paar naar het spoor liepen. Een van hen wisselde enkele woorden met een onzichtbare machinist, waarna er een sleutelbos uit het raam werd gegooid. De vredebewaker slenterde op zijn gemak naar de eerste wagon en bekeek de sleutels voordat hij er een uitkoos, in het hangslot stak en omdraaide. Het slot en de ketting gingen open en hij schoof de zware deur opzij. De wagon leek leeg. De vredebewaker trok zijn wapenstok en sloeg ermee tegen de rand van de deur. 'Vooruit, naar buiten jullie!'

Een lange jongen met een donkerbruine huid en opgelapte jute kleding verscheen in de opening. Coriolanus herkende hem als Clemensia's tribuut uit District 11, slank maar gespierd. Een meisje met dezelfde huidskleur maar met een broodmager figuur en een blaffende hoest kwam naast hem staan. Ze waren allebei op blote voeten en hun handen waren voor hun lichaam geboeid. Het perron lag anderhalve meter lager en ze gingen op de rand van de wagon zitten om onhandig naar beneden te springen. Een klein, bleek meisje met een streepjesjurk en een rode sjaal kroop naar de deur maar leek geen manier te kunnen verzinnen om de afstand naar de grond te overbruggen. De vredebewaker rukte haar omlaag en ze kwam hard terecht omdat ze zich met haar geboeide handen nauwelijks kon opvangen. Daarna boog de man zich in de wagon, trok er een jongen uit die zo'n tien jaar oud leek maar minstens twaalf moest zijn, en sleurde hem ook het perron op.

Inmiddels had de bedompte mestgeur van de wagon Coriolanus bereikt. Ze vervoerden de tributen in veewagons, die blijkbaar ook niet al te schoon waren. Hij vroeg zich af of ze wel te eten hadden gekregen en naar buiten waren gelaten voor frisse lucht, of dat ze na de boete meteen waren opgesloten. Omdat hij de tributen altijd alleen maar op tv zag, was hij niet voorbereid op deze ontmoeting in vlees en bloed en hij werd overspoeld door een golf van medelijden en walging. Het waren echt wezens uit een andere wereld. Een uitzichtloze, barbaarse wereld.

De vredebewaker liep naar de tweede wagon en maakte de kettingen los. De deur gleed open en daar stond Jessup, de jongenstribuut uit District 12, die met samengeknepen ogen het felverlichte station in keek. Er ging een schok door Coriolanus heen en hij rechtte verwachtingsvol zijn rug. Zij zou ongetwijfeld bij hem zijn. Jessup sprong stijfjes op het perron en draaide zich om naar de trein.

Lucy Gray Baird stapte de zon in, met haar geboeide handen half voor haar ogen om ze aan het licht te laten wennen. Jessup stak zijn armen omhoog, zijn polsen zo ver uit elkaar als zijn ketenen toelieten, en ze liet zich naar voren vallen. Hij ving haar op aan haar middel en zwierde haar opvallend gracieus naar de grond. Ze gaf de jongen een klopje op zijn mouw om hem te bedanken en hief haar gezicht naar de zonnestralen. Haar vingers kamden door haar krullen om de klitten te ontwarren en er stukjes stro uit te plukken.

Coriolanus werd afgeleid door de vredebewakers, die dreigementen de wagon in schreeuwden. Toen hij weer terugkeek, staarde Lucy Gray hem recht aan. Hij schrok even, maar besefte toen dat hij naast de vredebewakers de enige op het perron was.

De soldaten hesen vloekend een van hun collega's de wagon in om de weigerachtige tributen eruit te halen.

Het was nu of nooit.

Hij liep naar Lucy Gray, bood haar de roos aan en knikte kort. 'Welkom in het Capitool,' zei hij. Zijn stem was een beetje schor omdat hij urenlang niets had gezegd, maar hij dacht dat dat wel een goede volwassen indruk wekte.

Het meisje nam hem op en heel even was hij bang dat ze weg zou lopen of erger nog, hem uit zou lachen. Maar in plaats daarvan stak ze haar hand uit en plukte voorzichtig een blaadje van de bloem in zijn hand.

'Toen ik klein was werd ik altijd gewassen in een bad van karnemelk en rozenblaadjes,' zei ze op een toon die ondanks de onwaarschijnlijkheid van haar bewering volstrekt overtuigend klonk. Ze liet haar duim over het glanzende witte oppervlak glijden, stopte het blaadje in haar mond en deed haar ogen dicht om het te proeven. 'Smaakt naar bedtijd.'

Coriolanus maakte van de gelegenheid gebruik om haar eens goed te bekijken. Ze zag er anders uit dan tijdens de boete. De make-up was verwijderd, op een paar vlekjes hier en daar na, en zonder leek ze jonger. Haar lippen waren gebarsten, haar haar hing los, haar regenboogjurk was stoffig en verkreukeld. Waar de burgemeester haar had geslagen zat een donkerpaarse plek. Maar er was nog iets anders. Hij had opnieuw het gevoel dat hij naar een optreden keek, een privévoorstelling deze keer.

Toen ze haar ogen opendeed richtte ze al haar aandacht op hem. 'Jij ziet eruit alsof je hier niet zou moeten zijn.'

'Dat is waarschijnlijk ook zo,' gaf hij toe. 'Maar ik ben je mentor. En ik wilde je op mijn eigen voorwaarden ontmoeten. Niet op die van de Spelmakers.'

'Ah, een rebel,' zei ze.

Dat woord was gif in de mond van Capitoolinwoners, maar zij zei het goedkeurend, als een compliment. Of dreef ze de spot met hem? Hij dacht aan het feit dat ze slangen in haar zak had en dat de normale regels op haar niet van toepassing waren.

'En wat doet mijn mentor voor me, behalve me rozen geven?' vroeg ze.

'Ik doe mijn best om voor je te zorgen,' zei hij.

Ze keek over haar schouder, waar de vredebewakers twee halfverhongerde kinderen naar buiten smeten. Het meisje brak haar voortand op de stenen en de jongen kreeg een paar harde schoppen zodra hij op het perron lag.

Lucy Gray glimlachte naar Coriolanus. 'Nou, veel succes, knapperd,' zei ze en ze liep terug naar Jessup. Hij bleef achter met zijn roos.

De vredebewakers dreven de tributen door het station naar de uitgang en Coriolanus voelde dat zijn kans hem ontglipte. Hij had haar vertrouwen niet gewonnen. Het enige wat hij had bereikt was dat ze even om hem had gelachen. Ze vond hem duidelijk nutteloos en misschien was hij dat ook wel, maar er stond zoveel op het spel dat hij in elk geval nog een poging moest wagen. Hij rende het station door en haalde de troep tributen bij de deur in.

'Pardon,' zei hij tegen de vredebewaker die de leiding had. 'Ik ben Coriolanus Snow van de Academie.' Hij maakte een hoofdbeweging naar Lucy Gray. 'Ik heb deze tribuut toegewezen gekregen voor de Hongerspelen. Ik vroeg me af of ik haar misschien naar haar verblijf zou kunnen begeleiden.'

'Hang je hier daarom al de hele ochtend rond? Om een lift naar de show te krijgen?' vroeg de vredebewaker. Hij stonk naar drank en zijn ogen waren roodomrand. 'Ga je gang, hoor, meneer Snow. Kom erbij.'

Toen zag Coriolanus de vrachtwagen pas die op de tributen stond te wachten. Of eigenlijk was het meer een kooi op wielen. De bodem was omringd door ijzeren tralies met daarop een stalen dak. Hij moest opnieuw denken aan het circus uit zijn jeugd, waar hij wilde dieren – katachtigen en beren – in dit soort wagens opgesloten had zien zitten. Op bevel staken de tributen hun handen uit om hun boeien te laten verwijderen en daarna klommen ze de kooi in.

Coriolanus hield zich op de achtergrond, maar toen zag hij Lucy Gray naar hem kijken en hij wist dat dit het beslissende moment was. Als hij nu terugkrabbelde was het voorbij. Ze zou hem een lafaard vinden en niets meer met hem te maken willen hebben. Hij haalde diep adem en klauterde de kooi in.

De deur werd achter hem dichtgeslagen en de wagen schokte naar voren, waardoor hij zijn evenwicht verloor. In een reflex greep hij naar de tralies rechts van hem en zijn voorhoofd belandde ertussen toen een stel tributen tegen hem aan viel. Hij duwde hard naar achteren en draaide zich om naar zijn medepassagiers. Iedereen hield nu minstens één tralie vast, behalve het meisje met de gebroken tand, dat zich vastklampte aan het been van de jongen uit haar district. De wagen dreunde een brede laan in en iedereen vond min of meer zijn plek.

Coriolanus wist dat hij een fout had gemaakt. Zelfs in de open wagen was de stank overweldigend. De geur van de veewagon die in de tributen was getrokken vermengde zich met de lucht van ongewassen mensen en Coriolanus werd er een beetje misselijk van. Van dichtbij zag hij hoe vuil ze waren, hoe bloeddoorlopen hun ogen, hoe beurs hun armen en benen. Lucy Gray stond opgepropt in een hoekje voorin en drukte de geplooide zoom van haar rok tegen een verse schaafwond op haar voorhoofd. Zijn aanwezigheid leek haar niets te doen, maar de anderen staarden hem aan als een roedel roofdieren die een verwend schoothondje zag.

Ik ben in elk geval fitter dan zij, dacht hij, en hij balde zijn vuist rond de steel van de roos. Als ze aanvallen maak ik een kans. Maar was dat wel zo? Tegen zoveel?

De wagen remde af om een kleurige, overvolle tram voor te laten. Coriolanus stond achterin, maar zakte toch op zijn hurken om niet gezien te worden.

De tram gleed voorbij, de wagen reed verder en hij durfde weer overeind te komen. Ze lachten hem uit, de tributen, of in elk geval stonden er een paar te grijnzen omdat hij zich duidelijk zo ongemakkelijk voelde.

'Wat is er, mooie jongen? Zit je in de verkeerde kooi?' vroeg de jongen uit District 11, die helemaal niet moest lachen.

Coriolanus schrok van de openlijke haat, maar hij probeerde zijn gezicht onbewogen te houden. 'Nee, dit is precies de kooi die ik moest hebben.'

De handen van de jongen vlogen naar voren, omklemden Coriolanus' nek met zijn lange vingers vol littekens en duwden hem naar achteren. Zijn onderarmen drukten Coriolanus tegen de tralies. Coriolanus kon geen kant op en zocht zijn toevlucht tot de enige verdediging die hem tijdens de vechtpartijen op het schoolplein nooit in de steek had gelaten: hij ramde zijn knie hard in het kruis van zijn tegenstander. De districtsjongen hapte naar adem, liet hem los en klapte dubbel.

'Nu gaat hij je misschien wel vermoorden.' Het meisje uit District 11 hoestte in Coriolanus' gezicht. 'In 11 heeft hij een vredebewaker vermoord. Ze zijn er nooit achter gekomen wie de dader was.'

'Klep dicht, Dille,' gromde de jongen.

'Wat kan het nog schelen?' vroeg Dille.

'Laten we hem samen vermoorden,' zei de kleine jongen bloeddorstig. 'Ze kunnen ons toch niks meer maken.'

Een paar tributen mompelden instemmend en kwamen een stap dichterbij.

Coriolanus verstijfde van angst. Hem vermoorden? Wilden ze hem echt doodslaan, hier, op klaarlichte dag, midden in het Capitool? Ineens besefte hij dat ze dat inderdaad wilden. Wat hadden ze nog te verliezen? Zijn hart bonkte in zijn borst en hij zakte door zijn knieën, zijn vuisten omhoog, klaar voor de naderende aanval.

De spanning werd doorbroken door de melodieuze stem van Lucy Gray in de hoek. 'Ons niet, nee. Maar hebben jullie thuis familie? Iemand die ze dáár te grazen kunnen nemen?'

Dat leek de andere tributen de wind uit de zeilen te nemen. Ze wrong zich naar voren en ging tussen hen en Coriolanus in staan.

'En bovendien,' zei ze, 'is hij mijn mentor. Hij schijnt me te gaan helpen. Misschien heb ik hem nog nodig.'

'Hoezo krijg jij menszorg?' vroeg Dille.

'Een mentor. Die krijgen jullie allemaal,' legde Coriolanus uit, en hij probeerde te klinken alsof hij alles onder controle had.

'Waar zijn die dan?' vroeg Dille uitdagend. 'Waarom zijn ze niet hier?'

'Zeker niet geïnspireerd,' zei Lucy Gray. Ze wendde haar blik af van Dille en gaf Coriolanus een knipoog.

De wagen sloeg af en hobbelde een smalle, schijnbaar doodlopende zijstraat in. Coriolanus kon zich niet goed oriënteren. Hij probeerde te bedenken waar de tributen in eerdere jaren waren opgesloten. Was dat niet in de stallen waar de paarden van de vredebewakers stonden? Ja, zoiets meende hij opgevangen te hebben. Zodra ze er waren zou hij een vredebewaker aanspreken en zijn situatie uitleggen, en misschien wat bescherming vragen vanwege de vijandigheden. Na die knipoog van Lucy Gray was het misschien de moeite waard om nog even te blijven.

Ze reden nu achteruit een schaars verlicht gebouw in, een pakhuis misschien. Coriolanus ademde een muskusachtige mengeling van rotte vis en oud hooi in. Verward probeerde hij de omgeving beter te zien, en zijn turende ogen ontwaarden twee ijzeren deuren die openzwaaiden. Een vredebewaker maakte de achterkant van de wagen open en voordat er iemand kon uitstappen, kantelde de kooi om hen allemaal op een koude, vochtige betonnen plaat te kieperen. Nee, geen plaat, het was meer een helling, want het ding stond zo scheef dat Coriolanus samen met de anderen onmiddellijk naar beneden gleed. Hij liet zijn roos vallen omdat zijn handen tevergeefs naar houvast zochten. Na een meter of zes belandden ze in een wanordelijke hoop op een zanderige vloer. De brandende zon scheen op hem neer toen hij haastig bij de anderen vandaan krabbelde. Hij zette een paar wankele stappen, richtte zich op en verstijfde van afschuw. Dit waren de stallen niet. Hij was hier al jaren niet geweest, maar hij kon zich deze plek nog heel goed herinneren. Het zand op de grond. De kunstmatige rotsformaties die hoog de lucht in torenden. De rij ijzeren tralies die op klimplanten moesten lijken en in een brede boog naar binnen kromden om het publiek te beschermen. En tussen de tralies de gezichten van Capitoolkinderen die hem aanstaarden.

Hij was in het apenverblijf van de dierentuin.

4

Hij had zich niet naakter kunnen voelen wanneer hij in zijn blootje midden op de Corso had gestaan. Dan had hij tenminste nog kunnen ontsnappen. Nu was hij gevangen, tentoongesteld, en voor het eerst besefte hij dat de dieren zich hier nooit konden verstoppen. De kinderen wezen enthousiast naar zijn schooluniform en dat trok weer de aandacht van de volwassenen. Alle ruimte tussen de tralies werd gevuld door gezichten. Maar het ergst waren de camera's aan weerszijden van de bezoekers.

Capitool TV. Met hun alomtegenwoordige verslaggeving en hun sappige slogan *Als u het hier niet ziet, is het niet gebeurd.*

O, en of het gebeurde. Met hem. Nu.

Hij voelde dat hij in het hele Capitool live te zien was. Gelukkig stond hij van schrik als aan de grond genageld, want het enige wat erger kon zijn dan in de dierentuin tussen het districtsuitschot staan was als een bezetene rondrennen in een poging te ontsnappen. Hij kwam hier niet zomaar weg. Het verblijf was gebouwd voor wilde dieren. En het zou nog sneuer zijn als hij zich probeerde te verstoppen. Wat een geweldige beelden zouden dat zijn voor Capitool TV. Ze zouden ze tot vervelens toe laten zien. Met gekke muziek en onderschriften eronder. *Het wordt Snow te heet onder de voeten!* Als onderdeel van het weerbericht. *Gevallen Snow!* Ze zouden het zijn hele leven blijven herhalen. Dan was de schande compleet.

Dus welke optie bleef er over? Het enige wat hij kon doen was doorbijten en recht in de camera's kijken tot hij werd gered.

Hij richtte zich in zijn volle lengte op, duwde zijn schouders een beetje naar achteren en probeerde verveeld te kijken. De toeschouwers riepen naar hem – eerst de hoge kinderstemmetjes en daarna ook de volwassenen; ze vroegen wat hij aan het doen was, waarom hij in die kooi stond, had hij soms hulp nodig? Iemand herkende hem en zijn naam ging als een lopend vuurtje door de menigte, die met de minuut groter werd.

'Het is die jongen van Snow!'

'Wie is dat ook alweer?'

'Je weet wel, die familie met de rozen op het dak!'

Wie waren al deze mensen die op een doordeweekse dag naar de dierentuin gingen? Hadden ze geen werk? Waarom zaten de kinderen niet op school? Geen wonder dat dit land zo'n puinhoop was.

De tributen begonnen uitdagend om hem heen te lopen. Het waren die twee uit District 11, en het gemene jongetje dat hem had willen vermoorden, en nog een paar anderen ook. Hij dacht aan de haat in de wagen en vroeg zich af wat er zou gebeuren als ze hem in een groep zouden aanvallen. Misschien zou het publiek hen alleen maar toejuichen.

Coriolanus probeerde niet in paniek te raken, maar hij voelde het zweet over zijn lichaam druipen. Alle gezichten – die van de tributen om hem heen, van het publiek voor de tralies – liepen door elkaar. De gelaatstrekken werden wazig en hij zag alleen nog donkere en lichte vlekken huid, onderbroken door het rozerood van hun open monden. Zijn armen en benen waren gevoelloos, zijn longen kregen geen lucht. Hij begon net te denken dat hij misschien toch moest proberen om via de betonnen helling omhoog te klimmen toen een stem achter hem zacht zei: 'Laat je niet kennen.'

Zonder zich om te draaien wist hij dat het het meisje was, zijn meisje, en hij was immens opgelucht dat hij niet helemaal alleen was. Hij dacht aan de manier waarop ze het publiek na de klap van de burgemeester zo slim had bespeeld en iedereen met haar lied voor zich had ingenomen. Ze had gelijk natuurlijk. Hij moest doen alsof hij dit allemaal zo gepland had, anders kon hij het schudden.

Hij haalde diep adem, draaide zich om naar de plek waar ze zat en zag dat ze de witte roos achteloos achter haar oor stak. Ze leek altijd bezig haar uiterlijk te verfraaien. In District 12 had ze haar ruches gladgestreken, op het station had ze haar haar gekamd en nu tooide ze zich met de roos. Hij stak zijn hand naar haar uit alsof ze de belangrijkste dame van het Capitool was.

Lucy Gray's mondhoeken krulden omhoog. Ze pakte zijn hand en er ging een schokje door zijn arm, alsof er een heel klein beetje van haar podiumuitstraling op hem overging. Hij maakte een buiginkje terwijl ze overdreven elegant opstond.

Ze voert een act op. Jij voert een act op. Dit is de show, dacht hij. Met opgeheven kin vroeg hij: 'Zal ik je aan een paar van mijn buren voorstellen?'

'Dat zou ik geweldig vinden,' zei ze alsof ze naar een theepartijtje gingen. 'Mijn linkerkant is beter,' mompelde ze, en ze streek even over haar wang. Hij wist niet goed wat hij met die informatie moest, dus hij nam haar maar mee naar links. Lucy Gray schonk het publiek een grote glimlach, alsof ze het naar haar zin had, maar toen hij met haar naar de tralies liep, hield ze zijn hand in een ijzeren greep.

Rond de rotspartijen en de tralies van het apenverblijf liep een ondiepe greppel die ooit een gracht tussen de dieren en de bezoekers had gevormd, maar nu kurkdroog was. Ze liepen drie treden af, staken de greppel over en klommen op een richel rond de kooi, waardoor ze zich op ooghoogte van het publiek bevonden. Coriolanus koos een plek uit waar een stel kleine kinderen op een kluitje stond, een paar meter van een van de camera's – dat ding mocht mooi naar hem toe komen. Er zat zo'n tien centimeter ruimte tussen de spijlen, niet genoeg om een lichaam door te persen, maar meer dan voldoende als je je hand naar buiten wilde steken. De kinderen werden stil toen ze op hen afkwamen en drukten hun rug tegen de benen van hun ouders.

Coriolanus vond het idee van de theevisite goed werken, dus hij ging met dezelfde luchtigheid verder en boog zich naar de kinderen. 'Hoe gaat het met jullie?' vroeg hij. 'Ik heb vandaag een vriendin meegenomen. Vinden jullie het leuk om haar te ontmoeten?'

De kinderen schuifelden met hun voeten en er werd wat gegiecheld. Toen riep een jongetje: 'Ja!' Hij sloeg een paar keer tegen de tralies en stopte zijn handen daarna onzeker in zijn zakken. 'We hebben haar op tv gezien.'

Coriolanus bracht Lucy Gray naar de tralies. 'Mag ik jullie voorstellen aan juffrouw Lucy Gray Baird?'

Het publiek was stil geworden; ze waren zenuwachtig omdat ze zo dicht bij hun kinderen stond, maar ook benieuwd naar wat die vreemde tribuut te zeggen had. Lucy Gray ging op zo'n dertig centimeter van het hek op een knie zitten. 'Hé, hallo. Ik ben Lucy Gray. Hoe heet jij?'

'Pontius,' zei het jongetje, en hij zocht even geruststelling bij zijn moeder. Die keek wantrouwig naar Lucy Gray, maar het meisje negeerde haar.

‘Hoe gaat het, Pontius?’ vroeg ze.

Zoals het een goed opgevoede Capitoolknul betaamde, wilde de jongen haar netjes een hand geven. Lucy Gray bracht haar eigen hand omhoog maar stak hem niet door de tralies, wat misschien dreigend zou overkomen. Daarom reikte het jongetje uiteindelijk in de kooi om haar aan te raken. Ze gaf een vriendelijk kneepje in zijn hand.

‘Wat leuk om je te ontmoeten. Is dat je zusje?’ Lucy Gray knikte naar het meisje dat naast hem met ogen als schoteltjes op haar vinger stond te zuigen.

‘Dat is Venus,’ zei hij. ‘Die is nog maar vier.’

‘Ik vind vier een heel mooie leeftijd,’ zei Lucy Gray. ‘Aangenaam kennis te maken, Venus.’

‘Ik vond jouw liedje mooi,’ fluisterde Venus.

‘Echt waar?’ vroeg Lucy Gray. ‘Wat lief van je. Blijf kijken, schatje, dan probeer ik nog een liedje voor je te zingen. Goed?’

Venus knikte en verstopte haar gezicht toen in de rok van haar moeder, wat het publiek gelach en vertederde kreten ontlokte.

Lucy Gray schoof verder langs de omheining en sprak alle kinderen aan. Coriolanus hield zich een beetje afzijdig om haar de ruimte te geven.

‘Heb je je slang meegenomen?’ vroeg een meisje met een aardbeienwaterijsje hoopvol.

‘Dat had ik wel graag gewild. Die slang was ’n goeie vriend van mij,’ vertelde Lucy Gray. ‘Heb jij ook een huisdier?’

‘Een vis,’ zei het meisje. Ze leunde tegen de tralies. ‘Hij heet Blub.’ Ze nam haar ijsje in haar andere hand en stak haar arm door de tralies uit naar Lucy Gray. ‘Mag ik aan je jurk voelen?’ Er liepen straaltjes rode siroop van haar pols naar haar elleboog, maar Lucy Gray lachte alleen maar en tilde haar rok een stukje op. Het meisje liet een aarzelende vinger over de ruches glijden. 'Mooi.'

'Die van jou is ook leuk.' Het meisje droeg een verschoten, bedrukte jurk, niets bijzonders. Maar Lucy Gray zei: 'Ik word altijd vrolijk van stipjes,' en het meisje straalde.

Coriolanus merkte dat het publiek ontdooide en niet meer op afstand bleef. Mensen waren makkelijk te manipuleren als het op hun kinderen aankwam. Meteen blij als zij blij waren.

Lucy Gray leek dat instinctief aan te voelen en liet de volwassenen links liggen. Ze was bijna bij een van de camera's en de bijbehorende verslaggever. Dat moest ze gemerkt hebben, maar toen ze overeind kwam en recht in de lens keek begon ze geschrokken te lachen. 'O, hallo. Zijn we op tv?'

De Capitoolverslaggever, een jongeman die op zoek was naar een goed verhaal, boog zich gretig naar voren. 'Jazeker.'

'En wie ben jij?' vroeg ze.

'Ik ben Lepidus Malmsey van Capitool TV,' zei hij grijnzend. 'Goed, Lucy, dus jij bent de tribuut uit District 12?'

'Ik heet Lucy Gray en ik kom niet echt uit 12,' zei ze. 'Ik hoor bij het Covey-volk. Wij zijn muzikanten van beroep. Op een dag namen we de verkeerde afslag en toen mochten we niet meer weg.'

'Aha. Maar… waar komen jullie dan vandaan?' vroeg Lepidus.

'Overal en nergens. We gaan gewoon de wind achterna van de ene plek naar de andere.' Lucy Gray zweeg even. 'Of dat deden we vroeger. Voordat de vredebewakers ons een paar jaar geleden te pakken kregen.'

'Maar nu zijn jullie inwoners van District 12,' hield hij vol.

'Als jij 't zegt.' Lucy Gray's blik dwaalde af naar het publiek alsof ze zich begon te vervelen.

De journalist merkte dat ze haar aandacht verloor. 'Je jurk is een groot succes in het Capitool!'

'Is dat zo? Tja, de Covey zijn dol op kleur, en ik al helemaal. Maar deze is van m'n mama geweest, dus die is extra bijzonder,' zei ze.

'Is je moeder in District 12?' vroeg Lepidus.

'Alleen haar botten, schat. Alleen haar parelwitte botten.' Lucy staarde recht in de ogen van de verslaggever, die moeite leek te hebben om een volgende vraag te verzinnen. Ze keek zijn geworstel even aan en gebaarde toen naar Coriolanus. 'Zeg, ken je mijn mentor? Zegt dat-ie Coriolanus Snow heet. Hij komt uit 't Capitool en ik heb duidelijk de slagroom op de taart gekregen, want alle andere mentoren waren te beroerd om hun tribuut welkom te heten.'

'Ja, daar stonden we allemaal wel even van te kijken. Hebben je docenten gezegd dat je hiernaartoe moest, Coriolanus?' vroeg Lepidus.

Coriolanus deed een stap naar de camera en ging voor 'aardig met een vleugje kwajongen'. 'Ze hebben niet gezegd dat ik níét moest gaan.' In het publiek klonk gelach. 'Maar ik heb wel opdracht gekregen om Lucy Gray aan het Capitool voor te stellen, en die taak neem ik heel serieus.'

'Dus je hebt er geen seconde over getwijfeld om je in een kooi vol tributen te laten opsluiten?' drong de verslaggever aan.

'Eén seconde, twee seconden, en inmiddels ook een derde en een vierde seconde,' gaf Coriolanus toe. 'Maar als zij dapper genoeg is om hier te zitten, dan moet ik dat toch ook zijn?'

'O, even voor de duidelijkheid: ik had niks te kiezen,' zei Lucy Gray.

'Even voor de duidelijkheid: ik ook niet,' zei Coriolanus. 'Toen ik jou had horen zingen kon ik niet wegblijven. Ik ben fan, ik geef het gewoon toe.' Lucy Gray zwiepte even met haar rok toen de toeschouwers begonnen te klappen.

'Ik hoop maar voor je dat de Academie dat ook is, Coriolanus,' zei Lepidus. 'Ik denk dat je daar zo achter gaat komen.'

Coriolanus keek om en zag achter in het apenverblijf twee metalen deuren opengaan, de ramen verstevigd met spijlen. Vier vredebewakers stampten naar binnen en kwamen recht op hem af. Hij draaide zich weer naar de camera, vastbesloten om het podium goed te verlaten.

'Bedankt voor het kijken,' zei hij. 'Denk eraan, het is Lucy Gray Baird voor District 12. Kom vooral even langs in de dierentuin om hallo te zeggen. Ze is de moeite waard, dat beloof ik.'

Lucy Gray stak haar hand naar hem uit met het knikje van de pols dat om een kus vraagt. Hij ging erop in en toen zijn lippen langs haar huid streken voelde hij een aangename tinteling. Daarna zwaaide hij nog één keer naar het publiek en wandelde rustig naar de vredebewakers toe. Een van hen knikte bars en zonder iets te zeggen liep hij onder een behoorlijk applaus het hok uit.

Toen de deuren achter hem dichtvielen slaakte hij een diepe zucht en besefte hij hoe bang hij was geweest. Hij gaf zichzelf een complimentje omdat hij zo beheerst was gebleven onder druk, maar de boze blikken van de vredebewakers leken te zeggen dat ze dat niet met hem eens waren.

'Waar ben jij mee bezig?' wilde een van hen weten. 'Jij mag daar niet komen.'

'Dat dacht ik ook, tot jouw kompanen me zonder pardon van die helling donderden,' antwoordde Coriolanus. Hij vond dat de combinatie van *kompanen* en *zonder pardon* net genoeg superioriteit uitdroeg. 'Het ging mij slechts om de rit naar de dierentuin. Ik zal alles met plezier aan je leidinggevende uitleggen en de vredebewakers aanwijzen die dit hebben gedaan. Maar jou wil ik graag bedanken.'

'Juist,' zei ze toonloos. 'We hebben opdracht om je naar de Academie te brengen.'

'Nog beter,' zei Coriolanus zelfverzekerder dan hij zich voelde. De snelle reactie van de school baarde hem zorgen.

Hoewel de televisie achter in het vredebewakersbusje kapot was, ving hij onderweg toch af en toe een glimp op van het verhaal via de grote openbare schermen die overal in het Capitool hingen. Er borrelde een zenuwachtige energie in hem op toen hij zag dat de beelden van Lucy Gray en daarna ook die van hemzelf door de hele stad werden uitgezonden. Hij zou zoiets gewaagds nooit van tevoren bedacht hebben, maar nu het gebeurd was kon hij er net zo goed van genieten. En hij had echt een prima optreden gegeven, vond hij zelf. Hij had zijn hoofd erbij gehouden. Zijn mannetje gestaan. Het meisje voorgesteld, en zij was een natuurtalent. Hij had het allemaal waardig en met een vleug ironische humor afgehandeld.

Tegen de tijd dat ze de Academie bereikten had hij zich weer helemaal herpakt en liep hij zelfverzekerd de trap op. Het hielp dat iedereen naar hem keek, en als er geen vredebewakers waren geweest om ze op afstand te houden, waren zijn klasgenoten vast en zeker op hem afgestormd. Hij dacht dat hij naar het kantoor van de rector gebracht zou worden, maar tot zijn verbazing zette de bewaker hem op een bank voor de deur van het laboratorium, waar alleen ouderejaars mochten komen die heel goed waren in hogere biologie. Het was niet zijn lievelingsvak – de geur van formaldehyde deed hem kokhalzen en hij vond werken in tweetallen verschrikkelijk – maar zijn cijfers voor genetische manipulatie waren hoog genoeg om mee te mogen doen.

Heel iets anders dan die bolleboos Io Jasper, die waarschijnlijk geboren was met een microscoop aan haar oog. Maar hij was altijd hoffelijk tegen Io, met als gevolg dat ze hem aanbad. Bij onpopulaire leerlingen leverde een klein beetje moeite al zoveel op.

Maar wie was hij om zich beter te voelen? Op het mededelingenbord tegenover de bank hing een vel papier. Er stond op:

10E HONGERSPELEN
MENTORTOEWIJZINGEN

DISTRICT 1
Jongen *Livia Cardew*
Meisje *Palmyra Monty*

DISTRICT 2
Jongen *Sejanus Plinth*
Meisje *Florus Friend*

DISTRICT 3
Jongen *Io Jasper*
Meisje *Urban Canville*

DISTRICT 4
Jongen *Persephone Price*
Meisje *Festus Creed*

DISTRICT 5
Jongen *Dennis Fling*
Meisje *Iphigenia Moss*

DISTRICT 6

Jongen	*Apollo Ring*
Meisje	*Diana Ring*

DISTRICT 7

Jongen	*Vipsania Sickle*
Meisje	*Pliny Harrington*

DISTRICT 8

Jongen	*Juno Phipps*
Meisje	*Hilarius Heavensbee*

DISTRICT 9

Jongen	*Gaius Breen*
Meisje	*Androcles Anderson*

DISTRICT 10

Jongen	*Domitia Whimsiwick*
Meisje	*Arachne Crane*

DISTRICT 11

Jongen	*Clemensia Dovecote*
Meisje	*Felix Ravinstill*

DISTRICT 12

Jongen	*Lysistrata Vickers*
Meisje	*Coriolanus Snow*

Hij kon haast niet wranger aan zijn penibele situatie herinnerd worden dan door daar als hekkensluiter helemaal onderaan te bungelen.

Nadat Coriolanus een paar minuten had zitten piekeren over de vraag waarom hij naar het lab was gebracht, zei de bewaker dat hij naar binnen kon. Na zijn aarzelende klop meldde een stem die hij herkende als die van rector Highbottom dat hij verder moest komen. Hij had verwacht dat Satyria erbij zou zijn, maar er was maar één andere aanwezige: een kleine, gebogen oude vrouw met pluizig grijs haar die een gekooid konijn pestte met een metalen staaf. Ze prikte door het gaas naar het dier, dat door modificatie de kaken van een pitbull had gekregen, tot het de stok uit haar hand rukte en doormidden beet. Daarna richtte ze zich zo ver op als ze kon, keek naar Coriolanus en riep: 'Huppeltje hoppeltje!'

Dr. Volumnia Gaul, de Hoofdspelmaker en het brein achter de experimentele wapens van het Capitool, joeg Coriolanus al van kleins af aan de stuipen op het lijf. Tijdens een schoolreisje hadden hij en zijn negenjarige klasgenoten toegekeken hoe ze met een soort laserstraal het vlees van een laboratoriumrat smolt, waarna ze had gevraagd of iemand nog een huisdier had waar hij of zij vanaf wilde. Coriolanus had geen huisdieren – hoe zouden ze het voer moeten betalen? Maar Pluribus Bell had een pluizige witte kat die Boa Bell heette en naar de punten van zijn bepoederde pruik sloeg als ze bij haar baasje op schoot lag. Ze was dol op Coriolanus en begon altijd schor en ritmisch te knorren zodra hij haar aaide. Als hij op een grauwe dag weer eens door de sneeuwbrij slofte om een paar blikken limabonen terug te ruilen voor kool, had hij altijd troost gevonden in haar suffe, zachte warmte. Hij kreeg een heel naar gevoel bij het idee dat Boa Bell in het lab zou kunnen belanden.

Coriolanus wist dat dr. Gaul lesgaf op de Universiteit, maar op de Academie zag hij haar zelden. Als Hoofdspelmaker viel alles wat met de Hongerspelen te maken had echter onder haar supervisie. Was ze hier vanwege zijn uitstapje naar de dierentuin? Zou hij zijn mentoraat kwijtraken?

'Huppeltje hoppeltje.' Dr. Gaul grijnsde. 'Hoe was de zoo?' Toen begon ze te lachen. 'Het klinkt als een kinderrijmpje. Huppeltje hoppeltje, hoe was de zoo? Je viel in een kooi en dat meisje keek toe!'

Coriolanus' lippen vormden een flauw glimlachje en zijn ogen schoten naar rector Highbottom om te zien hoe hij moest reageren. De man zat in elkaar gezakt achter een labtafel en wreef over zijn slaap op een manier die deed vermoeden dat hij barstende hoofdpijn had. Daar had hij dus niets aan.

'Klopt,' zei Coriolanus. 'Ik viel in een kooi.'

Dr. Gaul trok haar wenkbrauwen naar hem op, alsof ze meer verwachtte. 'En?'

'En... het... volk vond het mooi?' voegde hij eraan toe.

'Ha! Inderdaad! Ze vonden het prachtig!' Dr. Gaul keek hem goedkeurend aan. 'Je bent goed in spelletjes. Misschien word je op een dag wel Spelmaker.'

Dat was nog nooit bij hem opgekomen. Hij wilde Remus niet schofferen, maar het leek hem een baan van niks. Je hoefde niet echt veel te kunnen om een stel kinderen met wapens in een arena te gooien en ze elkaar dood te laten vechten. Ze moesten natuurlijk ook de boete organiseren en de Spelen filmen, maar hij hoopte zelf toch op een iets uitdagender carrière. 'Ik moet nog veel leren voordat ik daar überhaupt over na kan denken,' antwoordde hij bescheiden.

'Je hebt het instinct. Daar gaat het om,' zei dr. Gaul. 'Goed, vertel eens, waarom ging je die kooi in?'

Het was per ongeluk gegaan. Dat wilde hij net zeggen toen hij dacht aan Lucy Gray die *Laat je niet kennen* had gefluisterd.

'Tja, het zit zo... mijn tribuut is aan de kleine kant. Zo'n meid die in de eerste vijf minuten van de Hongerspelen al het loodje legt. Maar ze heeft een soort armoedige aantrekkingskracht, met dat zingen en zo.' Coriolanus zweeg even, alsof hij zijn plan nog eens naliep. 'Ik denk niet dat ze kans maakt om te winnen, maar daar gaat het niet om, toch? Mij is verteld dat we het publiek proberen te boeien. Dat is mijn opdracht. Om de mensen te laten kijken. Dus stelde ik mezelf de vraag: hoe beréík ik het publiek eigenlijk? Daarvoor moet ik de camera's opzoeken.'

Dr. Gaul knikte. 'Ja. Ja, zonder publiek geen Hongerspelen.' Ze draaide zich om naar de rector. 'Kijk, Casca, deze nam zelf het initiatief. Hij begrijpt hoe belangrijk het is dat de Spelen blijven bestaan.'

Rector Highbottom keek hem met samengeknepen ogen sceptisch aan. 'Is dat zo? Of slooft hij zich gewoon uit voor een hoger cijfer? Wat is volgens jou het doel van de Hongerspelen, Coriolanus?'

'De districten straffen voor de opstand,' zei Coriolanus onmiddellijk.

'Ja, maar een straf kan talloze vormen aannemen,' zei de rector. 'Waarom de Hongerspelen?'

Coriolanus deed zijn mond open, maar aarzelde toen. Waarom de Hongerspelen? Waarom niet gewoon bombarderen, of de voedseltransporten stilleggen, of openbare terechtstellingen houden op de trappen van de Gerechtsgebouwen?

Zijn gedachten schoten naar Lucy Gray die geknield bij de tralies van de kooi zat en met de kinderen babbelde, het publiek voor zich won. Ze waren verbonden op een manier die hij niet goed onder woorden kon brengen. 'Omdat... Het gaat om de kinderen. Aan wat die voor de mensen betekenen.'

'En wat is dat dan?' drong rector Highbottom aan.

'Mensen houden van kinderen,' zei Coriolanus. Maar zodra

hij het zei twijfelde hij eraan. Tijdens de oorlog was hij gebombardeerd, uitgehongerd en op meerdere manieren misbruikt, en niet alleen door de rebellen. Een kool die uit zijn handen was gerukt. Een vredebewaker die hem een blauwe kaak had geslagen toen hij per ongeluk te dicht bij het presidentiële paleis was gekomen. Hij dacht aan die keer dat hij door de zwanengriep in elkaar was gezakt en op straat was blijven liggen, en niemand, maar dan ook echt niemand was blijven staan om hem te helpen. Rillend van de kou, gloeiend van de koorts, overal pijn. Uiteindelijk had Tigris hem die avond gevonden en op de een of andere manier thuis gekregen, ook al was ze zelf ziek.

Hij begon te hakkelen. 'Soms wel,' voegde hij eraan toe, maar zonder overtuiging. Nu hij erover nadacht leken volwassenen ineens erg wispelturig in hun liefde voor kinderen. 'Ik weet het niet,' gaf hij toe.

Rector Highbottom keek dr. Gaul aan. 'Zie je wel? Het is een mislukt experiment.'

'Als niemand kijkt wel, ja!' snauwde ze terug. Ze glimlachte Coriolanus toegeeflijk toe. 'Hij is zelf nog een kind. Geef hem wat tijd. Ik heb een goed gevoel bij deze. Zo, ik ga bij mijn mutilanten kijken.' Ze gaf Coriolanus een klopje op zijn arm en schuifelde naar de deur. 'Dit is nog strikt geheim, maar bij de reptielen gebeuren echt geweldige dingen.'

Coriolanus wilde achter haar aan lopen, maar de stem van rector Highbottom hield hem tegen. 'Dus dat hele optreden van jou was de bedoeling. Vreemd. Want toen je opstond in die kooi kreeg ik de indruk dat je ervandoor wilde gaan.'

'Het ging er iets ruiger aan toe dan ik me had voorgesteld. Het duurde even voordat ik me georiënteerd had. Ik moet nog veel leren, zoals ik al zei,' antwoordde Coriolanus.

'Zoals wanneer je te ver gaat, bijvoorbeeld. Je krijgt een minpunt omdat je roekeloos gedrag hebt vertoond waarbij een leerling gewond had kunnen raken. Jijzelf, om precies te zijn. Die wordt vastgelegd in je dossier,' zei de rector.

Een minpunt? Wat hield dat precies in? Coriolanus zou de schoolgids van de Academie erop na moeten slaan om bezwaar te kunnen maken. Hij werd afgeleid door de rector, die een flesje uit zijn zak haalde, de dop eraf draaide en drie druppels van een heldere vloeistof op zijn tong liet vallen.

Het spul – morfling, waarschijnlijk – werkte snel, want het lichaam van rector Highbottom ontspande en hij kreeg een dromerige blik in zijn ogen. Hij glimlachte onvriendelijk. 'Drie van die minpunten en je wordt van school gestuurd.'

5

Coriolanus had nog nooit een officiële reprimande gehad, iets wat zijn onberispelijke staat van dienst zou bezoedelen. 'Maar...' begon hij.

'Wegwezen, anders krijg je er nog een voor opstandigheid,' zei rector Highbottom. Er zat geen ruimte in die mededeling, geen uitnodiging om te onderhandelen. Coriolanus deed wat hem werd opgedragen.

Had rector Highbottom echt gezegd dat hij *van school gestuurd* zou worden?

Coriolanus was behoorlijk overstuur toen hij de Academie uit liep, maar zijn zorgen werden opnieuw gesust door alle aandacht die hij kreeg. Van zijn medeleerlingen in de gang, van Tigris en de grootmadam tijdens hun snelle maal van gebakken eieren en koolsoep, van volslagen vreemdelingen toen hij die avond terug naar de dierentuin ging omdat hij een vinger in de Spelenpap wilde houden.

De stad was gedrenkt in de zachtoranje gloed van de zonsondergang en een koele bries blies de verstikkende hitte weg. Capitoolambtenaren hadden de sluitingstijd van de dierentuin verlengd naar negen uur, zodat de inwoners de tributen konden gaan bekijken, maar na zijn eerdere bezoek waren er geen livereportages meer geweest. Coriolanus had besloten om nog een keer langs te gaan om te zien hoe het met Lucy Gray was en om voor te stellen dat ze weer een lied zou zingen. Dat zou het publiek geweldig vinden en misschien kwamen de camera's dan terug.

Op de kronkelpaadjes van de dierentuin dacht hij met weemoed aan de fijne dagen die hij hier als kind had doorgebracht, maar de lege kooien stemden hem droevig. Ooit waren die gevuld geweest met allerlei fascinerende dieren uit de genetische ark van het Capitool. Nu zag hij achter een van de hekken een eenzame schildpad hijgend en piepend in de modder liggen. Een verfomfaaide toekan riep hoog in de takken en fladderde vrij van het ene verblijf naar het andere. Het waren de schaarse overlevenden van de oorlog, want de meeste dieren waren verhongerd of opgegeten. Twee schriele wasberen die waarschijnlijk vanuit een naburig stadspark naar binnen waren geslopen rommelden nu door een omgevallen prullenbak. De enige beesten met wie het goed ging, waren de ratten die elkaar rond de fonteinen achternazaten en vlak voor zijn voeten over het pad schoten.

Dichter bij het apenverblijf werd het drukker en zo'n honderd mensen krulden van de ene kant van de tralies naar de andere. Iemand duwde in het voorbijgaan tegen zijn arm en hij herkende Lepidus Malmsey die zich met een cameraman haastig door de mensenmassa worstelde. Er was iets aan de hand bij de kooi en Coriolanus klom op een kei om het beter te kunnen zien.

Tot zijn ergernis zag hij Sejanus met een grote rugzak aan de rand van het verblijf staan. Hij leek een broodje door de tralies te steken en aan de tributen in de kooi aan te bieden. Voorlopig wachtten ze allemaal af. Coriolanus kon niet horen wat Sejanus zei, maar hij leek te proberen om Dille, het meisje uit District 11, over te halen het broodje te pakken. Wat was Sejanus van plan? Probeerde hij Coriolanus de loef af te steken en het gras voor zijn voeten weg te maaien? Had hij zijn idee gestolen om naar de dierentuin te komen en deed hij er nu een schep bovenop die Coriolanus nooit zou kunnen evenaren, simpelweg omdat hij het niet kon betalen? Zat die hele rugzak vol broodjes? Dat meisje was zijn tribuut niet eens.

Toen Sejanus Coriolanus in het oog kreeg, klaarde zijn gezicht op en wenkte hij hem. Coriolanus liep nonchalant door het publiek en zoog de aandacht op. 'Problemen?' vroeg hij, kijkend naar de rugzak. Die was tot de rand gevuld met broodjes en verse pruimen.

'Ze vertrouwen me niet. En waarom zouden ze ook?' antwoordde Sejanus.

Er kwam een meisje naast hen staan dat zelfingenomen naar een bordje op een paal aan de zijkant van het verblijf wees. 'Daar staat dat je de dieren niet mag voeren.'

'Maar het zijn geen dieren,' zei Sejanus. 'Het zijn kinderen, net als jij en ik.'

'Ze zijn niet zoals ik!' wierp het meisje tegen. 'Ze komen uit de districten. Daarom zitten ze in een kooi!'

'Wel zoals ik, dus,' zei Sejanus droog. 'Coriolanus, denk je dat je jouw tribuut kunt lokken? Als zij komt, komen de anderen misschien ook. Ze zijn vast uitgehongerd.'

Coriolanus dacht razendsnel na. Hij had vandaag al een minpunt gekregen en hij wilde geen risico's nemen met rector Highbottom. Maar dat minpunt had hij gekregen omdat hij een leerling in gevaar had gebracht, en aan deze kant van de tralies was hij volkomen veilig. Dr. Gaul, die eigenlijk veel belangrijker was dan rector Highbottom, had hem geprezen om zijn initiatief. En hij had eerlijk gezegd helemaal geen zin om het podium aan Sejanus af te staan. De dierentuin was zíjn show, en Lucy Gray en hij waren de sterren. Zelfs nu hoorde hij Lepidus zijn naam fluisteren tegen de cameraman, voelde hij de ogen van de Capitoolkijkers op zich gericht.

Hij ontdekte Lucy Gray aan de achterkant van het verblijf, waar ze haar handen en gezicht waste bij een kraantje dat op kniehoogte uit de muur stak. Ze droogde zich af met haar ruchesrok, schikte haar krullen en stak de roos weer achter haar oor.

'Ik ga niet doen alsof het voedertijd is,' zei Coriolanus tegen Sejanus. Hij had haar als een dame behandeld, dan kon hij nu geen eten door de tralies gaan duwen. 'Niet bij mijn tribuut. Maar ik kan haar wel een avondmaaltijd aanbieden.'

Sejanus knikte meteen. 'Pak maar wat je wilt. Moe heeft extra gemaakt. Alsjeblieft.'

Coriolanus zocht twee broodjes en twee pruimen uit en liep naar de rand van het apenverblijf, waar een platte steen een prima zitplaats vormde. Zijn hele leven, zelfs in de meest barre tijden, was hij nog nooit van huis gegaan zonder een schone zakdoek op zak. De grootmadam hamerde op bepaalde fatsoensnormen die de chaos op afstand moesten houden. Ze hadden er laden vol van en sommige gingen al generaties mee, effen, kant of met geborduurde bloemetjes erop. Hij spreidde de versleten, enigszins gekreukte, vierkante witte linnen lap uit en legde het eten erop. Hij ging zitten en Lucy Gray kwam uit zichzelf naar de tralies geslenterd.

'Zijn die broodjes voor iemand?' vroeg ze.

'Ja, voor jou,' antwoordde hij.

Ze ging in kleermakerszit zitten en pakte een broodje. Nadat ze het bestudeerd had, beet ze er een hoekje af. 'Eet jij niks?'

Hij twijfelde. Tot nu was het een goed beeld – hij had haar weer losgeweekt van de groep, presenteerde haar als iemand die iets waard was. Maar om met haar te eten? Dat zou misschien te ver gaan.

'Ik geef het liever aan jou,' zei hij. 'Je moet op krachten blijven.'

'Waarom? Zodat ik Jessups nek kan breken in de arena? We weten allebei dat dat niet mijn sterkste kant is,' zei ze.

Zijn maag knorde door de geur van het broodje. Een dikke plak gehaktbrood op wit brood. Hij had de lunch op de Academie gemist vandaag, en het ontbijt en avondeten waren thuis karig geweest. Een klodder ketchup die uit het broodje van Lucy Gray droop trok hem over de streep. Hij pakte het tweede broodje en zette zijn tanden erin. Er ging een lichte huivering van genot door zijn lichaam en hij moest zich inhouden om het niet in een paar happen te verslinden.

'Nu is het net een picknick.' Lucy Gray keek om naar de andere tributen, die dichterbij waren gekomen maar nog steeds leken te aarzelen. 'Neem er een. Ze zijn heel lekker!' riep ze. 'Toe maar, Jessup!'

Na die aanmoediging sloop haar grote districtspartner langzaam op Sejanus af om het broodje van hem aan te nemen. Hij wachtte tot er een pruim volgde en liep zonder iets te zeggen weg. Ineens renden de andere tributen ook naar het hek om hun handen door de tralies te duwen. Sejanus vulde ze zo snel mogelijk en binnen een minuut was de rugzak vrijwel leeg. De tributen verspreidden zich door de kooi en bogen zich beschermend over hun eten om het snel naar binnen te schrokken.

De enige tribuut die niet naar Sejanus toe was gekomen, was die van hemzelf, de jongen uit District 2. Hij stond achter in de kooi met zijn armen voor zijn kolossale borst naar zijn mentor te staren.

Sejanus haalde het laatste broodje uit de rugzak en stak het naar hem uit. 'Marcus, deze is voor jou. Pak het dan. Alsjeblieft.' Maar Marcus bleef met een strak gezicht onbeweeglijk staan. 'Marcus, toe nou,' smeekte Sejanus. 'Je bent vast uitgehongerd.' Marcus liet zijn blik over Sejanus glijden en draaide hem toen nadrukkelijk de rug toe.

Lucy Gray sloeg hen geïnteresseerd gade. 'Wat is daar aan de hand?'

'Hoe bedoel je?' vroeg Coriolanus.

'Ik weet het niet precies,' zei ze. 'Maar het lijkt iets persoonlijks.'

Het jongetje dat Coriolanus in de wagen had willen vermoorden sprintte naar voren en griste het overgebleven broodje weg. Sejanus probeerde hem niet tegen te houden. De cameraploeg wilde Sejanus interviewen, maar hij wimpelde ze af en verdween met de slappe rugzak over zijn schouder in de menigte. Ze maakten nog een paar opnames van de tributen en kwamen toen weer naar Lucy Gray en Coriolanus, die rechtop ging zitten en zijn tong langs zijn tanden liet glijden om de restjes gehaktbrood weg te poetsen.

'We zijn hier in de dierentuin met Coriolanus Snow en zijn tribuut, Lucy Gray Baird. Een andere schooljongen heeft zojuist broodjes uitgedeeld. Is hij ook een mentor?' Lepidus duwde de microfoon onder zijn neus.

Coriolanus vond het niet leuk om zijn plek in de schijnwerpers te moeten delen, maar Sejanus' aanwezigheid zou hem kunnen beschermen. Zou rector Highbottom een minpunt uitdelen aan de zoon van de man die de wederopbouw van de Academie had betaald? Een paar dagen geleden had hij nog gedacht dat de naam Snow zwaarder woog dan Plinth, maar de boetetoewijzingen hadden hem uit die droom geholpen. Als rector Highbottom hem op het matje wilde roepen, dan had hij liever Sejanus naast hem staan.

'Dat is mijn klasgenoot, Sejanus Plinth,' vertelde hij aan Lepidus.

'En wat doet hij hier, met die luxebroodjes voor de tributen? Ik neem dat ze gewoon eten krijgen van het Capitool,' zei de verslaggever.

'O, even voor de duidelijkheid: ik had op de avond voor de boete voor het laatst gegeten,' verkondigde Lucy Gray. 'Dus dat is nu drie dagen geleden, denk ik.'

'Ah, oké. Goed, eet maar lekker dan!' zei Lepidus. Hij gebaarde dat de camera weer op de andere tributen gericht moest worden.

Lucy Gray kwam in een flits overeind, leunde tegen de tralies en vestigde de aandacht weer op zichzelf. 'Meneer de verslaggever, weet u wat fijn zou zijn? Als mensen eten overhebben, kunnen ze dat misschien naar de dierentuin brengen. Niks leuk om naar de Spelen te kijken als we allemaal te zwak zijn om te vechten, denkt u ook niet?'

'Daar zit wat in,' zei de verslaggever ongemakkelijk.

'Zelf hou ik van zoet, maar ik ben niet kieskeurig.' Ze glimlachte en beet in haar pruim.

'Oké. Heel goed,' zei hij terugdeinzend.

Coriolanus wist dat de verslaggever zich op glad ijs bevond. Moest hij haar echt helpen en de inwoners om eten vragen? Was dat een belediging van het Capitool?

De cameraploeg liep naar de andere tributen en Lucy Gray ging weer tegenover hem op de grond zitten. 'Ging dat te ver?'

'Wat mij betreft niet. Sorry dat ik er niet aan gedacht heb om eten voor je mee te nemen,' zei hij.

'Ach, ik heb telkens een rozenblaadje gegeten als er niemand keek.' Ze haalde haar schouders op. 'Je wist 't niet.'

Ze aten zwijgend het eten op en keken naar de vergeefse pogingen van de verslaggever om de andere tributen aan de praat te krijgen. De zon was ondergegaan en het licht werd nu verzorgd door de opkomende maan. De dierentuin ging zo sluiten.

'Ik dacht dat het misschien een goed idee zou zijn als je weer iets zong,' zei Coriolanus.

Lucy Gray zoog het laatste vruchtvlees van de pruimenpit. 'Hm-hmm, dat zou best 'ns kunnen.' Ze depte haar mondhoeken met een ruche en streek haar rok glad. Haar schalkse toon werd ingetogen. 'Wat is jouw beloning eigenlijk, als mijn mentor? Je zit toch op school? Krijg je 'n hoger cijfer als ik beter presteer?'

'Misschien.' Hij schaamde zich. Hier, in de relatieve beslotenheid van hun hoekje, besefte hij voor het eerst dat ze over een paar dagen dood zou zijn. Dat had hij natuurlijk van het begin af aan geweten. Maar hij had haar meer als zijn kandidaat beschouwd. Zijn renpaard in een race, zijn hond in een gevecht. Hoe meer hij haar als iets bijzonders behandelde, hoe menselijker ze werd. Wat Sejanus tegen dat meisje had gezegd was waar: Lucy Gray was geen dier, ook al kwam ze niet uit het Capitool. En wat deed hij hier? Was hij zich aan het uitsloven, zoals rector Highbottom had beweerd?

'Ik weet eerlijk gezegd niet zo goed wat mijn beloning is,' zei hij tegen haar. 'Ze hebben nog nooit eerder mentoren gehad. Je hoeft het niet te doen. Zingen, bedoel ik.'

'Weet ik,' zei ze.

Maar hij wilde wel dat ze zong. 'Als mensen je aardig vinden, komen ze misschien meer eten brengen. Wij hebben thuis niet veel extra.'

Zijn wangen gloeiden in het donker. Waarom had hij dat in vredesnaam toegegeven?

'Niet? Ik dacht altijd dat jullie in het Capitool meer dan genoeg hadden,' zei ze.

Sukkel, zei hij tegen zichzelf. Maar toen ving hij haar blik en besefte hij dat ze voor het eerst daadwerkelijk interesse voor hem leek te tonen. 'O, nee hoor. Vooral niet tijdens de oorlog. Ik heb een keer een halve pot stijfsel gegeten tegen de maagkrampen.'

'O ja? En hoe was dat?' vroeg ze.

Die vraag bracht hem van zijn stuk en tot zijn eigen verbazing begon hij te lachen. 'Plakkerig.'

Lucy Gray grijnsde. 'Dat zal best. Klinkt nog altijd beter dan sommige dingen die ik heb moeten eten. Niet dat ik er een wedstrijdje van wil maken.'

'Nee, natuurlijk niet.' Hij grijnsde terug. 'Het spijt me. Ik zal meer eten voor je regelen. Je hoeft er niet voor op te treden.'

'Ach, het zal niet de eerste keer zijn dat ik m'n kostje bij elkaar zing. Absoluut niet,' zei ze. 'En ik hou echt heel erg van zingen.'

Er klonk een stem door de luidspreker die zei dat de dierentuin over een kwartier dichtging.

'Ik moet gaan. Zie ik je morgen?' vroeg hij.

'Je weet me te vinden,' zei ze.

Coriolanus stond op en veegde zijn broek schoon. Hij schudde de zakdoek uit, vouwde hem op en gaf hem door de tralies aan haar. 'Hij is schoon,' verzekerde hij haar. Dan had ze in elk geval iets om haar gezicht mee af te drogen.

'Dank je. Ik heb die van mij thuis laten liggen,' antwoordde ze.

Het woord 'thuis' bleef tussen hen in hangen. Een herinnering aan een deur die ze nooit meer open zou doen, aan dierbaren die ze nooit meer zou zien. Het leek Coriolanus verschrikkelijk om uit zijn eigen huis gerukt te worden. Hun appartement was de enige plek waar hij onbetwistbaar thuishoorde, zijn veilige haven, de familievesting. Omdat hij niet wist hoe hij anders moest reageren, nam hij maar met een knikje afscheid.

Coriolanus had nog geen twintig stappen gezet toen de stem van zijn tribuut hem tegenhield, helder en lieflijk zingend in het donker.

Daar in de bergen, vlak bij de mijn,
Laat op de avond, hoor je de trein.
Hoor je de trein, lief, hoor je de trein.
Laat op de avond, hoor je de trein.

De toeschouwers, die op weg naar de uitgang waren geweest, draaiden zich om om naar haar te luisteren.

Ik bouw een groot huis, ja, tot aan de maan.
Waar ik mijn liefste voorbij kan zien gaan.
'k Zie hem al gaan, ja, 'k zie hem al gaan.
Waar ik mijn liefste voorbij kan zien gaan.

Iedereen – het publiek, de tributen – was stil geworden. Het enige geluid kwam van Lucy Gray en de snorrende camera's die op haar inzoomden. Ze zat nog steeds in hun hoekje, met haar hoofd tegen de tralies.

Stuur me een brief, lief, schrijf 'm maar vol.
Hij moet naar mijn cel toe, hier in het Capitool.
Het Capitool, lief, hier in het Capitool.
Hij moet naar mijn cel toe, hier in het Capitool.

Ze klonk zo verdrietig, zo verloren...

Rozen zijn rood, lief, viooltjes zijn blauw.
Vogeltjes zingen dat ik van je hou.
Dat ik van je hou, o, dat ik van je hou.
Vogeltjes zingen dat ik van je hou.

Coriolanus kon zich niet verroeren door het lied en de stroom aan herinneringen die ermee gepaard ging. Zijn moeder had altijd voor hem gezongen. Het was niet precies hetzelfde liedje geweest, maar het was ook over *rozen zijn rood* en *viooltjes zijn blauw* gegaan. En over dat ze van hem hield. Hij dacht aan de foto in het zilveren lijstje die op het nachtkastje naast zijn bed stond. Zijn prachtige moeder, die hem vasthield toen hij een jaar of twee was. Ze keken elkaar lachend aan. Hoe hard hij ook zijn best deed, hij kon zich het moment waarop die foto was gemaakt nooit herinneren, maar dit lied streelde zijn hersenen, haalde haar naar boven. Hij voelde haar aanwezigheid, kon de subtiele geur van het rozenpoeder dat ze droeg bijna ruiken, en voelde de warme deken van veiligheid die hem elke nacht had omhuld. Voordat ze doodging. Voor die afgrijselijke dagen een paar maanden na het begin van de oorlog, toen de eerste grote luchtaanval van de rebellen de stad had platgelegd. Toen haar weeën begonnen en ze haar niet naar het ziekenhuis konden brengen en er iets niet goed was gegaan. Een bloeding? Er was heel veel bloed in de lakens getrokken en Kokkie en de grootmadam hadden geprobeerd het te stelpen en Tigris had hem de kamer uit gesleurd. En toen was ze dood en de baby – die zijn zusje geweest zou zijn – ook. Zijn vader was vlak na zijn moeder overleden, maar dat verlies had niet zo'n groot gat in zijn wereld geslagen. Coriolanus bewaarde het poederdoosje van zijn moeder nog altijd in een la van zijn nachtkastje. Als hij het moeilijk had en niet kon slapen, klapte hij het open en snoof de rozengeur van het zijdezachte, samengeperste poeder op. Hij werd altijd rustig van de herinnering aan hoe het had gevoeld toen er op die manier van hem gehouden was.

Bommen en bloed. Zo hadden de rebellen zijn moeder vermoord. Hij vroeg zich af of ze die van Lucy Gray ook hadden vermoord. *'Alleen haar parelwitte botten.'* Ze leek niet van District 12 te houden, distantieerde zich er altijd van, zei dat ze… wat was het ook weer… een Covey was?

'Fijn dat je bijsprong.' Hij schrok van Sejanus' stem. Zijn klasgenoot bleek een meter achter hem te zitten, verborgen achter een van de keien, om naar het lied te luisteren.

Coriolanus schraapte zijn keel. 'Het stelde niets voor.'

'Ik denk niet dat een van onze klasgenoten me geholpen zou hebben,' merkte Sejanus op.

'Onze klasgenoten hebben nog niet eens hun gezicht laten zien,' antwoordde Coriolanus. 'Dat onderscheidt ons al van de rest. Hoe kwam je op het idee om de tributen eten te geven?'

Sejanus keek naar de lege rugzak bij zijn voeten. 'Al vanaf de boete stel ik me voor dat ik een van hen ben.'

Coriolanus moest bijna lachen, tot hij besefte dat Sejanus het meende. 'Dat klinkt als een bijzonder tijdverdrijf.'

'Ik kan er niets aan doen.' Sejanus' stem werd zo zacht dat Coriolanus zijn best moest doen om hem te verstaan. 'Mijn naam wordt opgelezen. Ik loop naar het podium. Dan word ik geboeid. Dan krijg ik zomaar klappen. Dan zit ik in de trein, in het donker, uitgehongerd, met alleen maar kinderen om me heen die ik straks moet vermoorden. Dan word ik tentoongesteld en nemen mensen hun kinderen mee om me door de tralies aan te gapen…'

Het geluid van ratelende, roestige raderen trok hun aandacht weer naar het apenverblijf. Er gleden een stuk of twaalf balen hooi van de betonnen plaat, die in een berg op de vloer van de kooi ploften.

'Kijk, daar heb je mijn bed,' zei Sejanus.

'Het zal jou nooit overkomen, Sejanus,' hield Coriolanus hem voor.

'Maar het had gekund. Makkelijk. Als we nu niet zo rijk waren geweest,' zei hij. 'Dan had ik nog in District 2 gewoond en misschien nog op school gezeten of in de mijnen gewerkt, maar ik had zeker mee moeten doen aan de boete. Heb je mijn tribuut gezien?'

'Die is moeilijk over het hoofd te zien,' gaf Coriolanus toe. 'Ik denk dat hij een goede kans maakt om te winnen.'

'Hij zat bij mij in de klas. Voordat ik hiernaartoe verhuisde. Vroeger. Hij heet Marcus,' ging Sejanus verder. 'Hij was niet echt een vriend. Maar ook geen vijand. Op een dag kreeg ik mijn vinger tussen de deur, heel hard, en toen heeft hij sneeuw van het kozijn geschept om de zwelling tegen te gaan. Hij vroeg het niet eens aan de leraar, hij deed het gewoon.'

'Denk je dat hij nog weet wie je bent?' vroeg Coriolanus. 'Jullie waren nog klein. Er is veel gebeurd in de tussentijd.'

'O, hij weet zeker nog wie ik ben. De familie Plinth is berucht in ons district.' Sejanus keek gekweld. 'Berucht en uitgekotst.'

'En nu ben jij zijn mentor,' zei Coriolanus.

'En nu ben ik zijn mentor,' herhaalde Sejanus.

Het licht in het apenverblijf werd gedimd. Een paar tributen waren bezig om een slaapplaats van hooi te maken. Coriolanus zag dat Marcus water dronk en zijn hoofd onder de kraan hield. De anderen vielen bij hem in het niet toen hij zich oprichtte en naar de hooibalen liep.

Sejanus schopte tegen de rugzak. 'Hij wilde nog geen broodje van me hebben. Hij gaat liever uitgehongerd de Spelen in dan dat hij eten van me aanneemt.'

'Daar kun jij niets aan doen,' zei Coriolanus.

'Dat weet ik. Dat weet ik wel. Ik ben zo onschuldig dat ik erin stik,' zei Sejanus.

Coriolanus probeerde die gedachte te begrijpen toen er een gevecht uitbrak in de kooi. Twee jongens wilden dezelfde baal hooi hebben en dat was op een handgemeen uitgelopen. Marcus kwam tussenbeide, greep ze in de kraag en smeet ze als een stel lappenpoppen uit elkaar. Ze vlogen een paar meter door de lucht voordat ze in onbeholpen hoopjes op de grond belandden. Zodra ze zich terugtrokken nam Marcus het hooi onverstoord mee voor zijn eigen bed.

'Toch gaat hij winnen,' zei Coriolanus. Als hij daar nog aan getwijfeld zou hebben, dan had Marcus' superieure machtsvertoon hem daar nu wel van overtuigd. Hij voelde weer de verbittering omdat een Plinth de sterkste tribuut had gekregen. En hij was klaar met Sejanus' gejammer dat zijn vader de winnaar voor hem had gekocht. 'We zouden allemaal dolblij met hem zijn.'

Sejanus' gezicht klaarde een beetje op. 'Echt? Neem hem maar. Je mag hem hebben.'

'Dat meen je niet,' zei Coriolanus.

'Ik ben bloedserieus.' Sejanus sprong overeind. 'Ik geef hem aan jou! En dan neem ik Lucy Gray. Het zal nog steeds vreselijk worden, maar haar ken ik tenminste niet. Het publiek vindt haar leuk, maar wat heeft ze daaraan in de arena? Ze kan hem nooit verslaan. Ruil je tribuut met me. Win de Spelen. Strijk met de eer. Alsjeblieft, Coriolanus, ik zal je eeuwig dankbaar zijn.'

Heel even kon Coriolanus het proeven – de zoete smaak van de overwinning, het gejuich van het publiek. Als hij Lucy Gray populair kon maken, wat zou hij dan wel niet met zo'n krachtpatser als Marcus kunnen? En eerlijk was eerlijk: zij maakte natuurlijk geen schijn van kans. Zijn ogen gleden naar Lucy Gray die als een gekooid dier tegen de tralies leunde. In het schemerlicht vervaagde haar kleur, haar uniekheid, en werd ze gewoon een van de saaie, geslagen wezens. Geen partij voor de andere meisjes en al helemaal niet voor de jongens. Het idee dat zij Marcus zou verslaan was lachwekkend. Alsof je een zangvogeltje tegen een grizzlybeer liet vechten.

Zijn lippen vormden al het woord *afgesproken*, maar toen hield hij zich in.

Winnen met Marcus was niet echt winnen. Daar hoefde je niet slim of handig voor te zijn, je had zelfs geen geluk nodig. Winnen met Lucy Gray was ongelooflijk lastig, maar als het lukte zou hij geschiedenis schrijven. En ging het eigenlijk wel om de winst? Of ging het om het vermaak van de kijkers? Dankzij hem was Lucy Gray momenteel de ster van de Spelen, de meest gedenkwaardige tribuut, wie er ook zou winnen. Hij dacht aan hun verstrengelde handen in de dierentuin terwijl ze het samen tegen de wereld opnamen. Ze waren een team. Ze vertrouwde hem. Hij kon zich niet voorstellen dat hij haar moest vertellen dat hij haar voor Marcus had gedumpt. Of erger nog, dat hij het publiek dat moest vertellen.

En wie kon bovendien garanderen dat Marcus op hem beter zou reageren dan op Sejanus? Het leek hem typisch zo'n jongen die met niemand zou willen meewerken. En dan zou Coriolanus voor schut staan en om een flintertje aandacht van Marcus moeten smeken terwijl Lucy Gray pirouettes rond Sejanus draaide.

En dan was er nog een laatste overweging. Hij had iets wat Sejanus Plinth heel graag wilde. Sejanus had zijn status, zijn erfenis, zijn kleren, zijn snoep, zijn broodjes en het privilege dat een Snow toekwam al ingepikt. En nu wilde hij zijn appartement, zijn plek op de Universiteit en zijn toekomst, en ondertussen had hij het lef om op zijn eigen geluk te spugen. Het af te wijzen. Het zelfs als een straf te zien. Het was helemaal niet erg dat Sejanus worstelde met Marcus als tribuut. Hij mocht lekker doorworstelen. Lucy Gray was het enige wat Coriolanus had dat Sejanus nooit zou krijgen.

'Sorry, vriend,' zei hij vriendelijk. 'Maar ik denk dat ik haar hou.'

6

Coriolanus genoot van de teleurstelling op Sejanus' gezicht, maar niet te lang, want dat zou kinderachtig zijn. 'Hoor eens, Sejanus, jij ziet het misschien anders, maar hiermee bewijs ik je echt een dienst. Moet je je voorstellen wat je vader zou zeggen als hij erachter komt dat je de tribuut hebt geruild waar hij zo zijn best voor heeft gedaan.'

'Kan me niet schelen,' zei Sejanus, maar het klonk niet erg overtuigend.

'Oké, laat je vader maar zitten. Wat dacht je van de Academie?' vroeg hij. 'Ik vraag me af of je wel van tribuut mag ruilen. Ik heb al een minpunt gekregen, alleen omdat ik Lucy Gray had opgehaald. Stel dat ik haar probeer te ruilen? En dat arme wicht is al gehecht aan me geraakt. Haar dumpen is net zoiets als een klein poesje schoppen. Ik denk niet dat ik dat over mijn hart zou kunnen verkrijgen.'

'Ik had het niet moeten vragen. Ik had er niet eens bij stilgestaan dat ik jou daarmee in de problemen zou kunnen brengen. Sorry. Ik word gewoon...' Sejanus begon te ratelen. 'Ik word gewoon gek van dat hele Hongerspelen-gedoe! Waar zijn we in vredesnaam mee bezig? We zetten kinderen in een arena om ze elkaar te laten afslachten! Dat voelt op alle fronten fout. Dieren beschermen hun jongen, toch? En wij ook. We proberen kinderen te beschermen! Dat zit in onze aard. Wie wil dit? Het is onnatuurlijk.'

'Het is niet fraai, nee,' beaamde Coriolanus, en hij keek even om zich heen.

'Het is slecht. Het gaat tegen al mijn principes in. Ik wil er niet aan meewerken. En al helemaal niet met Marcus. Ik moet er op de een of andere manier onderuit zien te komen,' zei Sejanus, die tranen in zijn ogen kreeg.

Zijn ellende gaf Coriolanus een ongemakkelijk gevoel, vooral omdat hij zo veel waarde hechtte aan zijn eigen kans om mee te doen. 'Je kunt het aan een andere mentor vragen. Ik denk dat er genoeg liefhebbers zullen zijn.'

'Nee. Ik wil Marcus niet aan iemand anders overdragen. Jij bent de enige die ik met hem zou vertrouwen.' Sejanus draaide zich om naar de kooi, waar de tributen nu allemaal waren gaan liggen. 'Wat doet het er ook toe? Als het Marcus niet is, is het wel iemand anders. Dat is misschien makkelijker, maar het blijft fout.' Hij pakte zijn rugzak. 'Ik moet naar huis. Dat wordt vast heel gezellig.'

'Volgens mij heb je geen regels overtreden,' zei Coriolanus.

'Ik heb mezelf publiekelijk aangesloten bij de districten. In mijn vaders ogen heb ik de enige regel overtreden die ertoe doet.' Sejanus glimlachte flauwtjes. 'Maar nogmaals bedankt voor de hulp.'

'Jij bedankt voor het broodje,' zei Coriolanus. 'Het was heerlijk.'

'Ik zal het doorgeven aan Moe,' zei Sejanus. 'Dat zal ze geweldig vinden.'

Coriolanus' eigen thuiskomst werd enigszins bedorven doordat de grootmadam zijn picknick met Lucy Gray afkeurde.

'Haar eten geven is nog tot daaraan toe,' zei ze. 'Maar samen eten suggereert dat je haar als je gelijke beschouwt. Dat is ze niet. De districten hebben altijd iets barbaars gehad. Je eigen vader zei altijd dat die mensen alleen water drinken omdat het geen bloed regent. Het is gevaarlijk om dat te negeren, Coriolanus.'

'Het is maar een meisje, grootmadam,' zei Tigris.

'Ze komt uit de districten. En neem maar van mij aan dat die griet al heel lang geen meisje meer is,' antwoordde de grootmadam.

Coriolanus dacht met een onbehaaglijk gevoel terug aan de tributen die in de wagen hadden besproken of ze hem zouden vermoorden of niet. Ze konden zijn bloed wel drinken, dat was duidelijk. Alleen Lucy Gray had geprotesteerd.

'Lucy Gray is anders,' wierp hij tegen. 'Ze nam het voor me op toen de anderen me in de wagen wilden aanvallen. En in het apenverblijf heeft ze me ook geholpen.'

De grootmadam hield voet bij stuk. 'Had ze dat ook gedaan als je haar mentor niet was geweest? Nee, natuurlijk niet. Ze is een listig kind dat je al vanaf de eerste minuut aan het manipuleren is. Je moet oppassen, jongen – dat is het enige wat ik zeg.'

Coriolanus liet het er maar bij, want de grootmadam dacht altijd het ergste van alles wat in haar ogen met de districten te maken had. Hij ging meteen naar bed en viel bijna om van vermoeidheid, maar zijn hoofd werd niet rustig. Hij haalde het poederdoosje van zijn moeder uit het nachtkastje en liet zijn vingers over de roos glijden die in het zware zilver was gegraveerd.

Rozen zijn rood, viooltjes zijn blauw.
Vogeltjes zingen dat ik van je hou...

Hij klikte het dekseltje open en de bloemengeur zweefde omhoog. In het schemerlicht van de Corso keken zijn lichtblauwe ogen terug in het ronde, enigszins verwrongen spiegeltje. 'Net die van je vader,' wist de grootmadam hem regelmatig te vertellen. Hij had veel liever de ogen van zijn moeder gehad, maar dat zei hij nooit. Misschien kon hij maar beter op zijn vader lijken. Zijn moeder was niet hard genoeg geweest voor deze wereld. Uiteindelijk dommelde hij denkend aan haar in, maar het was Lucy Gray die zwierend met haar regenboogjurk in zijn dromen zong.

De volgende ochtend rook Coriolanus een heerlijke geur bij het wakker worden. Hij ging naar beneden en ontdekte dat Tigris al sinds het krieken van de dag stond te bakken.

Hij kneep even in haar schouder. 'Je moet meer slapen, Tigris.'

'Ik kon niet slapen, want ik moest de hele tijd aan de dierentuin denken,' zei ze. 'Sommige kinderen lijken zo jong dit jaar. Of misschien word ik gewoon ouder.'

'Het is akelig om ze daar in die kooi te zien,' gaf Coriolanus toe.

'Het was ook akelig om jou in die kooi te zien!' zei ze. Ze trok een ovenwant aan en haalde een blik broodpudding uit de oven. 'Fabricia zei dat ik het oude brood van het feest moest weggooien, maar dat vond ik zonde.'

Hij was dol op broodpudding, vers uit de oven, overgoten met maisstroop. 'Dat ziet er heerlijk uit,' zei hij tegen Tigris.

'En er is meer dan genoeg, dus je kunt een stuk meenemen voor Lucy Gray. Ze zei dat ze van zoetigheid houdt – en veel zal ze in de toekomst niet meer krijgen.' Tigris zette het blik met een bonk op de oven. 'Sorry. Dat was niet de bedoeling. Ik weet niet wat me bezielde. Ik ben gewoon supergespannen.'

Coriolanus raakte haar arm even aan. 'Dat komt door de Spelen. Je weet dat ik dat mentoraat móét doen, hè? Als ik kans wil maken op een prijs. Die moet ik voor ons allemaal winnen.'

'Natuurlijk, Coryo. Natuurlijk. En we zijn allemaal heel trots op je omdat je het zo goed doet.' Ze sneed een groot stuk broodpudding af en schoof het op een bord. 'Hier, eet op. Straks kom je te laat.'

Op de Academie voelde hij zijn zorgen wegglijden terwijl hij zich koesterde in de reacties op zijn roekeloosheid van de vorige dag. Op Livia Cardew na, die hem duidelijk te kennen gaf dat hij volgens haar had vals gespeeld en zijn mentortaken meteen moest neerleggen, werd hij door al zijn klasgenoten gefeliciteerd. Zijn docenten lieten hun steun misschien wat minder openlijk blijken, maar hij ontving toch meerdere glimlachjes en subtiele schouderklopjes.

Na de klassenopening nam Satyria hem apart. 'Goed gedaan. Dr. Gaul is tevreden, en daardoor heb je punten gescoord bij de docenten. Ze gaat een positief verslag uitbrengen bij president Ravinstill en dat zal ons allemaal tot eer strekken. Maar je moet wel uitkijken. Je hebt geluk gehad dat het zo goed is gegaan. Stel dat die rotkinderen je in de kooi hadden aangevallen? Dan hadden de vredebewakers je moeten redden en hadden er aan beide kanten gewonden kunnen vallen. Het had heel anders af kunnen lopen als je dat regenboogmeisje niet had gekregen.'

'Daarom heb ik Sejanus' aanbod om van tribuut te ruilen ook afgeslagen,' zei hij.

Satyria's mond viel open. 'Nee! Wat zou Strabo Plinth wel niet zeggen als dat bekend werd?'

'Wat zou hij ervoor overhebben om het níét bekend te laten worden?' Het was beslist een aanlokkelijk idee om die oude Strabo Plinth te chanteren.

Ze lachte. 'Gesproken als een echte Snow. Vooruit, naar je les. Als je minpunten blijft verzamelen moet de rest van je resultaten perfect zijn.'

De vierentwintig mentoren hadden die ochtend een werkgroep met professor Crispus Demigloss, hun prikkelbare oude geschiedenisdocent. De klas brainstormde over ideeën – naast de toevoeging van de mentoren – om meer kijkers voor de Hongerspelen te trekken. 'Laat maar zien dat ik de afgelopen vier jaar mijn tijd niet aan jullie heb verspild,' zei hij schamper. 'Als je íéts kunt leren van het verleden, is het wel hoe je weigeraars kunt laten meewerken.' Sejanus stak meteen zijn vinger op. 'Ja, Sejanus?'

'U wilt bespreken hoe we mensen kunnen laten kijken, maar moeten we niet eerst bespreken of het wel góéd is om te kijken?' vroeg hij.

'We houden ons even bij het onderwerp.' Professor Demigloss keek het lokaal rond, op zoek naar een nuttiger antwoord. 'Hoe zorgen we ervoor dat mensen kijken?'

Festus Creed stak zijn hand op. Hij was groter en gespierder dan veel jongens van zijn leeftijd en verkeerde al vanaf zijn geboorte in dezelfde kringen als Coriolanus. Zijn familie was oud Capitoolgeld. Hun fortuin, vooral vergaard met hout uit District 7, was tijdens de oorlog flink geslonken maar had zich tijdens de wederopbouw keurig hersteld. Het meisje uit District 4 dat hij toegewezen had gekregen, gaf zijn status aardig weer. Hoog, maar niet aan de top.

'Zeg het maar, Festus,' zei professor Demigloss.

'Heel simpel. Het moet gewoon strafbaar worden,' antwoordde Festus. 'In plaats van te zeggen dat mensen zouden kúnnen kijken, maken we het wettelijk verplicht.'

'En als je niet kijkt?' vroeg Clemensia, die niet de moeite nam om haar hand op te steken of zelfs maar op te kijken van haar aantekeningen. Ze was populair onder de leerlingen én de docenten, en door haar vriendelijkheid kon ze veel maken.

'In de districten geven we je de doodstraf. In het Capitool laten we je naar de districten verhuizen, en als je het dan het jaar daarop weer verprutst, geven we je alsnog de doodstraf,' zei Festus opgewekt.

De klas lachte, maar ging er toen serieus op in. Hoe zou je dat moeten handhaven? Je kon geen vredebewakers langs de deuren sturen. Misschien willekeurige steekproeven waarbij je vragen moest beantwoorden die bewezen dat je naar de Spelen had gekeken? En als je niet gekeken had, wat was dan een goede straf? Niet de doodstraf of verbanning, dat ging te ver. Misschien ingetrokken privileges in het Capitool, en openbare zweepslagen in de districten? Dat zou de straf voor iedereen persoonlijk maken.

'Het echte probleem is dat het zo akelig is om te zien,' zei Clemensia. 'Daarom willen mensen er niet naar kijken.'

Sejanus viel haar bij. 'Natuurlijk willen ze dat niet! Wie vindt het leuk om te zien hoe een groep kinderen elkaar afmaakt? Dan moet je wel heel verknipt en gemeen zijn. Mensen zijn niet perfect, maar zo slecht zijn we nu ook weer niet.'

'Hoe weet je dat?' vroeg Livia bits. 'En hoe zou iemand uit de districten moeten weten wat we in het Capitool willen zien? Jij woonde hier tijdens de oorlog niet eens.'

Sejanus zweeg, want dat kon hij niet ontkennen.

'Omdat we over het algemeen gewoon fatsoenlijke mensen zijn,' zei Lysistrata Vickers, die haar handen netjes om haar notitieblok vouwde. Alles aan haar was netjes. Van haar zorgvuldig gevlochten haar tot haar keurig gevijlde nagels tot de frisse, witte manchetten van haar uniformblouse die haar gladde, bruine huid mooi lieten uitkomen. 'Over het algemeen vinden we het niet leuk om andere mensen te zien lijden.'

'In de oorlog hebben we wel ergere dingen gezien. En daarna ook,' hielp Coriolanus haar herinneren. Er waren behoorlijk bloederige beelden uitgezonden tijdens de Donkere Dagen, en heel wat meedogenloze executies nadat het Verdrag van het Verraad was getekend.

'Maar daar waren we echt bij betrokken, Coryo!' zei Arachne Crane, die rechts van hem zat en hem een mep tegen zijn arm gaf. Altijd zo luidruchtig. Altijd aan het meppen. Het appartement van de familie Crane lag tegenover dat van de familie Snow, en soms kon hij haar 's avonds zelfs aan de andere kant van de Corso horen loeien. 'Toen zagen we onze vijanden sterven! Rebellentuig en zo. Deze kinderen zijn toch voor niemand interessant?'

'Voor hun familie waarschijnlijk wel,' zei Sejanus.

'Een stel stakkers in de districten dus. En dan?' galmde Arachne. 'Waarom zou de rest van ons zich druk maken over wie er wint?'

Livia keek venijnig naar Sejanus. 'Mij interesseert het in elk geval niet.'

'Ik vind een hondengevecht nog leuker,' gaf Festus toe. 'Vooral als ik heb gewed.'

'Dus je zou het wél leuk vinden als je op de tributen kon wedden?' zei Coriolanus gekscherend. 'Dan zou je de televisie aanzetten?'

'Dat zou het in elk geval een stuk aantrekkelijker maken!' riep Festus uit.

Een paar mensen grinnikten, maar daarna zat iedereen er een tijdje zwijgend over te peinzen.

'Het is gruwelijk,' zei Clemensia, die bedachtzaam een lok

rond haar vinger wond. 'Meende je dat? Vind je dat mensen geld moeten kunnen inzetten op wie er gaat winnen?'

'Niet echt,' zei Coriolanus, en toen hield hij zijn hoofd schuin. 'Maar aan de andere kant, als het werkt, dan wel, Clemmie. Ik wil de geschiedenis in gaan als degene die het gokken naar de Spelen heeft gebracht!'

Clemensia schudde geërgerd haar hoofd. Maar terwijl hij naar de kantine liep, bedacht Coriolanus dat er toch best iets in zat.

De koks werkten nog steeds met de resten van het boetebuffet en de ham in roomsaus op geroosterd brood was waarschijnlijk het lekkerste wat ze dat jaar tijdens de schoollunch zouden krijgen. Coriolanus genoot van elke hap, heel anders dan tijdens het echte buffet, toen hij zo van slag was geweest door rector Highbottoms dreigende manier van doen dat hij nauwelijks iets had geproefd.

De mentoren hadden opdracht gekregen om na het middageten naar het balkon van de Heavensbeezaal te komen voor de eerste officiële ontmoeting met hun tributen. Elke mentor had een korte vragenlijst gekregen die ze met hun deelnemer moesten invullen, deels om het ijs te breken en deels om informatie te vergaren. Over de eerdere tributen was maar heel weinig vastgelegd en dit was een poging om dat recht te zetten. Veel van zijn klasgenoten konden hun zenuwen maar moeilijk verbergen en lachten en praatten net iets te hard, maar Coriolanus had een voorsprong omdat hij Lucy Gray al twee keer had gezien. Hij voelde zich volkomen op zijn gemak, had zelfs zin om haar weer te spreken. Om haar te bedanken voor het lied. Om haar de broodpudding van Tigris te geven. Om de strategie voor het interview te bepalen.

Het gebabbel verstomde toen de mentoren de klapdeuren

van het balkon openduwden en zagen wat er beneden voor hen klaarstond. Alle tekenen van de boetefestiviteiten waren verdwenen, zodat er alleen een imposante, kille, kale zaal overbleef. Vierentwintig tafeltjes met aan weerszijden een klapstoel stonden in nette rijen naast elkaar. Op elke tafel lag een vel papier met een districtsnummer, gevolgd door een J of een M, en daarnaast stond een betonblok met een ijzeren ring erop.

Voordat de leerlingen deze opzet konden bespreken, verschenen er twee vredebewakers die de ingang bewaakten, waarna de tributen in een lange rij werden binnengebracht. Er waren twee vredebewakers voor elke tribuut, maar het was niet waarschijnlijk dat iemand een vluchtpoging zou doen, met de zware kettingen aan hun polsen en enkels. De tributen werden naar de tafel gebracht die bij hun district en geslacht hoorde, waar ze moesten gaan zitten en aan de betonnen gewichten werden geketend.

Sommige tributen zakten onderuit op hun stoel, hun kin bijna op hun borst, maar de opstandiger types keken met hun hoofd in de nek de zaal rond. Het was een van de indrukwekkendste ruimtes van het Capitool en meerdere monden vielen open, overweldigd door de grootsheid van de marmeren zuilen, de gewelfde ramen, het ronde plafond. Ze zouden het wel een wonder vinden, dacht Coriolanus, vergeleken met de lage, lelijke gebouwen die in de meeste districten de norm waren. De dwalende ogen van de tributen kwamen uiteindelijk ook bij het balkon van de mentoren uit en de twee groepen keken elkaar een lang, rauw moment recht aan.

Toen professor Sickle de deur achter hen dichtsloeg, maakten de mentoren een gezamenlijk sprongetje van schrik. 'Sta daar niet zo naar jullie tributen te staren en ga naar beneden,' beval ze. 'Jullie hebben maar een kwartier, dus gebruik het goed. En denk eraan, vul de formulieren voor onze archieven zo goed mogelijk in.'

Coriolanus liep voor de anderen uit via de wenteltrap naar de zaal. Toen hij de blik van Lucy Gray ontmoette, wist hij dat ze hem had gezocht. Hij vond het niet prettig om haar zo geketend te zien, maar schonk haar een geruststellend glimlachje en haar gezicht werd iets minder zorgelijk.

Hij ging op de stoel tegenover haar zitten, fronste naar haar geboeide handen en gebaarde naar de dichtstbijzijnde vredebewaker. 'Pardon, mogen deze misschien af?'

De vredebewaker was zo vriendelijk om het te gaan vragen aan de officier bij de deur, maar schudde toen beslist het hoofd.

'Toch bedankt voor de poging,' zei Lucy Gray. Ze had haar haar mooi naar achteren gevlochten, maar haar gezicht stond bedroefd en vermoeid, en ze had nog steeds die nare blauwe plek op haar wang. Ze zag hem kijken en voelde er even aan. 'Is het lelijk?'

'Het geneest al,' zei hij.

'We hebben geen spiegel, dus ik moet maar raden hoe het eruitziet.' Ze liet haar sprankelende camerapersoonlijkheid achterwege voor hem, en ergens was hij daar blij om. Misschien begon ze hem te vertrouwen.

'Hoe gaat het?' vroeg hij.

'Moe. Bang. Honger,' zei Lucy Gray. 'Er zijn vanochtend maar een paar mensen naar de dierentuin gekomen om ons eten te brengen. Ik kreeg een appel, wat meer is dan veel anderen kregen, maar niet erg vullend.'

'Daar kan ik wel een beetje mee helpen.' Hij haalde Tigris' pakketje uit zijn boekentas.

Lucy Gray keek iets vrolijker en vouwde het waxpapier voorzichtig open tot het grote stuk broodpudding tevoorschijn kwam. Ineens sprongen er tranen in haar ogen.

'O, nee. Vind je dat niet lekker?' riep hij. 'Ik kan wel proberen iets anders te halen. Ik moet...'

Lucy Gray schudde haar hoofd. 'Het is mijn lievelingseten.' Ze slikte moeizaam, brak een stukje af en stopte het in haar mond.

'Van mij ook! Mijn nichtje Tigris heeft het vanochtend gemaakt, dus het zou nog vers moeten zijn,' zei hij.

'Het is verrukkelijk. Het smaakt net als die van m'n mama. Wil je Tigris bedanken voor me?' Ze nam nog een hapje, maar bleef tegen de tranen vechten.

Coriolanus voelde een steek in zijn binnenste. Hij wilde zijn hand uitsteken en haar gezicht aanraken, tegen haar zeggen dat alles goed zou komen. Maar dat was natuurlijk niet zo. Niet voor haar. Hij zocht in zijn achterzak naar een zakdoek en bood die haar aan.

'Ik heb die van gisteren nog.' Ze voelde in haar rok.

'We hebben laden vol,' zei hij. 'Neem maar.'

Dat deed ze; ze veegde haar ogen droog en snoot haar neus. Toen haalde ze diep adem en ging rechtop zitten. 'Goed, wat is het plan voor vandaag?'

'Ik moet deze vragenlijst invullen over je achtergrond. Vind je dat vervelend?' Hij haalde het vel papier tevoorschijn.

'Helemaal niet. Ik praat graag over mezelf,' zei ze.

De lijst begon met simpele dingen. Naam, districtsadres, geboortedatum, haar- en oogkleur, lengte en gewicht, eventuele beperkingen. Het werd lastiger toen ze bij het onderdeel familie kwamen. De ouders van Lucy en hun twee oudere kinderen waren alle vier overleden.

'Heb je helemaal geen familie meer?' vroeg Coriolanus.

'Een paar neven en nichten. En de rest van de Covey.' Ze

boog zich voorover om op het papier te kunnen kijken. ‘Is daar ook een vakje voor?’

Nee. Maar dat zou er wel moeten zijn, dacht hij, als je bedacht hoezeer gezinnen door de oorlog uiteen waren gereten. Er zou plek moeten zijn voor iedereen die zich om je bekommerde. Misschien zou de vraag zelfs moeten beginnen met: *Wie zorgt er voor je?* Of beter nog: *Op wie kun je rekenen?*

‘Getrouwd?’ Hij lachte, maar toen schoot hem te binnen dat ze in sommige districten jong trouwden. Wist hij veel – misschien had ze wel een echtgenoot in 12.

‘Hoezo? Vraag je me?’ zei Lucy Gray ernstig. Hij keek verbaasd op. ‘Want volgens mij zou dit best kunnen werken.’

Coriolanus voelde dat hij een beetje rood werd door haar geplaag. ‘Ik weet vrij zeker dat je wel beter kunt krijgen.’

‘Ik ben ze nog niet tegengekomen.’ Er trok een zweem van pijn over haar gezicht, maar die verhulde ze met een glimlach. ‘Ik durf te wedden dat de liefjes voor jou in de rij staan.’

Coriolanus stond met zijn mond vol tanden door haar geflirt. Waar waren ze? Hij keek op het formulier. O ja. Haar familie. ‘Wie heeft je opgevoed? Nadat je ouders zijn overleden, bedoel ik.’

‘Een oude man heeft ons tegen betaling in huis genomen – de zes Covey-kinderen die nog over waren. Hij heeft ons niet echt opgevoed, maar hij rotzooide ook niet met ons, dus het had erger kunnen zijn,’ zei ze. ‘Ik ben hem dankbaar, hoor. Mensen stonden niet bepaald te springen om ons alle zes in huis te nemen. Hij is vorig jaar gestorven aan stoflongen, maar een paar van ons zijn nu oud genoeg om de boel zelf te regelen.’

Ze gingen verder met ‘beroep’. Met haar zestien jaar was Lucy Gray nog niet oud genoeg voor de mijnen, maar ze ging ook niet naar school. ‘Ik verdien de kost door mensen te vermaken.’

‘Mensen betalen jou om… te zingen en te dansen?’ vroeg Coriolanus. ‘Ik had niet gedacht dat ze daar in de districten geld voor zouden hebben.’

‘Meestal niet, nee,’ zei ze. ‘Soms leggen ze geld bij elkaar en trouwen er twee of drie stellen op dezelfde dag, en dan huren ze ons in. Mij en de andere Covey, bedoel ik. Wat er nog van ons over is. We mochten onze instrumenten houden toen de vredebewakers ons oppakten. Ze behoren tot onze beste klanten.’

Coriolanus zag weer voor zich hoe ze hun glimlach hadden onderdrukt tijdens de boete, toen ze haar gewoon hadden laten zingen en dansen. Hij vulde haar beroep in en ze waren klaar met het formulier, maar hij had zelf nog een heleboel vragen. ‘Vertel eens over de Covey. Aan welke kant stonden jullie in de oorlog?’

‘Geen enkele. Mijn volk kiest geen kant. We zijn gewoon onszelf.’ Ze keek naar iets achter hem. ‘Hoe heet je vriend ook alweer? Die met de broodjes? Volgens mij heeft hij het zwaar.’

‘Sejanus?’ Hij keek om langs de rijen naar de plek waar Sejanus tegenover Marcus zat. Tussen hen in stond een onaangeroerde schaal met broodjes rosbief en taart te verpieteren. Sejanus leek hem smekend toe te spreken, maar Marcus staarde met een onverzoenlijke uitdrukking strak voor zich uit, zijn armen over elkaar geslagen.

De andere tributen in de zaal werkten in meer of mindere mate mee. Sommige hadden hun handen voor hun gezicht geslagen en weigerden te praten. Een paar waren aan het huilen. Andere gaven behoedzaam antwoord op de vragen, maar zelfs zij keken vijandig.

‘Nog vijf minuten,’ kondigde professor Sickle aan.

Dat herinnerde Coriolanus aan vijf andere minuten waar ze het over moesten hebben. ‘De avond voordat de Spelen beginnen krijgen we vijf minuten voor een interview op televisie waarin we zelf mogen bepalen wat we doen. Misschien zou je dan weer kunnen zingen.'

Daar dacht Lucy Gray even over na. 'Ik weet niet of dat zin heeft. Toen ik dat lied zong tijdens de boete, had dat niks te maken met jullie hier. Ik had het niet van tevoren bedacht. Het is gewoon onderdeel van 'n lang, treurig verhaal dat niemand behalve mij een lor kan schelen.'

'Het raakte mensen wel,' merkte Coriolanus op.

'En dat lied in de dierentuin was wat jij al zei, een poging om aan eten te komen,' zei ze.

'Het was prachtig,' zei hij. 'Het deed me denken aan mijn moeder die... Ze is overleden toen ik vijf was. Het leek op een lied dat ze altijd voor me zong.'

'En je papa?' vroeg ze.

'Die is ook gestorven. In hetzelfde jaar,' vertelde Coriolanus.

Ze knikte meelevend. 'Dus jij bent ook een wees, net als ik.'

Zo werd Coriolanus niet graag genoemd. Vroeger had Livia hem gepest met zijn ouderloze toestand en hem het gevoel gegeven dat hij alleen en ongewenst was, terwijl hij dat geen van beide was. Toch bleef er altijd die leegte die de meeste andere kinderen niet begrepen. Maar Lucy Gray begreep het wel, want zij was zelf wees. 'Het had erger kunnen zijn. Ik heb de grootmadam. Dat is mijn oma. En Tigris.'

'Mis je je ouders?' vroeg Lucy Gray.

'O, met mijn vader had ik niet zo'n hechte band. En mijn moeder... ja.' Het was nog altijd lastig om over haar te praten. 'En jij?'

'Ja, heel erg. Allebei. De jurk van m'n mama is het enige wat me overeind houdt.' Ze liet haar vingers over de ruches glijden. 'Het voelt alsof ze haar armen om me heen slaat.'

Coriolanus dacht aan het poederdoosje van zijn moeder. Aan de geurige make-up. 'Mijn moeder rook altijd naar rozen,' zei hij, maar hij voelde zich meteen opgelaten. Hij had het bijna nooit over zijn moeder, zelfs thuis niet. Hoe waren ze bij dit onderwerp beland? 'Maar goed, volgens mij waren veel mensen geraakt door jouw lied.'

'Da's aardig van je. Dank je wel. Maar het is niet echt een reden om te zingen tijdens mijn interview,' zei ze. 'Als het de avond van tevoren is, dan kunnen ze geen eten meer brengen. Het heeft geen zin om dan nog mensen voor me te winnen.'

Coriolanus probeerde een reden te verzinnen, maar deze keer zou alleen hij ervan profiteren als ze zong. 'Wel jammer. Met die mooie stem van jou.'

'Ik zal achter de schermen wel een paar regels voor je zingen,' beloofde ze.

Hij zou iets moeten bedenken om haar over te halen, maar voor nu liet hij het even zitten. In plaats daarvan liet híj zich een paar minuten door háár interviewen en beantwoordde meer vragen over zijn familie en over hoe ze de oorlog hadden overleefd. Hij merkte dat hij haar heel makkelijk dingen vertelde. Kwam dat doordat hij wist dat alles wat hij met haar deelde over een paar dagen in de arena zou verdwijnen?

Lucy Gray leek wat opgebeurd en er waren geen tranen meer gevloeid. Doordat ze hun verhaal aan elkaar hadden verteld, was er een gevoel van saamhorigheid ontstaan. Toen een fluitsignaal het eind van de bijeenkomst aangaf, stopte ze zijn zakdoek netjes terug in een vak van zijn tas en kneep even in zijn onderarm om hem te bedanken.

De mentoren vertrokken gehoorzaam naar de uitgang, waar professor Sickle hun vertelde dat ze naar het biologielab moesten voor een nagesprek.

Niemand zei iets, maar op de gang vroeg iedereen zich af wat daar de reden voor was. Coriolanus hoopte dat het betekende dat dr. Gaul erbij zou zijn. De grillige resultaten van zijn klasgenoten stonden in schril contrast met zijn eigen keurig ingevulde vragenlijst, en dit bood weer een mooie gelegenheid om zich te onderscheiden.

'Die van mij wilde niets zeggen. Geen woord!' zei Clemensia. 'Ik heb alleen de informatie van de boete. Zijn naam. Boetius As. Moet je je voorstellen dat je je kind Boetius noemt en dat hij dan in de boete belandt!'

'Er was nog geen boete toen hij werd geboren,' merkte Lysistrata op. 'Waarschijnlijk vonden ze het gewoon een mooie naam.'

'Dat zal dan wel,' zei Clemensia.

'Die van mij praatte wel. Ik zou bijna willen dat ze haar mond had gehouden!' gilde Arachne.

'Hoezo? Wat zei ze dan?' vroeg Clemensia.

'O, kennelijk doet ze in District 10 niets anders dan varkens slachten.' Arachne deed alsof ze moest overgeven. 'Gatver. Wat moet ik daarmee? Ik wilde dat ik iets beters kon verzinnen.' Ze bleef zo abrupt staan dat Coriolanus en Festus tegen haar op botsten. 'Wacht! Dat is het!'

'Kijk uit waar je loopt!' zei Festus, die haar een duw gaf.

Ze negeerde hem en ratelde door, zodat iedereen wel naar haar moest luisteren. 'Ik kan gewoon iets heel goeds verzinnen! Ik ben in District 10 geweest. Het is zo'n beetje mijn tweede huis!' Voor de oorlog had haar familie luxehotels gebouwd in vakantieoorden, en Arachne had door heel Panem gereisd. Ze schepte er nog steeds over op, ook al zat ze sinds de oorlog net zo vast in het Capitool als iedereen. 'Ik kan echt wel iets beters bedenken dan de hoogte- en dieptepunten van een slachthuis!'

'Je moet blij met haar zijn,' zei Pliny Harrington. Iedereen noemde hem Pup om hem te onderscheiden van zijn vader, de marineofficier die over de zee bij District 1 waakte. De officier had geprobeerd om hem naar zijn evenbeeld te vormen en stond erop dat Pup kort stekeltjeshaar had en glimmend gepoetste schoenen droeg, maar zijn zoon was een geboren sloddervos. Hij pulkte met zijn duimnagel een stukje ham uit zijn beugel en schoot het naar de grond. 'Ze is tenminste niet bang voor bloed.'

'Hoezo? Die van jou wel dan?' riep Arachne.

'Geen idee. Ze heeft een kwartier lang zitten huilen.' Pup trok een grimas. 'Volgens mij heeft District 7 haar nog niet voorbereid op een gescheurde nagel, laat staan op de Spelen.'

'Je moet je jasje even dichtdoen,' hielp Lysistrata hem herinneren.

'O, goeie.' Pup zuchtte. Hij frunnikte aan het bovenste knoopje en hield het ineens los in zijn hand. 'Dat stomme uniform ook.'

Ze liepen achter elkaar het lab in, maar de vreugde die Coriolanus voelde bij het zien van dr. Gaul vervloog door de aanblik van rector Highbottom die achter de lerarentafel zat om de vragenlijsten in te nemen. Hij deed alsof Coriolanus lucht was, maar tegen de anderen was hij ook niet bepaald vriendelijk. Het praten liet hij aan de Hoofdspelmaker over.

Dr. Gaul prikte naar het mutilantenkonijn tot de klas was gaan zitten en begroette hen toen met: 'Huppeltje hoppeltje, ging alles goed? Werd je vrolijk onthaald of verloor je de moed?' De leerlingen keken elkaar verbaasd aan terwijl ze de vragenlijsten ophaalde. 'Voor wie het nog niet wist, ik ben dr. Gaul, Hoofdspelmaker, en ik zal jullie mentoraten mentoren. Eens kijken wat voor vlees ik in de kuip heb.' Ze bladerde door de formulieren, fronste haar wenkbrauwen, trok er een uit en hield dat omhoog. 'Dit was jullie opdracht. Dank je wel, meneer Snow. Wat was er met de rest aan de hand?'

Vanbinnen gloeide hij, maar hij hield zijn gezicht onbewogen. Het verstandigste wat hij nu kon doen was het voor zijn klasgenoten opnemen. Na een lange stilte deed hij zijn mond open. 'Ik had geluk met mijn tribuut. Ze is een kletskous. Maar de meeste kinderen wilden niets zeggen. En zelfs die van mij ziet niet in waarom ze haar best zou doen voor het interview.'

Sejanus draaide zich om naar Coriolanus. 'Waarom zouden ze ook? Wat hebben ze eraan? Wat ze ook doen, na afloop worden ze in de arena gegooid en mogen ze het zelf uitzoeken.'

Er ging een instemmend gemompel door het lokaal.

Dr. Gaul keek Sejanus onderzoekend aan. 'Jij bent de jongen van de broodjes. Waarom deed je dat?'

Sejanus verstijfde en meed haar blik. 'Ze waren uitgehongerd. We gaan ze vermoorden, dan hoeven we ze van tevoren toch niet ook nog te martelen?'

'Kijk eens aan. Een rebellensympathisant,' zei dr. Gaul.

Sejanus staarde naar zijn notitieblok, maar hield vol. 'Dit kun je nauwelijks rebellen noemen. Sommigen van die kinderen waren nog maar twee aan het eind van de oorlog. De oudste waren acht. En zijn ze niet gewoon inwoners van Panem nu de oorlog achter de rug is? Net als wij? Dat zegt het volkslied toch over het Capitool? "Jij bent de zon, verenigt ons"? Is de regering niet van iedereen?'

'Dat is wel het idee. Ga verder,' moedigde dr. Gaul hem aan.

'Dan moet de regering ook iedereen beschermen,' zei Sejanus. 'Dat is haar belangrijkste taak! En ik snap niet hoe je dat zou bereiken door die kinderen elkaar dood te laten vechten.'

'Jij bent duidelijk geen voorstander van de Hongerspelen,' zei dr. Gaul. 'Dat lijkt me lastig voor een mentor. Het staat je opdracht in de weg.'

Sejanus zweeg even. Toen rechtte hij zijn rug, leek zich schrap te zetten en keek haar aan. 'Misschien moet u me vervangen door iemand die het mentoraat meer verdient.'

De hele klas hapte naar adem.

'Ik peins er niet over, knul,' grinnikte dr. Gaul. 'Medeleven, daar draait het juist om bij de Spelen. Empathie, dat is precies waar het ons aan ontbreekt. Toch, Casca?' Ze keek even naar rector Highbottom, maar die zat met een pen te spelen.

Sejanus' gezicht betrok, maar hij zei niets meer. Coriolanus voelde dat hij haar dit gevecht had laten winnen, al geloofde hij niet dat Sejanus de strijd had opgegeven. Hij was dapperder dan hij leek, Sejanus Plinth. Zomaar je mentoraat weer voor de voeten van dr. Gaul smijten, stel je voor.

Maar het gesprek leek haar alleen maar op te zwepen. 'Zou het niet geweldig zijn als alle kijkers net zoveel om de tributen gaven als deze jongeman hier? Dat zou ons doel moeten zijn.'

'Nee,' zei rector Highbottom.

'Wel! Dan zijn ze pas echt betrokken!' ging dr. Gaul verder. Ze sloeg tegen haar voorhoofd. 'Je hebt me op een geweldig idee gebracht. Een manier waarop mensen hoogstpersoonlijk het verloop van de Spelen kunnen bepalen. Stel nu dat het publiek eten mag sturen naar de tributen in de arena? Dat je ze mag voeren, net zoals jullie vriend in de dierentuin heeft gedaan. Zouden ze zich dan meer betrokken voelen?'

Festus' gezicht lichtte op. 'Ik wel, als ik geld kon inzetten op de tribuut die ik zou voeren! Coriolanus zei vanochtend nog dat we misschien op de tributen zouden moeten kunnen wedden.'

Dr. Gaul keek Coriolanus stralend aan. 'Jij weer. Goed, steek de koppen bij elkaar en werk het uit. Schrijf een voorstel om te laten zien hoe dit een succes zou kunnen worden, en dan gaat mijn team erover nadenken.'

'Erover nadenken?' vroeg Livia. 'Bedoelt u dat u onze ideeën misschien echt gaat toepassen?'

'Waarom niet? Als ze de moeite waard zijn.' Dr. Gaul gooide de vragenlijsten op tafel. 'Wat jonge geesten missen aan ervaring, wordt soms gecompenseerd door hun idealisme. In hun ogen is alles nog mogelijk. Ouwe Casca hier bedacht het concept van de Hongerspelen toen hij maar een paar jaar ouder was dan jullie en bij mij studeerde aan de Universiteit.'

Alle ogen richtten zich op rector Highbottom, die dr. Gaul aankeek. 'Het was puur theoretisch.'

'Net als dit, tot het bruikbaar blijkt te zijn,' zei dr. Gaul. 'Ik verwacht het morgenochtend op mijn bureau.'

Coriolanus slaakte een inwendige zucht. Weer een groepsproject. Weer een kans om zijn ideeën te verkwanselen onder het mom van samenwerking. Om ze in de prullenbak te zien verdwijnen, of erger nog, zo veel water bij de wijn te moeten doen dat er geen smaak meer aan zat. De klas stemde voor een commissie van drie mentoren die het plan moesten schrijven. Hij werd uiteraard verkozen, en hij kon moeilijk weigeren. Dr. Gaul moest naar een vergadering en gaf de klas opdracht om zelf het voorstel te bespreken. Arachne, Clemensia en hij zouden die avond bij elkaar komen, maar aangezien ze allemaal eerst bij hun tribuut langs wilden, spraken ze om acht uur af in de dierentuin. Dan zouden ze daarna naar de bibliotheek gaan om het plan te schrijven.

Omdat hij zo'n stevige lunch had gehad, voelde hij zich niet tekortgedaan door de avondmaaltijd van de overgebleven koolsoep en een bord rode bonen. Het waren in elk geval geen limabonen. En toen Tigris het laatste restje in een mooie porseleinen kom had geschept en daar een paar verse kruiden uit de daktuin overheen had gestrooid, zag het er goed genoeg uit om aan Lucy Gray te kunnen geven. De presentatie was belangrijk voor haar. En wat die bonen betreft, ach, ze was uitgehongerd.

Vol optimisme liep hij de dierentuin in. 's Ochtends waren er weinig mensen geweest, maar nu dromden er zo veel bezoekers naar binnen dat hij niet wist of hij wel bij het hek van het apenverblijf zou kunnen komen. Zijn nieuwe status hielp. De mensen herkenden hem, lieten hem erlangs en zeiden zelfs tegen anderen dat ze aan de kant moesten gaan. Hij was niet zomaar iemand – hij was een mentor!

Hij liep rechtstreeks naar zijn hoekje, maar daar bleek de tweeling, Pollo en Didi Ring, op zijn steen te zitten. Het stel had het tweeling-zijn volledig omarmd – ze droegen dezelfde kleren en knotjes en hadden hetzelfde opgeruimde karakter. Ze vertrokken zonder dat Coriolanus het hoefde te vragen.

'Ga maar zitten, Coryo,' zei Didi terwijl ze haar broer van de steen trok.

'Ja, wij hebben onze tributen al gevoerd,' zei Pollo. 'Hé, vervelend dat jij met dat voorstel zit opgescheept.'

'Ja, wij hadden op Pup gestemd, maar niemand deed mee!' Lachend renden ze de menigte in.

Lucy Gray kwam meteen bij hem staan. Ze verslond de bonen, ook al at hij niet mee, nadat ze eerst had bewonderd hoe mooi ze eruitzagen.

'Heb je nog eten gekregen van het publiek?' vroeg hij.

'Een oude kaaskorst van een mevrouw, en een paar anderen hebben gevochten om een stuk brood dat een man naar binnen gooide. Ik zie de hele tijd mensen met eten, maar ik denk dat ze niet echt in de buurt durven te komen, ook al hebben we nu die vredebewakers erbij.' Ze wees naar de achterkant van het verblijf, waar een viertal vredebewakers de wacht hield. 'Misschien vinden ze het minder eng nu jij er bent.'

Coriolanus zag een jongen van een jaar of tien aarzelend in het publiek staan met een gekookte aardappel in zijn hand. Hij gaf hem een knipoog en zwaaide even. De jongen keek naar zijn vader, die hem bemoedigend toeknikte. Hij kwam achter Coriolanus staan, maar bleef op afstand. 'Heb je die aardappel meegenomen voor Lucy Gray?' vroeg Coriolanus.

'Ja. Ik heb hem bij het eten bewaard. Ik wilde hem zelf, maar ik wilde hem nog liever aan haar geven,' zei hij.

'Toe maar dan,' zei Coriolanus vriendelijk. 'Ze bijt niet. En wel beleefd blijven, hoor.'

De jongen deed een verlegen stap naar de tralies. 'Hé, hallo,' zei Lucy Gray. 'Hoe heet jij?'

'Horace,' zei de jongen. 'Ik heb mijn aardappel voor jou bewaard.'

'Dat is lief van jou, zeg. Zal ik hem nu opeten of bewaren?' vroeg ze.

'Nu opeten.' De jongen stak hem voorzichtig naar haar uit.

Lucy Gray pakte de aardappel aan alsof het een diamant was. 'Hemeltje. Dit is misschien wel de mooiste aardappel die ik ooit heb gezien.' De jongen bloosde van trots. 'Daar ga ik, hoor.' Ze nam een hap, deed haar ogen dicht en leek bijna flauw te vallen. 'En hij smaakt ook 't lekkerst. Dank je wel, Horace.'

De camera's zoomden in toen Lucy Gray een uitgedroogde wortel kreeg van een meisje en een gekookte mergpijp van de oma van het meisje. Iemand tikte Coriolanus op zijn schouder en toen hij zich omdraaide zag hij Pluribus Bell staan met een blikje melk. 'Net als vroeger,' zei hij glimlachend terwijl hij een paar gaten in de deksel prikte en het blik aan Lucy Gray gaf. 'Mooi optreden tijdens de boete. Heb je dat lied zelf geschreven?'

Een paar van de deemoedigste tributen – of misschien die met de meeste honger – zochten een plek bij de tralies. Ze gingen op de grond zitten, staken hun hand uit, bogen hun hoofd en wachtten. Hier en daar rende iemand, meestal een kind, naar voren om iets in hun hand te leggen en dan snel weer naar achteren te springen. De tributen begonnen om de aandacht te strijden en trokken zo de camera's naar het midden van het verblijf. Een lenig meisje uit District 9 deed een flikflak nadat ze een broodje had gekregen. De jongen uit District 7 sloofde zich uit door met drie walnoten te jongleren. Het publiek beloonde de tributen die een kunstje deden met applaus en meer eten.

Lucy Gray en Coriolanus gingen weer op hun picknickplek zitten en keken naar de voorstelling. 'We zijn gewoon een circusgroep,' zei ze terwijl ze stukjes vlees van de mergpijp plukte.

'Ze halen het niet bij jou,' zei Coriolanus.

Mentoren die eerder genegeerd waren, werden nu benaderd door hun tributen als ze iets te eten aanboden. Toen Sejanus arriveerde met tassen vol hardgekookte eieren en stukken brood, renden alle tributen naar hem toe, behalve Marcus, die hem nadrukkelijk negeerde.

Coriolanus knikte naar hen. 'Je had gelijk over Sejanus en Marcus. Ze zaten in District 2 bij elkaar in de klas.'

'Da's lastig. Gelukkig hebben wij dat probleem niet,' zei ze.

'Nee, want dit is al lastig genoeg.' Het was bedoeld als grapje, maar het sloeg dood. Het wás al lastig genoeg, en het werd met de minuut lastiger.

Ze wierp hem een treurig glimlachje toe. 'Het was leuk geweest als we elkaar onder andere omstandigheden hadden leren kennen.'

'Hoe dan?' Dit ging een gevaarlijke kant op, maar hij kon zich niet inhouden.

‘O, als je bijvoorbeeld naar een van mijn optredens was gekomen en me had horen zingen,’ zei ze. ‘En dat je dan na afloop een praatje kwam maken en we iets zouden drinken en een dansje zouden wagen.’

Hij zag het zo voor zich, dat ze ergens zou zingen, in de nachtclub van Pluribus bijvoorbeeld, en dat hij haar blik zou vangen, al contact met haar zou hebben nog voordat ze elkaar hadden ontmoet. ‘En dan zou ik de volgende avond weer komen.’

‘Alsof we alle tijd van de wereld hadden,’ zei ze.

Hun gemijmer werd onderbroken door een hard ‘Woehoe!’. De tributen uit District 6 deden een grappig dansje en de Ring-tweeling haalde een deel van de toeschouwers over om ritmisch mee te klappen. Daarna werd de sfeer bijna feestelijk. Het publiek kwam dichterbij en een paar mensen raakten met de gevangenen aan de praat.

Alles bij elkaar vond Coriolanus het een goede ontwikkeling – Lucy Gray was in haar eentje niet genoeg reden om de interviews op primetime uit te zenden. Hij besloot om de andere tributen even hun gang te laten gaan en te vragen of ze rond sluitingstijd weer wilde zingen. Ondertussen vertelde hij over de discussies die de mentoren die middag hadden gevoerd en beklemtoonde hij wat haar populariteit in de arena zou kunnen betekenen nu de mensen misschien geschenken zouden mogen sturen.

Stiekem maakte hij zich weer zorgen over geld. Hij zou rijkere kijkers nodig hebben, die dingen voor haar konden kopen. Het zou slecht overkomen als de tribuut van een Snow niets zou ontvangen in de arena. Misschien zou hij in het voorstel een regel moeten opnemen dat je je eigen tribuut geen geschenken mocht sturen. Anders had hij toch bij voorbaat verloren? Wel van Sejanus in elk geval. En Arachne had bij de tralies inmiddels een kleine picknick uitgestald voor haar tribuut. Een vers brood, een blok kaas, en waren dat druiven? Waar betaalde ze die van? Misschien ging het inmiddels beter met de reisbranche.

Arachne gebruikte een mes met parelmoeren heft om plakken kaas af te snijden. Haar tribuut, het praatgrage meisje uit District 10, kwam op haar hurken voor haar zitten en boog zich gretig naar de spijlen. Arachne maakte een rijkelijk belegde boterham, maar gaf hem niet meteen. Ze leek een preek af te steken tegen het meisje. Het was een heel verhaal. Op een gegeven moment stak het meisje haar hand door de tralies en Arachne trok het broodje terug, waar het publiek om moest lachen. Ze draaide zich grijnzend om, wiebelde met haar wijsvinger naar haar tribuut, hield haar het broodje weer voor en trok het opnieuw terug, tot groot vermaak van de toeschouwers.

'Ze speelt met vuur,' constateerde Lucy Gray.

Arachne zwaaide naar het publiek en nam zelf een hap van het broodje.

Coriolanus zag dat de tribuut een duistere blik in haar ogen kreeg, en haar nekspieren bolden op. En hij zag ook nog iets anders. Haar vingers die langs de tralie omlaag gleden, naar buiten schoten en het mes omklemden. Hij wilde overeind komen en deed zijn mond open om een waarschuwing te roepen, maar het was al te laat.

In één snelle beweging trok de tribuut Arachne naar zich toe om haar de keel door te snijden.

10

De toeschouwers die het dichtst bij de aanval stonden begonnen te gillen. Arachnes gezicht werd lijkbleek terwijl ze haar broodje liet vallen en naar haar hals klauwde – het bloed stroomde tussen haar vingers door. Het meisje uit District 10 liet haar los en gaf haar een duw. Arachne wankelde naar achteren, draaide zich om en stak een druipende hand uit, smeekte het publiek om hulp. Iedereen leek te geschokt of te bang om te reageren. Veel mensen deinsden achteruit toen ze op haar knieën viel en langzaam leegbloedde.

In eerste instantie wilde Coriolanus zich net als de anderen terugtrekken en houvast zoeken bij de spijlen van de kooi, maar Lucy Gray siste: 'Help haar!' Hij realiseerde zich dat de camera's nog steeds live uitzonden voor de Capitoolkijkers. Hij had geen idee wat hij voor Arachne kon doen, maar hij wilde niet bang en bevend in beeld komen. Zijn angst was privé, niet om in het openbaar getoond te worden.

Hij dwong zijn benen om in beweging te komen en was als eerste bij Arachne. Ze greep zijn hemd terwijl het leven uit haar vloeide. 'Een dokter!' riep hij, en hij liet haar voorzichtig op de grond zakken. 'Is er een arts aanwezig? Kan iemand haar helpen?' Hij drukte zijn hand tegen de wond om het bloeden te stelpen maar haalde die weer weg toen ze stikkende geluiden maakte. 'Toe dan!' schreeuwde hij naar het publiek. Een paar vredebewakers baanden zich een weg naar hen toe, maar veel te langzaam.

Coriolanus keek nog net op tijd om om te zien dat het meisje uit District 10 het broodje kaas pakte en er een woeste hap uit nam voordat de kogels haar doorboorden en haar lichaam tegen de tralies sloeg. Ze zakte in een hoopje omlaag, waar haar bloed zich met dat van Arachne vermengde. Stukjes halfgekauwd eten vielen uit haar mond en dreven in de rode plas.

De menigte drong naar achteren en de mensen probeerden in paniek weg te komen. De schemering droeg alleen maar bij aan de wanhoop. Coriolanus zag een jongetje vallen en zijn been werd vertrapt voordat een vrouw hem overeind sleurde. Anderen hadden minder geluk.

Arachnes lippen vormden geluidloze woorden die hij niet kon ontcijferen. Toen haar ademhaling plotseling stokte, leek reanimeren hem zinloos. Als hij haar mond-op-mondbeademing gaf, zou de lucht dan niet via dat gapende gat in haar hals weer ontsnappen? Festus stond inmiddels naast hem en de twee vrienden wisselden een hulpeloze blik.

Coriolanus deed een stap bij Arachne vandaan en rilde door het rode, glanzende spul dat zijn handen bedekte. Hij draaide zich om en zag Lucy Gray ineengedoken tegen de tralies zitten, haar gezicht verborgen in de ruches. Haar lichaam trilde en hij besefte dat hij zelf ook stond te trillen. Zo ging dat bij hem: het vele bloed, de fluitende kogels en de gillende menigte riepen allemaal herinneringen op aan de ergste momenten van zijn jeugd. Rebellenlaarzen die door de straten stampten, de grootmadam en hij tegen de grond gedrukt door geweervuur, stuiptrekkende, stervende lichamen om hen heen... Zijn moeder op het bebloede bed... De op hol geslagen menigtes tijdens de voedselrellen, de ingeslagen gezichten, de jammerende mensen...

Hij nam onmiddellijk maatregelen om zijn doodsangst te verhullen. Hij duwde zijn handen in vuisten langs zijn zij. Hij probeerde langzaam en diep adem te halen. Lucy Gray moest overgeven en hij wendde zich af om zelf niet te hoeven braken.

Er verschenen artsen die Arachne op een brancard tilden. Anderen knielden bij de toeschouwers die door verdwaalde kogels waren geraakt of onder de voet waren gelopen. Ineens stond er een vrouw voor hem die vroeg of hij gewond was, was dat zijn bloed? Zodra ze had vastgesteld dat dat niet het geval was, kreeg hij een handdoek om zichzelf schoon te vegen en liep ze door.

Terwijl hij het bloed van zijn handen boende, zag hij Sejanus geknield bij de dode tribuut zitten. Hij had zijn hand door de tralies gestoken en leek mompelend iets wits over haar heen te strooien. Coriolanus ving er maar een glimp van op voordat Sejanus door een vredebewaker naar achteren werd getrokken. Rond de kooi krioelde het nu van de soldaten, die de laatste bezoekers naar buiten dreven en de tributen met hun handen op hun hoofd in een rij achter in de kooi zetten. Coriolanus was wat gekalmeerd en probeerde de blik van Lucy Gray te vangen, maar ze keek strak naar de grond.

Een vredebewaker pakte hem bij de schouders en gaf hem een respectvolle maar stevige duw in de richting van de uitgang. Coriolanus liep achter Festus aan over het pad en ze bleven staan bij een fontein om nog wat meer bloed weg te poetsen. Ze wisten allebei niet wat ze moesten zeggen. Arachne was niet bepaald zijn beste vriendin geweest, maar hij kende haar al zijn hele leven. Ze hadden als baby's samen gespeeld, waren samen naar verjaardagsfeestjes gegaan, hadden samen in de rij gestaan voor eten, hadden bij elkaar in de klas gezeten. Op de begrafenis van zijn moeder was ze van top tot teen in zwart kant gekleed geweest, en vorig jaar had hij nog gejuicht bij de diploma-uitreiking van haar broer. Ze hoorde bij de rijke oude garde van het Capitool, dus ze was familie. En je hoefde je familie niet aardig te vinden. De band was een gegeven.

'Ik kon haar niet redden,' zei hij. 'Ik kon het bloeden niet stelpen.'

'Ik denk niet dat iemand dat gekund zou hebben. Je hebt het in elk geval geprobeerd. Daar gaat het om,' zei Festus troostend.

Clemensia kwam naar hen toe, bibberend over haar hele lijf, en ze liepen samen de dierentuin uit.

'Gaan jullie met mij mee?' vroeg Festus, maar toen ze bij zijn appartement waren, barstte hij plotseling in tranen uit. Ze brachten hem naar de lift en namen afscheid.

Pas toen Coriolanus Clemensia thuisbracht dachten ze weer aan de opdracht van dr. Gaul. Het voorstel om de tributen in de arena eten te kunnen sturen en de mogelijkheid om op hen te wedden. 'Ze zal er nu toch niet meer op rekenen?' vroeg Clemensia. 'Ik krijg het vanavond echt niet voor elkaar. Ik kan er niet over nadenken. Zonder Arachne, bedoel ik.'

Daar was Coriolanus het mee eens, maar onderweg naar huis dacht hij aan dr. Gaul. Ze was echt iemand die hen zou straffen omdat ze hun opdracht niet op tijd hadden ingeleverd, ongeacht de omstandigheden. Misschien moest hij voor de zekerheid toch maar iets schrijven.

Hij klom de twaalf trappen naar hun appartement op en trof de grootmadam helemaal overstuur aan; ze fulmineerde tegen de districten en hing haar mooiste zwarte jurk uit voor de begrafenis van Arachne. Ze vloog op hem af en beklopte zijn borst en armen om zeker te weten dat hij ongedeerd was. Tigris huilde alleen maar. 'Ik kan gewoon niet geloven dat Arachne dood is. Ik zag haar vanmiddag nog op de markt toen ze die druiven kocht.'

Troostend probeerde hij hen ervan te overtuigen dat hem niets zou overkomen. 'Het zal niet nog een keer gebeuren. Het was gewoon een bizar ongeluk. En nu zal de beveiliging nog verder aangescherpt worden.'

Toen iedereen weer een beetje gekalmeerd was ging Coriolanus naar zijn kamer, trok zijn bebloede uniform uit en liep naar zijn badkamer. Onder het gloeiend hete water van de douche schrobde hij de laatste bloedspetters van Arachne van zijn lijf. Heel even zorgde een pijnlijk gesnik voor een akelig gevoel in zijn borst, maar dat trok snel weg en hij wist niet goed of hij verdrietig was omdat ze dood was of ongelukkig vanwege zijn eigen problemen. Waarschijnlijk allebei. Hij trok een versleten zijden badjas aan die nog van zijn vader was geweest en besloot een poging te doen om dat voorstel te schrijven. Hij zou toch niet kunnen slapen met dat rochelende geluid uit Arachnes keel nog in zijn oren. Daar kon geen rozenpoeder tegenop. Het gaf rust om zich even alleen maar met de opdracht bezig te houden, en hij vond het prettig om in zijn eentje te werken, zonder de ideeën van zijn klasgenoten tactvol af te hoeven wijzen. Op deze manier kon hij ongestoord een eenvoudig maar degelijk voorstel schrijven.

Denkend aan hun discussie met dr. Gaul en de opwinding die door het publiek was gegaan toen ze de uitgehongerde tributen in de dierentuin hadden gevoerd, concentreerde hij zich op het eten. Voor het eerst zouden sponsors dingen kunnen kopen – een stuk brood, een brok kaas – die per drone aan een specifieke tribuut geleverd zouden worden. Er zou een commissie ingesteld worden die de aard en waarde van de verschillende spullen bepaalde. Een sponsor moest een gerespecteerd inwoner van het

Capitool zijn die niet direct bij de Spelen betrokken was. Daardoor waren Spelmakers, mentoren, soldaten die de tributen moesten bewaken en alle naaste familieleden van eerdergenoemde partijen uitgesloten. Vervolgens werkte hij zijn idee over het wedden uit, waarbij hij een tweede commissie voorstelde die een kantoor moest openen waar Capitoolinwoners officieel op de winnaar konden inzetten, de noteringen vastgesteld werden en de uitbetalingen werden afgehandeld. Met de opbrengsten van beide onderdelen konden de Spelen betaald worden, waardoor die de regering van Panem in principe niets hoefden te kosten.

Coriolanus werkte gestaag door totdat de vrijdagochtend aanbrak. Toen de eerste zonnestralen door zijn raam vielen, trok hij een schoon uniform aan, stopte zijn voorstel onder zijn arm en sloop stilletjes het appartement uit.

Dr. Gaul bekleedde verschillende functies in het laboratorium, het leger en aan de Universiteit, dus hij moest gokken waar haar bureau stond. Aangezien dit met de Hongerspelen te maken had, liep hij naar het imposante gebouw dat bekendstond als de Citadel, waar het Oorlogsdepartement gehuisvest was. De dienstdoende vredebewakers waren absoluut niet van plan om hem het zwaarbeveiligde gedeelte in te laten, maar ze verzekerden hem dat het voorstel op haar bureau gelegd zou worden. Meer kon hij niet doen.

Op de terugweg naar de Corso werden op het scherm waar in de vroege ochtend alleen het embleem van Panem op te zien was geweest, de gebeurtenissen van de vorige avond getoond. Telkens opnieuw lieten ze de beelden zien van de tribuut die Arachnes keel doorsneed, Coriolanus' pogingen om haar te helpen en de moordenaar die doodgeschoten werd. Hij voelde een vreemde afstand tot de actie, alsof hij al zijn emotionele reserves verbruikt had bij zijn korte inzinking in de douche. Omdat hij in eerste instantie wat huiverig op Arachnes dood had gereageerd, was hij blij dat de camera's alleen hadden vastgelegd dat hij geprobeerd had haar te redden, het moment waarop hij dapper en verantwoordelijk overkwam. Alleen als je heel goed keek zag je dat hij beefde.

Hij was extra tevreden toen hij Livia Cardew op het scherm door de menigte zag rennen zodra de schoten klonken. In de retoriekles had ze zijn onvermogen om de diepere betekenis van een gedicht te ontwaren een keer toegeschreven aan het feit dat hij te veel met zichzelf bezig was. Hoe ironisch om dat juist uit de mond van iemand als Livia te horen! Maar een beeld zei meer dan duizend woorden. Coriolanus naar het slachtoffer, Livia naar de dichtstbijzijnde uitgang.

Thuis waren Tigris en de grootmadam weer een beetje bijgekomen van het vreselijke nieuws over Arachnes dood en ze riepen hem uit tot nationale held, wat hij wegwuifde maar waar hij stiekem van genoot. Hij zou uitgeput moeten zijn, maar hij had een nerveuze energie en de mededeling dat de lessen op de Academie doorgingen gaf hem een oppepper. Thuis een held gevonden worden was wat beperkt – hij had een groter publiek nodig.

Na een ontbijt van gebakken aardappelen en koude karnemelk vertrok hij naar de Academie met de bedroefdheid waar de situatie om vroeg. Omdat hij bekendstond als een vriend van Arachne en dat had bewezen door zijn pogingen om haar te redden, leek hij als hoofdrouwer bestempeld te worden. Op de gang werd hij van alle kanten gecondoleerd, en geprezen om zijn optreden. Iemand opperde dat ze als een zus voor hem was geweest, en hoewel dat absoluut niet het geval was, ontkende hij het niet. Over de doden niets dan goeds.

Als rector van de Academie zou Highbottom de school eigenlijk moeten toespreken, maar hij was er niet. In plaats daarvan vertelde Satyria in gloedvolle bewoordingen over Arachne: dat ze zo dapper was, nooit een blad voor de mond nam, altijd grappen maakte. Alle dingen, dacht Coriolanus terwijl hij een zakdoek tegen zijn ogen drukte, die haar zo irritant hadden gemaakt en uiteindelijk tot haar dood hadden geleid. Professor Sickle nam de microfoon over en prees hem en in mindere mate Festus voor hun hulp aan een gevallen wapenzuster. Hippocrata Lunt, de vertrouwenspersoon van de school, nodigde iedereen voor wie het verdriet te veel werd uit om naar haar kantoor te komen, vooral als iemand zichzelf of anderen iets wilde aandoen. Satyria kwam het podium weer op en meldde dat Arachnes officiële begrafenis de volgende dag zou plaatsvinden, en dat alle leerlingen aanwezig zouden zijn om haar te herdenken. De plechtigheid zou in heel Panem live worden uitgezonden en iedereen werd verzocht om zich te kleden en te gedragen zoals het Capitooljeugd betaamde. Daarna kregen ze even de tijd om samen herinneringen aan hun vriendin op te halen en elkaar te troosten. Na de lunch begonnen de lessen weer.

Na geroosterd brood met soppige vissalade hadden de mentoren weer een bespreking met professor Demigloss, hoewel niemand daar veel zin in had. Het hielp niet dat hij meteen een mentoroverzicht uitdeelde, nu met de namen van de tributen erbij, en zei: ‘Op deze manier kun je je voortgang in de Spelen bijhouden.’

10E HONGERSPELEN
MENTORTOEWIJZINGEN

DISTRICT 1

Jongen (Facet)	*Livia Cardew*
Meisje (Velvereen)	*Palmyra Monty*

DISTRICT 2

Jongen (Marcus)	*Sejanus Plinth*
Meisje (Sabyn)	*Florus Friend*

DISTRICT 3

Jongen (Circ)	*Io Jasper*
Meisje (Teslee)	*Urban Canville*

DISTRICT 4

Jongen (Mizzen)	*Persephone Price*
Meisje (Coral)	*Festus Creed*

DISTRICT 5

Jongen (Hy)	*Dennis Fling*
Meisje (Sol)	*Iphigenia Moss*

DISTRICT 6

Jongen (Otto)	*Apollo Ring*
Meisje (Ginnee)	*Diana Ring*

DISTRICT 7

Jongen (Treech)	*Vipsania Sickle*
Meisje (Lamina)	*Pliny Harrington*

DISTRICT 8

Jongen (Bobbin)	*Juno Phipps*
Meisje (Wovey)	*Hilarius Heavensbee*

DISTRICT 9

Jongen (Panlo)	*Gaius Breen*
Meisje (Sheaf)	*Androcles Anderson*

DISTRICT 10

Jongen (Tanner)	*Domitia Whimsiwick*
Meisje (Brandy)	*Arachne Crane*

DISTRICT 11

Jongen (Boetius)	*Clemensia Dovecote*
Meisje (Dille)	*Felix Ravinstill*

DISTRICT 12

Jongen (Jessup)	*Lysistrata Vickers*
Meisje (Lucy Gray)	*Coriolanus Snow*

Net als een paar mensen om hem heen streepte Coriolanus meteen de naam van het meisje uit District 10 door. Maar dan? Het zou logisch zijn om Arachnes naam ook door te strepen, maar dat was toch anders. Zijn pen bleef boven haar naam hangen en daarna liet hij het zitten. Hij vond het nogal harteloos om haar zomaar van de lijst te schrappen.

Na een minuut of tien kwam er een bericht van het kantoor dat Clemensia en hij zich onmiddellijk in de Citadel moesten melden. Dat kon alleen maar een reactie op zijn voorstel zijn en Coriolanus was opgewonden en zenuwachtig tegelijk. Vond dr. Gaul het goed? Verschrikkelijk? Wat ging er gebeuren?

Clemensia was boos dat hij haar niets had verteld. 'Echt niet te geloven dat je een voorstel in elkaar hebt gedraaid terwijl Arachnes lijk nog aan het afkoelen was! Ik heb de hele nacht liggen huilen.' Haar opgezwollen ogen bevestigden dat.

'Ik kon ook niet slapen, hoor,' wierp Coriolanus tegen. 'Nadat ze in mijn armen was gestorven. Ik moest iets doen om niet helemaal door te draaien.'

'Ik weet het, ik weet het. Iedereen gaat anders met verdriet om. Ik bedoelde het niet zo.' Ze zuchtte. 'Goed, wat staat er in dat stuk waaraan ik zogenaamd heb meegeschreven?'

Coriolanus gaf haar een korte samenvatting, maar ze leek nog steeds geïrriteerd. 'Sorry, ik had het je willen vertellen. Het stelt allemaal niet heel veel voor, en een deel hebben we als groep al besproken. Hoor eens, ik heb al één minpunt gekregen deze week en mijn cijfers mogen niet achteruitgaan.'

'Heb je dan in elk geval wel mijn naam erbij gezet? Ik wil niet dat het lijkt alsof ik te slap was om mijn best te doen,' zei ze.

'Ik heb er geen enkele naam bij gezet. Het is meer een project van de hele klas.' Coriolanus stak geërgerd zijn handen op. 'Kom op, Clemmie, ik dacht dat ik je een dienst bewees!'

Ze gaf zich gewonnen. 'Oké, oké,' zei ze. 'Dank je wel, denk ik. Maar ik wilde dat ik het nog had kunnen lezen. Je moet me wel uit de brand helpen als ze ons erover gaat doorzagen, hè?'

'Tuurlijk. Ze zal het toch wel vreselijk vinden,' zei hij. 'Het zit volgens mij behoorlijk goed in elkaar, maar zij hanteert heel andere regels.'

'Klopt,' beaamde Clemensia. 'Denk je dat de Hongerspelen nog wel doorgaan?'

Daar had hij nog niet over nagedacht. 'Geen idee. Met Arachne, en dan de begrafenis... Als de Spelen niet afgelast worden, zullen ze sowieso later beginnen, denk ik. Ik weet dat jij het toch al niks vindt.'

'Jij wel dan? We vinden het toch allemaal niks?' vroeg Clemensia.

'Misschien sturen ze de tributen wel gewoon naar huis.' Dat was op zich geen onaantrekkelijk idee, als hij aan Lucy Gray dacht. Hij vroeg zich af welke gevolgen Arachnes dood voor haar zou hebben. Zouden alle tributen gestraft worden? Zou hij bij haar op bezoek mogen?

'Ja, of ze maken er Avox van of zo,' zei Clemensia. 'Dat is natuurlijk ook afschuwelijk, maar niet zo erg als de arena. Ik zou liever leven zonder tong dan dood zijn. Jij?'

'Ik wel, maar van mijn tribuut weet ik dat nog zo net niet,' zei Coriolanus. 'Kun je zingen zonder tong?'

'Geen idee. Neuriën misschien.' Ze waren bij de poort van de Citadel aangekomen. 'Als kind was ik altijd bang voor dit gebouw.'

'Ik ben er nog steeds bang voor,' zei Coriolanus, en daar moest ze om lachen.

Bij de vredebewakerspost werden hun ogen gescand en met de Capitooldossiers vergeleken. Ze moesten hun schooltassen inleveren en daarna werden ze door een bewaker via een lange, grijze gang naar een lift gebracht die minstens vijfentwintig verdiepingen naar beneden ging. Coriolanus was nog nooit zo diep onder de grond geweest en merkte tot zijn verbazing dat hij het prettig vond. Hij was dol op hun penthouse, maar hij had zich ontzettend kwetsbaar gevoeld tijdens de bombardementen in de oorlog. Hier leek niets hem te kunnen raken.

De liftdeuren schoven open en ze stapten een reusachtig, open laboratorium in. Rijen werkbanken, vreemde apparaten en glazen kooien strekten zich tot in de verte uit. Coriolanus draaide zich om naar de bewaker, maar die deed de deuren dicht en vertrok zonder nog iets te zeggen. 'Zullen we?' vroeg hij aan Clemensia.

Behoedzaam schuifelden ze het lab in. 'Straks maak ik iets kapot,' fluisterde ze.

Ze liepen langs een wand van drie meter hoge glazen kooien. Een hele verzameling dieren, waarvan hij sommige kende en sommige zo veranderd waren dat er niet zomaar meer een naam aan te koppelen viel, sloop, hijgde en fladderde schijnbaar nogal ongelukkig rond. Enorme tanden, klauwen en zwemvliezen sloegen tegen het glas toen ze voorbijkwamen.

Een jongeman in een labjas kwam hen tegemoet en bracht hen naar een gedeelte vol reptielen. Daar troffen ze dr. Gaul aan, die in een groot terrarium met honderden slangetjes stond te turen. Ze waren onnatuurlijk fel en hun huid was bijna lichtgevend neonroze, geel en blauw. Als een psychedelisch tapijt kronkelden ze over de bodem van de kooi, niet langer dan een liniaal en niet veel dikker dan een potlood.

'Ah, daar zijn jullie,' zei dr. Gaul grijnzend. 'Kom mijn nieuwe schatjes eens begroeten.'

'Hallo,' zei Coriolanus, en hij bracht zijn gezicht naar het glas om het gewriemel te bekijken. Ze deden hem ergens aan denken, maar hij wist niet waaraan.

'Hebben die kleuren een reden?' vroeg Clemensia.

'Al naar gelang je wereldbeeld heeft alles een reden, of juist helemaal niets,' zei dr. Gaul. 'En dat brengt me op jullie voorstel. Ik vond het goed. Wie heeft het geschreven? Alleen jullie tweeën? Of heeft jullie brutale vriendinnetje nog een bijdrage geleverd voordat haar keel werd doorgesneden?'

Clemensia klemde haar lippen geëmotioneerd op elkaar, maar toen zag Coriolanus haar gezicht verstrakken. Ze liet zich niet intimideren. 'De hele klas heeft het als groep besproken.'

'En Arachne was van plan om gisteravond nog mee te schrijven, maar toen... wat u al zei,' vulde hij aan.

'Maar jullie hebben het voortouw genomen?' vroeg dr. Gaul.

'Ja,' zei Clemensia. 'We hebben het in de bibliotheek geschreven en ik heb het gisteravond thuis geprint. Daarna heb ik het aan Coriolanus gegeven zodat hij het vanochtend kon inleveren. Zoals de opdracht was.'

Dr. Gaul keek Coriolanus aan. 'Is het zo gegaan?'

Coriolanus voelde zich voor het blok gezet. ‘Ik heb het inderdaad vanochtend ingeleverd, ja. Bij de vredebewakers die de wacht hielden, want ik mocht niet naar binnen,’ zei hij ontwijkend. Er was iets geks aan de vragen die ze stelde. ‘Was dat niet de bedoeling?’

‘Ik wilde alleen even zeker weten dat jullie het allebei in handen hebben gehad,’ zei dr. Gaul.

‘Ik kan wel laten zien welke delen de groep besproken heeft en hoe die in het voorstel zijn uitgewerkt,’ opperde hij.

‘Ja, graag. Hebben jullie een exemplaar bij je?’ vroeg ze.

Clemensia keek Coriolanus verwachtingsvol aan. ‘Nee,’ zei hij. Hij vond het vervelend dat ze dit bij hem neerlegde terwijl ze zelf te ontdaan was geweest om hem te helpen. Vooral omdat ze een van zijn grootste concurrenten was in de strijd om de Academieprijzen. ‘Jij?’

‘We moesten onze tas inleveren.’ Clemensia keek naar dr. Gaul. ‘Misschien kunnen we het exemplaar gebruiken dat we aan u hebben gegeven?’

‘Dat zou kunnen, ja. Maar mijn assistent heeft deze kooi ermee bekleed terwijl ik zat te lunchen,’ zei ze met een lachje.

Coriolanus staarde in de wirwar krioelende slangen met hun flitsende tongetjes. Tussen de kronkels ontwaarde hij inderdaad zinnen uit zijn voorstel.

‘Misschien kunnen jullie het er even uit halen?’ stelde dr. Gaul voor.

Het voelde als een test. Een rare dr. Gaul-test, maar toch. En op de een of andere manier had ze dit gepland, al zou hij niet weten waarom. Hij keek even naar Clemensia en probeerde zich te herinneren of ze bang was voor slangen, maar hij wist niet eens of hij zélf bang voor die beesten was. Ze hadden geen slangen in het lab op school.

Ze keek dr. Gaul met een stijf lachje aan. 'Natuurlijk. Moeten we onze hand gewoon door die klep in de deksel steken?'

Dr. Gaul haalde de hele bovenkant eraf. 'O nee, ik zal jullie even de ruimte geven. Meneer Snow? Ga jij maar eerst.'

Coriolanus stak langzaam zijn hand in de kooi en voelde de verwarmde lucht.

'Goed zo. Voorzichtig. Laat ze niet schrikken,' gaf dr. Gaul aan.

Hij schoof zijn vingers onder de rand van een bladzijde van zijn voorstel en trok het traag onder de slangen vandaan. Ze gleden op een hoopje maar leken het niet bijzonder vervelend te vinden. 'Volgens mij merkten ze het niet eens,' zei hij tegen Clemensia, die een beetje groen zag.

'Oké, daar ga ik.' Ze stak haar hand in de bak.

'Ze zien niet goed en ze horen nog slechter,' zei dr. Gaul. 'Maar ze weten dat je er bent. Slangen ruiken je met hun tong, en deze mutilanten nog sterker dan andere.'

Clemensia kreeg met haar nagel een bladzijde te pakken en trok die omhoog. De slangen kwamen in beweging.

'Als ze je kennen, als ze je geur met iets fijns associëren – een warme bak bijvoorbeeld – dan negeren ze je. Maar een nieuwe geur, iets onbekends, wordt als een gevaar beschouwd,' zei dr. Gaul. 'Dan sta je er alleen voor, meisje.'

Het begon Coriolanus net te dagen toen hij het geschrokken gezicht van Clemensia zag. Ze rukte haar hand uit de bak, maar pas nadat minstens zes neonkleurige slangen hun tanden in haar huid hadden gezet.

8

Clemensia slaakte een bloedstollende kreet en schudde wild met haar hand om de slangen eraf te krijgen. Uit de kleine gaatjes die hun tanden hadden gemaakt stroomden de kleuren van hun huid. Felroze, gele en blauwe pus droop langs haar vingers.

Om hen heen doken labassistenten in witte jassen op. Twee van hen drukten Clemensia tegen de grond en een derde zette een angstaanjagende, met een zwarte vloeistof gevulde spuit in haar arm. Haar lippen werden paars en daarna bloedeloos voordat ze buiten westen raakte. De assistenten legden haar op een brancard en voerden haar snel af.

Coriolanus wilde achter hen aan lopen, maar de stem van dr. Gaul hield hem tegen. 'Jij niet, meneer Snow. Jij blijft hier.'

'Maar ik... Ze...' hakkelde hij. 'Gaat ze dood?'

'Wie zal het zeggen,' zei dr. Gaul. Ze had haar hand weer in de bak gestoken en liet haar knoestige vingers lichtjes over haar lievelingetjes glijden. 'Haar geur kleefde duidelijk niet aan het papier. Dus jij hebt het voorstel in je eentje geschreven?'

'Ja.' Het had geen zin om te liegen. Liegen was Clemensia waarschijnlijk fataal geworden. Hij had duidelijk te maken met een gek die hij uiterst voorzichtig moest behandelen.

'Mooi. Eindelijk de waarheid. Leugenaars kan ik niet gebruiken. Wat zijn leugens anders dan pogingen om een vorm van zwakte te maskeren? Als ik die kant van jou nog eens te zien krijg, maak ik korte metten met je. Dan grijp ik niet in als rector Highbottom je wil bestraffen. Duidelijk?' Ze wikkelde een van de roze slangen als een armband om haar pols en leek het dier te bewonderen.

'Heel duidelijk,' zei Coriolanus.

'Het is goed, dat voorstel van je,' zei ze. 'Goed doordacht en eenvoudig uit te voeren. Ik ga mijn team voorstellen om ernaar te kijken en een eerste versie ervan toe te passen.'

'Juist,' zei Coriolanus, die alleen maar heel nietszeggende antwoorden durfde te geven nu hij omringd was door dodelijke dieren die deden wat zij zei.

Dr. Gaul lachte. 'Ga maar naar huis. Of ga bij je vriendin kijken, als zij er nog is om naar te kijken. Het is tijd voor mijn crackers en melk.'

Coriolanus ging er haastig vandoor, waarbij hij tegen een hagedissenbak stootte en de dieren door het dolle heen raakten. Hij nam een verkeerde afslag, en nog een, en stond ineens in een luguber gedeelte van het lab, waar de glazen bakken gevuld waren met mensen met dierenonderdelen aan hun lichaam. Een kraag van piepkleine veertjes om hun nek, klauwen of zelfs tentakels in plaats van vingers en iets – kieuwen misschien? – in hun borst. Ze schrokken van hem en toen een paar smekend hun mond opendeden, besefte hij dat het Avox waren. Hun geschreeuw weerklonk om hem heen en hij ving een glimp op van kleine zwarte vogels boven hem. De naam *snatergaai* schoot hem te binnen. Een kort hoofdstuk tijdens de genetica-les. Het mislukte experiment, de vogel die menselijke spraak kon nabootsen en ingezet was als spionagemiddel, tot de rebellen de mogelijkheden ervan hadden ingezien en ze met valse informatie terugstuurden. Nu zorgden de nutteloze dieren ervoor dat de jammerkreten van de Avox overal om hem heen herhaald werden.

Uiteindelijk kwam er een vrouw in een labjas en met een grote roze bril naar hem toe die hem een standje gaf omdat hij de vogels had gestoord en hem terug naar de lift bracht. Tijdens het wachten keek er een bewakingscamera op hem neer en probeerde hij obsessief het ene, verkreukelde vel van zijn voorstel glad te strijken dat hij in zijn hand had verfrommeld. Boven werd hij opgewacht door vredebewakers, die hem zowel zijn eigen tas als die van Clemensia teruggaven, en hem de Citadel uit begeleidden.

Coriolanus redde het nog tot hij de hoek om was, maar toen begaven zijn benen het onder hem en zakte hij op de stoep. De zon deed pijn aan zijn ogen en hij kreeg bijna geen lucht. Hij was doodmoe omdat hij de hele nacht niet had geslapen, maar hij stond strak van de adrenaline. Wat was er net gebeurd? Was Clemensia dood? Hij had nog niet eens Arachnes gewelddadige einde een plekje gegeven en nu dit. Het leken de Hongerspelen wel. Alleen waren zij geen districtskinderen. Het Capitool hoorde hen te beschermen. Hij dacht aan Sejanus die tegen dr. Gaul had gezegd dat het de taak van de regering was om iedereen te beschermen, ook de mensen in de districten, al wist hij nog steeds niet hoe hij dat moest rijmen met het feit dat ze zo kortgeleden nog vijanden waren geweest. Maar een kind van de familie Snow zou toch zeker de hoogste prioriteit moeten krijgen. Als Clemensia dat voorstel had geschreven in plaats van hij, was hij nu misschien wel dood geweest. Hij sloeg zijn handen voor zijn gezicht, in de war, boos, maar vooral bang. Bang voor dr. Gaul. Bang voor het Capitool. Bang voor alles. Als de mensen die je hoorden te beschermen zo roekeloos en lichtzinnig met je leven omsprongen... hoe moest je dan overleven? Niet door ze te vertrouwen, dat was duidelijk. En als je hen niet kon vertrouwen, wie kon je dan wél vertrouwen? Er was geen peil op te trekken.

Coriolanus kreeg pijn in zijn buik bij de herinnering aan de giftanden die in die hand waren verdwenen. Arme Clemmie, zou ze echt dood zijn? En dan op zo'n gruwelijke manier. Had hij dat op zijn geweten? Omdat hij niet had gezegd dat ze loog? Het leek zo'n kleine misstap, maar zou dr. Gaul de schuld bij hem leggen omdat hij haar niet had verklikt? Als ze doodging kon hij op allerlei manieren in de problemen komen.

Hij vermoedde dat iemand in een noodgeval naar het dichtstbijzijnde Capitoolziekenhuis werd gebracht, dus daar rende hij heen. In de koele hal volgde hij de bordjes naar de eerstehulp. Zodra de automatische schuifdeur opengleed, hoorde hij Clemensia gillen, net zoals ze had gedaan toen de slangen haar beten. Dan leefde ze in elk geval nog. Hij brabbelde iets tegen de verpleegkundige achter de balie en ze snapte hem goed genoeg om hem een stoel te wijzen, net op het moment dat hij door duizeligheid werd overmand. Hij zag er blijkbaar belabberd uit, want ze bracht hem twee pakjes energiecrackers en een glas zoete citroenlimonade met prik, waar hij een slokje van probeerde te nemen en dat hij toen in één keer naar binnen klokte. Hij zou nog wel een glas lusten. Door de suiker voelde hij zich iets beter, maar niet goed genoeg om de crackers te proberen, die hij in zijn zak stopte. Tegen de tijd dat de behandelend arts de wachtkamer in kwam, had hij zichzelf al bijna weer in de hand. De arts stelde hem gerust. Ze hadden al eerder slachtoffers van lab-ongelukjes behandeld. En omdat het tegengif snel was toegediend, was het zeer aannemelijk dat Clemensia het zou overleven, al had ze misschien wel enige hersenschade opgelopen. Ze zou in het ziekenhuis blijven tot ze zeker wisten dat ze stabiel was. Als hij over een paar dagen terugkwam, mocht ze misschien bezoek ontvangen.

Coriolanus bedankte de arts, gaf hem Clemensia's schooltas en knikte toen de man opperde dat hij waarschijnlijk het beste naar huis kon gaan. Onderweg naar de uitgang zag hij Clemensia's ouders naar binnen rennen, en hij verstopte zich snel in een deuropening. Hij wist niet wat de Dovecotes te horen hadden gekregen, maar hij had geen enkele behoefte om hen te spreken, vooral niet nu hij nog geen verhaal klaar had.

Het ontbreken van een geloofwaardig verhaal, het liefst een dat hem vrijpleitte van enige medeplichtigheid aan haar toestand, zorgde ervoor dat hij onmogelijk terug naar school of zelfs maar naar huis kon.

Tigris zou op zijn vroegst pas rond het avondeten thuiskomen en de grootmadam zou vol afgrijzen reageren. Tot zijn verbazing merkte hij dat hij alleen met Lucy Gray wilde praten, die slim was en zijn verhaal bovendien niet zou doorvertellen.

Zijn voeten waren al op weg naar de dierentuin voordat hij goed had nagedacht over de obstakels die hij daar zou tegenkomen. Voor de hoofdingang stonden twee indrukwekkend zwaar bewapende vredebewakers, en daarachter zag hij nog meerdere rondlopen. In eerste instantie wilden ze hem wegsturen: ze hadden opdracht om geen bezoekers toe te laten. Maar Coriolanus speelde zijn mentortroef uit, en op dat moment werd hij door een paar van hen herkend als de jongen die geprobeerd had Arachne te redden. Door zijn roem wist hij hen uiteindelijk over te halen om te bellen met de vraag of ze voor hem een uitzondering mochten maken. De vredebewaker kreeg dr. Gaul aan de lijn en zelfs van een paar meter afstand hoorde Coriolanus haar kenmerkende gekakel uit de telefoon schallen. Hij kreeg toestemming om met een vredebewaker naar binnen te gaan, maar niet lang.

Op het pad naar het apenverblijf lag nog steeds rotzooi van de gevluchte menigte. Tientallen ratten schoten langs en knaagden aan de resten, van bedorven eten tot schoenen die in de paniek verloren waren. Ondanks de stralende zon scharrelden er ook een paar wasberen rond die met hun slimme pootjes de restjes opraapten. Eentje kauwde op een dode rat en de andere knaagdieren liepen in een grote boog om hem heen.

'Niet de dierentuin uit mijn herinnering,' zei de vredebewaker. 'Alleen maar kinderen in kooien en rondrennend ongedierte.'

Hier en daar zag Coriolanus langs het pad kleine doosjes wit poeder die onder keien of tegen muren waren geschoven. Hij dacht aan het gif dat tijdens de belegering door het Capitool was ingezet – een periode met weinig eten maar een heleboel ratten. Die hadden zich dagelijks tegoed gedaan aan mensen, vooral dode. Maar toen de nood het hoogst was hadden mensen ook mensen gegeten. Ze waren geen haar beter dan ratten.

'Is dat rattengif?' vroeg hij aan de vredebewaker.

'Ja, een of ander nieuw spul dat ze vandaag uitproberen. Maar de ratten zijn veel te slim, die komen er niet bij in de buurt.' Hij haalde zijn schouders op. 'We moeten het ermee doen.'

In de kooi zaten de tributen, die weer geboeid waren, tegen de achterwand of verstopt achter de rotsen, alsof ze zichzelf zo onzichtbaar mogelijk probeerden te maken.

'Je moet afstand houden,' zei de vredebewaker. 'Die meid van jou is waarschijnlijk niet gevaarlijk, maar ze zijn onvoorspelbaar. Straks valt een van de anderen je aan. Je moet buiten hun bereik blijven.'

Coriolanus knikte en liep naar zijn vaste steen, maar bleef erachter staan. Hij voelde zich niet bedreigd door de tributen – hij had veel ergere dingen aan zijn hoofd – maar hij wilde rector Highbottom niet nog een reden geven om hem te straffen.

In eerste instantie zag hij Lucy Gray nergens. Maar op een gegeven moment ving hij de blik van Jessup, die tegen de muur zat en zo te zien de zakdoek van de Snows tegen zijn hals drukte. Jessup schudde aan iets naast hem en Lucy Gray kwam met een ruk overeind.

Heel even leek ze gedesoriënteerd. Toen ze Coriolanus ontdekte wreef ze de slaap uit haar ogen en kamde met haar vingers haar haar naar achteren. Ze stond op maar verloor haar evenwicht en zocht steun bij de arm van Jessup. Wankelend sleepte ze haar ketenen door de kooi naar hem toe. Kwam het door de hitte? De shock van de moord? Honger? Omdat het Capitool de tributen geen voedsel gaf, had ze sinds de dood van Arachne niets meer gehad, toen ze zijn bonen en het kostbare eten van het publiek weer had uitgebraakt, en waarschijnlijk ook zijn broodpudding en de appel van die ochtend. Dan moest ze het al bijna vijf dagen uithouden op een boterham met gehaktbrood en een pruim. Hij moest een manier verzinnen om haar meer eten te geven, al was het maar koolsoep.

Toen ze door de greppel was geklommen, stak hij waarschuwend zijn hand op. 'Sorry, je mag niet te dichtbij komen.'

Lucy Gray bleef een meter voor de tralies staan. 'Het verbaast me dat ze je binnen hebben gelaten.' Haar keel, haar huid, haar haar – alles leek kurkdroog in de verzengende middagzon. Een lelijke blauwe plek op haar arm had daar de vorige avond nog niet gezeten. Wie had haar geslagen? Een van de tributen, een bewaker?

‘Sorry dat ik je wakker heb gemaakt,’ zei hij.

Ze haalde haar schouders op. ‘Geeft niet. Jessup en ik slapen om de beurt. De Capitoolratten zijn dol op mensen.’

‘Proberen de ratten jullie te eten?’ vroeg Coriolanus vol afschuw.

‘De eerste nacht dat we hier waren is Jessup door iets in zijn nek gebeten. Het was te donker om te kunnen zien wat het was, maar hij voelde een vacht. En vannacht scharrelde er iets over mijn been.’ Ze gebaarde naar een doosje wit poeder bij de tralies. ‘Dat spul werkt voor geen meter.’

Coriolanus kreeg een vreselijk visioen van een heleboel ratten die over haar dode lichaam kropen. De laatste flarden weerstand die hij nog voelde vervlogen en hij werd overspoeld door wanhoop. Om haar. Om hemzelf. Om hen allebei. ‘O Lucy Gray, het spijt me zo. Het spijt me zo van dit alles.’

‘Jij kunt er niks aan doen,’ zei ze.

‘Je zult me wel haten. Je zou me moeten haten. Ik zou mij ook haten,’ zei hij.

‘Ik haat je niet. Jij hebt de Hongerspelen niet bedacht,’ antwoordde ze.

‘Maar ik doe er wel aan mee. Ik help mee met de uitvoering ervan!’ Vol schaamte boog hij zijn hoofd. ‘Ik zou net als Sejanus in elk geval een poging moeten doen om ermee te stoppen.’

‘Nee, niet doen! Alsjeblieft. Laat me dit niet in m’n eentje doen!’ Ze deed een stap naar hem toe en viel bijna flauw. Haar handen grepen de tralies en ze gleed naar de grond.

Hij sloeg de waarschuwing van de bewaker in de wind en stapte impulsief over de kei om aan de andere kant van de spijlen tegenover haar te hurken. ‘Gaat het wel?’ Ze knikte, maar ze zag er niet uit alsof het ging. Hij had haar willen vertellen over de enge slangen en Clemensia die bijna dood was gegaan. Hij had gehoopt dat hij haar om advies kon vragen, maar het viel allemaal in het niet bij haar situatie. Hij dacht aan de crackers die hij van de verpleegkundige had gekregen en tastte in zijn zak naar de gekreukte zakjes. 'Ik heb deze voor je meegenomen. Ze zijn niet groot, maar heel voedzaam.'

Dat klonk stom. Wat kon haar de voedingswaarde van die dingen schelen? Hij besefte dat hij gewoon napraatte wat zijn leraren tijdens de oorlog hadden gezegd, toen de gratis snack die door de overheid werd uitgedeeld een van de redenen was om naar school te gaan. De harde, smakeloze dingen die met water werden weggespoeld, waren voor sommige kinderen het enige wat ze op een dag te eten kregen. Hij dacht aan hun klauwachtige handjes die de wikkel openrukten en het wanhopige, krakende gekauw dat volgde.

Lucy Gray scheurde meteen een pakje open, propte een van de twee crackers in haar mond en kreeg het droge ding met moeite weg. Ze drukte haar hand tegen haar buik, zuchtte en at de tweede langzamer op. Het eten leek haar helder te maken en haar stem klonk rustiger.

'Dank je wel,' zei ze. 'Dat is beter.'

'Neem die andere ook,' drong hij aan, met een knikje naar het tweede pakje.

Ze schudde haar hoofd. 'Nee, die bewaar ik voor Jessup. Hij is mijn bondgenoot geworden.'

'Je bondgenoot?' Coriolanus wist niet wat hij hoorde. Hoe kon je een bondgenoot hebben in de Spelen?

'Zo is dat. De tributen van District 12 gaan samen ten onder,' zei Lucy Gray. 'Hij is niet de helderste ster in de Beer, maar hij is zo sterk als een paard.'

Twee crackers leken hem een schijntje in ruil voor Jessups bescherming. 'Ik zal zo snel mogelijk meer eten voor je halen.

En het lijkt erop dat mensen straks eten de arena in mogen sturen. Ze gaan het doorvoeren.'

'Dat is goed. Meer eten is goed.' Ze boog haar hoofd en liet het tegen de tralies rusten. 'Dan heeft het misschien toch zin om te zingen. Zodat mensen me willen helpen.'

'Tijdens het interview,' opperde hij. 'Je kunt dat lied over die bergen weer zingen.'

'Misschien.' Ze fronste bedachtzaam haar wenkbrauwen. 'Zenden ze het in heel Panem uit, of alleen in het Capitool?'

'In heel Panem, volgens mij,' antwoordde hij. 'Maar uit de districten zul je niets krijgen.'

'Daar reken ik ook niet op. Daar gaat het niet om,' zei ze. 'Maar misschien ga ik wel zingen. Het zou beter zijn met een gitaar of zo.'

'Ik ga proberen er een te regelen.' Niet dat de familie Snow instrumenten had. Op het dagelijkse volkslied van de grootmadam en zijn moeders slaapliedjes van lang geleden na, was er tot de komst van Lucy Gray weinig muziek in zijn leven geweest. Hij luisterde zelden naar de radiozender van het Capitool, die vooral marsmuziek en propagandaliederen uitzond. Die klonken in zijn oren allemaal hetzelfde.

'Hé!' De vredebewaker zwaaide naar hem vanaf het pad. 'Dat is te dichtbij! En de tijd is om.'

Coriolanus stond op. 'Ik moet gaan, anders laten ze me nooit meer binnen.'

'Ja. Tuurlijk. En bedankt. Voor de crackers en zo,' zei Lucy Gray, die zich aan de tralies overeind hees.

Hij stak zijn handen door de spijlen om haar te helpen. 'Het stelt niets voor.'

'Voor jou misschien niet,' zei ze. 'Maar voor mij betekent het heel veel dat er iemand langskomt, alsof ik ertoe doe.'

‘Je doet er zeker toe,’ zei hij.

‘Nou, die indruk krijg ik niet.’ Ze rammelde met haar ketenen en trok eraan. En toen keek ze naar de lucht, alsof ze ergens aan moest denken.

‘Voor mij doe je ertoe,’ hield hij vol. Het Capitool vond haar misschien niet belangrijk, maar hij wel. Hij had toch zeker net zijn hart bij haar uitgestort?

‘Tijd om te gaan, meneer Snow!’ riep de vredebewaker.

‘Voor mij doe je ertoe, Lucy Gray,’ herhaalde hij. Dat lokte haar blik weer naar hem, maar ze keek nog steeds afwezig.

‘Luister knul, als je nu niet komt moet ik het melden,’ zei de vredebewaker.

‘Ik moet gaan.’ Coriolanus maakte aanstalten om te vertrekken.

‘Hé!’ zei ze een beetje dringend. Hij draaide zich om. ‘Hé, ik wilde even zeggen dat ik niet geloof dat je hier voor je cijfers of de eer bent. Je bent een zeldzame vogel, Coriolanus.’

‘Jij ook,’ zei hij.

Ze gaf hem een knikje en liep terug naar Jessup. Haar ketenen maakten een spoor in het vieze stro en de rattenkeutels. Eenmaal terug bij haar partner ging ze liggen en krulde zich op, alsof het korte gesprek haar had uitgeput.

Coriolanus struikelde twee keer toen hij de dierentuin uit liep, en hij besefte dat hij te moe was om ook maar ergens een goede oplossing voor te verzinnen. Het was nu laat genoeg om zonder achterdocht te wekken thuis te komen, dus hij ging terug naar het appartement. Helaas kwam hij zijn klasgenoot Persephone Price tegen, dochter van de beruchte Nero Price, die ooit de meid had opgegeten. Omdat ze buren waren liepen ze samen op. Ze was de mentor van Mizzen, een stevige, dertienjarige jongen uit District 4, en was er dus bij geweest toen Clemensia en hij uit de klas waren gehaald. Hij vreesde dat ze het voorstel wilde bespreken, maar ze was nog veel te veel van streek over Arachnes dood om ergens anders over te praten. Meestal probeerde hij Persephone zoveel mogelijk te mijden, want hij vroeg zich altijd af of ze had geweten wat er in die oorlogsstoofpot had gezeten. Een tijdlang was hij bang voor haar geweest, maar nu riep ze alleen maar weerzin bij hem op, hoe vaak hij ook tegen zichzelf zei dat ze onschuldig was. Met de kuiltjes in haar wangen en haar bruingroene ogen was ze mooier dan de andere meisjes uit zijn klas, op Clemensia na misschien… of nu ja, Clemensia voordat ze door een stel slangen was gebeten. Maar hij walgde van het idee dat hij haar zou kussen. Zelfs nu ze met een betraande omhelzing afscheid van hem nam, kon hij alleen maar aan dat afgehakte been denken.

Coriolanus sleepte zichzelf de trappen op, en zijn gedachten waren duisterder dan ooit bij de herinnering aan die arme meid die door de honger op straat in elkaar was gezakt. Hoe lang zou Lucy Gray het volhouden? Ze ging snel achteruit. Ze was verzwakt en verstrooid. Gewond en geknakt. Maar bovenal ging ze langzaam dood van de honger. Morgen zou ze misschien niet meer op haar benen kunnen staan. Als hij geen manier verzon om haar aan eten te helpen, was ze straks wellicht al dood voordat de Hongerspelen begonnen waren.

9

Bij het appartement zei de grootmadam na één blik dat hij voor het eten misschien even een dutje moest doen. Hij plofte op bed, te gestrest om ooit nog te kunnen slapen. Hij werd wakker van Tigris die zachtjes aan zijn schouder schudde. Van een dienblad op zijn nachtkastje zweefde de troostende geur van noedelsoep hem tegemoet. Soms gaf de slager haar gratis kippenkarkassen mee, waar ze dan iets heerlijks van kookte.

‘Coryo,’ zei ze. ‘Satyria heeft al drie keer gebeld en ik kan geen smoesjes meer verzinnen. Kom, eet wat en bel haar terug.’

‘Vroeg ze naar Clemensia? Weet iedereen het?’ stootte hij uit.

‘Clemensia Dovecote? Nee. Waarom zou ze?’ vroeg Tigris.

‘Het was verschrikkelijk.’ Hij deed het verhaal tot in de bloederigste details uit de doeken.

Tigris trok wit weg. ‘Liet dr. Gaul haar expres bijten? Vanwege zo’n leugentje om bestwil?’

‘Ja. En het kon haar helemaal niet schelen of Clemmie het overleefde,’ zei hij. ‘Ze stuurde me gewoon weg zodat ze haar tussendoortje kon eten.’

‘Dat is sadistisch. Of volslagen gestoord,’ zei Tigris. ‘Moet je geen klacht over haar indienen?’

'Bij wie? Ze is de Hoofdspelmaker,' zei hij. 'Ze werkt voor de president. Ze zal zeggen dat het onze schuld was omdat we hadden gelogen.'

Tigris dacht even na. 'Oké. Dien maar geen klacht in. En je moet haar ook niet uitdagen. Ga haar maar gewoon zoveel mogelijk uit de weg.'

'Dat is nogal lastig als mentor. Ze is de hele tijd op de Academie om met een mutilantenkonijn te spelen en rare vragen te stellen. Ze kan met één woord mijn prijs maken of breken.' Hij wreef over zijn gezicht. 'Arachne is dood, Clemensia zit vol met gif, en Lucy Gray... Dat is ook weer zo'n naar verhaal. Ik vraag me af of ze de Spelen wel gaat halen, en misschien is het maar beter van niet.'

Tigris duwde hem een lepel in handen. 'Eet je soep. We hebben al ergere dingen meegemaakt. Sneeuw komt er altijd bovenop!'

'Sneeuw komt erbovenop,' zei hij met zo weinig overtuiging dat ze allebei moesten lachen. Het zorgde ervoor dat hij zich iets normaler voelde. Om haar een plezier te doen nam hij een paar happen soep, maar toen realiseerde hij zich dat hij uitgehongerd was en werkte hij alles naar binnen.

Satyria belde opnieuw en hij begon al bijna aan zijn bekentenis, maar ze bleek alleen te willen vragen of hij op Arachnes begrafenis het volkslied kon zingen. 'Door jouw heldenmoed in de dierentuin én het feit dat je de enige bent die de hele tekst kent, ben je de eerste keus van het schoolbestuur.'

'Het zou natuurlijk een eer zijn,' antwoordde hij.

'Mooi.' Satyria slurpte ergens van, waardoor de ijsblokjes tegen haar glas tikten, en kwam boven om lucht te happen. 'Hoe gaat het met je tribuut?'

Coriolanus aarzelde. Als hij klaagde vond ze hem misschien

kinderachtig, alsof hij zijn eigen problemen niet kon oplossen. Maar toen dacht hij aan Lucy Gray die door haar benen zakte onder het gewicht van haar ketenen en liet zijn voorzichtigheid varen. 'Niet goed. Ik ben vandaag bij Lucy Gray langs geweest. Heel even maar. Ze is erg verzwakt. Het Capitool heeft haar niets te eten gegeven.'

'Sinds ze uit District 12 vertrokken is? Hoe lang is dat nu geleden? Vier dagen?' vroeg Satyria verbaasd.

'Vijf. Ik denk niet dat ze de Hongerspelen gaat halen. Dan heb ik niet eens een tribuut om te begeleiden,' zei hij. 'En dat geldt voor meer mentoren.'

'Juist. Dat is niet eerlijk. Alsof jullie een experiment moeten doen met kapot materiaal,' reageerde ze. 'En de Spelen worden minstens twee dagen uitgesteld.' Ze zweeg even en zei toen: 'Ik zal kijken wat ik kan doen.'

Hij hing op en keek Tigris aan. 'Ze willen dat ik ga zingen op de begrafenis. Ze zei niets over Clemensia. Blijkbaar houden ze het geheim.'

'Dan moet jij dat ook doen,' zei Tigris. 'Misschien doen ze wel alsof er niets gebeurd is.'

Zijn gezicht klaarde op. 'Straks krijgt rector Highbottom het niet eens te horen.' Toen drong er iets tot hem door. 'Tigris? Ik besef ineens dat ik helemaal niet kan zingen.' En om de een of andere reden was dat het grappigste wat ze ooit hadden gehoord.

Maar de grootmadam vond er niets lolligs aan, en de volgende ochtend moest hij bij zonsopgang zijn bed uit zodat ze hem zangles kon geven. Aan het eind van elke regel prikte ze met een liniaal in zijn ribben en riep: 'Adem!' tot hij zich niet meer kon voorstellen dat hij iets anders zou doen. Voor de derde keer die week offerde ze een van haar schatjes op voor zijn toekomst: ze speldde een lichtblauwe rozenknop op zijn zorgvuldig gesteven uniform en zei: 'Zo. Die kleurt goed bij je ogen.' Met een piekfijn uiterlijk, zijn buik vol havermout en een ribbenkast die bezaaid was met blauwe plekken om hem eraan te herinneren dat hij moest inademen, vertrok hij naar de Academie.

Het was zaterdag, maar alle leerlingen meldden zich bij hun mentor voordat ze zich op de trappen van de Academie verzamelden, keurig op klassikale en alfabetische volgorde. Vanwege zijn speciale taak stond Coriolanus op de voorste rij met de docenten en hooggeplaatste gasten, van wie de belangrijkste president Ravinstill was. Satyria nam snel het programma met hem door, maar het enige wat bleef hangen was dat de plechtigheid geopend zou worden met zijn vertolking van het volkslied. Hij had geen moeite met spreken in het openbaar, maar zingen had hij nog nooit gedaan – daar was in Panem weinig gelegenheid voor. Dat was een van de redenen waarom het publiek zo enthousiast had gereageerd op het lied van Lucy Gray. Hij hield zijn zenuwen in bedwang met de gedachte dat men toch nauwelijks vergelijkingsmateriaal had, al zou hij janken als een hond.

Aan de overkant van de weg stroomden de tribunes die voor de begrafenisstoet waren neergezet snel vol met rouwenden, allemaal in het zwart – de enige kleur die iedereen had, vanwege de vele dierbaren die in de oorlog waren omgekomen. Hij zocht de familie Crane maar kon hen zo snel niet vinden. De Academie en de omringende gebouwen waren versierd met begrafenisbanieren en voor elk raam hing de vlag van het Capitool. Er stonden diverse camera's om de gebeurtenis vast te leggen en meerdere journalisten van Capitool TV deden live verslag. Coriolanus vond het nogal een vertoning voor Arachne, die niet in verhouding stond tot haar leven en dood – een dood die ze had kunnen voorkomen als ze niet zo aandachtsziek was geweest.

Het stak hem omdat er in de oorlog zo veel mensen met zo weinig erkenning waren gestorven. Hij was blij dat hij ging zingen en niet haar talenten hoefde op te hemelen, die voor zover hij zich kon herinneren beperkt bleven tot het zo hard kunnen praten dat ze geen microfoon nodig had om de hele aula te bereiken en de gave om een lepel op haar neus te laten balanceren. En dan vond rector Highbottom dat híj zich uitsloofde? Maar goed, ze bleef een soort familie.

De klok van de Academie sloeg negen uur en de menigte werd stil. Op een teken stond Coriolanus op en liep naar het podium. Satyria had beloofd dat er begeleiding zou zijn, maar de stilte duurde zo lang dat hij al inademde om aan het volkslied te beginnen toen er een blikkerige versie door de luidsprekers klonk en hij eerst nog een intro van zestien maten kreeg.

Pracht van Panem,
Een stad zo groots,
Uit de as weer opgestaan.

Zijn zang was meer een soort langgerekt praten dan een melodieus hoogstandje, maar het was niet bepaald een moeilijk lied. De hoge noot die de grootmadam nooit haalde was optioneel: de meeste mensen zongen hem een octaaf lager. Denkend aan haar prikkende liniaal gleed hij er moeiteloos doorheen, zonder een noot te missen of buiten adem te raken. Hij ging onder luid applaus zitten en kreeg een knikje van de president, die nu het podium op kwam.

'Twee dagen geleden werd er een einde gemaakt aan het jonge, dierbare leven van Arachne Crane, en daarom rouwen wij vandaag opnieuw om een slachtoffer van de misdadige opstand die ons blijft teisteren,' dreunde de president. 'Haar dood was net zo heldhaftig als die op het slagveld, haar verlies nog groter omdat we denken dat het vrede is. Maar er kan geen vrede zijn zolang deze plaag alles aantast wat goed en nobel is in dit land. Vandaag eren we haar offer, in de wetenschap dat het kwaad nog bestaat, maar nooit zal zegevieren. En we zien opnieuw hoe ons grootse Capitool heel Panem gerechtigheid schenkt.'

Er klonken trage, zware trommelslagen en de menigte draaide mee toen de begrafenisstoet de straat in kwam. De Weg van de Wetenschappers was niet zo breed als de Corso, maar er was plaats genoeg voor de erewacht van vredebewakers, twintig breed en veertig lang, die schouder aan schouder keurig in de pas op het ritme van de trommels meeliepen.

Coriolanus had zich afgevraagd waarom men de districten had verteld dat een tribuut een meisje uit het Capitool had vermoord, maar nu zag hij de reden. Achter de vredebewakers reed een lange platte wagen met een hijskraan erop. Hoog in de lucht bungelde het met kogels doorzeefde lichaam van het meisje uit District 10, Brandy, aan de haak. De overige drieëntwintig tributen waren ongelooflijk vies en verslagen aan de bodem van de wagen geketend. Hun kettingen waren te kort om te kunnen staan, dus de kinderen hurkten of zaten op de kale ijzeren ondergrond. Dit was gewoon nog een mogelijkheid om de districten eraan te herinneren dat ze ondergeschikt waren en dat hun verzet bestraft werd.

Hij zag dat Lucy Gray nog een greintje waardigheid probeerde te behouden; ze zat zo rechtop als de ketenen toelieten en staarde strak voor zich uit, zonder op het lijk te letten dat boven haar heen en weer wiegde. Maar het had geen zin. Het vuil, de boeien, de openbare vernedering: het was te veel, ze kon er niet tegenop. Hij probeerde zich voor te stellen dat hij in haar situatie zou zitten, maar toen besefte hij dat Sejanus dat ongetwijfeld ook deed en riep zichzelf tot de orde.

De tributen werden gevolgd door nog een bataljon vredebewakers, die de weg vrijmaakten voor vier paarden. Ze hadden kransen om en trokken een sierlijke wagen waarop een met bloemen bedekte, sneeuwwitte doodskist lag. Achter de kist reden de Cranes in een door paarden getrokken strijdwagen. Haar familie had in elk geval het fatsoen om ongemakkelijk te kijken. De stoet kwam tot stilstand toen de kist ter hoogte van het podium was.

Dr. Gaul, die naast de president had gezeten, liep naar de microfoon. Het leek Coriolanus een slecht idee om haar bij zo'n gelegenheid een toespraak te laten houden, maar ze had het gestoorde wijf en de roze slangenarmbanden blijkbaar thuisgelaten, want ze sprak met een strenge, intelligente helderheid. 'Arachne Crane, wij, jouw landgenoten van Panem, zweren dat jouw dood niet voor niets zal zijn. Als een van ons geraakt wordt, slaan we twee keer zo hard terug. De Hongerspelen gaan door, met meer energie en toewijding dan ooit tevoren, en jouw naam wordt toegevoegd aan de lange lijst van onschuldige mensen die stierven om een eerlijk en rechtvaardig land te verdedigen. Jouw vrienden, familie en landgenoten groeten je en dragen de tiende Hongerspelen aan jou op.'

Dus nu was die schreeuwerige Arachne opeens een verdediger van een eerlijk en rechtvaardig land. Ja, ze gaf haar leven terwijl ze een tribuut sarde met een broodje, dacht Coriolanus. Misschien kon er op haar grafsteen *Slachtoffer van goedkope grappen* staan.

Een rij vredebewakers met rode sjerpen hief hun geweer en vuurde meerdere salvo's af over de stoet, die vervolgens weer doorreed en om een hoek verdween.

De toeschouwers vertrokken en veel mensen leken de gekwelde uitdrukking op het gezicht van Coriolanus op te vatten als verdriet om Arachnes dood, terwijl hij ironisch gezien juist zin had om haar nog een keer de nek om te draaien. Maar hij vond dat hij zich goed gehouden had, tot hij zich omdraaide en rector Highbottom op hem neer zag kijken.

'Gecondoleerd met je vriendin,' zei de rector.

'En u met uw leerling. Het is een zware dag voor ons allemaal. Maar het was een ontroerende plechtigheid,' antwoordde Coriolanus.

'Vond je? Ik vond het buitensporig en onkies,' zei rector Highbottom. Verrast stootte Coriolanus een kort lachje uit, maar hij herstelde zich snel en probeerde geschokt te kijken. De blik van de rector gleed naar Coriolanus' blauwe rozenknop. 'Het is ongelooflijk hoe weinig er verandert. Na al het geweld. Na alle handenwringende beloftes dat we het leed niet zouden vergeten. Na al die dingen kan ik de knop niet meer van de bloem onderscheiden.' Hij tikte met zijn wijsvinger tegen de roos om hem een stukje te verschuiven en glimlachte. 'Wel op tijd zijn voor de lunch. Er schijnt taart te zijn.'

Het enige positieve aan hun ontmoeting was dat er inderdaad taart was, perziktaart deze keer, bij het speciale buffet in de schoolkantine. Anders dan op de dag van de boete laadde Coriolanus zijn bord vol met gebakken kip en nam hij het grootste stuk taart dat hij kon vinden. Hij besmeerde zijn crackers met een dikke laag boter en ging drie keer terug voor de druivenpunch – zijn laatste glas schonk hij zo vol dat het vocht over de rand klotste en zijn linnen servet vies werd omdat hij het moest opdeppen. De mensen mochten ervan zeggen wat ze wilden. De hoofdrouwer had voedsel nodig. Maar tijdens het eten ervoer hij het ook als een teken dat zijn talent voor zelfbeheersing aan het afbrokkelen was. Hij weet het aan rector Highbottom die hem bleef lastigvallen. Waar had die man vandaag toch weer over gebazeld? Knoppen? Bloemen? Hij zou ergens opgesloten moeten worden, of beter nog, naar een verre uithoek gestuurd moeten worden zodat hij keurige Capitoolinwoners met rust zou laten. De gedachte aan de rector was genoeg om Coriolanus nog een stuk taart te laten halen.

Sejanus daarentegen prikte wat in zijn kip en crackers zonder ook maar een hap te nemen. Als Coriolanus de begrafenisstoet al vervelend had gevonden, dan was het voor Sejanus natuurlijk pas echt een hel geweest.

'Ze melden het, hoor, als je al dat eten weggooit,' hielp Coriolanus hem herinneren. Hij was niet dol op die jongen, maar hij wilde ook niet dat Sejanus straf kreeg.

'Ja,' zei Sejanus. Maar meer dan een slokje punch leek hij niet door zijn keel te krijgen.

Aan het eind van de lunch deelde Satyria de tweeëntwintig overgebleven mentoren mee dat de Hongerspelen niet alleen doorgingen, maar ook de meest zichtbare tot nu toe moesten worden. Daarom kregen ze opdracht om hun tributen die middag al een rondleiding door de arena te geven. Die moest in het hele land live uitgezonden worden, om zo het punt dat dr. Gaul tijdens de begrafenis had gemaakt nog eens te onderstrepen. De Hoofdspelmaker vond dat het gescheiden houden van de Capitooljeugd en de districtskinderen als een teken van zwakte zou kunnen worden opgevat, alsof ze niet bij hun vijanden in de buurt durfden te komen. De tributen zouden handboeien om krijgen, maar niet volledig geketend zijn. De beste scherpschutters onder de vredebewakers zouden erbij zijn, maar de mentoren moesten zij aan zij met hun pupillen gezien worden.

Coriolanus merkte dat niet al zijn klasgenoten even enthousiast waren – na de dood van Arachne hadden meerdere ouders geklaagd over de slechte beveiliging – maar niemand protesteerde, want ze wilden niet laf overkomen. Het leek hem allemaal erg gevaarlijk en onverstandig – waarom zouden andere tributen zich niet tegen hun mentor keren? – maar dat zou hij nooit zeggen. Ergens vroeg hij zich af of dr. Gaul stiekem op nog een gewelddadig incident hoopte, zodat ze weer een tribuut kon straffen, misschien live voor de camera's deze keer.

Door deze nieuwe uiting van dr. Gauls meedogenloosheid werd hij opstandig. Hij keek met een schuin oog naar het bord van Sejanus. 'Uitgegeten?'

'Ik krijg het vandaag niet weg,' zei Sejanus. 'Ik weet niet wat ik ermee moet.'

Om hen heen was iedereen vertrokken. Onder tafel spreidde Coriolanus zijn besmeurde linnen servet uit op zijn schoot. Hij voelde zich nog snoder toen hij besefte dat het versierd was met het Capitoolembleem. 'Leg het hier maar op,' zei hij met een heimelijke blik.

Sejanus gluurde om zich heen en hevelde toen snel de kip en de crackers over naar het servet. Coriolanus maakte er een pakketje van dat hij in zijn tas stopte. Ze mochten geen voedsel meenemen uit de eetzaal, en al helemaal niet voor een tribuut, maar waar moest hij anders iets vandaan halen voordat de rondleiding ging beginnen? Lucy Gray zou het niet kunnen opeten waar de camera's bij waren, maar haar jurk had diepe zakken. Het stoorde hem dat de helft van zijn buit naar Jessup zou gaan, maar misschien zou die investering nog iets opleveren als de Spelen begonnen.

'Dank je wel. Heel rebels van je,' zei Sejanus terwijl ze hun dienblad naar de afruimband brachten.

'Ja, je moet oppassen met mij,' zei Coriolanus.

De mentoren stapten in een paar Academiebusjes en reden

naar de Capitoolarena, die aan de andere kant van de rivier was gebouwd om te voorkomen dat het centrum door massa's toeschouwers werd overspoeld. Vroeger waren er heel wat enerverende sportwedstrijden, optredens en militaire parades gehouden in het reusachtige, hypermoderne amfitheater. Tijdens de oorlog hadden er breed uitgemeten executies van de vijand plaatsgevonden, waardoor het een doelwit van de rebellenbommenwerpers was geworden. De oorspronkelijke constructie stond nog overeind maar was gehavend en instabiel, en had zodoende alleen nog nut als locatie voor de Hongerspelen. Het weelderige, zorgvuldig onderhouden grasveld eromheen was verwaarloosd en verdwenen. De grond was bezaaid met bomkraters en onkruid vormde het enige groen op de modderige vlakte. Overal lagen ijzeren en stenen brokstukken van de bombardementen, en in de vijf meter hoge muur rond het terrein zaten scheuren en gaten van de bomscherven. Elk jaar werden de tributen opgesloten met slechts een arsenaal aan messen, zwaarden, knotsen en dergelijke om het bloedvergieten mogelijk te maken waar het publiek thuis naar kon kijken. Aan het eind van de Spelen werd degene die het had weten te overleven terug naar zijn of haar district gestuurd. De lijken werden opgeruimd, de wapens verzameld en de deuren gingen op slot tot het jaar daarop. Er was geen onderhoud. Er werd niet schoongemaakt. De bloedvlekken werden misschien weggespoeld door wind en regen, maar niet door Capitoolhanden.

Professor Sickle, die hun uitstapje begeleidde, zei bij aankomst dat de mentoren hun spullen in de busjes moesten laten liggen. Coriolanus propte het met eten gevulde servet in een van zijn broekzakken en zorgde dat zijn jasje eroverheen hing. Toen ze uit de airconditioning de brandende zon in stapten, zag hij de tributen met handboeien om in een rij staan, zwaar bewaakt door vredebewakers. De mentoren moesten zich bij hun tributen voegen, die op volgorde van district waren neergezet, dus hij stond bijna aan het eind met Lucy Gray. Alleen Jessup en zijn mentor Lysistrata, die nog geen vijfenveertig kilo woog, stonden achter hem. Voor hem staarde Clemensia's tribuut Boetius – de jongen die hem in de wagen had geprobeerd te wurgen – boos naar de grond. Als de tributen de mentoren zouden aanvallen, waren de kansen niet in Coriolanus' voordeel.

Ondanks haar frêle figuur had Lysistrata wel lef. Als de dochter van de arts van president Ravinstill had ze geluk gehad met haar mentoraat, en blijkbaar had ze haar best gedaan om een band met Jessup te kweken. 'Ik heb wat zalf voor je nek meegenomen,' hoorde Coriolanus haar fluisteren. 'Maar je moet het goed verstoppen.' Jessup gromde bevestigend. 'Ik stop het in je zak zodra ik de kans krijg.'

De vredebewakers haalden de dikke tralies voor de ingang weg. De gigantische deuren zwaaiden open en er werd een grote hal zichtbaar, met dichtgetimmerde kassahokjes en posters vol vliegenpoep die evenementen van voor de oorlog aanprezen. De kinderen liepen in hun rij achter de soldaten aan naar de andere kant van de hal. Daar waren de manshoge toegangspoorten van de kaartcontrole, allemaal voorzien van drie gebogen ijzeren stangen en bedekt met een dikke laag stof. Je moest er een Capitoolmunt in gooien om naar binnen te kunnen, dezelfde munt waarmee je ook nog steeds een tramritje betaalde.

Dit was de ingang voor de arme mensen, dacht Coriolanus. Of misschien niet echt arm. Het woord 'plebs' kwam in hem op. De familie Snow had altijd een andere ingang genomen, afgezet met een fluwelen koord. Hun loge was niet toegankelijk met een trammuntje. In tegenstelling tot de rest van de arena hadden zij een dak, een schuifraam en airconditioning waardoor het er zelfs op de heetste dagen prima uit te houden was. Ze hadden een Avox toegewezen gekregen die eten, drinken en speelgoed voor hem en Tigris kwam brengen. Als hij zich verveelde deed hij een dutje op de zachte pluchen stoelen.

Vredebewakers bij twee poortjes stopten muntjes in de sleuf zodat tribuut en mentor tegelijk naar binnen konden. Bij elke omwenteling blèrde een vrolijke stem: 'Fijne voorstelling!'

'Kunnen die dingen niet gewoon open?' vroeg professor Sickle.

'Daar hebben we een sleutel voor nodig en niemand weet waar die is,' zei een vredebewaker.

'Fijne voorstelling!' zei het poortje tegen Coriolanus toen hij erdoor ging. Hij duwde de stang bij zijn middel naar beneden en besefte dat er geen weg terug was. Zijn ogen gleden naar de bovenkant van de poortjes, waar ijzeren spijlen de ruimte naar de gebogen hal opvulden. De toeschouwers op de goedkope plekken waren zeker via andere deuren weer naar buiten gegaan. Dat had men ongetwijfeld een goede manier gevonden om het publiek te spreiden, maar een nerveuze mentor op een dubieuze excursie voelde zich er niet beter door.

Aan de andere kant van de poortjes marcheerde een groep vredebewakers een gang in waar alleen de rode noodverlichting in de vloer brandde. Aan weerskanten werden op kleinere, ronde doorgangen de verschillende vakken aangegeven. De tributen en mentoren liepen in de pas mee, geflankeerd door strakke rijen vredebewakers. In de schemerige gang volgde Coriolanus het voorbeeld van Lysistrata door het servet vol eten in Lucy Gray's geboeide handen te duwen. Het verdween snel tussen de ruches in haar zak. Zo. Onder zijn leiding zou ze niet verhongeren. Haar hand vond de zijne en hun vingers verstrengelden zich. Er ging een gonzend gevoel door zijn lichaam vanwege haar nabijheid. Vanwege dit kleine, intieme gebaar in het donker. Hij gaf een kneepje in haar hand en liet haar los toen ze aan het eind van de gang de zon in liepen, waar zoiets onverklaarbaar geweest zou zijn.

Als klein kind was hij een paar keer in de arena geweest, vooral om het circus te zien, maar ook om te juichen voor de militaire optochten waar zijn vader het bevel over voerde. De afgelopen negen jaar had hij in elk geval delen van de Spelen op televisie gezien. Maar niets had hem voorbereid op het gevoel dat hij kreeg toen hij door de poort onder het immense scorebord het veld op liep. Sommige mentoren en tributen hapten naar adem door de omvang en de indrukwekkende pracht die ondanks het verval nog altijd zichtbaar was. Hij voelde zich klein en bijna onbeduidend bij de rijen stoelen die boven hem uittorenden. Als een druppel in een stortvloed, een kiezel in een aardverschuiving.

Zodra hij de cameraploegen zag, riep hij zichzelf tot de orde en hij trok een gezicht dat aangaf dat een Snow nergens echt van onder de indruk was. Lucy Gray, die helderder leek en zonder de zware ketenen soepeler bewoog, zwaaide naar Lepidus Malmsey, maar net als de andere verslaggevers bleef zijn gezicht onbewogen en reageerde hij niet. Hun opdracht was duidelijk: deze dag stond in het teken van ernst en wraak.

De door Satyria gebruikte term ‘rondleiding’ suggereerde dat ze de arena gingen bekijken, en hoewel hij niet had verwacht dat hij het leuk zou vinden, had hij ook geen rekening gehouden met het tastbare verdriet dat hier hing. De vredebewakers die hen hadden begeleid verspreidden zich en de kinderen volgden de voorste groep gehoorzaam langs de rand van de ovale arena in een stoffige, vreugdeloze optocht. Coriolanus dacht aan de circusartiesten die dezelfde route hadden afgelegd, op olifanten en paarden, vol glimmers en plezier. Op Sejanus na hadden zijn klasgenoten waarschijnlijk ook in het publiek gezeten. Ironisch genoeg zou Arachne in de loge naast de zijne in een glitterpak keihard hebben staan juichen.

Coriolanus bestudeerde het terrein, op zoek naar dingen die Lucy Gray van pas zouden kunnen komen. De hoge muur rond de piste, waardoor het publiek zich boven de actie bevond, was op zich niet slecht. Het beschadigde oppervlak zat vol gaten waar een behendige klimmer zich aan vast kon houden om bij de zitplaatsen te komen. Sommige hekken die op regelmatige afstand van elkaar de muur onderbraken leken ook kapot, maar omdat hij niet wist hoe de gangen eruitzagen, was voorzichtigheid daar geboden. Voor je het weet zat je in de val. Ze maakte beslist de meeste kans op de tribunes, als ze daar kon komen. Hij prentte het in zijn geheugen voor later.

De afstand tot de anderen werd groter en hij begon een gefluisterd gesprek met Lucy Gray. 'Het was verschrikkelijk om je vanochtend zo te moeten zien.'

'We kregen in elk geval wel eerst te eten,' zei ze.

'O ja?' Kwam dat door zijn gesprek met Satyria?

'Er vielen een paar kinderen flauw toen ze ons gisteravond bij elkaar probeerden te drijven. Ik geloof dat ze toen besloten hebben dat ze ons toch iets te eten moesten geven als ze nog iemand voor de show wilden overhouden. Het was vooral brood en kaas. We hebben avondeten en ontbijt gekregen. Maar wees maar niet bang, ik heb nog genoeg ruimte over voor wat er nu in mijn zak zit.' Ze klonk weer wat meer de oude. 'Hoorde ik jou nu zingen?'

'O. Ja,' gaf hij toe. 'Ze hadden me gevraagd omdat ze dachten dat Arachne en ik heel goed bevriend waren. Wat we niet waren. En ik schaam me dat jij me hebt gehoord.'

'Je hebt een mooie stem. M'n papa zou gezegd hebben dat hij echt gezaghebbend klonk. Alleen dat lied vind ik maar niks,' antwoordde Lucy Gray.

'Dank je wel. Dat betekent veel voor me, dat jij dat zegt.'

Ze gaf hem een elleboogpor. 'Dat zou ik maar niet op tv herhalen. De meeste mensen hier vinden me nog lager dan een slangenbuik.'

Coriolanus schudde grijnzend zijn hoofd.

'Wat is er?' vroeg ze.

'Je hebt van die grappige uitdrukkingen. Of niet noodzakelijkerwijs grappig, maar kleurrijk,' zei hij.

'Tja, ik zeg inderdaad niet vaak "noodzakelijkerwijs", als je dat bedoelt,' zei ze met een lachje.

'Ik vind het leuk. Alleen klink ik zelf dan ineens zo stijf. Hoe noemde je me toch laatst in de dierentuin? Iets met taart?' schoot hem te binnen.

'O, de slagroom op de taart? Zeggen jullie dat niet?' vroeg ze. 'Het is een compliment. Waar ik vandaan kom kan taart behoorlijk droog zijn. En slagroom is zo zeldzaam als een witte kraai.'

Heel even moest hij lachen, vergat hij waar ze waren en onder welke treurige omstandigheden. Heel even was er alleen haar glimlach, de melodieuze cadans van haar stem en een zweem van een flirt.

Toen ontplofte de wereld.

10

Coriolanus had vaker bommen meegemaakt en hij vond ze doodeng. Zijn armen gingen omhoog om zijn hoofd te bedekken terwijl hij door de lucht vloog en verderop in de arena werd neergesmeten. Zodra hij de grond raakte ging hij automatisch plat op zijn buik liggen, met zijn wang in het stof gedrukt en één arm over zijn onbeschermde oog en oor.

De eerste explosie, die uit de richting van de hoofdingang leek te komen, zette een reeks ontploffingen rond de arena in gang. Vluchten was geen optie. Het enige wat hij kon doen was zich tegen de dreunende grond duwen, hopen dat het snel over zou zijn en zijn paniek in bedwang houden. Hij bevond zich in wat Tigris en hij 'bommentijd' genoemd hadden, die surrealistische periode waarin ogenblikken zich uitstrekten en inkrompen op een manier die de natuurwetten leek te tarten.

In de oorlog had het Capitool alle burgers een schuilkelder in de buurt van hun woning toegewezen. Het vorstelijke gebouw van de familie Snow had een kelder die zo ruim en stevig was dat niet alleen de bewoners maar de halve straat erin paste. Helaas was het bewakingssysteem van het Capitool sterk afhankelijk van elektriciteit. Maar die was wankel en vanwege sabotage door de rebellen in District 5 knipperde de stroom als een vuurvliegje aan en uit, waardoor het luchtalarm onbetrouwbaar was en ze vaak overvallen werden en niet genoeg tijd hadden om naar de kelder te gaan. Op die momenten doken Tigris, hij en de grootmadam (als ze het volkslied niet aan het zingen was) onder tafel, een indrukwekkend gevaarte dat uit één blok marmer was gehouwen en in een kamer in het hart van hun appartement stond. Zelfs zonder ramen en met het stevige steen boven zijn hoofd verstijfden Coriolanus' spieren altijd van angst zodra hij de bommen hoorde fluiten, en het duurde altijd uren voordat hij voor zijn gevoel weer normaal kon lopen. En op straat en de Academie was het ook niet veilig. Je kon overal gebombardeerd worden, maar meestal had hij een betere schuilplaats dan waar hij nu lag. Daar, open en bloot, zonder beschutting, wachtte hij tot de eindeloze bommentijd voorbij was en vroeg hij zich af hoeveel schade zijn organen opliepen.

Geen hovercraft. Het besef borrelde op in zijn hoofd. Er was geen hovercraft geweest. Dan waren de bommen dus geplaatst? Er hing een rooklucht, dus er zaten waarschijnlijk ook brandbommen tussen. Hij drukte zijn dagelijkse zakdoek tegen zijn mond en neus en tuurde door de zwarte nevel, die nog dichter was door het stof van de piste. Hij zag Lucy Gray zo'n vijf meter verderop opgekruld liggen, met haar voorhoofd tegen de grond en haar vingers in haar oren, want meer kreeg ze met die handboeien waarschijnlijk niet voor elkaar. Ze hoestte hulpeloos.

'Bedek je gezicht! Gebruik het servet!' riep hij. Ze keek niet om maar had hem blijkbaar wel gehoord, want ze rolde zich op haar zij en trok het uit haar zak. De crackers en de kip vielen op de grond toen ze de lap tegen haar gezicht drukte. Even schoot het door zijn hoofd dat dit niet bevorderlijk was voor haar zangstem.

Een korte stilte maakte hem wijs dat het achter de rug was, maar net toen hij opkeek blies een laatste explosie op de tribune boven hem iets wat ooit een eetkraampje was geweest op – die roze gesponnen suiker, die met karamel overgoten appels – en er regende brandend puin op hem neer. Hij kreeg iets hards tegen zijn hoofd en het zware gewicht van een balk belandde schuin op zijn rug, waardoor hij tegen de grond werd gedrukt.

Verdoofd bleef Coriolanus even half bewusteloos liggen. Een bijtende geur prikte in zijn neus en hij besefte dat de balk in brand stond. Hij probeerde zich te vermannen en weg te kruipen, maar de wereld draaide voor zijn ogen en de perziktaart kwam omhoog in zijn keel.

'Help!' riep hij. Overal om hem heen klonken soortgelijke kreten, maar hij zag de gewonden niet door de rook. 'Help!'

Het vuur verschroeide zijn haar en hij deed een nieuwe poging om onder de balk vandaan te komen, maar het lukte niet. Een verzengende pijn vrat zich een weg door zijn nek en schouder en hij werd overvallen door het angstaanjagende besef dat hij levend verbrandde. Hij bleef schreeuwen, maar hij leek helemaal alleen in een bel van zwarte mist en brandend puin. Toen zag hij een gedaante uit de vlammenzee stappen. Lucy Gray noemde zijn naam en keek toen met een ruk opzij omdat iets wat hij niet kon zien haar aandacht had getrokken. Haar voeten deden een paar passen de andere kant op en stokten toen, alsof ze in tweestrijd stond.

'Lucy Gray!' smeekte hij schor. 'Alsjeblieft!'

Ze wierp nog een laatste blik op wat haar in de verleiding had gebracht en vloog toen op hem af. De balk kwam van zijn rug maar viel weer terug. Het ding ging nog een keer omhoog en Coriolanus had net genoeg ruimte om eronder vandaan te kruipen. Ze hielp hem overeind en met zijn arm om haar schouders strompelden ze weg bij het vuur tot ze ergens midden in de arena in elkaar zakten.

In eerste instantie kon hij alleen maar hoesten en kokhalzen, maar daarna werd hij zich langzaam bewust van de pijn in zijn hoofd, de brandwonden op zijn nek, rug en schouders. Op de een of andere manier grepen zijn vingers de verschroeide rok van Lucy Gray vast, alsof die zijn reddingsboei was. Haar geketende handen lagen duidelijk verbrand opgekruld naast hem.

De rook trok wat op en hij zag het patroon waarin de bommen gelijkmatig in de arena waren geplaatst, met de grootste lading explosieven bij de ingang. De schade was zo groot dat hij een glimp van de straat opving en twee gestalten die de arena ontvluchtten. Had Lucy Gray daarom geaarzeld voordat ze hem te hulp was geschoten? Een ontsnappingsmogelijkheid? Andere tributen hadden hun kans vast en zeker gegrepen. Ja, nu hoorde hij de sirenes, het geschreeuw op straat.

Ambulancemedewerkers baanden zich een weg door de puinhopen en renden naar de gewonden toe. 'Het komt goed,' zei hij tegen Lucy Gray. 'Ze komen ons helpen.' Handen tilden hem op en legden hem op een brancard. Hij liet haar rok los, in de veronderstelling dat er voor haar ook een brancard was, maar toen ze hem wegdroegen zag hij dat een vredebewaker haar scheldend en vloekend op haar buik dwong en een pistool in haar nek drukte. 'Lucy Gray!' riep Coriolanus. Niemand luisterde.

Door de klap tegen zijn hoofd kon hij zich moeilijk concentreren, maar hij was zich bewust van de rit in de ambulance en van de bonkende klapdeuren die naar dezelfde wachtruimte leidden waar hij een dag geleden nog die citroenlimonade met prik had gedronken. Daarna werd hij onder een felle lamp op een tafel gelegd terwijl een team artsen de schade opnam. Hij wilde slapen maar ze duwden telkens hun gezicht in het zijne om antwoorden te eisen en hun muffe lunchadem maakte hem weer misselijk. Apparaten in, apparaten uit, prikkende naalden, en toen mocht hij eindelijk heerlijk wegzweven. Af en toe maakte iemand hem 's nachts wakker om met lampjes in zijn ogen te schijnen. Zolang hij een paar simpele vragen kon beantwoorden mocht hij daarna weer wegzakken.

Toen hij eindelijk wakker werd, écht wakker, op zondag, was het volgens het licht dat door het raam viel middag en bogen de grootmadam en Tigris zich met bezorgde gezichten over zijn bed. Hij voelde een warme geruststelling. Ik ben niet alleen, dacht hij. Ik ben niet in de arena. Ik ben veilig.

'Hé, Coryo,' zei Tigris. 'Wij zijn het.'

'Hallo.' Hij deed een poging tot een glimlach. 'Je hebt bommentijd gemist.'

'Het blijkt nog erger om er niet bij te zijn,' zei Tigris, 'en te weten dat je het helemaal alleen moest doorstaan.'

'Ik was niet alleen,' zei hij. Door de morfling en de hersenschudding kon hij het zich niet helder voor de geest halen. 'Lucy Gray was er ook. Ik geloof dat ze mijn leven heeft gered.' Hij kon het niet goed bevatten. Het was fijn, maar ook verontrustend.

Tigris kneep in zijn hand. 'Dat verbaast me niks. Ze heeft het hart duidelijk op de goede plek. Van het begin af aan heeft ze geprobeerd om je tegen de andere tributen te beschermen.'

De grootmadam was nog niet overtuigd. Nadat hij de aanslag op redelijk chronologische volgorde uit de doeken had gedaan, kwam ze tot de volgende conclusie: 'Waarschijnlijk heeft ze bedacht dat de vredebewakers haar zouden neerschieten als ze vluchtte, maar het getuigt wel van moed. Misschien komt ze inderdaad niet echt uit de districten, zoals ze beweert.'

Lovende woorden – of zo lovend als je uit de mond van de grootmadam kon verwachten.

Tigris vertelde Coriolanus wat hij had gemist en hij besefte hoe gespannen het Capitool was door deze gebeurtenis. Wat er was gebeurd – of wat er volgens Capitool TV was gebeurd in elk geval – joeg de burgers angst aan vanwege de directe gevolgen en de consequenties voor de toekomst. Ze wisten niet wie de bommen had geplaatst – ja, rebellen, maar waarvandaan? Ze konden uit alle twaalf districten komen, of misschien was het wel een zootje ongeregeld uit District 13 of zelfs, alsjeblieft niet, een of andere cel in het Capitool die na lange tijd weer in actie was gekomen. De tijdslijn voor de aanslag was verbijsterend. Aangezien de arena er tussen de Hongerspelen verlaten, afgesloten en verwaarloosd bij stond, zouden de bommen zes dagen maar ook zes maanden geleden geplaatst kunnen zijn. Bij de ingangen rond de piste hingen camera's, maar je kon ook langs de afbrokkelende buitenkant naar binnen klimmen. Ze wisten niet eens of de bommen op afstand tot ontploffing waren gebracht of doordat er iemand op was gaan staan, maar de onverwachte doden raakten het Capitool tot in de ziel. Dat de twee tributen uit District 6 waren omgekomen door bomscherven vond niemand erg, maar bij diezelfde ontploffing was ook de Ring-tweeling gedood. Drie mentoren lagen in het ziekenhuis – Coriolanus, Androcles Anderson en Gaius Breen, die de tributen uit District 9 toegewezen hadden gekregen. De toestand van zijn twee klasgenoten was kritiek: Gaius had beide benen verloren en bijna alle anderen, zowel de mentoren, de tributen als de vredebewakers, hadden medische zorg nodig gehad.

Coriolanus was verbijsterd. Hij had Pollo en Didi oprecht gemogen, die zo dol op elkaar en zo vrolijk waren geweest. Niet ver bij hem vandaan vochten Androcles, die net als zijn moeder verslaggever bij Capitool TV wilde worden, en Gaius, een branieschopper uit de Citadel met een eindeloze voorraad ondergewaardeerde grappen, voor hun leven.

'En Lysistrata? Hoe gaat het met haar?' Zij had achter hem gestaan.

De grootmadam keek ongemakkelijk. 'O, met haar gaat het prima. Ze roept tegen iedereen die het wil horen dat die grote, lelijke jongen uit District 12 haar heeft beschermd door over haar heen te gaan liggen, maar wie zal het zeggen? De familie Vickers is dol op de schijnwerpers.'

'Is dat zo?' vroeg Coriolanus sceptisch. Hij kon zich niet herinneren dat hij ooit een Vickers in de schijnwerpers had zien staan, behalve tijdens de korte jaarlijkse persconferentie waarbij ze president Ravinstill gezond verklaarden. Lysistrata was een gereserveerd, kordaat meisje dat nooit om aandacht vroeg. De suggestie dat zij in dezelfde categorie als Arachne zou vallen, schoot hem in het verkeerde keelgat.

'Ze heeft alleen vlak na de aanslag kort met een verslaggever gesproken. Ik denk dat het waar is, grootmadam,' zei Tigris. 'Misschien zijn de inwoners van District 12 niet zo vreselijk als u ze doet voorkomen. Jessup en Lucy Gray hebben zich allebei heldhaftig gedragen.'

'Hebben jullie Lucy Gray gezien? Op televisie, bedoel ik. Hoe ziet ze eruit?' vroeg hij.

'Geen idee, Coryo. Er zijn geen beelden van de dierentuin uitgezonden. Maar ze staat niet op de lijst van dode tributen,' zei Tigris.

'Zijn er nog meer dan? Behalve die uit District 6?' Coriolanus wilde niet kwaadaardig klinken, maar het waren wel de concurrenten van Lucy Gray.

'Ja, na de aanslag zijn er nog een paar gestorven,' vertelde Tigris.

De duo's uit District 1 en 2 waren naar het gat gerend dat in de muur bij de ingang was geblazen. De kinderen uit District 1 waren doodgeschoten, het meisje uit 2 had de rivier gehaald en was over de muur gesprongen, om daar vervolgens dood te vallen. Marcus was verdwenen, wat betekende dat er nu een wanhopige, gevaarlijke en sterke jongen door het Capitool liep. Een verschoven mangatdeksel deed vermoeden dat hij misschien de Transfer in geklommen was, een netwerk van sporen en wegen onder het Capitool, maar niemand wist het zeker.

'Ze zien de arena zeker als een symbool,' zei de grootmadam. 'Net als tijdens de oorlog. Het ergste is dat het bijna twintig seconden duurde voordat ze de uitzending in de districten stopzetten, dus daar zullen ze wel gejuicht hebben. Stelletje beesten.'

'Maar ze zeggen dat bijna niemand het in de districten heeft gezien, grootmadam,' wierp Tigris tegen. 'De mensen daar vinden het niet fijn om naar de Hongerspelen te kijken.'

'Er zijn maar een paar kijkers nodig om het door te vertellen,' zei de grootmadam. 'Dit is echt nieuws dat als een lopend vuurtje rondgaat.'

De arts die Coriolanus na de slangenaanval had gesproken kwam binnen en stelde zich voor als dr. Wane. Hij stuurde Tigris en de grootmadam naar huis en keek snel hoe het met Coriolanus ging, waarbij hij meer uitlegde over de hersenschudding (die redelijk licht was) en de brandwonden (die goed op de behandeling reageerden). Het zou nog even duren voordat Coriolanus helemaal hersteld was, maar als hij geen gekke dingen deed en vooruit bleef gaan, mocht hij over een paar dagen naar huis.

'Weet u hoe het met mijn tribuut gaat? Haar handen waren

behoorlijk verbrand,' zei Coriolanus. Elke keer dat hij aan haar dacht voelde hij een ongeruste steek, maar dan wikkelde de morfling zich daar als een watje omheen.

'Geen idee,' zei de man. 'Maar ze hebben een uitstekende dierenarts in de zoo. Ze is vast weer opgelapt voordat de Spelen van start gaan. Daar hoef jij je verder niet druk om te maken, jongeman. Richt jij je maar op je eigen gezondheid, en die wordt beter als je nu gaat slapen.'

Dat vond Coriolanus geen enkel probleem. Hij dommelde in en kwam pas maandagochtend weer helemaal bij. Met zijn bonkende hoofd en gegeselde lichaam had hij geen haast om het ziekenhuis te verlaten. De airconditioning verzachtte zijn brandwonden en hij kreeg regelmatig royale porties smakeloos eten voorgezet. Hij keek naar het nieuws op de grote televisie en dronk net zo veel citroenlimonade met prik als hij op kon. De volgende dag zou er een dubbele begrafenis gehouden worden voor de Ring-tweeling. De jacht op Marcus was nog in volle gang. De beveiliging in zowel het Capitool als de districten was aangescherpt.

Drie mentoren dood, drie in het ziekenhuis – of eigenlijk vier, als je Clemensia meetelde. Zes tributen dood, één ontsnapt, meerdere gewond. Als dr. Gaul de Hongerspelen anders aan wilde pakken, dan was dat goed gelukt.

's Middags kwam er een stroom bezoekers op gang, te beginnen met Festus, die zijn arm in een mitella had en een paar hechtingen waar een scherp stuk metaal zijn wang had opengehaald. Hij zei dat er geen lessen waren, maar dat de leerlingen wel geacht werden om de volgende dag naar de Academie te komen voor de begrafenis van de Rings. Hij kreeg een brok in zijn keel toen hij de tweeling noemde en Coriolanus vroeg zich af of hij zelf ook geëmotioneerder zou zijn als hij niet aan het morflinginfuus zou hangen, dat pijn én plezier verdoofde. Satyria wipte binnen met een paar banketbakkerskoekjes om hem namens het schoolbestuur een spoedig herstel te wensen en om te vertellen dat het natuurlijk een vervelende gebeurtenis was geweest, maar dat het wel zijn kans op een prijs vergrootte. Na een tijdje verscheen de ongedeerde Sejanus met Coriolanus' tas die nog in het busje had gelegen en een stapel van die heerlijke boterhammen met gehaktbrood van zijn moeder. Over zijn weggelopen tribuut had hij weinig te melden. En tot slot kwam Tigris zonder de grootmadam, die thuis was gebleven om uit te rusten maar wel een schoon uniform had meegegeven dat hij kon dragen als hij weg mocht. Als er camera's bij de ingang zouden staan, moest hij er wel goed uitzien. Ze deelden de boterhammen en Tigris aaide zijn bonzende hoofd tot hij in slaap viel, net zoals ze vroeger had gedaan omdat hij als kind altijd hoofdpijn had gehad.

Toen iemand hem in het holst van de nacht wakker maakte, dacht hij dat het een verpleegkundige was die zijn vitale functies kwam controleren, en hij schrok zich wild van het verminkte gezicht van Clemensia boven het zijne. Door het slangengif, of het antiserum misschien, was haar goudbruine huid aan het schilferen en haar oogwit eidooiergeel. Maar veel erger nog waren de stuiptrekkingen over haar hele lichaam, waardoor haar gezicht grimassen trok, haar tong af en toe uit haar mond schoot en haar handen wegflitsten toen ze de zijne wilden pakken.

'Sst!' siste ze. 'Ik hoor hier niet te zijn. Niet vertellen dat ik ben geweest. Maar wat zeggen ze? Waarom is er nog niemand op bezoek gekomen? Weten mijn ouders wat er is gebeurd? Denken ze dat ik dood ben?'

Coriolanus was versuft door de slaap en de medicijnen en

snapte niet goed wat ze bedoelde. 'Je ouders? Maar die zijn hier geweest. Ik heb ze gezien.'

'Niet waar. Er is niemand langsgekomen!' riep ze. 'Ik moet hier weg, Coryo. Straks gaat ze me vermoorden. Het is niet veilig. We zijn niet veilig!'

'Hè? Wie gaat je vermoorden? Je raaskalt,' zei hij.

'Dr. Gaul natuurlijk!' Ze greep zijn arm en zijn brandwonden vlamden op. 'Jij weet het, jij was erbij!'

Coriolanus probeerde haar vingers los te wrikken. 'Je moet terug naar je kamer. Je bent ziek, Clemmie. Het komt door de slangenbeten. Daardoor beeld je je dingen in.'

'Heb ik me dit ook ingebeeld?' Ze trok haar ziekenhuishemd open en liet een stuk huid op haar borst en schouder zien. Die was bespikkeld met felblauwe, roze en gele schubben, en zag er net zo slangachtig uit als die van de reptielen in het terrarium. Hij hapte naar adem en ze gilde: 'En het worden er steeds meer! Het worden er steeds meer!'

Op dat moment werd ze vastgepakt door twee ziekenhuismedewerkers die haar optilden en de kamer uit droegen. Hij lag de rest van de nacht wakker, denkend aan de slangen, aan haar huid en aan de glazen bakken vol Avox met hun gruwelijke dierenmodificaties in het lab van dr. Gaul. Zou Clemensia daar ook belanden? Zo niet, waarom waren haar ouders dan nog niet bij haar op bezoek geweest? Waarom leek verder niemand te weten wat er was gebeurd? Als Clemensia doodging, zou hij dan ook verdwijnen, als enige getuige? Had hij Tigris in gevaar gebracht door haar het verhaal te vertellen?

De aangename ziekenhuiscocon leek nu een verraderlijke val die langzaam kleiner werd om hem te verstikken. De uren kropen voorbij en niemand kwam bij hem kijken, waardoor hij alleen nog maar angstiger werd. Toen de ochtend aanbrak verscheen eindelijk dr. Wane naast zijn bed. ‘Ik hoorde dat Clemensia vannacht op bezoek is gekomen,’ zei hij opgewekt. ‘Heeft ze je laten schrikken?’

‘Een beetje.’ Coriolanus probeerde achteloos te klinken.

‘Het komt wel goed met haar. Het gif heeft allerlei vreemde bijwerkingen terwijl het langzaam het systeem uit gaat. Daarom hebben we haar ouders nog niet bij haar gelaten. Ze denken dat ze in quarantaine ligt met een zeer besmettelijke griep. Over een dag of twee is ze weer toonbaar,’ vertelde de dokter. ‘Je mag wel bij haar langs als je het aankunt. Dat vrolijkt haar misschien een beetje op.’

‘Oké,’ zei Coriolanus, enigszins gerustgesteld. Maar hij kon niet vergeten wat hij had gezien, niet in het ziekenhuis en niet in het lab. Het morflinginfuus werd verwijderd en ineens werden alle zachte randjes weer scherp. Zijn argwaan bedierf alle troostende dingen, van het uitgebreide ontbijt van pannenkoekjes met spek en de mand met vers fruit en snoep van de Academie, tot aan het bericht dat zijn vertolking van het volkslied ook afgespeeld zou worden tijdens de begrafenis van de Ring-tweeling, omdat het zo goed was en ook uit respect voor zijn eigen offers.

De uitzending rond de begrafenis begon om zeven uur en tegen negenen stroomde de trap van de Academie opnieuw vol met alle leerlingen. Nog geen week geleden had hij het gevoel gehad dat hij er niet meer toe deed toen hij het meisje uit District 12 toegewezen had gekregen, en nu werd hij ten overstaan van het hele land geëerd voor zijn moed. Hij had verwacht dat ze de opname zouden laten zien waarop hij zong, maar in plaats daarvan verscheen zijn holografische gestalte achter op het podium, en hoewel het in eerste instantie een beetje vaag was, werd het uiteindelijk een scherp, helder beeld. Iedereen zei altijd dat hij elke dag meer op zijn knappe vader leek, maar nu zag hij het zelf ook voor het eerst. Niet alleen de ogen maar ook de kaaklijn, het haar, de trotse houding. En Lucy Gray had gelijk; zijn stem had echt gezag. Alles bij elkaar was het een vrij indrukwekkend optreden.

Het Capitool ging na Arachnes begrafenis nog een stapje verder, en dat was de tweeling ook waard, vond Coriolanus. Meer toespraken, meer vredebewakers, meer banieren. Hij vond het niet vervelend om de tweeling zo opgehemeld te zien worden en wilde dat hij ze op de een of andere manier had kunnen laten weten dat de plechtigheid met zijn hologram was geopend. Het aantal dode tributen was opgelopen, want de twee tributen uit District 9 waren aan hun verwondingen bezweken. De dierenarts had kennelijk gedaan wat ze kon, maar haar herhaalde verzoeken om hen naar het ziekenhuis te brengen waren afgewezen. Hun gehavende lichamen werden samen met wat over was van de tributen uit District 6 over paardenruggen gelegd en over de Weg van de Wetenschappers gevoerd. De twee tributen uit District 1 en het meisje uit District 2 werden achter hen aan gesleept, een gepaste straf voor hun laffe ontsnappingspoging. Daarachter volgden twee van die kooiwagens waarin Coriolanus naar de dierentuin was gebracht, een voor de jongens en een voor de meisjes. Hij probeerde Lucy Gray te ontwaren maar hij zag haar nergens, waardoor hij zich nog meer zorgen maakte. Lag ze slap op de bodem van de kooi, overmand door honger en pijn?

Toen de twee identieke zilveren doodskisten van de tweeling in beeld kwamen, kon hij alleen maar denken aan een dom spelletje dat ze in de oorlog in de speeltuin hadden bedacht en dat Ring om de Ringen heette. De andere kinderen renden achter Didi en Pollo aan en pakten elkaars hand vast, om een kring om hen heen te vormen waar ze niet uit konden. Het eindigde altijd met hen allemaal, ook de Ring-tweeling, in een grote hoop op de grond, brullend van het lachen. O, was hij maar weer zeven, in een vrolijke berg met zijn vrienden, terwijl de voedzame crackers al klaarlagen op zijn tafeltje.

Na de lunch zei dr. Wane dat hij weg mocht als hij beloofde om rustig aan te doen en in bed te blijven, en aangezien het ziekenhuis zijn charme had verloren, trok hij meteen zijn schone uniform aan. Tigris kwam hem ophalen en bracht hem met de tram naar huis, maar moest daarna weer aan het werk. De grootmadam en hij brachten de middag allebei slapend door, en toen hij wakker werd stond er een heerlijke stoofschotel die de moeder van Sejanus had gestuurd.

Op aandringen van Tigris ging hij samen met de zon naar bed, maar hij kon de slaap niet meer vatten. Elke keer dat hij zijn ogen dichtdeed, zag hij vlammen om zich heen, voelde hij de grond beven, rook hij de verstikkende zwarte rook. Lucy Gray had aan de randen van zijn gedachten geknaagd, en nu kon hij alleen nog maar aan haar denken. Hoe ging het met haar? Was ze herstellende, met genoeg te eten, of lag ze ellendig en uitgehongerd in dat akelige apenverblijf? Had de dierenarts haar handen behandeld terwijl hij in het ziekenhuis met airconditioning aan zijn morflinginfuus had gelegen? Was die bijzondere stem beschadigd door de rook? Had ze haar kansen op sponsors in de arena vergooid door hem te helpen? Een beetje beschaamd dacht hij terug aan zijn doodsangsten onder die balk, maar hij schaamde zich nog meer toen hij weer wist wat daarna was gebeurd. Op Capitool TV waren de beelden die ze van de aanslag hadden laten zien verduisterd door de rook. Maar waren ze er? Opnames van Lucy Gray die hem redde, en, veel erger nog, van hem die zich wachtend op hulp aan de ruches van haar rok vastklampte?

Zijn hand tastte in het nachtkastje naar het poederdoosje van zijn moeder. Hij snoof de rozengeur op en zijn malende gedachten kalmeerden wat, maar toch joeg de rusteloosheid hem uit bed. Een paar uur lang dwaalde hij door het appartement, keek hij naar de nachtelijke hemel, naar de Corso, door de ramen van de overburen. Op een gegeven moment stond hij zelfs op het dak tussen de rozen van de grootmadam, maar hij kon zich niet herinneren dat hij de trap op gelopen was. De frisse lucht met het bloemenaroma hielp, maar liet hem ook al snel zo huiveren dat alles weer pijn deed.

Een paar uur voor zonsopgang trof Tigris hem in de keuken aan. Ze zette thee en ze aten het restje stoofschotel zo uit de schaal. De smaakvolle lagen vlees, aardappel en kaas boden troost, net als Tigris' vriendelijke opmerking dat hij niets aan de situatie met Lucy Gray had kunnen doen. Ze waren tenslotte allebei nog kinderen wier leven werd bepaald door mensen die sterker waren dan zij.

Hij voelde zich iets beter en kon toch nog een paar uur slapen voordat hij gewekt werd door een telefoontje van Satyria. Ze moedigde hem aan om die ochtend naar school te komen als hij daartoe in staat was. Er stond een nieuwe ontmoeting tussen mentor en tribuut op het programma om toe te werken naar de interviews, die nu op geheel vrijwillige basis zouden zijn.

Later keek hij in de Academie vanaf het balkon de Heavensbeezaal in, en hij was geschokt bij het zien van de lege stoelen. Hij had natuurlijk geweten dat er acht tributen dood waren en dat er één vermist was, maar hij had niet beseft hoe dat het patroon van de vierentwintig tafeltjes zou verstoren, die nu een grillig, rommelig geheel vormden. Geen tributen meer uit District 1, 2, 6 en 9, en maar één uit 10. Van de overgebleven kinderen waren de meeste gewond en ze zagen er geen van allen goed uit. Toen de mentoren zich bij hun pupillen voegden, werd het verlies nog duidelijker. Zes mentoren waren dood of in het ziekenhuis opgenomen, en de begeleiders van de ontsnapte tributen uit District 1 en 2 hadden niemand meer aan hun tafeltje en daarom geen reden om te komen. Livia Cardew had haar mening over deze ontwikkelingen niet onder stoelen of banken gestoken en geëist dat er nieuwe tributen uit de districten gehaald zouden worden, of dat ze anders Boetius zou krijgen, de jongen die aan Clemensia was toegewezen, van wie iedereen dacht dat ze met griep in het ziekenhuis lag. Haar verzoeken waren niet gehonoreerd en Boetius zat in zijn eentje aan zijn tafeltje met een verband vol opgedroogde bloedvlekken rond zijn hoofd.

Toen Coriolanus tegenover haar ging zitten deed Lucy Gray niet eens een poging om te glimlachen. Een rauwe hoest verscheurde haar borst en haar kleren waren nog steeds besmeurd met roet van de brand. Maar de dierenarts had Coriolanus' verwachtingen overtroffen, want de huid op haar handen genas goed.

'Hallo,' zei hij, en hij schoof haar een boterham met notenboter en twee koekjes van Satyria toe.

'Hoi,' zei ze schor. Alle pogingen tot geflirt of zelfs maar kameraadschap waren gestaakt. Ze klopte op haar boterham maar leek te moe om hem op te eten. 'Bedankt.'

'Nee, jíj bedankt, omdat je mijn leven hebt gered.' Hij zei het luchtig, maar toen hij haar in de ogen keek sijpelde de lichtzinnigheid weg.

'Zeg je dat tegen mensen?' vroeg ze. 'Dat ik je leven heb gered?'

Hij had het aan Tigris en de grootmadam verteld, en daarna, misschien omdat hij niet goed wist wat hij met de informatie aan moest, had hij het als een droom uit zijn gedachten laten zweven. Maar nu, met de lege stoelen van de slachtoffers om hen heen, vroeg de herinnering aan hoe ze hem in de arena had gered weer om aandacht, en die was te belangrijk om te negeren. Als Lucy Gray hem niet had geholpen, zou hij zeker weten morsdood zijn. Nog een glanzende, met bloemen overladen doodskist. Nog een lege stoel. Hij wilde iets zeggen, maar de woorden bleven in zijn keel steken voordat hij ze eruit wrong. 'Ik heb het tegen mijn familie gezegd. Echt. Dank je wel, Lucy Gray.'

'Tja, ik had toch niks beters te doen,' zei ze, en ze liet een beverige wijsvinger over het geglazuurde bloemetje op een van de koekjes gaan. 'Mooie koekjes.'

En op dat moment sloeg de verwarring toe. Als ze zijn leven had gered, dan was hij haar iets verschuldigd. En hoe beloonde hij haar? Met een boterham en twee koekjes. Dat was zijn bedankje. Voor zijn leven. Dat hij kennelijk niet erg veel waard vond. In werkelijkheid had hij natuurlijk alles aan haar te danken. 'Je had kunnen vluchten. Dan was ik levend verbrand voordat ze me hadden kunnen redden.'

'Vluchten, ja? Klinkt als veel moeite om doodgeschoten te worden,' zei ze.

Coriolanus schudde zijn hoofd. 'Je kunt er grappen over maken, maar het doet niets af aan wat je voor me hebt gedaan. Ik hoop dat ik op de een of andere manier iets terug kan doen.'

'Dat hoop ik ook,' zei ze.

In die paar woorden bespeurde hij een verandering in hun dynamiek. Als haar mentor was hij de gulle gever van geschenken geweest, die zij dankbaar in ontvangst had genomen. Nu had ze de rollen omgedraaid door hem het grootste geschenk te geven dat er bestond. Op het eerste gezicht leek er niets veranderd. Geketend meisje, jongen dat eten aanbood, vredebewakers die de orde handhaafden. Maar diep vanbinnen zou het tussen hen nooit meer hetzelfde zijn. Hij zou voor altijd bij haar in het krijt staan. Ze had het recht om dingen van hem te eisen.

'Ik weet niet hoe,' gaf hij toe.

Lucy Gray keek de zaal rond, bestudeerde haar gewonde concurrenten. Toen staarde ze hem recht aan, en in haar stem klonk ongeduld door. 'Je zou kunnen beginnen met denken dat ik daadwerkelijk kan winnen.'

deel II

'DE PRIJS'

11

De woorden van Lucy Gray kwamen hard aan, maar bij nader inzien waren ze wel terecht. Coriolanus had haar nooit echt als winnaar van de Spelen beschouwd. Het was nooit onderdeel van zijn strategie geweest. Hij had alleen gewild dat haar charme en aantrekkingskracht op hem af zouden stralen, zodat hij een succes zou zijn. Zelfs het zingen voor sponsors had hij alleen aangemoedigd om de aandacht die ze voor hem genereerde nog wat langer vast te houden. Een ogenblik geleden was hij nog blij geweest dat haar handen genezen waren omdat ze dan tijdens het interview gitaar kon spelen, niet omdat ze zich dan in de arena kon verweren. Dat ze er voor hem toe deed, zoals hij in de dierentuin had beweerd, maakte het alleen maar erger. Hij zou zijn uiterste best moeten doen om haar in leven te houden, om haar te helpen winnen, hoe klein die kans ook was.

'Ik meende wat ik zei over dat jij de slagroom op de taart was,' zei Lucy Gray. 'Je bent de enige die de moeite nam om langs te komen. Jij en je vriend Sejanus. Jullie behandelden ons als mensen. Maar de enige manier waarop je écht iets terug kunt doen, is door me te helpen om dit hele gebeuren te overleven.'

'Dat ben ik met je eens.' Hij voelde zich iets beter nu hij deze stap had genomen. 'Van nu af aan gaan we voor de winst.'

Lucy Gray stak haar hand uit. 'Afgesproken?'

Coriolanus schudde haar hand voorzichtig. 'Afgesproken.' De uitdaging gaf hem energie. 'Stap één: ik bedenk een strategie.'

'Wíj bedenken een strategie,' verbeterde ze hem. Maar ze glimlachte en nam een hap van haar broodje.

'Wíj bedenken een strategie.' Hij maakte een snel rekensommetje. 'Je hebt nog maar veertien tegenstanders, tenzij ze Marcus vinden.'

'Als je me nog een paar dagen in leven weet te houden, win ik misschien wel omdat er verder niemand meer over is,' zei ze.

Coriolanus keek om zich heen naar haar gewonde, verzwakte tegenstanders, behangen met ketenen. Hij putte er moed uit, tot hij moest erkennen dat Lucy Gray er niet veel beter aan toe was. Maar toch, door de uitschakeling van District 1 en 2, Jessup die een oogje in het zeil hield en het nieuwe sponsoronderdeel maakte ze veel meer kans dan toen ze net in het Capitool was gearriveerd. Als hij haar eten kon sturen, zou ze zich misschien wel ergens in de arena kunnen verstoppen terwijl de anderen elkaar doodvochten of verhongerden. 'Ik moet je iets vragen,' zei hij. 'Zou je iemand kunnen vermoorden als het erop aankomt?'

Lucy Gray dacht daar al kauwend een tijdje over na. 'Als het zelfverdediging was misschien wel.'

'Het zijn de Hongerspelen. Daarin is alles zelfverdediging,' zei hij. 'Maar misschien is het beter als je je voor de andere tributen verstopt en eten krijgt van sponsors. Zodat je het zoveel mogelijk kunt uitzitten.'

'Ja, dat klinkt als een betere strategie voor mij,' beaamde ze. 'Ik ben heel goed in afschuwelijke dingen doorstaan.' Ze moest hoesten door een stukje droog brood.

Coriolanus gaf haar een waterfles uit zijn schooltas. 'De interviews gaan door, maar op vrijwillige basis. Denk je dat je het aankunt?'

'Wat denk je zelf? Ik weet het perfecte lied voor deze whiskystem,' zei ze. 'Heb je al een gitaar?'

'Nog niet. Maar die ga ik vandaag regelen,' beloofde hij. 'Ik kan er vast wel een lenen van iemand. Als we wat sponsors voor je kunnen krijgen, ben je al een heel eind op weg naar de overwinning.'

Ze werd iets enthousiaster toen ze overlegden welk lied ze zou kunnen zingen. Maar ze hadden maar tien minuten en het korte gesprek werd afgekapt door professor Sickle die de mentoren opdracht gaf om weer naar het biologielab te vertrekken.

De beveiliging was waarschijnlijk aangescherpt, want ze werden begeleid door vredebewakers en rector Highbottom vinkte hun namen af voordat ze op hun plek gingen zitten. De ongedeerde mentoren van de dode en vermiste tributen, onder wie Livia en Sejanus, zaten al aan de labtafels en keken naar dr. Gaul die wortels in de konijnenkooi liet vallen. Het zweet brak Coriolanus uit toen hij haar zag, zo dichtbij en zo gestoord.

'Huppeltje hoppeltje, wortel of stok? Ze gaan allemaal dood en jij bent...' Ze draaide zich verwachtingsvol om en iedereen behalve Sejanus wendde zijn blik af.

'In shock,' zei Sejanus.

Dr. Gaul lachte. 'Zo'n gevoelige jongen. Waar is je tribuut, jongen? Enig idee?'

Capitool TV deed nog steeds verslag van de jacht op Marcus, maar minder intensief. De officiële lezing was dat hij ergens in een afgelegen gedeelte van de Transfer in de val zat, waar hij binnenkort ingerekend zou worden. De stad had opgelucht ademgehaald en iedereen ging ervan uit dat hij dood was of elk moment gepakt kon worden. En bovendien leek hij meer bezig met ontsnappen dan met uit de Transfer kruipen om onschuldige Capitoolinwoners te vermoorden.

'Misschien is hij op weg naar vrijheid,' zei Sejanus op gespannen toon. 'Misschien wordt hij op een geheime locatie gevangengehouden. Misschien houdt hij zich gewond ergens schuil. Misschien is hij dood. Ik zou het niet weten. En u?'

Coriolanus had wel bewondering voor zijn lef. Sejanus wist natuurlijk niet hoe gevaarlijk dr. Gaul kon zijn. Als hij niet oppaste, belandde hij straks nog in een kooi met een stel parkietenvleugels en een olifantenslurf.

'Nee, zeg maar niks,' beet Sejanus haar toe. 'Hij is of al dood of hij gaat nog dood, als u hem gepakt hebt en in boeien door de straten laat slepen.'

'Dat is ons goed recht,' pareerde dr. Gaul.

'Niet waar! U kunt zeggen wat u wilt, maar u hebt het recht niet om mensen uit te hongeren en ze zonder reden te straffen. U hebt het recht niet om hen van hun leven en vrijheid te beroven. Dat zijn dingen waar iedereen mee geboren wordt, en u mag ze niet zomaar afpakken. Ook niet als u een oorlog hebt gewonnen. Ook niet als u meer wapens hebt. Ook niet als u toevallig uit het Capitool komt. Nooit. O, ik weet niet eens waarom ik hier vandaag naartoe ben gekomen.' En met die woorden sprong Sejanus op en rende naar de deur. Hij voelde aan de klink, maar die gaf niet mee. Hij rammelde eraan en draaide zich om naar dr. Gaul. 'Dus nu sluit u ons op? Het lijkt ons eigen apenverblijf wel.'

'Ik heb niet gezegd dat je weg mocht,' zei dr. Gaul. 'Ga zitten, jongen.'

'Nee.' Sejanus zei het zacht, maar toch zag Coriolanus diverse leerlingen schrikken.

Na een korte stilte greep rector Highbottom in. 'De deur zit van buitenaf op slot. De vredebewakers hebben opdracht om ons tot nadere instructies met rust te laten. Ga alsjeblieft zitten.'

'Of moeten we je ergens anders heen laten brengen, jongen?' opperde dr. Gaul. 'Zit het kantoor van je vader hier niet om de hoek?' Ze bleef hem consequent jongen noemen, maar ze wist heel goed wie Sejanus was.

Sejanus was rood van woede en schaamte en kon of wilde zich niet verroeren. Hij stond daar maar, starend naar dr. Gaul, tot de spanning ondraaglijk werd.

'Hier is nog een plek vrij.' De woorden kwamen zomaar uit Coriolanus' mond.

Dat aanbod leidde Sejanus af en hij leek in elkaar te zakken. Hij haalde diep adem, liep terug door het middenpad en schoof op de kruk. Zijn ene hand omklemde het hengsel van zijn schooltas en de andere lag in een vuist op tafel.

Coriolanus wilde dat hij niets had gezegd. Hij zag dat rector Highbottom hem verbaasd aankeek en ging snel in de weer met zijn notitieblok en pennendop.

'Jullie emoties lopen hoog op,' zei dr. Gaul tegen de klas. 'Dat snap ik. Echt waar. Maar jullie moeten leren om ze te beheersen en in bedwang te houden. Oorlogen worden gewonnen met het hoofd, niet met het hart.'

'Ik dacht dat de oorlog afgelopen was,' zei Livia. Zij leek ook boos, maar op een andere manier dan Sejanus. Coriolanus vermoedde dat ze gewoon chagrijnig was omdat ze haar kansrijke tribuut kwijt was.

'Dacht je dat echt? Zelfs na wat er in de arena is gebeurd?' vroeg dr. Gaul.

'Ja,' zei Lysistrata ertussendoor. 'En als de oorlog afgelopen is, dan zou het moorden in principe ook afgelopen moeten zijn, toch?'

'Ik krijg zo langzamerhand het idee dat het nooit afgelopen zal zijn,' bekende Festus. 'De districten zullen ons altijd haten en wij zullen hen altijd haten.'

'Daar zeg je zoiets,' zei dr. Gaul. 'Laten we eens even doen alsof het altijd oorlog is. Het conflict kan afzwakken of oplaaien, maar het houdt nooit echt op. Wat zou dan ons doel moeten zijn?'

'Dus u bedoelt dat de oorlog niet gewonnen kan worden?' vroeg Lysistrata.

'Laten we even doen alsof dat zo is,' zei dr. Gaul. 'Wat is dan onze strategie?'

Coriolanus klemde zijn lippen op elkaar om het antwoord er niet uit te flappen. Het was overduidelijk. Té duidelijk. Maar hij wist dat Tigris gelijk had over dat hij dr. Gaul uit de weg moest gaan, ook al zou het een compliment opleveren. Terwijl de klas over de vraag zat te piekeren, liep ze op en neer door het middenpad, tot ze uiteindelijk bij zijn tafel bleef staan. 'Meneer Snow? Wat vind jij dat we met onze oneindige oorlog moeten doen?'

Hij troostte zichzelf met de gedachte dat ze oud was en dat niemand het eeuwige leven had.

'Meneer Snow?' drong ze aan. Hij had het gevoel dat hij het konijn was dat met haar metalen staaf werd geprikt. 'Wil je een gokje wagen?'

'We houden hem onder controle,' zei hij zacht. 'Als de oorlog niet beëindigd kan worden, moeten we hem voor altijd onder controle houden. Net zoals we nu doen. Door vredebewakers in de districten te plaatsen, strenge wetten te handhaven en te laten zien wie de baas is, met de Hongerspelen bijvoorbeeld. Het is te allen tijde beter om de overhand te hebben, om de winnaar te zijn in plaats van de verliezer.'

'Hoewel dat in ons geval wel een stuk minder ethisch is,' mompelde Sejanus.

'Het is niet onethisch om jezelf te verdedigen,' wierp Livia tegen. 'En we willen toch allemaal liever de winnaar dan de verliezer zijn?'

'Ik geloof dat ik geen van beide hoef te zijn,' zei Lysistrata.

'Maar dat was geen optie,' hielp Coriolanus haar herinneren, 'als je naar de vraag kijkt. Niet als je er goed over nadenkt.'

'Niet als je er goed over nadenkt, hè, Casca?' zei dr. Gaul, die terugliep door het middenpad. 'Met een beetje nadenken kun je heel veel levens redden.'

Rector Highbottom zat zwijgend op de namenlijst te kliederen. Misschien is Highbottom net zo'n konijn als ik, dacht Coriolanus, en hij vroeg zich af of het tijdverspilling was om zich zo druk om de man te maken.

'Maar niet getreurd,' ging dr. Gaul opgewekt verder. 'Net als de meeste dingen in het leven heeft een oorlog voor- en nadelen. En dat wordt jullie volgende opdracht. Schrijf een essay over alle positieve punten van de oorlog. Alles wat je er mooi aan vond.'

De meeste leerlingen keken verbaasd op, maar Coriolanus niet. Deze vrouw had Clemensia voor de lol door slangen laten aanvallen. Ze genoot er duidelijk van om mensen te zien lijden en dacht waarschijnlijk dat dat voor hen allemaal gold.

Lysistrata fronste haar wenkbrauwen. 'Wat we er mooi aan vonden?'

'Dan zijn we snel klaar,' zei Festus.

'Is het een groepsopdracht?' vroeg Livia.

'Nee, een individuele. Het probleem met groepsopdrachten is

dat meestal één iemand al het werk doet,' zei dr. Gaul, en ze gaf Coriolanus een knipoog waar hij kippenvel van kreeg. 'Maar ga gerust te rade bij je familieleden. Misschien krijg je nog wel onverwachte inzichten. Wees zo eerlijk als je durft. Zondag meenemen naar de mentorbijeenkomst.' Ze haalde nog een paar wortels uit haar zak, draaide zich om naar het konijn en leek hen te vergeten.

Ze mochten weg en Sejanus liep achter Coriolanus aan door de gang. 'Je moet me niet de hele tijd redden.'

Coriolanus schudde zijn hoofd. 'Ik kan er niets aan doen. Het gaat vanzelf.'

'Ik weet niet wat ik zonder jou zou moeten.' Sejanus dempte zijn stem. 'Die vrouw is slecht. Iemand moet haar tegenhouden.'

Coriolanus dacht niet dat dr. Gaul van haar troon gestoten zou kunnen worden, maar hij trok een meelevend gezicht. 'Je hebt het geprobeerd.'

'Maar het is niet gelukt. Ik wilde dat mijn familie gewoon naar huis zou kunnen. Terug naar District 2, waar we thuishoren. Niet dat ze ons nog zouden willen,' zei Sejanus. 'Het Capitool wordt hoe dan ook mijn dood.'

'Het zijn zware tijden, Sejanus. Met de Spelen en de aanslagen. Iedereen is een beetje van slag. Je moet geen overhaaste dingen doen hoor, zoals weglopen of zo.' Coriolanus gaf hem een klap op zijn schouder en dacht: ik kan wel een gunst gebruiken.

'Waar zou ik naartoe moeten? En hoe? Waarmee?' vroeg Sejanus. 'Maar ik waardeer je hulp. Ik wilde dat ik je op de een of andere manier kon bedanken.'

Coriolanus had wel degelijk iets nodig. 'Jij hebt zeker niet toevallig een gitaar die ik zou mogen lenen, hè?'

Die had de familie Plinth inderdaad niet, dus hij was de rest van de woensdagmiddag bezig om zijn belofte aan Lucy Gray na te komen. Hij vroeg rond op school, maar hij kwam niet verder dan een 'misschien' van Vipsania Sickle, mentor van de jongen uit District 7, Treech, die in de dierentuin met de walnoten had gejongleerd.

'Volgens mij hadden we er een in de oorlog,' zei ze. 'Ik zal even kijken en dan laat ik het weten. Het lijkt me geweldig om die meid van jou weer te horen zingen!' Hij wist niet of hij haar moest geloven, want de familie Sickle kwam op hem niet erg muzikaal over. Vipsania had de competitieve aard van haar tante Agrippina geërfd, en het zou best kunnen dat ze het optreden van Lucy Gray probeerde te saboteren. Maar wat zij kon, kon hij ook, dus hij zei dat ze een reddende engel was en zocht verder.

De Academie leverde niets op en ineens dacht hij aan Pluribus Bell. Misschien had hij nog instrumenten liggen uit zijn nachtclubtijd.

Zodra de achterdeur openging, draaide Boa Bell snorrend als een motor om Coriolanus' benen. Ze was al zeventien en behoorlijk gammel, dus hij deed heel voorzichtig toen hij haar optilde.

'Ah, die vindt het altijd leuk om een oude vriend te zien,' zei Pluribus, en hij gebaarde dat Coriolanus binnen moest komen.

De overwinning op de districten had weinig invloed gehad op Pluribus' handel, die nog steeds de kost verdiende met illegale verkoop, al waren de spullen wel een slag luxer geworden. Goede drank, make-up en tabak waren nog altijd moeilijk te krijgen. District 1 leverde inmiddels steeds meer genotsartikelen aan het Capitool, maar die waren niet voor iedereen beschikbaar en bovendien erg duur. De familie Snow was geen vaste klant meer, maar Tigris ging af en toe nog langs om hun bonnen voor vlees of koffie te verkopen, dingen die zij zich meestal niet konden veroorloven. Mensen betaalden graag voor het privilege om een extra lamspoot te kunnen kopen.

Pluribus stond bekend om zijn discretie en bleef een van de weinige mensen bij wie Coriolanus niet hoefde te doen alsof hij rijk was. Hij wist hoe de Snows ervoor stonden maar roddelde nooit en gaf de familie nooit het gevoel dat ze minderwaardig waren. Vandaag schonk hij Coriolanus een glas ijsthee in, zette een schaal gebakjes op tafel en bood hem een stoel aan. Ze praatten wat over de aanslag en over de nare oorlogsherinneringen die daardoor bovenkwamen, maar algauw ging het gesprek over Lucy Gray, die een goede indruk op Pluribus had gemaakt.

'Als ik een paar van dat soort meiden had zou ik de club misschien wel weer opengooien,' mijmerde Pluribus. 'Ik zou gewoon m'n spulletjes blijven verkopen, maar dan zou ik in het weekend shows organiseren. Weet je wat het is? We waren allemaal zo druk bezig elkaar te vermoorden dat we zijn vergeten hoe we plezier moeten maken. Maar zij weet het nog. Die meid van jou.'

Coriolanus vertelde over het plan voor het interview en vroeg of er misschien een gitaar was die ze mochten lenen. 'We zullen er heel voorzichtig mee zijn. Ik bewaar hem thuis, behalve als ze erop speelt, en ik breng hem na het interview meteen terug.'

Pluribus hoefde niet overgehaald te worden. 'Ik heb alles opgeborgen zodra de bommen Cyrus te grazen hadden genomen. Stom, eigenlijk. Alsof ik de liefde van mijn leven zo makkelijk zou kunnen vergeten.' Hij stond op om een stapel parfumkisten opzij te schuiven en er kwam een oude kastdeur tevoorschijn. Daarachter lagen muziekinstrumenten liefdevol uitgestald op de planken. Pluribus pakte een opvallend stofvrije leren koffer en klapte hem open. Een prettige geur van oud hout en poetsmiddel drong Coriolanus' neus in en hij keek naar het glanzende, goudkleurige voorwerp dat erin lag. De klankkast in de vorm van een vrouwenlichaam, de zes snaren die langs de lange hals naar de stemknoppen liepen. Hij sloeg hem met één vinger aan. Het instrument moest nodig gestemd worden, maar toch ging het volle geluid dwars door hem heen.

Coriolanus schudde zijn hoofd. 'Die is te mooi. Ik wil niet dat hij beschadigd raakt.'

'Ik vertrouw je. En die meid van je ook. Ik wil wel eens horen wat ze ermee kan.' Pluribus deed de koffer dicht en gaf hem aan Coriolanus. 'Neem maar mee en zeg tegen haar dat ik voor haar duim. Het is altijd fijn om een vriend in het publiek te hebben.'

Coriolanus nam de gitaar dankbaar in ontvangst. 'Dank je wel, Pluribus. Ik hoop dat je de club echt weer opendoet. Ik zou heel vaak langskomen.'

'Net als je pa,' grinnikte Pluribus. 'Toen hij zo oud was als jij zat hij hier elke avond met die dekselse Casca Highbottom.'

Die hele zin sloeg nergens op. Zijn strenge vader, zo humorloos en star, die de bloemetjes buitenzette in een nachtclub? Met rector Highbottom nog wel? Hij had die twee nog nooit in één adem genoemd horen worden, ook al waren ze ongeveer even oud. 'Is dat een grap?'

'Nee, hoor. Het was een wild stel,' zei Pluribus. Maar voordat hij meer kon vertellen, werd hij onderbroken door een klant.

Coriolanus droeg zijn buit uiterst behoedzaam naar huis en legde hem op zijn ladekast. Tigris en de grootmadam deden oeh en aah, maar hij was vooral heel benieuwd naar de reactie van Lucy Gray. Het instrument waar ze in District 12 op had gespeeld, kon nooit zo goed zijn als dat van Pluribus.

Hij had genoeg hoofdpijn om naar bed te gaan zodra het

donker werd, maar het duurde lang voordat hij in slaap viel, want hij werd te veel in beslag genomen door de connectie tussen zijn vader en 'die dekselse Casca Highbottom'. Als ze bevriend waren geweest, zoals Pluribus suggereerde, dan was alle welwillendheid inmiddels verdwenen. Hij had het sterke vermoeden dat het niet goed afgelopen was tussen die twee, hoe hecht ze in hun nachtclubtijd misschien ook geweest waren. Hij zou Pluribus zo snel mogelijk naar meer details vragen.

Maar dat moest nog even wachten, want de dagen daarna moest hij Lucy Gray voorbereiden op het interview, dat zaterdagavond gehouden zou worden. Alle mentoren hadden een lokaal toegewezen gekregen waar ze met hun tribuut konden oefenen. Twee vredebewakers hielden de wacht, maar Lucy Gray was bevrijd van haar ketenen en handboeien. Tigris had hem een oude jurk meegegeven en gezegd dat als Lucy Gray haar vertrouwde, ze de regenboogruches kon wassen en strijken voor de uitzending. Lucy Gray aarzelde, maar toen hij haar het andere cadeau van Tigris gaf, een lavendelzeepje in de vorm van een bloem, moest hij zich omdraaien zodat zij zich kon omkleden.

De liefdevolle manier waarop ze de gitaar vasthield, alsof het een levend wezen was, gaf hem een inkijkje in een verleden dat zo anders was dan het zijne dat hij zich er nauwelijks iets bij kon voorstellen. Ze nam de tijd om het instrument te stemmen en speelde vervolgens het ene lied na het andere – ze leek net zo te hunkeren naar de muziek als naar het eten dat hij meenam. Hij propte haar vol met al het voedsel dat ze konden missen en gaf haar kruiken met maisstroop gezoete thee voor haar rauwe keel. Toen de grote avond aanbrak ging het al veel beter met haar stembanden.

De Hongerspelen: Een Avond Vol Interviews ging van start

voor een livepubliek in de aula van de Academie en werd in heel Panem uitgezonden. De show werd gepresenteerd door de kluchtige weerman van Capitool TV, Lucretius 'Lucky' Flickerman, en voelde tegelijkertijd schandalig ongepast en opvallend welkom na alle doden die er waren gevallen. Lucky droeg een blauw pak met een hoge boord en glinstersteentjes, zijn naar achteren gekamde haar was bestrooid met koperkleurig poeder en zijn stemming was buitengewoon vrolijk te noemen. Op het gordijn achter het podium, een overblijfsel van een of andere vooroorlogse show, was een twinkelende sterrenhemel te zien.

Na een opgewekte versie van het volkslied heette Lucky de kijkers welkom bij een gloednieuwe Hongerspelen in een gloednieuw decennium, waarin alle Capitoolinwoners mee konden doen door een tribuut naar keuze te sponsoren. In de chaos van de afgelopen dagen had het team van dr. Gaul niets beters weten te verzinnen dan een stuk of vijf eenvoudige etenswaren die de sponsors naar de tributen konden sturen.

'En nu vraagt u zich natuurlijk af wat u daaraan hebt!' kwetterde Lucky. Vervolgens legde hij het wedden uit, een eenvoudig systeem waarbij je kon inzetten op wie er eerste zou worden en wie er in de top twee of drie zou belanden, zoals mensen die voor de oorlog op paarden hadden gegokt dat wel kenden. Iedereen die een donatie voor voedsel wilde doen of een weddenschap wilde plaatsen, kon terecht bij het plaatselijke postkantoor, waar de medewerkers klaarstonden om te helpen. Vanaf morgen zouden ze open zijn van acht uur 's ochtends tot acht uur 's avonds, zodat iedereen kon inzetten voordat de Hongerspelen maandag van start gingen. Nadat hij het nieuwe aspect van de Spelen had uitgelegd, hoefde Lucky eigenlijk alleen nog de kaartjes voor te lezen met de teksten rond de interviews, maar hij deed er ook een paar trucjes bij: zo schonk hij wijn met verschillende kleuren uit dezelfde fles om op het Capitool te proosten en liet hij een duif uit zijn pofmouwen vliegen.

Van alle mentor-tribuutduo's die mee konden doen, had maar de helft iets voorbereid. Coriolanus had gevraagd of zij als laatsten mochten – hij wist dat alles in het niet viel bij Lucy Gray, maar hij wilde de afsluiter zijn voor het maximale effect. De andere mentoren vertelden over de achtergrond van hun tribuut en probeerden er iets gedenkwaardigs in te stoppen om de kijkers tot donaties te verleiden. Om te laten zien hoe sterk hij was, liet Lysistrata zich door Jessup met stoel en al moeiteloos boven zijn hoofd tillen. De jongen van Io Jasper uit District 3, Circ, zei dat hij brand kon stichten met zijn bril, en Io, met haar wetenschappelijke kennis, opperde diverse hoeken en tijdstippen waarop dat nog makkelijker zou gaan. Die verwaande Juno Phipps gaf toe dat ze teleurgesteld was geweest toen ze de kleine Bobbin had gekregen. Verdiende een Phipps-telg, uit een van de families die het Capitool hadden gesticht, niet beter dan District 8? Maar hij had haar overtuigd toen hij haar vijf verschillende manieren had verteld waarop hij iemand met een naald kon vermoorden. Coral, Festus' meisje uit District 4, hield een verhaal over hoe goed ze met een drietand kon omgaan, een wapen dat meestal in de arena voorhanden was. Ze liet het zien met een oude bezemsteel, waar ze zo behendig mee zwaaide dat niemand nog aan haar drietandkunsten twijfelde. De koeienkennis van zuivelerfgename Domitia Whimsiwick bleek goed van pas te komen. Ze had een sprankelende persoonlijkheid en kreeg Tanner, haar gespierde tribuut uit District 10, zo enthousiast aan de praat over slachttechnieken dat Lucky hen af moest kappen omdat hun tijd om was. Arachne had zich vergist toen ze dacht dat mensen dat geen prettig onderwerp zouden vinden, want Tanner kreeg vooralsnog het hardste applaus van de avond.

Coriolanus luisterde met een half oor terwijl hij zich klaarmaakte om met Lucy Gray het podium op te gaan. Felix Ravinstill, de achterneef van de president, probeerde indruk te maken met Dille, het meisje uit District 11, maar Coriolanus kreeg niet mee wat zijn invalshoek was, aangezien ze zo ziek was geworden dat zelfs haar gehoest nauwelijks hoorbaar was.

Tigris had weer een van haar wonderen verricht met de jurk van Lucy Gray. Het vuil en roet waren verdwenen en hadden frisse, gesteven rijen regenboogruches achtergelaten. Ze had ook een potje met een heel klein restje rouge meegegeven dat Fabricia weg had willen gooien. Schoongeboend, met rode wangen en lippen, haar haar net als bij de boete in een knot op haar hoofd, zag Lucy Gray er, zoals Pluribus had gezegd, uit als iemand die nog steeds wist hoe ze plezier moest maken.

'Ik denk dat je kansen met de minuut toenemen,' zei Coriolanus, en hij stak een roze rozenknop in haar haar. Die paste bij de knop in zijn knoopsgat, voor het geval iemand even was vergeten bij wie Lucy Gray hoorde.

'Tja, je weet wat ze zeggen. De voorstelling is pas afgelopen als de spotgaai zingt,' zei ze.

'De spotgaai?' Hij lachte. 'Volgens mij verzin je die uitspraken waar je bij staat.'

'Deze niet. Een spotgaai is een echte vogel, zekers te weten,' hield ze vol.

'En die zingt in jouw voorstelling?' vroeg hij.

'Niet in de mijne, schat. De jouwe. Of die van het Capitool in elk geval,' zei Lucy Gray. 'Volgens mij zijn we aan de beurt.'

Door haar schone jurk en zijn keurige uniform begon het publiek al spontaan te klappen toen ze opkwamen. Hij verspilde geen tijd aan een heleboel vragen waar niemand op zat te wachten. In plaats daarvan stelde hij zich voor en deed vervolgens een stap naar achteren, waardoor zij in haar eentje in de schijnwerpers bleef staan.

'Goedenavond,' zei ze. 'Ik ben Lucy Gray Baird, van de Covey Bairds. Ik ben aan dit lied begonnen in District 12, toen ik nog niet wist hoe het zou aflopen. Het is mijn tekst op een oude melodie. Waar wij vandaan komen, noemen we het een ballade. Dat is een lied dat een verhaal vertelt. En dit is denk ik mijn verhaal. "De Ballade van Lucy Gray Baird." Ik hoop dat jullie het mooi vinden.'

Coriolanus had haar de afgelopen dagen tientallen liedjes horen zingen, over allerlei onderwerpen, van de schoonheid van de lente tot het hartverscheurende verdriet over de dood van haar mama. Slaapliedjes en meetikkers, klaagliederen en vrolijke deuntjes. Ze had naar zijn mening gevraagd en zijn reactie op alle liedjes afgewogen. Hij was in de veronderstelling dat ze gekozen hadden voor een charmant wijsje over hoe bijzonder het was om verliefd te worden, maar na een paar maten van deze ballade wist hij al dat dit iets heel anders was dan wat ze had geoefend. De indringende melodie zette de toon en haar woorden deden de rest terwijl ze begon te zingen met een stem die hees was van rook en verdriet.

Toen ik een kind was, had ik nooit iets te klagen.
Toen ik een vrouw werd, had ik aan jou genoeg.
We hadden het zwaar en de wereld werd vager.
Ik verdiende de kost en jij ging naar de kroeg.

Ik danste voor eten en strooide met liefde.
Jij stal en je gokte omdat ik dat zei.

We verbrasten ons geld tot je mij niet meer bliefde.
Je vond dat ik tuig was en hield niet van mij.

Oké, ik ben slecht, maar jij bent ook geen pretje.
Ja, ik ben slecht, maar dat wist je allang.
Je wilt bij me weg, vooruit, ga dan, wat let je?
Want ik heb noten genoeg op mijn zang.

Ik weet wat je zei toen je diep lag te dromen.
Ik weet nog hoe dapper je was en hoe laf.
Alleen dankzij mij ben je zo ver gekomen.
Dat neem ik allemaal mee in mijn graf.

Een dezer dagen ben ik dood en begraven.
Een dezer dagen ga ik nergens meer heen.
Naar wie moet je dan voor je veilige haven?
Want als de klok luidt, lief, dan ben je alleen.

Ik ben het meisje dat jouw tranen zag stromen.
Ik ken het hart dat zo slinks achterbleef.
Door jou heeft de boete mijn lot nu genomen.
Dus wat ga je doen als ik straks niet meer leef?

Je kon een speld horen vallen in de aula toen ze uitgezongen was. Daarna klonk er gesnuf en gekuch, en de stem van Pluribus die achter in de zaal 'Bravo!' riep, en ten slotte een daverend applaus.

Coriolanus wist dat het een schot in de roos was, dit duistere, ontroerende, veel te persoonlijke verhaal over haar leven. Hij wist dat de geschenken de arena in zouden stromen voor haar. Dat haar succes nu al op hem afstraalde, het zíjn succes maakte.

Sneeuw komt er altijd bovenop en zo. Hij wist dat hij dolblij zou moeten zijn met deze wending, dat hij een bescheiden, tevreden gezicht zou moeten trekken terwijl hij het vanbinnen uitschreeuwde van vreugde.

Maar in werkelijkheid was hij alleen maar jaloers.

12

'En de laatste en de minste, 't meisje uit District 12... gaat naar Coriolanus Snow.'

'Het had heel anders af kunnen lopen als je dat regenboogmeisje niet had gekregen.'

'We waren allemaal zo druk bezig elkaar te vermoorden dat we zijn vergeten hoe we plezier moeten maken. Maar zij weet het nog. Die meid van jou.'

Die meid van hem. Van hem. Hier in het Capitool sprak het voor zich dat Lucy Gray bij hem hoorde, alsof ze geen leven had gehad voordat haar naam bij de boete was voorgelezen. Zelfs die schijnheilige Sejanus zag haar als een ruilmiddel. Als dat geen bezit impliceerde wist hij het ook niet. Met haar lied had Lucy Gray dat allemaal verworpen door over een leven te zingen dat niets met hem te maken had, en een heleboel met iemand anders. Iemand die ze nota bene haar 'lief' noemde. En hoewel hij geen aanspraak kon maken op haar hart – hij kende dat kind nauwelijks! – vond hij het geen prettig idee dat iemand anders dat wél kon. Het lied was duidelijk in de smaak gevallen, maar om de een of andere reden voelde hij zich erdoor verraden. Vernederd, zelfs.

Lucy Gray stond op, maakte een buiging en stak haar hand naar hem uit. Na een korte aarzeling liep hij samen met haar naar de rand van het podium terwijl het applaus aanzwol tot een staande ovatie. Pluribus stak de anderen aan met zijn geroep om een toegift, maar Lucky Flickerman zei dat hun tijd om was, dus ze maakten nog een laatste buiging en liepen hand in hand het podium af.

In de coulissen wilde ze hem loslaten, maar hij greep haar stevig vast. 'Nou, dat was een klapper. Gefeliciteerd. Nieuw lied?'

'Ik ben er al een tijdje mee bezig, maar dat laatste couplet heb ik pas een paar uur geleden bedacht,' zei ze. 'Hoezo? Vond je het niet mooi?'

'Het was onverwacht. Je had zo veel andere liedjes,' zei hij.

'Klopt.' Lucy Gray trok haar hand uit de zijne en liet haar vingers over de snaren van de gitaar glijden om er nog een laatste melodietje aan te ontlokken voordat ze het instrument voorzichtig weer in de koffer legde. 'Weet je wat 't is, Coriolanus? Ik ga verduveld hard m'n best doen om deze Spelen te winnen, maar ik moet die arena in met types als Boetius en Tanner en nog een paar anderen die weten hoe ze iemand moeten vermoorden. Er kan nog van alles gebeuren.'

'En het lied?' drong hij aan.

'Het lied?' herhaalde ze, en ze dacht even na over haar antwoord. 'Ik heb een paar losse eindjes achtergelaten in District 12. Dat ik tribuut werd... Kijk, je hebt tegenslag en tegenwerking. Dit was dat laatste. En iemand die me heel wat verschuldigd was, heeft daar de hand in gehad. Dat lied was een soort wraak. De meeste mensen zullen dat niet horen, maar voor de Covey zal de boodschap luid en duidelijk overkomen. En het gaat mij alleen om hen.'

'Na één keer luisteren?' vroeg Coriolanus. 'Het ging best snel.'

'Meer heeft mijn nichtje Maude Ivory niet nodig. Dat kind onthoudt alles met een melodie,' zei Lucy Gray. 'Ik geloof dat ik weer achter de tralies moet.'

De twee mannelijke vredebewakers die naast haar opdoken deden ineens een stuk vriendelijker; ze vroegen of ze zover was en onderdrukten hun glimlach. Net als die vredebewakers in 12. Coriolanus vroeg zich onwillekeurig af hoe vriendelijk ze precies konden zijn. Hij wierp ze een afkeurende blik toe die geen enkel effect had en hoorde dat ze haar met haar optreden complimenteerden toen ze haar meevoerden.

Hij slikte zijn kleinzieligheid weg en nam de felicitaties in ontvangst die van alle kanten binnenstroomden. Daardoor wist hij weer dat hij de échte ster van de avond was. Voor Lucy Gray was het misschien niet helemaal duidelijk, maar in de ogen van het Capitool was ze van hem. Waarom zouden ze een districtstribuut ophemelen? Dat hield hij vol tot hij Pluribus tegenkwam, die enthousiast uitriep: 'Wat een stem, wat een natuurtalent! Als ze het overleeft wil ik haar als hoofdact in mijn club.'

'Ik weet niet of dat gaat lukken. Dan sturen ze haar toch terug?' vroeg Coriolanus.

'Ik heb nog wel iets tegoed van een paar mensen,' zei hij. 'O Coriolanus, was ze niet geweldig? Ik ben zo blij dat jij haar hebt, jongen. De familie Snow kon wel wat geluk gebruiken.'

Die stomme oude kerel met zijn belachelijke poederpruik en zijn kreupele kat. Wat wist hij nou helemaal? Coriolanus wilde net vertellen hoe het echt zat toen Satyria naar hem toe kwam om 'Ik denk dat die prijs nu wel binnen is' in zijn oor te fluisteren, en hij liet het verder zitten.

Sejanus was er ook, in weer een gloednieuw pak en met een verkreukeld vrouwtje in een dure bloemenjurk aan zijn arm.

Het had geen nut. Als je een knolraap in een baljurk hees zou hij er nog steeds om smeken om tot puree gestampt te worden. Dit moest Moe zijn.

Toen Sejanus hen aan elkaar voorstelde, stak Coriolanus met een warme glimlach zijn hand uit. 'Mevrouw Plinth, wat een eer. Neem me niet kwalijk dat ik zo nalatig ben geweest. Ik wilde u al dagen een briefje schrijven, maar elke keer dat ik ervoor ga zitten, doet mijn hoofd zo'n pijn van mijn hersenschudding dat ik niet helder kan nadenken. Dank u zeer voor die heerlijke stoofschotel.'

Mevrouw Plinth rimpelde van plezier en lachte opgelaten. 'Wij moeten jou bedanken, Coriolanus. We zijn zo blij dat Sejanus zo'n fijne vriend heeft. Als je ooit hulp nodig hebt, dan hoop ik dat je weet dat je op ons kunt rekenen.'

'Insgelijks, mevrouw. Ik sta voor u klaar,' zei hij, zo overdreven dat ze vast argwaan zou krijgen. Maar Moe niet, hoor. De tranen sprongen haar in de ogen en ze maakte een verstikt geluidje, sprakeloos door zijn edelmoedigheid. Ze groef in haar tas, een afschuwelijk ding zo groot als een kleine koffer, haalde er een met kant afgezette zakdoek uit en begon haar neus te snuiten. Gelukkig kwam Tigris, die oprecht lief was tegen iedereen, net op dat moment backstage om hem te zoeken en zij nam het gesprek met de Plinths over.

Daarna keerde de rust eindelijk terug en onderweg naar huis nam hij de avond door met zijn nichtje, van de bescheiden hoeveelheid rouge die Lucy Gray had gebruikt tot aan de slechte pasvorm van de jurk van Moe. 'Maar even serieus, Coryo, ik kan me niet voorstellen dat het nog beter had kunnen gaan,' zei Tigris.

'Ik ben zeker tevreden,' zei hij. 'Ik denk dat we wel wat sponsors voor haar kunnen krijgen. Ik hoop alleen dat mensen zich niet door dat lied laten afschrikken.'

'Ik vond het erg ontroerend. Net als iedereen, volgens mij. Jij niet?' vroeg ze.

'Natuurlijk wel, maar ik ben ruimdenkender dan de meeste mensen,' zei hij. 'Waar denk jij dan dat ze over zong?'

'Het klonk alsof ze het zwaar had gehad. Iemand van wie ze hield heeft haar hart gebroken,' antwoordde Tigris.

'Ja, dat ook,' ging hij verder, want zelfs Tigris mocht niet denken dat hij jaloers was op een of andere lapzwans uit de districten. 'Maar het ging natuurlijk ook over dat ze met liefde strooide en zo.'

'Dat kan van alles betekenen. Ze is een artiest,' zei ze.

Daar dacht hij even over na. 'Dat zal dan wel.'

'Je zei dat ze geen ouders meer heeft. Waarschijnlijk moet ze al jarenlang voor zichzelf zorgen. Ik denk niet dat iemand die de oorlog en de jaren daarna heeft overleefd haar dat kwalijk kan nemen.' Tigris sloeg haar ogen neer. 'We hebben allemaal dingen gedaan waar we niet trots op zijn.'

'Jij niet,' zei hij.

'O nee?' Tigris reageerde voor haar doen opvallend bitter. 'Iedereen. Misschien was jij te klein om het je te kunnen herinneren. Misschien wist je niet hoe erg het echt was.'

'Waarom zeg je dat? Ik weet nog heel goed hoe erg het was,' wierp hij tegen.

'Oordeel dan niet te hard, Coryo,' snauwde ze. 'En probeer niet neer te kijken op mensen die moesten kiezen tussen schande en de dood.'

Hij was geschokt door Tigris' uitbrander, maar nog meer door haar toespeling op gedrag dat als schandelijk beschouwd zou kunnen worden. Wat had ze gedaan? Want áls ze iets had gedaan, dan was dat om hem te beschermen. Hij dacht aan de ochtend van de boete, toen hij zich achteloos had afgevraagd wat ze nog te verhandelen had op de zwarte markt – maar dat had hij nooit serieus genomen. Toch? Of wilde hij gewoon liever niet weten welke offers ze voor hem zou brengen? Haar opmerking was vaag en er waren zo veel dingen beneden de waardigheid van een Snow dat hij nu, net zoals zij over het lied van Lucy Gray had gedaan, kon zeggen dat het 'van alles kon betekenen'. Wilde hij weten wat ze precies bedoelde? Nee. Dat wilde hij niet.

Toen hij de glazen deur van het appartementengebouw opentrok, slaakte ze een ongelovige kreet. 'Dat meen je niet! De lift doet het!'

Hij geloofde het nog niet helemaal, want dat ding stond al stil sinds het begin van de oorlog. Maar de deur was open en de spiegelwanden weerkaatsten de lampen. Hij was blij met de afleiding en maakte een buiging om haar naar binnen te begeleiden. 'Na u.'

Giechelend trippelde Tigris naar binnen als de chique dame die ze nog altijd in zich had. 'Heel aardig van u.'

Coriolanus schreed achter haar aan en heel even stonden ze allebei naar de knopjes te staren. 'De laatste keer dat hij het deed was na de begrafenis van mijn vader. We kwamen thuis en daarna hebben we alleen nog maar trapgelopen.'

'Wat zal de grootmadam blij zijn,' zei Tigris. 'Haar knieën kunnen die trap niet meer aan.'

'Ik ben ook blij. Misschien gaat ze nu dan weer eens naar buiten,' zei Coriolanus. Tigris gaf hem een klap tegen zijn arm, maar ze lachte erbij. 'Ik meen het,' ging hij verder. 'Hoe fijn zou het zijn om eens een keer vijf minuten het huis voor onszelf te hebben? Om 's ochtends een keer niet het volkslied te hoeven horen, om geen stropdas te hoeven dragen bij het eten? Maar dan lopen we natuurlijk wel het risico dat ze met mensen praat. “Als Coriolanus president is, zal het elke dinsdag champagne regenen!”’

‘Misschien zullen ze het gewoon aan haar leeftijd wijten,’ zei Tigris.

‘Laten we het hopen. Aan jou de eer,’ zei hij.

Tigris stak haar hand uit en drukte lekker lang op het knopje van hun penthouse. Een ogenblik later gleden de deuren zonder enig geknars of gepiep dicht en ging de lift omhoog. ‘Wel gek dat het bestuur ineens heeft besloten om hem te laten repareren. Dat zal niet goedkoop geweest zijn.’

Coriolanus fronste zijn wenkbrauwen. ‘Denk je dat ze het gebouw opknappen in de hoop dat ze de boel kunnen verkopen? Met de nieuwe belasting en zo.’

Tigris’ vrolijke gezicht betrok. ‘Dat zou goed kunnen. Ik weet dat de familie Dolittle wel wil verkopen voor een goede prijs. Ze zeggen dat het appartement te groot voor hen is, maar er is natuurlijk iets anders aan de hand.’

‘Gaan wij dat ook zeggen? Dat ons familiehuis te groot voor ons is geworden?’ zei Coriolanus. De deuren schoven open en hij zag hun voordeur. ‘Kom, ik heb nog huiswerk.’

De grootmadam was wakker gebleven om hem lof toe te zingen en zei dat er non-stop hoogtepunten van de interviews herhaald werden. ‘Het is een treurig, ordinair kind, die meid van jou, maar op haar eigen manier opvallend innemend. Misschien komt het door haar stem. Die kruipt onder je huid.’

Als Lucy Gray zelfs de grootmadam voor zich had ingenomen, dan zou de rest van het land ook voor de bijl gaan. En als niemand zich verder druk leek te maken over haar twijfelachtige verleden, waarom zou hij dat dan wel doen?

Hij pakte een glas karnemelk, trok de zijden kamerjas van

zijn vader aan en ging zitten om alles op te schrijven wat hij mooi had gevonden aan de oorlog. Hij begon met: *Oorlog is vreselijk, zoals men zegt, maar heeft ook zijn charme.* Het leek hem een intelligente openingszin, maar hij leidde nergens toe en een halfuur later was hij nog niets opgeschoten. Het moest haast wel, zoals Festus al geopperd had, een heel kort essay worden. Maar hij wist dat dr. Gaul daar geen genoegen mee zou nemen, en een halfslachtige poging zou alleen maar ongewenste aandacht opleveren.

Toen Tigris binnenkwam om hem welterusten te wensen, legde hij haar het onderwerp voor. 'Kun jij je nog herinneren of we iets mooi vonden?'

Ze ging op de rand van zijn bed zitten en dacht na. 'Ik vond sommige uniformen mooi. Niet die dingen die ze nu dragen. Maar die rode jasjes, je weet wel, met de gouden biezen.'

'Tijdens de parades?' Hij voelde een golf van enthousiasme bij de herinnering aan hoe hij uit het raam had gehangen om naar de soldaten en muziekkorpsen te kijken die voorbijmarcheerden. 'Vond ik de parades leuk?'

'Je was er dol op. Je was zo opgewonden dat je niet eens wilde ontbijten,' zei Tigris. 'We kwamen altijd bij elkaar als er een parade was.'

'We hadden de beste plek.' Coriolanus schreef *uniformen* en *parades* op een papiertje, en voegde er *vuurwerk* aan toe. 'Toen ik klein was vond ik alles wat een spektakel was waarschijnlijk mooi.'

'Kun je je de kalkoen nog herinneren?' vroeg Tigris plotseling.

Dat was in het laatste jaar van de oorlog geweest, toen het Capitool door de belegering in een staat van kannibalisme en wanhoop was beland. Zelfs de limabonen waren bijna op en ze hadden al maanden niet meer iets wat op vlees leek op hun bord gehad. In een poging het moreel op te vijzelen had het Capitool 15 december uitgeroepen tot Nationale Heldendag. In een speciale tv-uitzending zouden ze een stuk of tien inwoners eren die hun leven hadden gegeven om het Capitool te verdedigen, onder wie ook Coriolanus' vader, generaal Crassus Snow. De stroom ging net voor de uitzending weer aan, maar was net als de verwarming verder de hele dag uit geweest. Ze hadden op een kluitje bij elkaar gezeten op het reusachtige bed van de grootmadam, en daar bleven ze zitten om hun helden geëerd te zien worden. Zelfs toen was de herinnering aan zijn vader al vervaagd en hoewel hij zijn gezicht kende van foto's, schrok hij van zijn zware stem en zijn harde woorden over de districten. Na het volkslied werden ze door een klop op de deur van het bed gelokt: drie jonge soldaten in keurige uniformen kwamen namens de staat een gedenkplaat en een mand met een bevroren kalkoen van tien kilo afleveren. Het was duidelijk een poging tot de vroegere Capitoolluxe, want er had ook een stoffig potje muntgelei in de mand gezeten, een blik zalm, drie langwerpige, gebarsten ananassnoepjes, een luffaspons en een kaars met bloemengeur. De soldaten zetten de mand op een tafeltje in de hal, lazen een bedankbrief voor en vertrokken weer. Tigris barstte in tranen uit en de grootmadam moest gaan zitten, maar Coriolanus was meteen naar de deur gerend om die op slot te doen en hun nieuwe rijkdommen te beschermen.

Ze hadden zalm op toast gegeten en er werd besloten dat Tigris de volgende dag thuis zou blijven van school om te bedenken hoe de vogel klaargemaakt moest worden. Coriolanus bracht een uitnodiging naar Pluribus op het luxe briefpapier van de familie Snow, en die nam een fles posca en een gedeukt blik abrikozen mee. Tigris had zichzelf met behulp van een van de oude kookboeken van Kokkie overtroffen en ze hadden een feestmaal van muntkalkoen met een vulling van brood en kool gegeten. Het was nog altijd het lekkerste wat hij ooit had gegeten.

'Dat is nog steeds een van de mooiste dagen van mijn leven.' Hij wist niet goed hoe hij het moest verwoorden, maar uiteindelijk zette hij *het verlichten van gebrek* op de lijst. 'Echt geweldig wat je met die kalkoen hebt gedaan. Ik vond je toen heel oud, maar eigenlijk was je nog maar een klein meisje,' zei Coriolanus.

Tigris glimlachte. 'En jij dan, met je oorlogstuin op het dak.'

'Als je van peterselie hield, moest je bij mij zijn!' Hij schoot in de lach. Maar hij was trots geweest op zijn peterselie. Het had de soep gekruid en soms had hij het voor andere dingen kunnen ruilen. *Vindingrijkheid*, zette hij op de lijst.

Zo schreef hij zijn essay, met verhalen over kinderlijke pleziertjes, maar uiteindelijk was hij niet ontevreden. Hij dacht aan de afgelopen paar weken, met de aanslag in de arena, het verlies van zijn klasgenoten, de ontsnapping van Marcus, en aan hoe die dingen de doodsangst hadden opgeroepen die hij tijdens de belegering van het Capitool had gevoeld. Wat toen belangrijk was geweest, wat nog steeds belangrijk was, was leven zonder die angst. Dus voegde hij een paragraaf toe over zijn immense opluchting toen ze de oorlog hadden gewonnen, en zijn barse voldoening bij het zien van de vijanden van het Capitool, die hem zo wreed behandeld hadden, die zijn familie zoveel hadden afgenomen, en die nu op hun knieën werden gedwongen. Onschadelijk gemaakt. Machteloos. Ze konden hem geen pijn meer doen. Hij had genoten van het onbekende gevoel van veiligheid dat hun verlies had gebracht. De zekerheid waar alleen macht voor kon zorgen. De mogelijkheid om dingen onder controle te houden. Ja, dat had hij het allermooist gevonden.

Toen de overgebleven mentoren de volgende ochtend binnendruppelden voor de zondagse bijeenkomst, probeerde Coriolanus zich voor te stellen wie ze zouden zijn als er geen oorlog was geweest. Ze waren peuters geweest toen die was begonnen en een jaar of acht toen hij was geëindigd. De zware ontberingen waren voorbij, maar zijn klasgenoten en hij waren nog ver verwijderd van het overvloedige leven waarin ze geboren waren, en de wederopbouw van hun wereld was traag en ontmoedigend geweest. Als hij de rantsoeneringen, de bombardementen, de honger en de angst kon wissen en vervangen door het rooskleurige leven dat hun bij de geboorte was beloofd, zou hij zijn vrienden dan nog herkennen?

Coriolanus voelde een schuldbewuste steek toen zijn gedachten afdwaalden naar Clemensia. Hij was nog niet bij haar op bezoek geweest, want hij had het te druk met zijn eigen herstel, zijn huiswerk en met Lucy Gray klaarstomen voor de Spelen. Maar het kwam niet alleen door tijdgebrek. Hij had helemaal geen zin om terug naar het ziekenhuis te gaan en te zien hoe ze eraan toe was. Stel dat de arts had gelogen en de schubben zich over haar hele lichaam verspreidden? Stel dat ze in een slang was veranderd? Dat was natuurlijk gekkigheid, maar het lab van dr. Gaul was zo luguber geweest dat hij rare dingen begon te denken. In zijn achterhoofd zeurde een paranoïde stemmetje. Stel dat de medewerkers van dr. Gaul wachtten tot hij langskwam, zodat ze hem ook konden opsluiten? Dat sloeg nergens op. Dan hadden ze hem niet laten gaan toen hij in het ziekenhuis lag. Het was allemaal onzin, besloot hij. Hij zou haar zo snel mogelijk opzoeken.

Dr. Gaul, duidelijk een ochtendmens, en rector Highbottom, duidelijk niet, namen de prestaties van de vorige avond met hen door. Coriolanus en Lucy Gray hadden iedereen weggevaagd, hoewel er punten werden uitgedeeld aan iedereen die zijn tribuut op het interviewpodium had weten te krijgen. Op Capitool TV vertelde Lucky Flickerman vanuit het hoofdpostkantoor hoe het met de weddenschappen stond, en hoewel de meeste mensen dachten dat Tanner of Jessup ging winnen, had Lucy Gray al drie keer zo veel geschenken binnengeharkt als haar grootste concurrent.

‘Moet je al die mensen toch eens zien,’ zei dr. Gaul. ‘Ze sturen brood naar een onderdeurtje met een gebroken hart, ook al denken ze niet dat ze kan winnen. Wat is de les die we hieruit kunnen trekken?’

‘Bij hondengevechten heb ik mensen voor mormels zien juichen die nauwelijks nog op hun poten konden staan,’ zei Festus. ‘Mensen houden van underdogs.’

‘Mensen houden eerder van mooie liefdesliedjes,’ zei Persephone met kuiltjes in haar wangen.

‘Mensen zijn gek,’ sneerde Livia. ‘Ze maakt geen schijn van kans.’

‘Maar veel kijkers zijn dol op romantiek.’ Pup knipperde met zijn ogen en maakte smakkende kusgeluiden.

‘Ja, romantische ideeën en idealen kunnen erg aanlokkelijk zijn. Wat me een mooi bruggetje naar jullie essays lijkt.’ Dr. Gaul ging op een labkruk zitten. ‘Eens kijken wat jullie ervan gemaakt hebben.’

In plaats van hun essays in te nemen liet dr. Gaul hen stukken voorlezen. Coriolanus’ klasgenoten stipten veel punten aan waar hij helemaal niet aan gedacht had. Sommigen waren geboeid door de soldatenmoed en de kans om op een dag zelf misschien een held te worden. Anderen noemden de band die soldaten kregen als ze samen vochten, of de eer om het Capitool te mogen verdedigen.

'Het voelde alsof we allemaal onderdeel waren van iets groters,' zei Domitia. Ze knikte ernstig en de staart op haar kruin wipte mee. 'Iets belangrijks. We hebben allemaal offers gebracht, maar dat deden we om ons land te redden.'

Coriolanus kon zich niet vinden in hun 'romantische ideeën', want hij deelde hun geromantiseerde beeld van de oorlog niet. Moed op het slagveld was meestal nodig omdat iemand anders slechte voorbereidingen had getroffen. Hij had geen idee of hij een kogel voor Festus zou opvangen en hij had ook geen behoefte om daarachter te komen. En wat die eervolle ideeën over het Capitool betrof – geloofden ze dat echt? Wat hij wilde had weinig te maken met eerzaamheid en alles met het hebben van macht. Niet dat hij geen ethische normen had, want die had hij zeker. Maar bijna alles in de oorlog, van het uitroepen ervan tot aan de overwinningsparades, leek een verspilling van middelen. Hij deed alsof hij betrokken was bij het gesprek, maar ondertussen hoopte hij dat de wijzers van de klok sneller zouden gaan zodat hij niets voor hoefde te lezen. De parades leken oppervlakkig en de aantrekkingskracht van macht klonk hardvochtig vergeleken met het gebazel van zijn klasgenoten. En hij wilde dat hij die paragraaf over de peterselie nooit geschreven had; die klonk ineens vreselijk kinderachtig.

Toen hij aan de beurt kwam, las hij bij gebrek aan beter het stuk over de kalkoen maar voor. Domitia vond het ontroerend, Livia rolde met haar ogen en dr. Gaul vroeg met opgetrokken wenkbrauwen of hij misschien nog meer te melden had? Dat had hij niet.

'Meneer Plinth?' vroeg dr. Gaul.

Sejanus was de hele les al stil en teruggetrokken geweest. Hij draaide een vel papier om en las: '"Het enige wat ik mooi vond aan de oorlog was het feit dat ik toen nog thuis woonde." Op de vraag of hij verder nog ergens goed voor was, zou ik antwoorden dat het een gelegenheid was om een aantal misstanden de wereld uit te helpen.'

'En is dat gebeurd?' vroeg dr. Gaul.

'Absoluut niet. In de districten gaat het slechter dan ooit,' zei Sejanus.

De hele klas protesteerde.

'Wow!'

'Zei hij dat echt?'

'Ga lekker terug naar 2 dan! Niemand die je zal missen.'

Hij drijft het wel op de spits, dacht Coriolanus. Maar zelf was hij ook boos. Er waren twee partijen nodig om oorlog te voeren. Een oorlog die de rebellen trouwens begonnen waren. Een oorlog die hem wees had gemaakt.

Maar Sejanus lette niet op zijn klasgenoten en bleef zich tot de Hoofdspelmaker richten. 'Mag ik vragen wat ú mooi vond aan de oorlog, dr. Gaul?'

Ze keek hem een lang ogenblik aan en glimlachte toen. 'Ik vond het mooi dat hij mijn gelijk bewees.'

Voordat iemand 'Hoe dan?' durfde te vragen, kondigde rector Highbottom aan dat het tijd was voor de lunch, en ze liepen allemaal de klas uit, waarbij ze hun essays achterlieten.

Ze kregen een halfuur om te eten, maar Coriolanus was vergeten iets mee te nemen en het buffet was dicht op zondag. Hij bracht de pauze liggend door in de schaduw naast het bordes en rustte uit terwijl Festus en Hilarius Heavensbee, de mentor van het meisje uit District 8, strategieën voor vrouwelijke tributen bespraken. Hij kon zich Hilarius' tribuut nog vaag herinneren van het station, vanwege haar streepjesjurk en rode sjaal, maar vooral omdat ze met Bobbin was meegekomen.

'Het probleem met meisjes is dat ze niet zo gewend zijn aan

vechten als jongens,' zei Hilarius. De familie Heavensbee was stinkend rijk, zoals de familie Snow voor de oorlog was geweest. Maar ondanks zijn bevoorrechte positie leek Hilarius zich altijd benadeeld te voelen.

'Dat weet ik niet, hoor,' zei Festus. 'Volgens mij kan mijn Coral al die gasten makkelijk aan.'

'Die van mij stelt echt niets voor.' Hilarius pulkte met zijn gemanicuurde nagels aan zijn steaksandwich. 'Wovey, zo noemt ze zichzelf. Nou, ik heb geprobeerd om onze Wovey klaar te stomen voor het interview, maar ze heeft een persoonlijkheid van niks. Niemand heeft haar gesponsord, dus ik kan haar geen eten geven, zelfs niet als ze de anderen weet te ontlopen.'

'Als ze blijft leven krijgt ze vanzelf sponsors,' zei Festus.

'Hoor je wel wat ik zeg? Ze kan niet vechten en ik heb geen geld te besteden omdat mijn familie niet mag wedden,' jammerde Hilarius. 'Ik hoop maar dat ze de laatste twaalf haalt, dan kan ik mijn ouders tenminste nog onder ogen komen. Ze schamen zich dood omdat een Heavensbee zo'n flater slaat.'

Na de lunch nam Satyria de mentoren mee naar de studio van Capitool TV zodat ze konden zien hoe het er achter de schermen van de Hongerspelen aan toeging. De Spelmakers werkten vanuit een paar treurige kantoortjes en hoewel de controlekamer die ze tot hun beschikking hadden op zich goed uitgerust was, leek hij wel erg klein voor het jaarlijkse evenement. Coriolanus was een beetje teleurgesteld – hij had het zich allemaal wat geavanceerder voorgesteld – maar de Spelmakers waren enthousiast over de nieuwe elementen in de Spelen dit jaar en ratelden door over mentorcommentaar en sponsorparticipatie. Het was een drukte van jewelste terwijl ze de op afstand bestuurbare camera's bekeken die nog uit de tijd van de sportwedstrijden stamden. Een stuk of zes Spelmakers testten de speelgoeddrones waarmee de geschenken aan de tributen afgeleverd moesten worden. De drones vonden hun ontvangers met behulp van gezichtsherkenning en konden één item per keer dragen.

Lucky Flickerman was na zijn succes bij de interviews gevraagd als presentator, ondersteund door een paar verslaggevers van Capitool TV. Tevreden zag Coriolanus dat hij de volgende ochtend om kwart over acht stond ingepland, maar toen zei Lucky: 'We wilden jou er op tijd in hebben, voordat die meid van jou het loodje legt.'

Hij had het gevoel alsof hij in zijn maag was gestompt. Livia was verbitterd en dr. Gaul was gestoord, en daarom had hij geen acht geslagen op hun stellige overtuiging dat Lucy Gray geen partij was. Maar op de een of andere manier raakten de woorden van die gekke Lucky Flickerman hem wél. Toen hij terug naar het appartement liep om zijn laatste afspraak met Lucy Gray voor te bereiden, piekerde hij over het feit dat ze morgen rond deze tijd waarschijnlijk dood zou zijn. Hij dacht niet meer aan dat sneue vriendje van haar op wie hij de vorige avond nog zo jaloers was geweest en het charisma waardoor ze soms een grotere ster leek dan hij. Hij was opvallend gehecht geraakt aan haar, het meisje dat zo onverwacht en met zo veel stijl zijn leven in gedenderd was. En het ging niet alleen om de lof die ze hem opleverde. Hij was oprecht op haar gesteld, veel meer dan op het merendeel van de meisjes die hij in het Capitool kende. Als ze het overleefde -- o, stel je toch eens voor – dan waren ze toch voor het leven met elkaar verbonden? Maar ondanks al zijn opbeurende woorden wist hij dat de kansen niet in haar voordeel waren, en er daalde een zware neerslachtigheid over hem neer.

Thuis ging hij op zijn bed liggen, huiverig voor het afscheid. Hij wilde dat hij Lucy Gray iets moois kon geven waarmee hij echt kon uitdrukken hoe dankbaar hij was voor wat zij hém had gegeven. Een hernieuwd besef van wat hij waard was. De kans om te schitteren. Èen Academieprijs die hem niet meer kon ontgaan. En zijn leven natuurlijk. Het zou iets heel bijzonders moeten zijn. Iets kostbaars. Iets van hemzelf, niet zoals de rozen, die eigenlijk van de grootmadam waren. Iets waar ze zich in de arena aan zou kunnen vastklampen als het verkeerd afliep, zodat ze zou weten dat hij bij haar was en troost zou vinden in het feit dat ze niet in haar eentje stierf. Hij had een zijden sjaal met een prachtige, dieporanje kleur die ze in haar haar zou kunnen knopen. Een gouden pin die hij voor zijn uitmuntende schoolprestaties had gekregen, met zijn naam erin gegraveerd. Misschien een lint met een haarlok van hem erin? Veel persoonlijker zou het niet worden.

Plotseling laaide zijn woede op. Wat had ze aan die dingen als ze zich er niet mee kon verdedigen? Wilde hij haar opdirken zodat haar lijk er mooi bij zou liggen? Misschien kon ze iemand wurgen met de sjaal, of neersteken met de speld? Maar er waren wapens genoeg in de arena, mocht ze daar behoefte aan hebben.

Hij was nog steeds over een cadeau aan het dubben toen Tigris riep dat ze gingen eten. Ze had een pond rundergehakt gekocht en bakte vier burgers. Die van haar was aanzienlijk kleiner, en hij zou geprotesteerd hebben als hij niet had geweten dat ze tijdens het koken altijd van het rauwe vlees snoepte. Tigris vond het heerlijk en als het van de grootmadam had gemogen zou ze haar hele portie rauw gegeten hebben. Een van de burgers was voor Lucy Gray, die ze met saus en extra's in een fors broodje stopte. Tigris maakte ook gebakken aardappelen en romige koolsla, en Coriolanus haalde het mooiste fruit en de lekkerste snoepjes uit de ziekenhuismand. Tigris spreidde een linnen servet uit in een kleine kartonnen doos die versierd was met felgekleurde vogels, legde het feestmaal erin en vouwde de punten naar binnen. Tot slot ging er nog een laatste rozenknop van de grootmadam op de sneeuwwitte stof. Coriolanus had een mooie perziktint uitgekozen met een vleug rood, want de Covey hielden van kleur en Lucy Gray al helemaal.

‘Zeg maar,’ zei Tigris, ‘dat ik voor haar duim.’

‘Zeg maar,’ voegde de grootmadam daaraan toe, ‘dat we het allemaal heel jammer vinden dat ze doodgaat.’

Na de zachte, door de zon verwarmde avondlucht deed de kille Heavensbeezaal Coriolanus denken aan het mausoleum van de familie Snow, waar zijn ouders waren bijgezet. Zonder het geroezemoes van leerlingen galmde alles door de ruimte, van voetstappen tot gezucht, wat de toch al sombere bijeenkomst een surrealistisch tintje gaf. De lampen waren uit omdat de late zonnestralen die door de ramen glipten voldoende werden geacht, maar dat was een scherp contrast met het felle licht van hun eerdere ontmoetingen. De overgebleven mentoren vielen stil toen ze op het balkon naar hun tegenhangers in de zaal keken.

‘Weet je wat het is?’ fluisterde Lysistrata tegen Coriolanus. ‘Ik ben eigenlijk best gehecht geraakt aan Jessup.’ Ze zweeg even en trok aan de verpakking van een brok gebakken spaghetti met kaas. ‘Hij heeft wel mijn leven gered.’ Coriolanus vroeg zich af wat Lysistrata, die in de arena het dichtst bij hem had gestaan, had gezien toen de bommen ontploften. Had ze gezien dat Lucy Gray hem had gered? Zinspeelde ze daarop?

Ze liepen naar hun tafeltjes en Coriolanus dwong zichzelf om positief te blijven. Het had geen zin om hun laatste tien minuten samen huilend door te brengen terwijl ze in die tijd ook een winnende strategie konden uitstippelen. Het hielp behoorlijk dat Lucy Gray er beter uitzag dan bij de voorgaande bijeenkomsten in de zaal. Met haar schone, verzorgde uiterlijk en de jurk die er in het schemerlicht nog fris uitzag, zou je denken dat ze klaar was voor een feestje in plaats van een slachtpartij. Haar ogen lichtten op toen ze de doos zag.

Coriolanus zette hem met een buiginkje op tafel. 'Ik kom met geschenken.'

Lucy Gray pakte sierlijk de roos en snoof eraan. Ze trok er een blaadje af en stopte het tussen haar lippen. 'Smaakt naar bedtijd,' zei ze met een verdrietig lachje. 'Wat een mooie doos.'

'Tigris had hem bewaard voor een speciale gelegenheid,' vertelde hij. 'Eet maar hoor, als je honger hebt. Het is nog warm.'

'Laat ik dat maar doen. Nog een laatste maaltijd als beschaafd mens.' Ze vouwde het servet open en bewonderde de inhoud van de doos. 'O, dit ziet er puik uit.'

'Het is veel, dus je kunt het delen met Jessup,' zei Coriolanus. 'Hoewel Lysistrata volgens mij ook iets voor hem heeft meegenomen.'

'Ik zou het wel willen, maar hij eet niet meer.' Lucy Gray wierp een bezorgde blik op Jessup. 'Misschien zijn 't gewoon de zenuwen. Hij doet ook een beetje raar. Maar we zeggen nu allemaal de gekste dingen.'

'Zoals?' vroeg Coriolanus.

'Zoals Boetius die ons gisteravond allemaal persoonlijk zijn excuses heeft aangeboden omdat hij ons zal moeten vermoorden,' legde ze uit. 'Hij zegt dat hij 't goed zal maken als hij wint. Hij gaat wraak nemen op het Capitool, maar dat gedeelte was wel wat minder duidelijk dan dat stuk over het vermoorden.'

Coriolanus' ogen flitsten even naar Boetius, die niet alleen sterk was maar blijkbaar ook goed in psychologische spelletjes. 'En hoe reageerden de anderen daarop?'

'De meesten staarden hem alleen aan. Jessup heeft in zijn oog gespuugd. Ik zei dat het pas afgelopen was als de spotgaai heeft gezongen – daar raakte hij alleen maar van in de war. Het is zijn manier om grip op de situatie te krijgen, denk ik. We weten allemaal niet wat we aan het doen zijn. Het valt niet mee om… afscheid van je leven te nemen.' Haar onderlip begon te trillen en ze duwde haar broodje onaangeroerd van zich af.

Coriolanus vond dat het gesprek te zwartgallig werd en gooide het over een andere boeg. 'Gelukkig hoef jij dat niet. Gelukkig heb jij drie keer zo veel geschenken als de anderen.'

De wenkbrauwen van Lucy Gray schoten omhoog. 'Drie keer zo veel?'

'Drie keer zo veel. Je gaat het halen, Lucy Gray,' zei hij. 'Ik heb een plan uitgewerkt. Zodra ze op die gong slaan ga je ervandoor. Zo snel als je kunt. Je klimt de tribune in en blijft zo ver mogelijk bij de anderen uit de buurt. Zoek een goede verstopplek. Ik zorg voor eten. Daarna ga je naar een andere plek. Je blijft in beweging en in leven tot de anderen elkaar vermoord hebben of verhongerd zijn. Je kunt het.'

'Is dat zo? Ik weet dat ik heb gezegd dat je in me moet geloven, maar gisteravond begon ik te denken over hoe het in de arena zal zijn. Opgesloten. Met al die wapens. Boetius die op me jaagt. Overdag heb ik nog hoop, maar 's nachts ben ik zo bang dat ik…' Ineens liepen de tranen over haar gezicht. Dit was de eerste keer dat ze ze niet kon inhouden. Op het podium, nadat de burgemeester haar had geslagen, en die keer dat Coriolanus broodpudding voor haar had meegenomen, had ze ook op het punt gestaan om te huilen, maar toen had ze haar tranen kunnen bedwingen. Nu begonnen ze te stromen alsof er een dam was doorgebroken.

Coriolanus kreeg een knoop in zijn maag toen hij haar machteloosheid zag en die van hemzelf ook voelde. Hij stak zijn hand naar haar uit. 'Och, Lucy Gray...'

'Ik wil niet dood,' fluisterde ze.

Zijn vingers streken de tranen van haar wangen. 'Natuurlijk niet. Ik laat het niet gebeuren.' Ze bleef snikken. 'Ik laat het niet gebeuren, Lucy Gray!'

'Doe maar wel. Ik ben je alleen maar tot last geweest,' zei ze gesmoord. 'Door je in gevaar te brengen en je eten op te eten. En je vond mijn ballade helemaal niet mooi. Morgen ben je van me af.'

'Morgen ben ik een wrak! Toen ik zei dat jij er voor mij toe deed, bedoelde ik niet als mijn tribuut. Maar als jezelf. Jij, Lucy Gray Baird, als mens. Als een vriendin. Als mijn...' Wat was het juiste woord? Meisje? Geliefde? Zo mocht hij haar nog helemaal niet noemen – hij vond haar leuk, en misschien was dat niet eens wederzijds. Maar wat had hij te verliezen als hij toegaf dat hij op haar gesteld was geraakt? 'Ik was jaloers na je ballade, want ik wilde dat je aan mij dacht, niet aan iemand van vroeger. Stom, ik weet het. Maar je bent het bijzonderste meisje dat ik ooit heb ontmoet. Echt waar. Op alle vlakken geweldig. En ik...' Nu kreeg hij zelf ook tranen in zijn ogen, maar hij knipperde ze weg. Hij moest sterk blijven, voor hen allebei. 'En ik wil je niet kwijt. Ik weiger je kwijt te raken. Toe, niet huilen.'

'Sorry. Sorry. Ik hou al op. Ik voel me gewoon... Ik voel me zo alleen,' zei ze.

'Je bent niet alleen.' Hij pakte haar hand. 'En in de arena ben je ook niet alleen: daar zijn we samen. Ik zal er altijd zijn. Ik zal je de hele tijd in de gaten houden. We gaan dit samen winnen, Lucy Gray. Ik beloof het.'

Ze klampte zich aan hem vast. 'Zoals jij het zegt lijkt het bijna mogelijk.'

'Het is meer dan mogelijk,' beweerde hij. 'Het is waarschijnlijk. Het is onvermijdelijk, als je je maar aan het plan houdt.'

'Denk je dat echt?' vroeg ze, en ze keek hem onderzoekend aan. 'Want als dat zo is, kan ik er misschien ook in geloven.'

Dit moment vroeg om een groots gebaar. Gelukkig kon hij daarvoor zorgen. Hij had getwijfeld, misschien was het te gevaarlijk, maar hij kon haar niet zo zonder enig houvast achterlaten. Het was een kwestie van eer. Ze was zijn meisje, ze had zijn leven gered, en hij moest alles op alles zetten om het hare te redden.

'Luister. Luister je?' Ze huilde nog steeds, maar haar gesnik was afgezwakt tot zacht, regelmatig gesnuf. 'Mijn moeder heeft me iets nagelaten toen ze stierf. Het is mijn dierbaarste bezit. Ik wil dat jij het in de arena bij je hebt, om je geluk te brengen. Maar denk eraan: je mag het lenen. Ik ga ervan uit dat je het terug zult geven. Anders zou ik er nooit afstand van kunnen doen.' Coriolanus voelde in zijn zak, stak zijn hand uit en spreidde zijn vingers. Op zijn handpalm lag, glanzend in de laatste zonnestralen, zijn moeders zilveren poederdoosje.

De mond van Lucy Gray viel open toen ze het zag, en ze was niet snel onder de indruk. Ze liet haar vingers over de prachtig gegraveerde roos en het antieke zilver glijden, maar trok toen vol spijt haar hand terug. 'Dat kan ik niet aannemen, hoor. 't Is te mooi. Dat je het aan me wilt geven is genoeg, Coriolanus.'

'Zeker weten?' vroeg hij plagerig. Hij klikte soepel de deksel open en hield het omhoog zodat ze naar zichzelf kon kijken in het spiegeltje.

Lucy Gray hapte naar adem en begon te lachen. 'Nu maak je misbruik van mijn zwakke plek.' En dat was zo. Ze lette altijd zo goed op haar uiterlijk. Ze was niet per se ijdel. Ze was zich er gewoon bewust van. Ze zag het holle bakje waar hij een uur geleden het samengeperste poeder uit had gehaald. 'Heeft hier poeder in gezeten?'

‘Ja, maar…’ begon Coriolanus. Hij zweeg. Als hij het zei, was er geen weg meer terug. Maar als hij het niet zei, raakte hij haar misschien voorgoed kwijt. Zijn stem werd een zacht gefluister. ‘Ik dacht dat je misschien je eigen poeder wilde gebruiken.’

13

Lucy Gray begreep het meteen. Haar blik ging naar de vredebewakers, die niet op stonden te letten, en ze boog zich naar voren om aan het doosje te ruiken. ‘Hmm, maar je ruikt het nog steeds. Heerlijk.’

‘Naar rozen,’ zei hij.

‘Naar jou,’ zei ze. ‘Het zou echt zijn alsof jij bij me was, hè?’

‘Toe maar,’ zei hij. ‘Neem me mee. Pak het maar.’

Lucy Gray veegde met de rug van haar hand haar tranen weg. ‘Oké, maar je krijgt ’t terug.’ Ze pakte het doosje, liet het in haar zak glijden en gaf er een klopje op. ‘Het helpt om een helder doel te hebben. Op de een of andere manier is het winnen van de Spelen zo’n groot iets dat ik me er niks bij kan voorstellen. Maar als ik denk: dit moet terug naar Coriolanus dan kan ik dat wel bevatten.’

Ze praatten nog wat langer, vooral over de indeling van de arena en waar de beste verstopplekken zouden kunnen zijn, en hij wist haar de helft van haar broodje en een hele perzik op te laten eten voordat professor Sickle op haar fluitje blies. Coriolanus wist niet goed hoe het was gebeurd, maar blijkbaar waren ze allebei opgestaan en hadden ze zich allebei naar voren bewogen, want ineens had hij zijn armen om haar heen en greep ze zijn hemd vast terwijl hij haar stevig omhelsde.

'Ik ga alleen maar aan jou denken in de arena,' fluisterde ze.

'Niet aan die kerel in 12?' vroeg hij, en het was maar half een grapje.

'Nee, die heeft alles kapotgemaakt wat ik nog voor hem voelde,' zei ze. 'De enige jongen die nog een plekje in mijn hart heeft, ben jij.'

Toen gaf ze hem een kus. Geen kusje. Een echte kus op de lippen, met vleugjes perzik en poeder. Haar mond, zacht en warm tegen de zijne, liet allerlei gevoelens door zijn lichaam razen. Hij leunde niet naar achteren maar trok haar nog dichter tegen zich aan en hij werd duizelig door haar smaak en nabijheid. Dus dit was wat iedereen bedoelde! Dit bracht iedereen het hoofd op hol! Toen ze elkaar eindelijk loslieten haalde hij diep adem, alsof hij na een duik weer bovenkwam. Lucy Gray's wimpers knipperden en ze keek zoals hij zich voelde. Ze bogen zich tegelijkertijd naar voren voor nog een kus, maar de vredebewakers grepen haar beet en voerden haar mee.

Onderweg naar de uitgang gaf Festus hem een por. 'Dat was me nog eens een afscheid.'

Coriolanus haalde zijn schouders op. 'Ik kan er niets aan doen – ik ben gewoon onweerstaanbaar.'

'Dat zal wel,' antwoordde Festus. 'Ik probeerde Coral een geruststellend schouderklopje te geven en toen brak ze bijna mijn pols.'

Hij was helemaal draaierig van de kus. Hij had beslist een grens overschreden, maar hij had er geen spijt van... Het was fantastisch geweest. Hij liep in zijn eentje naar huis en genoot van het bitterzoete afscheid, dat door zijn lef zo zinderend was geworden. Misschien was hij te ver gegaan door haar het poederdoosje te geven en te opperen dat ze er rattengif in zou doen, wie zou het zeggen? De Hongerspelen hadden geen echte spelregels. Oké, waarschijnlijk was hij wel over de schreef gegaan. Maar dan nog – het was het waard. Voor haar. Niet dat hij het iemand ging vertellen, zelfs Tigris niet.

Het zou misschien niet meteen alles veranderen. Er was slimheid en geluk nodig om een andere tribuut te vergiftigen. Maar Lucy Gray was slim en ze had niet minder geluk dan de anderen. Ze zouden het gif binnen moeten krijgen, dus het was zijn taak om haar het eten te bezorgen dat ze als aas kon gebruiken. Hij had het gevoel dat hij meer grip op het spel had nu hij niet alleen lijdzaam toe hoefde te kijken.

Nadat de grootmadam naar bed was gegaan nam hij Tigris in vertrouwen. 'Ik denk dat ze verliefd op me is geworden.'

'Ja, natuurlijk. En voel jij iets voor haar?' vroeg ze.

'Dat weet ik niet,' antwoordde hij. 'Ik heb haar een afscheidskus gegeven.'

Tigris trok haar wenkbrauwen op. 'Op haar wang?'

'Nee. Op haar lippen.' Hij wilde het uitleggen, maar hij kwam niet verder dan: 'Ze is heel speciaal.' Dat was ontegenzeglijk waar, op allerlei manieren. Maar hij had stiekem eigenlijk maar heel weinig ervaring met meisjes, en nog minder met de liefde. De teloorgang van de familie Snow geheimhouden was altijd het allerbelangrijkste geweest. Tigris en hij nodigden vrijwel nooit iemand thuis uit, zelfs niet toen Tigris in haar laatste jaar op de Academie smoorverliefd was geworden. Haar vriendje had het feit dat ze hem niet mee naar huis had willen nemen opgevat als een teken dat ze hun relatie niet serieus nam en dat had voor hem de doorslag gegeven om het uit te maken. Coriolanus zag dat als een waarschuwing dat hij zelf niet aan verkering moest beginnen. Er waren genoeg klasgenoten geïnteresseerd in hem geweest, maar die had hij allemaal behendig op afstand weten te houden. Het excuus van de kapotte lift was goed van pas gekomen, en de grootmadam had meerdere verzonnen kwalen gehad die absolute rust vereisten. Er was wel een dingetje geweest, vorig jaar, in het steegje achter het station, maar dat was niet zozeer een verliefdheid als wel een weddenschap die Festus met hem was aangegaan. Door de combinatie van de posca en het donker had hij er nog maar vage herinneringen aan. Achteraf gezien wist hij niet eens hoe ze heette, maar het had hem wel de reputatie van rokkenjager opgeleverd.

Maar Lucy Gray was zijn tribuut, en op weg naar de arena. En zelfs als de omstandigheden anders waren geweest, dan zou ze nog steeds een meisje uit de districten zijn, of in elk geval niet uit het Capitool. Een tweederangs burger. Een mens, maar beestachtig. Slim, wellicht, maar onontwikkeld. Onderdeel van een vormeloze massa jammerlijke, barbaarse wezens die ergens aan de rand van zijn bewustzijn zweefden. Natuurlijk, als er één uitzondering op de regel was, dan was dat Lucy Gray Baird. Iemand die zich niet makkelijk in een hokje liet stoppen. Een zeldzame vogel, net als hij. Waarom had de zachte druk van haar lippen zijn knieën anders zo week gemaakt?

Coriolanus viel in slaap met de herhaling van die kus in zijn hoofd…

De ochtend van de Hongerspelen brak licht en helder aan. Hij stond op, at de eieren die Tigris voor hem klaarmaakte en maakte de lange, hete wandeling naar de studio van Capitool TV. Hij sloeg de dikke laag make-up af die Lucky op zijn eigen gezicht had gesmeerd, maar stond een klein laagje poeder toe, want hij wilde niet te veel zweten voor de camera's. Rust en onverstoorbaarheid: dat moest een Snow uitstralen. Het poeder rook zoet maar miste het raffinement van zijn moeders blokje, dat nu thuis in de sokkenla lag.

'Goedemorgen, meneer Snow.' De stem van dr. Gaul deed hem overeind schieten. Natuurlijk was zij ook in de televisiestudio. Waar zou ze anders zijn tijdens de openingsochtend van de Spelen?

Waarom rector Highbottom het ook nodig had gevonden om langs te komen was hem niet duidelijk, maar zijn waterige oogjes keken samengeknepen op Coriolanus neer. 'We hoorden dat het een vrij ontroerend afscheid van je tribuut was gisteren.'

Ugh. Hij kon zich niet voorstellen dat er mensen bestonden die minder tot liefde in staat waren dan deze twee. Hoe wist de rector eigenlijk van die kus? Professor Sickle leek hem geen roddeltante, dus wie had het dan doorverteld? Waarschijnlijk hadden de meeste mentoren het gezien...

Het deed er niet toe. Hij liet zich niet op de kast jagen. 'De emoties lopen hoog op, zoals dr. Gaul al opmerkte.'

'Ja, spijtig dat ze het waarschijnlijk nog geen dag volhoudt,' zei dr. Gaul.

O, wat haatte hij deze lui. Zoals ze hem met kwaadaardig genoegen uit de tent probeerden te lokken. Maar hij gaf ze alleen een minieme, onverschillige schouderophaal. 'Tsja, u weet wat ze zeggen: het is pas afgelopen als de spotgaai zingt.' Hun verbaasde blikken waren erg bevredigend. Ze kregen de kans niet om ernaar te vragen, want Remus Dolittle kwam zeggen dat de jongenstribuut uit District 5 die nacht gestorven was aan de complicaties van een astma-aanval of iets dergelijks – de dierenarts had hem in elk geval niet kunnen redden – en ze moesten nu live om zijn dood te melden.

Coriolanus groef in zijn geheugen maar kon zich de jongen niet herinneren, noch wie van zijn klasgenoten als zijn mentor was aangewezen. Ter voorbereiding op de Spelen had hij de mentorlijst bijgewerkt die ze van professor Demigloss hadden gekregen. Hij had besloten om de teams voor de duidelijkheid steeds per tweetal weg te strepen, ongeacht wat er was gebeurd. Hij wilde niet harteloos overkomen, maar anders werd het te onoverzichtelijk. Hij haalde de lijst uit zijn schooltas om dit nieuwe slachtoffer te registreren.

10E HONGERSPELEN

MENTORTOEWIJZINGEN

DISTRICT 1
~~*Jongen (Facet) Livia Cardew*~~
~~*Meisje (Velvereen) Palmyra Monty*~~

DISTRICT 2
~~*Jongen (Marcus) Sejanus Plinth*~~
~~*Meisje (Sabyn) Florus Friend*~~

DISTRICT 3
Jongen (Circ) Io Jasper
Meisje (Teslee) Urban Canville

DISTRICT 4
Jongen (Mizzen) Persephone Price
Meisje (Coral) Festus Creed

DISTRICT 5
~~*Jongen (Hy) Dennis Fling*~~
Meisje (Sol) Iphigenia Moss

DISTRICT 6

~~*Jongen (Otto) Apollo Ring*~~
~~*Meisje (Ginnee) Diana Ring*~~

DISTRICT 7

Jongen (Treech) Vipsania Sickle
Meisje (Lamina) Pliny Harrington

DISTRICT 8

Jongen (Bobbin) Juno Phipps
Meisje (Wovey) Hilarius Heavensbee

DISTRICT 9

~~*Jongen (Panlo) Gaius Breen*~~
~~*Meisje (Sheaf) Androcles Anderson*~~

DISTRICT 10

Jongen (Tanner) Domitia Whimsiwick
~~*Meisje (Brandy) Arachne Crane*~~

DISTRICT 11

Jongen (Boetius) Clemensia Dovecote
Meisje (Dille) Felix Ravinstill

DISTRICT 12

Jongen (Jessup) Lysistrata Vickers
Meisje (Lucy Gray) Coriolanus Snow

Lucy Gray had nog maar dertien tegenstanders. Weer eentje minder, en nog een jongen ook. Dat was ongetwijfeld goed nieuws voor haar.

Zijn mentorblad begon een beetje verkreukeld te raken, dus hij vouwde het netjes twee keer dubbel en besloot het in het voorvak van zijn tas te stoppen, zodat hij er makkelijk bij kon. Toen hij het opendeed, ontdekte hij een zakdoek. Hij keek verbaasd op, want die had hij altijd in zijn zak, maar toen besefte hij dat dit de zakdoek was die Lucy Gray had teruggegeven nadat ze haar tranen had gedroogd op de dag dat hij de broodpudding voor haar had meegenomen. Het voelde goed om zoiets persoonlijks van haar te hebben, als een soort talisman, en hij stak de lijst er voorzichtig naast.

Alleen de zeven mentoren die aan de interviewavond hadden deelgenomen, waren uitgenodigd voor de voorbeschouwing. Bij gebrek aan beter waren ze de Capitoolgezichten van de Spelen geworden, ook al leek een aantal van hun tributen weinig kans te maken. Een hoek van de studio was ingericht met gestoffeerde fauteuils, een salontafel en een ietwat scheve kroonluchter. De meeste mentoren vertelden nog eens over de achtergrond van hun tribuut en benadrukten alle gevaarlijke eigenschappen die ze konden bedenken.

Omdat Coriolanus al zijn interviewtijd aan het lied van Lucy Gray had besteed, was hij de enige met nieuw materiaal. Lucky Flickerman was blij met de afwisseling en liet hem langer doorpraten dan officieel was toegestaan. Na de gebruikelijke weetjes vertelde Coriolanus vooral over de Covey en beklemtoonde hij dat Lucy Gray niet echt uit de districten kwam, nee, echt helemaal niet. De Covey hadden een lange geschiedenis als muzikanten, het waren artiesten zoals je die zelden zag, en ze waren net zomin districtsbewoners als de mensen uit het Capitool. Als je er goed over nadacht kwamen ze eigenlijk bijna uit het Capitool, en waren ze alleen door een ongelukkige samenloop van omstandigheden in District 12 terechtgekomen – misschien werden ze daar zelfs wel onterecht vastgehouden. De kijkers zagen toch zeker ook dat Lucy Gray volledig op haar plek leek in het Capitool? En Lucky moest beamen dat ja, inderdaad, dat meisje echt iets bijzonders had.

Lysistrata wierp hem een geërgerde blik toe toen hij weer ging zitten. Hij begreep het pas toen hij besefte dat ze Jessup in haar interview aan Lucy Gray probeerde te koppelen en sympathie voor hen als duo wilde wekken. Ja, Jessup kwam uit een rasechte mijnwerkersfamilie uit District 12, maar ze hadden toch vanaf de eerste buiging echt teamwork laten zien? En wie had niet de opvallende band tussen hen opgemerkt, iets wat vrijwel nooit voorkwam bij tributen uit hetzelfde district? Lysistrata was ervan overtuigd dat die twee dol op elkaar waren. Met Jessups spierkracht en Lucy Gray's talent om het publiek om haar vinger te winden zou de winnaar dit jaar beslist uit District 12 komen.

Waarom rector Highbottom aanwezig was, werd duidelijk toen hij na Lysistrata aan de beurt kwam. Hij besprak het mentor-tribuutprogramma zowaar alsof hij niet voortdurend onder invloed was. Zijn opmerkingen waren soms zelfs zo scherpzinnig dat Coriolanus er een beetje van schrok. De rector vertelde dat de Capitoolleerlingen in eerste instantie bepaalde vooroordelen jegens hun tributen hadden gehad, maar dat er in de twee weken na de boete veel waardering en respect was gegroeid. 'Het is heel belangrijk, zoals men zegt, om je vijand te kennen. En hoe kunnen we elkaar beter leren kennen dan door de krachten te bundelen voor de Hongerspelen? Het Capitool heeft de oorlog pas na een lange, zware strijd gewonnen, en kortgeleden is er een aanslag op onze arena gepleegd. Het is een misvatting dat het een van de twee partijen aan intelligentie, kracht of moed zou ontbreken.'

'Maar u vergelijkt onze kinderen toch niet met die van hen?' vroeg Lucky. 'Iedereen ziet meteen dat die van ons superieur zijn.'

'Het enige wat iedereen meteen ziet is dat die van ons meer eten, mooiere kleren en betere gebitsverzorging hebben gehad,' zei rector Highbottom. 'Wie denkt dat er sprake is van lichamelijke, geestelijke en vooral morele superioriteit, vergist zich. Zulke hoogmoedige ideeën hebben ons in de oorlog bijna de das omgedaan.'

'Fascinerend,' zei Lucky, die niet leek te weten hoe hij anders moest reageren. 'Wat een fascinerend standpunt.'

'Bedankt, meneer Flickerman. Ik hecht buitengewoon veel waarde aan uw mening,' zei de rector met een uitgestreken gezicht.

Coriolanus vond dat de ironie er duimendik bovenop lag, maar Lucky bloosde ervan. 'Dat is erg aardig, meneer Highbottom. We weten allemaal dat ik maar een eenvoudige weerman ben.'

'En een goochelaar in de dop,' hielp rector Highbottom hem herinneren.

'Ja, dat kan ik niet ontkennen!' zei Lucky grinnikend. 'Wacht eens, wat is dit?' Hij stak zijn hand achter het oor van rector Highbottom en haalde er een plat, fel gestreept snoepje achter vandaan. 'Volgens mij is dit van u.' Hij hield het rector Highbottom voor; de kleuren gaven af op zijn zweterige handpalm.

Rector Highbottom maakte geen aanstalten om het te pakken. 'Mijn hemel. Waar komt dat nu ineens vandaan, Lucky?'

'Beroepsgeheim,' zei Lucky met een veelbetekenende grijns. 'Beroepsgeheim.'

Er stonden auto's te wachten om hen terug naar de Academie te brengen en Coriolanus belandde in een voertuig met Felix en rector Highbottom. Die twee verkeerden blijkbaar in dezelfde kringen, want ze negeerden Coriolanus terwijl ze de laatste roddels doornamen. Dat gaf hem de tijd om na te denken over wat rector Highbottom over de mensen in de districten had gezegd. Dat ze in principe gelijk waren aan de Capitoolinwoners, maar gewoon over minder middelen beschikten. Het was best radicaal van de rector om dat zo te stellen. De grootmadam en velen met haar zouden het idee natuurlijk verwerpen, en het verzwakte Coriolanus' poging om Lucy Gray neer te zetten als iemand die absoluut niet uit de districten kwam. Hij vroeg zich af in hoeverre hij dat had gedaan omdat het hem een goede tactiek leek, en in hoeverre het te maken had met zijn verwarring over zijn gevoelens voor haar.

Pas toen ze de zaal in liepen en Felix werd afgeleid door een cameraploeg voelde Coriolanus een hand op zijn arm. 'Even over die vriend van jou uit 2. Die gevoelige jongen,' begon rector Highbottom.

'Sejanus Plinth,' antwoordde Coriolanus. Niet dat ze echt vrienden waren, maar dat ging rector Highbottom niets aan.

'Misschien goed om een plekje bij de deur voor hem vrij te houden.' De rector trok zijn fles uit zijn zak, glipte achter de dichtstbijzijnde pilaar en diende zichzelf een paar druppels morfling toe.

Voordat hij erover na kon denken, stond Lysistrata woedend voor zijn neus. 'Kom op, Coriolanus, je had me toch wel een béétje kunnen helpen? Jessup zegt steeds dat Lucy Gray zijn bondgenoot is!'

'Ik had geen idee dat dat jouw insteek zou zijn. Het was echt niet mijn bedoeling om jou te dwarsbomen. Als we nog een kans krijgen, stop ik dat teamgevoel erin,' beloofde hij.

'Maar die kans is heel klein,' zei Lysistrata met een geërgerde zucht.

Satyria baande zich een weg door de menigte en maakte de situatie er niet beter op door te kraaien: 'Wat een slim interview, schat. Zelfs ík geloof bijna dat jouw meid uit het Capitool komt! Vooruit, naar binnen. Jij ook, Lysistrata! Jullie krijgen pasjes en boodschappenbanden!'

Ze ging hun voor door de zaal, die in tegenstelling tot eerdere jaren gonsde van opwinding. Mensen wensten hem schreeuwend succes toe en feliciteerden hem met het interview. Coriolanus genoot van de aandacht, maar het had ook iets verontrustends. Vroeger was dit een ingetogen gebeuren geweest, waarbij mensen elkaar niet aankeken en alleen het hoognodige zeiden. Nu hing er een gretige sfeer in de zaal, alsof er een populaire voorstelling ging beginnen.

Aan een tafel hield een Spelmaker toezicht op de verdeling van het mentormateriaal. Iedereen kreeg een felgeel pasje met het woord *Mentor* erop dat ze om hun nek moesten hangen, maar alleen de mentoren die nog een tribuut in de Spelen hadden, kregen een boodschappenband, wat voor afgunstige blikken zorgde. In de oorlog en de nasleep daarvan waren de meeste persoonlijke elektronica verdwenen, omdat andere producten voorrang hadden gekregen. Tegenwoordig was zelfs een eenvoudig apparaat al heel wat. De banden werden om de pols gegespt en hadden een schermpje waarop in rode cijfers het aantal sponsorgeschenken knipperde. De mentoren hoefden alleen maar door de lijst met etenswaren te scrollen en iets in het menu aan te tikken, en dan liet een Spelmaker het door een drone bezorgen. Sommige tributen hoefden helemaal geen geschenken te verwachten. Ondanks het feit dat hij niet bij de interviews was verschenen, had Boetius tijdens zijn verblijf in de dierentuin toch een paar sponsors opgepikt, maar Clemensia was nergens te bekennen en haar boodschappenband bleef onaangeraakt op tafel liggen, waar Livia er begerig naar loerde.

Coriolanus nam Lysistrata apart en liet haar zijn scherm zien. 'Ik heb een berg geld tot mijn beschikking. Als ze samen blijven werken, laat ik voor hen allebei eten sturen.'

'Dank je wel. Dan doe ik dat ook. Het was niet de bedoeling om je af te snauwen. Jij kunt er ook niets aan doen. Ik had het eerder moeten zeggen.' Ze dempte haar stem. 'Het... Ik kon vannacht gewoon niet slapen bij het idee dat we dit echt moeten doen. Ik weet dat het een straf voor de districten is, maar zijn die inmiddels niet genoeg gestraft? Hoe lang willen we die oorlog nog rekken?'

'Ik denk voorgoed, als het aan dr. Gaul ligt,' zei hij. 'Dat heeft ze ons in de les al verteld.'

'Ze is niet de enige. Kijk eens om je heen.' Ze gebaarde naar de feestelijke stemming in de zaal. 'Walgelijk.'

Coriolanus probeerde haar te kalmeren. 'Mijn nicht zegt dat wij er ook niets aan kunnen doen. Wij zijn ook nog maar kinderen.'

'Dat is niet bepaald een troost. Dat we op deze manier gebruikt worden,' zei Lysistrata verdrietig. 'Vooral niet nu er al drie van ons gestorven zijn.'

Gebruikt? Coriolanus had het mentorschap tot nu toe alleen maar als een eer beschouwd. Een manier om het Capitool te dienen en misschien wat roem te vergaren. Maar misschien had ze wel gelijk. Als het geen eerzame zaak was, hoe kon het dan een eer zijn om eraan mee te werken? Hij voelde zich verward, en gemanipuleerd, en kwetsbaar. Alsof hij meer een tribuut dan een mentor was.

'Ik hoop dat het snel voorbij is,' zei Lysistrata.

'Dat is het ook,' stelde Coriolanus haar gerust. 'Zullen we naast elkaar zitten? Dan kunnen we onze geschenken op elkaar afstemmen.'

‘Ja, graag,’ zei ze.

Inmiddels was de hele school aanwezig. Ze liepen naar de vierentwintig mentorstoelen, die op dezelfde plek stonden als tijdens de boete. Iedereen die daartoe in staat was moest aanwezig zijn, ook als ze geen tribuut meer in het spel hadden. ‘Laten we achteraan gaan zitten,’ zei Lysistrata. ‘Ik wil de camera niet recht in mijn gezicht als hij wordt vermoord.’ Ze had natuurlijk gelijk. De camera zou de mentor filmen, en als Lucy Gray doodging, júíst als Lucy Gray doodging, zou hij op een lange, indringende close-up kunnen rekenen.

Coriolanus liep gehoorzaam naar de achterste rij. Ze gingen zitten en hij keek naar het gigantische scherm waarop Lucky Flickerman als een reisgids voor de districten optrad: hij vertelde over hun industrieën, afgewisseld met weetjes over het weer en af en toe een goocheltruc. De Hongerspelen betekenden de grote doorbraak voor Lucky, en hij deinsde er niet voor terug om zijn babbeltje over de energiecentrales van District 5 op te leuken met een of ander apparaatje dat zijn haar overeind liet staan. ‘Wat een spanning!’ hijgde hij.

‘Idioot,’ mompelde Lysistrata, en toen keek ze fronsend op. ‘Dat moet wel een heel zware griep geweest zijn.’

Coriolanus volgde haar blik naar de tafel, waar Clemensia net haar boodschappenband had opgehaald. Ze speurde de zaal af naar iemand… O, naar hem! Zodra hun ogen elkaar ontmoetten, stevende ze recht op de achterste rij af, en ze keek niet blij. Ze zag er echt verschrikkelijk uit. Het felle geel van haar ogen was afgezwakt tot een lichte stuifmeelkleur en haar schubben – als ze die nog had – gingen schuil achter een witte blouse met lange mouwen en een hoge kraag. Maar zelfs met die verbeteringen had ze een ongezonde uitstraling. Ze pulkte afwezig aan de droge plekken in haar gezicht en haar tong, die niet meer uit haar mond flitste, leek per se de binnenkant van haar wang te willen verkennen. Ze liep naar de stoel voor de zijne en bleef daar naar hem staan kijken terwijl ze huidschilfers in het rond schoot.

'Fijn dat je op bezoek bent gekomen, Coryo,' zei Clemensia.

'Ik was het echt van plan, Clemmie, maar ik was er zelf ook niet best aan toe en...' begon hij uit te leggen.

Ze liet hem niet uitpraten. 'Fijn dat je mijn ouders hebt gebeld. Fijn dat je hun hebt laten weten waar ik was.'

Lysistrata keek verbaasd. 'We wisten waar je was, Clem. Ze zeiden dat je geen bezoek mocht ontvangen omdat het besmettelijk was. Ik heb je een keer gebeld, maar toen lag je te slapen, zeiden ze.'

Coriolanus haakte daar meteen op in. 'Ik heb het ook geprobeerd, Clemmie. Meerdere keren. Ze kwamen steeds met een smoesje. En de artsen zeiden dat je ouders onderweg waren.' Het was allemaal gelogen, maar wat moest hij dan? Ze was duidelijk uit haar doen door het gif, anders zou ze hier nooit zo in het openbaar over beginnen. 'Als dat niet goed was, dan spijt me dat. Ik was zelf ook nog aan het herstellen, zoals ik al zei.'

'O ja?' vroeg ze. 'Tijdens het interview leek je kerngezond. En je tribuut ook.'

'Rustig maar, Clem. Hij kan er ook niets aan doen dat je ziek werd,' zei Festus, die een deel van het gesprek had opgevangen.

'O, hou toch je mond, Festus. Je hebt geen idee waar je het over hebt!' beet Clemensia hem toe. Daarna stampte ze weg naar een stoel op de voorste rij.

Festus ging naast Lysistrata zitten. 'Wat heeft zij? Behalve dat ze eruitziet alsof ze aan het vervellen is.'

'Ach, wie zal het zeggen? We zijn allemaal ontdaan,' zei Lysistrata.

'Maar dit is niets voor haar. Ik vraag me af wat...' begon Festus.

'Sejanus!' riep Coriolanus, blij met de onderbreking. 'Hierzo!' Naast hem was nog een lege stoel en hij wilde van onderwerp veranderen.

'Dank je,' zei Sejanus, die zich op de stoel aan het eind van de rij liet zakken. Hij zag er slecht uit, uitgeput, met een koortsachtige glans op zijn gezicht.

Lysistrata stak haar arm uit en gaf hem een kneepje in zijn hand. 'Hoe sneller het begint, des te sneller is het achter de rug.'

'Tot volgend jaar,' hielp hij haar herinneren. Maar hij gaf haar een dankbaar klopje terug.

De leerlingen hadden nog maar nauwelijks opdracht gekregen om te gaan zitten toen het embleem van het Capitool op de schermen verscheen en het volkslied iedereen deed opstaan. De stem van Coriolanus klonk boven die van de andere mentoren uit, die zich er mompelend doorheen worstelden. Kom op zeg, konden ze inmiddels niet íéts beter hun best doen?

Lucky Flickerman kwam op en spreidde zijn armen in een welkomstgebaar. Coriolanus zag de kleurige veeg snoep van de goocheltruc op zijn handpalm. 'Dames en heren,' zei hij, 'de tiende Hongerspelen gaan beginnen!'

Het beeld van Lucky maakte plaats voor een overzichtsshot van de arena. De veertien tributen die nog op Coriolanus' lijst stonden, wachtten in een grote kring op de openingsgong. Niemand keek naar hen, of naar de nieuwe brokstukken van de aanslag die in de piste lagen, of naar de wapens op de stoffige grond, of naar de vlag van Panem die aan de tribune wapperde en de arena een nieuw decoratief tintje gaf.

Alle ogen gleden gefascineerd mee met de camera, die langzaam inzoomde op de twee stalen palen vlak bij de hoofdingang van de arena. Ze waren zes meter hoog en verbonden door een even lange dwarsbalk. In het midden van de stellage hing Marcus aan zijn geboeide polsen, zo toegetakeld en bebloed dat Coriolanus in eerste instantie dacht dat ze zijn lijk tentoonstelden. Toen begonnen Marcus' gezwollen lippen te bewegen, waardoor zijn gebroken tanden te zien waren en het maar al te duidelijk werd dat hij nog leefde.

14

Coriolanus werd misselijk maar kon niet wegkijken. Het zou al weerzinwekkend geweest zijn om een dier zo te zien hangen – een hond, een aap, zelfs een rat – maar een jongen? En een jongen die niets anders had misdaan dan vluchten? Als Marcus dood en verderf had gezaaid in het Capitool was het misschien een ander verhaal, maar na zijn ontsnapping was daar niets over gemeld. Coriolanus dacht terug aan de begrafenisstoeten. De akeligste vertoningen – Brandy die aan een haak had gebungeld, de tributen die over straat waren gesleurd – waren voorbehouden geweest aan de doden. Door de slimme, verknipte opzet van de Hongerspelen moesten de districtskinderen elkáár vermoorden, zodat het Capitool zijn handen niet aan echt geweld hoefde vuil te maken. Zo'n foltering als die van Marcus was nieuw. Onder leiding van dr. Gaul had het Capitool de wraak naar een hoger niveau getild.

De feeststemming in de Heavensbeezaal was op slag bekoeld. In de arena zelf hingen geen microfoons, behalve een paar in de ronde muren, dus niemand kon horen of Marcus iets probeerde te zeggen. Coriolanus hoopte vurig dat de gong zou slaan om de tributen tot actie en afleiding over te laten gaan, maar het wachten duurde eindeloos.

Hij voelde Sejanus trillen van woede en hij had zich net opzij gedraaid om een kalmerende hand op hem te leggen toen de jongen opsprong en naar voren rende. In het mentorgedeelte stonden vijf lege stoelen voor hun ontbrekende klasgenoten. Sejanus greep de stoel op de hoek en smeet hem naar het scherm, waar hij tegen het beeld van Marcus' gehavende gezicht knalde. 'Monsters!' schreeuwde hij. 'Jullie zijn allemaal monsters!' Daarna stormde hij over het middenpad de zaal uit. Niemand probeerde hem tegen te houden.

Op dat moment ging de gong en de tributen verspreidden zich. De meesten vlogen in de richting van de hekken die naar de tunnels leidden en die bij de aanslag waren opengeblazen. Coriolanus zag de kleurige jurk van Lucy Gray naar de andere kant van de arena flitsen en zijn vingers omklemden de rand van de stoel terwijl hij haar in gedachten voortstuwde. Rennen, dacht hij. Rennen! Wegwezen daar! Een paar van de sterkste tributen sprintten naar de wapens, maar nadat ze her en der wat hadden meegegrist, stoven Tanner, Coral en Jessup uit elkaar. Alleen Boetius leek, gewapend met een hooivork en een lang mes, klaar voor de strijd. Maar tegen de tijd dat hij wilde aanvallen, was er niemand meer om mee te vechten. Hij draaide zich om naar de ruggen van zijn vluchtende tegenstanders, gooide gefrustreerd zijn hoofd in zijn nek en klom in de tribune om aan de jacht te beginnen.

De Spelmakers kozen dit moment om weer naar Lucky over te schakelen. 'Had u willen wedden maar kon u niet naar het postkantoor? Hebt u eindelijk besloten welke tribuut u wilt steunen?' Onder in beeld verscheen een telefoonnummer. 'Het kan nu allemaal per telefoon! Bel het nummer op het scherm, geef uw burgercijfers door, de naam van de tribuut en het bedrag dat u zou willen inzetten of schenken, en u doet mee! Mocht u het geld liever persoonlijk overmaken, dan is het postkantoor elke dag van acht uur 's ochtends tot acht uur 's avonds geopend. Laat dit historische moment niet aan u voorbijgaan! Dit is uw kans om het Capitool te steunen en nog winst te maken ook. Doe mee aan de Hongerspelen en win! Terug naar de arena!'

Binnen een paar minuten was er op Boetius na geen tribuut meer te zien, en nadat hij een tijdje over de tribunes had gedwaald, verdween ook hij uit beeld. De Spelen richtten zich weer op Marcus en zijn leed.

'Moet je niet achter Sejanus aan?' fluisterde Lysistrata tegen Coriolanus.

'Ik denk dat hij even alleen wil zijn,' fluisterde hij terug. Dat wilde hij waarschijnlijk echt, maar belangrijker was dat Coriolanus niets wilde missen, geen reactie van dr. Gaul wilde uitlokken en niet voortdurend met Sejanus gezien wilde worden. Mensen leken steeds vaker te denken dat ze dikke vrienden waren, dat hij de vertrouweling was van die dwarsligger uit de districten, en dat baarde hem zorgen. Broodjes uitdelen was nog tot daaraan toe, maar met die stoel smijten was een heel ander verhaal. Dat zou zeker een staartje krijgen en Coriolanus had zonder Sejanus al genoeg aan zijn hoofd.

Er ging een heel lang halfuur voorbij voordat de aandacht van het publiek werd getrokken door een nieuwe ontwikkeling. De bommen bij de ingang hadden de hoofdpoort opengeblazen, maar onder het scorebord was een barricade opgeworpen. Met meerdere lagen betonplaten, houten planken en prikkeldraad was het tegelijkertijd een doorn in het oog en een herinnering aan de aanslag. Dat was waarschijnlijk ook waarom de Spelmakers de versperring nog niet veel in beeld hadden gebracht. Maar nu er niets anders gebeurde, waren ze gezwicht om de kijkers een lang, mager meisje te laten zien dat uit de barrière kroop.

'Dat is Lamina!' zei Pup een paar rijen voor Coriolanus tegen Livia, die naast hem zat.

Het enige wat Coriolanus zich van Pups tribuut kon herinneren, was dat ze tijdens de eerste ontmoeting met de tributen aan één stuk door had zitten huilen. Pup had haar niet kunnen klaarstomen voor het interview en zo zijn kans verspeeld om reclame voor haar te maken. Hij wist haar district niet meer… was het 5?

Een onverwachte voice-over corrigeerde hem. 'Hier zien we de vijftienjarige Lamina uit District 7,' zei Lucky. 'Ze wordt begeleid door onze eigen Pliny Harrington. District 7 heeft de eer om het Capitool te voorzien van het hout dat gebruikt is om onze geliefde arena weer op te bouwen.'

Lamina keek naar Marcus in zijn ellendige toestand. De zomerbries speelde met de blonde krans haar rond haar hoofd en ze kneep haar ogen samen tegen de felle zon. Haar jurk leek gemaakt te zijn van een meelzak, met een stuk touw als riem, en haar blote voeten en benen zaten onder de insectenbeten. Haar gezwollen, uitgeputte ogen waren rood maar droog. Gezien de omstandigheden leek ze zelfs opvallend rustig. Zonder haast of zenuwen liep ze naar de wapens en nam de tijd om eerst een mes en toen een kleine bijl uit te kiezen en met haar duim de scherpte te testen. Ze stak het mes in haar riem en zwaaide losjes met de bijl om het gewicht te voelen. Daarna liep ze naar een van de palen. Haar hand gleed langs het ijzer, dat vol roest- en verfvlekken zat van eerder gebruik. Coriolanus dacht dat ze het ding misschien wilde omhakken, omdat ze uit het houtdistrict kwam en zo, maar ze nam de steel van de bijl tussen haar tanden en klom met behulp van haar knieën en eeltige voeten omhoog. Het zag er heel natuurlijk uit, als een rups die langs een tak omhoogkruipt, maar als iemand die bij gym extra op het touwklimmen oefende, wist hij hoe zwaar het was.

Eenmaal boven stond ze op en stak de bijl in haar riem. De dwarsbalk kon niet meer dan vijftien centimeter breed zijn, maar ze liep er moeiteloos overheen tot ze boven Marcus stond. Ze ging schrijlings op de balk zitten, kruiste haar enkels om niet te vallen en boog zich naar zijn mishandelde hoofd. Ze zei iets wat de microfoons niet opvingen, maar Marcus hoorde het, want zijn lippen bewogen om antwoord te geven. Lamina ging rechtop zitten en leek na te denken. Daarna zette ze zich weer schrap, haalde uit met de bijl en sloeg het blad in de zijkant van Marcus' nek. Eén keer. Twee keer. En bij de derde keer lukte het haar om hem te doden terwijl het bloed om haar heen spoot. Ze richtte zich op, veegde haar handen af aan haar rok en staarde de arena in.

'Zo mag ik het zien!' riep Pup. De camera in de Heavensbeezaal legde zijn reactie vast en ineens verscheen hij op het scherm. Coriolanus ving een glimp op van zichzelf, een paar rijen achter Pup, en rechtte zijn rug. Pup grijnsde – hij had nog stukjes ei van zijn ontbijt in zijn beugel – en stak zijn vuist in de lucht. 'Eerste dode van de dag! Dat is mijn tribuut, Lamina, uit District 7,' zei hij in de camera. Hij liet zijn pols zien. 'En mijn boodschappenband staat open voor uw donaties. Het is nooit te laat om haar te steunen en een geschenk te sturen!'

Het telefoonnummer kwam weer in beeld en Coriolanus hoorde piepjes uit Pups boodschappenband komen toen Lamina een paar geschenken ontving. De Hongerspelen voelden onvoorspelbaarder en grilliger dan waar hij zich op had voorbereid. Wakker worden! hield hij zichzelf voor. Je bent geen toeschouwer, je bent een mentor!

'Bedankt!' Pup zwaaide naar de camera. 'Ze heeft wel een beloning verdiend, vindt u ook niet?' Hij tikte op de boodschappenband en keek verwachtingsvol naar het scherm. Het beeld versprong weer naar Lamina. Het publiek was geboeid, want dit werd de eerste poging om een geschenk bij een tribuut af te leveren. Er ging een minuut voorbij, en toen vijf. Coriolanus vroeg zich af of de techniek de Spelmakers in de steek had gelaten, maar toen verscheen er boven de ingang van de arena een kleine drone met een fles water in zijn grijpers die wankel naar Lamina vloog. Hij ging over de kop, zakte omlaag en veranderde zelfs van richting voordat hij zo'n drie meter bij haar vandaan tegen de dwarsbalk botste en als een geplet insect op de grond stortte. De fles was gebroken, dus het water trok in de grond en verdween.

Lamina staarde uitdrukkingsloos naar haar geschenk, alsof ze niets anders had verwacht, maar Pup riep woedend: 'Ho eens! Dat is niet eerlijk. Daar heeft iemand voor betaald, hoor!' Het publiek bromde instemmend. Er werd niet onmiddellijk actie ondernomen, maar tien minuten later werd er een vervangende fles ingevlogen. Deze keer wist Lamina hem van de drone te grissen, die daarna net als zijn voorganger een stoffige dood stierf.

Af en toe nam Lamina een slokje water, maar verder bewoog er vrijwel niets, op de zwerm vliegen rond het lijk van Marcus na. Zo nu en dan hoorde Coriolanus de boodschappenband van Pup piepen door extra geschenken aan Lamina, die het wel prima leek te vinden op haar dwarsbalk. En het was geen slechte strategie. Veiliger dan op de grond, dat zeker. Ze had een plan. Ze kon doden. Lamina had zichzelf neergezet als een serieuze kandidaat. Ze leek in elk geval een stuk geharder dan Lucy Gray. Waar die ook mocht zijn.

De tijd verstreek. Behalve Boetius, die soms over de tribune sloop, waren er geen tributen die zich als jager opstelden, zelfs de gewapende niet. Zonder de opgehangen Marcus en zijn uitschakeling door Lamina zou het een uitzonderlijk trage start geweest zijn. De Spelen begonnen eigenlijk altijd met een bloedbad, maar nu er al zo veel competitieve tributen dood waren, bestond het spelersveld voornamelijk uit opgejaagd wild.

De arena kromp tot een klein venster in de hoek van het scherm en Lucky verscheen in beeld om meer over de districten te vertellen en ook even het weerbericht te doen. Een fulltimepresentator voor de Spelen was voor iedereen nieuw en hij had nog een beetje moeite met de invulling van de rol. Toen Tanner omhoogklom en langs de bovenste rij van de arena wandelde, schakelde hij snel terug, maar de tribuut zat alleen een tijdje in de zon voordat hij weer in de gangen onder de stoelen verdween.

Iedereen keek op door geschuifel in de Heavensbeezaal en Coriolanus zag Lepidus Malmsey met zijn cameraploeg door het gangpad lopen. Hij vroeg Pup erbij en hun interview werd live uitgezonden. Pup, een nog onaangeboorde bron, lepelde alle details op die hij over Lamina kon bedenken en voegde er nog een paar aan toe die hij uit zijn duim leek te zuigen, maar zelfs dat duurde maar een paar minuten. Dit werd het patroon van de ochtend. Korte interviews met de mentoren. Langdurige periodes waarin niets gebeurde in de arena. Iedereen was blij toen het lunchpauze was.

'Jij zei dat het snel voorbij zou zijn,' mopperde Lysistrata in de rij voor de broodjes ham die klaarlagen op een tafel in de hal.

'Straks komt er schot in,' zei Coriolanus. 'Dat moet wel.'

Maar dat was niet zo. Tijdens de lange, hete middag lieten zich nog een paar tributen zien, net als vier aasvogels die lome rondjes boven Marcus vlogen. Lamina hakte op zijn boeien in tot hij naar de grond tuimelde. Pup stuurde haar een stuk brood voor de moeite, dat ze in stukjes scheurde en tot balletjes rolde om een voor een op te eten. Daarna ging ze op haar buik liggen, bond haar spichtige lichaam met haar touwriem aan de balk en viel in slaap.

Capitool TV zorgde heel even voor wat afwisseling met beelden vanaf het plein voor het amfitheater, waar drank- en eetkraampjes waren neergezet voor de inwoners die naar de Spelen kwamen kijken op twee grote schermen aan weerszijden van de ingang. Nu er zo weinig gebeurde in de arena, ging de meeste aandacht uiteindelijk naar twee honden die door hun baasje verkleed waren als Lucy Gray en Jessup. Coriolanus had er gemengde gevoelens bij – hij vond het niet echt leuk om die stomme poedel in haar regenboogruches te zien – tot zijn boodschappenband begon te piepen en hij besloot dat slechte publiciteit niet bestond. Maar de hondjes waren moe en werden naar huis gebracht, en er gebeurde nog altijd niets.

Het was al bijna vijf uur toen Lucky de kijkers voorstelde aan dr. Gaul. Hij was duidelijk doodop van de druk om telkens weer met iets nieuws te komen. Verbijsterd stak hij zijn handen op en zei: ‘Wat gebeurt hier, Hoofdspelmaker?’

Dr. Gaul deed zo’n beetje alsof hij lucht was en praatte recht in de camera. ‘Sommigen van u vragen zich misschien af waarom de Spelen wat traag op gang komen, maar vergeet niet dat we onderweg hiernaartoe al heel wat hebben meegemaakt. Meer dan een derde van de tributen heeft de arena nooit gehaald, en degenen die het wel gehaald hebben, zijn over het algemeen niet de krachtpatsers. Wat het aantal doden betreft staan we al bijna gelijk met vorig jaar.’

‘Dat is waar,’ zei Lucky. ‘Maar ik denk dat ik voor alle kijkers spreek als ik vraag: waar zijn de tributen dit jaar? Meestal zijn ze makkelijker te zien.'

'Wellicht ben je even vergeten dat er onlangs een aanslag is geweest,' zei dr. Gaul. 'In voorgaande jaren konden de tributen vrijwel alleen in de piste en op de tribunes komen, maar door de aanslag van vorige week zijn er enkele kieren en gaten ontstaan die toegang geven tot het doolhof van gangen in de muren van het theater. Het zijn een heel ander soort Spelen: eerst moet je een andere tribuut zoeken, en daarna moet je hem of haar uit een stel erg donkere hoekjes jagen.'

'O,' zei Lucky teleurgesteld. 'Dus sommige tributen zien we misschien nooit meer terug?'

'Geen zorgen. Als ze honger krijgen komen ze vanzelf tevoorschijn,' antwoordde dr. Gaul. 'Dat is nog iets wat het spel veranderd heeft. Nu het publiek eten kan laten bezorgen, zouden de Spelen in theorie eindeloos kunnen duren.'

'Eindeloos?' herhaalde Lucky.

'Ik hoop dat je nog heel wat goocheltrucjes achter de hand hebt!' kraaide dr. Gaul. 'Ik heb trouwens een konijnenmutilant die ik jou wel eens uit je hoge hoed zou willen zien toveren. Het is een kruising met een pitbull.'

Lucky verschoot van kleur en probeerde te lachen. 'Nee, dank u wel. Ik heb mijn eigen huisdieren, dr. Gaul.'

'Ik krijg bijna medelijden met hem,' fluisterde Coriolanus tegen Lysistrata.

'Ik niet,' antwoordde ze. 'Ze verdienen elkaar.'

Om vijf uur stuurde rector Highbottom de leerlingen naar huis, maar de veertien mentoren met tributen moesten blijven, vooral omdat hun boodschappenbanden alleen werkten via zenders in de Academie of in de studio van Capitool TV.

Rond een uur of zeven verscheen er een echt diner voor de

'talenten', wat Coriolanus het gevoel gaf dat hij belangrijk was en op de plek zat waar alles gebeurde. De varkenskoteletten en aardappelen waren een stuk beter dan wat hij thuis kreeg – nog een reden om te hopen dat Lucy Gray bleef leven. Hij veegde de jus op met een stukje brood en vroeg zich af of ze honger had. Toen ze hun bosbessentaart met slagroom gingen halen, nam hij Lysistrata apart om het met haar te bespreken. Als het goed was hadden de tributen nog flink wat eten over van de afscheidsbijeenkomst, vooral als Jessup geen honger meer had, maar hoe zat dat met water? Was er een waterpunt in de arena? En hoe konden ze iets naar hun tributen sturen zonder te verraden waar ze zich hadden verstopt? Dr. Gaul had waarschijnlijk gelijk toen ze zei dat de tributen tevoorschijn zouden komen als ze iets nodig hadden. En tot die tijd konden ze het beste maar gewoon afwachten.

Het toetje was bijna op toen er weer iets gebeurde in de arena en de mentoren terug naar hun stoel moesten. De jongen uit District 3 van Io Jasper, Circ, kroop uit de versperring bij de ingang, keek om zich heen en wenkte iemand. Een klein, sjofel meisje met donker, pluizig haar klauterde achter hem aan. Lamina, die nog steeds op haar balk lag te dutten, deed één oog open om te zien hoe groot het gevaar was.

'Wees maar niet bang, lieve Lamina van me,' zei Pup tegen het scherm. 'Die twee komen nog geen keukentrapje op.' Daar was Lamina het blijkbaar mee eens, want ze ging wat lekkerder liggen en dat was het.

Lucky Flickerman verscheen in de hoek van het scherm met een servet in zijn kraag en een bosbessenklodder op zijn kin. Hij vertelde de kijkers dat dit de tributen uit District 3 waren, het elektronicadistrict. Circ was de jongen die had beweerd dat hij dingen met zijn bril in brand kon steken. 'En het meisje heet...'

Lucky gluurde even op een kaartje buiten beeld. 'Teslee! Teslee uit 3! En haar mentor is onze eigen...' Lucky keek weer opzij, maar leek het niet te weten. 'Dat is onze eigen...'

'O, doe eens je best,' gromde Urban Canville op de eerste rij. Net als Io waren zijn ouders een soort wetenschappers – natuurkundigen misschien? Urban was altijd zo chagrijnig dat iedereen zich zonder schuldgevoel ergerde aan de tienen die hij steevast voor wiskunde haalde. Hij was niet naar het interview gekomen en Coriolanus vond dat hij het Lucky niet kwalijk kon nemen dat die een beetje lui was geworden. Teslee zag er klein uit, maar niet kansloos.

'Onze eigen Turban Canville!' zei Lucky.

'Urban, niet Turban!' zei Urban. 'Kom op, kunnen ze geen professional regelen?'

'Helaas hebben we Turban en Teslee niet gezien bij de interviews,' zei Lucky.

'Omdat ze niet met me wilde praten!' snauwde Urban.

'Gek dat ze niet voor zijn charmes is gevallen,' zei Festus, en de achterste rij moest lachen.

'Ik ga Circ iets sturen. Geen idee wanneer ik hem weer zal zien,' verkondigde Io tikkend op haar boodschappenband. Coriolanus zag dat Urban haar voorbeeld volgde.

Circ en Teslee liepen snel om het lijk van Marcus heen en onderzochten op hun hurken de kapotte drones. Hun handen gingen voorzichtig over de apparaten om de schade vast te stellen en prikten in vakjes die niemand anders gezien zou hebben. Circ haalde er een rechthoekig voorwerp uit dat op een batterij leek en stak zijn duim op naar Teslee. Teslee rommelde met wat draadjes en de lampjes van haar drone begonnen te knipperen. Ze grijnsden naar elkaar.

'O hemel!' riep Lucky. 'Hier gebeurt iets spannends!'

‘Het zou spannender zijn als ze de afstandsbediening hadden,’ zei Urban, maar hij leek iets minder boos.

Het stel was nog steeds met de drones bezig toen er nog twee aan kwamen vliegen om brood en water bij hen in de buurt af te gooien. Ze verzamelden hun geschenken en op dat moment verscheen er verderop in de arena een gestalte. Ze overlegden met elkaar, pakten allebei een drone en renden snel terug naar de versperring. De gestalte bleek Boetius te zijn, die een van de gangen in dook en weer tevoorschijn kwam met iemand in zijn armen. Toen de camera’s zich op hem richtten zag Coriolanus dat het Dille was, die gekrompen leek te zijn, haar lichaam opgekruld in foetushouding. Ze staarde nietsziend naar de avondzon die haar asgrauwe huid bespikkelde. Een hoestbui deed een straal bloederig speeksel uit haar mondhoek lopen.

‘Dat die het nog een hele dag heeft volgehouden,’ zei Felix tegen niemand in het bijzonder.

Boetius stapte om de brokstukken van de aanslag heen tot hij een zonnige plek had bereikt, waar hij Dille op een verkoold stuk hout legde. Ondanks de hitte huiverde ze. Hij wees naar de zon en zei iets, maar ze reageerde niet.

‘Had hij niet beloofd dat hij alle anderen ging vermoorden?’ vroeg Pup.

‘Ziet er nu een stuk minder stoer uit,’ zei Urban.

‘Zij is zijn districtspartner,’ zei Lysistrata. ‘En ze is bijna dood. Tuberculose, denk ik.’

Dat kreeg iedereen stil, want een nare variant van die ziekte stak nog steeds af en toe de kop op in het Capitool, waar het met moeite als chronische ziekte onder controle werd gehouden, maar niet genezen kon worden. In de districten was het natuurlijk een doodsvonnis.

Boetius beende rusteloos heen en weer, omdat hij weer op

jacht wilde of omdat hij er niet tegen kon om Dille te zien lijden. Toen gaf hij haar nog een klopje en liep met grote stappen naar de versperring.

'Moet je hem niet iets sturen?' vroeg Domitia aan Clemensia.

'Waarom? Hij heeft haar niet vermoord, alleen maar gedragen. Daar ga ik hem niet voor belonen,' wierp Clemensia tegen.

Coriolanus, die haar de hele dag uit de weg was gegaan, besloot dat hij de juiste beslissing had genomen. Clemensia was zichzelf niet. Misschien had het slangengif haar hersenen aangetast.

'Nou, ik kan net zo goed gebruiken wat ik nog heb. Het is van haar,' zei Felix, en hij tikte iets in op zijn boodschappenband.

Twee flessen water werden per drone de arena in gevlogen. Dille leek ze niet op te merken. Na een paar minuten sprintte de jongen die Coriolanus had zien jongleren een gang uit; zijn zwarte haar wapperde achter hem aan. Zonder stil te staan bukte hij zich om het water van de grond te grissen en daarna verdween hij weer door een grote scheur in de muur. De voice-over van Lucky vertelde de kijkers dat de jongen Treech uit District 7 was, met als mentor Vipsania Sickle.

'Dat is wel erg hard,' zei Felix. 'Hij had haar nog wel even iets kunnen laten drinken.'

'Het is slim,' zei Vipsania. 'Het bespaart mij geld en we hebben al niet veel.'

De zon zakte achter de horizon en de aasvogels cirkelden traag boven de arena. Dilles lichaam trok eindelijk samen in een laatste, hevige hoestbui, en ze spuugde bloed over haar vieze jurk. Coriolanus voelde zich niet lekker. Het bloed dat uit haar mond stroomde was angstaanjagend en walgelijk.

Lucky Flickerman kwam in beeld en meldde dat Dille, het meisje uit District 11, een natuurlijke dood was gestorven. Helaas betekende dat ook dat ze afscheid moesten nemen van Felix Ravinstill. 'Lepidus, kunnen we hem nog even spreken vanuit de Heavensbeezaal?'

Lepidus haalde Felix naar voren en vroeg hoe hij het vond dat hij de Spelen moest verlaten.

'Ach, het is niet echt een verrassing. Die meid liep al op haar tandvlees toen ze hier aankwam,' zei Felix.

'Ik vind het een enorme prestatie van jou dat je haar door het interview hebt geloodst,' zei Lepidus meelevend. 'Dat was voor veel mentoren al te lastig.'

Coriolanus vroeg zich af of Lepidus' lovende woorden vooral te maken hadden met het feit dat Felix de achterneef van de president was, maar hij vond het niet erg. De lat voor succes werd nu op een niveau gelegd dat hij allang was ontstegen, dus zelfs als Lucy Gray de ochtend niet zou halen, zou hij alsnog als een uitblinker beschouwd kunnen worden. Maar ze moest de ochtend wél halen, en de volgende ook, en de volgende, net zolang tot ze gewonnen had. Hij had beloofd dat hij haar zou helpen, maar tot nu toe had hij alleen nog maar reclame voor haar gemaakt bij de kijkers, verder niets.

In de studio nam Lucky na een paar laatste complimenten aan Felix afscheid van het publiek. 'Het wordt donker in de arena en de meeste tributen zijn gaan slapen – dat zou u ook moeten doen. Wij houden de boel hier in de gaten, maar we denken dat er voorlopig niet veel zal gebeuren. Droom zacht.'

De Spelmakers schakelden over naar een totaalshot van de arena, maar het enige wat Coriolanus kon onderscheiden was het silhouet van Lamina op haar balk. Na zonsondergang werd de arena alleen verlicht door de maan en daardoor was er over het algemeen vrij weinig te zien. Rector Highbottom zei dat ze wel naar huis mochten gaan, hoewel het misschien een slim idee was om morgen een tandenborstel en schone kleren mee te nemen. Iedereen gaf Felix een hand en zei dat hij het goed had gedaan. En de meesten meenden het, want deze dag had een gloednieuwe band tussen de mentoren gesmeed. Ze waren leden van een speciale club van wie er uiteindelijk maar één zou overblijven, maar die hen voorgoed had gevormd.

Onderweg naar huis maakte Coriolanus een rekensommetje. Er waren dus nog twee tributen gesneuveld, maar hij had Marcus al een tijdje niet meer meegeteld als kandidaat. Toch waren er nog maar dertien over, en nog maar twaalf tegenstanders die Lucy Gray moest zien te verslaan. En zoals Dille en de astmatische jongen uit District 5 hadden bewezen, was het voor een groot deel misschien wel gewoon een kwestie van de anderen overleven. Hij dacht terug aan gisteren, aan de tranen die hij had weggeveegd, de belofte om haar in leven te houden, de kus. Dacht zij ook aan hem? Miste ze hem zoals hij haar miste? Hij hoopte dat ze morgen tevoorschijn zou komen en dat hij haar eten en water kon sturen. Het publiek aan haar bestaan kon herinneren. Hij had 's middags maar een paar nieuwe geschenken voor haar ontvangen en die waren misschien te danken aan haar bondgenootschap met Jessup. Met elk macaber moment in de Hongerspelen werd Lucy Gray's charmante zangvogelpersonage minder indrukwekkend. En hij was als enige op de hoogte van het rattengif, dus dat verhoogde haar status ook niet.

Hij was bezweet en moe van de stressvolle dag en wilde niets liever dan douchen en in bed ploffen, maar zodra hij over de drempel stapte, zweefde de geur van de jasmijnthee die bewaard werd voor gasten hem tegemoet. Wie kwam er op dit tijdstip nog op bezoek? En op de openingsdag nog wel? Het was veel te laat voor de vrienden van de grootmadam, veel te laat voor de buren om nog even aan te komen waaien, en dat waren sowieso geen aanwaaierige types. Er was iets mis, dat kon niet anders.

De familie Snow maakte zelden gebruik van de televisie in de statige woonkamer, maar ze hadden er natuurlijk wel een. Op het scherm was de donkere arena te zien zoals hij die in de Heavensbeezaal had achtergelaten. De grootmadam, die een keurige kamerjas over haar nachthemd had aangetrokken, zat stijfjes op een rechte stoel aan de theetafel terwijl Tigris een dampende kop bleke vloeistof voor hun gast inschonk.

Want daar zat mevrouw Plinth, verkreukelder dan ooit, met een warrig kapsel en een scheve jurk, te huilen in een zakdoekje. 'Jullie zijn zo aardig,' snotterde ze. 'Het spijt me dat ik zomaar kom binnenvallen.'

'Een vriend van Coriolanus is een vriend van ons allemaal,' zei de grootmadam. 'Plinch, zegt u?'

Coriolanus wist dat ze precies wist wie Moe was, maar om iemand gedwongen te moeten ontvangen, laat staan een Plinth en op dit uur, ging tegen al haar principes in.

'Plinth,' zei de vrouw. 'Plinth.'

'U weet wel, grootmadam, van die heerlijke stoofschotel toen Coriolanus gewond was,' hielp Tigris haar herinneren.

'Het spijt me. Het is te laat,' zei mevrouw Plinth.

'Het is helemaal niet erg. Heel goed dat u bent gekomen,' zei Tigris, die haar een schouderklopje gaf. Ze ontdekte Coriolanus en keek opgelucht. 'O, daar is mijn neef! Misschien weet hij iets.'

'Mevrouw Plinth, wat een onverwacht genoegen. Is alles in orde?' vroeg Coriolanus, alsof het slechte nieuws niet van haar af droop.

'O, Coriolanus, nee. Nee, helemaal niet. Sejanus is niet thuisgekomen. We hoorden dat hij vanochtend bij de Academie is vertrokken en ik heb hem sindsdien niet meer gezien. Ik maak me zo veel zorgen,' zei ze. 'Waar kan hij zijn? Ik weet dat die situatie met Marcus hem erg geraakt heeft. Weet jij het? Weet jij waar hij kan zijn? Was hij overstuur toen hij wegging?'

Coriolanus wist dat alleen het publiek in de Heavensbeezaal getuige was geweest van de uitbarsting van Sejanus, van de weggesmeten stoel en de geschreeuwde beledigingen. 'Ja, hij was overstuur, mevrouw. Maar ik denk niet dat u zich daar zorgen om hoeft te maken. Hij moest waarschijnlijk gewoon even stoom afblazen. Een eind lopen of zo. Dat zou ik zelf ook doen.'

'Maar het is al zo laat. Het is niets voor hem om zomaar weg te blijven zonder het zijn Moe te laten weten,' piekerde ze.

'Weet u een plek waar hij naartoe gegaan kan zijn? Of iemand?' opperde Tigris.

Mevrouw Plinth schudde haar hoofd. 'Nee. Nee. Jouw neef is zijn enige vriend.'

Wat treurig, dacht Coriolanus. Om geen vrienden te hebben. Maar hij zei alleen: 'Als hij behoefte aan gezelschap had gehad, dan was hij wel naar me toe gekomen. Hij had waarschijnlijk wat tijd voor zichzelf nodig om... om de boel op een rijtje te zetten. Er is vast niets aan de hand. Anders had u wel iets gehoord.'

'Hebt u bij de vredebewakers geïnformeerd?' vroeg Tigris.

Mevrouw Plinth knikte. 'Die hebben hem niet gezien.'

'Ziet u wel?' zei Coriolanus. 'Dan is hem niets overkomen. Misschien is hij ondertussen al thuis.'

'Wellicht moet u eens gaan kijken,' suggereerde de grootmadam net iets te dwingend.

Tigris wierp haar een blik toe. 'Of u belt gewoon even.'

Maar mevrouw Plinth was genoeg gekalmeerd om de hint op te pikken. 'Nee. Je oma heeft gelijk. Ik moet naar huis. En dan kunnen jullie naar bed.'

'Coriolanus loopt met u mee,' zei Tigris beslist.

Ze liet hem geen andere keus, dus hij knikte. 'Natuurlijk.'

'Mijn chauffeur wacht buiten.' Mevrouw Plinth kwam overeind en streek haar haar glad. 'Dank jullie wel. Ontzettend aardig van jullie. Dank jullie wel.' Ze pakte haar uitpuilende handtas en wilde zich omdraaien toen ze iets op het scherm zag. Ze verstijfde.

Coriolanus volgde haar blik en zag een schimmige gedaante uit de versperring glippen en naar Lamina lopen. De gestalte was lang, mannelijk en had iets in zijn handen. Boetius of Tanner, dacht hij. De jongen bleef staan bij het lijk van Marcus en keek omhoog naar het slapende meisje. *Dus een van de tributen heeft eindelijk besloten haar te grazen te nemen.* Coriolanus wist dat hij moest kijken, mentor zijnde, maar hij wilde echt heel graag eerst mevrouw Plinth de deur uit hebben.

'Zal ik u naar de auto brengen?' vroeg hij. 'Sejanus ligt vast al in bed.'

'Nee, Coriolanus,' zei mevrouw Plinth gesmoord. 'Nee.' Ze knikte naar het scherm. 'Mijn jongen is daar.'

15

Zodra Moe het zei, wist Coriolanus dat ze gelijk had. Misschien zou alleen een moeder in het schemerlicht het onderscheid kunnen maken, maar nu ze het zei herkende hij Sejanus. Het was de licht gebogen houding, de contouren van zijn voorhoofd. Het witte uniformhemd van de Academie lichtte vaag op in het donker en hij zag bijna het felgele mentorpasje aan het koord op zijn borst hangen. Hij had geen flauw idee hoe Sejanus de arena in was gekomen. Misschien was een Capitooljongen, een mentor nog wel, niet opgevallen bij de ingang waar je gefrituurde deegbollen en limonade kon kopen en samen met de anderen op het grote scherm naar de Spelen kon kijken. Was hij gewoon opgegaan in de massa, had hij misschien zelfs zijn bescheiden roem ingezet om eventuele achterdocht weg te nemen? *Mijn tribuut heeft het loodje gelegd, dus dan kan ik net zo goed een beetje lol maken.* Was hij op de foto gegaan? Had hij gezellig met de vredebewakers staan kletsen om toen ze even niet keken naar binnen te glippen? Niemand zou vermoeden dat hij de arena in zou willen – en waarom had hij dat in vredesnaam gedaan?

Op het scherm zag hij de contouren van Sejanus knielen, een pakketje neerleggen en Marcus op zijn rug rollen. Hij probeerde de benen te strekken en de armen op de borst te vouwen, maar de ledematen waren verstijfd en wilden niet meewerken. Coriolanus kon niet zien wat er daarna gebeurde, iets met dat pakketje, en toen stond Sejanus op, met zijn hand boven het lijk.

Dat had hij in de dierentuin ook gedaan, dacht Coriolanus. Na de dood van Arachne had hij in een flits gezien dat Sejanus iets over het lijk van de tribuut had gestrooid.

'Is dat uw zoon? Wat doet hij daar?' vroeg de grootmadam verbijsterd.

'Hij strooit broodkruimels over het lijk,' zei Moe. 'Zodat Marcus onderweg iets te eten heeft.'

'Onderweg waarnaartoe?' vroeg de grootmadam. 'Hij is dood!'

'Terug naar waar hij vandaan kwam,' zei Moe. 'Zo doen we dat, thuis. Als iemand sterft.'

Coriolanus schaamde zich voor haar. Dit bewees maar weer hoe onontwikkeld de districten waren. Primitieve mensen met primitieve gewoontes. Hoeveel brood hadden ze al verspild met deze onzin? *O nee, hij is gestorven van de honger! Snel, haal het brood!* Hij had het donkerbruine vermoeden dat hij nog lang niet van deze zogenaamde vriendschap af was. En precies op dat moment ging de telefoon.

'Is de hele stad soms wakker?' vroeg de grootmadam zich af.

'Pardon.' Coriolanus liep naar de telefoon in de gang. 'Hallo?' zei hij in de hoorn, hopend dat iemand verkeerd verbonden was.

'Meneer Snow, met dr. Gaul.' Coriolanus' maag kromp samen. 'Ben je in de buurt van een scherm?'

'Ik kom net thuis,' antwoordde hij in een poging tijd te rekken. 'O, nu zie ik het. Mijn familie zit te kijken.'

'Wat is er met die vriend van jou aan de hand?' vroeg ze.

Coriolanus draaide zijn hoofd weg van de woonkamer en dempte zijn stem. 'Hij is niet echt mijn vriend.'

'Onzin. Jullie zijn dikke maten,' zei ze. '"Help me deze broodjes uit te delen, Coriolanus!" "Naast mij is nog plek, Sejanus!" Toen ik Casca vroeg met welke klasgenoten hij omging, was jouw naam de enige die hij kon bedenken.'

Zijn hoffelijkheid jegens Sejanus was duidelijk verkeerd geïnterpreteerd. Kennissen waren ze, hooguit. 'Dr. Gaul, ik wil graag even uitleggen...'

'Ik heb geen tijd voor uitleg. Die snotneus van de Plinths zit in de arena met een roedel wolven. Als ze hem zien, maken ze hem meteen af.' Ze wendde zich van de hoorn af om iets tegen iemand anders te zeggen. 'Nee, niet abrupt afkappen, dat trekt alleen maar de aandacht. Maak het gewoon zo donker mogelijk. Heel natuurlijk, een langzame overgang naar zwart, alsof er een wolk voor de maan schuift.' Meteen daarna ging ze verder tegen hem. 'Je bent een slimme jongen. Welke boodschap zouden we het publiek daarmee geven? De schade zou aanzienlijk zijn. We moeten dit meteen oplossen.'

'U kunt een paar vredebewakers naar binnen sturen,' opperde Coriolanus.

'Zodat hij er als een haas vandoor kan gaan?' snoof ze. 'Moet je je voorstellen, vredebewakers die hem in het donker achternazitten. Nee, we moeten hem zo rustig mogelijk naar buiten lokken, dus we hebben mensen nodig die belangrijk voor hem zijn. Zijn vader kan hij niet uitstaan, hij heeft geen broers of zussen, geen andere vrienden. Dan blijven jij en zijn moeder over. Die proberen we nu te pakken te krijgen.'

De moed zonk Coriolanus in de schoenen. 'Ze is hier,' gaf hij toe. Daar ging zijn 'we zijn gewoon kennissen'-excuus.

'Uitstekend. Ik wil dat jullie allebei over twintig minuten bij de arena zijn. Als het langer duurt krijg je nog een minpunt, van mij deze keer en niet van Highbottom, en dan kun je fluiten naar welke prijs dan ook.' En met die woorden hing ze op.

Op televisie zag Coriolanus dat het beeld donker was geworden. Hij kon Sejanus nauwelijks nog onderscheiden. 'Mevrouw Plinth, dat was de Hoofdspelmaker. Ze wil graag dat u naar de arena komt om Sejanus op te halen, en ik ga met u mee.' Meer dan dat kon hij niet vertellen zonder de grootmadam een hartaanval te bezorgen.

'Krijgt hij hier last mee?' vroeg ze met grote ogen. 'Van het Capitool?'

Coriolanus vond het wat vreemd dat ze zich op dit moment meer zorgen maakte om het Capitool dan om een arena vol gewapende tributen, maar misschien was dat niet onterecht na wat er met Marcus was gebeurd.

'O, nee hoor. Ze zijn gewoon begaan met zijn veiligheid. We zijn zo weer terug, maar ga maar vast naar bed,' zei hij tegen Tigris en de grootmadam.

Zo snel mogelijk sleepte hij mevrouw Plinth de deur uit, de lift in en de gang door. Haar auto reed geluidloos voor en de chauffeur, waarschijnlijk een Avox, gaf alleen een knikje bij het verzoek om naar de arena te rijden.

'We hebben nogal haast,' zei Coriolanus tegen de man, en de auto zoefde meteen nog sneller door de verlaten straten. Als de afstand in twintig minuten te overbruggen was, dan zouden ze het halen.

Mevrouw Plinth kneep in haar handtas en staarde door het raampje naar de slapende stad. 'De eerste keer dat ik het Capitool zag was het ook nacht, net als nu.'

'Werkelijk?' vroeg Coriolanus uit beleefdheid. Wat kon hem dat schelen? Zijn hele toekomst stond op het spel vanwege die dwarse zoon van haar. En je ging je toch afvragen hoe een jongen was opgevoed als hij dacht dat je iets kon bereiken door in de arena in te breken.

'Sejanus zat precies waar jij nu zit en zei: "Het komt goed, Moe. Het komt allemaal goed." Hij probeerde me gerust te stellen. Terwijl we allebei wisten dat het een ramp ging worden,' zei mevrouw Plinth. 'Maar hij was zo dapper. Zo'n goeie jongen. Hij dacht alleen aan zijn Moe.'

'Aha. Het was vast een hele overgang.' Wat was dat toch met de familie Plinth, dat ze alleen maar konden klagen over hun voorspoed? Eén blik op deze auto, het bewerkte leer, de comfortabele banken, de bar met de kristallen flessen vol kleurige drank, en je wist dat ze tot de welvarendste mensen van Panem behoorden.

'Familie en vrienden verbraken het contact,' ging mevrouw Plinth verder. 'En hier konden we geen nieuwe maken. Strabo – zijn pa – denkt nog steeds dat het de juiste keuze was. Dat we in 2 geen toekomst zouden hebben. Zijn manier om ons te beschermen. Zijn manier om Sejanus uit de Spelen te houden.'

'Wel ironisch. Gezien de omstandigheden.' Coriolanus probeerde van onderwerp te veranderen. 'Goed, ik weet niet wat dr. Gaul van plan is, maar ik kan me voorstellen dat ze wil dat u helpt om hem daar weg te krijgen.'

'Ik weet niet of ik dat wel kan,' zei ze. 'Nu hij zo overstuur is en zo. Ik kan het proberen, maar hij zal pas vertrekken als hij denkt dat hij daarmee het goede doet.'

Het goede doen. Coriolanus besefte dat dat altijd Sejanus' handelen bepaalde: zijn wil om het goede te doen. Die hardnekkigheid, waardoor hij bijvoorbeeld ook tegen dr. Gaul in ging terwijl de rest gewoon een voldoende probeerde te halen, was nog een reden waarom hij mensen van zich vervreemdde. Hij kon echt onuitstaanbaar zijn met dat superieure commentaar de hele tijd. Maar door daarop in te spelen zou Coriolanus hem misschien kunnen manipuleren.

De auto stopte bij de ingang en Coriolanus zag dat er een poging was gedaan om de crisissituatie geheim te houden. Er waren maar een stuk of tien vredebewakers en een handjevol Spelmakers aanwezig. De eetkraampjes waren gesloten en het publiek was al naar huis, dus er was weinig wat nieuwsgierige toeschouwers lokte. Hij stapte uit en merkte hoeveel kouder het was dan toen hij naar huis was gelopen.

Achter in een busje van Capitool TV toonde een split screen de echte beelden uit de arena naast de donkere versie die de kijkers te zien kregen. Rond het scherm stonden dr. Gaul, rector Highbottom en een paar vredebewakers. Toen Coriolanus met mevrouw Plinth naar hen toe liep, zag hij Sejanus roerloos naast het lijk van Marcus zitten.

'Je bent in elk geval op tijd,' zei dr. Gaul. 'U bent zeker mevrouw Plinth?'

'Ja, ja,' zei mevrouw Plinth met een beverige stem. 'Het spijt me als Sejanus voor overlast heeft gezorgd. Het is echt een goeie jongen. Hij trekt zich dingen altijd erg aan.'

'Niemand kan hem van onverschilligheid betichten,' beaamde dr. Gaul. Ze draaide zich om naar Coriolanus. 'Enig idee hoe we je beste vriend kunnen redden, meneer Snow?'

Coriolanus negeerde de schimpscheut en tuurde naar het scherm. 'Wat is hij aan het doen?'

'Hij zit daar maar een beetje op zijn knieën,' zei rector Highbottom. 'Misschien is hij in shock.'

'Hij lijkt rustig. U zou nu een paar vredebewakers naar binnen kunnen sturen zonder hem te laten schrikken?' opperde Coriolanus.

'Te gevaarlijk,' zei dr. Gaul.

'En zijn moeder door de luidsprekers laten praten, of door een megafoon?' ging Coriolanus verder. 'Als u het scherm donker kunt maken, kunt u het geluid vast ook bewerken.'

'Van de uitzending, ja. Maar in de arena zouden we alle tributen attent maken op het feit dat ze een ongewapende Capitooljongen in hun midden hebben,' zei rector Highbottom.

Coriolanus kreeg een akelig voorgevoel. 'Wat had u dan in gedachten?'

'Wij denken dat iemand die hij kent zo onopvallend mogelijk naar binnen moet glippen om hem over te halen mee naar buiten te gaan,' zei dr. Gaul. 'Te weten: jij.'

'Nee!' riep mevrouw Plinth opvallend fel uit. 'Niet Coriolanus. Er zijn al genoeg kinderen in gevaar. Ik doe het wel.'

Het was aardig van haar, maar Coriolanus wist dat de kans klein was dat ze op haar aanbod zouden ingaan. Met haar rode, gezwollen ogen en wiebelige hoge hakken kwam ze niet over als de juiste persoon voor een geheime missie.

'We hebben iemand nodig die snel op de vlucht kan slaan als het moet. Meneer Snow is geknipt voor deze taak.' Dr. Gaul gebaarde naar een paar vredebewakers en Coriolanus werd in een kogelwerend vest gehesen. 'Dit zou je vitale organen moeten beschermen. Hier heb je pepperspray en een flitslicht waarmee je je vijanden tijdelijk kunt verblinden, mocht je die maken.'

Hij keek naar het flesje pepperspray en de lamp. 'En een pistool? Of in elk geval een mes?'

'Je hebt nooit met wapens getraind, dus dit lijkt ons veiliger. Denk eraan, je gaat daar niet heen om schade aan te richten, maar om je vriend zo snel en zo stil mogelijk naar buiten te brengen,' vertelde dr. Gaul.

Elke andere leerling, en zelfs de Coriolanus van een paar weken geleden, zou geprotesteerd hebben. Zou een ouder of verzorger hebben willen bellen. Gesmeekt hebben. Maar na de slangenaanval op Clemensia, de nasleep van de aanslag en Marcus' foltering wist hij dat het geen zin had. Als dr. Gaul besloot dat hij de Capitoolarena in ging, dan ging hij de Capitoolarena in, zelfs als zijn prijs niet op het spel zou staan. Hij was gewoon een van haar vele proefkonijnen, net zoals de andere leerlingen en tributen, even onbelangrijk als de Avox in hun kooien. Machteloos.

'Dit kunt u niet maken. Hij is nog maar een jongen. Ik zal mijn man bellen,' smeekte mevrouw Plinth.

Rector Highbottom keek met een glimlachje naar Coriolanus. 'Het komt wel goed. Een Snow krijg je niet zomaar dood.'

Kwam dit allemaal uit de koker van de rector? Had hij een mooie manier gezien om zijn ultieme doel te bereiken, het ruïneren van Coriolanus' toekomst? De smeekbedes van Moe leken hem in elk geval niets te doen.

Met vredebewakers aan beide ellebogen – voor zijn veiligheid, of om te voorkomen dat hij ervandoor ging? – liep hij naar de arena. Hij kon zich niet herinneren dat hij hier na de aanslag was weggedragen – misschien hadden ze een andere uitgang genomen? – maar nu zag hij de schade die aan de hoofdpoort was aangericht. Een van de twee grote deuren was helemaal weggeblazen en had een groot, door verwrongen metaal omlijst gat achtergelaten. Er waren een paar middelhoge betonblokken in de opening gezet, maar verder had men op de bewakers na weinig moeite gedaan om dit gedeelte af te schermen. Met genoeg afleiding zou Sejanus hier zonder veel problemen langsgekomen zijn, en het grootste deel van de dag was het een drukte van jewelste geweest voor de arena. Als de vredebewakers bang waren voor aanslagen, zouden ze ervan uitgaan dat het publiek doelwit zou zijn. Maar toch leek het allemaal net iets te ontspannen. Stel dat de tributen weer een uitbraakpoging zouden doen?

Coriolanus liep met zijn escorte langs de betonblokken de hal in, die het zwaar te verduren had gehad. In het licht van de paar lampjes die het nog deden rond de loketten en kraampjes zag hij brokken plafond en vloer, gesneuvelde pilaren en gevallen balken, alles bedekt met een laag gipspoeder. Om bij de poortjes te komen moest je door de puinhopen heen en opnieuw besefte hij dat Sejanus dit gedeelte met wat geduld en een beetje geluk ongezien had kunnen oversteken. De rechterpoortjes waren ook geraakt en bestonden nu uit verbogen en gesmolten metalen punten en openingen. Hier hadden de vredebewakers de eerste echte barrière opgeworpen: een stel met prikkeldraad omhulde spijlen en een stuk of zes gewapende bewakers. De nog werkende poortjes vormden ook een effectieve blokkade, omdat je er van binnenuit niet doorheen kon.

'Dus hij had een muntje?' vroeg Coriolanus.

'Hij had een muntje,' bevestigde de oude vredebewaker die de leiding leek te hebben. 'We waren niet op onze hoede. We hadden geen rekening gehouden met mensen die tijdens de Spelen de arena ín zouden willen, alleen eruit.' Hij haalde een muntje uit zijn zak. 'Dit is voor jou.'

Coriolanus liet het schijfje door zijn vingers rollen maar liep nog niet naar de poortjes. 'Hoe wilde hij er dan weer uit?'

'Ik denk niet dat hij dat van plan was,' zei de vredebewaker.

'En hoe kom ík er weer uit?' vroeg Coriolanus. Het klonk allemaal erg gevaarlijk.

'Daar.' De vredebewaker wees naar het spijlenhek. 'We kunnen het prikkeldraad naar achteren trekken en het hek een stukje optillen, dan kun je er net onderdoor kruipen.'

'Kan dat snel genoeg?' vroeg hij twijfelend.

'We zien je op het scherm. Zodra je hem mee hebt gekregen, tillen wij dat hek op,' verzekerde de vredebewaker hem.

'En als ik hem niet mee krijg?' vroeg Coriolanus.

'Daar hebben we geen instructies voor.' De vredebewaker haalde zijn schouders op. 'Ik denk dat je moet blijven tot het is gelukt.'

Het koude zweet brak Coriolanus uit toen dat tot hem doordrong. Zonder Sejanus mocht hij niet terug. Hij keek door het poortje naar het eind van de gang, waar de versperring was opgeworpen onder het scorebord. De versperring waar hij Lamina, Circ en Teslee eerder in en uit had zien klauteren. 'En dat daar?'

'Die is meer voor de show. Hij belemmert het zicht op de hal en de straat. Die mag niet in beeld,' legde de vredebewaker uit. 'Maar je komt er zo doorheen.'

Dan zouden de tributen er ook zo doorheen komen, dacht Coriolanus. Hij liet zijn duim over het gladde muntje glijden.

'We dekken je tot de versperring,' zei de vredebewaker.

'Dus jullie doden elke tribuut die mij aanvalt,' verduidelijkte Coriolanus.

'We jagen ze in elk geval weg,' zei de vredebewaker. 'Wees maar niet bang, wij beschermen je.'

'Mooi,' zei Coriolanus totaal niet overtuigd. Hij klemde zijn kiezen op elkaar, ramde het muntje in de sleuf en duwde de metalen stang naar voren. 'Fijne voorstelling!' hielp het poortje hem herinneren, en in de stilte van de nacht klonk het tien keer zo hard. Een van de vredebewakers begon te grinniken.

Coriolanus zette koers naar de rechtermuur en liep zo snel en geruisloos mogelijk naar voren. De noodverlichting, zijn enige lichtbron, wierp een zachte, bloedrode gloed door de gang. Hij klemde zijn lippen stijf op elkaar en haalde adem door zijn neus. Rechts, links, rechts, links. Er bewoog niets of niemand. Misschien lagen de tributen echt allemaal te slapen, zoals Lucky had beweerd?

Bij de versperring bleef hij even staan. Die was inderdaad nep, zoals de vredebewaker al had gezegd. Een paar dunne sliertten prikkeldraad op een omlijsting, gammele houten planken en betonplaten die neergezet waren om het zicht te belemmeren, niet om de tributen binnen te houden. Waarschijnlijk was er geen tijd geweest voor een echte barrière, of misschien vond men het niet nodig met het hek en de vredebewakers achter hem. Hij hoefde alleen maar door dit decorstuk heen en dan was hij al bij de rand van de piste. Achter een laatste strook prikkeldraad keek hij nog even aarzelend rond.

De maan stond inmiddels hoog aan de hemel en in het bleke, zilverkleurige licht zag hij de gestalte van Sejanus die met zijn rug naar hem toe nog altijd bij Marcus' lijk knielde. Lamina had zich niet bewogen. Verder leek de omgeving verlaten. Maar was dat ook zo? De puinhopen van de aanslag boden genoeg verstopplekken. De andere tributen konden een paar meter verderop zitten zonder dat hij het in de gaten had. In de kille lucht plakte zijn bezwete hemd klam aan zijn huid en hij wilde dat hij zijn jas had meegenomen. Hij dacht aan Lucy Gray in haar mouwloze jurk. Had ze zich tegen Jessup aan gevlijd om warm te blijven? Dat beeld vond hij maar niets en hij duwde het weg. Hij mocht nu niet aan haar denken, alleen aan het directe gevaar, aan Sejanus en aan de vraag hoe hij hem aan de andere kant van die poortjes ging krijgen.

Coriolanus haalde diep adem en stapte de piste op. Hij sloop over het zand en deed alsof hij een van de circustijgers was die hij hier als klein kind had gezien. Onverschrokken, krachtig, geruisloos. Hij wist dat hij Sejanus niet mocht laten schrikken, maar hij moest zo dichtbij komen dat hij een gesprek met hem kon voeren.

Toen hij drie meter achter hem stond, bleef hij staan en fluisterde: ‘Sejanus? Ik ben het.’

Sejanus verstijfde en toen begonnen zijn schouders te schokken. Eerst dacht Coriolanus dat hij aan het huilen was, maar het bleek het tegenovergestelde. ‘Je blijft me maar redden, hè?’

Coriolanus lachte zachtjes mee. ‘Ik kan het niet laten.’

‘Hebben ze jou naar binnen gestuurd om me eruit te halen? Wat een waanzin.’ Sejanus’ gelach stierf weg en hij kwam overeind. ‘Heb jij wel eens een lijk gezien?’

‘Een heleboel. Tijdens de oorlog.’ Hij vatte het op als een uitnodiging en liep naar Sejanus toe. Hij zou zijn arm kunnen pakken, maar dan? Hij kon hem moeilijk de arena uit sleuren. In plaats daarvan stak hij zijn handen in zijn zakken.

‘Ik niet zoveel. Niet van zo dichtbij. Wel tijdens begrafenissen. En toen in de dierentuin, maar die meisjes waren nog niet lang genoeg dood om al stijf te worden,’ zei Sejanus. ‘Ik weet niet of ik liever verbrand of begraven wil worden. Niet dat het echt iets uitmaakt.’

‘Dat hoef je nu niet te beslissen.’ Coriolanus liet zijn blik over de piste glijden. Stond daar iemand in het donker achter de kapotte muur?

‘O, maar dat beslis ik niet zelf,’ zei Sejanus. ‘Ik snap niet waarom de tributen er zo lang over doen om me te vinden. Ik zit hier toch al een tijdje.’ Hij keek Coriolanus voor het eerst aan en kreeg bezorgde rimpels in zijn voorhoofd. ‘Je kunt maar beter gaan.’

‘Dat zou ik wel willen,’ zei Coriolanus behoedzaam. ‘Heel graag zelfs. Maar ik moet rekening houden met je Moe. Die staat buiten te wachten. Ze is behoorlijk overstuur. Ik heb beloofd dat ik jou naar haar toe zou brengen.'

Sejanus' gezicht werd onbeschrijflijk verdrietig. 'Arme Moe. Die goeie arme Moe. Ze heeft dit allemaal nooit gewild. Het geld niet, de verhuizing niet, de mooie kleren en de chauffeur niet. Ze wilde gewoon in 2 blijven. Maar mijn vader... Die is er zeker niet, hè? Nee, die wacht rustig af tot dit allemaal achter de rug is. En dan kan het kopen beginnen!'

'Wat zou hij kopen dan?' De wind blies door Coriolanus' haar en maakte holle, galmende geluiden in de arena. Dit duurde te lang, en Sejanus deed niet bepaald zijn best om te fluisteren.

'Alles! Hij heeft onze plek in het Capitool gekocht, mijn opleiding, mijn mentoraat en hij wordt gek omdat hij mij niet kan kopen,' zei Sejanus. 'Hij zou jou nog kopen als je het toeliet. Of hij zou je in elk geval een vergoeding geven omdat je me probeerde te helpen.'

Koop maar een eind weg, vond Coriolanus, denkend aan het collegegeld van volgend jaar. Maar hij zei: 'Je bent mijn vriend. Hij hoeft me niet te betalen om je te helpen.'

Sejanus legde een hand op zijn schouder. 'Jij bent de enige reden dat ik het zo lang heb volgehouden, Coriolanus. Ik wil je niet meer de hele tijd in de problemen brengen.'

'Ik besefte niet hoe zwaar je het had. Ik had gewoon van tribuut met je moeten ruilen,' antwoordde hij.

Sejanus zuchtte. 'Het doet er niet meer toe. Niets doet er nog toe.'

'Natuurlijk wel,' hield Coriolanus vol. Ze kwamen eraan, hij voelde het. Een roedel die hen langzaam omsingelde. 'Kom mee naar buiten.'

'Nee. Het heeft geen zin,' zei Sejanus. 'Het enige wat ik nog kan doen is sterven.'

Coriolanus drong aan. 'Is dat zo? Heb je helemaal geen andere opties meer?'

'Het is de enige manier waarop ik misschien nog iets duidelijk kan maken. Laat de wereld me maar al protesterend zien doodgaan,' besloot Sejanus. 'Ik kom niet uit het Capitool, maar ook niet echt uit de districten. Net als Lucy Gray, maar dan zonder talent.'

'Dacht je echt dat ze dit zouden uitzenden? Ze zullen je lijk stilletjes weghalen en zeggen dat je aan de griep bent overleden.' Coriolanus zweeg, bang dat hij te veel had gezegd, te direct naar het lot van Clemensia had verwezen. Maar dr. Gaul en rector Highbottom konden hem toch niet horen. 'Ze hebben het scherm al zo'n beetje op zwart gezet.'

Sejanus' gezicht betrok. 'Zenden ze het niet uit?'

'Nooit van hun leven. Dan ben je voor niets gestorven en heb je je kans verspeeld om iets aan de situatie te doen.' Een kuchje, zacht en gesmoord, maar beslist een kuchje. Het kwam van de tribune rechts van hem. Coriolanus had het zich niet verbeeld.

'Welke kans?' vroeg Sejanus.

'Je hebt geld. Nu misschien niet, maar op een dag heb je een fortuin. En met geld kun je heel veel doen. Kijk maar hoe het jouw wereld heeft veranderd. Misschien kun jij ook dingen veranderen. Ten goede. En misschien zullen er nog wel veel meer mensen lijden als je dat niet doet.' Coriolanus' rechterhand omklemde de pepperspray en schoot toen naar het flitslicht. Waar had hij iets aan als hij werd aangevallen?

'En waarom zou ik dat kunnen?' vroeg Sejanus.

'Jij bent de enige die het tegen dr. Gaul durfde op te nemen,' zei Coriolanus. Hij vond het verschrikkelijk om toe te moeten geven, maar het was waar. Hij was de enige leerling in de klas die haar het hoofd had geboden.

‘Dank je wel.’ Sejanus klonk vermoeid, maar iets helderder. ‘Dat is aardig van je.’

Coriolanus legde zijn vrije hand op de arm van Sejanus, alsof hij hem wilde troosten, maar in werkelijkheid om zijn hemd te kunnen grijpen als hij ervandoor zou gaan. ‘We worden omsingeld. Ik ga. Ga met me mee.’ Hij zag dat Sejanus zich bijna gewonnen gaf. ‘Alsjeblieft. Wat wil je doen, mét de tributen vechten of vóór hen vechten? Gun dr. Gaul niet de voldoening dat ze je verslagen heeft. Geef het niet op.’

Sejanus staarde een tijd naar Marcus en leek zijn opties af te wegen. ‘Je hebt gelijk,’ zei hij uiteindelijk. ‘Als ik meen wat ik zeg, dan moet ik proberen haar uit te schakelen. Om op de een of andere manier een eind aan deze gruwelen te maken.’ Hij keek op, alsof hij ineens besefte waar ze waren. Zijn ogen gingen naar de tribune, waar Coriolanus het kuchje had gehoord. ‘Maar ik laat Marcus niet achter.’

Coriolanus nam razendsnel een beslissing. ‘Ik pak zijn voeten.’ De benen waren stijf en zwaar, ze stonken naar bloed en vuiligheid, maar hij boog de knieën zo goed en zo kwaad als het ging over zijn armen en hees het onderlijf van Marcus omhoog. Sejanus sloeg zijn armen om zijn borst en ze droegen het lichaam struikelend in de richting van de versperring. Tien meter, vijf meter, bijna. Als ze daardoorheen waren, zouden de vredebewakers hun dekking moeten kunnen geven.

Hij struikelde over een steen en viel in iets scherps wat zijn knie doorboorde, maar hij sprong weer overeind en sleurde Marcus’ lijk mee. Nog een klein stukje. Nog een heel klein stukje…

De voetstappen kwamen van achter hem. Snel en licht. Ze renden de versperring uit, waar de tribuut in een hinderlaag had gelegen. Coriolanus liet Marcus in een reflex vallen en draaide zich net op tijd om om Bobbin het mes naar beneden te zien duwen.

16

Het lemmet schampte zijn beschermende vest en haalde zijn linkerbovenarm open. Coriolanus sprong naar achteren en probeerde Bobbin te stompen, maar sloeg in de lucht. Hij belandde in een stapel puin, oude planken en gips terwijl zijn hand naar een verdedigingsmiddel tastte. Bobbin viel opnieuw aan en mikte op zijn gezicht. Coriolanus' vingers kwamen een smalle houten plank tegen die hij omhoogzwaaide om Bobbin een harde klap tegen zijn slaap te geven, waardoor de jongen op zijn knieën viel. Coriolanus sprong overeind en gebruikte de plank als een knuppel; hij liet hem telkens weer neerkomen zonder goed te weten waar hij de jongen raakte.

'We moeten weg!' riep Sejanus.

Coriolanus hoorde woeste kreten en stampende voeten op de tribune. Verdwaasd boog hij zich naar Marcus' lijk, maar Sejanus trok hem mee. 'Nee! Laat maar! Rennen!'

Dat liet Coriolanus zich geen twee keer zeggen, en hij stormde naar de versperring. Er trok een felle pijn van zijn elleboog naar zijn schouder, maar hij besteedde er geen aandacht aan en bewoog krachtig mee met zijn armen, zoals hij van professor Sickle had geleerd. Bij de versperring bleef zijn hemd haken in het prikkeldraad en toen hij zich omdraaide om het los te trekken, zag hij ze. De twee tributen uit District 4, Coral en Mizzen, en Tanner – de jongen uit het slachthuis – kwamen tot de tanden toe gewapend op hem af. Mizzen bracht zijn arm naar achteren om een drietand te werpen. Coriolanus' mouw scheurde open toen hij de stof van het prikkeldraad rukte en hij dook met Sejanus uit de baan van het projectiel.

Er drongen maar een paar manestraaltjes door de versperring en Coriolanus vloog tegen hout en hekwerk als een fladderende vogel in een kooi – nu was elke tribuut die het nog gemist mocht hebben op de hoogte van zijn aanwezigheid. Hij botste op een betonnen plaat en Sejanus bonkte van achteren tegen hem op, waardoor zijn voorhoofd voor de tweede keer tegen het keiharde oppervlak werd geslagen. Het voelde alsof zijn hersenschudding op volle sterkte terug was gekomen. Zijn hoofd bonsde en werd gehuld in een wolk van verwarring.

De tributen lieten joelend hun wapens langs de barricade ratelen terwijl ze de achtervolging door het labyrint inzetten. Welke kant moest hij op? De tributen leken overal. Sejanus greep zijn arm en trok hem mee, en hij struikelde blindelings achter hem aan, gewond en doodsbang. Was dit het? Ging hij hier dood? De woede om de onrechtvaardigheid van de hele situatie en de spot die er met zijn bestaan werd gedreven gaven hem een nieuwe stoot energie. Hij duwde Sejanus aan de kant en kroop op handen en knieën een zachtrode gloed in. De gang! Een eind verderop zag hij de poortjes, waar de vredebewakers op een kluitje bij het tijdelijke hek stonden. Hij rende voor zijn leven.

De gang was niet lang, maar er leek geen einde aan te komen. Zijn benen gingen op en neer alsof hij tot zijn middel in de lijm stond en hij kreeg zwarte vlekken voor zijn ogen. Sejanus rende vlak achter hem mee, maar hij hoorde dat de tributen hen inhaalden. Een hard, zwaar voorwerp – een baksteen? – raakte de zijkant van zijn nek. Een tweede object doorboorde zijn vest en bleef aan zijn rug hangen tot het galmend op de grond kletterde. Waar bleef die dekking? De beschermende kogels van de vredebewakers? Er was niets, helemaal niets, en het hek stond nog altijd stevig op de grond. Hij wilde schreeuwen dat ze de tributen moesten afmaken, ze allemaal moesten doodschieten, maar hij had geen adem over.

Iemand haalde hem met zware voetstappen bijna in, maar hij dacht opnieuw aan de training van professor Sickle en durfde niet te kijken wie het was. Vóór hem waren de vredebewakers er eindelijk in geslaagd om het traliewerk naar zich toe te trekken, en er ontstond een gat van zo'n dertig centimeter boven de grond. Coriolanus dook naar beneden en de ruwe vloer schraapte een paar lagen huid van zijn kin. Hij wist zijn handen onder de spijlen te krijgen en de vredebewakers grepen hem vast om hem verder te sleuren. Omdat hij geen tijd had om zijn hoofd te draaien, schuurde de rest van zijn gezicht ook over de smerige ondergrond tot hij in veiligheid was.

De bewakers lieten hem onmiddellijk vallen om Sejanus te helpen, die het uitschreeuwde toen Tanners mes zijn kuit openhaalde, vlak voordat hij buiten zijn bereik gleed. Het hek werd weer op zijn plek geramd en met sloten vastgezet, maar de tributen lieten zich niet afschrikken. Tanner, Mizzen en Coral prikten met hun wapens door de spijlen naar Coriolanus en Sejanus en beten hun hatelijke beledigingen toe terwijl de vredebewakers met hun wapenstokken tegen de poortjes sloegen. Er werd geen schot gelost. Er werd zelfs niet met pepperspray gespoten. Het kon niet anders of ze hadden opdracht om de tributen ongedeerd te laten.

De vredebewakers hesen hem overeind en hij snauwde woedend: ‘Bedankt voor de hulp!’

‘We doen gewoon wat ons gezegd is. Het is niet onze schuld dat dr. Gaul jou niet het redden waard vindt, knul,’ zei de oude vredebewaker die beloofd had hem dekking te zullen geven.

Iemand probeerde hem te ondersteunen, maar hij duwde hem weg. ‘Ik kan nog lopen! Ik kan nog lopen, maar niet dankzij jullie!’ Toen viel hij opzij en raakte bijna de vloer voordat ze hem opvingen en door de hal droegen. Coriolanus stootte een lange reeks verwensingen uit, die geen indruk maakten, en hing levenloos in de armen van de vredebewaker tot hij zonder pardon voor de arena werd neergesmeten. Even later werd Sejanus naast hem gekwakt. Hijgend lagen ze op de tegels.

‘Het spijt me, Coryo,’ zei Sejanus. ‘Het spijt me echt heel erg.’

Coryo was een bijnaam voor oude vrienden. Voor familie. Voor mensen van wie Coriolanus hield. En dit was het moment waarop Sejanus besloot die te gebruiken? Als hij nog puf had gehad, had Coriolanus hem ter plekke gewurgd.

Niemand kwam bij hen kijken. Moe was verdwenen. Dr. Gaul en rector Highbottom zaten in het busje naar de beelden te kijken en geluidsniveaus te bespreken. De vredebewakers stonden in groepjes bij elkaar op nadere instructies te wachten. Pas na vijf minuten kwam er een ambulance aanrijden die de achterdeuren opengooide. De jongens werden naar binnen geduwd zonder dat de leiding hun ook maar een blik waardig keurde.

De verpleegkundige gaf Coriolanus een grote wattenschijf om tegen de wond op zijn arm te drukken terwijl zij Sejanus’ hevig bloedende kuit behandelde, want die was er slechter aan toe. Coriolanus zag op tegen het ziekenhuis en die onbetrouwbare dr. Wane, maar toen ontdekte hij door het smalle ruitje dat ze bij de Citadel waren, wat nog veel enger was. Op twee brancards werden ze haastig naar het lab diep onder het gebouw gebracht waar Clemensia was aangevallen, en Coriolanus vroeg zich af welke modificaties ze voor hem in petto hadden.

Er gebeurden kennelijk veel ongelukken in het lab, want ze werden naar een kleine medische kliniek gebracht. Die was niet uitgerust geweest voor de wederopstanding van Clemensia, maar leek genoeg in huis te hebben om de jongens op te lappen. Er hing een wit gordijn tussen hun twee ziekenhuisbedden, maar Coriolanus hoorde Sejanus eenlettergrepige antwoorden geven op de vragen van de artsen. Zelf hield hij het ook kort toen ze zijn arm hechtten en zijn geschaafde gezicht schoonmaakten. Zijn hoofd deed pijn, maar hij durfde niet over zijn opspelende hersenschudding te vertellen, bang dat hij voor onbepaalde tijd naar het ziekenhuis zou moeten. Hij wilde alleen maar zo snel mogelijk weg bij deze mensen. Ondanks zijn tegenwerpingen staken ze een infuus in zijn arm om zijn vocht aan te vullen en hem een of andere medicijnencocktail toe te dienen, en hij dwong zichzelf om niet te vluchten maar stijf op bed te blijven liggen. Hij had gedaan wat dr. Gaul van hem vroeg, het was hem gelukt, maar toch voelde hij zich kwetsbaarder dan ooit. Daar lag hij dan, gewond en opgesloten, verborgen in haar geheime kelder.

De pijn in zijn arm nam af, maar hij werd niet in dat fluwelen gordijn van de morfling gehuld. Blijkbaar had hij een ander middel gekregen, want zijn geest werd juist scherper en hij was zich bewust van álles, van de structuur van het laken en de trekkende tape op zijn huid tot de bittere nasmaak die het metalen bekertje water in zijn mond had achtergelaten. De laarzen van vredebewakers stampten naar hun kamer en vertrokken met een hinkende Sejanus. Diep in het lab kondigde een serie hoge kreten aan dat het voedertijd was voor een van de wezens en hij rook vaag de geur van vis. Daarna bleef het een tijd relatief stil. Hij overwoog om er stiekem vandoor te gaan, maar hij wist dat hij moest wachten. Op het zachte geschuifel van pantoffels die onvermijdelijk naar zijn bed zouden komen.

Toen dr. Gaul het gordijn wegtrok, kreeg Coriolanus door het schemerlicht in haar donkere lab de vreemde indruk dat ze op de rand van een afgrond stond en dat hij haar maar een heel klein duwtje hoefde te geven om haar achterover in een enorme kloof te laten vallen waarin ze voorgoed zou verdwijnen. Kon dat maar, dacht hij. Kon dat maar. Maar in plaats daarvan kwam ze naar hem toe om twee vingers op zijn pols te leggen en zijn hartslag te voelen. Hij kromp in elkaar door haar koele, broze vingers.

'Ik ben begonnen als arts, wist je dat?' zei ze. 'Gynaecoloog.'

Wat erg, dacht Coriolanus. Als jij de allereerste persoon bent die een kind ziet als het ter wereld komt.

'Niet echt iets voor mij,' zei dr. Gaul. 'Ouders willen altijd geruststellingen die je ze niet kunt geven. Over de toekomst van hun kinderen. Hoe moet ik weten wat hun te wachten te staat? Net als jij vanavond. Wie had gedacht dat het dierbare zoontje van Crassus Snow in de Capitoolarena voor zijn leven zou vechten? Hij in elk geval niet.'

Coriolanus wist niet hoe hij moest reageren. Hij kon zich zijn vader nauwelijks herinneren, laat staan dat hij zich kon voorstellen wat de man had gedacht.

'Hoe was het? In de arena?' vroeg dr. Gaul.

'Angstaanjagend,' zei Coriolanus toonloos.

'Zo is hij bedoeld.' Ze scheen met een lampje in zijn ogen en bekeek zijn pupillen. 'En de tributen?'

Het licht deed pijn aan zijn ogen. 'Wat is daarmee?'

Dr. Gaul ging verder met zijn hechtingen. 'Wat vond je van

ze, nu ze geen ketenen meer dragen? Nu ze geprobeerd hebben je te vermoorden? Want ze hadden verder niets te winnen bij jouw dood. Jij bent geen concurrent.'

Dat was zo. Ze waren dichtbij genoeg geweest om hem te herkennen. Maar ze waren achter hem en Sejanus aan gegaan – Sejanus, die de tributen zo goed behandeld had, ze verdedigd had, ze eten en de laatste riten had gegeven! – terwijl ze ook van de gelegenheid gebruik hadden kunnen maken om elkáár te doden.

'Ik denk dat ik heb onderschat hoezeer ze ons haten,' zei Coriolanus.

'En toen je dat besefte, hoe reageerde je toen?' vroeg ze.

Hij dacht aan Bobbin, aan de ontsnapping, aan de bloeddorst van de tributen toen hij al aan de andere kant van het hek stond. 'Ik wilde ze dood hebben. Ik wilde ze allemaal dood hebben.'

Dr. Gaul knikte. 'Nou, missie geslaagd met dat kleintje uit District 8. Je hebt hem helemaal tot moes geslagen. Ik moet nog een verhaal verzinnen dat die Flickerman-clown morgenochtend kan vertellen. Maar wat een prachtige kans voor jou. Levensveranderend.'

'Ja?' Coriolanus dacht aan de misselijkmakende klappen die hij Bobbin met zijn plank had gegeven. Dus wat had hij gedaan? Had hij dat joch vermoord? Nee, dat niet. Het was een overduidelijk geval van zelfverdediging. Maar wat dan? Hij had hem wel gedood. Dat kon nooit meer ongedaan gemaakt worden. Die onschuld zou hij nooit meer terugkrijgen. Hij had iemand van het leven beroofd.

'Niet dan? Meer dan ik had durven hopen. Je moest Sejanus de arena uit krijgen natuurlijk, maar ik wilde ook dat je dat zou ervaren,' zei ze.

'Zelfs als het mijn dood zou worden?' vroeg Coriolanus.

'Zonder het levensgevaar zou het een les van niks zijn,' zei dr. Gaul. 'Wat er in de arena gebeurde? Dat is de naakte mensheid. De tributen. En jij ook. Zo snel als de beschaving verdwijnt. Al je goede manieren, je opleiding, je achtergrond, alles waar je zo trots op bent, is in een oogwenk verdwenen, en dan blijkt wie je werkelijk bent. Een jongen met een knuppel die een andere jongen doodslaat. Dat is de ware aard van de mens.'

Hij was geschokt door het idee dat ze zo uit de doeken deed, maar hij probeerde te lachen. 'Zijn we allemaal echt zo slecht?'

'Zeker weten, zou ik zeggen. Maar goed, dat is mijn persoonlijke mening.' Dr. Gaul haalde een rolletje gaas uit de zak van haar labjas. 'Wat denk jij?'

'Ik denk dat ik niemand doodgeslagen zou hebben als u me niet die arena in had gestuurd!' zei hij fel.

'Je kunt het aan de situatie en de omgeving wijten, maar jouw keuzes zijn door jou gemaakt en door niemand anders. Ik begrijp dat het allemaal nogal veel is, maar het is heel belangrijk dat je die vraag probeert te beantwoorden. Wie zijn mensen? Want wie wij zijn bepaalt op welke manier we bestuurd moeten worden. Ik hoop dat je over enige tijd eerlijk kunt nadenken over wat je vanavond hebt geleerd.' Dr. Gaul begon gaas om zijn wond te wikkelen. 'En daar mag je best een paar hechtingen voor overhebben.'

Coriolanus werd onpasselijk door haar woorden, maar hij was vooral woedend dat ze hem omwille van haar les gedwongen had om iemand te doden. Zo'n belangrijke beslissing zou door hemzelf genomen moeten worden, niet door haar. Alleen door hem. 'Maar als ik een wreed beest bent, wat bent u dan? U bent de docent die haar leerling op pad stuurde om een andere jongen dood te knuppelen!'

'Jazeker. Die rol heb ik op me genomen.' Ze maakte het verband netjes vast. 'Rector Highbottom en ik hebben je essay gelezen. Over wat je mooi vond aan de oorlog. Nogal wat bladvulling. Gezever, zelfs. Tot dat stukje op het eind. De paragraaf over controle. Ik wil graag dat je daar in je volgende opdracht dieper op ingaat. Het belang van macht en controle. En wat er gebeurt als dat wegvalt. Neem je tijd. Maar het zou een mooie toevoeging kunnen zijn op je prijsaanvraag.'

Coriolanus wist wat er gebeurde zonder controle. Hij had het laatst nog gezien, in de dierentuin, toen Arachne doodging, in de arena toen de bommen ontploften en vanavond ook weer. 'Dan wordt het chaos. Wat valt daar verder nog over te zeggen?'

'O, een heleboel, me dunkt. Begin daar maar mee. Chaos. Geen gezag, geen wetten, geen regering. Net als in de arena. En wat gebeurt er daarna? Welke afspraken zijn er nodig om in vrede te kunnen leven? Wat voor sociaal contract is er nodig om te overleven?' Ze haalde het infuus uit zijn arm. 'Je moet over een paar dagen terugkomen om die hechtingen te laten controleren. Tot die tijd kun je beter niemand over vanavond vertellen. Ga naar huis, even bijslapen. Wonder boven wonder heeft je tribuut je nog steeds nodig.'

Zodra ze weg was trok Coriolanus langzaam zijn kapotgesneden, gescheurde, bebloede hemd aan en knoopte het dicht. Hij dwaalde rond tot hij de lift naar straatniveau had gevonden en de ongeïnteresseerde bewakers gebaarden dat hij naar buiten kon. De tram reed tot middernacht en de Capitoolklok gaf aan dat het twee uur was, dus hij ging op zijn smerige schoenen op weg naar huis.

De luxe auto van de familie Plinth stopte naast hem en toen het raampje omlaaggleed zag hij de Avox, die uitstapte en het portier voor hem openhield. Coriolanus nam aan dat hij Sejanus al naar huis had gebracht en dat Moe hem terug had gestuurd. Omdat er geen leden van de familie Plinth in de auto zaten schoof hij op de achterbank. Eén laatste lift, en daarna wilde hij nooit meer iets met die mensen te maken hebben. De chauffeur zette hem af voor zijn appartement en gaf hem een grote papieren zak. Voordat hij kon protesteren reed de auto weg.

Boven gluurde hij om het hoekje van de woonkamer en zag dat Tigris aan de theetafel zat te wachten in de mottige bontjas die van haar moeder was geweest. Het was haar knuffeldoek, net zoals hij troost had gezocht bij het poederdoosje, totdat hij dat tot wapen had verklaard. Hij griste een schooljasje van de kapstok en trok dat over zijn kapotte overhemd aan voordat hij naar binnen ging.

Coriolanus probeerde luchtig te doen over de verschrikkelijke nacht. 'Het kan toch niet zó erg zijn dat je de jas nodig hebt?'

Haar vingers klauwden in het bont. 'Zeg jij het maar.'

'Dat zal ik doen. Tot in detail. Morgenochtend, goed?' zei hij.

'Goed.' Ze stond op om hem te omhelzen en haar hand voelde de bobbel van het verband om zijn arm. Voordat hij haar kon tegenhouden trok ze het jasje open en zag het bloed. Ze beet op haar lip. 'O, Coryo. Ze hebben je de arena in gestuurd, hè?'

Hij sloeg zijn armen om haar heen. 'Het was niet zo erg, echt niet. Ik ben weer terug. En ik heb Sejanus er ook uit gekregen.'

'Niet zo erg? Het is een afgrijselijk idee dat je daar naar binnen moest! Dat er überhaupt kinderen naar binnen moeten!' riep ze. 'Die arme Lucy Gray.'

Lucy Gray. Nu hij zelf in de arena was geweest, leek haar situatie nog penibeler dan eerst. Het deed pijn om haar daar ergens voor te stellen, in de kille duisternis van de arena, te bang om haar ogen dicht te doen. Voor het eerst was hij blij dat hij Bobbin had gedood. Van dat monster had hij haar in elk geval gered. ‘Het komt wel goed, Tigris. Maar ik moet nu echt naar bed. En jij ook.’

Ze knikte, maar hij wist dat ze met een beetje geluk nog maar een uur of twee zou kunnen slapen. Hij gaf haar de zak. ‘Met de groeten van Moe Plinth. Ontbijt, zo te ruiken. Dus tot dan?’

Zonder zich te wassen viel hij in een comateuze slaap tot hij wakker werd van de grootmadam die het volkslied zong. Tijd om op te staan. Zijn hele lichaam deed pijn en hij wankelde naar de douche, trok het verband van zijn arm en liet het gloeiend hete water over zijn rauwe huid gillen. Hij had nog een tube zalf van zijn verblijf in het ziekenhuis en hoewel hij niet goed wist waar die voor was, smeerde hij het spul toch op zijn geschaafde gezicht en kin. De hechtingen in zijn arm bleven haken aan zijn schone overhemd, maar bloedden niet. Voor de zekerheid zou hij vandaag ook maar zijn jasje dragen. Hij gooide een tandenborstel en een extra uniform in zijn schooltas, wierp een laatste blik in de spiegel en zuchtte. Gevallen met de fiets, dacht hij. Dat is het verhaal. Ook al heb ik al jaren geen rijdende fiets meer gehad. Nu had hij in elk geval een verklaring waarom het ding het niet deed.

Zodra hij toonbaar was, keek hij eerst op televisie of alles goed was met Lucy Gray. Maar het beeld was nog altijd hetzelfde en de enige tribuut die zichtbaar was in het vroege ochtendlicht was Lamina op haar balk. Hij meed de grootmadam onderweg naar de keuken, waar Tigris het restje jasmijnthee opwarmde.

‘Ik ben laat,’ zei hij. ‘Ik moet weg.’

‘Hier, voor je ontbijt.’ Ze duwde een pakje in zijn handen en stopte twee muntjes in zijn zak. ‘En neem de tram vandaag.’

Omdat hij zijn energie moest sparen deed hij wat ze hem opdroeg, en in de tram at hij twee van de dik belegde broodjes met worst en ei die ze van mevrouw Plinth hadden gekregen. Dat was het enige wat hij van de familie Plinth zou missen: haar kookkunsten.

De meeste leerlingen hadden te horen gekregen dat ze zich om kwart voor acht moesten melden, dus de vroege vogels bestonden uit de overgebleven mentoren en een paar Avox die de zaal schoonmaakten. Coriolanus wierp een schuldbewuste blik op Juno Phipps, die met Domitia haar strategie zat te bespreken terwijl ze had kunnen uitslapen. Hij mocht haar niet zo – ze sloeg hem altijd met haar stamboom om de oren, alsof die van hem niet net zo goed was – maar wat er gisteravond was gebeurd, was ook niet erg eerlijk. Hij vroeg zich af hoe ze Bobbins dood bekend zouden maken en hoe hij zich op dat moment zou voelen. Behalve misselijk.

Ze konden alleen maar thee krijgen in de Heavensbeezaal, wat op gemopper van Festus kon rekenen. 'Ze zouden ons toch in elk geval iets te eten kunnen geven als we hier zo vroeg moeten zijn. Wat is er met je gezicht gebeurd?'

'Gevallen met de fiets,' zei Coriolanus, zo hard dat iedereen het kon horen. Hij gooide Festus de zak met het laatste broodje toe, blij dat hij ook eens een keer iets te eten kon aanbieden. Hij had vaker bij de familie Creed gegeten dan hij wilde tellen.

'Dank je wel. Dit ziet er heel goed uit,' zei Festus, die meteen toetastte.

Lysistrata raadde een zalf aan om infecties te voorkomen en ze gingen vast op hun stoel zitten terwijl hun klasgenoten binnendruppelden.

De zon was al een paar uur op, maar op het scherm leek niets veranderd, behalve dan dat Marcus' lijk verdwenen was. 'Dat zullen ze wel weggehaald hebben,' zei Pup. Maar Coriolanus dacht dat het misschien nog steeds achter de versperring lag waar Sejanus en hij het gisteren net buiten beeld hadden achtergelaten.

Om acht uur stonden ze allemaal op voor het volkslied, dat de anderen eindelijk onder de knie leken te krijgen, en toen verscheen Lucky Flickerman die hen welkom heette bij de tweede dag van de Hongerspelen. 'Terwijl u lag te slapen, is er iets behoorlijk belangrijks gebeurd. Laten we eens gaan kijken!' Ze schakelden over naar het totaalshot van de arena en draaiden de camera toen langzaam naar de versperring om daarop in te zoomen. Zoals Coriolanus al had vermoed lag het lijk van Marcus nog waar Sejanus en hij het hadden laten vallen. Een meter of wat verderop lag het toegetakelde lichaam van Bobbin tegen een brok beton. Het zag er veel en veel erger uit dan hij had verwacht. De bloederige armen en benen, het oog dat uit de kas hing, het gezicht dat onherkenbaar dik was geworden. Had hij dat echt met een andere jongen gedaan? En zo'n jonge jongen nog wel, want dood leek Bobbin kleiner dan ooit. Blijkbaar wel, gevangen in dat donkere web van doodsangst. Zweet parelde op Coriolanus' voorhoofd en hij wilde de zaal uit lopen, het gebouw, weg van het hele evenement. Maar dat was natuurlijk geen optie. Hij was toch zeker Sejanus niet?

Na een lange close-up van de lijken kwam Lucky weer in beeld, die zich afvroeg wie dit had gedaan. Daarna veranderde zijn stemming abrupt. 'Maar ik weet wel dat we iets te vieren hebben!' Er dwarrelde confetti naar beneden en Lucky blies als een bezetene op een plastic toetertje. 'Want we zijn halverwege! Jazeker, twaalf tributen zijn dood, nog maar twaalf te gaan!' Er schoot een koord van kleurige zakdoeken uit zijn hand. Hij liet het dansend en joelend boven zijn hoofd rondzwiepen. 'Joepie!' Toen hij eindelijk weer kalmeerde, trok hij een verdrietig gezicht. 'Maar dat betekent ook dat we afscheid moeten nemen van juffrouw Juno Phipps. Lepidus?'

Lepidus had zich al opgesteld bij de rij van de nietsvermoedende Juno, en ze moest wel naar hem toe om haar teleurstelling voor de camera te verwerken. Als ze even gewaarschuwd was, had ze zich misschien wat gracieuzer gedragen, maar nu kwam ze zuur en achterdochtig over. Ze droeg een leren map met het familiewapen van de Phipps erop en trok de recente ontwikkelingen in twijfel. 'Ik vind het een raar verhaal,' zei ze tegen Lepidus. 'Wat doet hij daar bij het lijk van Marcus? Wie heeft dat verplaatst? En hoe is Bobbin gestorven? Ik kan me niet eens voorstellen hoe dat is gegaan. Misschien is er wel vals gespeeld!'

De verslaggever klonk oprecht verbaasd. 'Maar wat zou je daar dan onder verstaan? In de arena, bedoel ik?'

'Dat weet ik ook niet precies,' brieste Juno, 'maar ik wil de beelden van vannacht wel eens terugzien!'

Succes daarmee, Juno, dacht Coriolanus. En daarna besefte hij dat die beelden er wel degelijk waren. Achter in het busje hadden dr. Gaul en rector Highbottom naar de twee versies zitten kijken, de echte uitzending en de opnames die ze donker hadden gemaakt om zijn opdracht te verdoezelen. Zelfs op de gewone beelden zou weinig te zien zijn. Maar toch vond hij het geen prettig idee dat ergens was vastgelegd, hoe schimmig ook, dat hij Bobbin had doodgeslagen. Als dat ooit bekend werd… tja, hij wist niet wat er dan zou gebeuren. Maar hij werd er onrustig van.

Lepidus bleef niet lang hangen bij Juno, een slechte verliezer die haar nederlaag een stuk minder elegant aanvaardde dan Felix, en ze werd met een bemoedigend klopje op haar rug terug naar haar stoel gestuurd.

Lucky was nog bespikkeld met confetti en leek haar verdriet

niet op te merken. Hij boog zich met nauwelijks ingehouden plezier naar de camera. 'En nu iets heel bijzonders. We hebben een waanzinnige verrassing, vooral als je een van de twaalf overgebleven mentoren bent!'

Coriolanus kon nog net vragende blikken met zijn vrienden wisselen terwijl Lucky naar de andere kant van de studio huppelde, waar Sejanus naast zijn vader Strabo Plinth bleek te zitten. De barse uitdrukking van de man leek uit het graniet van zijn thuisdistrict gehouwen te zijn. Lucky ging op de presentatorenstoel zitten en legde zijn hand even op Sejanus' been. 'Sejanus, sorry dat we jou gisteren niet gesproken hebben om over de dood van je tribuut Marcus te praten.' Sejanus staarde Lucky alleen maar niet-begrijpend aan. Op dat moment leek Lucky pas de schaafwonden in zijn gezicht op te merken. 'Wat is er gebeurd? Je ziet eruit alsof je zelf ook een potje hebt geknokt.'

'Van mijn fiets gevallen,' zei Sejanus schor, en Coriolanus trok een grimas. Twee fietsongelukken binnen twaalf uur leken net iets te toevallig.

'Au. Maar je hebt groot nieuws voor ons!' zei Lucky met een bemoedigend knikje.

Sejanus sloeg zijn ogen even neer en hoewel vader en zoon elkaar niet aankeken, leken ze toch een soort strijd te voeren.

'Ja,' zei Sejanus uiteindelijk. 'Wij, de familie Plinth, willen bekendmaken dat we een prijs voor de volledige Universiteitskosten uitreiken aan de mentor van de tribuut die de Hongerspelen wint.'

Pup joelde en de andere mentoren keken elkaar grijnzend aan. Coriolanus wist dat de meesten van hen het geld niet zo hard nodig hadden als hij, áls ze het al nodig hadden, maar het zou voor iedereen een eervol extraatje zijn.

'Geweldig!' zei Lucky. 'Die twaalf overgebleven mentoren

zijn vast door het dolle heen. Was dit jouw idee, Strabo? Om de Plinthprijs in het leven te roepen?'

'Nee, dat van mijn zoon,' zei Strabo, die zijn mondhoeken omhoogtrok in iets wat waarschijnlijk een poging tot een glimlach was.

'Nou, wat een gul en toepasselijk gebaar, vooral omdat Sejanus al is uitgeschakeld. De Spelen heb je niet gewonnen, maar de prijs voor de sportiefste speler gaat beslist naar jou! Ik denk dat ik namens het hele Capitool spreek als ik zeg: duizendmaal dank!' Lucky keek de twee stralend aan, maar toen die verder niets meer zeiden, maakte hij een weids armgebaar. 'Goed, terug naar de arena!'

Het duizelde Coriolanus door deze nieuwe ontwikkeling. Sejanus had gelijk gehad dat zijn vader het schandalige gedrag van zijn zoon onmiddellijk met geld zou laten verdwijnen. En een poging om de schade te beperken was op zich niet onverstandig. Hij had de anderen in de Heavensbeezaal niet echt meer gehoord over de woedeaanval met de stoel, maar er deden vast verhalen de ronde. Met een prijs voor de mentor van de winnaar kocht hij het nog goedkoop af. Wat zou Plinth ervoor overhebben om te voorkomen dat Sejanus' uitstapje naar de arena bekend werd? Zou hij Coriolanus willen betalen om zijn mond te houden?

Maakt niet uit, dat doet er niet toe, hield Coriolanus zichzelf voor. Het grootste nieuws was de kans om de Plinthprijs te winnen. Die stond los van de Academie, dus rector Highbottom had er niets over te zeggen. En dr. Gaul ook niet. Een volledige beurs die hem uit hun greep zou bevrijden en die alle akelige zorgen over de toekomst zou laten verdwijnen! De inzet van de Spelen was al hoog geweest, maar schoot nu echt de lucht in. Concentreer je, dacht hij terwijl hij diep en langzaam ademhaalde. Concentreer je op het helpen van Lucy Gray.

Maar wat kon hij doen tot ze haar gezicht liet zien? De ochtend verstreek en de meeste tributen hielden zich net als zij verborgen. Coral en Mizzen scharrelden een tijdje samen rond en kregen eten en water van Festus en Persephone, hun mentoren. Ze brachten veel tijd samen door om een gezamenlijke strategie voor hun tributen te bedenken, en Coriolanus zag dat Festus haar leuk begon te vinden. Moest je je beste vriend vertellen dat het meisje op wie hij een oogje had een kannibaal was? Voor dit soort situaties zouden nou handboeken moeten zijn.

Toen ze na de lunch weer naar het podium liepen, zagen ze dat er nog maar twaalf mentorstoelen stonden – er was alleen plek voor de mensen die nog een tribuut in de Spelen hadden.

'Op verzoek van de Spelmakers,' zei Satyria tegen de overgebleven twaalf. 'Dan kunnen de kijkers makkelijker bijhouden wie er nog meedoet. Zodra er een tribuut wordt gedood, halen we weer een stoel weg.'

'Een soort stoelendans,' zei Domitia met een tevreden blik.

'Maar dan met dode mensen,' zei Lysistrata.

Deze beslissing om de verliezers van het podium te gooien zorgde indien mogelijk voor nog meer verbittering bij Livia, en Coriolanus was blij dat ze naar het gedeelte voor het gewone publiek werd gebracht, want dan hoefde hij haar humeurige opmerkingen tenminste niet meer aan te horen. Maar het werd nu wel lastiger om bij Clemensia uit de buurt te blijven, die zodra ze de kans kreeg boos naar hem zat te staren. Hij koos een stoel op de achterste rij, tussen Festus en Lysistrata in, en probeerde geïnteresseerd te kijken.

In de loop van de middag werd zijn hoofd steeds zwaarder, tot Lysistrata hem twee keer een por moest geven om hem wakker te houden. Misschien was het maar goed dat hij deze dag zo weinig hoefde te doen, aangezien de nacht hem al bijna fataal was geworden. Er kwamen weinig tributen tevoorschijn en Lucy Gray liet zich niet zien.

Pas aan het eind van de middag leverden de Hongerspelen eindelijk de actie die mensen verwachtten. De meisjestribuut uit District 5, een fragiel kind dat voor Coriolanus tot nu toe bij de anonieme meute had behoord, rende naar de tribune aan de achterkant van de arena. Lucky kwam niet op haar naam en wist haar net op tijd aan haar al even onbeduidende mentor te koppelen, Iphigenia Moss. Haar vader stond aan het hoofd van het ministerie van Landbouw en was verantwoordelijk voor de voedselverdeling in Panem. Anders dan zou je verwachten leek Iphigenia zelf altijd half uitgehongerd; ze gaf haar middageten vaak aan klasgenoten en was zelfs een paar keer flauwgevallen. Clemensia had ooit tegen Coriolanus gezegd dat het de enige wraak was die ze op haar vader kon nemen, maar weigerde er dieper op in te gaan.

Geheel in stijl begon Iphigenia haar tribuut te bestoken met al het eten dat ze kon kopen, maar zodra de drones de lange tocht door de arena inzetten, kropen Mizzen, Coral en Tanner, die na het avontuur van die nacht een soort bende leken te vormen, uit de gangen om aan de jacht te beginnen. Na een korte achtervolging over de tribune werd het meisje door de drie omsingeld en stak Coral haar met een drietand door haar keel dood.

'Dat zit erop,' zei Lucky, die nog steeds niet wist hoe de tribuut heette. 'Wat kan haar mentor ons vertellen, Lepidus?'

Iphigenia was al naast hem komen staan. 'Ze heette Sol, of Sal misschien. Ze had een grappig accent. Verder valt er niet zoveel over haar te zeggen.'

Lepidus leek het daarmee eens. 'Je hebt haar over de helft gekregen: goed gedaan, Albina!'

'Iphigenia,' zei Iphigenia over haar schouder terwijl ze het podium af liep.

'Zo is het!' zei Lepidus. 'En dat betekent dat er nog maar elf tributen over zijn!'

Wat betekent dat er tien tussen mij en die prijs staan, dacht Coriolanus, kijkend naar een Avox die de stoel van Iphigenia weghaalde. Hij wilde dat hij Lucy Gray eten en water kon sturen. Wat zou er gebeuren als hij dat deed zonder te weten waar ze was? Op het scherm zocht de bende het eten van Sol of Sal bij elkaar. Daarna liepen ze terug naar de tunnels, waarschijnlijk om nog wat uit te rusten voor het donker werd. Moest hij het er nu op wagen?

Hij overlegde fluisterend met Lysistrata, die het de moeite van het proberen waard vond als ze hun drones tegelijk naar binnen zouden sturen. 'We willen niet dat ze te verzwakt en uitgedroogd raken. Volgens mij heeft Jessup al dagen niets binnengekregen. Laten we ze tot het avondeten nog even de kans geven om contact met ons te leggen.'

En net toen de leerlingen naar huis mochten kwam Lucy Gray in beeld. Ze vloog zo hard ze kon een tunnel uit – haar vlechten raakten los en haar haar wapperde achter haar aan.

'Waar is Jessup?' vroeg Lysistrata fronsend. 'Waarom zijn ze niet samen?'

Voordat Coriolanus daarnaar kon gissen, wankelde Jessup naar buiten door dezelfde gang waar Lucy Gray net uit was gekomen. Eerst dacht Coriolanus dat hij gewond was geraakt, toen hij Lucy Gray verdedigde misschien. Maar waarom was ze dan gevlucht? Werden ze achtervolgd door andere tributen? Zodra de camera inzoomde op Jessup werd duidelijk dat hij ziek was, niet gewond. Met stramme armen sloeg hij een paar keer koortsig naar de zon, waarna hij door zijn hurken zakte en vrijwel onmiddellijk weer opsprong voor zijn eerste close-up.

Coriolanus vroeg zich af of Lucy Gray een manier gevonden had om hem te vergiftigen, maar dat was niet logisch. Jessup was veel te waardevol als beschermer, vooral nu die bende van gisteravond samen op jacht ging. Wat was er dan met hem aan de hand?

Hij kon allerlei ziektes opgelopen hebben, door allerlei kwalen geplaagd worden, maar toen het schuim op zijn lippen begon te borrelen, was het duidelijk.

17

'Hij heeft rabiës,' zei Lysistrata zacht.

Hondsdolheid had tijdens de oorlog weer de kop opgestoken in het Capitool. Artsen moesten naar het slagveld en de voorzieningen en voorraden waren door de bombardementen zeer beperkt. Medische zorg was voor mensen – zoals de moeder van Coriolanus – al nauwelijks voorhanden, laat staan voor de verwende huisdieren van het Capitool. Je kat inenten stond niet boven aan het lijstje als je niet eens genoeg geld had om brood te kopen. Hoe het begonnen was, was nog altijd onderwerp van discussie – een besmette coyote uit de bergen? Een nachtelijke ontmoeting met een vleermuis? – maar het stond vast dat de ziekte door honden verder was verspreid. De meeste waren zelf ook uitgehongerde, achtergelaten oorlogsslachtoffers. Eerst ging het van hond op hond, en daarna sprong het over op mensen. Het levensgevaarlijke virus greep razendsnel om zich heen en meer dan tien Capitoolinwoners overleden voordat het door een vaccinatieprogramma werd ingedamd.

Coriolanus dacht aan de posters die voor de symptomen bij dieren en mensen hadden gewaarschuwd en nóg een gevaar aan zijn onveilige wereld hadden toegevoegd. Er schoot een beeld door zijn hoofd van Jessup die zijn zakdoek tegen zijn nek had gedrukt. 'Die rattenbeet?'

'Het was geen rat,' zei Lysistrata met een geschokt, verdrietig gezicht. 'Ratten verspreiden bijna nooit hondsdolheid. Het was vast een van die schurftige wasberen.'

'Lucy Gray zei dat hij een vacht had gevoeld, dus ik dacht...' Hij maakte zijn zin niet af. Het deed er niet toe door welk dier Jessup was gebeten, hij was sowieso ten dode opgeschreven. Hij moest het virus ongeveer twee weken geleden opgelopen hebben. 'Het is wel snel gegaan, hè?'

'Heel snel. Omdat hij in zijn nek is gebeten. Hoe sneller het je hersenen bereikt, des te eerder ga je dood,' legde Lysistrata uit. 'En hij is natuurlijk ook nog eens verzwakt en ondervoed.'

Als zij het zei, dan zou het wel zo zijn. Het leek hem echt zo'n onderwerp dat de familie Vickers op hun rustige, onbewogen toon tijdens het avondeten besprak.

'Arme Jessup,' zei Lysistrata. 'Zelfs zijn dood wordt gruwelijk.'

Het publiek herkende Jessups ziekte ook en er ontstond een golf van met angst en walging doordrenkte opmerkingen.

'Hondsdolheid! Hoe komt hij daaraan?'

'Vast en zeker meegenomen uit de districten.'

'Mooi is dat, nu gaat hij natuurlijk de hele stad besmetten!'

De leerlingen wilden niets missen en zakten weer op hun stoel terwijl ze jeugdherinneringen aan de ziekte ophaalden.

Coriolanus zweeg uit solidariteit met Lysistrata, maar hij werd steeds ongeruster toen hij Jessup door de arena achter Lucy Gray aan zag zigzaggen. Hij had geen idee wat er in de jongen omging. Normaal gesproken zou Coriolanus zeker geweten hebben dat Jessup haar beschermde, maar als ze voor haar leven moest rennen was hij duidelijk buiten zinnen.

De camera's volgden Lucy Gray, die door de arena sprintte en via de kapotte muur naar de perstribune begon te klauteren. Die bestond uit meerdere overdekte rijen halverwege het amfitheater en was de aanslag ongeschonden doorgekomen. Hijgend keek ze even naar Jessups grillige achtervolging, en daarna liep ze naar de restanten van een eetkraampje verderop. De structuur stond er nog, maar het middengedeelte was weggeblazen en de overkapping lag tien meter verderop. Het gebied was een soort hindernisbaan door alle stenen en planken en ze klom eroverheen tot ze boven op de puinhopen zat.

De Spelmakers maakten daar meteen gebruik van en zoomden in voor een close-up. Na één blik op haar gebarsten lippen boog Coriolanus zich over zijn boodschappenband. Ze leek in de arena geen water meer gehad te hebben, en ze was daar nu al anderhalve dag. Met een paar tikken bestelde hij een fles water. De dronebezorging werd met elk geschenk sneller. Ook als ze verder moest vluchten zouden ze dat water kunnen afleveren, zolang ze maar in de open lucht bleef. Als ze aan Jessup kon ontsnappen zou Coriolanus haar overladen met eten en drinken, om zelf te gebruiken en om het rattengif in te stoppen. Maar dat leek voorlopig nog toekomstmuziek.

Jessup wankelde de arena door en leek verbaasd over het feit dat Lucy Gray hem afwees. Hij klom achter haar aan de tribune in, maar had moeite met zijn evenwicht. Toen hij het opgeblazen gedeelte in kwam werd zijn coördinatie nog slechter en hij viel twee keer zo hard dat hij zijn knie en slaap openhaalde. Na die laatste verwonding, die vrij hevig bloedde, ging hij een beetje verdwaasd op de trap zitten en stak zijn arm naar haar uit. Zijn mond bewoog en het schuim droop van zijn kin.

Lucy Gray zat roerloos met een gekwelde uitdrukking naar Jessup te kijken. Het was een wonderlijk tafereel: hondsdolle jongen, meisje in de val, gebombardeerd gebouw. Het leek uit een verhaal te komen dat alleen maar slecht kon aflopen. Gedoemde geliefden die aan hun eind kwamen. Een wraakverhaal dat zichzelf verslond. Een oorlogsepos zonder overlevenden.

Ga alsjeblieft dood, dacht Coriolanus. Waar stierf je aan als je rabiës had? Kreeg je geen lucht meer, hield je hart er gewoon mee op? Wat het ook was, hoe eerder het met Jessup gebeurde, hoe beter het voor alle betrokkenen was.

Er vloog een drone met een fles water de arena in en Lucy Gray keek op om zijn wiebelige voortgang te volgen. Haar tong leek begerig langs haar lippen te gaan. Maar toen het ding boven Jessup was, drong dat blijkbaar tot hem door en ging er een sterke huivering door zijn lichaam. Hij haalde uit met een plank en de drone werd tegen de tribune geslagen. Het water dat uit de gebarsten fles stroomde leek hem nog onrustiger te maken. Hij deinsde terug, struikelde over de stoeltjes en ging toen op weg naar Lucy Gray, die nog verder omhoogklom.

Coriolanus raakte in paniek. De tactiek om de brokstukken tussen haar en Jessup te houden was op zich logisch, maar straks kon ze geen kant meer op. Het virus had Jessups coördinatie aangetast, maar gaf zijn sterke lichaam ook een manische snelheid en hij liet zich door niets van Lucy Gray afhouden. Behalve door dat water, dacht hij. Het water. Er kwam een woord in hem op. Een woord van die posters die een tijd in het Capitool hadden gehangen. *Hydrofobie.* Watervrees. Doordat ze niet konden slikken werden rabiësslachtoffers gek als ze het zagen.

Zijn vingers vlogen over zijn boodschappenband om water te bestellen. Misschien zou hij Jessup met een heleboel flessen kunnen wegjagen. Als het moest besteedde hij al zijn geld eraan.

Lysistrata legde haar hand op de zijne om hem tegen te houden. 'Ik doe het wel. Hij is tenslotte mijn tribuut.' Ze begon de ene fles na de andere te bestellen. Het water dat Jessup de das om zou doen. Haar gezicht bleef onbewogen, maar er gleed een traan over haar wang die nog net haar mondhoek kuste voordat ze hem wegveegde.

'Lyssie…' Zo had hij haar sinds hun kleutertijd niet meer genoemd. 'Dat hoeft echt niet.'

'Als Jessup niet kan winnen, dan wil ik dat Lucy Gray wint. Dat zou hij ook willen. En ze kan niet winnen als hij haar vermoordt,' zei ze. 'Wat misschien alsnog gebeurt.'

Op het scherm zag Coriolanus dat Lucy Gray zich inderdaad in een onmogelijke positie had gemanoeuvreerd. Links van haar was de hoge achterkant van de arena, rechts de dikke glazen wand van de perstribune. Jessup zat nog altijd achter haar aan en ze probeerde een paar keer te ontsnappen, maar hij verlegde telkens zijn koers om haar af te snijden. Toen hij haar op zes meter genaderd was begon ze tegen hem te praten en maakte ze een sussend handgebaar. Dat hielp, maar even later kwam hij weer op haar af.

Helemaal aan de andere kant van de arena ging Lysistrata's eerste fles water, of misschien het vervangende exemplaar voor de fles die kapot was gevallen, op weg naar de tributen. Deze drone leek steviger en rechter te vliegen, net als de kleine zwerm die volgde. Zodra Lucy Gray ze in de gaten kreeg, bleef ze zitten waar ze zat. Coriolanus zag dat ze even tussen de ruches van haar rok op de zak met het poederdoosje klopte, en hij vatte dat op als een teken dat ze begreep waar het water voor diende. Ze wees schreeuwend naar de drones en kreeg Jessup zover dat hij omkeek.

Jessup verstijfde en zijn ogen puilden uit van angst. De drones kwamen dichterbij en hij klauwde ernaar, maar kon er niet bij. Toen ze de flessen water loslieten, werd hij helemaal wild.

Bommen zouden geen heftiger effect gehad kunnen hebben en hij reageerde als een krankzinnige op de flessen die op de stoelen kapotsloegen. Hij kreeg een plens water op zijn hand en trok hem terug alsof het bijtend zuur was. Hij bereikte het middenpad en rende naar beneden, maar er kwamen nog tien drones aan om hem te bestoken. Aangezien ze waren ingesteld om hun vracht bij de tribuut af te leveren, was er geen ontkomen aan. Zijn voet bleef haken toen hij over de eerste rij sprong en hij struikelde naar voren om over de muur de piste in te storten.

Het publiek keek verbaasd op door het geluid van brekende botten dat met zijn val gepaard ging, aangezien Jessup bij een van de weinige microfoons van de arena terecht was gekomen. Op zijn zwoegende borst na bleef hij onbeweeglijk liggen. De laatste flessen regenden op hem neer terwijl hij zijn lippen optrok en naar het felle zonlicht staarde dat door het water werd weerkaatst.

Lucy Gray rende naar beneden en boog zich over de reling. 'Jessup!' Hij kon alleen nog zijn blik naar haar gezicht verplaatsen.

Coriolanus verstond ternauwernood dat Lysistrata fluisterde: 'Laat hem niet alleen sterven, alsjeblieft.'

Lucy Gray keek de verlaten arena even rond om het gevaar in te schatten en klauterde toen langs de kapotte muur naar hem toe. Coriolanus wilde kreunen – ze moest daar weg – maar dat kon niet met Lysistrata naast hem. 'Dat zou ze nooit doen,' stelde hij Lysistrata gerust, en hij dacht aan Lucy Gray die de brandende balk van zijn rug had gesleurd. 'Zo is ze niet.'

'Ik heb nog geld over,' zei Lysistrata, die haar ogen droogveegde. 'Ik zal haar wat eten sturen.'

Lucy Gray sprong de laatste meter naar de piste. Jessup volgde haar met zijn ogen, maar leek zich niet te kunnen verroeren.

Was hij verlamd door de val? Ze liep behoedzaam naar hem toe en knielde net buiten het bereik van zijn lange armen. Met een geforceerd glimlachje zei ze: 'Ga maar slapen, Jessup, hoor je me? Toe maar, het is mijn beurt om de wacht te houden.' Iets leek er tot hem door te dringen, haar stem misschien, of de zin die ze de afgelopen twee weken vaker tegen hem had gezegd. Zijn starre gezicht ontspande en zijn oogleden knipperden. 'Goed zo. Ga maar. Als je niet gaat slapen kun je ook niet dromen, toch?' Lucy Gray schoof naar voren en legde een hand op zijn hoofd. 'Rustig maar. Ik hou de wacht. Ik ben hier. Ik blijf hier.' Jessup staarde haar aan terwijl het leven langzaam uit zijn lichaam vloeide en zijn borst tot rust kwam.

Lucy Gray streek zijn haarlok glad en ging op haar hurken zitten. Ze slaakte een diepe zucht en Coriolanus voelde haar uitputting. Ze schudde haar hoofd alsof ze zichzelf wakker wilde maken, greep de dichtstbijzijnde fles water, draaide de dop eraf en dronk hem in een paar slokken leeg. Na een tweede en een derde veegde ze met de rug van haar hand haar mond af. Ze stond op, keek naar Jessup, pakte nog een fles en goot de inhoud over zijn gezicht om het schuim en spuug weg te spoelen. Uit haar zak haalde ze het witte linnen servet dat in de picknickdoos had gezeten die Coriolanus de laatste avond voor haar had meegenomen. Ze bukte zich om met het randje voorzichtig zijn ogen te sluiten, schudde de lap uit en legde die over zijn gezicht, zodat de kijkers het niet meer konden zien.

De voedselpakketten van Lysistrata die om haar heen ploften leken Lucy Gray weer de arena in te trekken. Snel zocht ze de stukken brood en kaas bij elkaar en stopte ze in haar zakken. Ze begon flessen water te verzamelen in haar rok, maar bleef staan toen Boetius aan de andere kant van de arena opdook. Lucy Gray verdween onmiddellijk met haar geschenken in de dichtstbijzijnde tunnel. Boetius liet haar lopen maar slenterde naar voren om in het licht van de zonsondergang de laatste flessen op te rapen. Hij keek even naar Jessup, maar liet zijn lijk met rust.

Dit leek Coriolanus een goed teken voor later. Als de tributen er een gewoonte van maakten om de geschenken van de overledenen te stelen, zou dat perfect van pas komen voor het rattengifplan. Maar hij had weinig tijd om erover na te denken, want op dat moment kwam Lepidus Lysistrata halen.

'Poeh!' zei Lepidus. 'Dat was onverwacht! Wist je dat hij rabiës had?'

'Natuurlijk niet. Dan had ik dat meteen gemeld zodat ze de wasberen in de dierentuin konden testen,' zei ze.

'Hè? Dus jij denkt dat hij dat niet uit de districten heeft meegenomen?' vroeg Lepidus.

Lysistrata was heel stellig. 'Nee, hij is hier in het Capitool gebeten.'

'In de dierentuin?' Lepidus keek bezorgd. 'Daar zijn heel veel mensen geweest. Er zat ook een wasbeer bij onze apparatuur rond te wroeten met die rare kleine handjes van hem, en...'

'Jij hebt geen rabiës,' zei Lysistrata vlak.

Lepidus maakte een klauwend gebaar met zijn vingers. 'Hij zat aan mijn spullen.'

'Heb je nog vragen over Jessup?' wilde ze weten.

'Over Jessup? Nee, ik ben niet bij hem in de buurt geweest. O, eh, je bedoelt... Wil jíj iets over hem zeggen?' vroeg hij.

'Ja.' Ze haalde diep adem. 'Ik wil de mensen graag laten weten dat Jessup een goed mens was. Hij ging over me heen liggen om me te beschermen toen die bommen afgingen in de arena. Het was niet eens bewust. Het was een reflex. Dat was zijn ware aard. Beschermend. Ik denk niet dat hij de Spelen ooit gewonnen zou hebben, want hij zou gestorven zijn om Lucy Gray te beschermen.'

'O ja, net als een hond,' knikte Lepidus. 'Zo'n goeie.'

'Nee, niet als een hond. Als een mens,' zei Lysistrata.

Lepidus keek haar onderzoekend aan en probeerde te bepalen of ze een grapje maakte. 'Hm. Lucky, hoe is het in de studio?'

De camera betrapte Lucky terwijl hij op een haakje aan zijn nagel zat te knagen. 'O, wat? Hé! Hier geen nieuws. Laten we nog eens een kijkje in de arena nemen!'

Nu de camera's weg waren begon Lysistrata haar spullen te pakken.

'Blijf nog even. Tot na het eten,' zei Coriolanus.

'Nee, ik wil naar huis. Maar fijn dat je er was, Coryo. Je bent een goede bondgenoot,' zei ze.

Hij omhelsde haar. 'Niet, jíj. Ik weet dat dat niet makkelijk was.'

Ze zuchtte. 'Ik ben er in elk geval vanaf.'

De andere mentoren kwamen om haar heen staan om te zeggen dat ze het goed gedaan had en meer van dat soort dingen, en daarna liep ze de zaal uit zonder op de rest van de leerlingen te wachten. Die volgden al snel, en binnen een paar minuten waren alleen de tien overgebleven mentoren nog in de zaal. Ze bekeken elkaar met andere ogen nu de Plinthprijs op het spel stond, en ze hoopten allemaal dat ze niet alleen een winnaar zouden hébben in de Spelen, maar ook een winnaar zouden zíjn.

Dat hadden de Spelmakers blijkbaar ook bedacht, want Lucky kwam weer in beeld om de overgebleven tributen en hun mentoren op te sommen. Op een split screen waren telkens de twee foto's van de duo's te zien, begeleid door zijn voice-over. Sommige mentoren kreunden toen ze beseften dat de niet al te flatteuze foto's van hun schoolpasjes waren gedownload, maar Coriolanus was blij dat ze zijn huidige geschaafde gezicht niet in beeld brachten. Van de tributen, die geen officiële portretten hadden, werden willekeurige foto's gebruikt die sinds de boete waren genomen.

De lijst was op volgorde van de districten en begon met de duo's uit District 3: Urban-Teslee en Io-Circ. 'We zijn natuurlijk allemaal heel benieuwd wat de tributen uit ons elektronicadistrict met die drones hebben gedaan!' zei Lucky. Daarna verschenen Festus en Coral, gevolgd door Persephone en Mizzen. 'De tributen uit District 4 zeilen zo de top tien in!' Pup begon te joelen bij Lamina op haar balk en zijn eigen foto, tot die plaatsmaakte voor Treech die in de dierentuin aan het jongleren was en Vipsania. 'En publiekslievelingen Lamina en Pup Harrington worden vergezeld door de jongen uit District 7, Treech, en zijn mentor, Vipsania Sickle! Dus, de Districten 3, 4 en 7 hebben alle drie hun beide teams nog in het spel! Dan gaan we nu door naar de solotributen.' Een onscherpe foto van Wovey die in elkaar gedoken in het apenverblijf zat, naast Hilarius met een zware acne-aanval. 'Wovey uit 8 met Hilarius Heavensbee als begeleider!' Omdat ze een foto van zijn interview hadden gebruikt, zag Tanner er beter uit toen hij naast Domitia verscheen. 'De jongen uit 10 staat te popelen om zijn slachttechnieken in praktijk te brengen!' Daarna kwam Boetius, die sterk in de arena stond, gekoppeld aan een ongeschonden Clemensia. 'Deze tribuut heeft vast uw aandacht getrokken! Boetius uit 11!' Ten slotte zag Coriolanus zijn eigen portret – niet mooi, niet lelijk – naast een oogverblindende foto van Lucy Gray die tijdens het interview aan het zingen was. 'En de prijs voor het populairste duo gaat naar Coriolanus Snow en Lucy Gray uit 12!'

Het populairste duo? Dat was vast vleiend, dacht Coriolanus, maar niet erg intimiderend. Maakte niet uit. Haar populariteit had Lucy Gray een hele schep geld opgeleverd. Ze leefde nog, ze had gedronken en gegeten en ze had genoeg voorraad. Hopelijk kon ze zich ergens schuilhouden terwijl de anderen hun gelederen uitdunden. Het was een tegenslag dat ze haar beschermer Jessup niet meer had, maar in haar eentje kon ze zich beter verstoppen. Coriolanus had beloofd dat ze nooit echt alleen zou zijn in de arena, dat hij al die tijd bij haar zou zijn. Hield ze dat poederdoosje nu vast? Dacht ze aan hem zoals hij aan haar dacht?

Coriolanus werkte zijn mentorlijst bij, al was het niet leuk om Jessup en Lysistrata te moeten doorstrepen.

10E HONGERSPELEN

MENTORTOEWIJZINGEN

DISTRICT 1

~~*Jongen (Facet)*~~	~~*Livia Cardew*~~
~~*Meisje(Velvereen)*~~	~~*Palmyra Monty*~~

DISTRICT 2

~~*Jongen (Marcus)*~~	~~*Sejanus Plinth*~~
~~*Meisje (Sabyn)*~~	~~*Florus Friend*~~

DISTRICT 3

Jongen (Circ)	*Io Jasper*
Meisje (Teslee)	*Urban Canville*

DISTRICT 4

Jongen (Mizzen)	*Persephone Price*
Meisje (Coral)	*Festus Creed*

DISTRICT 5

~~*Jongen (Hy)*~~	~~*Dennis Fling*~~
~~*Meisje (Sol)*~~	~~*Iphigenia Moss*~~

DISTRICT 6

~~*Jongen (Otto)*~~	~~*Apollo Ring*~~
~~*Meisje (Ginnee)*~~	~~*Diana Ring*~~

DISTRICT 7

Jongen (Treech)	*Vipsania Sickle*
Meisje (Lamina)	*Pliny Harrington*

DISTRICT 8

~~*Jongen (Bobbin)*~~	~~*Juno Phipps*~~
Meisje (Wovey)	*Hilarius Heavensbee*

DISTRICT 9

~~*Jongen (Panlo)*~~	~~*Gaius Breen*~~
~~*Meisje (Sheaf)*~~	~~*Androcles Anderson*~~

DISTRICT 10

Jongen (Tanner)	*Domitia Whimsiwick*
~~*Meisje (Brandy)*~~	~~*Arachne Crane*~~

DISTRICT 11

Jongen (Boetius)	*Clemensia Dovecote*
~~*Meisje (Dille)*~~	~~*Felix Ravinstill*~~

DISTRICT 12

~~*Jongen (Jessup)*~~	~~*Lysistrata Vickers*~~
Meisje (Lucy Gray)	*Coriolanus Snow*

Het spelersveld was een stuk kleiner geworden, maar een aantal van de nog levende tributen zou moeilijk te verslaan zijn. Boetius, Tanner, beide tributen uit District 4… en wie wist wat dat slimme stelletje uit District 3 aan het bekokstoven was?

De tien mentoren verzamelden zich voor een overheerlijke lamsstoofschotel met gedroogde pruimen, maar Coriolanus miste Lysistrata. Ze was zijn enige bondgenoot geweest, net zoals Jessup die van Lucy Gray was geweest.

Na het eten ging hij tussen Festus en Hilarius zitten en hij moest zijn best doen om niet in te dommelen. Rond een uur of negen was er na Jessups dood niets meer gebeurd en werden ze naar huis gestuurd met de opdracht om de volgende ochtend vroeg weer aanwezig te zijn. Hij zag op tegen de wandeling naar huis, maar toen herinnerde hij zich het tweede muntje van Tigris en stapte dankbaar in de tram, die hem een straat voor zijn appartement afzette.

De grootmadam was al naar bed, maar Tigris zat in zijn slaapkamer op hem te wachten, opnieuw gehuld in haar moeders bontjas. Hij plofte aan haar voeten op de chaise longue en wist dat hij moest uitleggen wat hij in de arena had meegemaakt. Het was niet alleen de vermoeidheid die hem deed aarzelen.

'Ik weet dat je wilt weten wat er gisternacht is gebeurd,' zei hij, 'maar ik durf het niet te vertellen. Ik ben bang dat je in de problemen kunt komen als je het weet.'

'Het maakt niet uit, Coryo. Ik weet het meeste al van je overhemd.' Ze raapte het hemd van de vloer dat hij in de arena had gedragen. 'Kleren vertellen mij dingen.' Ze streek het glad op haar schoot en begon de gruwelijke gebeurtenissen van zijn nacht te reconstrueren. Eerst tilde ze de mouw op met de bebloede scheur erin. 'Hierzo. Dit is de plek waar het mes je heeft gesneden.' Haar vingers gleden over de beschadigde stof. 'Deze kleine scheurtjes, met al dat gruis erin, vertellen dat je over de grond bent gegleden – of misschien wel gesleurd – en dat strookt met je geschaafde kin en het bloed op je kraag.' Tigris raakte de hals even aan en ging verder. 'De andere mouw is op zo'n manier gescheurd dat ik zou zeggen dat je aan prikkeldraad bent blijven hangen. Waarschijnlijk in de versperring. Maar dit bloed hier, die spetters op je manchet... Dat is volgens mij niet van jou. Ik denk dat je iets heel ergs hebt moeten doen daarbinnen.'

Coriolanus staarde naar het bloed en voelde de plank weer op Bobbins hoofd neerkomen. 'Tigris...'

Ze wreef over haar slaap. 'En ik vraag me de hele tijd af hoe het zover gekomen is. Mijn kleine neefje dat geen vlieg kwaad zou doen moest in de arena vechten voor zijn leven.'

Hij had echt helemaal geen zin in dit gesprek. 'Ik weet het niet. Ik kon niet anders.'

'Dat weet ik wel. Natuurlijk weet ik dat.' Tigris sloeg haar armen om hem heen. 'Ik vind het gewoon zo afschuwelijk wat ze je aandoen.'

'Het gaat wel,' zei hij. 'Het zal nu niet lang meer duren. En zelfs als ik niet win krijg ik een prijs, zeker weten. Ik denk echt dat het hierna allemaal een stuk beter gaat worden.'

'Ja. Natuurlijk. Vast en zeker. Sneeuw komt er altijd bovenop,' beaamde ze. Maar de blik in haar ogen zei iets heel anders.

'Wat is er?' vroeg hij. Ze schudde haar hoofd. 'Zeg dan.'

'Ik wilde het je na de Hongerspelen pas vertellen...' Ze viel stil.

'Maar nu moet je wel,' zei hij. 'Anders haal ik me alleen maar verschrikkelijke dingen in mijn hoofd. Zeg het maar gewoon.'

'We verzinnen wel iets.' Ze stond op.

'Tigris.' Hij trok haar weer naar beneden. 'Wat is er?'

Met tegenzin stak Tigris haar hand in haar jaszak, haalde er een brief met het Capitoolstempel uit en gaf die aan hem. 'De belastingaanslag is vandaag gekomen.'

Ze hoefde het niet uit te leggen. Haar gezicht sprak boekdelen. Zonder geld om de belasting te betalen, en zonder mogelijkheid om iets te lenen, konden de Snows elk moment hun huis verliezen.

18

Coriolanus had net gedaan alsof het belastingprobleem niet meer bestond, maar nu sloeg het nieuws dat ze weg moesten in als een bom. Hoe zou hij afscheid kunnen nemen van het enige huis dat hij ooit had gekend? Van zijn moeder, zijn jeugd, die zalige herinneringen aan zijn leven voor de oorlog? Deze vier muren beschermden niet alleen zijn familie tegen de wereld, maar hielden ook de legende van de rijkdom van de Snows in stand. Hij zou zijn woning, zijn geschiedenis en zijn identiteit in één harde klap kwijtraken.

Ze hadden zes weken om het bedrag ergens vandaan te halen. Om net zo veel geld bij elkaar te schrapen als Tigris in een jaar verdiende. Tigris en hij probeerden te bedenken wat ze nog zouden kunnen verkopen, maar zelfs als ze alle meubels en snuisterijen wegdeden, hadden ze hooguit genoeg voor een paar maanden. En de belastingaanslagen zouden elke maand blijven komen. De schamele opbrengst die de verkoop van hun spullen zou opleveren, zouden ze moeten besteden aan de huur van een nieuwe woning. Ze moesten koste wat kost voorkomen dat ze vanwege belastingproblemen uit huis gezet werden; de publieke schande zou te groot en te permanent zijn. Dus moesten ze verhuizen.

'Wat doen we nu?' vroeg Coriolanus.

'Zolang de Hongerspelen nog bezig zijn niets. Jij moet je daarop concentreren, zodat je die Plinthprijs of in elk geval een van de andere prijzen in de wacht kunt slepen. Ik regel het hier wel,' zei ze resoluut. Ze maakte een beker warme melk met maisstroop voor hem en streelde zijn bonzende hoofd tot hij in slaap viel. Hij droomde gewelddadige, verontrustende dingen waarbij de gebeurtenissen in de arena weer voorbijkwamen en werd zoals altijd wakker van:

Pracht van Panem,
Een stad zo groots,
Uit de as weer opgestaan.

Zou de grootmadam dat over een maand of twee in hun huurflatje nog steeds zingen? Of zou ze te vernederd zijn om haar stem ooit nog te laten horen? Hij had altijd honend gereageerd op haar ochtendlied, maar toch stemde het idee hem droevig.

Bij het aankleden voelde hij de hechtingen in zijn arm trekken en hij bedacht dat hij langs de Citadel moest om ze te laten controleren. Zijn geschaafde gezicht zat onder de donkerrode korsten, maar de zwelling was afgenomen. Hij bracht wat poeder van zijn moeder aan en hoewel die de korsten niet echt bedekte, werkte de geur rustgevend.

Door hun uitzichtloze financiële situatie nam hij de muntjes die Tigris hem gaf zonder aarzelen aan. Waarom zouden ze nog op de kleintjes letten als het grote geld allang op was? In de tram stikte hij bijna in zijn sodacrackers met notenboter, die hij uit alle macht niet probeerde te vergelijken met de broodjes van Moe Plinth. Het schoot door hem heen dat de familie Plinth hem misschien wel een lening – of zelfs zwijggeld – zou willen geven, maar dat zou de grootmadam nooit toestaan en een Snow die een Plinth ergens om zou smeken was ondenkbaar. De Plinthprijs was echter geen schande en Tigris had gelijk. De komende dagen zouden zijn toekomst bepalen.

Op de Academie dronken de tien mentoren thee terwijl ze zich klaarmaakten voor de camera. Elke dag werd er meer naar hen gekeken. De Spelmakers hadden een visagist gestuurd die Coriolanus' korsten enigszins wist te camoufleren en ook zijn wenkbrauwen epileerde nu ze toch bezig was. Niemand leek in de stemming om daadwerkelijk over de Spelen te praten, behalve Hilarius Heavensbee, die het nergens anders over kon hebben.

'Voor mij is het anders,' zei Hilarius. 'Ik heb gisteravond mijn lijst er eens bij gepakt. Alle tributen die nog over zijn, hebben sinds ze in de arena zitten eten of in elk geval water gekregen. Behalve onze onzichtbare Wovey. Waar zit dat kind? Hoe moet ik weten of ze niet gewoon ergens dood in die gangen ligt? Misschien is ze allang de pijp uit en dan zit ik hier voor niks een beetje met mijn boodschappenband te spelen!'

Coriolanus had zin om te zeggen dat hij zijn mond moest houden omdat andere mensen echte problemen hadden, maar in plaats daarvan wurmde hij zich naar een stoel aan het eind van de rij, naast Festus, die diep in gesprek was met Persephone.

Lucky Flickerman opende de uitzending door alle overgebleven tributen nog eens op te noemen en nodigde Lepidus uit om de mentoren om commentaar te vragen. Coriolanus moest meteen als eerste reageren op de paniek rondom Jessup. Hij complimenteerde Lysistrata uitvoerig met de geweldige manier waarop ze de rabiëssituatie had aangepakt en bedankte haar voor haar grootmoedigheid in de laatste minuten van Jessups leven. Hij keek naar de rijen waar de afgevallen mentoren zaten, vroeg haar om te gaan staan en moedigde het publiek aan om voor haar te klappen. Dat deden ze, maar dat niet alleen: minstens de helft stond ook nog eens op. En hoewel Lysistrata verlegen keek, had hij niet de indruk dat ze het echt erg vond. Toen voegde hij eraan toe dat hij haar pas echt hoopte te bedanken door haar voorspelling te laten uitkomen dat de winnaar een tribuut uit District 12 zou worden, en wel Lucy Gray. De kijkers zagen zelf ook hoe slim zijn tribuut was geweest. En ze moesten niet vergeten dat ze Jessup tot het bittere eind had bijgestaan. Van een meisje uit het Capitool zou je dat verwachten, maar uit de districten? Dat was iets om over na te denken: hoe belangrijk vonden ze het dat de winnaar van de Hongerspelen een goed karakter had, dat iemand hun waarden representeerde? Dat raakte blijkbaar de juiste snaar, want er kwamen meteen minstens tien piepjes uit zijn boodschappenband. Hij hield de band omhoog voor de camera en bedankte zijn gulle sponsors.

Alsof Pup er niet tegen kon dat Coriolanus zo veel aandacht kreeg, boog hij zich naar voren om luidkeels te verkondingen dat hij 'Lamina maar eens ontbijt ging bezorgen!' en hij bestelde een enorme hoeveelheid eten en drinken. Niemand kon tegen hem op, want Lamina was de enige zichtbare tribuut in de arena, en dat maakte Pup extra irritant. Het deed Coriolanus deugd dat hij geen nieuwe piepjes uit de band van zijn rivaal hoorde komen.

Hij wist dat er pas weer een vraag aan hem gesteld zou worden als de anderen aan de beurt waren geweest, dus hij nam een geïnteresseerde houding aan maar luisterde nauwelijks naar hun verhalen. Het idee dat hij geld kon vragen aan die ouwe Strabo Plinth – niet door hem te chanteren natuurlijk, maar door hem de kans te bieden om hem met een financiële bijdrage te bedanken – liet hem niet los. Zou Coriolanus even bij huize Plinth langsgaan om te vragen hoe het met Sejanus was? Die wond in zijn kuit had er niet goed uitgezien. Ja, hij kon toch gewoon langsgaan en dan kijken wat er gebeurde?

Lucky onderbrak Io's ideeën over wat Circ met de drone zou kunnen doen – 'Tja, als de ledlampjes van de drone niet kapot zijn, kan hij misschien een zaklamp maken, wat 's nachts natuurlijk grote voordelen biedt' – en liet het publiek weten dat Boetius uit de versperring was gekomen.

Lamina, die water, brood en kaas van een stuk of vijf drones had verzameld, stalde haar voorraad netjes uit op de balk. Ze besteedde nauwelijks aandacht aan de komst van Boetius, maar hij liep doelgericht naar haar toe. Hij wees naar de zon en toen naar haar gezicht. Voor het eerst zag Coriolanus wat een aanslag de lange dagen in de buitenlucht op Lamina's huid hadden gepleegd. Ze was ernstig verbrand en haar neus was al aan het vervellen. Bij nadere inspectie bleek ook de bovenkant van haar blote voeten rood. Boetius wees naar haar eten. Lamina wreef over haar voeten en leek over zijn aanbod na te denken, wat dat ook mocht zijn. Ze wisselden een paar zinnen en knikten toen bevestigend. Boetius rende de arena door en klom naar de vlag van Panem. Hij trok zijn lange mes en stak het door de zware stof.

Het publiek in de zaal begon luidkeels te protesteren. Ze waren geschokt door dit gebrek aan respect voor de nationale vlag. Boetius begon een stuk ter grootte van een kleine deken af te snijden en de onrust nam toe. Dit kon men toch niet accepteren? Hier moest hij toch voor gestraft worden? Maar omdat meedoen aan de Hongerspelen al de ultieme straf was, wist niemand hoe dat dan zou moeten gebeuren.

Lepidus haastte zich naar Clemensia om te vragen wat ze van

het gedrag van haar tribuut vond. ‘Het is natuurlijk een domme actie. Wie gaat hem nu nog sponsoren?’

‘Niet dat het iets uitmaakt, want jij geeft hem toch nooit eten,’ merkte Pup op.

‘Ik geef hem eten als hij iets doet wat eten verdient,’ zei Clemensia. ‘En bovendien heb jij het voor vandaag al geregeld.’

Pup fronste zijn wenkbrauwen. ‘Hoezo?’

Clemensia knikte naar het scherm, waarop Boetius terug naar de balk draafde. Er werd nog wat verder onderhandeld. Uiteindelijk leek er tot drie geteld te worden en gooide Boetius de verfrommelde lap omhoog terwijl Lamina een stuk brood liet vallen. Maar de vlag kwam maar tot halverwege en ze kon hem niet vangen. Er werd opnieuw onderhandeld. Na een paar pogingen kreeg Boetius de vlag eindelijk bij de balk en Lamina beloonde hem met een brok kaas.

Het was geen officieel bondgenootschap, maar de uitwisseling leek toch een soort band te smeden. Lamina schudde de vlag uit om hem over haar hoofd te draperen en Boetius ging tegen een van de palen zitten om zijn brood en kaas op te eten. Ze praatten niet meer met elkaar, maar er heerste een zekere rust en Lamina waarschuwde hem toen de bende aan de andere kant van de arena opdook. Boetius bedankte haar met een knikje en trok zich terug achter de versperring.

Coral, Mizzen en Tanner gingen op de tribune zitten en maakten eetgebaren. Festus, Persephone en Domitia gehoorzaamden en de drie tributen deelden het brood, de kaas en de appels die door de drones werden afgeleverd.

Lucky had zijn papegaai Jubeltje mee naar de studio genomen en probeerde hem een paar minuten lang ‘Hoi knapperd!’ tegen rector Highbottom te laten zeggen. De vogel, een depressief beest met een schurftaanval, zat zwijgend op Lucky’s pols terwijl de rector met gevouwen handen afwachtte. 'Ah, zeg het dan! Toe dan! "Hoi knapperd! Hoi knapperd!"'

'Volgens mij heeft hij er geen zin in, Lucky,' zei rector Highbottom uiteindelijk. 'Misschien vindt hij me toch niet zo knap.'

'Wat? Ha! Nee, joh. Hij is gewoon verlegen bij onbekenden.' Lucky stak zijn arm uit. 'Wilt u hem even vasthouden?'

De rector leunde naar achteren. 'Nee.'

Lucky trok Jubeltje weer naar zijn borst en streelde zijn vleugels met zijn vingertop. 'En, rector Highbottom, wat vindt u er nu van?'

'Eh... waarvan?' vroeg rector Highbottom.

'Van al die dingen. Al die verschillende dingen die in de Hongerspelen gebeuren.' Lucky maakte een breed handgebaar. 'Alles!'

'Welnu, mij valt de nieuwe interactiviteit van de Spelen op,' zei rector Highbottom.

Lucky knikte. 'Interactiviteit. Vertel.'

'Meteen vanaf het begin. En zelfs al eerder. De aanslag in de arena heeft niet alleen deelnemers gedood, maar ook het landschap veranderd,' ging de rector verder.

'Het landschap veranderd,' herhaalde Lucky.

'Ja. Nu hebben we de versperring. De balk. Toegang tot de tunnels. Het is een volstrekt nieuwe arena, en daardoor gedragen de tributen zich ook op een volstrekt nieuwe manier,' legde de rector uit.

'En we hebben drones!' zei Lucky.

'Precies. De kijkers spelen nu zelf een actieve rol in de Spelen.' Rector Highbottom boog zijn hoofd naar Lucky. 'En je weet wat dat betekent.'

'Wat dan?' vroeg Lucky.

De rector sprak zijn volgende zin langzaam uit, alsof hij tegen een klein kind praatte. 'Het betekent dat wij met z'n allen in die arena zitten, Lucky.'

Lucky fronste zijn wenkbrauwen. 'Huh? Dat snap ik niet.'

Rector Highbottom tikte met zijn wijsvinger tegen zijn slaap. 'Denk er maar eens over na.'

'Hoi knapperd!' krijste Jubeltje moedeloos.

'O, kijk nou! Ik zei het toch?' kraaide Lucky.

'Inderdaad,' gaf de rector toe. 'En het was alsnog onverwacht.'

Verder gebeurde er vrij weinig voor de lunch. Lucky gaf de weersverwachting voor elk district en probeerde Jubeltje mee te laten doen, maar de vogel weigerde nog iets te zeggen en Lucky begon op een hoog toontje tegen het dier te praten. '"Hoe ziet het weer eruit in District 12, Jubeltje?" *"Ze hebben sneeuw, Lucky."* "Sneeuw in juli, Jubeltje?" *"Coriolanus Snow!"*'

Coriolanus stak zijn duim op naar de camera toen ze zijn reactie in beeld brachten. Hij kon niet geloven dat dit echt zijn leven was.

De lunch stelde teleur, want het menu bestond uit broodjes met notenboter en hij had ook al notenboter bij het ontbijt gehad. Hij at ze op, want hij at alles wat gratis was en hij moest op krachten blijven. Geroezemoes in de zaal gaf aan dat er iets gebeurde op het scherm en hij haastte zich terug naar zijn stoel. Was Lucy Gray tevoorschijn gekomen?

Dat was niet zo, maar het lome gedrag van de bende had plaatsgemaakt voor doelgerichtheid. De drie beenden door de arena tot ze onder Lamina's balk stonden. In eerste instantie had ze het niet in de gaten, maar toen Tanner met een zwaard tegen een van de palen sloeg keek ze op. Ze kwam overeind om de bende te bestuderen en voelde blijkbaar aan dat er iets veranderd was, want ze haalde haar bijl en mes tevoorschijn en poetste ze op met de vlag.

Na een korte tactiekbespreking waarbij de tributen uit District 4 hun drietanden aan Tanner gaven, splitste het trio zich op. Coral en Mizzen liepen elk naar een van de metalen palen waar de balk op rustte en Tanner ging met de twee drietanden recht onder Lamina staan. Met hun mes tussen hun tanden knikten Coral en Mizzen elkaar toe en ze klommen allebei hun paal in.

Festus schoof op zijn stoel. 'Daar gaan we.'

'Ze halen het nooit,' zei Pup zenuwachtig.

'Ze zijn getraind om op schepen te werken. Daar klimmen ze ook in de touwen,' merkte Persephone op.

'In het want,' zei Festus.

'Ja, ik weet het. Mijn vader zit bij de marine, hè,' zei Pup. 'Maar touwklimmen is anders. Die palen zijn meer een soort bomen.'

Maar iedereen vond Pup irritant en zelfs de mentoren die geen tribuut in deze confrontatie hadden, bemoeiden zich ermee.

'En masten dan?' vroeg Vipsania.

'En vlaggenmasten?' deed Urban een duit in het zakje.

'Ze halen het nooit,' herhaalde Pup.

Maar hoewel het duo uit District 4 niet zo soepel klom als Lamina, leken ze het wel degelijk te halen en hesen ze zichzelf steeds verder omhoog. Tanner gaf aanwijzingen en riep naar Coral dat ze even moest wachten omdat Mizzen achterop was geraakt.

'Ze proberen het zo uit te kienen dat ze tegelijkertijd boven komen,' zei Io. 'Dan moet ze kiezen met wie ze het gevecht aangaat en kan de ander ondertussen op de balk klimmen.'

'Dan vermoordt ze gewoon een van de twee en klimt ze daarna naar beneden,' zei Pup.

‘Waar Tanner staat te wachten,’ hielp Coriolanus hem herinneren.

‘Ja, dat weet ik ook wel!’ zei Pup. ‘Wat wil je dat ik doe? Het is niet alsof ze rabiës hebben en ik gewoon wat water kan sturen om het op te lossen!’

‘Dat zou nooit bij je opgekomen zijn,’ zei Festus.

‘Natuurlijk wel,’ snauwde Pup. ‘Hou gewoon je mond allemaal!’

Het werd stil, maar vooral omdat Coral en Mizzen bijna boven waren. Lamina probeerde te beslissen met wie ze de strijd zou aangaan en keek van links naar rechts. Uiteindelijk kroop ze naar Coral.

Pup sprong van zijn stoel. ‘Nee, niet het meisje, de jongen!’ riep hij. ‘Nu moet ze op de balk met de jongen vechten.’

‘Ik zou hetzelfde doen. Ik zou ook niet daarboven met die meid willen vechten,’ zei Domitia, en een paar mentoren mompelden instemmend.

‘Niet?’ Pup dacht even na. ‘Misschien heb je wel gelijk.’

Lamina was bij het eind van de balk en sloeg zonder aarzelen met haar bijl naar Coral. Het blad ging rakelings langs haar kruin maar sneed een pluk haar af. Coral liet zich een meter omlaag zakken en Lamina haalde nog een paar keer uit, alsof ze het niet moest wagen om weer omhoog te komen. Zoals verwacht kon Mizzen daardoor op de balk klimmen, maar toen Tanner de drietand naar hem probeerde te gooien, kwam die maar tot twee derde om vervolgens weer op de grond te vallen. Lamina sloeg nog een laatste keer naar Coral en liep toen snel naar Mizzen. Hij was niet opgewassen tegen haar onwankelbare positie op de balk en kon slechts een paar weifelende stappen zetten voordat ze hem te lijf ging. Tanners tweede worp was beter, maar de drietand raakte de onderkant van de balk en belandde weer in het zand. Mizzen was door zijn benen gezakt om naar het wapen te graaien en zodra hij zich oprichtte ramde Lamina de platte kant van de bijl tegen de zijkant van zijn knie. De klap bracht hen allebei uit evenwicht. Lamina ging snel schrijlings op de balk zitten, maar Mizzen viel – het mes glipte uit zijn hand en hij kon zich nog net met één arm vastgrijpen.

Zelfs de microfoons in de arena vingen de strijdkreet van Coral op waarmee ze de balk op klom. Tanner rende naar haar kant en wist haar de drietand toe te werpen. Het gemak waarmee Coral het wapen uit de lucht griste ontlokte het Capitoolpubliek een paar bewonderende kreten. Lamina keek even naar Mizzen, maar in zijn bungelende positie vormde hij geen direct gevaar, dus ze draaide zich om en zette zich schrap voor Corals aanval. Lamina's evenwicht was beter maar Corals wapen had meer bereik. Nadat Lamina de eerste stoten met haar bijl had afgeweerd, maakte Coral een afleidende draaibeweging met de drietand voordat ze de punten in de buik van haar tegenstander stak. Coral trok het wapen los en deed een stap achteruit, met haar mes voor de zekerheid nog in de aanslag, maar het was niet nodig. Lamina viel van de balk en was op slag dood.

'Nee!' riep Pup, en het woord galmde door de Heavensbeezaal. Een tijdlang bleef hij stokstijf staan. Toen tilde hij zijn stoel op, negeerde de uitgestoken microfoon van Lepidus en liep het mentorgedeelte af. Hij zette zijn stoel met een klap naast die van Livia en beende met grote passen de zaal uit. Coriolanus vermoedde dat hij zijn best deed om niet te huilen.

Coral liep naar Mizzen en bleef een verwarrend ogenblik boven hem staan, waarin Coriolanus zich afvroeg of ze van plan was om zijn arm los te schoppen en hem achter Lamina aan te sturen. Maar in plaats daarvan ging ze op de balk zitten, haar benen stevig om elkaar geklemd, en hielp hem omhoog. De bijl had zijn knie beschadigd, al was niet goed te zien hoe erg. Hij klom half glijdend van de paal, meteen gevolgd door Coral, die de ongebruikte drietand opraapte waar Tanner hem had laten liggen. Mizzen leunde tegen de paal en probeerde zijn gewicht op zijn knie te zetten.

Nadat hij een soort dansje had gedaan boven het lijk van Lamina sprong Tanner op hen af. Mizzen stak grijnzend zijn hand op voor een triomfantelijke high five. Zodra Tanner hem aanraakte stak Coral de tweede drietand in zijn rug. Hij viel tegen Mizzen aan, die werd ondersteund door de paal en hem wegduwde. Tanner draaide een rondje en sloeg vergeefs met zijn hand achter zijn rug alsof hij de drietand los wilde wrikken, maar de kartelige punten zaten te diep. Hij zakte op zijn knieën, zijn gezichtsuitdrukking eerder gekwetst dan geschokt, en viel plat op zijn buik. Mizzen maakte het af met een mes in zijn nek. Daarna liep hij terug en ging tegen de paal zitten terwijl Coral een reep stof van Lamina's vlag scheurde en zijn knie begon te verbinden.

In de studio kreeg Lucky een groteske, geschokte grimas op zijn gezicht. 'Zagen jullie wat ik zag?'

Domitia had stilletjes haar spullen bijeengezocht, haar mond een strakke, teleurgestelde streep. Maar toen Lepidus de microfoon onder haar neus duwde, zei ze kalm en onbewogen: 'Het verbaast me. Ik dacht dat Tanner misschien wel zou winnen. En dat zou hij waarschijnlijk ook gedaan hebben als zijn bondgenoten hem niet verraden hadden. Dat is denk ik de les die we hieruit kunnen trekken. Kijk uit wie je vertrouwt.'

'Binnen en buiten de arena,' knikte Lepidus wijs.

'Overal,' beaamde Domitia. 'Tanner was echt een goedaardige jongen. En District 4 heeft daar misbruik van gemaakt.' Ze keek treurig naar Festus en Persephone om aan te geven dat zij hiermee ook een slecht figuur sloegen, en Lepidus klakte afkeurend met zijn tong. 'Dat is een van de vele dingen die ik als mentor in de Hongerspelen heb geleerd. Ik zal deze ervaring de rest van mijn leven koesteren en ik wens alle overgebleven mentoren heel veel succes.'

'Mooi gezegd, Domitia. Ik denk dat je je medementoren net hebt laten zien hoe een goede verliezer zich gedraagt,' zei Lepidus. 'Lucky?'

Het beeld versprong naar Lucky, die Jubeltje met een cracker van de kroonluchter probeerde te lokken. 'Hè? Ga je niet met die andere praten? Hoe heet-ie ook alweer? Die knul van de marineofficier?'

'Die wil niets zeggen,' antwoordde Lepidus.

'Goed, terug naar de arena dan!' riep Lucky.

Maar daar gebeurde voorlopig niet zoveel. Coral had Mizzens knie verbonden en rukte hun drietanden uit het lichaam van haar slachtoffers. Samen met de hinkende Mizzen liep ze bedaard door de arena naar hun vaste tunnel.

Satyria kwam naar hen toe en liet de mentoren hun stoelen in twee keurige rijen van vier zetten. Io, Urban, Clemensia en Vipsania vooraan. Coriolanus, Festus, Persephone en Hilarius achteraan. De stoelendans ging verder.

Misschien had hij een vernedering te veel moeten ondergaan als Lucky's buikspreekpop, want Jubeltje weigerde van de kroonluchter te komen. Lucky deed weer een beroep op zijn verslaggevers in de Heavensbeezaal en bij de ingang van de arena, waar het publiek juichvakken voor de verschillende tributen had gemaakt. In Team Lucy Gray zaten allerlei verschillende types, jong en oud, man en vrouw, en zelfs een paar Avox – maar die telden niet echt, want zij waren meegenomen om de spandoeken omhoog te houden.

Coriolanus wilde dat Lucy Gray kon zien hoeveel mensen haar steunden. Hij wilde dat ze wist hoe hard hij zijn best voor haar deed. Hij was een stuk actiever geworden en trok Lepidus als er even niets gebeurde aan zijn mouw om Lucy Gray de hemel in te prijzen. Daardoor kreeg ze meer sponsorgeschenken dan ooit en hij was ervan overtuigd dat hij haar een week te eten zou kunnen geven. Nu kon hij niet veel meer doen dan kijken en afwachten.

Treech kwam lang genoeg naar buiten om Lamina's bijl te stelen en eten van Vipsania te krijgen. Teslee haalde nog een gevallen drone op en ontving wat eten van Urban. Verder bleef het rustig, tot Boetius aan het eind van de middag de versperring uit slenterde en de slaap uit zijn ogen wreef. Het tafereel in de arena – met de neergestoken lichamen van Tanner en vooral Lamina – leek hem te verbazen. Nadat hij er een tijdje omheen had gelopen tilde hij Lamina op, droeg haar naar de plek waar Marcus en Bobbin lagen en legde de drie lijken in een rijtje op de grond. Daarna ijsbeerde hij wat rond de balk en sleepte toen ook Tanner naar Lamina. In het uur daarna haalde hij eerst Dille en vervolgens Sol op om ze aan zijn provisorische mortuarium toe te voegen.

Alleen Jessup liet hij liggen. Boetius was waarschijnlijk bang dat hij hondsdolheid zou krijgen. Nadat hij de anderen netjes naast elkaar had gelegd, sloeg hij naar de vliegen die eromheen gonsden. Hij dacht even na, liep terug en sneed een tweede stuk van de vlag dat hij over de lijken legde, wat opnieuw voor woedende reacties in de zaal zorgde. Boetius schudde het overgebleven deel van Lamina's vlag uit en knoopte het als een cape om zijn schouders. Het gewaad leek hem te inspireren, want hij draaide zich langzaam om en keek over zijn schouder om te zien hoe de stof achter hem aan fladderde. Daarna rende hij met gespreide armen en wapperende cape door de zonovergoten arena. Uiteindelijk klom hij moe geworden van alle activiteiten in de tribune om af te wachten.

'O, kom op zeg, geef hem iets te eten, Clemmie!' zei Festus.

'Bemoei je met je eigen zaken,' zei Clemensia.

'Harteloos, dat ben je,' zei Festus.

'Ik ben een goede manager. Wie weet hoe lang de Spelen nog duren.' Ze schonk Coriolanus een gemeen glimlachje. 'En ik heb hem niet aan zijn lot overgelaten of zo.'

Coriolanus overwoog om haar mee naar de Citadel te vragen voor zijn controle. Hij kon wel wat gezelschap gebruiken, en dan kon zij haar slangen een bezoekje brengen.

Het werd vijf uur, de leerlingen mochten naar huis en de acht overgebleven mentoren kregen runderstoof en taart. Hij kon niet zeggen dat hij Domitia miste, en Pup al helemaal niet, maar hij miste de buffer die ze tussen hem en types als Clemensia, Vipsania en Urban hadden gevormd. Zelfs Hilarius was onuitstaanbaar geworden, met zijn geklaag over hoe zwaar het was om een Heavensbee te zijn. Toen Satyria rond acht uur zei dat ze konden gaan liep hij meteen naar de deur, in de hoop dat het nog niet te laat was om naar zijn arm te laten kijken.

De Citadelbewakers herkenden hem en nadat ze zijn schooltas hadden gecontroleerd mocht hij met tas en al in zijn eentje naar het lab. Hij liep een tijdje rond voordat hij had gevonden waar hij moest zijn en zat een halfuur in de kliniek te wachten tot er een dokter kwam. Ze controleerde zijn vitale functies, bekeek de hechtingen, die hun werk deden, en zei dat hij moest blijven zitten.

Ineens ontstond er een ongewone bedrijvigheid in het lab. Snelle voetstappen, harde stemmen, ongeduldige bevelen. Coriolanus spitste zijn oren maar kon niet verstaan wat de oorzaak van de commotie was. Hij ving meerdere keren de woorden 'arena' en 'Spelen' op en vroeg zich af wat er aan de hand was. Toen dr. Gaul eindelijk binnenkwam, wierp ze slechts een vluchtige blik op zijn hechtingen.

'Nog een paar dagen,' bevestigde ze. 'Vertel eens, meneer Snow, kende je Gaius Breen?'

'Of ik die kende?' vroeg Coriolanus, want hij hoorde meteen dat ze de verleden tijd gebruikte. 'Die ken ik, ja. We zitten bij elkaar in de klas. Ik weet dat hij zijn benen is kwijtgeraakt in de arena. Is hij...'

'Hij is dood. Complicaties van de aanslag,' zei dr. Gaul.

'O, wat erg.' Coriolanus kon het niet bevatten. Gaius, dood? Gaius Breen? Hij moest denken aan een grap die Gaius hem laatst had verteld over hoeveel rebellen er nodig waren om een veter te strikken. 'Ik ben niet eens bij hem op bezoek geweest in het ziekenhuis. Wanneer is de begrafenis?'

'Dat wordt nog bekeken. Je moet het voor je houden tot we het officieel bekendmaken,' waarschuwde ze. 'Ik vertel het je alleen zodat er dan straks in elk geval een van jullie iets intelligents tegen Lepidus kan zeggen. Ik ga ervan uit dat ik dat aan jou kan overlaten.'

'Ja, natuurlijk. Dat zal raar zijn, om het tijdens de Spelen bekend te maken. Als een soort overwinning voor de rebellen,' zei Coriolanus.

'Inderdaad. Maar reken maar dat we wraak zullen nemen. Die meid van jou heeft me op het idee gebracht. Als ze wint moeten we maar eens ervaringen uitwisselen. En ik ben niet vergeten dat ik nog een essay van je krijg.' Ze vertrok en trok het gordijn achter zich dicht.

Coriolanus nam aan dat hij mocht gaan, dus hij knoopte zijn overhemd dicht en pakte zijn tas. Waar moest hij ook alweer over schrijven? Iets over chaos? Controle? Contracten? Hij wist vrij zeker dat het met een C begon. Bij de lift trof hij twee labassistenten aan die een karretje naar binnen probeerden te duwen. Op de kar stond de grote bak met de slangen die Clemensia hadden gebeten.

'Heeft ze gezegd dat we de koelbox mee moesten nemen?' vroeg een van de assistenten.

'Volgens mij niet,' zei de ander. 'Ik dacht dat ze al eten hadden gehad. Laten we het maar even checken. Als we ons vergissen gaat ze door het lint.' Op dat moment zag ze Coriolanus staan. 'Sorry, we moeten er weer uit.'

'Geen probleem,' zei hij, en hij deed een pas opzij zodat ze de bak naar buiten konden rijden. De liftdeuren gingen dicht en hij hoorde de cabine naar boven snorren.

'O, sorry, hij komt zo terug,' zei de tweede assistent.

'Geen probleem,' herhaalde Coriolanus. Maar hij begon wel degelijk een heel groot probleem te vermoeden. Hij dacht aan de onrust in het lab, de Spelen die genoemd waren, en dr. Gaul die wraak had beloofd. 'Waar moeten die slangen naartoe?' vroeg hij zo onschuldig mogelijk.

'O, gewoon naar een ander lab,' zei een van hen, maar de assistenten wisselden een blik. 'Kom, die koelbox moeten we met z'n tweeën dragen.' Het stel verdween in het lab en hij bleef alleen achter met het terrarium. *Die meid van jou heeft me op het idee gebracht.* Zijn meid. Lucy Gray. Die haar entree in de Hongerspelen had gemaakt door een slang in de jurk van de burgemeestersdochter te laten vallen. *Als ze wint moeten we maar eens ervaringen uitwisselen.* Op welk gebied? Over hoe je slangen als wapen moest gebruiken? Hij staarde naar de kronkelende reptielen en stelde zich voor dat ze in de arena werden losgelaten. Wat zouden ze doen? Zich verstoppen? Op jacht gaan?

Aanvallen? Zelfs als hij wist wat slangen deden, en dat wist hij niet, vroeg hij zich af of deze zich wel normaal zouden gedragen, aangezien ze genetisch gemanipuleerd waren door dr. Gaul.

Met een steek van pijn zag Coriolanus Lucy Gray voor zich bij hun laatste ontmoeting, toen ze zijn hand had vastgeklemd en hij had beloofd dat ze konden winnen. Maar tegen die beesten in de bak zou hij haar nooit kunnen beschermen, net zoals hij haar niet tegen drietanden en zwaarden kon beschermen. Daar kon ze zich tenminste nog voor verstoppen. Zeker weten deed hij het niet, maar hij gokte dat de slangen meteen de gangen in zouden kruipen. Het donker zou hun reukzin niet aantasten. Ze zouden de geur van Lucy Gray niet herkennen, net zoals ze die van Clemensia niet hadden herkend. Lucy Gray zou schreeuwend op de grond vallen, haar lippen zouden paars en vervolgens bloedeloos worden, en er zou felroze, blauwe en gele pus over haar ruchesjurk stromen… Dat was het! Daar hadden de slangen hem aan doen denken toen hij ze de eerste keer zag. Ze pasten bij haar jurk. Alsof ze altijd al voor haar bestemd waren geweest…

Zonder te weten hoe het precies gebeurde had Coriolanus ineens de zakdoek in zijn hand, samengeperst tot een balletje, als een attribuut in een van Lucky's goocheltrucs. Hij ging bij de slangenbak staan, met zijn rug naar de bewakingscamera, en boog zich eroverheen met zijn handen op de bovenkant, alsof hij de dieren gefascineerd bestudeerde. Vanuit die positie zag hij de zakdoek door de klep vallen en tussen de regenboog aan slangen verdwijnen.

19

Wat had hij gedaan? Wat had hij in vredesnaam gedaan? Zijn hart ging als een bezetene tekeer terwijl hij blindelings door de straten liep en zijn daad probeerde te begrijpen. Hij kon niet helder nadenken, maar hij had het angstige vermoeden dat hij een grens had overschreden en niet meer terug kon.

De brede laan leek vol ogen. Er waren maar weinig voetgangers en automobilisten op pad, maar zelfs hun blikken voelden dreigend. Coriolanus schoot een park in en verstopte zich in de schaduw op een bankje tussen de struiken. Hij dwong zichzelf om rustiger adem te halen, vier tellen in en vier tellen uit, tot zijn bloed niet meer in zijn oren bonsde. Daarna probeerde hij logisch na te denken.

Goed, dus hij had de zakdoek met de geur van Lucy Gray eraan – de zakdoek die nog in het voorvak van zijn tas had gezeten – in de slangenbak laten vallen. Hij had het gedaan zodat ze haar niet zouden bijten zoals ze Clemensia hadden gebeten. Zodat ze haar niet zouden vermoorden. Omdat hij om haar gaf. Omdat hij om haar gaf? Of omdat hij wilde dat ze de Hongerspelen won zodat hij de Plinthprijs in de wacht kon slepen? Als het dat laatste was, dan had hij vals gespeeld om te winnen, klaar.

Ho ho. Je wist niet of die slangen naar de arena gingen, dacht hij. De assistenten hadden zelfs gezegd van niet. En zoiets was nog nooit eerder gebeurd. Misschien was het gewoon een vlaag van verstandsverbijstering geweest. En zelfs als de slangen wél in de arena belandden, dan zou Lucy Gray ze misschien nooit tegenkomen. Het was een enorm theater en die slangen zouden vast niet zomaar links en rechts mensen aanvallen. Je moest er eerst op gaan staan of zoiets. En zelfs als ze wel een slang tegenkwam die haar niet zou bijten, hoe zou iemand dat dan naar hem moeten herleiden? Daar was toegang tot uiterst geheime kennis en locaties voor nodig, en niemand zou denken dat hij die had. En dan óók nog een zakdoek met haar geur. Waarom zou hij die hebben? Niks aan de hand. Het kwam allemaal goed.

Maar die grens. Of iemand er nou achter kwam wat hij had gedaan of niet, hij wist dat hij eroverheen was gegaan. Hij had er eerst al een tijd op staan dansen. Zoals toen hij Sejanus' eten de eetzaal uit had gesmokkeld om aan Lucy Gray te geven. Het was maar een kleine overtreding geweest, voortgekomen uit zijn verlangen om haar in leven te houden en zijn woede over de nalatigheid van de Spelmakers. Je zou kunnen zeggen dat hij daar nog uit fatsoen had gehandeld. Maar het incident stond niet op zichzelf. Ineens zag hij heel duidelijk hoe hij de afgelopen weken was afgegleden, van de kliekjes van Sejanus naar de plek waar hij nu in het donker op dat verlaten bankje zat te bibberen. Wat stond hem nog te wachten als hij zijn neergang niet wist te stoppen? Waar zou hij nog meer toe in staat zijn? Maar het was nu klaar. Hier kwam nu een eind aan. Als hij geen eer had, had hij niets. Het was afgelopen met het bedrog. Met de schimmige strategieën. De excuses. Van nu af aan zou hij eerlijk leven, en als hij als bedelaar zou eindigen, dan zou hij in elk geval een deugdzame zijn.

Zijn voeten hadden hem een heel eind van huis gebracht, maar hij besefte dat het appartement van de familie Plinth maar een paar minuten lopen was. Waarom zou hij niet even langsgaan?

Een Avox in een dienstmeisjesjurk deed open en vroeg met een handgebaar of ze zijn schooltas kon aannemen. Hij hield hem bij zich en vroeg naar Sejanus. Ze bracht hem naar een salon en gaf aan dat hij moest gaan zitten. Tijdens het wachten keek hij met een deskundige blik naar de inrichting. Mooie meubels, dikke tapijten, geborduurde wandkleden, een bronzen borstbeeld. De gevel van het appartement was niet indrukwekkend, maar hierbinnen waren kosten noch moeite gespaard. Het enige wat de Plinths nodig hadden om hun status definitief te maken was een woning aan de Corso.

Mevrouw Plinth kwam gehaast binnen, bestoven met verontschuldigingen en bloem. Sejanus bleek vroeg naar bed gegaan te zijn en zij was druk in de keuken. Wilde hij niet even beneden komen voor een kopje thee? Of misschien moest ze de thee hier serveren, net zoals de Snows hadden gedaan. Nee nee, stelde hij haar gerust, de keuken was prima. De Plinths waren de enigen die het in hun hoofd zouden halen om hun gasten in de keuken te bedienen, maar hij was hier niet om hen te bekritiseren. Hij was hier om bedankt te worden, en hij vond het helemaal niet erg als dat met zoetigheden gepaard ging.

'Wil je een stukje taart? Ik heb bramentaart. Of perzik, als je nog even geduld hebt.' Ze knikte naar een stel taarten die op het aanrecht klaarstonden om de oven in te gaan. 'Of een gebakje misschien? Ik heb vanmiddag custardcakejes gemaakt. Die vinden de Avox het lekkerst, want die zijn makkelijk door te slikken. Koffie, thee, melk?' De frons tussen de wenkbrauwen van Moe werd dieper van ongerustheid, alsof niets wat ze hem kon aanbieden goed genoeg zou zijn.

Hij had al gegeten, maar de gebeurtenissen in de Citadel en de wandeling hadden hem al zijn energie gekost. 'O, melk graag. En een stukje bramentaart zou heerlijk zijn. Niemand kookt zo lekker als u.'

Moe schonk een groot glas tot de rand toe vol. Ze sneed een kwart van de taart af en schoof het plompverloren op een bord. 'Hou je van ijs?' vroeg ze, en er gingen meerdere bolletjes vanille achteraan. Ze trok een stoel naar de opvallend eenvoudige houten tafel. Daarboven hing een ingelijst borduurwerk van een berglandschap met het woord THUIS eroverheen. 'Dat heeft mijn zus gestuurd. Zij is de enige met wie ik nog echt contact heb. Of de enige die contact met mij heeft. Het past niet bij de rest van het huis, maar ik heb mijn eigen hoekje hier. Ga toch zitten. En eet.'

Haar hoekje kon bogen op de tafel met drie verschillende stoelen, het borduurwerk en een plank vol prulletjes. Een peper-en-zoutstel in de vorm van haantjes, een marmeren ei, een zachte pop met lappenkleren. Alle bezittingen, vermoedde Coriolanus, die ze van huis had meegenomen. Haar altaar voor District 2. Het was meelijwekkend, zoals ze zich aan die achterlijke bergregio vastklampte. Dat arme, ontheemde mens zou hier nooit thuishoren en stond de hele dag custardcakejes te bakken voor Avox die ze nooit zouden proeven, smachtend naar het verleden. Ze schoof de taarten in de oven en hij nam een hap van zijn stuk. Zijn smaakpapillen tintelden van plezier.

'En?' vroeg ze bezorgd.

'Verrukkelijk,' zei hij. 'Net als alles wat u maakt, mevrouw Plinth.' Dat was niet overdreven. Moe was te sneu voor woorden, maar in de keuken was ze een kunstenaar.

Ze stond zichzelf een glimlachje toe en ging bij hem aan tafel zitten. 'Als je ooit een tweede portie wilt: onze deur staat altijd open. Ik weet niet hoe ik je moet bedanken, Coriolanus, voor wat je voor ons hebt gedaan. Sejanus betekent alles voor me. Het spijt me dat je hem niet kunt spreken. Hij heeft erg veel van dat slaapmiddel genomen. Anders kan hij niet slapen, zo lijkt het. Hij is zo boos, zo verloren. Maar ik hoef jou niet te vertellen hoe ongelukkig hij is.'

'Het Capitool is misschien niet de beste plek voor hem,' zei Coriolanus.

'Voor geen van de Plinths. Strabo zegt dat het nu moeilijk voor ons is, maar dat het voor Sejanus en zijn kinderen beter zal zijn. Maar ik weet het niet.' Ze keek even naar haar plank. 'Je familie en vrienden, dat is het echte leven, Coriolanus, en die hebben wij allemaal in 2 achtergelaten. Maar dat wist je al, ik zie het aan je. Ik ben blij dat jij je oma en dat lieve nichtje hebt.'

Coriolanus merkte dat hij een poging deed om haar op te beuren en zei dat het beter zou gaan als Sejanus eindexamen had gedaan. Op de Universiteit zaten meer mensen, allerlei verschillende studenten uit het hele Capitool, en daar zou hij vast nieuwe vrienden maken.

Mevrouw Plinth knikte maar leek niet overtuigd. De Avoxmeid trok haar aandacht en zei iets in een soort gebarentaal. 'Goed, hij komt naar boven als hij zijn taart opheeft,' zei mevrouw Plinth tegen haar. 'Mijn man wil je graag even spreken, als je het niet erg vindt. Ik denk dat hij je wil bedanken.'

Zodra Coriolanus zijn laatste hap taart had doorgeslikt wenste hij mevrouw Plinth nog een goede avond en liep hij achter de meid aan de trap op naar de hoofdverdieping. Omdat het dikke tapijt hun voetstappen dempte, bereikten ze onaangekondigd de open deur van de werkkamer en kon Coriolanus een glimp opvangen van een Strabo Plinth die zich onbespied waande. De man stond bij een mooie stenen haard, zijn lange gestalte ondersteund door een elleboog op de schoorsteenmantel, en staarde naar de plek waar in een ander seizoen het vuur zou branden. Nu was de haard koud en leeg en Coriolanus vroeg zich af wat Plinth daar zag dat de diepbedroefde uitdrukking op zijn gezicht veroorzaakte. Een hand hield de fluwelen revers van zijn dure huisjasje vast, dat ontzettend misplaatst leek, net als de chique jurk van mevrouw Plinth en het pak van Sejanus. De Plinths deden altijd veel te hard hun best om Capitools over te komen. De onbetwistbare kwaliteit van hun kleding vloekte met hun districtsafkomst in plaats van die te verhullen, net zoals de grootmadam in een jurk van meelzakken nog steeds een en al Corso zou uitstralen.

Meneer Plinth keek hem aan en Coriolanus herkende het gevoel dat hij bij zijn eigen vader had gehad, een mengeling van angst en ongemakkelijkheid, alsof hij op iets doms was betrapt. Maar deze man was een Plinth, geen Snow.

Coriolanus toverde zijn beste eliteglimlach op zijn gezicht. 'Goedenavond, meneer Plinth. Stoor ik?'

'Helemaal niet. Kom binnen. Ga zitten.' Meneer Plinth gebaarde naar de leren stoelen bij de haard en niet naar die bij zijn imposante eikenhouten bureau. Dan was het dus een persoonlijke aangelegenheid, geen zakelijke. 'Heb je gegeten? Mijn vrouw heeft je in de keuken natuurlijk al helemaal volgestopt. Wil je iets drinken? Een whisky misschien?'

Volwassenen hadden hem nog nooit iets sterkers aangeboden dan posca, die hem al snel genoeg naar het hoofd steeg. Dat mocht bij dit gesprek niet gebeuren. 'Er kan echt niets meer bij,' lachte hij met een klopje op zijn buik, en hij ging zitten. 'Maar neemt u zelf vooral.'

'O, ik drink niet.' Meneer Plinth vouwde zich op de stoel tegenover hem en liet zijn blik over Coriolanus glijden. 'Je lijkt op je vader.'

'Dat hoor ik vaker,' zei Coriolanus. 'Kende u hem?'

'Onze zaken overlapten elkaar soms.' Hij trommelde met zijn lange vingers op de armleuning. 'Echt een sterke gelijkenis. Maar verder lijk je helemaal niet op hem.'

Nee, dacht Coriolanus. Ik ben arm en machteloos. Maar het veronderstelde verschil kwam vanavond misschien wel goed van pas. Zijn district-hatende vader zou het verschrikkelijk gevonden hebben als hij had moeten toekijken hoe Strabo Plinth tot het Capitool werd toegelaten om daar een munitiegigant te worden. Daar had hij zijn leven niet voor gegeven in de oorlog.

'Helemaal niet zelfs. Anders was je nooit die arena in gegaan om mijn zoon te halen,' ging meneer Plinth verder. 'Ik kan me niet voorstellen dat Crassus Snow zijn leven voor mij zou wagen. Ik vraag me de hele tijd af waarom je het hebt gedaan.'

Ik had weinig keus, dacht Coriolanus. 'Hij is mijn vriend,' zei hij.

'Dat blijft moeilijk te geloven, hoe vaak ik dat ook hoor. Maar Sejanus heeft jou er van het begin af aan uitgepikt. Misschien lijk je op je moeder? Die heeft me altijd hoffelijk behandeld als ik hier voor de oorlog zaken kwam doen. Ondanks mijn achtergrond. Een echte dame. Ik zal het nooit vergeten.' Hij keek Coriolanus indringend aan. 'Lijk je op je moeder?'

Het gesprek verliep heel anders dan Coriolanus had verwacht. Waar bleef het verhaal over een beloning? Hij kon niet overgehaald worden om het geld aan te nemen als het hem niet werd aangeboden. 'In sommige opzichten hoop ik van wel.'

'In welke opzichten dan?' vroeg meneer Plinth.

Wat een vreemde vraag. Op welke manier leek hij op die zorgzame, lieve vrouw die hem elke avond in slaap had gezongen? 'Nou, we deelden een voorliefde voor muziek.' Was dat zo? Zij hield van muziek, en hij had er op zich geen hekel aan.

'Muziek, kijk aan,' zei meneer Plinth, alsof Coriolanus iets onnozels als donzige wolken had gezegd.

'En ik denk dat we allebei vonden dat je elke dag weer... je dankbaarheid moest tonen voor een gezegend bestaan. Dat je het niet voor lief moet nemen,' voegde hij eraan toe. Hij had geen idee wat dat betekende, maar het leek aan te komen bij meneer Plinth.

Die dacht er even over na. 'Daar ben ik het mee eens.'

'O, fijn. Maar, goed... Sejanus dus,' hielp Coriolanus hem herinneren.

Meneer Plinth kreeg een vermoeide uitdrukking op zijn gezicht. 'Ja, Sejanus. Nog bedankt trouwens, dat je zijn leven hebt gered.'

'Geen dank. Hij is mijn vriend, zoals ik al zei.' Dit was het moment. Het moment voor het geld, de weigering, het aandringen, de aanvaarding.

'Mooi. Goed, je moest maar eens naar huis. Jouw tribuut zit toch nog in de Spelen?' vroeg meneer Plinth.

Uit het veld geslagen door het feit dat hij werd weggestuurd, stond Coriolanus op. 'O. Ja. U hebt gelijk. Ik wilde gewoon even weten hoe het met Sejanus was. Komt hij binnenkort weer naar school?'

'Geen idee,' zei meneer Plinth. 'Maar bedankt voor het langskomen.'

'Natuurlijk. Zeg maar dat hij wordt gemist,' zei Coriolanus. 'Tot ziens.'

'Tot ziens.' Meneer Plinth knikte hem toe. Geen geld. Niet eens een hand.

Coriolanus was verbouwereerd en teleurgesteld. De volle

zak eten en de chauffeur die hem naar huis bracht waren op zich een mooie troostprijs, maar uiteindelijk was zijn bezoek tijdverspilling geweest, vooral omdat zijn essay voor dr. Gaul nog op hem lag te wachten. De 'mooie toevoeging op je prijsaanvraag'. Waarom werd alles hem altijd zo moeilijk gemaakt?

Coriolanus zei tegen Tigris dat hij bij Sejanus langs was geweest en ze vroeg verder niet waarom hij zo laat was. Ze maakte een kopje van de speciale jasmijnthee voor hem – net zo'n luxe als het verkwisten van trammuntjes, maar wat kon het nog schelen? Hij ging aan het werk en schreef de drie C-woorden op een papiertje. Chaos, controle, en wat was het derde ook alweer? O ja. Contract. Wat gebeurde er als niemand de mensheid onder de duim hield? Dat was het onderwerp waar hij het over moest hebben. En hij had gezegd dat er dan chaos zou ontstaan. En dr. Gaul had gezegd dat hij daar moest beginnen.

Chaos. Extreme wanorde en verwarring. 'Net als in de arena,' had dr. Gaul gezegd. Ze had het een 'prachtige kans' genoemd. 'Levensveranderend.' Coriolanus dacht na over hoe het in de arena was geweest, waar geen regels en wetten golden, waar je daden geen consequenties hadden. De naald van zijn morele kompas was richtingloos alle kanten op gesuisd. Door zijn angst om aan de tributen ten prooi te vallen was hij zelf razendsnel een roofdier geworden dat zonder aarzelen Bobbin had doodgeslagen. Hij was inderdaad veranderd, maar niet in iets waar hij trots op was, en als een Snow had hij meer zelfbeheersing dan de meeste mensen. Hij probeerde zich voor te stellen hoe het zou zijn als de hele wereld zich zo zou gedragen. Zonder consequenties. Mensen die pakten waar ze zin in hadden, wanneer ze maar wilden, die ervoor zouden moorden als het moest. Alles zou om overleven draaien. In de oorlog waren er dagen geweest waarop ze allemaal te bang waren om naar buiten te gaan. Dagen waarin de wettelozen zelfs het Capitool in een arena hadden veranderd.

Ja, het ontbreken van een wet, daar lag de basis. Mensen moesten dus afspreken dat ze zich aan bepaalde wetten zouden houden. Was dat wat dr. Gaul met een 'sociaal contract' had bedoeld? De afspraak om elkaar niet te beroven, te misbruiken of te vermoorden? Dat moest wel. En de wet moest gehandhaafd worden, en daar kwam die controle om de hoek kijken. Zonder controle om het contract te beschermen werd het chaos. Het bewind dat de controle uitoefende moest sterker zijn dan het volk, anders zou men in opstand komen. En alleen het Capitool was sterk genoeg.

Hij was tot twee uur 's nachts bezig om dat uit te werken, en toen had hij nauwelijks een kantje vol. Dr. Gaul wilde vast meer, maar verder kwam hij nu niet. Hij kroop in bed en droomde over Lucy Gray die achterna werd gezeten door regenboogslangen. Hij schrok trillend wakker door flarden van het volkslied. Hou je hoofd koel, zei hij tegen zichzelf. De Spelen kunnen niet lang meer duren.

De ontbijtheerlijkheden van mevrouw Plinth gaven hem kracht voor de vierde dag van de Hongerspelen. In de tram ging hij zichzelf te buiten aan een stuk bramentaart, een worstenbroodje en een roomkaasgebakje. Zijn broek begon wel een beetje te knellen door de Spelen en mevrouw Plinth. Vanmiddag zou hij naar huis lopen.

Het podiumgedeelte voor de acht overgebleven mentoren was afgezet met fluwelen koorden en er hingen nu naambordjes op de rug van de stoelen. Vaste plaatsen – dat was nieuw, en waarschijnlijk een poging om de kribbige opmerkingen van de afgelopen dagen de kop in te drukken. Coriolanus bleef op de achterste rij, tussen Io en Urban. Festus zat ingeklemd tussen Vipsania en Clemensia.

Lucky heette het publiek welkom met de lijdzame Jubeltje, opgesloten in een kooi die meer geschikt was voor een konijn dan voor een vogel. In de arena gebeurde niets en de tributen leken uit te slapen. De enige nieuwe ontwikkeling was dat iemand, Boetius waarschijnlijk, het lijk van Jessup naar de rij doden bij de versperring had gesleept.

Coriolanus wachtte zenuwachtig op het bericht dat Gaius Breen dood was, maar dat kwam niet. De Spelmakers schakelden over naar de nog altijd uitdijende menigte voor de arena. De verschillende fanclubs droegen nu shirts met foto's van de tributen en mentoren erop en Coriolanus vond het leuk en gênant tegelijk om op het grote scherm naar zijn eigen gezicht te staren.

Pas halverwege de ochtend kwam de eerste tribuut tevoorschijn, en het duurde even voordat het publiek wist wie ze was.

'Dat is Wovey!' riep Hilarius opgelucht uit. 'Ze leeft nog!'

Het kind was altijd al mager geweest, maar nu was ze echt vel over been, met stakerige armen en benen en ingevallen wangen. Ze kroop in haar vieze streepjesjurk een tunnel uit, met samengeknepen ogen tegen de zon en een lege waterfles in haar hand.

'Hou vol, Wovey! Er is eten onderweg!' zei Hilarius, die wild op zijn boodschappenband tikte. Ze kon niet veel sponsorgeld verzameld hebben, maar er had altijd wel iemand medelijden met de sneuste kandidaat.

Lepidus dook op hem af en Hilarius vertelde uitgebreid over Wovey's sterke kanten. Hij deed net alsof haar afwezigheid een strategische zet was geweest en ze van tevoren hadden afgesproken dat ze zich zou verstoppen. 'En moet je haar nu toch zien! Zo in de top acht!' Een stuk of vijf drones schoten door de arena op haar af en Hilarius werd steeds enthousiaster. 'Daar komt haar eten en water! Ze hoeft het alleen maar te pakken en dan kan ze zich weer verstoppen!'

Wovey stak haar handen uit naar de voorraden die om haar heen ploften, maar ze leek versuft. Ze klauwde naar de grond, vond een fles water en kreeg met moeite de dop eraf. Na een paar slokken ging ze tegen de muur zitten en liet een boertje. Er liep een straaltje zilverkleurig vocht uit haar mondhoek en daarna bewoog ze niet meer.

Het publiek keek een minuut lang verbaasd toe.

'Ze is dood,' meldde Urban.

'Niet waar! Ze is niet dood. Ze rust gewoon uit!' zei Hilarius.

Maar Wovey zat zo lang met open ogen naar de felle zon te staren dat dat steeds moeilijker te geloven werd. Coriolanus tuurde naar haar spuug – het was niet helder en niet bloederig, maar vreemd troebel – en vroeg zich af of Lucy Gray eindelijk het rattengif had kunnen gebruiken. Het zou geen probleem moeten zijn om het in een flesje met een bodempje water te stoppen en dat in een van de gangen achter te laten. Wanhopige Wovey zou het zonder aarzelen naar binnen geklokt hebben. Maar verder leek niemand, zelfs Hilarius niet, er iets verdachts aan te vinden.

'Ik weet het niet, hoor,' zei Lepidus tegen Hilarius. 'Ik denk dat je vriend misschien gelijk heeft.'

Ze wachtten nog tien lange minuten zonder een teken van leven van Wovey voordat Hilarius toegaf en zijn stoel optilde. Lepidus overlaadde hem met complimenten en Hilarius was weliswaar teleurgesteld, maar vond ook dat het een stuk slechter had kunnen gaan. 'Ze heeft het lang volgehouden, gezien haar toestand. Ik wilde dat ze eerder naar buiten was gekomen, dan had ik haar eten kunnen geven, maar ik denk dat ik met opgeheven hoofd kan vertrekken. De top acht is niks om je voor te schamen!'

Coriolanus nam in gedachten zijn lijst door. Beide tributen uit 3 en 4, en Treech en Boetius. Dat was alles wat nog tussen Lucy Gray en de winst in stond. Zes tributen en een flinke portie geluk.

De dood van Wovey werd niet meteen opgemerkt in de arena. Rond lunchtijd kwam Boetius de versperring uit, nog altijd met zijn vlaggencape om. Hij liep behoedzaam op Wovey af, maar levend had ze geen gevaar gevormd en dood deed ze dat al helemaal niet. Boetius ging op zijn hurken naast haar zitten, pakte een appel en tuurde toen met een onderzoekende frons naar haar gezicht.

Hij weet het, dacht Coriolanus. Hij vermoedt in elk geval dat het geen natuurlijke dood was.

Boetius gooide de appel neer, tilde Wovey op, liet het eten en water liggen en droeg haar naar de dode tributen.

'Zie je wel?' vroeg Clemensia aan niemand in het bijzonder. 'Zien jullie nu waar ik mee te maken heb? Mijn tribuut heeft ze niet allemaal op een rijtje.'

'Ik geloof dat je gelijk hebt,' zei Festus. 'Sorry van laatst.'

En dat was het dan. De dood van Wovey wekte geen argwaan buiten de arena en binnen leek alleen Boetius aan de oorzaak te twijfelen. Lucy Gray was geen slordig type. Misschien had ze zelfs wel expres de zwakke Wovey uitgekozen omdat het kind er al zo slecht aan toe was dat de vergiftiging niet zou opvallen. Het was frustrerend dat hij niet met haar kon communiceren om hun strategie samen bij te werken. Was verstoppen nog steeds de beste tactiek nu er nog maar zo weinig tributen over waren, of was het beter om aanvallender te handelen? Hij wist het natuurlijk niet. Misschien legde ze op dat moment wel vergiftigd eten en water neer. Dan zou ze meer nodig hebben, en dat kon hij haar alleen geven als ze tevoorschijn kwam. Hij probeerde haar telepathisch te bereiken, ook al geloofde hij daar niet in. *Laat me je helpen, Lucy Gray. Of laat me in elk geval zien dat alles goed gaat*, dacht hij. Toen voegde hij er *Ik mis je* aan toe.

Boetius was weer in de gangen verdwenen tegen de tijd dat District 4 op Wovey's eten afkwam. Het feit dat ze zich totaal geen zorgen over de herkomst ervan leken te maken, gaf Coriolanus de geruststelling dat de mogelijke vergiftiging inderdaad niet was opgemerkt. Ze gingen op de plek zitten waar Wovey was gestorven om alles naar binnen te schrokken en slenterden terug naar hun tunnel. Mizzen hinkte, maar in een gevecht zou hij de meeste overgebleven tributen nog altijd verslaan. Coriolanus vroeg zich af of het uiteindelijk een kwestie zou worden van Coral en Mizzen die besloten welke tribuut uit District 4 er met de hoofdprijs vandoor ging.

Zijn hele leven had Coriolanus nog nooit een schoollunch overgeslagen, maar bij de kartonnen bakjes noedels met limabonen draaide zijn maag zich om. Hij zat nog vol van het ontbijt van Moe Plinth en kon geen hap door zijn keel krijgen. Snel wisselde hij zijn onaangeroerde bakje met het lege van Festus om geen uitbrander te krijgen. 'Hier. Limabonen smaken voor mij nog steeds naar de oorlog.'

'Dat heb ik met havermout. Ik hoef het maar te ruiken of ik wil me al in een schuilkelder verstoppen,' zei Festus, die korte metten maakte met het eten. 'Dank je wel. Ik had me verslapen en het ontbijt gemist.'

Coriolanus hoopte dat de limabonen geen slecht voorteken

waren geweest. Toen riep hij zichzelf tot de orde. Dit was niet het moment om ineens aan bijgeloof te gaan doen. Hij moest scherp blijven, galant zijn voor de camera's en deze dag doorkomen. Lucy Gray zou ondertussen wel honger hebben. Hij zette de volgende voedselvracht klaar terwijl hij zijn water dronk.

Nu Hilarius weg was, stonden de drie overgebleven mentorstoelen gecentreerd op de achterste rij, met die van Coriolanus in het midden. Het was inderdaad net een stoelendans, zoals Domitia had gezegd, en deze mensen waren de speelmaatjes uit zijn jeugd. Als hij ooit kinderen zou krijgen, en dat was hij wel van plan, zouden die dan nog steeds tot de elite van het Capitool behoren? Of zouden ze naar minder belangrijke kringen gedegradeerd worden? Het zou helpen als ze een breder familienetwerk hadden om op terug te vallen, maar Tigris en hij waren de enige Snows van hun generatie. Zonder haar zou hij de toekomst helemaal alleen tegemoet gaan.

'sMiddags gebeurde er weinig in de arena. Coriolanus hield zijn ogen open voor Lucy Gray in de hoop dat hij haar eten kon sturen, maar ze bleef buiten beeld. Het grootste spektakel werd veroorzaakt door de menigte voor de arena, waar Coral-fans slaags raakten met Treech-fans over de vraag wie het het meest verdiende om tot winnaar gekroond te worden. Er werden een paar klappen uitgedeeld voordat de vredebewakers de twee groepen uit elkaar haalden en ze allebei naar een andere kant van het plein stuurden. Coriolanus was blij dat zijn eigen fans wat meer klasse hadden.

Aan het eind van de middag kwam Lucky weer in beeld en nu zat dr. Gaul tegenover hem, met Jubeltje in zijn kooi op haar schoot. De vogel wiegde heen en weer als een kind dat zichzelf probeert te troosten. Lucky gluurde bezorgd naar zijn huisdier;

misschien was hij bang dat het in het lab zou verdwijnen. 'We hebben een speciale gast vandaag: Hoofdspelmaker dr. Gaul, die vrienden is geworden met Jubeltje. U schijnt verdrietig nieuws te hebben, dr. Gaul.'

Dr. Gaul zette Jubeltjes kooi op de tafel. 'Dat klopt. Er is opnieuw een van onze Academieleerlingen overleden, aan verwondingen die hij bij de rebellenaanslag in de arena heeft opgelopen: Gaius Breen.'

Zijn klasgenoten schreeuwden het uit en Coriolanus probeerde zich te concentreren. Hij kon elk moment om een reactie op Gaius' dood gevraagd worden, maar dat was niet waar hij zich zorgen om maakte. Het zou geen probleem zijn om iets aardigs over Gaius te zeggen, die jongen had nooit een vlieg kwaad gedaan.

'Ik denk dat ik namens iedereen spreek als ik zeg dat we ons medeleven aan de familie betuigen,' zei Lucky.

Het gezicht van dr. Gaul verstrakte. 'Dat doen we inderdaad. Maar praatjes vullen geen gaatjes, en de rebellen hebben grote gaten geslagen. Daarom hebben we iets heel bijzonders in petto voor hun kinderen in de arena.'

'Zullen we even gaan kijken?' vroeg Lucky.

Midden in de arena zaten Teslee en Circ gehurkt in een berg puin te porren, kennelijk op zoek naar iets. Ze leken geen interesse te hebben in Boetius, die hoog op de tribune gehuld in zijn cape tegen de muur van de arena zat. Ineens stormde Treech uit een tunnel op de tributen uit District 3 af, die naar de versperring vluchtten.

Er steeg een verward gemompel op uit het publiek. Waar was het 'heel bijzondere' dat dr. Gaul had beloofd? Die vraag werd beantwoord door een grote drone die de arena in vloog met de regenboogslangenbak.

Coriolanus had zichzelf er bijna van overtuigd dat de slangenaanval een verzinsel was van zijn op hol geslagen verbeelding, maar de komst van de bak maakte daar een eind aan. Zijn hersenen hadden de puzzelstukjes op precies de juiste plek gelegd. Hij wist niet hoe de slangen zouden reageren als ze werden losgelaten, maar hij was in het lab geweest. Dr. Gaul fokte geen schoothondjes, ze ontwierp wapens.

Het vreemde pakket trok de aandacht van Treech. Misschien dacht hij dat hij een bijzonder geschenk kreeg, want hij verroerde zich niet toen de drone het midden van de arena bereikte. Teslee en Circ bleven ook staan, en zelfs Boetius kwam overeind om te zien wat er werd bezorgd. De drone liet de open bak zo'n tien meter boven de grond los. Het terrarium brak niet, maar stuiterde op en neer. Daarna, als een bloem die zijn blaadjes ontvouwt, vielen de wanden op de grond.

Slangen kronkelden alle kanten op en vormden een veelkleurig zonnetje in het stof.

Op de eerste rij sprong Clemensia op om zo'n ijzingwekkende gil te slaken dat Festus bijna van zijn stoel viel. Omdat de meeste mensen nu pas zagen wat er gebeurde, leek haar reactie nogal overdreven. Coriolanus was bang dat Clemensia in haar paniek het hele verhaal zou vertellen en schoot op haar af om van achteren zijn armen om haar heen te slaan, al wist hij niet zeker of hij haar troostte of in bedwang hield. Clemensia verstijfde, maar zweeg wel.

'Ze zijn niet hier. Ze zijn in de arena,' zei Coriolanus in haar oor. 'Je bent veilig.' Maar tijdens het tumult dat volgde bleef hij haar vasthouden.

Misschien was Treech door zijn jeugd in het houtdistrict bekend met slangen. Zodra ze de bak uit kwamen, draaide hij zich om en rende naar de tribune. Hij sprong als een geit de berg puin op en rende over de stoeltjes verder naar boven.

De kortstondige verwarring van Teslee en Circ kwam hun duur te staan. Teslee haalde een van de palen en kon een paar meter omhoog klauteren om zichzelf in veiligheid te brengen, maar Circ struikelde over een roestige oude speer en de slangen haalden hem in. Minstens tien paar tanden doorboorden zijn lichaam en daarna kropen ze door, alsof ze verder niets van hem wilden. De wonden pompten felgekleurd pus naar buiten en trokken roze, gele en blauwe strepen over zijn lichaam. Hij was kleiner dan Clemensia, met twee keer zo veel gif in zijn lijf. Circ hapte nog een seconde of tien naar adem en stierf.

Teslee staarde naar zijn gevallen lichaam en klampte zich huilend van angst vast aan de paal. Onder haar richtten de dunne slangen zich in een kluitje op om rond de paal te wiegen.

Lucky's voice-over galmde over de beelden heen. 'Wat gebeurt hier?'

'Dit zijn mutilanten die we in onze Capitoollaboratoria hebben ontwikkeld,' vertelde dr. Gaul aan de kijkers. 'Deze zijn nog klein, maar als ze volgroeid zijn halen ze een mens makkelijk in, en die paal zal ook geen enkel probleem voor ze vormen. Ze zijn gemaakt om op mensen te jagen en zich snel voort te planten, zodat dode exemplaren snel vervangen kunnen worden.'

Inmiddels was Treech naar de smalle plank boven het scorebord geklommen en Boetius had zijn toevlucht gezocht tot het dak van de persloge. De paar slangen die over de puinhopen de tribune hadden weten te bereiken, kronkelden onder hen rond.

De microfoons vingen het gedempte geluid op van een gillend meisje.

Ze hebben Lucy Gray, dacht Coriolanus wanhopig. *De zakdoek heeft niet gewerkt.*

Maar op dat moment stormde Mizzen uit de gang die het

dichtst bij de versperring lag, op de voet gevolgd door een krijsende Coral. Aan haar arm bungelde een slang. Ze rukte hem los, maar zodra het dier de grond raakte, stortten tientallen andere zich op haar onderbenen. Mizzen smeet zijn drietand weg en maakte een reuzensprong naar de paal tegenover die van Teslee. Ondanks zijn gehavende knie was hij een stuk sneller boven dan de vorige keer. Vanaf daar was hij getuige van Corals woeste, maar gelukkig ook snelle dood.

Nu ze hun doelwitten op de grond hadden afgemaakt, verzamelden de meeste slangen zich onder Teslee. Ze verloor langzaam haar grip op de paal en schreeuwde om hulp naar Mizzen, maar die schudde alleen zijn hoofd, eerder verdwaasd dan uit kwade wil.

Op dat moment zeiden de mensen in het publiek tegen elkaar dat ze stil moesten zijn, al wist Coriolanus niet waarom. Maar toen het rumoer in de zaal verstomde, hoorde hij ook wat betere oren al hadden opgepikt. Ergens heel ver weg was iemand in de arena aan het zingen.

Zijn meisje.

Lucy Gray kwam heel traag en achterwaarts haar gang uit. Ze tilde haar voet telkens voorzichtig op om hem op de tast neer te zetten, en bewoog licht op het ritme van haar muziek.

La, la, la, la,
La, la, la, la, la, la,
La, la, la, la, la, la...

Verder reikte haar tekst op dat moment niet, maar toch was het meeslepend. Achter haar aan, alsof ze gehypnotiseerd werden door de melodie, kropen een stuk of vijf slangen.

Coriolanus liet de gekalmeerde Clemensia los en gaf haar een duwtje in de richting van Festus. Hij deed een stap naar het scherm toe en hield zijn adem in terwijl Lucy Gray achteruit de arena in bleef lopen en de bocht maakte naar de plek waar het lijk van Jessup had gelegen. Haar stem werd harder omdat ze, al dan niet bewust, steeds dichter in de buurt van de microfoon kwam. Voor één laatste lied misschien, één laatste optreden.

Maar de slangen leken niet van plan haar aan te vallen. Ze lokte ze vanuit de hele arena naar zich toe. Het kluitje onder Teslees paal werd dunner, een paar lieten zich uit de tribune vallen en tientallen kwamen de gangen uit gekronkeld om gezamenlijk koers naar Lucy Gray te zetten. Ze omringden haar van alle kanten, tot ze op een gegeven moment niet verder naar achteren kon. De kleurige lijven wriemelden over haar blote voeten en krulden zich om haar enkels terwijl ze zich voorzichtig op een brok marmer liet zakken.

Met haar vingertoppen spreidde ze haar ruches uit in het zand, alsof ze ze uitnodigde. De slangen krioelden over haar heen tot de verschoten stof verdween en ze een bonte rok van slingerende reptielen droeg.

20

Coriolanus wist niet goed wat de beesten van plan waren en balde zijn handen tot vuisten. De slangen die in de bak de geur van zijn essay hadden geroken, hadden hem genegeerd. Maar deze leken op magische wijze naar zijn tribuut gelokt te worden. Kwam dat misschien door de andere omgeving? Ze waren op brute wijze uit hun warme bak de grote, onbeschutte arena in gegooid – zochten ze haar op omdat zij de enige vertrouwde geur was die ze konden vinden? Hadden ze hun toevlucht genomen tot de veilige haven van haar rok?

Lucy Gray wist dit allemaal niet, want toen hij haar die dag in de dierentuin over Clemensia en de slangen had willen vertellen, was zij er zoveel slechter aan toe geweest dan hij dat hij er niets over had gezegd. En zelfs als hij dat wel had gedaan, dan moest ze wel heel veel vertrouwen in zijn kunnen hebben als ze meende dat hij een manier had gevonden om de slangen in de Spelen te manipuleren. Zij dacht vast dat haar gezang ze in het gareel hield. Had ze thuis ook voor de slangen gezongen? 'Die slang was 'n goeie vriend van mij,' had ze tegen dat meisje in de dierentuin gezegd. Misschien had ze in District 12 wel meerdere slangenvrienden gehad. Misschien dacht ze dat ze haar dood zouden bijten zodra ze stopte met zingen. Misschien was dit haar zwanenzang. Ze zou nooit zonder laatste lied ten onder willen gaan. Ze zou in het harnas willen sterven, in de felste schijnwerpers die ze kon vinden.

Toen Lucy Gray aan de tekst begon, was haar stem zacht, maar kristalhelder.

Jij gaat naar de hemel,
Op weg naar daarboven,
En ik weet dat er plek is voor twee.
Maar ik heb nog wat zaken,
Die ik af moet maken.
Tot die tijd
Blijf ik hierbenee.

Een oud lied, dacht Coriolanus. Die tekst over een reis naar daarboven deed hem aan Sejanus en zijn broodkruimels denken, en dan dat gekke woord hierbenee. Dat was natuurlijk het heden. Hier. Nu. Waar ze nog leefde.

Ik kom eraan
Als mijn werk is gedaan,
Als de band niet meer speelt,
Als mijn lied me verveelt,
Als ik schor ben gejuicht,
Als ik spijt heb betuigd.
Tot die tijd
Blijf ik hierbenee,
En daarna
Ga ik met je mee.

De Spelmakers zoomden uit en Coriolanus wilde al protesteren, maar toen besefte hij waarom ze dat deden. Geen enkele slang leek haar sirenenlied te kunnen weerstaan en ze kwamen allemaal naar haar toe. Zelfs het groepje onder Teslee, die een makkelijke prooi was, liet haar zitten om naar Lucy Gray te kronkelen. Bevend gleed Teslee naar de grond om naar een hek van harmonicagaas in de versperring te strompelen. Ze klom naar een veilige hoogte en ondertussen ging het lied verder.

Ik volg gewis
Als mijn beker leeg is,
Als mijn schuld is betaald,
Als mijn doel is behaald,
Als geen mens me nog kust,
Als mijn angst is gesust.
Tot die tijd
Blijf ik hierbenee,
En daarna
Ga ik met je mee.

De camera kwam terug voor een close-up van Lucy Gray. Coriolanus had het gevoel dat ze normaal gesproken een publiek bediende dat van stevig drinken hield. In de dagen voor haar interview had hij heel wat liederen gehoord die beelden opriepen van een dronken gezelschap dat in een louche kroeg met tinnen bekertjes gin zwaaide. Al leek de alcohol niet per se noodzakelijk, want toen hij een snelle blik over zijn schouder wierp zag hij dat meerdere mensen in de Heavensbeezaal ook op de maat heen en weer begonnen te wiegen. Haar stem werd harder, schalde door de arena…

Ik geef een gil
Als mijn lijf niet meer wil,
Als mijn boot niet meer vaart,
Als de klus is geklaard,
Als ik niemand meer ken,
En ik uitgeteld ben.
Tot die tijd
Blijf ik hierbenee.
En daarna
Ga ik met je mee.

...en knalde toen de laatste regels eruit.

Als ik trouw heb beloofd,
Als het vuur is gedoofd.
Tot die tijd
Blijf ik hierbenee,
En daarna
Ga ik met je mee.

De laatste noot bleef in de lucht hangen terwijl het hele publiek de adem inhield. De slangen wachtten tot hij was weggestorven en kwamen toen – of verbeeldde hij zich dat? – in beweging. Lucy Gray reageerde door zacht te neuriën, alsof ze een baby'tje troostte. De slangen ontspanden zich en de kijkers ook.

Lucky leek net zo gehypnotiseerd als de slangen toen de camera weer op hem werd gericht: een licht verdwaasde blik in de ogen, de mond een beetje open. Hij herstelde zich snel toen hij zijn gezicht in beeld zag en richtte zich op dr. Gaul, die onbewogen toekeek. 'Ongelooflijk, Hoofdspelmaker, wat... een... show!'

De Heavensbeezaal barstte los in een staande ovatie, maar Coriolanus kon zijn ogen niet van dr. Gaul afhouden. Wat ging er in haar om achter die ondoorgrondelijke uitdrukking? Schreef ze het gedrag van de slangen toe aan het zingen van Lucy Gray, of vermoedde ze dat er was vals gespeeld? Maar zelfs als dr. Gaul wist van de zakdoek, dan zou ze hem misschien toch vergeven omdat het zo'n meeslepend resultaat had opgeleverd.

Dr. Gaul knikte kort. 'Bedankt. Maar het zou vandaag niet om mij moeten gaan, maar om Gaius Breen. Misschien kunnen zijn klasgenoten wat herinneringen aan hem ophalen.'

Lepidus kwam meteen in actie en vroeg Gaius' klasgenoten in de Heavensbeezaal naar anekdotes. Het was goed dat dr. Gaul Coriolanus had gewaarschuwd, want hoewel iedereen een grap of een leuk verhaal over hem had, wist alleen Coriolanus dat te koppelen aan het tragische verlies, de slangen en de vergelding waar ze in de arena getuige van waren geweest. 'We zouden de dood van zo'n veelbelovende jongeman uit het Capitool nooit zonder wraak voorbij kunnen laten gaan. Als we geraakt worden, slaan we twee keer zo hard terug, zoals dr. Gaul eerder al eens zei.'

Lepidus probeerde het gesprek op Lucy Gray's sensationele optreden met de slangen te brengen, maar Coriolanus zei alleen maar: 'Ze is heel bijzonder. Maar dr. Gaul heeft gelijk. Vandaag is Gaius' dag. Laten we Lucy Gray voor morgen bewaren.'

Na een halfuur durend eerbetoon nam Lepidus afscheid van Festus en Io, aangezien Coral en Circ bezweken waren aan het gif. Coriolanus gaf Festus een stevige omhelzing, en het deed hem opvallend veel om zijn betrouwbare vriend het podium te zien verlaten. Het vertrek van Io raakte hem ook, omdat zij eerder zakelijk dan strijdlustig was, en dat kon hij van de anderen niet zeggen. Behalve misschien Persephone, met wie hij de pauze besloot door te brengen. Liever kannibalen dan klootzakken.

De leerlingen gingen naar huis en het handjevol overgebleven mentoren kreeg biefstuk als avondeten. Coriolanus keek om zich heen naar zijn concurrenten. Hij zou in de wolken moeten zijn met zijn plek in de top vijf. Maar als een van de anderen won, kon rector Highbottom hem alsnog een prijs geven die niet hoog genoeg was om het collegegeld mee te betalen, misschien met zijn minpunt als excuus. Alleen de Plinthprijs zou hem echt beschermen.

Hij richtte zijn aandacht op het scherm, waar Lucy Gray nog steeds tegen haar tamme slangen neuriede. Teslee was achter de versperring verdwenen en Mizzen, Treech en Boetius waren niet van hun hoge plekken geweken. Er kwamen wolken opzetten die regen voorspelden en voor een oogverblindende zonsondergang zorgden. Door het slechte weer werd het snel donker en hij had zijn toetje nog niet eens op toen Lucy Gray uit beeld verdween en een dreunende donderslag de arena deed schudden. Hij hoopte dat de bliksem voor wat verlichting zou zorgen, maar de zware bui die volgde kleurde de nacht inktzwart.

Coriolanus besloot in de Heavensbeezaal te blijven slapen, net als de andere vier overgebleven mentoren. Vipsania was de enige die eraan gedacht had om beddengoed mee te nemen, dus de rest zocht een plekje op de zachte stoelen, met de voeten omhoog en hun tas als kussen. De regen koelde de zaal af en Coriolanus dommelde weg op zijn stoel, met één oog half op het scherm gericht. Maar daar was niets te zien en uiteindelijk viel hij in slaap. Tegen de ochtend schrok hij wakker en keek om zich heen. Vipsania, Urban en Persephone waren allemaal diep in slaap. Een paar meter verderop glansden Clemensia's grote donkere ogen in het schemerlicht.

Hij wilde haar vijand niet zijn. Als de Snow-vesting echt zou vallen, had hij vrienden nodig. Tot het slangenincident had hij Clemensia tot zijn beste gerekend. En ze had ook altijd goed met Tigris kunnen opschieten. Maar hoe moest hij het bijleggen?

Clemensia had één hand in haar hemd gestoken en voelde aan het sleutelbeen dat ze in het ziekenhuis aan hem had laten zien. Het gedeelte dat bedekt was met schubben.

'Zijn ze weg?' fluisterde hij.

Clemensia verstarde. 'Ze vervagen. Eindelijk. Ze zeggen dat het wel een jaar kan duren.'

'Doet het pijn?' Daar dacht hij nu voor het eerst aan.

'Nee. Ze trekken. Aan mijn huid.' Ze wreef over de schubben. 'Ik kan het niet goed uitleggen.'

Haar ontboezeming gaf hem moed en hij besloot het erop te wagen. 'Het spijt me, Clemmie. Echt. Alles.'

'Je wist niet wat ze van plan was,' zei Clemensia.

'Nee, dat klopt. Maar daarna, in het ziekenhuis, toen had ik er voor je moeten zijn. Ik had desnoods deuren moeten intrappen om zeker te weten dat het goed met je ging,' hield hij vol.

'Klopt!' zei ze nadrukkelijk, maar ze leek zich wat te laten vermurwen. 'Maar ik weet dat jij ook gewond bent geraakt. In de arena.'

'O, je moet het niet goedpraten.' Hij stak zijn handen op. 'We weten allebei dat ik waardeloos ben!'

Een zweem van een glimlach. 'Bijna. Ik moet je nog bedanken omdat ik me door jou vandaag niet volledig voor schut heb gezet.'

'Is dat zo?' Hij kneep zijn ogen tot spleetjes, alsof hij het zich niet meer goed kon herinneren. 'Ik weet alleen dat ik me aan je heb vastgeklampt. Niet dat ik me achter je verstopte of zo. Maar vastklampen, ja, dat wel.'

Ze lachte even maar werd toen ernstig. 'Ik had het niet allemaal op jou moeten afschuiven. Sorry. Ik was echt doodsbang.'

'En terecht. Ik wilde dat je dat vandaag niet had hoeven zien,' zei hij.

'Misschien was het wel louterend. Ik voel me iets beter,' bekende ze. 'Ben ik nu slecht?'

'Nee,' zei hij. 'Het enige wat jij bent, is dapper.'

En zo bliezen ze hun vriendschap voorzichtig nieuw leven in. Ze lieten de anderen slapen terwijl ze Coriolanus' laatste roomkaasgebakje opaten en over koetjes en kalfjes praatten. Ze speelden zelfs met het idee om Lucy Gray en Boetius in de arena een verbond te laten sluiten. Maar omdat ze daar geen zeggenschap over hadden, lieten ze het varen. Misschien zouden ze samenwerken, misschien ook niet.

'Wij zijn tenminste weer bondgenoten,' zei hij.

'We zijn in elk geval geen vijanden meer,' gaf Clemensia toe. Maar toen ze hun gezicht gingen wassen omdat de camera's straks weer zouden komen, mocht hij haar zeep lenen zodat hij niet die schurende, vloeibare troep uit de toiletten hoefde te gebruiken, en op de een of andere manier maakte dat kleine maar intieme gebaar duidelijk dat ze hem had vergeven.

Ze kregen geen ontbijt, maar Festus kwam kameraadschappelijk vroeg binnen met broodjes ei en appels. Persephone keek hem stralend aan boven haar kopje thee. Nu Clemensia weer wat toeschietelijker deed, voelde Coriolanus zich niet meer zo bedreigd door de groep. Iedereen wilde winnen, maar het lag grotendeels in handen van de tributen. Hij schatte de tegenstanders van Lucy Gray in. Teslee, klein en slim. Mizzen, levensgevaarlijk maar gewond. Treech, atletisch maar nog altijd onbekend. Boetius, te vreemd voor woorden.

De zon verjoeg de laatste wolken. De arena lag bezaaid met

dode slangen – ze hingen over de puinhopen, dreven in plassen. Misschien waren ze verdronken of hadden ze de koude, natte nacht niet overleefd. Sommige genetisch gemanipuleerde dieren deden het niet goed buiten het lab. Lucy Gray en Teslee waren nergens te bekennen, maar de drie jongens zaten in hun klamme kleren nog steeds op hun uitkijkpost. Mizzen lag te slapen, vastgegespt aan de balk. De andere leerlingen stroomden de Heavensbeezaal in en ondertussen stuurden Vipsania en Clemensia, die weer bijna normaal deed, eten naar hun tributen.

Toen de drones er waren begon Treech hongerig te eten, maar Boetius liet zijn eten opnieuw liggen en klom naar de piste om water uit een van de plassen te drinken. Zonder aandacht te besteden aan Treech en Mizzen, die eindelijk wakker was geworden, sleepte hij Coral en Circ naar zijn rij. De andere jongens hielden hem achterdochtig in de gaten, maar ze vielen niet aan, afgeschrikt door zijn vreemde gedrag wellicht, of door de kans op verdwaalde slangen. Waarschijnlijk hoopten ze dat iemand anders hem zou doden, maar hij kon ongehinderd zijn gang gaan en toen hij zijn mortuarium op orde had gebracht klom hij terug naar de perstribune. Treech zat met bungelende benen op de rand van het scorebord en Mizzen maakte eetgebaren. Persephone reageerde meteen en bestelde een uitgebreid ontbijt voor hem.

Even later kwam Teslee tevoorschijn. Met een geconcentreerde frons sleepte ze een drone mee die erg op het oorspronkelijke bezorgtoestel leek, maar dan net even anders. Ze ging recht onder Mizzen staan.

'Denkt ze dat dat ding kan vliegen?' vroeg Vipsania bedenkelijk. 'En hoe zou ze het dan moeten besturen?'

Urban, die boos naar het scherm had gekeken, boog ineens

naar voren. 'Dat hoeft niet. Dat is niet nodig als... Maar hoe heeft ze...' Zijn stem stierf weg en hij bleef peinzend zitten.

Teslee drukte een knopje in, stak haar armen omhoog en gooide de drone naar boven. Hij vloog verder en nu zagen ze een kabel aan de onderkant van de drone die naar een lus rond haar pols liep. Verbonden met haar arm begon de drone aan een cirkel ongeveer halverwege haar en Mizzen. De jongen keek verbijsterd naar beneden, maar werd afgeleid door de eerste drone van Persephone. Die liet een stuk brood vallen en leek toen weer weg te willen vliegen. Maar een paar meter verderop schoot hij plotseling terug naar Mizzen, die verbaasd achter-overleunde. Hij sloeg er in een reflex naar, maar het apparaat vloog over hem heen, opende zijn grijpers om een niet-bestaand geschenk af te leveren en kwam weer terug.

'Wat is er met die drone aan de hand?' vroeg Persephone.

Dat wist niemand, maar op dat moment kwam er een tweede drone aan met water en een derde met kaas. Ook zij leverden hun pakketjes af om vervolgens te blijven hangen en te doen alsof ze meer kwamen brengen. Maar de drones, die ingesteld waren op een soepele dropping, begonnen tegen elkaar en soms ook tegen Mizzen op te botsen. Hij kreeg de staart van een van de apparaten in zijn oog en haalde er schreeuwend naar uit.

'Kan ik de Spelmakers op de een of andere manier bereiken? Ik heb er nog drie gestuurd!' zei Persephone.

'Ze kunnen niets doen,' zei Urban geamuseerd. 'Ze heeft ze gehackt. Ze heeft de terugkeerfunctie geblokkeerd, dus nu is zijn gezicht de enige bestemming.'

En inderdaad, toen de drie andere drones een voor een arriveerden, reageerden zij op dezelfde vreemde manier. Ze richtten zich volledig op Mizzen en wat eerst nog grappig was geweest, werd nu levensgevaarlijk. Hij stond op en probeerde langs de balk te vluchten, maar ze zwermden om hem heen als bijen rond een pot honing. Omdat hij zijn drietand op de grond had laten liggen trok hij zijn mes om ze af te weren, maar hij wist ze alleen af en toe even uit koers te slaan. Ze waren niet geprogrammeerd om hem te raken, maar ze ketsten voortdurend af tegen elkaar en zijn mes, waardoor ze steeds vaker tegen hem aan vlogen, tot het net een aanval leek. Mizzen tastte naar een paal – dezelfde waar hij Teslee aan haar lot had overgelaten – maar zijn knie werkte niet mee. In paniek maaide hij woest naar de drones, maar zijn gewonde been kon zijn gewicht niet houden. Hij verloor zijn evenwicht, stortte omlaag en brak zijdelings zijn nek toen hij de grond raakte.

'O!' riep Persephone. 'O, ze heeft hem vermoord!'

Vipsania keek fronsend naar het scherm. 'Ze is slimmer dan ze eruitziet.'

Met een tevreden glimlachje haalde Teslee haar drone naar beneden. Ze zette hem uit en drukte hem liefdevol tegen zich aan.

'Je moet niet op het uiterlijk afgaan.' Grinnikend tikte Urban een paar geschenken in op zijn boodschappenband. 'Vooral niet bij mijn tribuut.'

Zijn vreugde was van korte duur. Tijdens het drone-incident hadden de Spelmakers de rest van de arena niet in beeld gebracht. Treech was vanaf zijn scorebord weer naar de tribune geklommen en liet zich in de piste vallen. Hij kwam vanuit het niets het scherm in gesprongen en liet zijn bijl met een grote zwaai op Teslee neerkomen. Ze had nog maar nauwelijks een stap gezet toen het blad haar schedel doorkliefde en ze dood neerviel. Treech bleef hijgend van inspanning met zijn handen op zijn knieën staan en ging toen naast haar op de grond zitten, kijkend naar het bloed dat in het zand trok. Hij kwam weer in beweging door de drones die een heleboel eten voor haar kwamen afleveren. Met een stuk of tien pakketjes trok hij zich terug achter de versperring.

Urban maskeerde zijn ongeloof met afgrijzen en stond op. Maar hij kon niet aan Lepidus' altijd aanwezige microfoon ontkomen en hij gromde nog net niet toen hij zei: 'Ik lig eruit. Het was een dolle boel, hè?' Daarna liep hij weg en kon Persephone uitwijden over haar verdriet en haar dankbaarheid voor deze mentorkans.

'Je hebt de top vijf gehaald!' Lepidus keek haar stralend aan. 'Dat kan niemand je ooit nog afpakken.'

'Klopt,' zei ze een beetje terughoudend. 'Zoiets blijft hangen.'

Coriolanus keek van Clemensia naar Vipsania. 'Nu zijn alleen wij nog over.' De drie zetten hun stoelen op een rijtje, met Coriolanus in het midden, terwijl andere mensen de stoelen van de afvallers weghaalden.

Lucy Gray. Treech. Boetius. De laatste drie. Het laatste meisje. De laatste dag? Misschien dat ook.

Lucky kwam op met een hoed waar vijf brandende sterretjes in waren gestoken. 'Hallo, Panem! Ik had deze hoed speciaal voor de laatste vijf laten maken, maar ze hebben hun eigen sterren al laten vallen!' Hij trok twee sterretjes uit zijn hoed en gooide ze achteloos over zijn schouder. 'Wie heeft er zin in de top drie?'

Een van de sterretjes doofde sputterend op de grond, maar de tweede zette een gordijn in brand, wat tot een hoog gejammer en paniekerig getrappel bij Lucky leidde. Een studiomedewerker rende het beeld in met een brandblusser om de crisis de kop in te drukken en Lucky herpakte zich. De drie sterretjes in zijn hoed waren gedoofd en aan de onderkant van het scherm flitste nu het aantal sponsoren en wedders langs. 'Wowie! Het gaat er heet aan toe in de wedkantoren! Zorg dat je erbij bent!'

Coriolanus' boodschappenband piepte erop los, maar die van Vipsania en Clemensia ook. 'Daar heb ik echt wat aan,' mompelde Clemensia tegen Coriolanus. 'Hij vertrouwt me niet genoeg om ook maar iets te eten van wat ik stuur.'

Lucy Gray had vast honger, maar hij ging ervan uit dat ze in de gangen aan het uitrusten was. Hij wilde haar eten en water sturen, voor haarzelf en ook om het gif in te stoppen. Haar laatste twee rivalen waren veel sterker dan zij, dus hij moest iets doen om de kansen in haar voordeel te keren. Op dit moment kwam hij niet verder dan een poging om het publiek op haar hand te houden. Toen Lepidus naar hem toe kwam voor zijn beloofde mening over het optreden van Lucy Gray, legde hij het er dik bovenop. Als het publiek nu nog niet geloofde dat ze niet echt uit de districten kwam, dan wist hij het ook niet. 'Ik heb het gevoel dat zij niet alleen volstrekt onterecht in de boete, maar ook in District 12 is beland. Ik laat het oordeel aan de kijkers. Als u het met me eens bent, of ook maar vermoedt dat ik misschien gelijk heb, dan weet u wat u te doen staat.' De nieuwe stortvloed aan donaties die zijn boodschappenband liet zien was een fijne bevestiging, maar hij wist niet hoe hij haar ermee kon helpen. Hij had al genoeg geld om haar waarschijnlijk wekenlang voedsel te kunnen sturen.

Maar de enige tribuut in de arena was Boetius, die van zijn perstribune was gekomen en onderweg nog een groot stuk van de vlag had gesneden. Uitgemergeld wankelde hij naar Teslee en Mizzen om ze aan zijn verzameling toe te voegen en met het nieuwe stuk vlag te bedekken. Moeizaam klom hij naar de achterste rij van de arena, waar hij zijn cape uitspreidde om hem te laten drogen en zacht wiegend zat te soezen. Coriolanus vroeg zich af of hij binnenkort een natuurlijke dood zou sterven. Als je verhongering tenminste natuurlijk kon noemen. Hij wist het niet. Was het natuurlijk als de honger als wapen was ingezet?

Tot zijn opluchting kwam Lucy Gray net voor het middaguur uit de schaduw van een tunnel. Ze keek de arena rond en toen ze dacht dat het veilig was stapte ze het zonlicht in. De modder op de zoom van haar rok was hard geworden, maar de vochtige jurk plakte nog aan haar huid. Terwijl Coriolanus met zijn boodschappenband een feestmaal voor haar bestelde, liep Lucy Gray de arena door en ging op haar knieën naast Boetius' waterplas zitten. Ze schepte wat vocht op om haar dorst te lessen en waste haar gezicht. Nadat ze haar haar met haar vingers had gekamd, bond ze het in een losse knot, en ze was net klaar op het moment dat er een stuk of tien drones de arena in vlogen.

Ze leek ze niet op te merken en haalde een fles uit haar zak, stak de hals in het water en vulde hem met een klein laagje water. Ze liet het rondklotsen, goot het water terug in de plas en deed net alsof ze de fles helemaal wilde vullen toen de drones haar aandacht trokken. Zodra het eten en het water om haar heen vielen, smeet ze de oude fles weg en begon haar geschenken in haar rok te verzamelen.

Lucy Gray liep naar de dichtstbijzijnde gang, maar keek eerst nog even naar Boetius die op de tribune lag te dommelen. Ze veranderde van richting, haastte zich naar zijn mortuarium en tilde de vlag op. Haar lippen bewogen toen ze de doden telde.

'Ze probeert erachter te komen wie er nog in de Spelen zitten,' zei Coriolanus in de microfoon die Lepidus onder zijn neus duwde.

'Misschien moeten we het bijhouden op het scorebord,' grapte Lepidus.

'Ik denk dat de tributen dat heel handig zouden vinden,' zei Coriolanus. 'Nee echt, het is een goed idee.'

Ineens keek Lucy Gray met een ruk op en de voorraden in haar rok vielen in de modder omdat ze zich omdraaide en het op een lopen zette. Ze had gehoord wat de kijkers niet konden horen. Treech schoot zwaaiend met zijn bijl uit de versperring en greep haar pols toen ze onder de balk door rende. Lucy Gray draaide zich om, viel op haar knieën en verzette zich hevig terwijl hij de bijl hief.

'Nee!' Coriolanus sprong van zijn stoel en duwde Lepidus aan de kant. 'Lucy Gray!'

Toen gebeurden er twee dingen tegelijk. De bijl kwam omlaag, maar ondertussen wierp Lucy Gray zich in de armen van Treech en hield hem stevig vast, waardoor het blad haar miste. Ze leken elkaar bizar genoeg een lang moment te omhelzen, tot Treech' ogen groot werden van schrik. Hij duwde haar weg, liet de bijl vallen en trok iets uit zijn nek. Zijn hand schoot de lucht in en zijn vingers knepen in een felroze slang. Daarna zakte hij op zijn knieën en sloeg het dier tegen de grond, telkens weer, tot hij dood in de modder viel met de levenloze slang in zijn vuist.

Lucy Gray draaide zich hijgend om naar Boetius, maar die zat nog steeds op de tribune te wiegen. Voorlopig was ze veilig. Ze drukte één hand tegen haar hart en zwaaide naar het publiek.

Het publiek in de zaal begon te klappen. Coriolanus ademde met een zucht uit en draaide zich om om het applaus in ontvangst te nemen. Het was hem gelukt. Het was haar gelukt. Met haar zakken vol gif had ze de top twee gehaald. Die roze slang had ze blijkbaar in haar zak verstopt, net als die groene bij de boete. Had ze er nog meer? Of had Treech de laatste levende doodgeslagen? Het was onmogelijk te zeggen. Maar alleen al de mogelijkheid van nog zo'n reptielenwapen gaf Lucy Gray een levensgevaarlijke uitstraling.

Terwijl Lepidus Vipsania – die knarsetandend de Spelmakers bedankte – van het podium begeleidde, liet Coriolanus zich weer op zijn stoel zakken om te kijken hoe Lucy Gray haar feestmaal opraapte. Hij boog zich opzij naar Clemensia en fluisterde: 'Ik ben blij dat wij het zijn.' Ze antwoordde met een samenzweerderig glimlachje.

Lucy Gray streek de verpakkingen glad en stalde al haar eten netjes uit. Coriolanus moest denken aan hun picknick in de dierentuin. Deed ze die nu na voor hem? Er trok iets aan zijn hart en hij werd overvallen door een herinnering aan de kus. Zouden daar in de toekomst nog meer van komen? Heel even liet hij zich meeslepen door een dagdroom over Lucy Gray die won, de arena uit mocht en bij hem in het penthouse kwam wonen, dat op magische wijze gered was van de belasting. Hij zou naar de Universiteit gaan met behulp van zijn Plinthprijs en zij zou de hoofdact worden in Pluribus' heropende nachtclub, want ze mocht blijven van het Capitool en nu ja, hij had nog niet alle details uitgewerkt, maar het kwam erop neer dat hij haar mocht houden. En hij wilde haar houden. Veilig en dichtbij. Bewonderd en bewonderend. Toegewijd. En volledig, onmiskenbaar van hem. Als het waar was wat ze had gezegd vlak voordat ze hem had gekust – 'De enige jongen die nog een plekje in mijn hart heeft, ben jij' – dan zou zij dat toch ook willen?

Hou op! dacht hij. Niemand heeft nog iets gewonnen! Ze had het grootste gedeelte van haar eten op en hij bestelde een nieuwe ronde, een grote, zodat ze kon hamsteren en voor de komende dagen genoeg had, mocht ze besluiten om zich schuil te houden en te wachten tot Boetius doodging. Dat was een goed plan, met weinig risico en onvermijdelijk als hij net als nu alle voedsel bleef weigeren. Maar stel dat hij dat niet deed? Stel dat hij bij zinnen kwam en besloot om de vrijwel onbeperkte sponsorgeschenken op te eten die Clemensia hem zou kunnen geven? Dan zou het toch op een fysieke confrontatie uitdraaien en dat was heel ongunstig voor Lucy Gray, tenzij ze meer slangen achter de hand had.

Lucy Gray sorteerde de nieuwe voorraden die de drones brachten en stopte ze in haar zakken. Die leken niet diep genoeg voor al dat eten en drinken én nog een slang, maar ze was vreselijk slim. Hij had haar die slang die Treech had gedood niet eens zien pakken.

Festus kwam Coriolanus en Clemensia broodjes brengen voor de lunch, maar ze waren allebei te zenuwachtig om iets naar binnen te krijgen. Alle andere leerlingen aten in de zaal, want niemand wilde iets missen. Coriolanus hoorde gefluisterde maar verhitte gesprekken over wie er zou winnen. Hij kon zich niet herinneren dat mensen vroeger ook zo betrokken waren geweest.

De arena droogde op in de brandende zon, die de ondiepere plassen deed verdampen en maar een paar overliet om nog uit te drinken. Lucy Gray zat op een brok puin, haar rok uitgespreid om zo veel mogelijk stralen op te vangen. Door de rust schakelde men over naar Lucky, die een uitgebreid weerbericht verzorgde, inclusief hitteadvies en tips om kramp, uitputting en zonnesteken te voorkomen. De rij voor het limonadekraampje bij de ingang van de arena was eindeloos en de mensen scholen onder parasols of verdrongen zich in de schaarse schaduw. Zelfs in de altijd koele Heavensbeezaal werd het warm, dus de leerlingen trokken hun jasjes uit en wuifden zich met notitieblokken koelte toe. 's Middags deelde de school fruitpunch uit, wat het hele gebeuren een feestelijk tintje gaf.

Lucy Gray hield Boetius in het oog, maar hij had nog geen poging gedaan om haar aan te vallen. Ze stond plotseling op, alsof ze haar geduld verloren had, en liep terug naar het lijk van Treech. Ze pakte zijn enkel en begon hem in de richting van Boetius' mortuarium te slepen. Zodra ze het lijk aanraakte, leek Boetius wakker te worden. Hij boog zich voorover, schreeuwde iets onverstaanbaars en kwam haastig de tribune af. Lucy Gray liet Treech los en rende naar een tunnel verderop. Boetius nam de verplaatsing van Treech over; hij legde hem netjes in de rij dode tributen en bedekte hem met de resten van de vlag. Tevreden liep hij terug naar de tribune, maar hij was nog maar net bij de muur toen Lucy Gray een tweede tunnel uit rende, een van de vlagstukken van de lijken trok en hem riep. Boetius draaide zich om en ging achter haar aan. Lucy Gray was in een oogwenk verdwenen achter de versperring. Boetius legde de vlag terug, duwde de randjes onder de lijken om de stof op zijn plek te houden en rustte uit tegen een paal. Na een paar minuten leek hij in te dommelen en hij deed zijn ogen dicht tegen de felle zon. Lucy Gray schoot weer tevoorschijn, trok een van de lappen weg en rende nu weg met de vlag wapperend achter haar aan. Tegen de tijd dat Boetius besefte wat ze had gedaan, was ze al vijftig meter verderop. Door zijn besluiteloosheid werd haar voorsprong nog groter en ze sleepte de vlag naar het midden van de arena, waar ze hem in het zand liet liggen en zelf naar de tribune liep. Boetius rende er boos naartoe om zijn vlag te pakken. Hij deed een paar stappen achter haar aan, maar de inspanning eiste haar tol. Hij hijgde snel en drukte zijn handen tegen zijn slapen, hoewel hij niet leek te zweten. Zoals Lucky hun net nog had verteld, kon dat op een zonnesteek wijzen.

Ze probeert hem zich dood te laten rennen, dacht Coriolanus. En dat zou zomaar kunnen werken.

Boetius wankelde een beetje, alsof hij dronken was. Met de vlag achter hem aan strompelde hij naar zijn waterplas, een van de weinige die die middag nog niet waren opgedroogd. Hij liet zich op zijn knieën zakken en dronk net zolang tot er alleen nog een modderig laagje op de bodem lag. Toen hij weer rechtop ging zitten kreeg hij een vreemde uitdrukking op zijn gezicht, en zijn vingers knepen in zijn ribben en borst. Hij braakte een deel van het water uit en bleef een tijdje kokhalzend op handen en knieën zitten voordat hij moeizaam overeind kwam. Met de vlag nog altijd in zijn ene hand liep hij met langzame, onregelmatige passen naar zijn mortuarium. Hij was er net toen hij in elkaar zakte en zich in de rij naast Treech sleepte. Zijn ene hand deed nog een poging om de vlag over de groep te trekken, maar hij had alleen zichzelf deels bedekt toen zijn armen verslapten en hij stil bleef liggen.

Coriolanus bleef stijf van de spanning zitten. Was dit het? Had hij echt gewonnen? De Hongerspelen? De Plinthprijs? Het meisje? Hij tuurde naar Lucy Gray, die vanaf de tribune naar Boetius keek, maar ze had een afstandelijke uitdrukking op haar gezicht, alsof ze een heel eind van de actie in de arena vandaan was.

Het publiek in de zaal begon te mompelen. Was Boetius dood? Moesten ze niet iemand tot winnaar uitroepen? Coriolanus en Clemensia wuifden Lepidus en zijn microfoon weg in afwachting van de uitkomst. Na een halfuur kwam Lucy Gray uit de tribune naar Boetius toe. Ze legde haar vingers in zijn hals om zijn hartslag te controleren. Tevreden sloot ze zijn oogleden en ze spreidde de vlag liefdevol uit over de tributen, alsof ze kinderen naar bed bracht. Daarna liep ze weg en ging tegen een paal zitten wachten.

Dat leek de Spelmakers te overtuigen, want Lucky kwam springend in beeld om te melden dat Lucy Gray Baird, tribuut uit District 12, en haar mentor, Coriolanus Snow, de tiende Hongerspelen hadden gewonnen.

De Heavensbeezaal barstte los rond Coriolanus en Festus haalde een paar klasgenoten om hem met stoel en al op te tillen en over het podium te dragen. Toen ze hem eindelijk neerzetten bestookte Lepidus hem met vragen, waar hij alleen op kon antwoorden dat het zowel een opwindende als een nederige ervaring was geweest. Daarna werden alle leerlingen naar de eetzaal gestuurd, waar taart en posca klaarstonden om het te vieren. Coriolanus kreeg een ereplek waar iedereen hem feliciteerde en hij meer posca dronk dan goed voor hem was. En wat dan nog? Op dit moment voelde hij zich onoverwinnelijk.

Satyria kwam hem redden toen zijn hoofd wazig werd; ze duwde hem de eetzaal uit en bracht hem naar het biologielab. 'Volgens mij gaan ze je meisje halen. Je moet niet verbaasd zijn als ze jullie samen voor de camera zetten. Goed gedaan.'

Coriolanus gaf haar spontaan een knuffel en haastte zich naar het lab, blij met de stilte. Hij voelde dat hij een waanzinnige grijns op zijn gezicht had. Hij had gewonnen. De eer, en een toekomst, en misschien ook wel liefde. Elk moment kon hij Lucy Gray nu in zijn armen houden. O, sneeuw komt er altijd bovenop, en hoe. Bij de deur dwong hij zijn mondhoeken naar beneden en trok hij zijn jasje recht om niet te laten zien hoe aangeschoten hij was. Om de een of andere reden leek het niet netjes om zich zo aan dr. Gaul te presenteren.

Maar toen hij de deur van het lab opendeed, zag hij alleen rector Highbottom op zijn vaste plek achter de tafel zitten. 'Deur dicht.' Coriolanus gehoorzaamde. Misschien wilde de rector hem onder vier ogen feliciteren. Of zelfs zijn excuses aanbieden omdat hij zo vijandig had gedaan. Een vallende ster had op een dag misschien een rijzende nodig. Maar toen hij naar de rector toe liep, maakte een kille angst zich van hem meester. Daar, op de tafel, uitgestald als onderzoeksobjecten, lagen drie dingen: een servet van de Academie met druivenpunchvlekken erin, het zilveren poederdoosje van zijn moeder en een smoezelige witte zakdoek.

Het gesprek kon niet langer dan vijf minuten geduurd hebben. Na afloop ging Coriolanus zoals afgesproken rechtstreeks naar het Wervingscentrum, waar hij Panems nieuwste en misschien wel keurigste vredebewaker werd.

deel III

'DE VREDEBEWAKER'

21

Coriolanus leunde met zijn slaap tegen de ruit en probeerde het laatste beetje koelte te absorberen dat het glas misschien had vastgehouden. De snikhete treincoupé was net leeggelopen toen een stuk of zes van zijn medepassagiers in District 9 waren uitgestapt. Eindelijk alleen. Hij had vierentwintig uur zonder ook maar enige privacy in de trein gezeten. De rit was voortdurend onderbroken door lange, onverklaarde periodes van stilstaan. Door de hortende reis en het gesnater van de andere rekruten had hij geen moment geslapen. Hij had ze in de waan gelaten dat hij lag te dommelen omdat hij met niemand wilde praten. Misschien kon hij nu een dutje doen en daarna wakker worden uit deze nachtmerrie die zo hardnekkig was dat het kennelijk zijn echte leven was. Hij wreef over zijn korstige wang met de stijve, ruwe manchet van zijn nieuwe vredebewakersoverhemd en voelde zich nog ellendiger.

Wat een lelijke plek, dacht hij mat toen de trein door District 9 pufte. De betonnen gebouwen, een en al treurnis en afbladderende verf, lagen in de genadeloze middagzon te bakken. En hoeveel lelijker zou District 12 wel niet zijn, met zijn extra laag kolenstof? Hij had er nooit veel van gezien, alleen de gruizige beelden van het plein tijdens de boete. Het zag er onbewoonbaar uit.

Toen hij om een plek in District 12 had gevraagd, had de ambtenaar verbaasd zijn wenkbrauwen opgetrokken. 'Die hoor ik niet vaak,' had hij gezegd, maar hij had het zonder morren doorgevoerd. Blijkbaar had niet iedereen naar de Hongerspelen gekeken, want de man leek niet te weten wie Coriolanus was en zei ook niets over Lucy Gray. Des te beter. Op dit moment was anonimiteit een felbegeerde toestand. Zijn achternaam maakte de schande extra groot. Met gloeiende wangen dacht hij terug aan zijn gesprek met rector Highbottom...

'Hoor je dat, Coriolanus? Dat is het geluid van vallende sneeuw.'

O, wat haatte hij rector Highbottom. Met zijn pafferige gezicht dat boven het bewijsmateriaal hing. De punt van zijn pen die naar de voorwerpen op de labtafel wees. 'Dit servet. Waar jouw DNA op is gevonden. En dat gebruikt is om illegaal eten vanuit de eetzaal de arena in te smokkelen. We hebben het na de aanslag als bewijs meegenomen uit de arena en een routineonderzoek uitgevoerd, en toen kwam jij tevoorschijn.'

'U liet haar verhongeren,' had Coriolanus schor gezegd.

'Dat hoort bij de Hongerspelen. Het gaat niet zozeer om het feit dat je haar eten hebt gegeven – dat hebben we bij alle mentoren door de vingers gezien – maar om het feit dat je van de Academie hebt gestolen. Wat ten strengste verboden is,' zei rector Highbottom. 'Ik wilde je toen al op het matje roepen om je nog een minpunt te geven en uit de Spelen te halen, maar dr. Gaul vond dat we meer aan je hadden als martelaar voor het gewonde Capitool. Dus lieten we jouw hologram het volkslied brullen terwijl jij in het ziekenhuis lag te herstellen.'

'Waarom begint u er nu dan over?' vroeg Coriolanus.

'Omdat er een patroon te zien is.' De pen tikte op de zilveren roos. 'Dit poederdoosje. Hoe vaak heb ik je moeder dat wel niet uit haar handtas zien halen om haar gezicht te bestuderen? Je mooie, leeghoofdige moeder, die zichzelf op de een of andere manier had wijsgemaakt dat je vader haar vrijheid en liefde zou bieden. Van de regen in de drup, zoals men zegt.'

'Dat was ze niet,' was het enige wat Coriolanus kon uitbrengen. Leeghoofdig, bedoelde hij.

'Haar enige excuus was dat ze zo jong was, en ze leek eerlijk gezegd voorbestemd om eeuwig kind te blijven. Het tegenovergestelde van dat meisje van jou, Lucy Gray. Die is zestien, maar lijkt minstens vijfendertig,' merkte rector Highbottom op.

'Heeft zij het poederdoosje aan u gegeven?' Coriolanus voelde een steek in zijn hart.

'O, ze kon er niets aan doen. De vredebewakers hebben haar tegen de grond moeten drukken om dat ding te pakken te krijgen. We fouilleren de winnaars natuurlijk grondig als ze de arena uit komen.' De rector hield glimlachend zijn hoofd schuin. 'Ze heeft de vergiftiging van Wovey en Boetius erg slim aangepakt. Niet echt eerlijk, maar wat doe je eraan? Door haar terug te sturen naar District 12 wordt ze al zwaar genoeg gestraft. Ze zei dat het rattengif haar idee was en dat het poederdoosje alleen een aandenken was.'

'Klopt,' zei Coriolanus. 'Een blijk van mijn genegenheid. Ik weet niets van gif.'

'Goed, laten we eens doen alsof ik dat geloof, wat niet zo is. Maar we doen even alsof. Wat moet ik hier dan van denken?' Rector Highbottom tilde met de pen de zakdoek op. 'Een van de labassistenten vond dit gisterochtend in de slangenbak. In eerste instantie begonnen alle werknemers verbijsterd in hun zakken te voelen of ze er zelf een kwijt waren, want verder was er toch niemand bij die beesten in de buurt geweest? Een jongeman zei zelfs dat het ding van hem was, dat hij veel last van zijn allergieën had en dat hij zijn zakdoek een paar dagen geleden was kwijtgeraakt. Maar net toen hij zijn ontslag indiende ontdekte iemand de initialen. Niet die van jou. Die van je vader. Keurig in een hoekje geborduurd.'

cxs. Geborduurd met het witte garen dat ook voor de rand was gebruikt. De letters vormden eigenlijk onderdeel van het stiksel, zo onopvallend dat je echt goed moest kijken, maar ze stonden er wel. Coriolanus lette nooit op de zakdoeken die hij meenam; hij propte er gewoon een in zijn zak voordat hij de deur uit ging. Hij had nog een poging kunnen doen om het te ontkennen als die tweede naam niet zo opvallend was geweest. Xanthos. Het was de enige naam met een X die Coriolanus kende, en zijn vader was de enige die zo heette. Crassus Xanthos Snow.

Hij hoefde niet naar de DNA-test te vragen die rector Highbottom ongetwijfeld had laten uitvoeren en die sporen van zowel hem als Lucy Gray opgeleverd zou hebben. 'Waarom hebt u dit niet aan de grote klok gehangen?'

'O, de verleiding was groot, geloof me. Maar als de Academie een leerling wegstuurt biedt zij traditiegetrouw een reddingsboei,' legde de rector uit. 'Als je jezelf de publieke schande wilt besparen, mag je je vanmiddag nog aanmelden bij de vredebewakers.'

'Maar... waarom zou ik dat willen? Waarom zou ik zeggen dat ik dat wilde, bedoel ik? Als ik net... de Plinthprijs heb gewonnen om naar de Universiteit te gaan?' stamelde hij.

'Tja, waarom? Omdat je zo vaderlandslievend bent? Omdat je denkt dat je van een opleiding waarin je leert om je land te verdedigen meer opsteekt dan van een heleboel boekenwijsheid?'

Rector Highbottom begon te lachen. 'Omdat je een ander mens geworden bent door de Hongerspelen en naar de plek gaat waar je Panem het best kunt dienen? Je bent een slimme jongen, Coriolanus. Je verzint wel iets.'

'Maar… maar ik…?' Zijn hoofd tolde door de posca en de adrenaline. 'Waarom? Waarom hebt u zo'n hekel aan me?' stootte hij uit. 'Ik dacht dat mijn vader uw vriend was!'

De rector werd ernstig. 'Dat dacht ik ook. Ooit. Maar hij bleek me alleen maar aardig te vinden omdat hij me kon gebruiken. Zelfs nu nog.'

'Maar hij is dood! Al jaren!' riep Coriolanus.

'Zijn verdiende loon, maar hij lijkt voort te leven in jou.' De rector maakte een wegwuifgebaar. 'Schiet maar op. Het Wervingscentrum sluit over twintig minuten. Als je rent, haal je het net.'

En dus had hij gerend, want hij wist niet wat hij anders moest. Nadat hij zich had ingeschreven, was hij rechtstreeks naar de Citadel gegaan in de hoop dat hij dr. Gaul om genade kon smeken. Hij mocht niet naar binnen, zelfs niet toen hij zei dat zijn hechtingen ontstoken waren. De vredebewakers belden naar het lab en meldden dat hij naar het ziekenhuis moest. Een van de bewakers had medelijden met hem en beloofde dat hij zou proberen om zijn laatste essay nog aan dr. Gaul te geven. Maar hij kon niets beloven. In de kantlijn begon hij aan een smeekbede om te vragen of ze alsjeblieft een goed woordje voor hem wilde doen, maar hij voelde dat het zinloos was. Uiteindelijk schreef hij alleen *Dank u wel*. Waarvoor, dat wist hij ook niet, maar hij weigerde om haar van zijn wanhoop te laten genieten.

Onderweg naar huis voelden de felicitaties van de buren als dolksteken in zijn hart, maar de echte marteling kwam toen hij het appartement in stapte en toetertjes en gejoel hoorde. Tigris en de grootmadam hadden de feestartikelen van zolder gehaald waarmee ze normaal gesproken het nieuwe jaar inluidden en hadden zelfs bij de bakker een taart gekocht. Hij probeerde te glimlachen, maar barstte in huilen uit. En hij vertelde alles. Toen hij klaar was, werden ze allebei heel rustig en stil, als twee marmeren standbeelden.

'Wanneer vertrek je?' vroeg Tigris.

'Morgenochtend,' zei hij.

'Wanneer kom je terug?' vroeg de grootmadam.

Hij kon het niet opbrengen om 'over twintig jaar' te zeggen. Dan was zij allang dood. Hij zou haar terugzien in het mausoleum. 'Dat weet ik niet.'

Ze knikte en ging moeizaam rechtop zitten. 'Denk eraan, Coriolanus, waar je ook heen gaat, je zult altijd een Snow zijn. Dat neemt niemand je af.'

Hij vroeg zich af of dat niet juist het probleem was. Hoe moeilijk het was om een Snow te zijn in deze naoorlogse wereld. Waar die naam hem toe gedwongen had. Maar hij zei alleen: 'Ik hoop dat ik onze naam op een dag eer aandoe.'

Tigris stond op. 'Kom, Coryo. Ik zal je helpen inpakken.' Hij liep achter haar aan naar zijn kamer. Ze had niet gehuild. Hij wist dat ze zou proberen haar tranen te bedwingen tot hij weg was.

'Er valt niet veel in te pakken. Ik moet oude kleren aan die weg mogen. Zij zorgen voor alle uniformen, toiletartikelen, alles. Ik mag alleen persoonlijke bezittingen meenemen die hierin passen.' Coriolanus haalde een doos van twintig bij dertig centimeter en ongeveer zeven centimeter hoog uit zijn schooltas. Ze keken er even naar.

'Wat neem je mee?' vroeg Tigris. 'Je moet er goed over nadenken.'

Foto's van zijn moeder met hem als peuter in zijn armen, van zijn vader in uniform, van Tigris en de grootmadam, van een paar van zijn vrienden. Een oud, koperen kompas dat nog van zijn vader was geweest. Het schijfje rozenpoeder dat ooit in het zilveren doosje had gezeten, zorgvuldig in zijn oranje sjaal gewikkeld. Drie zakdoeken. Briefpapier met het wapen van de familie Snow. Zijn Academiepasje. Een afgescheurd kaartje van een circus uit zijn jeugd met een plaatje van de arena erop. Een marmeren scherf uit de puinhopen na een bombardement. Hij voelde zich net Moe Plinth met haar handjevol aandenkens aan District 2 in haar keuken.

Ze sliepen geen van beiden. Ze gingen naar het dak en keken naar het Capitool tot de zon opkwam. 'Je bent erin geluisd,' zei Tigris. 'De Hongerspelen zijn een onnatuurlijke, kwaadaardige straf. Ze konden niet verwachten dat een goed mens zoals jij daarin mee zou gaan.'

'Dat mag je tegen niemand zeggen. Het is gevaarlijk,' waarschuwde Coriolanus.

'Dat weet ik,' zei ze. 'En dat is ook fout.'

Coriolanus nam een douche, trok een rafelige legerbroek, een versleten T-shirt en kapotte slippers aan en dronk een kop thee in de keuken. Hij gaf de grootmadam een afscheidskus en wierp nog één laatste blik op zijn huis voordat hij vertrok.

In de gang gaf Tigris hem een oude zonnehoed en een zonnebril die van haar vader was geweest. 'Voor onderweg.'

Coriolanus herkende een vermomming als hij er een zag en hij zette de bril dankbaar op, stopte zijn krullen onder de hoed. Zwijgend liepen ze door de grotendeels verlaten straten naar het Wervingscentrum. Daar keek hij haar aan en zei schor en geëmotioneerd: 'Ik laat jou met alles zitten. Het appartement, de belasting, de grootmadam. Het spijt me echt. En ik snap het als je het me nooit vergeeft.'

'Er valt niets te vergeven,' zei ze. 'Schrijf je zo snel mogelijk?'

Ze omhelsden elkaar zo stevig dat hij meerdere hechtingen in zijn arm voelde knappen. Daarna liep hij met grote passen het Centrum in, waar nog een stuk of driehonderd andere Capitoolinwoners door elkaar krioelden, klaar om aan hun nieuwe leven te beginnen. Heel even hoopte hij dat hij niet door de medische keuring zou komen, maar meteen daarna raakte hij in paniek van dat idee. Wat zou hem dan te wachten staan? Een openbare vernedering? De gevangenis? Rector Highbottom had er niets over gezegd, maar hij ging van het ergste uit. Hij werd zonder problemen goedgekeurd en ze verwijderden zelfs zonder iets te zeggen zijn hechtingen. Hij voelde zich naakt met het kortgeschoren kapsel dat hem van zijn karakteristieke krullen ontdeed, maar daarna zag hij er zo anders uit dat ook de laatste nieuwsgierige blikken verdwenen. Hij trok zijn spiksplinternieuwe werktenue aan en kreeg een plunjezak met een set extra kleren, toiletartikelen, een waterfles en een paar broodjes met smeerworst voor onderweg. Daarna ondertekende hij een stapel formulieren, waarvan een het leger opdracht gaf om de helft van zijn magere loon naar Tigris en de grootmadam te sturen. Dat bood een heel klein beetje troost.

Geschoren, gevaccineerd en in legertenue stapte Coriolanus in de bus vol rekruten die allemaal naar het treinstation gingen. Het was een mengeling van jongens en meisjes uit het Capitool, de meeste net afgestudeerd aan middelbare scholen waar de examens eerder gehouden werden dan op de Academie. Weggedoken in een hoekje van het station keek hij naar Capitool TV, bang voor een reportage over zijn tragische lot, maar hij zag alleen maar normale zaterdagnieuwtjes. Het weer. Verkeersomleidingen in verband met werkzaamheden. Een recept voor een zomerse salade. Het leek wel of de Hongerspelen nooit hadden plaatsgevonden.

Ik word gewist, dacht hij. En om mij te wissen moeten ze de Spelen wissen.

Wie was er op de hoogte van zijn schande? De docenten? Zijn vrienden? Niemand had contact met hem opgenomen. Misschien was het nog niet uitgelekt. Maar dat kwam wel. Mensen zouden roddelen. Er zouden allerlei geruchten gaan. Uiteindelijk zou er een verdraaide, sappige versie van de waarheid boven water komen. O, wat zou Livia Cardew genieten. Clemensia zou bij de diploma-uitreiking de Plinthprijs krijgen. In de maandlange zomervakantie zouden ze zich afvragen waar hij was. Een paar zouden hem misschien zelfs missen. Festus. Lysistrata misschien. In september zouden zijn klasgenoten aan de Universiteit beginnen. En dan zou hij langzaam in de vergetelheid raken.

Dat de Spelen gewist werden, betekende dat Lucy Gray ook gewist zou worden. Waar was ze? Was ze echt terug naar huis gestuurd? Was ze op dit moment onderweg naar District 12, opgesloten in die stinkende veewagon die haar naar het Capitool had gebracht? Rector Highbottom had gezegd dat dat ging gebeuren, maar dr. Gaul zou het laatste woord hebben en zij was misschien minder vergevingsgezind. Misschien zou zij Lucy Gray wel veroordelen tot de gevangenis, of de dood, of een bestaan als Avox. Of erger nog, tot een leven vol experimenten in haar eigen gruwellab.

Coriolanus herinnerde zich dat hij in de trein zat en deed zijn ogen dicht, bang dat er tranen zouden komen. Niemand mocht hem als een kind zien snikken en hij deed zijn uiterste best om zijn emoties te bedwingen. Hij stelde zichzelf gerust met het idee dat het voor het Capitool waarschijnlijk het gunstigst was om Lucy Gray terug naar District 12 te sturen. Misschien zou dr.

Gaul haar na verloop van tijd wel weer tevoorschijn halen, zeker als hij een eind uit de buurt was. Om haar te laten zingen bij de opening van de Spelen of zo. Haar vergrijpen, voor zover je daarvan kon spreken, stelden niets voor vergeleken met de zijne. En het publiek was dol op haar geweest, toch? Misschien zou haar charme haar nog een laatste keer redden.

Af en toe stond de trein stil om nog meer rekruten uit te spugen, in hun toegewezen district of om over te stappen op vervoer naar het noorden of het zuiden of waar ze dan ook heen werden gestuurd. Soms staarde hij uit het raam naar de spooksteden waar ze doorheen reden en die nu aan de elementen waren overgeleverd, en dan vroeg hij zich af hoe de wereld er in hun gloriedagen uit had gezien. Toen dit nog Noord-Amerika was in plaats van Panem. Het was vast prachtig geweest. Een land vol Capitolen. Zo zonde…

Rond middernacht ging de deur open en struikelden er twee meisjes die op weg waren naar District 8 de coupé in met anderhalve liter posca die ze kennelijk de trein in hadden gesmokkeld. Hij hielp ze om het spul op te drinken – waarom ook niet – en toen hij een volle dag later wakker werd, brak er een drukkende dinsdagochtend aan en reed de trein District 12 binnen.

Met een bonzend hoofd en een gortdroge mond strompelde Coriolanus het perron op. De drie andere rekruten en hij kregen opdracht om een rij te vormen en wachtten een uur op een vredebewaker die nauwelijks ouder leek dan zij en die hen de grauwe straten in loodste. Door de hitte en de vochtigheid werd de lucht bijna vloeibaar en hij wist niet of hij in- of uitademde. Er lag een vreemd klam laagje op zijn huid dat zich niet weg liet vegen. Zijn zweet droogde niet op en er kwam alleen maar meer bij. Hij had een loopneus en zijn snot was nu al zwart van het kolenstof. Zijn sokken sopten in zijn stijve laarzen. Na een uur lopen over sintelstraten en gebarsten asfaltwegen met afgrijselijke gebouwen erlangs, bereikten ze de kazerne die zijn nieuwe thuis zou worden.

Door het hek rond het terrein en de gewapende vredebewakers bij de poort voelde hij zich minder kwetsbaar. De rekruten liepen achter hun begeleider aan langs een stel onopvallende grijze gebouwen. Bij de slaapbarakken sloegen de twee meiden af en hij werd met de enige andere mannelijke rekruut, een lange, schriele jongen die Junius heette, naar een kamer gebracht met vier stapelbedden en acht kluisjes. Twee bedden waren keurig opgemaakt en op twee van de overige, naast een vlekkerig raam dat uitkeek op een vuilcontainer, lagen stapeltjes beddengoed. De jongens volgden onhandig de instructies om ze op te maken; Coriolanus nam het bovenbed omdat Junius hoogtevrees had. Daarna kregen ze de rest van de ochtend om te douchen, hun spullen uit te pakken en de opleidingsgids te lezen voordat ze zich om elf uur in de eetzaal moesten melden voor de lunch.

Coriolanus stond onder de douche, legde zijn hoofd in zijn nek en klokte het lauwe water naar binnen dat uit de kop stroomde. Hij droogde zich drie keer af voordat hij accepteerde dat zijn huid hier altijd vochtig was en trok een schoon tenue aan. Nadat hij zijn plunjezak had uitgepakt en zijn doos vol kostbaarheden op de bovenste plank van zijn kluisje had gezet, klauterde hij in bed en bestudeerde de vredebewakershandleiding – of hij deed in elk geval alsof – om niet met Junius te hoeven praten, een zenuwachtige jongen die geruststelling wilde die Coriolanus hem niet kon bieden. Het liefst zou hij zeggen: *Je leven is voorbij, jonge Junius, accepteer het maar gewoon.* Maar dat zou vast weer tot allerlei ontboezemingen leiden en hij had de kracht niet om die af te wimpelen. Het plotselinge gebrek aan verantwoordelijkheden in zijn leven – school, zijn familie, zijn toekomst – had hem helemaal uitgeput. Zelfs de kleinste taken leken een enorme opgave.

Een paar minuten voor elf kwamen hun kamergenoten – een praatgrage jongen met een rond gezicht die Smiley heette en zijn piepkleine maatje Bug – hen halen. Gevieren liepen ze naar de eetzaal, waar lange tafels en gebarsten plastic stoelen stonden.

'Op dinsdag krijgen we hachee!' meldde Smiley. Hoewel hij nauwelijks langer dan een week vredebewaker was, leek hij de dagelijkse gang van zaken niet alleen al te kennen, maar er ook van te genieten. Coriolanus pakte een dienblad met vakjes waar een soort met aardappelen bestrooid hondenvoer in lag. De honger en het enthousiasme van zijn kameraden gaven hem de moed om een hap te proberen en het spul bleek erg zout, maar best eetbaar. Hij kreeg ook twee perenhelften uit blik en een grote beker melk. Niet verfijnd, wel vullend. Hij besefte dat hij als vredebewaker waarschijnlijk niet zou verhongeren. Hij zou zelfs vaker eten krijgen dan thuis.

Smiley verklaarde hen tot makkers en aan het eind van de lunch waren Coriolanus en Junius omgedoopt tot Heertje en Bonenstaak, de een vanwege zijn tafelmanieren en de ander vanwege zijn postuur. Coriolanus was blij met de bijnaam, want de naam Snow was wel het laatste wat hij nog wilde horen. Maar geen van zijn kamergenoten noemde hem zo, en ze begonnen ook niet over de Hongerspelen. De soldaten bleken alleen een televisie in de recreatiezaal te hebben, en daar was de ontvangst zo slecht dat hij nauwelijks aanging. Als Bonenstaak Coriolanus in het Capitool had gezien, dan had hij geen link gelegd tussen de Hongerspelenmentor en het groentje naast hem. Misschien herkende niemand hem omdat niemand hem hier verwachtte.

Of misschien reikte zijn roem niet verder dan de Academie en een handjevol werklozen in het Capitool die tijd hadden gehad om het hele evenement te volgen. Coriolanus ontspande genoeg om te vertellen dat hij een vader had die op het slagveld was gesneuveld, en thuis nog een oma en een nichtje, en dat hij sinds een week klaar was met school.

Tot zijn verbazing ontdekte hij dat Smiley en Bug en nog een heleboel andere vredebewakers niet uit het Capitool, maar uit de districten kwamen. 'Tuurlijk,' zei Smiley. 'Vredebewaken is mooi werk als je 't kan krijgen. Beter dan in de fabriek. Veel eten en genoeg geld om naar m'n pa en ma te sturen. Sommige mensen halen hun neus ervoor op, maar de oorlog is voorbij en werk is werk.'

'Maar vind je het dan niet vervelend dat je je eigen mensen onder de duim moet houden?' vroeg Coriolanus.

'O, dit zijn mijn mensen niet. Die wonen in 8. Ze plaatsen je niet in je geboortedistrict,' zei Smiley met een schouderophaal. 'Bovendien ben jij nu mijn familie, Heertje.'

Die middag leerde Coriolanus tijdens zijn keukencorvee nog meer nieuwe familieleden kennen. Onder het toeziend oog van de kok, een oude soldaat die zijn linkeroor was kwijtgeraakt in de oorlog, boog hij zich met ontbloot bovenlijf vier uur lang over een bak kokend heet water om pannen te wassen en dienbladen af te spoelen. Daarna kreeg hij een kwartier om weer een bord hachee te eten, en vervolgens moest hij een paar uur de eetzaal en de gangen dweilen. Hij had nog een halfuurtje in de kamer voordat om negen uur het licht uitging en hij in zijn boxershort in bed plofte.

De volgende ochtend stond hij om vijf uur aangekleed op het veld om aan zijn training te beginnen. De eerste fase was bedoeld om de nieuwe manschappen op een acceptabel fitheidsniveau te krijgen. Hij squatte, sprintte en exerceerde tot zijn kleren doorweekt waren en zijn hielen vol blaren zaten. De lessen van professor Sickle waren niet voor niets geweest: ze had hen altijd hard laten trainen en hij deed al sinds zijn twaalfde marcheeroefeningen. Bonenstaak daarentegen, met zijn twee linkervoeten en holle borstkas, werd voortdurend getreiterd en beschimpt door de drilsergeanten. Die nacht hoorde Coriolanus vlak voordat hij in slaap viel dat de jongen zijn gesnik in zijn kussen probeerde te smoren.

Zijn nieuwe leven bestond uit blokken van trainen, eten, schoonmaken en slapen. Hij gleed er werktuiglijk doorheen, maar adequaat genoeg om geen berispingen te krijgen. Als hij mazzel had, had hij 's avonds een kostbaar halfuur voor zichzelf voordat het licht uitging. Niet dat hij dan iets voor elkaar kreeg. Hij had nog net genoeg puf om te douchen en in bed te klauteren.

Het was een kwelling om steeds aan Lucy Gray te moeten denken, maar hij kon niet zomaar aan informatie over haar komen. Als hij in de kazerne naar haar vroeg, zou iemand er misschien achter komen welke rol hij bij de Spelen had gespeeld, en dat wilde hij koste wat kost vermijden. Zijn peloton had op zondag vrij en op zaterdag waren ze om vijf uur klaar. Als nieuwe rekruten moesten ze in de kazerne blijven tot het weekend erna. Coriolanus was van plan om dan de stad in te gaan en onopvallend wat inwoners naar Lucy Gray te vragen. Smiley zei dat de vredebewakers vaak naar een oud steenkoolpakhuis gingen dat de As heette, waar je zelfgestookte drank en misschien wat gezelschap kon kopen. District 12 had ook een stadsplein, dat tevens voor de boete werd gebruikt, met een paar winkeltjes en marktkooplui, maar dat was meer voor overdag.

Behalve Bonenstaak, die latrinedienst had gekregen vanwege zijn tekortkomingen op het exercitieterrein, gingen zijn kamergenoten zaterdagavond na het eten naar de recreatiezaal om te pokeren. Coriolanus zat nog boven zijn spaghetti met vlees uit blik in de kantine. Normaal gesproken leidde Smiley iedereen af met zijn geratel, dus dit was de eerste keer dat hij de andere vredebewakers eens goed kon bekijken. Hun leeftijd liep uiteen van een jaar of achttien tot een oude man die een tijdgenoot van de grootmadam zou kunnen zijn. Sommige praatten met elkaar, maar de meeste zogen somber zwijgend hun spaghetti naar binnen. Zag hij hier zijn eigen toekomst?

Coriolanus besloot om die avond op hun kamer te blijven. Hij had zijn laatste munten bij zijn familie achtergelaten en hij zou toch geen geld hebben om mee te gokken of ergens anders aan te besteden tot hij op de eerste van de maand zijn loon zou krijgen. En belangrijker nog: hij had een brief van Tigris gekregen die hij in alle rust wilde lezen. Hij genoot van het alleen-zijn, zonder zijn kameraden te zien, horen of ruiken. Het was overweldigend om altijd maar samen te zijn, want hij was het gewend om de dagen in zijn eentje door te brengen. Hij klom naar zijn bed en maakte voorzichtig de envelop open.

Mijn lieve Coryo,

Het is maandagavond en het appartement galmt van jouw afwezigheid. De grootmadam lijkt niet goed te begrijpen wat er aan de hand is, want ze heeft vandaag al twee keer gevraagd wanneer je thuiskomt en of we met het eten moeten wachten. Er wordt gepraat over wat er met je is gebeurd. Ik ben naar Pluribus gegaan en hij zei dat hij allerlei geruchten had gehoord: dat je voor de liefde met Lucy Gray mee naar District 12 bent gegaan, dat je bij het vieren van je overwinning zo dronken bent geworden dat je je tijdens een wedden-

schap hebt aangemeld, dat je de regels hebt overtreden en zelf geschenken naar Lucy Gray in de arena hebt gestuurd, dat je een aanvaring met rector Highbottom hebt gehad. Ik zeg tegen iedereen dat je je land dient zoals je vader dat ook heeft gedaan.

Festus, Persephone en Lysistrata zijn vanavond langsgekomen omdat ze zich grote zorgen om je maakten, en mevrouw Plinth heeft gebeld om je adres te vragen. Ik geloof dat ze je wil schrijven.

Ons appartement wordt officieel verkocht, dankzij wat hulp van de Dolittles. Pluribus zegt dat hij nog wel een paar kamers boven de club heeft waar we gebruik van mogen maken als we niet meteen iets vinden, en dat ik hem misschien kan helpen met de kostuums als hij de tent weer opengooit. Hij heeft ook kopers gevonden voor een paar van onze meubels. Hij helpt ons echt en doet de groeten aan jou en Lucy Gray. Heb je haar al gezien? Dat is het enige positieve aan deze waanzin.

Sorry dat mijn brief zo kort is, maar het is al laat en ik moet nog heel veel doen. Ik wilde gewoon iets sturen om je te laten weten dat we van je houden en je missen. Het is daar vast vreselijk zwaar, maar je mag de hoop niet verliezen. Hoop heeft ons door de donkerste tijden geholpen en zal dat nu ook weer doen. Schrijf maar snel om over je leven in 12 te vertellen. Het lijkt nu misschien vervelend, maar wie weet waar het in de toekomst nog toe leidt?

SKEAB,
Tigris

Coriolanus sloeg zijn handen voor zijn gezicht. Het Capitool dat de spot dreef met de naam Snow... De grootmadam die haar verstand verloor... Hun nieuwe huis een stel armoedige kamers boven een nachtclub, waar Tigris glitterende danspakjes naaide... Was dat het lot van de grootse familie Snow?

En wat moest er van hem worden, Coriolanus Snow, toekomstig president van Panem? Zijn leven strekte zich tragisch en nutteloos voor hem uit. Hij zag zichzelf over twintig jaar, als hij dik en dom geworden was en zijn goede opvoeding eruit was geramd, zijn geest afgestompt tot een punt waarop hij alleen nog simpele, dierlijke gedachten aan eten en slapen zou hebben. Lucy Gray zou weggekwijnd zijn in het lab van dr. Gaul en allang niet meer leven, en zijn hart zou samen met haar gestorven zijn. Twintig verspilde jaren, en dan? Als hij zijn tijd had uitgezeten? Tja, dan zou hij waarschijnlijk gewoon bijtekenen, want zelfs dan zou de vernedering nog te groot zijn. En wat zou hem in het Capitool te wachten staan als hij wel terugkwam? De grootmadam overleden. Tigris, van middelbare leeftijd maar met een ouder uiterlijk, die slaafs bleef naaien, haar vriendelijkheid veranderd in slapheid, haar leven een lachertje voor de mensen die ze het naar de zin moest maken om een boterham te kunnen verdienen. Nee, hij zou nooit teruggaan. Hij zou in 12 blijven, net als die oude man in de eetzaal, want dit was zijn leven. Geen partner, geen kinderen, geen ander adres dan de kazerne. De andere vredebewakers waren zijn familie. Smiley, Bug, Bonenstaak, zijn broeders. En hij zou nooit ofte nimmer meer iemand van thuis zien.

Hij kreeg vreselijke kramp in zijn borst, lamgeslagen door een giftige golf van heimwee en wanhoop. Hij wist zeker dat hij een hartaanval had maar riep niet om hulp. In plaats daarvan krulde hij zich op en drukte zijn gezicht tegen de muur. Misschien was het wel beter zo. Want er was geen uitweg. Hij kon nergens heen. Hij zou niet gered worden. Deze hel was zijn enige toekomst. Wat had hij nog om naar uit te kijken? Hachee? Een wekelijks glaasje gin? Een promotie van bordenwasser naar bordenschraper? Zou het niet beter zijn om nu een snelle dood te sterven dan om het nog jarenlang pijnlijk te rekken?

Ergens – het leek heel ver weg – werd een deur dichtgeslagen. Er liepen voetstappen door de gang die even bleven staan en toen naar hem toe kwamen. Knarsetandend wenste hij dat zijn hart ermee op zou houden, want de wereld en hij hadden elkaar niets meer te zeggen en het was tijd om afscheid te nemen. Maar de voetstappen werden luider en stopten voor zijn deur. Keek diegene naar hem? Was het de wacht? Die hem nu zo in deze beschamende positie zag liggen? Zwelgend in zijn ellende? Hij wachtte op het gelach, de hoon en de latrinedienst die hij beslist zou krijgen.

Maar in plaats daarvan hoorde hij een zachte stem vragen: 'Is dit bed al bezet?' Een zachte, bekende stem...

Coriolanus draaide zich om en zijn ogen vlogen open om te bevestigen wat zijn oren al hadden gehoord. In de deuropening, opvallend op zijn plek in een tenue dat nog gekreukeld was van de verpakking, stond Sejanus Plinth.

22

Coriolanus was zijn hele leven nog nooit zo blij geweest om iemand te zien. 'Sejanus!' riep hij. Hij wierp zich van zijn bed, kwam wankel op de geverfde betonnen vloer terecht en sloeg zijn armen om de nieuwkomer heen.

Sejanus omhelsde hem. 'Dat is een verbazingwekkend warm welkom voor de jongen die bijna je ondergang is geworden!'

Coriolanus stootte een licht hysterisch lachje uit en heel even vroeg hij zich af of dat waar was. Sejanus had hem inderdaad in levensgevaar gebracht door de arena in te glippen, maar de rest kon hij moeilijk aan hem wijten. Hoe vervelend die jongen soms ook was, hij had niets te maken met de revanche die rector Highbottom op zijn vader wilde nemen, of met het zakdoekdebacle. 'Nee, nee, integendeel.' Hij liet Sejanus los en bekeek hem eens goed. Onder zijn ogen zaten donkere kringen en hij was minstens vijf kilo afgevallen. Maar hij had een lichtere uitstraling, alsof de grote last die hij in het Capitool had getorst van zijn schouders was gevallen. 'Wat doe jij hier?'

'Hm. Eens even kijken. Omdat ik me tegen het Capitool had verzet door de arena in te gaan, stond ik net als jij op het punt om van school gestuurd te worden. Mijn vader is naar het bestuur gegaan en heeft gezegd dat hij een nieuwe gymzaal zou betalen als ze me een diploma gaven en ik daarna bij de vredebewakers mocht. Dat vonden ze goed, maar ik zei dat ik het alleen zou doen als jij ook je diploma kreeg. Professor Sickle wilde heel graag die nieuwe gymzaal, en ze zei dat het toch niet uitmaakte als wij de komende twintig jaar allebei aan de andere kant van het land zouden zitten.' Sejanus zette zijn plunjezak op de grond en haalde zijn doos met persoonlijke bezittingen eruit.

'Dus ik heb een diploma?' vroeg Coriolanus.

Sejanus maakte de doos open, haalde er een leren mapje uit met het embleem van de school erop, en gaf het met een plechtig gebaar aan hem. 'Gefeliciteerd. Je bent officieel geslaagd.'

Coriolanus sloeg de map open en zag een diploma met daarop zijn naam in sierlijke krulletters. Dat ding moest van tevoren geschreven zijn, want er stond zelfs bij dat hij magna cum laude was afgestudeerd. 'Dank je wel. Het is misschien stom, maar ik ben hier toch echt blij mee.'

'En als je toelating voor de officiersopleiding zou willen doen, heb je het ook echt nodig. Dan moet je de middelbare school hebben afgerond. Rector Highbottom vond dat jij die niet zou mogen doen. Hij zei iets over dat je Lucy Gray illegaal had geholpen in de Spelen? Maar goed, de rest stemde voor.' Sejanus grinnikte. 'Ze zijn hem echt zat daar.'

'Dus ik word niet door iedereen verguisd?' vroeg Coriolanus.

'Waarom? Omdat je verliefd bent geworden? Ik geloof dat ze vooral medelijden met je hebben. Er blijken nogal wat romantici tussen onze docenten te zitten,' zei Sejanus. 'En Lucy Gray heeft echt indruk gemaakt.'

Coriolanus pakte zijn arm. 'Waar is ze? Weet je wat er met haar is gebeurd?'

Sejanus schudde zijn hoofd. 'Normaal gesproken sturen ze de

winnaars toch terug naar hun district?'

'Ik ben bang dat ze met haar iets ergers hebben gedaan. Omdat we vals gespeeld hebben,' biechtte Coriolanus op. 'Ik heb met die slangen geknoeid zodat ze haar niet zouden bijten. Maar zij heeft alleen maar rattengif gebruikt.'

'Dus dát was het. Ik heb er verder niks over gehoord. En ook niet dat ze is gestraft,' stelde Sejanus hem gerust. 'Ze heeft zo veel talent dat ze haar volgend jaar vast terug willen laten komen.'

'Dat had ik ook al bedacht. Misschien had Highbottom gelijk over dat ze naar huis is gestuurd.' Coriolanus ging op het bed van Bonenstaak zitten en staarde naar zijn diploma. 'Toen jij binnenkwam was ik net over de voordelen van zelfmoord aan het peinzen.'

'Wat? Nu? Terwijl je eindelijk uit de klauwen van rector Highbottom en die gemene dr. Gaul bent bevrijd? Terwijl het meisje van je dromen binnen handbereik is? Terwijl mijn Moe op dit moment een enorme doos baksels voor je aan het inpakken is?' riep Sejanus uit. 'Je leven is net begonnen, vriend!'

En toen moest Coriolanus lachen, en Sejanus ook. 'Dus dit is niet onze ondergang?'

'Ik zou het eerder onze redding noemen. Die van mij in elk geval wel. O Coryo, je moest eens weten hoe blij ik was dat ik weg kon,' zei Sejanus ernstig. 'Ik heb het nooit fijn gevonden in het Capitool, maar na de Hongerspelen, na wat ze met Marcus hebben gedaan… Ik weet niet of dat net een grapje was over zelfmoord, maar voor mij was het dat niet. Ik wist precies hoe ik het ging doen…'

'Nee. Nee, Sejanus,' zei Coriolanus. 'Dat plezier gunnen we hun niet.'

Sejanus knikte bedachtzaam en veegde zijn gezicht droog

met zijn mouw. 'Mijn vader zegt dat het hier niet beter zal zijn. Dat ik voor de districten nog steeds een jongen uit het Capitool zal zijn. Maar dat kan me niet schelen. Het kan alleen maar beter zijn. Hoe is het hier?'

'Het is drillen of dweilen,' zei Coriolanus. 'Nogal slaapverwekkend.'

'Mooi. Ik kan wel wat rust gebruiken. Ik heb eindeloos veel discussies met mijn vader gevoerd,' zei Sejanus. 'Op dit moment wil ik even nergens meer over discussiëren.'

'Dan kun je het vast goed vinden met onze kamergenoten.' De pijn in Coriolanus' borst was weggetrokken en hij voelde een sprankje hoop. Lucy Gray was niet gestraft, niet in het openbaar in elk geval. Het was een bemoedigend idee dat hij nog bondgenoten had in het Capitool en die opmerking van Sejanus over de officiersopleiding was blijven hangen. Misschien was er toch nog een manier om aan zijn ellende te ontsnappen? Een ander pad naar invloed en macht? Het was hoe dan ook een troost om te weten dat rector Highbottom daar bang voor was.

'Dat ben ik wel van plan,' zei Sejanus. 'Ik ben van plan om hier een geweldig nieuw leven op te bouwen. Een leven waarin ik op mijn eigen bescheiden manier een bijdrage aan een betere wereld kan leveren.'

'Dat wordt nog een hele klus,' zei Coriolanus. 'Ik weet niet wat me bezielde om voor 12 te kiezen.'

'Volstrekt willekeurig, natuurlijk,' plaagde Sejanus.

Coriolanus voelde dat hij rood werd als de eerste de beste sukkel. 'Ik weet niet eens hoe ik haar moet vinden. En of ze nog wel interesse in me heeft nu er zoveel veranderd is.'

'Waar heb je het over? Ze is smoorverliefd op je!' zei Sejanus. 'En geen zorgen, we vinden haar wel.'

Coriolanus hielp Sejanus met uitpakken en met het opmaken

van zijn bed, en ondertussen kreeg hij alle nieuwtjes uit het Capitool te horen. Zijn vermoeden over de Hongerspelen klopte.

'De volgende ochtend werd er al niets meer over gezegd,' vertelde Sejanus. 'Toen ik naar de Academie ging voor mijn beoordeling hoorde ik een paar docenten zeggen dat het een grote vergissing was geweest om de leerlingen erbij te betrekken, dus dat was denk ik eens maar nooit weer. Maar het zou mij niet verbazen als Lucky Flickerman volgend jaar wel terugkomt, net als het wedden en de donaties op het postkantoor.'

'Onze nalatenschap,' zei Coriolanus.

'Daar lijkt het wel op,' zei Sejanus. 'Professor Sickle had van Satyria gehoord dat dr. Gaul vastbesloten is om ermee door te gaan. Als onderdeel van haar eeuwige oorlog zeker. In plaats van veldslagen hebben we de Hongerspelen.'

'Ja, om de districten te straffen en ons eraan te herinneren wat een beesten we zijn,' zei Coriolanus, die ondertussen Sejanus' opgerolde sokken op een rijtje in zijn kluisje legde.

'Wat zei je?' vroeg Sejanus met een vreemde blik.

'Ik weet het niet,' zei Coriolanus. 'Het is… Ze is toch altijd dat konijn aan het martelen of de huid van een dier aan het smelten en zo?'

'Alsof ze het leuk vindt, bedoel je?' vroeg Sejanus.

'Precies. Volgens mij denkt ze dat we allemaal zo zijn. Geboren moordenaars. Van nature gewelddadig,' zei Coriolanus. 'De Hongerspelen helpen ons eraan herinneren dat we monsters zijn en dat we het Capitool nodig hebben om geen chaos te krijgen.'

'Dus de wereld is niet alleen wreed, maar mensen genieten ook van die wreedheid? Net als dat essay over alles wat we mooi vonden aan de oorlog,' zei Sejanus. 'Alsof het allemaal een grote show was.' Hij schudde zijn hoofd. 'Daar gaat mijn goede voornemen om niet meer te discussiëren.'

'We hebben het er niet meer over,' zei Coriolanus. 'Laten we gewoon blij zijn dat ze niet meer in ons leven is.'

Bonenstaak kwam terneergeslagen binnen, stinkend naar pis en bleekmiddel. Coriolanus stelde hem voor aan Sejanus, die, toen hij over Bonenstaaks ellende hoorde, hem meteen opbeurde door te beloven dat hij hem met het exerceren zou helpen. 'Bij mij op school duurde het destijds ook even voordat ik het onder de knie had. Maar als ik het kan, kun jij het ook.'

Niet lang daarna kwamen Smiley en Bug binnen, die Sejanus hartelijk begroetten. Ze waren kaalgeplukt aan de pokertafel, maar opgewonden over het uitje van de komende zaterdag. 'Er komt een band spelen in de As.'

Coriolanus stond meteen voor zijn neus. 'Een band? Welke band?'

Smiley haalde zijn schouders op. 'Weet ik niet meer. Met een meisje op zang. Schijnt behoorlijk goed te zijn. Lucy nog iets.'

Lucy nog iets. Coriolanus' hart maakte een sprongetje en zijn wangen scheurden bijna door zijn grijns.

Sejanus grijnsde terug. 'Meen je dat? Nou, dat is iets om naar uit te kijken.'

Toen het licht uit ging, lag Coriolanus stralend naar het plafond te staren. Lucy Gray leefde nog en dat niet alleen, ze was in 12, en hij zou haar volgend weekend weer zien. Zijn meisje. Zijn lief. Zijn Lucy Gray. Op de een of andere manier hadden ze samen de rector, de doctor én de Spelen overleefd. Na al die weken vol angst, verlangen en onzekerheid zou hij haar in zijn armen sluiten en nooit meer loslaten. Daarom was hij toch naar 12 gegaan?

Maar het was niet alleen het nieuws over Lucy Gray. Hoe ironisch het ook was, de komst van Sejanus, aan wie hij zich tien jaar lang had geërgerd, had hem weer tot leven gewekt. Niet alleen met zijn diploma en de beloofde gebakjes, of met de geruststelling dat het Capitool hem niet verachtte, of de nieuwe ideeën over een officierscarrière. Coriolanus was ongelooflijk opgelucht dat hij met iemand kon praten die zijn wereld kende, en belangrijker nog, die wist wat hij waard was in die wereld. Hij voelde zich gesterkt door het feit dat Sejanus van Strabo Plinth het diploma van Coriolanus had mogen opnemen in de gymzaaldeal, en hij beschouwde het als in elk geval een deel van zijn beloning voor het redden van Sejanus' leven. Die ouwe Plinth was hem niet vergeten, dat wist hij zeker, en misschien zou hij in de toekomst zijn geld en invloed wel willen aanwenden om hem te helpen. En Moe aanbad hem natuurlijk. Misschien gloorde er toch nog hoop aan de horizon.

Met Sejanus en een paar eenlingen uit de districten erbij hadden ze genoeg rekruten voor een peloton van twintig, en zo gingen ze ook trainen. Het stond buiten kijf dat Coriolanus en Sejanus door het Academieregime een voorsprong hadden wat hun conditie en het exerceren betrof, hoewel ze niet met vuurwapens hadden getraind, zoals ze hier wel deden. Het vredebewakersgeweer was een reusachtig ding dat honderd kogels kon afvuren voor het herladen moest worden. Om te beginnen moesten de rekruten de verschillende onderdelen leren terwijl ze hun wapen schoonmaakten, in elkaar zetten en weer uit elkaar haalden tot ze het konden dromen. Tijdens de eerste schietoefeningen was Coriolanus nog een beetje huiverig geweest, zulke slechte herinneringen had hij aan de oorlog, maar hij merkte dat hij zich veiliger voelde met een eigen wapen. Machtiger. Sejanus bleek een getalenteerde scherpschutter te zijn en kreeg al snel de bijnaam Bull's Eye. Coriolanus zag dat hij die naam niet prettig vond, maar hij zei er niets over.

De maandag na de komst van Sejanus, 1 augustus, zorgde voor een teleurstelling. De rekruten ontdekten dat ze een maand in dienst moesten zijn voordat ze hun eerste geld kregen. Vooral Smiley was sip, want die had erop gerekend dat hij met zijn loon zijn weekenduitspattingen zou kunnen betalen. Ook Coriolanus zonk de moed in de schoenen. Hoe zou hij Lucy Gray kunnen zien als hij geen kaartje kon kopen?

Na drie dagen onafgebroken trainen was er op donderdag een lichtpuntje. De pakketten van Moe werden bezorgd, vol suikerzoete lekkernijen. Bonenstaak, Smiley en Bug trokken een onvergetelijk gezicht toen ze de kersengebakjes, karamelpopcornballen en geglazuurde chocoladekoekjes zagen. Sejanus en Coriolanus zeiden dat ze voor de hele kamer waren, waardoor de broederband nog hechter werd. 'Weet je,' zei Smiley met een mond vol gebak, 'als we willen kunnen we zaterdag vast wel een paar van deze dingen ruilen. Voor gin en zo.' Dat vond iedereen een goed idee, en een deel van de buit werd apart gehouden voor het feest van zaterdag.

Opgepept door de suiker schreef Coriolanus een bedankbriefje aan Moe Plinth en een langere brief aan Tigris om haar gerust te stellen en te zeggen dat het goed met hem ging. Hij probeerde luchtig te doen over de afmattende routine en legde veel nadruk op een mogelijke toekomst als officier. Hij had een verfomfaaide handleiding voor het toelatingsexamen opgehaald met een aantal voorbeeldvragen erin. Het examen was bedoeld om zijn kennis en vaardigheden te testen en bestond grotendeels uit vragen over taal, rekenen en ruimtelijk inzicht. Voor het gedeelte over het leger zou hij wat basisregels en voorschriften moeten leren. Als hij slaagde, zou hij nog geen officier zijn, maar een opleiding krijgen om er een te worden. Hij schatte zijn kansen hoog in, al was het maar omdat veel van de andere rekruten nauwelijks leken te kunnen lezen en schrijven. Dat was wel gebleken bij de weinige lessen over de waarden en tradities van de vredebewakers. Hij deelde Tigris het spijtige nieuws over zijn loon mee, maar verzekerde haar dat het geld vanaf 1 september elke maand zou komen. Zijn tong peuterde de popcorn uit zijn kiezen en hij bedacht dat hij ook over de komst van Sejanus moest schrijven, en hij vertelde dat als Tigris ooit om hulp verlegen zat, ze vast bij Moe Plinth terecht kon.

Vrijdagochtend hing er een gespannen sfeer in de kantine en Smiley hoorde wat er aan de hand was van een verpleegkundige die hij in de kliniek had ontmoet. Ongeveer een maand geleden, zo rond de boete, waren bij een explosie in de mijnen een vredebewaker en twee ploegbazen uit District 12 omgekomen. Politieonderzoek had geleid tot de arrestatie van een man wiens familieleden in de oorlog bekende rebellenleiders waren geweest. Hij zou die middag opgehangen worden. De mijnen werden voor de gelegenheid gesloten en de kompels werden geacht aanwezig te zijn.

Coriolanus, groentje dat hij was, snapte niet wat hij daarmee te maken had en deed zijn dagelijkse ding. Maar tijdens de driloefeningen kwam de kazernecommandant, een oude bok die Hoff heette, hoogstpersoonlijk langs om te kijken. Voordat hij wegging wisselde hij een paar woorden met hun drilsergeant, die onmiddellijk Coriolanus en Sejanus bij zich riep. 'Jullie moeten naar die terechtstelling vanmiddag. De commandant wil dat er meer vredebewakers aanwezig zijn, en hij zoekt rekruten die weten wat ze doen. Om twaalf uur vanmiddag in uniform klaarstaan voor vertrek. Als jullie gewoon de instructies opvolgen komt het allemaal goed.'

Coriolanus en Sejanus propten hun lunch naar binnen en renden terug naar hun kamer om zich om te kleden. 'Had die moordenaar het specifiek op de vredebewaker gemunt?' vroeg Coriolanus, die voor het eerst zijn kraakheldere witte uniform aantrok.

'Ze zeggen dat hij de steenkoolproductie wilde saboteren en toen per ongeluk die drie mannen heeft vermoord,' zei Sejanus.

'De productie saboteren? Waarom?' vroeg Coriolanus.

'Geen idee,' zei Sejanus. 'Misschien hoopte hij zo de opstand aan te kunnen wakkeren?'

Coriolanus schudde zijn hoofd. Waarom dachten deze mensen dat je voor een opstand alleen maar woede nodig had? Ze hadden geen leger, geen wapens, geen macht. Op de Academie hadden ze geleerd dat de oorlog was ontketend door rebellen in District 13 die wapens en communicatiemiddelen hadden bemachtigd en onder hun medestanders in Panem hadden verdeeld. Maar 13 was in nucleaire rook opgegaan, samen met het geld van de familie Snow. Er was niets van over en het idee dat de opstand nieuw leven in geblazen kon worden was belachelijk.

Toen ze zich meldden kreeg Coriolanus tot zijn verbazing een geweer – daar hadden ze immers nog maar heel weinig mee getraind. 'Geen zorgen, volgens de majoor hoeven we er alleen maar mee in de houding te staan,' zei een andere rekruut. Ze werden in de laadbak van een open vrachtwagen gezet die de poort uit reed, de weg rond District 12 op. Coriolanus was zenuwachtig, want dit was zijn eerste echte klus als vredebewaker, maar ook een beetje opgewonden. Een paar weken geleden was hij nog een schooljongen geweest, maar nu had hij het uniform, het wapen en de status van een man. En zelfs de laagstgeplaatste vredebewaker had macht doordat hij bij het Capitool hoorde. Hij rechtte zijn rug bij dat idee.

De vrachtwagen reed om het district heen en de staat van de

gebouwen ging van vervallen naar erbarmelijk. De deuren en ramen van de gammele huizen stonden open in de hitte. Vrouwen met ingevallen gezichten zaten op de drempel naar halfblote, uitgemergelde kindertjes te kijken die lusteloos in het stof speelden. De pompen die hier en daar stonden getuigden van een gebrek aan stromend water en de doorgezakte elektriciteitsdraden deden vermoeden dat stroom hier niet vanzelfsprekend was.

Coriolanus vond het eng, zo veel armoede. Hij was het grootste deel van zijn leven blut geweest, maar de Snows hadden altijd hun uiterste best gedaan om hun waardigheid te behouden. Deze mensen hadden het opgegeven, en ergens vond hij dat ze de situatie aan zichzelf te danken hadden. Hij schudde zijn hoofd. 'We stoppen zo veel geld in de districten,' zei hij. Dat moest wel waar zijn, want daar werd in het Capitool altijd over geklaagd.

'We stoppen geld in onze fabrieken, niet in de districten zelf,' zei Sejanus. 'Deze mensen staan er alleen voor.'

De vrachtwagen ratelde van de sintels een zandpad op dat rond een groot veld van samengepakte aarde en onkruid liep en eindigde bij een bos. Sommige parken in het Capitool hadden kleine bosachtige gedeeltes, maar zelfs die werden behoorlijk goed onderhouden. Dit was waarschijnlijk wat mensen een 'woud' of misschien zelfs wel 'wildernis' noemden. Dikke bomen, slingerplanten en overal struikgewas. De wanorde op zich was al verontrustend. En wie wist wat daar voor beesten leefden? Coriolanus werd bloednerveus van al dat gezoem, gegons en geritsel. Wat een herrie maakten de vogels hier!

Aan de rand van het bos stond een grote boom met takken die zich als dikke, knoestige armen uitstrekten. Aan een van de horizontaalste stukken bungelde een strop. Recht daaronder was een provisorische verhoging met twee valluiken neergezet. 'Ze beloven steeds dat we een echte galg krijgen,' zei de majoor van middelbare leeftijd die de leiding had. 'Tot die tijd hebben we met een paar mensen deze gebouwd. Vroeger hesen we ze vanaf de grond omhoog, maar dan duurt het eindeloos voordat ze doodgaan en daar hebben we echt geen tijd voor.'

Een van de vrouwelijke rekruten die Coriolanus herkende van de tocht naar de kazerne stak voorzichtig haar hand op. 'Ehm, wie wordt er opgehangen?'

'O, een of andere oproerkraaier die geprobeerd heeft de mijnen lam te leggen,' zei de majoor. 'Het zijn allemaal oproerkraaiers, maar dit is hun leider. Arlo Dinges heet-ie. We zijn nog steeds op zoek naar een paar van de anderen, al snap ik niet waar ze naartoe zouden willen vluchten. Ze kunnen nergens heen. Goed, iedereen eruit!'

Coriolanus en Sejanus waren vooral aanwezig voor het beeld. De verhoging werd geflankeerd door twee pelotons van twintig vredebewakers en zij moesten bij een daarvan op de achterste rij in de eerste rust staan. Langs de rand van het veld verspreidden nog eens zestig vredebewakers zich. Coriolanus vond het niet prettig om al die wilde flora en fauna in zijn rug te hebben, maar bevel was bevel. Hij staarde recht voor zich uit over het veld in de richting van het district, waar nu een gestage stroom mensen vandaan kwam. Zo te zien kwamen veel van hen rechtstreeks uit de mijnen, want hun gezicht was zwart van het kolenstof. De vrouwen en kinderen die zich bij hen voegden waren niet veel schoner, en zo liepen er hele gezinnen over het veld. Coriolanus werd een beetje zenuwachtig toen de tientallen honderden werden, en er bleven maar mensen bij komen, die de menigte dreigend naar voren stuwden.

Drie voertuigen reden langzaam over de zandweg naar de

galg. Uit de eerste, een oude auto die voor de oorlog als een luxewagen beschouwd zou zijn, stapte burgemeester Lipp van District 12, gevolgd door een vrouw van middelbare leeftijd met geblondeerd haar en Mayfair, het meisje dat door Lucy Gray tijdens de boete met die slang was aangevallen. Ze gingen dicht bij elkaar naast de verhoging staan. Uit de tweede auto, met een wapperende vlag van Panem aan de motorkap, stapten commandant Hoff en een stuk of vijf officieren. Er ging een golf van ontsteltenis door de menigte toen de achterkant van het laatste voertuig, een wit vredebewakersbusje, openzwaaide. Twee bewakers sprongen op de grond en draaiden zich om om de gevangene te helpen. Ondanks zijn zware boeien wist de lange, pezige man rechtop met hen naar de verhoging te lopen. Met moeite sleurde hij zijn ketenen het wankele trapje op, en de bewakers zetten hem op een van de valluiken.

De majoor blafte dat ze acht moesten geven en Coriolanus' lichaam schoot in de houding. Officieel moest hij naar voren blijven kijken, maar vanuit zijn ooghoek kon hij net zien wat er gebeurde en hij waande zich onbespied op de achterste rij. Hij had nog nooit een terechtstelling in het echt gezien, alleen op televisie, en om de een of andere reden kon hij niet wegkijken.

De menigte verstomde en een vredebewaker las de lijst misdaden op waar de gevangene, Arlo Chance, voor veroordeeld was, inclusief de moord op drie mannen. Hij probeerde luid te praten, maar zijn stem klonk miezerig in de verzengende, vochtige lucht. Toen hij klaar was knikte de commandant naar de vredebewakers op de verhoging. Ze boden de veroordeelde een blinddoek aan, die hij weigerde, en schoven de strop om zijn nek. De man staarde stoïcijns in de verte terwijl hij op zijn eind wachtte.

Aan de andere kant van de verhoging klonk tromgeroffel, en

dat ontlokte een kreet aan iemand in het publiek. Coriolanus verschoof zijn blik om te zien wie het was. Een jonge vrouw met een olijfkleurige huid en lang zwart haar steeg boven de mensenmassa uit omdat een man haar had opgetild om haar weg te dragen, maar zij probeerde zich wanhopig naar voren te worstelen en gilde: 'Arlo! Arlo!' Ze werd meteen omsingeld door vredebewakers.

De stem had een magnetiserend effect op Arlo, op wiens gezicht eerst verbazing en toen afgrijzen te zien was. 'Vlucht!' schreeuwde hij. 'Vlucht, Lil! Vlucht! Vlu...' De bonk van het valluik dat openklapte en de daaropvolgende tik van het touw kapten hem midden in een woord af en het publiek hapte naar adem. Arlo viel drie meter naar beneden en leek meteen dood.

In de onheilspellende stilte die volgde voelde Coriolanus het zweet langs zijn ribben druipen terwijl hij wachtte op wat komen ging. Zouden de mensen aanvallen? Zou hij geacht worden ze neer te schieten? Wist hij nog hoe het geweer werkte? Hij spitste zijn oren, klaar voor het bevel. Maar in plaats daarvan hoorde hij de stem van de dode man griezelig uit het zacht heen en weer wiegende lijk schallen.

'Vlucht! Vlucht, Lil! Vlu...'

23

Er liep een rilling over Coriolanus' rug en hij voelde dat de andere rekruten met hun voeten schuifelden.

'Vlucht! Vlucht, Lil! Vlu…'

De kreet zwol aan en leek hem te overspoelen, hij weerkaatste tegen de bomen en viel hem van achteren aan. Heel even dacht hij dat hij gek was geworden. Hij negeerde het bevel dat hij had gekregen en keek om zich heen, en hij verwachtte bijna een leger Arlo's uit het krioelende bos te zien stormen. Niets. Niemand. Daarna klonk de stem weer van een tak een meter boven hem.

'Vlucht! Vlucht, Lil! Vlu…'

Toen hij een klein zwart vogeltje zag moest hij meteen aan het lab van dr. Gaul denken, waar hij diezelfde dieren boven op een kooi had zien zitten. Snatergaaien. Het bos zat blijkbaar vol met die beesten, die de doodskreet van Arlo herhaalden zoals ze de jammerklachten van de Avox in het lab hadden herhaald.

'Vlucht! Vlucht, Lil! Vlu… Vlucht! Vlucht, Lil! Vlu… Vlucht! Vlucht, Lil! Vlu…'

Coriolanus ging weer in de houding staan en zag dat de vogels voor heel wat onrust zorgden bij de achterste rekrutenrij, hoewel de rest van de vredebewakers zich er niets van aantrok. Die zijn er al aan gewend, dacht Coriolanus. Hij wist niet of hij ooit zou kunnen wennen aan zo'n koor van iemands doodskreet. Het veranderde al, ging van Arlo's uitspraak over in iets wat bijna melodieus was. Een serie noten die de stembuiging imiteerden en op de een of andere manier indringender waren dan de woorden waren geweest.

In de menigte werd de vrouw, Lil, door de vredebewakers afgevoerd. Ze stootte nog een laatste jammerklacht uit en ook die werd opgepikt door de vogels, eerst als een stem en vervolgens als onderdeel van de melodie. De menselijke stemmen waren verdwenen en wat overbleef was een muzikale uitvoering van de dingen die Arlo en Lil naar elkaar hadden geroepen.

'Spotgaaien,' gromde een soldaat voor hem. 'Rotmutilanten.'

Coriolanus dacht aan het gesprek met Lucy Gray voor het interview.

'Tja, je weet wat ze zeggen. De voorstelling is pas afgelopen als de spotgaai zingt.'

'De spotgaai? Volgens mij verzin je die uitspraken waar je bij staat.'

'Deze niet. Een spotgaai is een echte vogel, zekers te weten.'

'En die zingt in jouw voorstelling?'

'Niet in de mijne, schat. De jouwe. Of die van het Capitool in elk geval.'

Dit moest ze bedoeld hebben. De executie was de voorstelling van het Capitool. De spotgaai was een echte vogel. Geen snatergaai. Maar net even anders. Iets uit deze regio waarschijnlijk. Maar dat was raar, want de soldaat had ze mutilanten genoemd. Met turende ogen probeerde hij er een tussen het groen te ontdekken. Nu hij wist wat hij zocht, ontdekte hij meerdere snatergaaien. Misschien waren de spotgaaien niet te onderscheiden van… Nee, wacht, daar! Iets hoger. Een zwarte vogel, een slag groter dan de snatergaaien, spreidde plotseling zijn vleugels om twee hagelwitte vlekken te laten zien terwijl hij zingend zijn snavel hief. Coriolanus wist zeker dat hij zijn eerste spotgaai had gezien en hij had er meteen een hekel aan.

Het publiek werd onrustig van de vogels en gefluister ging over in gemopper, dat overging in protesten toen de vredebewakers Lil in het busje duwden waarmee Arlo was gebracht. Coriolanus was bang voor wat deze meute zou kunnen doen. Gingen ze de soldaten aanvallen? Hij voelde dat zijn duim als vanzelf de veiligheidspal van zijn geweer haalde.

Hij schrok zich rot van geweervuur en zocht naar bloedende lichamen, maar hij zag alleen een van de officieren die zijn wapen liet zakken. De man knikte lachend naar de commandant nadat hij in de bomen had geschoten om de zwerm vogels op te laten vliegen. Er zaten tientallen zwart-witte vleugels tussen. Het geknal kreeg de menigte weer in het gareel en de vredebewakers joegen iedereen weg terwijl ze 'Uit met de pret!' en 'Aan het werk!' schreeuwden. Het veld stroomde leeg en Coriolanus bleef in de houding staan, hopend dat niemand zijn paniekerige reactie had gezien.

Toen ze allemaal in de vrachtwagen stapten om terug naar de kazerne te rijden, zei de majoor: 'Ik had jullie voor de vogels moeten waarschuwen.'

'Wat zijn het precies?' vroeg Coriolanus.

De majoor snoof. 'Een foutje, als je het mij vraagt.'

'Mutilanten?' drong Coriolanus aan.

'Soort van. Samen met hun nakomelingen,' zei de majoor. 'Na de oorlog heeft het Capitool alle snatergaaien losgelaten om uit te sterven, en het waren allemaal mannetjes dus dat had ook moeten gebeuren. Maar ze kregen een oogje op de spotlijsters hier, en die zagen het blijkbaar ook wel zitten. Dus nu zitten we met die spotgaaigedrochten. Over een paar jaar zijn er geen snatergaaien meer, en dan zullen we zien of die nieuwe met elkaar kunnen paren.'

Coriolanus had geen zin om de komende twintig jaar hun gezongen versies van de executies hier te moeten aanhoren. Als hij ooit officier werd kon hij misschien een jachtpartij in het bos organiseren om ze allemaal uit te roeien. Maar waarom dan pas? Hij kon het nu al voorstellen, als een soort schiettraining voor de rekruten. Er zat toch niemand op die beesten te wachten? Hij voelde zich iets beter door het idee. Hij draaide zich om naar Sejanus om over zijn plan te vertellen, maar Sejanus keek net zo somber als hij in het Capitool had gedaan. 'Wat is er?'

De vrachtwagen reed weg en Sejanus bleef naar het bos staren. 'Ik heb hier niet goed over nagedacht.'

'Hoe bedoel je?' vroeg Coriolanus. Maar Sejanus schudde alleen zijn hoofd.

In de kazerne leverden ze hun wapen in en hadden ze onverwacht vrij tot het avondeten om vijf uur. Zodra ze hun werktenue weer aan hadden getrokken, mompelde Sejanus iets over dat hij Moe ging schrijven en verdween. Coriolanus vond een brief die een van zijn kamergenoten blijkbaar voor hem had opgehaald. Hij herkende het nette priegelhandschrift van Pluribus Bell en hees zich op zijn bed om de brief te lezen. Het was grotendeels een bevestiging van wat Tigris al had verteld: dat Pluribus zijn uiterste best deed voor de familie Snow, dat hij hun spullen verkocht en hun tijdelijk onderdak kon bieden tot ze hun zaakjes op orde hadden. Maar één paragraaf sprong eruit.

Ik vind het heel vervelend dat het allemaal zo is afgelopen. Het lijkt me een overdreven zware straf van Casca Highbot-

tom en daardoor werd ik aan het denken gezet. Volgens mij had ik al eens gezegd dat je vader en hij op de Universiteit dikke vrienden waren. Maar ik weet nog dat ze tegen het eind van hun studie ergens ruzie over hadden. Dat was niets voor hen. Casca was woedend – hij zei dat hij dronken was geweest en dat het allemaal als grap bedoeld was. En je vader zei dat Casca hem dankbaar moest zijn. Dat hij hem een dienst had bewezen. Je vader vertrok, maar Casca bleef drinken tot sluitingstijd. Ik vroeg wat er aan de hand was, maar hij mompelde alleen maar: 'Als motten die op een vlam afkomen.' Hij was erg dronken. Ik ging ervan uit dat ze het wel weer bijgelegd hadden, maar misschien was dat niet zo. Ze kregen allebei vrij snel daarna een baan en ik zag ze niet vaak meer. Zo gaat dat.

Deze flard van een verhaal bood het beste antwoord tot nu toe op de vraag waarom rector Highbottom zo'n hekel aan hem had. Een meningsverschil. Ruzie. Door de verbitterde toon waarop rector Highbottom over zijn vader had gepraat wist Coriolanus dat ze het niet hadden bijgelegd, tenzij er daarna nog een conflict was geweest. Wat een kleinzielig mannetje was de rector dat hij nog steeds zo boos was over iets wat er op de Universiteit was gebeurd. Zelfs nu zijn vermeende kwelgeest allang dood was. Waarom laat hij het niet gewoon los? dacht hij. Het kan nu toch niet meer relevant zijn?

Tijdens het eten wilden Smiley, Bonenstaak en Bug alles horen over de executie en Coriolanus deed zijn best om hen tevreden te stellen. Zijn idee om de spotgaaien te gebruiken voor schiettraining werd enthousiast onthaald en zijn kamergenoten zeiden dat hij het beslist bij de leiding moest voorstellen. Sejanus was de enige spelbreker – zwijgzaam en teruggetrokken duwde hij zijn bord pasta naar voren om het met de anderen te delen. Coriolanus voelde een steek van ongerustheid. De vorige keer dat Sejanus zijn eetlust had verloren, was zijn verstand het volgende geweest.

Toen ze later die avond de kantine dweilden sprak Coriolanus hem aan. 'Wat is er aan de hand? En niet zeggen dat er niks is.'

Sejanus liet zijn zwabber door de emmer grauw water klotsen. 'Ik weet het niet. Ik vraag me de hele tijd af wat er vandaag gebeurd zou zijn als die menigte was gaan rellen. Hadden we ze dan neer moeten schieten?'

'O, vast niet,' zei Coriolanus, hoewel hij zich dat zelf ook had afgevraagd. 'Waarschijnlijk hadden we gewoon een paar keer in de lucht geknald.'

'Als ik meehelp om mensen in de districten te vermoorden, dan is dat toch net zo erg als wanneer ik help om ze in de Hongerspelen te vermoorden?' vroeg Sejanus.

Coriolanus had het goed aangevoeld. Sejanus raakte alweer met zijn geweten in de knoop. 'Wat had je dan gedacht? Toen je je aanmeldde, bedoel ik?'

'Ik dacht dat ik misschien hospik zou kunnen worden,' bekende Sejanus.

'Hospik,' herhaalde Coriolanus. 'Een arts?'

'Nee, daarvoor moet je naar de Universiteit,' legde Sejanus uit. 'Iets simpelers. Zodat ik mensen kan helpen die gewond raken als er geweld uitbreekt, of ze nu uit het Capitool of de districten komen. Dan zou ik in elk geval niemand kwaad doen. Ik weet gewoon niet of ik iemand zou kunnen vermoorden, Coryo.'

Coriolanus voelde zijn ergernis oplaaien. Was Sejanus vergeten dat zíjn roekeloze gedrag ertoe geleid had dat Coriolanus

Bobbin had vermoord? Dat zijn vriend die uitspraak door Sejanus' egoïsme niet meer kon doen? Daarna onderdrukte hij een lachje bij de gedachte aan die ouwe Strabo Plinth. Een munitiemagnaat met een pacifistische erfgenaam. Hij kon zich wel voorstellen welke gesprekken dat tussen vader en zoon had opgeleverd. Wat zonde, dacht hij. Wat zonde voor de familie.

'En als het oorlog is dan?' vroeg hij aan Sejanus. 'Je bent wel een soldaat, hoor.'

'Weet ik. In een oorlog is het denk ik anders,' zei Sejanus. 'Maar dan zou ik echt moeten vechten voor iets waar ik achter sta. Ik zou ervan overtuigd moeten zijn dat ik de wereld beter zou maken. Ik zou nog steeds liever hospik worden, maar daar blijkt op dit moment weinig vraag naar te zijn. Zonder oorlog. Er is een lange wachtlijst van mensen die de medische opleiding willen doen. Maar ook daar heb je een aanbeveling voor nodig en die wil de sergeant me niet geven.'

'Waarom niet? Lijkt me perfect voor jou,' zei Coriolanus.

'Omdat ik te goed kan schieten,' vertelde Sejanus. 'En dat is ook zo. Ik ben echt een superschutter. Mijn vader heeft het me van jongs af aan geleerd en ik moest elke week oefenen. Hij vindt dat het bij het familiebedrijf hoort.'

Coriolanus probeerde die informatie te verwerken. 'Waarom heb je het niet verborgen gehouden?'

'Dat heb ik geprobeerd. Ik kan veel beter schieten dan ik tijdens de training doe. Ik wilde niet opvallen, maar de rest van het peloton bakt er niks van.' Sejanus zweeg abrupt. 'Behalve jij dan.'

'Nee, ik ook,' lachte Coriolanus. 'Maar volgens mij blaas je het veel te veel op. We hebben niet elke dag een executie. En als het er ooit op aankomt, schiet je gewoon mis.'

Maar daarmee gooide hij alleen maar olie op het vuur. 'En als dat betekent dat jij, Bonenstaak of Smiley doodgaat?' brieste Sejanus. 'Omdat ik jullie niet heb beschermd?'

'O, Sejanus!' riep Coriolanus geïrriteerd. 'Je moet niet alles kapot analyseren! En niet de hele tijd van het ergste uitgaan. Dat gaat niet gebeuren. We sterven allemaal hier, van de ouderdom of van te veel dweilen, een van de twee. En ondertussen moet je gewoon niet meer in de roos schieten! Of je verzint iets over dat je last van je ogen hebt! Of je laat je hand tussen de deur komen!'

'Met andere woorden: stel je niet zo aan,' zei Sejanus.

'Of doe in elk geval niet zo dramatisch. Zo ben je ook in de arena beland, weet je nog?' vroeg Coriolanus.

Sejanus reageerde alsof Coriolanus hem een klap had gegeven. Maar even later knikte hij bevestigend. 'Dat heeft ons bijna allebei het leven gekost. Je hebt gelijk, Coryo. Dank je wel. Ik ga nog eens goed nadenken over wat je hebt gezegd.'

De zaterdag werd ingeleid door een zware onweersbui die een dikke laag modder achterliet en zulke klamme lucht dat Coriolanus het gevoel had dat hij die als een spons zou kunnen uitwringen. Hij was het zoute eten waar de kok de voorkeur aan gaf erg lekker gaan vinden en at zijn bord altijd schoon leeg. Door de dagelijkse oefeningen was hij sterker, leniger en zeker van zichzelf. Hij zou de plaatselijke bevolking aankunnen, zelfs als ze in de mijnen werkten. Niet dat het met het wapenarsenaal van de vredebewakers snel op een vuistgevecht zou uitdraaien, maar mocht het zover komen, dan was hij er klaar voor.

Tijdens de schiettraining keek hij met een schuin oog naar Sejanus, die iets minder goed leek te mikken. Mooi. Het zou te veel opvallen als hij het ineens niet meer kon. Als een andere jongen hoog van zijn eigen talent zou opgeven had hij dat misschien verdacht gevonden, maar Sejanus was geen opschepper.

Als hij zei dat hij een superschutter was, dan was dat zo. Wat betekende dat hij erg goed van pas zou komen bij de spotgaaienslachtpartij, als hij hem kon overhalen mee te doen. Aan het eind van de training legde Coriolanus zijn idee voor aan de sergeant en hij was blij met diens antwoord. 'Dat is misschien helemaal geen slecht idee. Slaan we twee vliegen in één klap.'

'En ook een heleboel vogels, hoop ik,' grapte Coriolanus, en de sergeant beloonde hem met gebrom.

Na een snikhete middag in de wasserij, waar hij uniformen in industriële wasmachines en drogers stopte, sorteerde en opvouwde, schrokte Coriolanus zijn avondeten naar binnen en liep naar de douches. Verbeeldde hij het zich of was zijn baard voller geworden? Hij keek er bewonderend naar terwijl hij een scheermes over zijn gezicht haalde. Nog een teken dat hij zijn jongensjaren achter zich liet. Hij roste een handdoek over zijn haar en was blij dat het weer iets langer was. Hier en daar ontdekte hij al wat golvende plukjes.

Er hing een opgewonden sfeer in de doucheruimte bij het vooruitzicht van een band in de As die avond. Blijkbaar had geen van de rekruten dat jaar de Hongerspelen gevolgd.

'Er gaat een meisje zingen.'

'Ja, uit het Capitool.'

'Nee, niet uit het Capitool. Daar moest ze naartoe voor de Hongerspelen.'

'O. Dan zal ze wel gewonnen hebben.'

Met gezichten die glommen van zweet en zeep gingen Coriolanus en zijn kamergenoten die avond op pad. De dienstdoende wacht zei bij het verlaten van de kazerne dat ze goed op moesten letten.

'Wij kunnen met z'n vijven wel een stel mijnwerkers aan, hoor,' zei Bonenstaak, die om zich heen keek.

'In een gewoon potje knokken wel,' zei Smiley. 'Maar stel dat ze vuurwapens hebben?'

'Dat mag hier toch zeker niet?' vroeg Bonenstaak.

'Officieel niet. Maar er zwerft vast nog wel wat rond van de oorlog. Verstopt onder de vloer en in bomen en zo. Als je geld hebt kun je alles krijgen,' zei Smiley met een gewichtig knikje.

'Maar dat hebben ze duidelijk niet,' zei Sejanus.

Coriolanus was ook een beetje gespannen omdat ze te voet het district in gingen, maar hij schreef het toe aan de wirwar van emoties die hij ervoer. Hij was afwisselend opgetogen, doodsbang, vol zelfvertrouwen en verschrikkelijk onzeker nu hij Lucy Gray weer ging zien. Hij wilde haar zoveel vertellen en vragen dat hij niet wist waar hij moest beginnen. Misschien maar gewoon met zo'n lange, trage kus...

Na een minuut of twintig kwamen ze bij de As. In betere tijden was het een steenkoolpakhuis geweest, waarna het door verminderde productie leeg was komen te staan. Waarschijnlijk was het van iemand in het Capitool, of van het Capitool zelf, maar er leek niet aan toezicht of onderhoud gedaan te worden. Langs de muren verkochten provisorische stalletjes allerlei prullen, grotendeels tweedehands. Het aanbod varieerde van kaarsenstompjes tot dode konijnen en van handgemaakte, geweven sandalen tot gebarsten brillen. Coriolanus was bang dat ze na de ophanging vijandig bejegend zouden worden, maar niemand besteedde aandacht aan hen en een groot deel van de bezoekers kwam van de kazerne.

Smiley, die thuis het reilen en zeilen van de zwarte markt had leren kennen, offerde één koekje strategisch op als proefexemplaar: hij brak het in kleine stukjes om aan potentiële kopers aan te bieden. De magie van Moe trof doel, en na wat handel met de illegale drankstokers en geld van andere geïnteresseerden hadden ze uiteindelijk een liter heldere drank die zo sterk was dat hun ogen al gingen tranen als ze eraan roken.

'Dat is goed spul!' beloofde Smiley. 'Ze noemen het hier *moonshine*, zelfgestookte drank.' Ze nam allemaal een slok, wat tot veel gehoest en ruggeklop leidde, en de rest bewaarden ze voor het optreden.

Coriolanus had nog een stuk of zes popcornballen en vroeg naar kaartjes, maar hij werd weggewuifd.

'Ze vragen pas na afloop geld,' zei een man. "k Zou maar snel gaan zitten als ik jou was. 't Wordt druk. Het meisje is terug.'

Zitten deed je op een oude kist, spoel of plastic emmer die je van een stapel in de hoek pakte en neerzette op een plek waar je het podium kon zien, dat bestond uit een stel houten pallets aan een kant van de As. Coriolanus koos een plek halverwege, tegen de muur. In het schemerdonker zou Lucy Gray hem waarschijnlijk niet kunnen onderscheiden, en dat was ook de bedoeling. Hij had tijd nodig om te bedenken hoe hij haar ging benaderen. Wist ze dat hij hier was? Waarschijnlijk niet, want van wie had ze dat moeten horen? Op de kazerne kende iedereen hem als Heertje en had niemand het over zijn prestaties in de Hongerspelen.

De avond viel en iemand haalde een schakelaar over waardoor er een ratjetoe aan lampen aanging die door een stokoude kabel en diverse dubieuze verlengsnoeren met elkaar verbonden waren. Coriolanus keek waar de dichtstbijzijnde uitgang was voor het onvermijdelijke geval dat er brand zou uitbreken. In dit oude houten gebouw met al dat kolenstof kon een verdwaalde vonk binnen de kortste keren voor een vuurzee zorgen. De As stroomde vol met een mengeling van vredebewakers en districtsbewoners, vooral mannen, maar er zaten ook aardig wat vrouwen tussen. In totaal waren er waarschijnlijk zo'n tweehonderd toeschouwers toen een magere jongen van een jaar of twaalf het podium op kwam met een hoed vol kleurige veren. Hij zette een microfoon neer en trok het snoer naar een luidspreker aan de zijkant. Daarna sleepte hij een houten kist naar de microfoon en verdween weer achter een gedeelte dat met een gerafeld laken was afgeschermd. Zijn verschijning had iets losgemaakt bij het publiek en de toeschouwers begonnen ritmisch te klappen, op een manier die aanstekelijk bleek. Zelfs Coriolanus' handen deden mee. Er werd geroepen dat ze moesten beginnen en net toen het leek alsof dat nooit zou gebeuren, werd het laken opzij geduwd en kwam er een meisje in een zwierige roze jurk tevoorschijn. Ze maakte een buiginkje.

Onder luid gejuich van het publiek begon het meisje op een trommel te slaan die aan een riem rond haar nek hing en ze danste naar de microfoon. 'Woehoe, Maude Ivory!' joelde een vredebewaker naast Coriolanus, en hij wist dat dit het nichtje was over wie Lucy Gray het had gehad, het meisje dat elk lied dat ze hoorde kon onthouden. Het was nogal een bewering over zo'n jong ding, want ze kon niet veel ouder zijn dan een jaar of acht.

Ze sprong op de kist achter de microfoon en zwaaide naar het publiek. 'Hallo allemaal, leuk dat jullie er zijn! Is het heet genoeg voor jullie?' zei ze met een lief, schril stemmetje, en de toeschouwers lachten. 'Wij zijn van plan om de boel nog wat verder op te stoken. Ik ben Maude Ivory en ik wil jullie graag voorstellen aan de Covey!' De mensen klapten en ze maakte buiginkjes tot het lawaai genoeg verstomd was om de band het podium op te halen. 'Op de mandoline, Tam Amber!' Een lange, broodmagere kerel met een hoed vol veren kwam achter het gordijn vandaan, tokkelend op een instrument dat op een gitaar leek, maar dan met een traanvormige klankkast. Hij liep rechtstreeks naar Maude Ivory en ging naast haar staan, zonder het publiek te begroeten, en zijn vingers bewogen soepel over de snaren. Daarna verscheen de jongen die de microfoon had neergezet met een viool. 'Daar hebben we Clerk Carmine op viool!' verkondigde Maude Ivory terwijl hij al spelend over het podium liep. 'En Barb Azure op bas!' Een slanke jonge vrouw in een enkellange, blauwgeruite jurk sleepte een instrument mee dat op een enorme viool leek en ging met een verlegen zwaai bij de anderen staan. 'En dan nu, net klaar met haar verplichtingen in het Capitool, de enige echte Lucy Gray Baird!'

Coriolanus hield zijn adem in toen ze het podium op draaide, met een gitaar in de ene hand en de ruches van haar gifgroene jurk wapperend achter haar aan, haar gezicht opgefleurd met make-up. Het publiek kwam overeind. Ze huppelde naar voren terwijl Tam Amber de kist van Maude Ivory naar achteren schoof en ging recht achter de microfoon staan. 'Hé District 12, hebben jullie me gemist?' Ze grijnsde toen iedereen begon te brullen. 'Jullie hadden vast niet gedacht dat jullie me ooit nog terug zouden zien, en dat geldt ook voor mij. Maar ik ben terug. O jongens, ik ben terug.'

Aangemoedigd door zijn kameraden liep een vredebewaker schaapachtig naar het podium om haar een halve fles drank aan te bieden.

'Tjee, wat is dat? Is die voor mij?' vroeg ze terwijl ze de fles aanpakte. De vredebewaker maakte een gebaar om aan te geven dat het van de hele groep was. 'Maar jullie weten toch dat ik ben gestopt met drinken toen ik twaalf was!' Hard gelach van het publiek. 'Wat lachen jullie nou? 't Is echt waar, hoor! Maar het kan natuurlijk geen kwaad om wat achter de hand te hebben voor allerhande kwaaltjes. Dank jullie wel, ik waardeer 't zeer.' Ze keek naar de fles, wierp het publiek een veelbetekenende blik toe en nam een slok. 'Om de keel te smeren!' reageerde ze onschuldig op het gejoel. 'Jullie doen altijd zo onaardig, ik snap niet dat ik telkens terugkom. En toch sta ik er elke keer weer. Doet me aan dat ene lied denken.'

Lucy Gray sloeg een akkoord aan en keek naar de andere Covey, die in een halve cirkel rond de microfoon gingen staan. 'Oké, snaveltjes van me. Eén, twee, één twee drie en...'

De muziek begon helder en vrolijk. Coriolanus voelde zijn voet al meetikken voordat Lucy Gray zich naar de microfoon boog.

't Hart is grillig, dat geeft gedonder.
Te gewillig gaat het ten onder.
Straf het, paf het, blaf het af, het
Komt telkens weer terug naar jou-hou.

't Hart is kwetsbaar en laat zich vleien.
Zoete kletspraat, dat lokt de bijen.
Prik het, wrik het, krijg de hik, het
Komt telkens weer terug naar jou.

Tranen gelaten om
Wat jij verbrijzelde.
Meet met twee maten om
Al mijn liefde.

In alle staten om
Dat jij me gijzelde.
Moet je me haten om
Al mijn liefde?

Lucy deed een stap bij de microfoon vandaan zodat Clerk Carmine naar voren kon komen voor wat kunstig gefiedel. De anderen begeleidden hem terwijl hij de melodie verfraaide. Coriolanus kon zijn ogen niet van het gezicht van Lucy Gray afhouden, stralender dan hij ooit had gezien. Zo ziet ze eruit als ze gelukkig is, dacht hij. Ze is prachtig! En prachtig op een manier die iedereen zou opvallen, niet alleen hem. Dat zou nog wel een probleem kunnen worden. Hij voelde een steek van jaloezie. Maar nee. Ze was toch zíjn meisje? Hij dacht aan het lied dat ze tijdens het interview had gezongen, over die kerel die haar hart had gebroken, en zocht tussen de Covey naar een verdachte. De enige optie was Tam Amber met de mandoline, maar hij zag geen chemie tussen die twee. Een van de districtsbewoners dan misschien?

Het publiek klapte voor Clerk Carmine en Lucy Gray nam het weer over.

Jij verstrikte mijn hart bedreven,
En vertikte het terug te geven.
Vang het, stang het, ga je gang, het
Komt telkens weer terug naar jou-hou.

't Hart blijft dromen, wie kan me helpen?
't Bloed wil stromen, da's niet te stelpen.
Neem het, claim het, geen probleem, het
Komt telkens weer terug naar jou.

Smijt het, snijd het, overschrijd het,
Mep het, nep het, onderschep het,
Schop het, klop het, sla erop, het
Komt telkens weer terug naar jou.

Na het applaus en heel wat gejoel ging het publiek weer zitten om te luisteren.

Door zijn repetities met Lucy Gray in het Capitool wist hij dat de Covey een breed en gevarieerd repertoire hadden en ook instrumentale liedjes speelden. Soms verdwenen een paar leden achter het laken om het podium aan een duo of een solomuzikant te geven. Tam Amber bleek een mandolinevirtuoos en pakte het publiek in met zijn vingervlugge tokkelwerk terwijl zijn gezicht uitdrukkingsloos en afstandelijk bleef. Maude Ivory, een publiekslieveling, zong een duister maar grappig lied over de dochter van een mijnwerker die verdronk en nodigde de toeschouwers uit om mee te zingen met het refrein, wat verrassend veel mensen deden. Of misschien was het niet verrassend, aangezien de meesten inmiddels aangenaam dronken waren.

Oh, my darling, oh, my darling,
Oh, my darling, Clementine.
Je ligt onder groene zoden.
O, wat erg toch, Clementine.

Sommige deuntjes waren haast onbegrijpelijk, met vreemde woorden waar Coriolanus de betekenis niet van kende, en hij wist nog dat Lucy Gray had gezegd dat ze van lang geleden waren. Juist tijdens deze nummers leken de vijf Covey in elkaar op te gaan; wiegend zongen ze ingewikkelde meerstemmige koortjes. Coriolanus vond het maar niks – hij werd er onrustig van. Hij had al drie van dit soort liedjes uitgezeten toen hij besefte dat ze hem aan de spotgaaien deden denken.

Gelukkig waren de meeste nieuwer en meer naar zijn smaak, en ze eindigden met het lied dat hij herkende van de boete…

Nee meneer,
Wat je kan krijgen dat hoef ik niet meer.
Je mag het zo hebben, het doet heus geen zeer.
Wat je kan krijgen hoef ik toch niet te houden!

...en de ironie ontging het publiek niet. Het Capitool had geprobeerd om Lucy Gray alles af te nemen en had jammerlijk gefaald.

Toen het applaus wegstierf gaf ze Maude Ivory een knikje. Het meisje rende achter het gordijn en kwam terug met een rieten mand waar vrolijke linten doorheen waren gevlochten.

'Wel bedankt allemaal,' zei Lucy Gray. 'Goed, jullie weten hoe het werkt. We vragen geen entreegeld, want hongerige mensen hebben muziek soms 't hardst nodig. Maar wij krijgen ook honger. Dus als je iets wilt geven komt Maude Ivory nu langs met de mand. Alvast hartelijk bedankt.'

De vier oudere Covey speelden zachtjes terwijl Maude Ivory door het publiek huppelde en munten verzamelde. Coriolanus en zijn vier kamergenoten hadden samen maar een paar munten en dat leek lang niet genoeg, al bedankte Maude Ivory hen met een beleefd knikje.

'Wacht,' zei Coriolanus. 'Hou je van zoetigheid?' Hij vouwde de bruine papieren zak met de laatste popcornballen open om Maude Ivory erin te laten gluren, en haar ogen werden groot van verrukking. Coriolanus legde de zak in de mand, want daarmee hadden ze de kaartjes willen betalen. Moe kennende zouden er nog heel wat pakketjes hun kant op komen.

Maude Ivory draaide een pirouette om hem te bedanken, snelde door de rest van het publiek en rende het podium op om Lucy Gray aan haar rok te trekken en de lekkernijen in de mand te laten zien. Coriolanus zag dat de lippen van Lucy Gray een *oeh*-geluid vormden en vroegen waar die vandaan kwamen. Hij wist dat dit het moment was en stapte het licht in. Zijn lijf tintelde van de spanning toen Maude Ivory haar hand hief om naar hem te wijzen. Wat zou Lucy Gray doen? Zou ze hem begroeten? Negeren? Zou ze hem wel herkennen nu hij in een vredebewaker was veranderd?

Haar ogen volgden de vinger van Maude Ivory tot ze bij hem terechtkwamen. Er gleed verwarring over haar gezicht, toen herkenning, en toen blijdschap. Vol ongeloof schudde ze lachend haar hoofd. 'Oké luitjes, luister. Dit is... dit is misschien wel de mooiste avond van mijn leven. Bedankt dat jullie allemaal zijn komen kijken. Zullen we nog één liedje voor het slapengaan doen? Misschien hebben jullie me dit al eerder horen zingen, maar in het Capitool heeft het een geheel nieuwe betekenis voor me gekregen. Jullie merken nog wel waarom.'

Coriolanus ging weer zitten – ze wist nu waar ze hem kon vinden – om te luisteren en zich op hun hereniging te verheugen, die over één liedje zou plaatsvinden. Hij kreeg tranen in zijn ogen toen ze het lied van de dierentuin begon te zingen.

Daar in de bergen, vlak bij de mijn,
Laat op de avond, hoor je de trein.
Hoor je de trein, lief, hoor je de trein.
Laat op de avond, hoor je de trein.

Coriolanus voelde een elleboog in zijn ribben en keek op, recht in het grijnzende gezicht van Sejanus. Het was toch fijn dat er iemand was die begreep wat het lied betekende. Iemand die wist wat ze hadden meegemaakt.

Ik bouw een groot huis, ja, tot aan de maan.
Waar ik mijn liefste voorbij kan zien gaan.
'k Zie hem al gaan, ja, 'k zie hem al gaan.
Waar ik mijn liefste voorbij kan zien gaan.

Dat ben ik, wilde Coriolanus tegen de mensen om hem heen zeggen. Ik ben haar liefste. En ik heb haar leven gered.

Stuur me een brief, lief, schrijf 'm maar vol.
Hij moet naar mijn cel toe, hier in het Capitool.
Het Capitool, lief, hier in het Capitool.
Hij moet naar mijn cel toe, hier in het Capitool.

Zou hij eerst hallo zeggen? Of haar meteen zoenen?

Rozen zijn rood, lief, viooltjes zijn blauw.
Vogeltjes zingen dat ik van je hou.

Zoenen. Zeker weten gewoon zoenen.

Dat ik van je hou, o, dat ik van je hou,
Vogeltjes zingen dat ik van je hou.

'Welterusten allemaal. We hopen jullie volgende week weer te zien, en blijf tot die tijd vooral je eigen lied zingen,' zei Lucy Gray, en alle Covey maakten nog een laatste buiging. Het publiek begon te klappen en ze glimlachte naar Coriolanus. Hij liep in de richting van het podium en ontweek de mensen die hun gammele zitplaatsen weer in de hoek opstapelden. Er stonden een paar vredebewakers om haar heen, maar hij zag haar ogen zijn kant op schieten. Hij bleef staan zodat zij de mannen gedag kon zeggen en om even van haar aanblik te genieten, zoals ze daar zo gelukzalig verliefd op hem stond te wezen.

De vredebewakers namen afscheid en liepen weg. Coriolanus streek zijn haar glad en liep naar haar toe. Ze waren nog maar vijf meter bij elkaar vandaan toen hij opkeek door tumult in de As – hij hoorde het geluid van brekend glas en protesterende stemmen. Een donkerharige jongeman van zijn leeftijd, in een mouwloos hemd en een broek die bij de knieën was afgescheurd, baande zich een weg door de kleiner wordende menigte. Zijn gezicht glom van het zweet en zijn bewegingen deden vermoeden dat hij al meer dan genoeg moonshine ophad. Over zijn ene schouder hing een rechthoekig instrument met pianotoetsen aan één kant. Achter hem liep de burgemeestersdochter, Mayfair, die haar best deed om niemand aan te raken, haar lippen minachtend op elkaar geperst. Coriolanus keek naar het podium, waar de gretige uitdrukking van Lucy Gray was verdrongen door een kille, starende blik. De andere bandleden gingen beschermend om haar heen staan en de luchtigheid van het optreden maakte plaats voor een mengeling van rauwe woede en verdriet.

Dat is hem, wist Coriolanus honderd procent zeker, en zijn maag kromp pijnlijk samen. Dat is de geliefde uit het lied.

24

Maude Ivory ging met haar sprietige lijf pal voor Lucy Gray staan. Ze trok een boos gezicht en balde haar handen tot vuisten. 'Wegwezen hier, Billy Taupe. We hoeven jou niet meer.'

Zwaaiend op zijn benen keek Billy Taupe naar de groep. 'Jullie hebben me nodig, Maude Ivory.'

'Niks van waar. Opkrassen. En neem die kruiperige meid van je ook mee,' beval Maude Ivory. Lucy Gray sloeg haar arm om haar heen en drukte haar hand tegen de borst van het meisje, om haar te sussen of om haar tegen te houden.

'Jullie klinken allemaal iel. Iel!' zei Billy Taupe met dikke tong, en zijn hand sloeg op zijn instrument.

'We kunnen best zonder jou, Billy Taupe. Je hebt je keus gemaakt. Laat ons met rust,' zei Barb Azure, en haar kalme stem had een ijskoude ondertoon. Tam Amber zei niets, maar gaf een kort, instemmend knikje.

Er schoot een gekwelde uitdrukking over Billy Taupes gezicht. 'Denk jij er ook zo over, CC?'

Clerk Carmine drukte zijn viool beschermend tegen zijn lichaam.

Alle Covey verschilden van elkaar qua huidskleur, haar en

gelaatstrekken, maar tussen die twee zag Coriolanus een duidelijke gelijkenis. Waren het broers?

'Ga met mij mee. We redden het best, met z'n tweetjes,' smeekte Billy Taupe. Maar Clerk Carmine bleef staan waar hij stond. 'Ook goed. Ik heb jullie niet nodig. Nu niet en nooit niet. 'k Was altijd al beter af in m'n eentje.'

Er kwamen een paar vredebewakers om hem heen staan. De man die Lucy Gray de fles drank had gegeven legde een hand op zijn arm. 'Kom, de voorstelling is afgelopen.'

Billy Taupe rukte zich los en gaf hem een dronken duw. De gemoedelijke sfeer in de As sloeg onmiddellijk om. De spanning was om te snijden. Mijnwerkers die hem eerst hadden genegeerd of boven hun fles hadden toegeknikt werden nu strijdlustig. De vredebewakers rechtten waakzaam hun rug en Coriolanus merkte dat zijn eigen lichaam bijna in de houding ging staan. Een stuk of vijf vredebewakers liepen op Billy Taupe af en hij voelde de mijnwerkers naar voren drommen. Hij bereidde zich voor op de vechtpartij die ongetwijfeld zou komen toen iemand de stekker van de lampen eruit trok en het aardedonker werd in de As.

Heel even gebeurde er niets, en toen barstte de chaos los. Coriolanus kreeg een vuist in zijn mond en daardoor kwamen zijn eigen vuisten ook in actie. Hij sloeg in het wilde weg om zich heen en was alleen bezig zichzelf veilig te houden. Dezelfde dierlijke agressie die hij had gevoeld toen de tributen in de arena achter hem aan hadden gezeten, nam weer bezit van hem. In zijn hoofd klonk de stem van dr. Gaul. *Dat is de ware aard van de mens. Dat is de naakte mensheid.* En daar was die naakte mensheid weer, en opnieuw was hij er onderdeel van. Stompend, schoppend, zijn tanden ontbloot in het donker.

Buiten de As werd langdurig getoeterd en de koplampen van

vrachtwagens verlichtten het gedeelte bij de deur. Er werd op fluitjes geblazen en stemmen schreeuwden dat de menigte moest vertrekken. Mensen strompelden naar de uitgang. Coriolanus worstelde tegen de stroom in, op zoek naar Lucy Gray, maar besloot toen dat hij haar buiten eerder zou vinden. Hij wrong zich een weg door de lichamen, waarbij hij hier en daar nog een klap uitdeelde, en struikelde de nacht in. De districtsbewoners gingen ervandoor, maar de vredebewakers stonden verspreid bij elkaar en wekten niet echt de indruk dat ze de achtervolging in wilden zetten. De meeste waren hier niet eens in functie en er was geen georganiseerde eenheid om de spontane uitbarsting in te dammen. In het donker was zelfs niet eens duidelijk wie er precies had gevochten. Ze konden het maar beter laten gaan. Toch werd Coriolanus er nerveus van, want anders dan bij de ophanging hadden de mijnwerkers nu wél teruggevochten.

Hij zoog op zijn kapotte lip en ging op een plek staan waar hij de ingang in de gaten kon houden, maar toen de laatste aanwezigen naar buiten kwamen, waren Lucy Gray, de Covey en zelfs Billy Taupe nergens te bekennen. Het was frustrerend dat hij zo dicht bij haar in de buurt was geweest maar niet met haar had kunnen praten. Was er nog een uitgang uit de As? Ja, hij had een deur bij het podium gezien, daar waren ze vast door naar buiten geglipt. Mayfair Lipp had minder geluk gehad. Ze werd geflankeerd door vredebewakers en werd niet gearresteerd, maar mocht ook niet zomaar weg.

'Ik heb niks gedaan. Jullie mogen me niet vasthouden,' beet ze de soldaten toe.

'Sorry, juffrouw,' zei een vredebewaker. 'Voor uw eigen veiligheid kunnen we u niet alleen naar huis laten gaan. Of we lopen met u mee, of we bellen uw vader voor nadere instructies.'

Zodra het over haar vader ging werd Mayfair stil, maar duidelijk met tegenzin. Haar mond was een strakke, ziedende streep die aangaf dat iemand hier voor zou boeten, wacht maar.

Er was weinig animo om haar naar huis te brengen en Coriolanus en Sejanus werden geselecteerd, misschien omdat ze een goede indruk hadden gemaakt tijdens de ophanging of omdat ze allebei nog redelijk nuchter waren. Twee officieren en nog drie andere vredebewakers vormden de rest van de groep. 'Op dit tijdstip en onder deze omstandigheden kunnen we beter geen risico nemen,' zei een van de officieren. 'Het is niet ver.'

Met knerpende laarzen liepen ze door het gruizige doolhof van straatjes en Coriolanus tuurde het donker in. Het Capitool werd verlicht door straatlantaarns, maar hier moest hij het doen met het sporadische geflakker uit ramen en de bleke manestralen. Zonder wapen en zonder de bescherming van zijn witte uniform voelde hij zich kwetsbaar, en hij bleef dicht bij de anderen. De officieren hadden geweren, hopelijk hielden die eventuele aanvallers op afstand. Hij dacht aan wat de grootmadam had gezegd. *Je eigen vader zei altijd dat die mensen alleen water drinken omdat het geen bloed regent. Het is gevaarlijk om dat te negeren, Coriolanus.* Lagen ze nu ook op de loer, wachtend op een kans om hun dorst te lessen? Hij miste de veiligheid van de kazerne.

Gelukkig kwamen ze na een paar straten al bij een verlaten plein, dat hij herkende als de plek waar de jaarlijkse boete werd gehouden. Her en der stonden een paar schijnwerpers die hem hielpen bij zijn weg over de keien.

'Vanaf hier kan ik prima zelf naar huis,' zei Mayfair.

'We hebben geen haast,' zei een van de officieren.

'Waarom laten jullie me niet gewoon met rust?' snauwde Mayfair.

‘Waarom laat jij die klaploper niet stikken?’ opperde de officier. ‘Dat gaat mis, geloof mij maar.’

‘Bemoei je met je eigen zaken,’ kaatste ze terug.

Ze staken het plein schuin over en namen een pas geplaveide weg naar de volgende straat. De groep kwam tot stilstand voor een huis dat men in District 12 waarschijnlijk een villa noemde, maar dat in het Capitool niet zou opvallen. Door het raam, dat wijd openstond tegen de augustushitte, ontwaarde Coriolanus glimpen van goedverlichte, gemeubileerde kamers waar zoemende elektrische ventilatoren de gordijnen lieten wapperen. Zijn neus ving een vleug van het avondeten op – ham, dacht hij – die hem het water in de mond deed lopen en de bloederige smaak van zijn lip een beetje afzwakte. Misschien was het maar goed dat hij Lucy Gray was misgelopen: met deze lippen kon hij helemaal niet zoenen.

Een van de officieren legde zijn hand op het hek, maar Mayfair duwde hem opzij, rende naar de deur en glipte naar binnen.

‘Moeten we haar ouders inlichten?’ vroeg de andere officier.

‘Dat heeft geen zin,’ zei de eerste. ‘Je weet hoe de burgemeester is. Die weet het zo te draaien dat het ónze schuld is dat zij ’s avonds laat nog op straat rondhangt. Ik heb geen behoefte aan een preek.’

De andere bromde instemmend en de groep liep terug naar het plein. Coriolanus liep achteraan en ving een zacht, mechanisch gepiep op. Hij draaide zich om naar de struiken langs het huis en kon in het donker nog net een gestalte onderscheiden die roerloos met zijn rug tegen de muur stond. Op de eerste verdieping ging het licht aan en de gele gloed viel op Billy Taupe, die hem met een bloedneus boos aankeek. Hij drukte het instrument, de oorzaak van het gepiep, tegen zijn borst.

Coriolanus deed zijn mond al open om de anderen te waarschuwen, maar iets hield hem tegen. Wat was het? Angst? Desinteresse? Onzekerheid over hoe Lucy Gray zou reageren? Het was duidelijk hoe de muzikanten over zijn rivaal dachten, maar hij wist niet wat ze ervan zouden vinden als Coriolanus hem verlinkte en misschien wel in de gevangenis deed belanden. Stel dat Billy Taupe daarmee sympathie zou opwekken, dat ze zich achter hem zouden scharen en hem zouden vergeven? Hij voelde dat de Covey elkaar heel trouw waren. Of misschien zouden ze het juist helemaal niet erg vinden. Vooral Lucy Gray niet, die vast wel wilde weten dat haar oude vlam naar het huis van de burgemeester was gegaan om troost bij diens dochter te zoeken. Wat had hij gedaan om uit het huis en de band van de Covey verstoten te worden? Hij dacht aan de laatste regels van haar lied, haar ballade, tijdens het interview.

Door jou heeft de boete mijn lot nu genomen.
Dus wat ga je doen als ik straks niet meer leef?

Daar was vast het antwoord te vinden.

Mayfair verscheen voor het raam en deed het dicht. Daarna schoof ze het gordijn ervoor, waardoor Billy Taupe weer in het donker werd gehuld. Er ritselde iets tussen de struiken en het moment was voorbij.

'Coryo?' Sejanus was teruggelopen. 'Kom je nog?'

'Sorry, ik stond even te peinzen,' zei Coriolanus.

Sejanus knikte naar het huis. 'Doet me aan het Capitool denken.'

'Je zegt niet "aan thuis",' merkte Coriolanus op.

'Nee. Voor mij zal dat altijd District 2 zijn,' bevestigde Sejanus. 'Maar het doet er niet toe. Waarschijnlijk zal ik op beide plekken nooit meer komen.'

Onderweg naar het legerkamp vroeg Coriolanus zich af hoe groot de kans was dat hij het Capitool ooit nog zou zien. Voor Sejanus' komst had hij die nihil geacht. Maar als hij terug kon keren als officier, of zelfs als oorlogsheld, werd het wellicht een ander verhaal. Dan had hij natuurlijk wel een oorlog nodig om in te schitteren, net zoals Sejanus er een nodig had om hospik te kunnen worden.

Coriolanus haalde opgelucht adem toen de kazernepoort achter hem dichtging. Hij waste zijn gezicht en kroop in bed boven het dronken gesnurk van Bonenstaak. Zijn dikke lip bonsde en hij ging in gedachten de avond nog eens na. Het was net een droom geweest – Lucy Gray terugzien, haar horen zingen, haar blijdschap toen ze hem in het oog kreeg – tot Billy Taupe hun hereniging had verpest. Nog een reden om Billy Taupe te haten, al was de afwijzende reactie van de Covey erg bevredigend geweest. Die bevestigde dat Lucy Gray van hem was.

Zondag kregen ze bij het ontbijt het slechte nieuws te horen dat vanwege de ongeregeldheden van die nacht niemand nog in zijn eentje het terrein af mocht. De leiding overwoog zelfs om de As tot verboden gebied te verklaren. Smiley, Bug en Bonenstaak klaagden ondanks hun kater en blauwe plekken steen en been, want als de zaterdagavonduitjes werden afgeschaft hadden ze niets meer om naar uit te kijken. Sejanus vond het alleen vervelend omdat Coriolanus het vervelend vond, want dit maakte het nog lastiger om Lucy Gray te zien.

'Misschien komt ze je hier opzoeken?' bedacht hij toen ze hun dienbladen afruimden.

'Denk je dat dat mag?' vroeg Coriolanus, maar hij hoopte meteen dat ze dat niet zou doen. Hij had maar weinig vrije tijd en waar zouden ze überhaupt met elkaar kunnen praten? Door het hek? Wat zou men daarvan denken? De vorige avond had hij zich zo door de romantiek laten meeslepen dat hij haar in het openbaar met een kus had willen begroeten, maar achteraf gezien zou dat tot een spervuur aan vragen van zijn kamergenoten en tot opgetrokken wenkbrauwen bij zijn officieren hebben geleid. Hun hele voorgeschiedenis zou naar buiten komen, inclusief zijn gedwongen dienstneming en het feit dat hij had vals gespeeld in de Spelen. En vanwege de spanningen tussen de districtsbewoners en de vredebewakers was het sowieso verstandiger om hun relatie geheim te houden. Als hij door het hek stond te fluisteren zouden er misschien geruchten ontstaan dat hij een rebellensympathisant was, of erger nog, een spion. Nee, als hij haar wilde zien, moest hij naar haar. Stiekem. Vandaag bood een uitgelezen kans om haar op te sporen, maar hij had een maatje nodig om de stad in te kunnen.

'Ik denk dat we het beter geheim kunnen houden. Als ze hiernaartoe komt, krijgt ze misschien gedoe. Sejanus, had jij al plannen voor vandaag, of...' begon hij.

'Ik weet waar ze woont. Het heet de Laag,' zei Sejanus. 'Vlak bij het bos.'

'Hè?' vroeg Coriolanus.

'Ik heb het gisteravond aan een van de mijnwerkers gevraagd. Tussen neus en lippen door.' Sejanus glimlachte. 'Wees maar niet bang, hij was veel te dronken om het te onthouden. En ja, ik ga graag met je mee.'

Sejanus zei tegen hun kamergenoten dat ze de stad in gingen om te kijken of ze een pakje Capitoolkauwgom konden ruilen voor briefpapier, maar de smoes bleek niet nodig, want hun vrienden sleurden hun gammele lijven na het ontbijt meteen terug naar bed. Coriolanus wilde dat hij geld had om een cadeautje voor haar te kopen, maar hij bezat geen rooie cent. Onderweg naar buiten viel zijn blik in de kantine op de ijsblokjesmachine, en hij kreeg een idee. Met dit warme weer mochten de soldaten onbeperkt ijs pakken om in hun glas te doen of om af te koelen. In de smoorhete keuken was het fijn om af en toe een ijsklontje over je huid te wrijven.

De kok, die hij met zijn vlijtige afwaskunsten voor zich had gewonnen, gaf hem een oude plastic zak. Omdat het zo warm was, vond de man het goed dat ze wat ijs mee naar buiten namen om geen zonnesteek te krijgen. Coriolanus wist niet of de Covey een diepvries hadden, maar als hij aan de huizen dacht die hij onderweg naar de ophanging had gezien, leek hem dat een luxe die maar weinig mensen zich hier konden veroorloven. Hoe dan ook, het ijs was gratis en hij wilde niet met lege handen aankomen.

Ze meldden zich af bij de poort, waar de bewaker waarschuwde dat ze voorzichtig moesten zijn, en liepen in de richting van waar in hun herinnering het plein ongeveer lag. Coriolanus was op zijn hoede. Maar omdat de mijnen de hele dag dicht waren, was het rustig in het district, en de weinige mensen die ze tegenkwamen besteedden geen aandacht aan hen. Op het plein was alleen een bakker aan het werk, de deuren wagenwijd open om met een briesje de hitte van de oven tegen te gaan. De eigenaresse, een vrouw met een gezicht als een biet, had geen zin om mensen die niets kochten de weg te wijzen, dus ruilde Sejanus zijn kostbare kauwgom voor een brood. Dat vermurwde haar en ze liep het plein op om de straat aan te wijzen die ze naar de Laag moesten nemen.

Achter het stadscentrum strekte de Laag zich kilometerslang uit. De gewone straten maakten al snel plaats voor een wirwar aan kleinere stegen die opdoken en dan om onduidelijke redenen weer doodliepen. Hier en daar stonden groepjes rijtjeshuizen, maar hij zag ook gammele bouwsels die je eerder krotten zou noemen. Veel huizen waren zo vaak gestut, opgelapt of afgebroken dat het oorspronkelijke geraamte slechts een herinnering was. Andere waren verlaten en geplunderd voor onderdelen.

Zonder stratenplan en zonder duidelijk herkenningspunt had Coriolanus al snel geen idee meer waar hij was en zijn onrust stak weer de kop op. Af en toe kwamen ze mensen tegen die op een stoepje of in de schaduw van hun huis zaten. Ze keken allemaal bijzonder onvriendelijk. De enige wezens die contact zochten waren de muggen, die zo gefascineerd waren door zijn gewonde lip dat ze voortdurend verjaagd moesten worden. De zon brandde ongenadig op hen neer en het condens van de smeltende zak ijs veroorzaakte een donkere vlek in zijn broekspijp. Coriolanus voelde zijn eigen enthousiasme ook wegvloeien. De extase die hij die nacht in de As had gevoeld, de bedwelmende mengeling van drank en verlangen, leek inmiddels een vage koortsdroom. ‘Misschien hadden we dit niet moeten doen.’

‘Niet?’ vroeg Sejanus. ‘Ik weet vrij zeker dat we de goede kant op gaan. Zie je de bomen daar?’

Coriolanus ontdekte een groene rand in de verte. Hij sjokte door, maar ondertussen dacht hij aan zijn heerlijke bed en aan het feit dat ze op zondag altijd gebakken worstjes en aardappelen kregen. Misschien was hij niet gemaakt om een minnaar te zijn. Misschien was hij diep vanbinnen meer een eenling. Coriolanus Snow, meer eenling dan minnaar. Dat was wel een dingetje: die Billy Taupe riekte naar hartstochtelijke gevoelens. Was dat wat Lucy Gray wilde? Hartstocht, muziek, drank, maneschijn en een wilde jongen die dat allemaal in zich had? Geen zwetende vredebewaker die op zondagochtend ineens voor haar deur stond met een kapotte lip en een lekkende zak ijs.

Hij liet Sejanus vooropgaan en liep zonder iets te zeggen door de sintelstraten achter hem aan. Uiteindelijk zou zijn metgezel het wel zat worden en dan konden ze terug; ze moesten nog brieven naar huis schrijven. Sejanus, Tigris, zijn vrienden, de docenten, ze hadden zich allemaal grandioos in hem vergist. Hij had nooit gehandeld uit liefde of ambitie, hij wilde gewoon zijn prijs en een rustig kantoorbaantje waarbij hij lekker een beetje achter een bureau kon zitten en genoeg tijd overhield om gezellig bij mensen op theevisite te gaan. Laf en… wat had rector Highbottom ook alweer over haar gezegd? O ja, leeghoofdig. Leeghoofdig, net als zijn moeder. Crassus Xanthos Snow zou ongelooflijk teleurgesteld in hem geweest zijn.

'Moet je horen,' zei Sejanus, die zijn arm pakte.

Coriolanus bleef staan en keek op. Een hoge stem zong een melodieus wijsje door de ochtend. Maude Ivory? Ze gingen op de muziek af. Aan het eind van een pad aan de rand van de Laag stond een klein houten huis dat gevaarlijk scheef hing, als een boom in harde wind. Het lapje grond dat de voortuin moest voorstellen was verlaten, dus ze liepen voorzichtig om de kluitjes bloemen heen, die in diverse stadia van bloei en verval waren en in het wilde weg geplant leken te zijn. Achter het huis zat Maude Ivory op een provisorisch trapje in een oude jurk die twee maten te groot voor haar was. Ze kraakte met een steen noten op een sintelblok op de maat van haar lied.

'Oh, my darling' – *krak* – ' Oh, my darling' – *krak* – 'Oh, my darling, Clementine!' – *krak*. Ze keek op en grijnsde toen ze hen zag staan. 'Ik ken jullie!' Ze veegde een paar verdwaalde notendoppen van haar schoot en rende naar binnen.

Coriolanus haalde zijn mouw over zijn gezicht en hoopte dat zijn lip er een beetje fatsoenlijk uitzag voor Lucy Gray. Maar Maude Ivory kwam naar buiten met een slaperige Barb Azure, die haar haar in een haastige knot had gedraaid. Net als Maude Ivory had ze haar kostuum verruild voor een jurk die je bij iedereen in District 12 zou kunnen zien. 'Goedemorgen,' zei ze. 'Op zoek naar Lucy Gray?'

'Hij is haar vriend uit het Capitool,' hielp Maude Ivory haar herinneren. 'Die haar op televisie voorstelde toen. Alleen is-ie nu bijna kaal. Hij heeft ons die popcornballen gegeven.'

'Die waren beslist erg lekker en we zijn blij met alles wat je voor Lucy Gray hebt gedaan,' zei Barb Azure. 'Ze zal wel in 't Weiland zitten. Daar werkt ze 's ochtends vroeg, want dan hebben de buren d'r geen last van.'

'Ik breng jullie er wel heen. Kom maar!' Maude Ivory sprong van de veranda en pakte Coriolanus' hand alsof ze oude vrienden waren. 'Deze kant op.'

Omdat Coriolanus geen jongere broertjes, zusjes of andere familieleden had, had hij weinig ervaring met kinderen, maar hij voelde zich uniek doordat ze zich meteen aan hem hechtte en haar koele handje vol vertrouwen in de zijne legde. 'Dus jij hebt me op televisie gezien?'

'Eén keertje maar. 't Was een heldere avond en Tam Amber had heel veel folie gebruikt. Normaal gesproken krijgen we alleen maar ruis, maar het is al heel wat dat we een tv hebben,' legde Maude Ivory uit. 'Da's meer dan de meeste mensen. Al is er toch altijd alleen maar dat saaie nieuws op.'

Dr. Gaul kon eindeloos doorgaan over dat ze de kijkers bij de Hongerspelen moesten betrekken, maar als bijna niemand in de districten een goede televisie had, zou het effect beperkt blijven tot de boete, wanneer iedereen in het openbaar bij elkaar kwam.

Onderweg naar het bos ratelde Maude Ivory door over hun optreden van de vorige avond en het gevecht daarna. 'Niet leuk dat je geslagen bent,' zei ze wijzend naar zijn lip. 'Maar zo gaat dat met Billy Taupe. Die heeft de problemen aan z'n kont hangen.'

'Is hij je broer?' vroeg Sejanus.

'O nee, hij is een Clade. Hij's een broer van Clerk Carmine. Verder zijn we allemaal Baird-nichtjes. De meisjes, dus. En Tam Amber is een verloren ziel,' zei Maude Ivory achteloos.

Dus Lucy Gray had niet het alleenrecht op die wonderlijke manier van praten. Zeker een Covey-ding. 'Een verloren ziel?' vroeg Coriolanus.

'Yep. De Covey hebben Tam Amber gevonden toen hij nog maar een baby'tje was. Iemand had hem in een doos langs de kant van de weg gezet, dus toen was-ie van ons. Jammer voor diegene, want hij is de beste tokkelaar die d'r is,' meldde Maude Ivory. 'Maar niet echt een prater. Is dat ijs?'

Coriolanus zwaaide met de slinkende zak ijsblokjes. 'Wat er nog van over is.'

'Dat zal Lucy Gray fijn vinden. We hebben wel een koelkast, maar de vriezer is al heel lang stuk,' zei Maude Ivory. 'Wat een luxe om in de zomer ijs te hebben. Net zoiets als bloemen in de winter. Zeldzaam.'

Daar was Coriolanus het mee eens. 'Mijn oma kweekt rozen in de winter. Die zijn heel beroemd.'

'Lucy Gray zei dat je naar rozen rook,' zei Maude Ivory. 'Staat jullie hele huis er vol mee?'

'Nee, ze kweekt ze op het dak,' vertelde Coriolanus.

'Op het dak?' giechelde Maude Ivory. 'Wat een gekke plek voor bloemen. Daar glijden ze toch vanaf?'

'Het is een plat dak, en heel hoog. Met veel zonlicht,' zei hij. 'Je kunt er het hele Capitool zien.'

'Lucy Gray vond het niet leuk in het Capitool. Ze wilden haar doodmaken,' zei Maude Ivory.

‘Klopt,’ erkende hij. ‘Het was voor haar waarschijnlijk niet zo prettig.’

‘Ze zei dat jij het enige goeie was, en nu ben je hier.’ Maude Ivory trok aan zijn hand. ‘Je blijft toch wel hier?’

‘Dat is wel het idee,’ zei Coriolanus.

‘Goed zo. Ik vind jou aardig, en daar zal ze blij om zijn,’ zei ze.

Inmiddels waren ze aan de rand van een groot weiland aangekomen dat omlaag glooide naar het bos. Anders dan het met onkruid bezaaide veld voor de galgenboom groeiden hier schoon, fris, hoog gras en kleurige bloemen. ‘Daar zit ze, met Shamus.’ Maude Ivory wees naar een eenzame gestalte op een rotsblok. Lucy Gray droeg een grijze jurk en zat met haar rug naar hen toe over haar gitaar gebogen.

Shamus? Wie was Shamus? Nog een Covey-lid? Of had hij de rol van Billy Taupe verkeerd geïnterpreteerd en was Shamus de geliefde? Coriolanus zette zijn hand boven zijn ogen tegen de zon maar hij zag niemand anders. ‘Shamus?’

‘Onze geit. Laat je niet voor de gek houden door die jongensnaam: als ze zich goed voelt geeft ze wel drieënhalve liter melk per dag,’ zei Maude Ivory. ‘We proberen genoeg af te romen om boter te kunnen maken, maar dat duurt eindeloos.’

‘O, ik ben dol op boter,’ zei Sejanus. ‘Dat doet me er ineens aan denken dat ik dit brood voor jullie heb meegenomen. Heb je al ontbeten?’

‘Zekers te weten van niet,’ zei Maude Ivory, die belangstellend naar het brood gluurde.

Sejanus gaf het aan haar. ‘Zullen wij anders terug naar huis gaan om eraan te beginnen?’

Maude Ivory stopte het brood onder haar arm. ‘En Lucy Gray en hij daar dan?’ vroeg ze met een knikje naar Coriolanus.

‘Die komen wel als ze zijn bijgepraat,’ zei Sejanus.

'Oké,' antwoordde ze, en ze verplaatste haar hand naar die van Sejanus. 'Maar misschien moeten we van Barb Azure op ze wachten. Je kunt me eerst wel helpen met noten doppen, als je wilt. Ze zijn van vorig jaar maar er is nog niemand ziek van geworden.'

'Dat is het mooiste aanbod dat ik in tijden heb gehad.' Sejanus draaide zich om naar Coriolanus. 'Tot straks?'

Coriolanus werd zenuwachtig. 'Hoe zie ik eruit?'

'Prachtig. Die lip staat je geweldig, soldaat,' zei Sejanus, en hij ging met Maude Ivory weer op weg naar het huis.

Coriolanus streek nog even over zijn haar en waadde het Weiland in. Hij had nog nooit door zulk hoog gras gelopen en de sprieten die zijn vingertoppen kietelden maakten hem nog nerveuzer. Dit was meer dan hij ooit had durven hopen: hij kon haar onder vier ogen spreken, in een veld vol bloemen, met de hele dag nog voor hen. Het tegenovergestelde van wat de haastige ontmoeting in die smerige As geweest zou zijn. Dit was, bij gebrek aan een beter woord, romantisch. Zo stil mogelijk liep hij verder. Hij vond haar altijd zo raadselachtig, en dit was een mooie kans om naar haar te kijken zonder het schild dat ze normaal gesproken optrok.

Toen hij dichterbij kwam hoorde hij het lied dat ze zong terwijl ze zachtjes op haar gitaar speelde.

Kom je, kom je
Kom je naar de boom
Daar hangt een man, die heeft er drie vermoord
Vreemde dingen heb ik hier gehoord
Zien we elkaar om middernacht
Weer in de galgenboom?

Hij kende het niet, maar het deed hem denken aan de terechtstelling van de rebel twee dagen eerder. Was ze daarbij geweest? Had ze dit daarom geschreven?

Kom je, kom je
Kom je naar de boom
Waar de dode zijn lief tot vluchten aanspoort
Vreemde dingen heb ik hier gehoord
Zien we elkaar om middernacht
Weer in de galgenboom?

Ja dus. Het ging echt over Arlo's executie, want waar zou een dode man anders zijn lief tot vluchten aansporen? *'Vlucht! Vlucht, Lil! Vlu…!'* Daar had je die onnatuurlijke spotgaaien voor nodig. Maar wie nodigde ze uit om haar in de boom te ontmoeten? Zou hij dat kunnen zijn? Misschien was ze van plan om het komende zaterdag te zingen als een geheime boodschap dat hij om middernacht naar de galgenboom moest komen? Niet dat dat zou kunnen, want hij zou op dat tijdstip nooit het terrein af mogen. Maar dat wist zij waarschijnlijk niet.

Lucy Gray was nu aan het neuriën en probeerde verschillende akkoorden uit bij de melodie terwijl hij de welving van haar hals bewonderde, haar zachte huid. Hij kwam nog dichterbij en stapte op een oude tak, die met een scherp gekraak doormidden brak. Ze sprong van de rots en draaide zich om, haar ogen groot van angst en de gitaar voor haar lichaam, alsof ze een klap wilde afweren. Heel even dacht hij dat ze zou vluchten, maar toen ze hem zag maakte haar paniek plaats voor opluchting. Hoofdschuddend zette ze de gitaar tegen de kei – dit was de eerste keer dat hij iets van schaamte bij haar bespeurde. 'Sorry. Ik sta nog steeds met één voet in de arena.'

Als hij van zijn korte uitstapje in de Spelen al schrikachtig was geworden en nachtmerries had gekregen, dan kon hij zich bijna niet voorstellen hoe beschadigd zij eruit was gekomen. De afgelopen maand had hun leven op zijn kop gezet en hen onherroepelijk veranderd. Best treurig eigenlijk, want ze waren allebei heel bijzondere mensen, die door de wereld uitermate hardvochtig behandeld waren.

'Ja, zoiets maakt nogal indruk,' zei hij. Ze bleven een tijdje zo staan om elkaar gulzig op te nemen voordat ze naar elkaar toe liepen. De zak met ijs gleed uit zijn hand toen ze haar armen om hem heen sloeg en haar lichaam met het zijne liet versmelten. Hij omhelsde haar en dacht aan hoeveel zorgen hij zich om haar had gemaakt, en om zichzelf, en dat hij niet over dit moment had durven fantaseren omdat het zo onbereikbaar leek. Maar daar stonden ze dan, veilig in een prachtig weiland. Ruim drieduizend kilometer bij de arena vandaan. Overal zonlicht, behalve tussen hen in.

'Je hebt me gevonden,' zei ze.

In District 12? In Panem? In de wereld? Het deed er niet toe. 'Je wist dat ik je zou vinden.'

'Ik hoopte het. Wist het niet. De kansen leken niet in mijn voordeel.' Ze leunde ver genoeg naar achteren om een hand los te trekken en met haar vingers over zijn lippen te strijken. Hij voelde het eelt van haar gitaarsnaren en de zachte huid eromheen terwijl zij zijn verwonding van de vorige nacht bestudeerde. Daarna kuste ze hem haast verlegen en er gingen schokgolven door zijn lichaam. Hij negeerde de pijn in zijn lippen en reageerde gretig en nieuwsgierig, tintelend van top tot teen. Hij kuste haar tot zijn lip een beetje begon te bloeden en zou doorgegaan zijn als zij hem niet losgelaten had.

'Kom,' zei ze. 'Hier is schaduw.'

Het restje ijs knerpte onder zijn laars en hij raapte het op. 'Voor jou.'

'Goh, dank je wel.' Lucy Gray trok hem mee en ze gingen aan de voet van de kei zitten. Ze pakte de zak, beet een hoekje van het plastic om er een heel klein gaatje in te maken en hield hem toen omhoog om het ijswater in haar mond te laten lopen. 'Ah. Zo koud wordt het pas weer in november.' Haar hand kneep in de zak en sproeide druppels over haar gezicht. 'Heerlijk. Kijk eens omhoog?' Hij legde zijn hoofd in zijn nek, voelde het spul over zijn lippen sijpelen en likte het net op tijd weg voor weer zo'n lange kus. Daarna trok ze haar knieën op en zei: 'Zo, Coriolanus Snow, wat doe jij in mijn weiland?'

Ja, wat? 'Ik kom gewoon mijn meisje opzoeken,' antwoordde hij.

'Ik kan 't nauwelijks geloven.' Lucy Gray staarde naar het Weiland. 'Sinds de boete lijkt alles onwerkelijk. En de Spelen waren gewoon een nachtmerrie.'

'Voor mij ook,' zei hij. 'Maar ik wil horen wat er bij jou is gebeurd. Buiten beeld.'

Ze zaten naast elkaar, hun schouders, ribben en heupen tegen elkaar gedrukt, hun vingers verstrengeld, en wisselden ervaringen uit terwijl ze het ijswater dronken. Lucy Gray vertelde over de eerste dagen van de Spelen, toen ze zich met een steeds hondsdollere Jessup had verstopt. 'We gingen van de ene plek naar de andere in die tunnels. Het is echt een doolhof daar. En die arme Jessup werd zieker en gekker. Die eerste nacht hebben we vlak bij de ingang geslapen. Dat was jij, hè? Die Marcus heeft verplaatst?'

'Sejanus en ik. Hij was stiekem naar binnen gegaan om... Tja, ik weet niet eens goed waarom, uit een soort protest. En toen stuurden ze mij naar binnen om hem te halen,' legde Coriolanus uit.

'Heb jij Bobbin vermoord?' vroeg ze zacht.

Hij knikte. 'Ik kon niet anders. En toen probeerden drie anderen mij te vermoorden.'

Haar gezicht betrok. 'Ik weet het. Ik hoorde ze erover opscheppen toen ze terugkwamen van de toegangspoortjes. Ik dacht dat je misschien dood was. 't Was heel eng, het idee dat ik je kwijt zou kunnen zijn. Pas toen je het water stuurde kon ik weer ademhalen.'

'Dan weet je hoe de hele Spelen voor mij waren,' zei Coriolanus. 'Ik kon alleen maar aan jou denken.'

'En ik aan jou.' Ze strekte haar vingers. 'Ik hield dat poederdoosje zo stevig vast dat de roos in mijn handpalm stond.'

Hij pakte haar hand en drukte een kus op de binnenkant. 'Ik wilde je zo graag helpen, en ik voelde me zo nutteloos.'

Ze aaide zijn wang. 'Dat was je niet. Ik voelde dat je op me paste. Met het water en het eten, en dat je Bobbin hebt uitgeschakeld was ook heel belangrijk, ook al moet het voor jou erg naar zijn geweest. Dat was het voor mij in elk geval wel.' Lucy Gray bekende dat ze zelf drie mensen had gedood. Eerst Wovey, hoewel ze haar niet had uitgezocht. Ze had alleen een fles met nog een paar slokken water en wat rattengif in de gang gelegd alsof ze hem daar per ongeluk had laten vallen, en Wovey had hem gevonden. 'Ik hoopte op Coral.' Volgens haar had Boetius, van wie ze de waterplas had vergiftigd, rabiës opgelopen omdat Jessup in de dierentuin in zijn oog had gespuugd. 'Dus hem heb ik eigenlijk uit zijn lijden verlost. Ik heb hem behoed voor wat Jessup heeft moeten doorstaan. En bij Treech met die slang was het zelfverdediging. Ik snap nog steeds niet waarom die slangen zo dol op me waren. Ik denk niet dat het door mijn liedjes kwam. Slangen hebben geen goed gehoor.'

En dus vertelde hij alles. Over het lab, en Clemensia, en dr.

Gaul die van plan was om de slangen de arena in te sturen, en dat hij stiekem zijn zakdoek, zijn vaders zakdoek, in de bak had laten vallen zodat ze aan haar geur konden wennen. 'Maar ze hebben hem gevonden, vol met DNA van ons allebei.'

'Ben je daarom hier? Niet vanwege het rattengif in het doosje?' vroeg ze.

'Ja,' zei hij. 'Dat heb jij heel goed op je genomen.'

''k Heb m'n best gedaan.' Ze dacht even na. 'Nou, dat is het dan. Ik heb jou gered van die brand en jij hebt mij gered van de slangen. Nu zijn we verantwoordelijk voor elkaars leven.'

'Is dat zo?' vroeg hij.

'Tuurlijk,' zei ze. 'Jij bent van mij en ik ben van jou. Het staat in de sterren.'

'Dan valt er niet aan te ontkomen.' Hij boog zich naar haar toe en kuste haar, dolgelukkig, want hij geloofde niet in hemelse schrijfsels maar zij wel, en daardoor zou ze hem zeker trouw blijven. Niet dat zijn eigen trouw in het geding was. Als hij nooit verliefd was geworden op een meisje uit het Capitool, dan zou District 12 vast geen grotere verleidingen te bieden hebben.

Een vreemd gevoel in zijn nek vroeg om aandacht en hij ontdekte dat Shamus aan zijn kraag stond te knabbelen. 'O, hallo. Kan ik u helpen, mevrouw?'

Lucy Gray lachte. 'Dat kun je zeker, als je zin hebt. Ze moet gemolken worden.'

'Gemolken. Hm. Ik zou niet weten waar ik moest beginnen,' zei hij.

'Met een emmer. Bij het huis.' Ze kneep een straaltje ijswater in de richting van Shamus en de geit liet zijn kraag los. Daarna scheurde ze de zak open en haalde de laatste twee ijsblokjes eruit om er een in Coriolanus' mond te stoppen en een in de hare. ''t Is echt fijn om ijs te hebben in deze tijd van het jaar. Een luxe in de zomer en een vloek in de winter.’

‘Kun je het dan niet gewoon negeren?’ vroeg Coriolanus.

‘Hier niet. In januari waren onze leidingen bevroren en moesten we blokken ijs smelten boven het fornuis om aan water te komen. Voor zes mensen en een geit – dan ben je dus echt heel lang bezig. Toen de sneeuw kwam ging het beter, die smelt veel sneller.’ Lucy Gray pakte het touw van Shamus en haar gitaar.

‘Geef maar.’ Coriolanus wilde het instrument overnemen, maar toen vroeg hij zich af of ze hem ermee vertrouwde.

Lucy Gray gaf hem de gitaar zonder aarzelen aan. ‘Niet zo mooi als die van Pluribus, maar hij verdient de kost voor ons. We hebben alleen snaren nodig, en de zelfgemaakte zijn niet goed genoeg. Wat denk je, zou Pluribus me er een paar kunnen sturen als ik hem schrijf? Hij heeft vast nog wel een voorraadje liggen uit de tijd van de nachtclub. Ik kan ervoor betalen. Ik heb nog bijna al ’t geld dat ik van rector Highbottom heb gekregen.’

Coriolanus bleef stokstijf staan. ‘Rector Highbottom? Heeft rector Highbottom jou geld gegeven?’

‘Ja, maar wel een beetje in ’t geniep. Eerst bood hij zijn excuses aan voor wat ik had moeten doorstaan en daarna stopte hij zo een hele rol biljetten in mijn zak. Ik ben er blij mee. De Covey hebben niet opgetreden toen ik er niet was. Te veel van slag dat ze me kwijt waren,’ zei ze. ‘Maar goed, ik kan die snaren dus betalen als hij me zou willen helpen.’

Coriolanus beloofde het in zijn volgende brief te vragen, maar hij was overdonderd door het bericht over de heimelijke gulheid van rector Highbottom. Waarom zou het vleesgeworden kwaad zijn vriendin helpen? Uit respect? Medelijden? Wroeging? Was het een morflingbevlieging geweest? Hij bleef erover piekeren terwijl ze naar haar veranda liepen, waar ze Shamus aan een paaltje bond.

'Kom binnen. Kun je de familie ontmoeten.' Lucy Gray pakte zijn hand en trok hem naar de deur. 'Hoe is 't met Tigris? Ik had haar maar wat graag persoonlijk voor die zeep en mijn jurk bedankt. Nu ik thuis ben wil ik haar een brief sturen, en misschien een lied als ik iets bedenk wat goed genoeg is.'

'Dat zal ze fijn vinden,' zei Coriolanus. 'Het gaat niet zo goed thuis.'

'Ze missen je natuurlijk. Of is er meer aan de hand?' vroeg ze.

Voordat hij antwoord kon geven liepen ze het huis in. Dat bestond uit een grote, open ruimte en iets wat eruitzag als een slaapvliering. Achterin gaven een kolenfornuis, een wasbak, een plank met borden en kopjes en een stokoude koelkast aan waar de keuken was. Tegen de rechtermuur zag hij een rek met kostuums en links hun instrumentenverzameling. Op een kist stond een oude televisie met een enorme antenne die zich als een gewei vertakte en waar repen aluminiumfolie omheen waren gewikkeld. Behalve een paar stoelen en een tafel hadden ze geen meubels.

Tam Amber leunde achterover op een van de stoelen; hij had zijn mandoline op schoot maar speelde niet. Clerk Carmine hing met zijn hoofd over de rand van de vliering en staarde ongelukkig naar Barb Azure en Maude Ivory, die ergens verontwaardigd over leek te zijn. Zodra ze hen zag rende ze de kamer door om Lucy Gray naar het raam te trekken dat uitkeek op de achtertuin. 'Lucy Gray, hij zit de boel weer op te stoken!'

'Hebben jullie hem binnengelaten?' vroeg Lucy Gray, die leek te weten wie er bedoeld werd.

'Nee. Hij zei dat hij alleen maar de rest van zijn spullen kwam halen. Die hebben we door de achterdeur naar buiten gesmeten,' zei Barb Azure, met haar armen afkeurend over elkaar.

'Wat is dan het probleem?' Lucy Gray zei het rustig, maar

Coriolanus voelde dat ze zijn hand steviger vasthield.

'Dat,' zei Barb Azure, en ze knikte naar het raam.

Coriolanus werd meegesleept door Lucy Gray en keek de achtertuin in. Maude Ivory wurmde zich tussen hen in. 'Sejanus zou me helpen met de noten.'

Billy Taupe zat op zijn knieën naast een berg kleren en een paar boeken. Hij praatte snel terwijl hij iets in de aarde tekende. Af en toe gebaarde hij en wees naar links of rechts. Tegenover hem zat Sejanus op één knie ingespannen te luisteren; hij knikte begrijpend en stelde soms een vraag. Hoewel Coriolanus het irritant vond om Billy Taupe te zien op wat hij nu als zijn territorium beschouwde, snapte hij niet wat hier zo erg aan was. Hij kon zich niet voorstellen wat Sejanus en die kerel te bespreken hadden. Misschien hadden ze iets gevonden om samen over te jammeren – dat hun families hen niet begrepen bijvoorbeeld?

'Maak je je zorgen om Sejanus? Dat hoeft echt niet. Die praat met iedereen.' Coriolanus kon niet goed zien wat Billy Taupe aan het tekenen was. 'Waar hij is mee bezig?'

'Volgens mij geeft hij een soort routebeschrijving,' zei Barb Azure, die de gitaar van hem aanpakte. 'En als ik me niet vergis moet jouw vriend naar huis.'

'Ik regel het wel.' Lucy Gray liet Coriolanus' hand los, maar hij hield haar vast. 'Bedankt, maar je hoeft niet al mijn problemen op te lossen.'

'Staat in de sterren, toch?' zei Coriolanus met een glimlachje. Het was sowieso tijd dat hij die Billy Taupe eens een paar dingen duidelijk maakte. Billy Taupe moest accepteren dat Lucy Gray niet meer van hem was, maar definitief en voor altijd van Coriolanus.

Lucy Gray gaf geen antwoord maar probeerde haar hand niet meer los te trekken. Zwijgend liepen ze naar de achterdeur en

Coriolanus kneep zijn ogen samen tegen de felle augustuszon, die inmiddels hoog aan de hemel stond. Het tweetal was zo verdiept in wat ze aan het doen waren dat Billy Taupe pas reageerde toen Lucy Gray en hij naast hem stonden. Snel veegde hij de tekening uit met zijn hand.

Zonder de hint van Barb Azure had Coriolanus misschien geen idee gehad, maar nu herkende hij de afbeelding vrijwel meteen. Het was een plattegrond van het legerkamp.

25

Sejanus schrok, en Coriolanus vond dat hij een erg schuldbewust gezicht trok toen hij snel opstond en het stof van zijn werktenue klopte. Billy Taupe daarentegen kwam traag overeind, bijna loom, en keek hen aan.

'Zo zo, kijk eens wie d'r met me wil praten,' zei hij met een ongemakkelijke grijns tegen Lucy Gray. Hadden ze elkaar sinds de Hongerspelen nog helemaal niet gesproken?

'Sejanus, Maude Ivory is als een spin zo nijdig omdat jij haar met die noten hebt laten zitten,' zei ze.

'Ja, ik heb mijn plicht verzaakt.' Sejanus stak zijn hand uit naar Billy Taupe, die hem meteen schudde. 'Leuk je te ontmoeten.'

'Insgelijks. Als je meer wilt weten zoek je me maar op in de As,' antwoordde Billy Taupe.

'Ik hou het in gedachten,' zei Sejanus, en hij liep naar het huis.

Lucy Gray liet Coriolanus' hand los en maakte zich breed voor Billy Taupe. 'Ga weg, Billy Taupe. En kom niet meer terug.'

'Want anders, Lucy Gray? Laat je dan je vredebewakers op me los?' Hij begon te lachen.

‘Als ’t moet,’ zei ze.

Billy Taupe keek even naar Coriolanus. ‘Het lijkt me een mak stelletje.’

‘Je snapt het niet. Dit komt nooit meer goed,’ zei Lucy Gray.

Billy Taupe werd kwaad. ‘Íkheb niet geprobeerd je te vermoorden, hè.’

‘Maar je gaat nog steeds met de griet die dat wél heeft gedaan,’ kaatste Lucy Gray terug. ‘Ik hoorde dat je ’t reuze gezellig hebt bij de burgemeester.’

‘En wie heeft me daarnaartoe gestuurd, hm? Ik word niet goed als ik zie hoe je de kinderen bespeelt. Arme Lucy Gray. Arm schaap,’ sneerde hij.

‘Ze zijn niet dom. Zij willen ook dat je ophoepelt,’ beet ze hem toe.

De hand van Billy Taupe schoot naar voren om haar aan haar pols naar zich toe te trekken. ‘En waar zou ik heen moeten volgens jou?’

Voordat Coriolanus tussenbeide kon komen zette Lucy Gray haar tanden in de hand van Billy Taupe, waardoor hij haar met een schreeuw losliet. Hij wierp een woedende blik op Coriolanus, die beschermend naast haar was gaan staan. ‘Jij bent zelf ook niet erg eenzaam, volgens mij. Is dit je meneer uit het Capitool? Helemaal voor jou hiernaartoe gekomen? Er staan hem nog heel wat verrassingen te wachten.’

‘Ik weet alles al over jou,’ zei Coriolanus. Dat was niet zo, maar daarmee probeerde hij een beetje terrein te winnen.

Billy Taupe stootte een ongelovig lachje uit. ‘Over mij? Ik ben de rozenknop in deze mesthoop.’

‘Waarom ga je niet gewoon, zoals ze vroeg?’ zei Coriolanus kil.

‘Best. Je komt er nog wel achter.’ Billy Taupe graaide zijn bezittingen bij elkaar. 'Je komt er snel genoeg achter.' Hij beende de hete ochtend in.

Lucy Gray keek hem na en wreef over de pols die hij had vastgepakt. 'Als je weg wilt is dit het moment.'

'Ik wil niet weg,' zei Coriolanus, al was hij een beetje van slag door het gesprek.

'Hij is een leugenaar en een rat. Ja, ik flirt met iedereen. Dat hoort bij mijn werk. Maar wat hij insinueert is gewoon niet waar.' Lucy Gray keek naar het raam. 'En stel dat het wel waar was? Stel dat het de enige manier zou zijn om Maude Ivory van de hongerdood te redden? Dat zouden we geen van beiden hebben laten gebeuren. Maar voor mij hanteert-ie andere regels dan voor zichzelf. Zoals altijd. Waar hij een slachtoffer is, ben ik een sloerie.'

Dit riep verontrustende herinneringen aan het gesprek met Tigris op, en Coriolanus veranderde snel van onderwerp. 'Dus nu gaat hij met de burgemeestersdochter?'

'Zo is 't. Ik had hem daarnaartoe gestuurd om wat geld te verdienen met pianolessen, en voor ik het weet roept haar pappie mijn naam bij de boete,' zei Lucy Gray. 'Ik weet niet wat ze tegen hem heeft gezegd. Hij zou helemaal doordraaien als hij wist dat ze met Billy Taupe ging. Maar ik heb het Capitool niet overleefd om weer precies hetzelfde mee te maken.'

Coriolanus werd overtuigd door haar manier van doen, haar rauwe ontreddering. Hij raakte haar arm aan. 'Dan is het tijd om een nieuw leven op te bouwen.'

Ze vlocht haar vingers door de zijne. 'Een nieuw leven. Met jou.' Maar ze klonk somber.

Coriolanus gaf haar een por. 'Was er geen geit die we moesten melken?'

Haar gezicht ontspande. 'Jazeker.' Ze nam hem weer mee

naar binnen, om er vervolgens achter te komen dat Maude Ivory al bezig was om Sejanus te leren hoe hij Shamus moest melken.

'Hij kon niet weigeren. Hij heeft wat goed te maken omdat hij met de vijand heeft gepraat,' zei Barb Azure. Ze haalde een pan melk uit de oude koelkast, zette hem op tafel en bestudeerde de inhoud. Clerk Carmine pakte een glazen pot van een plank met een rare constructie erop. Met een hendel aan de deksel kon je zo te zien kleine bladen door de pot laten draaien.

'Wat zijn jullie aan het doen?' vroeg Coriolanus.

'Gekkenwerk.' Barb Azure lachte. 'We proberen genoeg room te krijgen om boter van te maken. Maar geitenmelk is veel lastiger te scheiden dan die van koeien.'

'Misschien nog een dagje wachten?' suggereerde Clerk Carmine.

'Misschien, ja.' Barb Azure zette de pan weer in de koelkast.

'We hebben Maude Ivory beloofd dat we het zouden proberen. Dat kind is gek op boter. Tam Amber heeft de karn voor haar verjaardag gemaakt. We zullen wel zien wat het wordt,' zei Lucy Gray.

Coriolanus draaide even aan de hendel. 'Dus je...'

'Als we genoeg room hebben draaien we aan de hendel, en dan wordt het door die bladen tot boter gekarnd,' vertelde Lucy Gray. 'Zo heeft iemand 't ons in elk geval uitgelegd.'

'Klinkt als veel werk.' Coriolanus dacht aan de mooie, gelijkmatige boterklontjes die hij tijdens het boetebuffet had opgeschept – hij had zich geen seconde afgevraagd waar die vandaan waren gekomen.

'Is 't ook. Maar als het werkt is het dat meer dan waard. Maude Ivory slaapt slecht sinds ze mij hebben meegenomen. Overdag lijkt er niks aan de hand, maar 's nachts wordt ze gillend wakker,' vertrouwde Lucy Gray hem toe. 'We proberen weer een beetje vrolijkheid in dat koppie te krijgen.'

Barb Azure zeefde de verse melk die Sejanus en Maude Ivory naar binnen brachten en goot hem in mokken terwijl Lucy Gray het brood verdeelde. Coriolanus had nog nooit geitenmelk gedronken, maar Sejanus likte zijn lippen af en zei dat het hem aan zijn jeugd in District 2 deed denken.

'Ben ik wel eens in District 2 geweest?' vroeg Maude Ivory.

'Nee schat, dat ligt in het westen. De Covey bleven meer in het oosten,' vertelde Barb Azure.

'Soms gingen we naar het noorden,' zei Tam Amber, en Coriolanus besefte dat dit de eerste keer was dat hij de man hoorde praten.

'Naar welk district?' vroeg Coriolanus.

'Geen enkel district,' zei Barb Azure. 'Naar een plek waar het Capitool zich niet mee bemoeide.'

Coriolanus voelde plaatsvervangende schaamte. Zo'n plek bestond niet. Niet meer in elk geval. Het Capitool beheerste het hele land. Heel even zag hij een groep mensen voor zich die gehuld in dierenvellen ergens in een grot een soort bestaan probeerden te leiden. Zoiets zou misschien kunnen, maar dat leven zou zelfs voor de districten een hele stap terug zijn. Nauwelijks menselijk te noemen.

'Die zijn vast ook opgepakt, net als wij,' zei Clerk Carmine.

Barb Azure glimlachte verdrietig. 'Ik denk niet dat we er ooit achter zullen komen.'

'Is er nog meer? Ik heb nog steeds honger,' klaagde Maude Ivory, maar het brood was op.

'Eet maar een paar van die noten,' zei Barb Azure. 'Bij de bruiloft krijgen we weer eten.'

Tot Coriolanus' ontzetting bleken de Covey die middag een

klus te hebben: ze moesten spelen op een bruiloft in de stad. Hij had gehoopt dat hij Lucy Gray weer onder vier ogen zou kunnen spreken om het wat uitgebreider over Billy Taupe te hebben, haar verleden met hem en waarom hij precies een plattegrond van de kazerne in de aarde zou tekenen. Maar dat zou allemaal moeten wachten, want zodra de afwas was gedaan, gingen de Covey zich voorbereiden op het optreden.

'Sorry dat jullie er alweer vandoor moeten, maar zo verdienen we ons brood.' Lucy Gray bracht Coriolanus en Sejanus naar de deur. 'De dochter van de slager gaat trouwen en we moeten een goede indruk maken. Er komen veel mensen die 't geld hebben om ons in te huren. Je kunt wel wachten en ons ernaartoe brengen, maar dat...'

'Zorgt misschien voor praatjes,' vulde hij aan, blij dat zij dat als eerste had benoemd. 'Waarschijnlijk beter als we het onder ons houden. Wanneer kan ik je weer zien?'

'Wanneer je maar wilt,' zei ze. 'Ik heb zo'n vermoeden dat jouw schema wat voller is dan 't mijne.'

'Spelen jullie zaterdag weer in de As?' vroeg hij.

'Als het mag. Na dat gedoe van vannacht.' Ze spraken af dat hij zo vroeg mogelijk zou komen om voor het optreden nog een paar kostbare minuten met haar door te kunnen brengen. 'We gebruiken een keet achter de As. Daar kun je ons vinden. Als er geen optreden is kom je gewoon naar ons huis.'

Coriolanus wachtte tot Sejanus en hij de verlaten achterafstraatjes vlak bij de kazerne hadden bereikt voordat hij over Billy Taupe begon. 'Wat hadden jullie te bespreken?'

'Niks belangrijks,' zei Sejanus ongemakkelijk. 'Gewoon wat roddels uit de buurt.'

'En daar was een plattegrond van de kazerne voor nodig?' vroeg Coriolanus.

Sejanus bleef abrupt staan. 'Jou ontgaat niets, hè? Dat weet ik nog van school. Ik heb wel gezien hoe jij mensen in de gaten hield. Al deed je net alsof het niet zo was. En je koos je momenten om je stem te laten horen altijd heel zorgvuldig.'

'Ik laat nu ook mijn stem horen, Sejanus. Waarom waren jullie zo druk in gesprek boven een plattegrond van het kamp? Wat is hij? Een rebellensympathisant?' Sejanus wendde zijn blik af en Coriolanus ging verder. 'Waarom houdt hij zich bezig met een Capitoolkazerne?'

Sejanus staarde even naar de grond en zei toen: 'Het gaat om het meisje. Van de ophanging. Dat ze laatst hebben gearresteerd. Lil. Die zit daar gevangen.'

'En de rebellen willen haar bevrijden?' vroeg Coriolanus.

'Nee. Ze willen gewoon met haar praten. Om zeker te weten dat het goed met haar gaat,' legde Sejanus uit.

Coriolanus probeerde zijn kalmte te bewaren. 'En jij zei dat je zou helpen.'

'Nee. Ik heb niets beloofd. Maar misschien kan ik wat meer te weten komen als ik in de buurt van het wachthuis ben. Haar familie is ten einde raad,' zei Sejanus.

'O, geweldig. Fantastisch. Dus je bent een rebelleninformant geworden.' Coriolanus liep weer verder. 'Ik dacht dat je dat rebellengedoe achter je zou laten!'

Sejanus kwam achter hem aan. 'Dat gaat niet, nou goed? Het hoort bij wie ik ben. En jij hebt zelf gezegd dat ik de mensen in de districten zou kunnen helpen als ik met jou de arena uit ging.'

'Volgens mij zei ik dat je voor de tributen kon vechten, waarmee ik bedoelde dat je wellicht wat menselijker omstandigheden voor ze zou kunnen bewerkstelligen,' wees Coriolanus hem terecht.

'Menselijker omstandigheden!' riep Sejanus uit. 'Ze worden gedwongen om elkaar te vermoorden! En de tributen komen ook uit de districten, dus ik zie het verschil niet. Het stelt niks voor als ik even bij dat meisje ga kijken, Coryo.'

'Het stelt heel veel voor,' zei Coriolanus. 'Voor Billy Taupe wel. Waarom veegde hij die plattegrond anders zo snel uit? Omdat hij weet wat hij van je vraagt. Hij weet dat hij je in een collaborateur verandert. En weet je wat er met collaborateurs gebeurt?'

'Ik dacht gewoon...' zei Sejanus.

'Nee, Sejanus, je dacht helemaal niet!' brieste Coriolanus. 'En erger nog, je gaat om met mensen die nauwelijks tot denken in staat zijn. Billy Taupe? Waar doet hij dit eigenlijk voor? Geld? Want als ik Lucy Gray zo hoor, zijn de Covey geen rebellen. En ook geen Capitoolinwoners. Ze willen kennelijk nogal graag hun eigen identiteit behouden, wat die ook mag zijn.'

'Ik weet het niet. Hij zei dat hij... dat hij het voor een vriend vroeg,' stamelde Sejanus.

'Een vriend?' Coriolanus hoorde zichzelf schreeuwen en dempte zijn stem. 'Een vriend van Arlo, die die bommen in de mijn heeft laten ontploffen? Dat was echt een briljant plan. Wat had hij daarmee willen bereiken? Ze hebben geen middelen, niets waarmee ze weer oorlog kunnen voeren. En ondertussen bijten ze in de hand die hen voedt, want hoe denken ze in 12 aan eten te komen zonder die mijnen? De mogelijkheden liggen niet bepaald voor het oprapen. Wat is dat voor tactiek?'

'Een wanhoopstactiek. Kijk dan om je heen!' Sejanus pakte zijn arm en ze stonden weer stil. 'Hoe lang moeten ze dit nog volhouden?'

Coriolanus voelde zijn haat oplaaien toen hij aan de oorlog dacht, aan de verwoestingen die de rebellen in zijn eigen leven hadden aangericht. Hij rukte zijn arm los. 'Ze hebben de oorlog verloren. Een oorlog die zíj begonnen zijn. Dat risico hebben ze zelf genomen. En nu moeten ze ervoor boeten.'

Sejanus keek om zich heen, alsof hij niet meer wist waar hij heen moest, en ging toen op een afgebrokkeld muurtje langs de kant van de weg zitten. Coriolanus had het onprettige gevoel dat hij op de een of andere manier de rol van ouwe Strabo Plinth had overgenomen in de eindeloze discussies over de vraag waar Sejanus' loyaliteit lag. Hij had hier helemaal geen zin in. Maar aan de andere kant, als Sejanus zijn eigen plan ging trekken zou dat wel eens heel slecht kunnen aflopen.

Coriolanus schoof naast hem. 'Luister, ik denk echt dat het gaat veranderen, maar niet op deze manier. Als het in het hele land beter gaat, zal het hier ook beter gaan, maar niet als ze de hele tijd mijnen opblazen. Dat levert alleen maar meer lijken op.'

Sejanus knikte en er kwamen een paar haveloze kinderen voorbij die een oud blikje over de weg schopten. 'Denk je dat ik verraad heb gepleegd?'

'Nog niet,' zei Coriolanus met een glimlachje.

Sejanus trok aan een plukje onkruid dat uit de muur groeide. 'Dr. Gaul vindt van wel. Mijn vader heeft met haar gepraat, voordat hij bij rector Highbottom en het schoolbestuur langsging. Iedereen weet dat zij de echte touwtjes in handen heeft. Hij ging vragen of ik me misschien net als jij zou mogen aanmelden als vredebewaker.'

'Ik dacht dat dat automatisch ging,' zei Coriolanus. 'Als je van school werd gestuurd.'

'Dat hoopte mijn vader ook. Maar ze zei: "U moet de daden van die jongens niet door elkaar halen. Een verkeerde strategische zet is heel iets anders dan verraad plegen door de rebellen te steunen."' Zijn stem werd verbitterd. 'En dus kwam er een cheque voor een nieuw mutilantenlaboratorium. Het moet wel het duurste kaartje naar District 12 ooit geweest zijn.'

Coriolanus floot zacht. 'Een nieuwe gymzaal én een nieuw lab?'

'Je kunt zeggen wat je wilt, maar ik heb meer aan de wederopbouw van het Capitool bijgedragen dan de president,' grapte Sejanus bedrukt. 'Je hebt gelijk, Coriolanus. Ik ben stom geweest. Alweer. Ik zal voortaan voorzichtiger zijn. Wat de toekomst ook mag brengen.'

'Gebakken worstjes, denk ik,' zei Coriolanus.

'Kom mee dan,' zei Sejanus, en ze liepen verder naar de kazerne.

Hun kamergenoten rolden net uit bed toen ze terugkwamen. Sejanus nam Bonenstaak mee naar buiten om te trainen en Smiley en Bug gingen kijken wat er in de recreatiezaal te doen was. Coriolanus was van plan om de tijd tot het diner te gebruiken om voor het officierstoelatingsexamen te studeren, maar zijn gesprek met Sejanus had hem op een idee gebracht. Het werd groter en groter, tot hij aan niets anders meer kon denken. Dr. Gaul had hem verdedigd. Of nu ja, niet echt verdedigd. Maar ze had Strabo Plinth wel duidelijk te kennen gegeven dat Coriolanus van een heel ander kaliber was dan zijn misdadige zoon. Coriolanus was slechts schuldig aan 'een verkeerde strategische zet', wat niet eens echt als een vergrijp klonk. Misschien had ze hem dan nog niet helemaal afgeschreven? Tijdens de Spelen leek ze erg begaan geweest met zijn opleiding. Ze had hem er steeds uitgepikt. Zou het misschien goed zijn om haar een brief te sturen, om… om… Hij wist niet goed wat hij hoopte te bereiken. Maar misschien zou het ooit nog van pas komen, als hij een belangrijke officier was, mochten ze elkaar voor die tijd niet meer zien. Het kon geen kwaad om dr. Gaul te schrijven. Hij had niets meer te verliezen. Ze kon hem hooguit negeren.

Kauwend op zijn pen probeerde Coriolanus zijn gedachten op een rijtje te zetten. Moest hij beginnen met excuses? Maar waarom? Ze wist heus wel dat hij geen spijt had van zijn poging om te winnen, alleen van het feit dat hij betrapt was. Het was beter om gewoon geen excuses aan te bieden. Hij zou kunnen vertellen over zijn leven in de kazerne, maar dat leek te gewoontjes. Je kon er veel over zeggen, maar hun gesprekken waren altijd van een hoog niveau geweest. Het was één lange les geweest, speciaal voor hem. En toen drong het tot hem door. Hij moest de les voortzetten. Waar waren ze gebleven? Zijn kantje over chaos, controle en… wat was die derde ook alweer? Die vergat hij elke keer. O ja, contract. Het contract waardoor het Capitool zijn macht kon uitoefenen. En hij begon te schrijven…

Beste dr. Gaul,

Er is veel gebeurd sinds ons laatste gesprek, maar het inspireert me nog elke dag. District 12 biedt een geweldig podium waarop ik kan zien hoe de strijd tussen chaos en controle zich ontvouwt, en als vredebewaker zit ik op de eerste rij.

Hij vertelde over de dingen waar hij sinds zijn aankomst getuige van was geweest. De voelbare spanning tussen de inwoners en de troepen van het Capitool, hoe die tijdens de ophanging bijna op geweld was uitgedraaid en bij het gevecht in de As tot uitbarsting was gekomen.

Het deed me denken aan mijn missie in de arena. Je kunt over de ware aard van de mens discussiëren, maar erover nadenken terwijl er een vuist tegen je mond beukt is iets heel anders. Maar deze keer was ik voor mijn gevoel beter voorbereid. Ik ben er niet van overtuigd dat we allemaal zo'n gewelddadige inborst hebben als u zegt, maar er is erg weinig voor nodig om het beest naar de oppervlakte te krijgen, zeker in de beschutting van het donker. Ik vraag me af hoeveel van die mijnwerkers klappen hadden uitgedeeld als het Capitool hun gezichten had kunnen zien? In de middagzon van de executie morden ze wel, maar durfden ze niet te vechten.

Dat is iets om over na te denken terwijl mijn lip geneest.

Hij voegde er nog aan toe dat hij geen antwoord verwachtte maar haar alle goeds wenste. Twee kantjes. Kort maar krachtig. Zonder al te veel om aandacht te zeuren. Zonder iets van haar te vragen. Zonder excuses. Hij vouwde de brief strak op, plakte de envelop dicht en schreef haar adres in de Citadel erop. Om vragen te voorkomen, vooral van Sejanus, deed hij de brief meteen op de post. Op hoop van zegen, dacht hij.

Bij het eten kregen ze appelmoes en vettige stukken aardappel bij hun worstjes en hij at alles op zijn overvolle blad met smaak op. Daarna hielp Sejanus hem met de voorbereiding op het examen, maar zelf bleef hij vaag over zijn ambities op dat gebied.

'Er zijn maar drie examens per jaar, en het eerstvolgende is komende woensdagmiddag,' zei Coriolanus. 'Laten we het samen doen. Al is het maar om te oefenen.'

'Nee, ik heb al die legerinformatie nog niet in mijn hoofd. Maar ik denk dat jij het wel gaat halen,' antwoordde Sejanus. 'De rest doe je natuurlijk perfect, dus zelfs als dat gedeelte niet helemaal goed gaat, is je gemiddelde waarschijnlijk hoog genoeg. Dus jij moet het gewoon doen, voordat je al je wiskunde weer vergeten bent.' Daar zat wat in. Zijn meetkunde leek nu al een beetje weggezakt.

'Als je officier bent, mag je misschien een medische opleiding volgen. Je was altijd heel goed in biologie,' zei Coriolanus, die erachter probeerde te komen waar Sejanus na hun gesprek stond. Die jongen had iets nieuws nodig om zich in vast te kunnen bijten. 'En dan kun je mensen helpen, zoals je al zei.'

'Dat is waar.' Sejanus dacht even na. 'Misschien ga ik wel eens met de artsen in de ziekenboeg praten om te vragen hoe zij daar terecht zijn gekomen.'

De volgende ochtend, na een nacht vol vreemde dromen waarin hij afwisselend Lucy Gray zoende en de slangen van dr. Gaul eten gaf, schreef Coriolanus zich in voor het toelatingsexamen. De dienstdoende officier zei dat hij vrij zou krijgen van de training en dat was op zich al een reden om mee te doen, want het beloofde een bloedhete week te worden. Maar dat was niet het enige. Ja, het was heet, maar hij begon ook de saaie dagelijkse routine zat te worden. Als hij de officiersopleiding mocht volgen, zou hij interessantere taken krijgen.

Die dag waren er twee wijzigingen in het gebruikelijke schema. Ten eerste zouden ze vanaf nu ook wachtdiensten draaien, wat op weinig enthousiasme kon rekenen, want iedereen wist hoe saai dat was. Toch dacht Coriolanus dat hij liever achter het bureau bij de poort zat dan dat hij pannen schrobde. Misschien kon hij tussendoor nog wat lezen of schrijven.

De tweede verandering maakte hem erg nerveus. Tijdens de schiettraining kregen ze te horen dat Coriolanus' voorstel om de vogels rond de galg neer te schieten was goedgekeurd. Maar eerst wilde de Citadel dat ze een stuk of honderd snatergaaien en spotgaaien vingen, die ongedeerd naar het lab gebracht moesten worden voor onderzoek. Zijn peloton was geselecteerd om die middag de kooien in de bomen te hangen, en dat betekende dat hij met wetenschappers uit het lab van dr. Gaul zou werken. Die ochtend was er per hovercraft een team gearriveerd. Hij had altijd maar een paar mensen gezien in de Citadel, maar het was een zorgwekkend idee dat hij iemand uit het lab zou kunnen tegenkomen, waar iedereen natuurlijk wist van zijn truc met de slangen en de daaropvolgende schande. En toen kreeg hij een afschuwelijke ingeving: dr. Gaul zou toch niet zelf aanwezig zijn bij de vogelvangst? Hij had het bijna grappig gevonden om haar vanaf de andere kant van Panem een brief te sturen, maar bij het idee dat hij voor het eerst na zijn verbanning weer oog in oog met haar zou staan begonnen zijn knieën te knikken.

Toen hij achter in de hotsende vrachtwagen zat, ongewapend en binnenkort misschien ook ontmaskerd, sijpelde zijn optimisme van het weekend weg. De andere rekruten leken het opgewekt als een soort excursie te beschouwen en kletsten honderduit, maar hij zei niets.

Sejanus begreep waar hij bang voor was. ‘Dr. Gaul is er heus niet,’ fluisterde hij. ‘Dit soort klusjes laat ze aan haar ondergeschikten over.’ Coriolanus knikte, maar hij was er niet gerust op.

De vrachtwagen stopte onder de galgenboom en hij verschool zich achter de anderen om de vier Capitoolwetenschappers te bekijken. Die zagen er allemaal bespottelijk uit in hun witte labjassen, alsof ze elke moment de sleutel tot onsterfelijkheid konden ontdekken in plaats van dat ze bij veertig graden een stel stomme vogels gingen vangen. Hij tuurde naar hun gezichten, maar ze kwamen hem geen van allen bekend voor en hij haalde opgelucht adem. Er hadden honderden wetenschappers gewerkt in het gigantische lab en deze mensen waren gespecialiseerd in vogels, niet in reptielen. Ze begroetten de soldaten vriendelijk en gaven iedereen opdracht een van de op kooien lijkende gaasvallen te pakken terwijl zij uitlegden wat de bedoeling was. De rekruten haalden gehoorzaam een val en gingen aan de rand van het bos zitten, vlak bij de galg.

Sejanus stak zijn duim naar hem op omdat dr. Gaul er niet was, en hij wilde net hetzelfde gebaar maken toen hij op een open plek verderop in het bos een gestalte ontwaarde. Een vrouw in een labjas stond met haar rug naar hen toe en luisterde met een schuin hoofd roerloos naar de kwetterende vogels. De andere wetenschappers wachtten eerbiedig tot ze klaar was en zich weer bij hen voegde. Ze duwde een tak opzij en Coriolanus zag haar gezicht, dat weinig indruk zou maken als ze geen grote roze bril zou dragen. Hij herkende haar meteen. Dit was de vrouw die tegen hem was uitgevallen omdat hij haar vogels had gestoord toen hij hulpeloos de uitgang van het lab had gezocht nadat hij Clemensia in een regenboog van pus had zien bezwijken. Maar zou zij nog weten wie hij was? Hij dook nog wat meer in elkaar achter Smiley en was opeens heel geïnteresseerd in zijn vogelval.

De rozebebrilde vrouw, die door een van de wetenschappers warm werd voorgesteld als 'onze dr. Kay', begroette hen vriendelijk en legde uit wat hun doel was – vijftig snatergaaien en vijftig spotgaaien vangen – en hoe ze dat gingen aanpakken. Ze moesten het bos volhangen met vallen, waar voedsel, water en nepvogels in geplaatst zouden worden als lokaas. De vallen zouden twee dagen openblijven zodat de vogels er naar hartenlust in en uit konden vliegen. Woensdag zouden ze terugkomen, het aas verversen en de vallen instellen om de vogels te vangen.

De rekruten wilden het graag goed doen en verdeelden zich in vijf groepjes van vier, die allemaal met een van de wetenschappers naar een ander deel van het bos gingen. Coriolanus zwenkte af naar het clubje rond de man die dr. Kay had voorgesteld en maakte zich zo snel mogelijk onzichtbaar tussen de struiken. Naast de vallen droegen ze rugzakken met verschillende soorten lokaas. Na een meter of honderd gaf een rood teken op een boomstam hun beginpunt aan. Op aanwijzingen van de wetenschapper werkten ze vanaf daar in steeds groter wordende kringen, waarbij ze in tweetallen de vallen vulden en hoog in de bomen hingen.

Coriolanus vormde een duo met Bug, die heel goed bleek te kunnen klimmen, want hij kwam uit District 11 en daar hielpen de kinderen in de boomgaarden. Ze waren een paar zweterige maar productieve uren bezig – Coriolanus vulde de vallen en Bug hees ze de takken in. Toen ze weer bij elkaar kwamen, dook Coriolanus snel de vrachtwagen in om zijn insectenbeten te bekijken tot hij op veilige afstand van dr. Kay was. Ze had helemaal geen aandacht aan hem besteed. Niet zo paranoïde, dacht hij. *Ze heeft je niet herkend.*

Dinsdag verliep volgens het vaste schema, al zat Coriolanus tijdens het eten en de korte periode voordat het licht uitging te blokken voor het examen. Hij verlangde naar Lucy Gray en ze zweefde de hele tijd zijn hoofd in, maar hij deed zijn best om haar weg te duwen. Na de test mocht hij zo veel dagdromen als hij wilde, beloofde hij zichzelf. Woensdag worstelde hij zich door de ochtendoefeningen, lunchte in zijn eentje om nog één keer de handleiding door te nemen en ging toen naar het lokaal waar ze tactiektraining kregen. Er hadden zich nog twee andere vredebewakers aangemeld, een man van achter in de twintig die beweerde dat hij het examen al vijf keer had gedaan en iemand van tegen de vijftig, wat hem erg oud leek om het roer nog om te gooien.

Examen doen was een van Coriolanus' grootste talenten en hij voelde de vertrouwde golf van opwinding toen hij het boekje opensloeg. Hij hield van de uitdaging en door zijn obsessieve aard ging hij vrijwel onmiddellijk helemaal op in de mentale hindernisbaan. Drie uur later leverde hij bezweet, uitgeput en blij zijn boekje in en liep naar de eetzaal om ijs te halen. Hij ging in het reepje schaduw zitten dat de slaapbarak te bieden had, wreef de blokjes over zijn huid en nam in gedachten de vragen nog eens door. Heel even rouwde hij weer om het verlies van zijn universitaire carrière, maar die pijn zette hij snel van zich af door te bedenken dat hij een legendarische legerleider zou worden, net als zijn vader. Misschien was het wel voorbestemd zo.

De rest van zijn peloton was nog op pad om met de Citadelwetenschappers in de bomen te klimmen en de vallen in werking te stellen, dus hij slenterde weg om de post voor zijn kamer op te halen. Er stonden twee enorme pakketten van Moe Plinth te wachten, die weer een wilde nacht in de As beloofden. Hij nam ze mee naar hun kamer maar besloot ze pas open te maken als de anderen terug waren. Moe had hem ook een aparte brief gestuurd om hem te bedanken voor alles wat hij voor Sejanus had gedaan, en om te vragen of hij ook daar een beetje op hem wilde letten.

Coriolanus legde de brief neer en zuchtte bij het idee dat hij Sejanus' oppas moest spelen. Zijn ontsnapping uit het Capitool had zijn ellende heel even verlicht, maar hij was nu alweer in alle staten door de rebellen. Hij zwoer samen met Billy Taupe. Maakte zich druk om die meid in het wachthuis. Hoe lang zou het duren voordat hij weer een of andere stunt uithaalde, net als toen hij de arena in was gegaan? En dan verwachtte iedereen weer dat Coriolanus het wel even opknapte.

Hij geloofde gewoon niet dat Sejanus ooit echt zou veranderen. Misschien kon hij het niet, maar hij wílde het ook niet. Hij had alles wat het vredebewakersbestaan hem te bieden had nu al afgewezen: hij deed net alsof hij niet kon schieten, wilde geen toelatingsexamen doen voor de officiersopleiding, maakte heel duidelijk dat hij niet voor het Capitool wilde uitblinken. District 2 zou altijd zijn thuis zijn. Districtsbewoners zouden altijd zijn familie zijn. Districtsrebellen zouden altijd voor de goede zaak strijden… en het zou Sejanus' morele plicht zijn om hen te helpen.

Coriolanus voelde een nieuwe dreiging opkomen. In het Capitool had hij geprobeerd om Sejanus' misplaatste gedrag naast zich neer te leggen, maar hier was het anders. Hier werd hij als een volwassene beschouwd en kon een verkeerde keuze hem zijn leven kosten. Als hij de rebellen hielp, zou hij voor het vuurpeloton belanden. Wat mankeerde die jongen toch?

In een opwelling maakte Coriolanus Sejanus' kluisje open, haalde zijn doos eruit en liet de inhoud voorzichtig op de grond glijden. Hij zag wat persoonlijke bezittingen, een pakje kauwgum en drie flesjes medicijnen die door een Capitoolarts waren voorgeschreven. Twee daarvan leken slaappillen te bevatten en het derde was een druppelflesje morfling, net zo een als hij rector Highbottom wel eens had zien gebruiken. Hij wist dat Sejanus medicijnen had gebruikt tijdens zijn inzinking, dat had Moe hem zelf verteld, maar waarom had hij ze meegenomen? Had Moe ze voor de zekerheid in zijn doos gestopt? Hij rommelde door de rest van de spullen. Een reep stof, briefpapier, pennen, een brokje marmer dat in een grove hartvorm gehakt leek te zijn en een stapeltje foto's. De familie Plinth liet elk jaar een portret maken en hij zag Sejanus opgroeien van dreumes tot het afgelopen jaar. Alle foto's waren van de familie, behalve een oude foto van een groep schoolkinderen. Coriolanus nam aan dat het hun klas was, maar hij herkende niemand en veel kinderen droegen slecht zittende, sjofele kleren. Hij ontdekte Sejanus die in een net pak met een bedachtzame glimlach op de tweede rij zat. Achter hem rees een lange jongen op die veel ouder leek. En toen hij goed keek vielen de stukjes op hun plek. Dat was Marcus. Op een klassenfoto van Sejanus' laatste jaar in District 2. Zijn Capitoolklasgenoten waren nergens te bekennen, zelfs Coriolanus niet. Om de een of andere reden leek dit het duidelijkste antwoord op de vraag waar Sejanus' loyaliteit lag.

Onder op de stapel vond hij een dikke zilveren lijst met daarin nota bene Sejanus' diploma. Het was uit de mooie leren map gehaald en in de lijst gestopt, alsof het opgehangen moest worden. Maar waarom? Sejanus zou het nooit van zijn leven aan de muur hangen, als hij al een muur had gehad om het aan te hangen. Coriolanus liet zijn vinger over het dof geworden metaal glijden en draaide de lijst om. De achterkant leek een beetje scheef te zitten en er stak een heel klein hoekje lichtgroen papier uit. Dat is niet zomaar papier, dacht hij grimmig, en hij schoof de haken opzij om de achterkant eruit te halen. Zodra de plaat loskwam, gleed er een stapel knisperende biljetten op de grond.

Geld. En veel ook. Waarom zou Sejanus zo veel geld meegenomen hebben naar zijn nieuwe leven als vredebewaker? Zou Moe daarop gestaan hebben? Nee, Moe niet. Die leek van mening dat geld de oorzaak van hun ellende was. Strabo dan? Met het idee dat geld zijn zoon altijd zou beschermen, waar hij ook in terechtkwam? Dat zou kunnen, maar meestal betaalde Strabo het omkoopgeld zelf. Had Sejanus dit in zijn eentje geregeld, buiten zijn ouders om? Dat zou verontrustender zijn. Waren dit al zijn toelages, zorgvuldig opgespaard als appeltje voor de dorst? Had hij het geld de dag voor zijn vertrek van de bank gehaald en in die lijst verstopt? Sejanus klaagde altijd dat zijn vader telkens zijn problemen afkocht, maar misschien was het hem met de paplepel ingegoten? De Plinthmanier om dingen op te lossen. Overgedragen van vader op zoon. Verachtelijk maar efficiënt.

Coriolanus veegde het geld bij elkaar, maakte er een net stapeltje van en ging met zijn duim langs de biljetten. Dit waren honderden, duizenden dollars. Maar wat had je daaraan in District 12, waar niets te kopen viel? In ieder geval niets wat je niet met je vredebewakerssalaris kon betalen. De meeste rekruten stuurden de helft van hun soldij naar huis, want het Capitool leverde vrijwel alles wat ze nodig hadden, behalve briefpapier en een avond in de As. Je had natuurlijk de zwarte markt, maar op de drank na had hij daar voor een vredebewaker weinig aantrekkelijks gezien. Ze hoefden geen dode konijnen, schoenveters of zelfgemaakte zeep. En dan nog zouden ze zich die makkelijk kunnen veroorloven. Natuurlijk waren er ook andere dingen te koop. Informatie, toegang, iemands zwijgen. Steekpenningen. En macht.

Coriolanus hoorde de stemmen van het peloton dat terugkwam. Snel stopte hij het geld weer in de zilveren lijst, waarbij hij goed oplette dat er een klein groen hoekje zichtbaar bleef. Hij deed alles terug in de doos en zette die in Sejanus' kluisje. Toen zijn kamergenoten naar binnen struikelden, stond hij met zijn armen wijd boven de pakketten van Moe en vroeg met een brede grijns: 'Wie heeft er zaterdag niks te doen?'

Smiley, Bonenstaak en Bug rukten de dozen open om de schatten uit te pakken, terwijl Sejanus vanaf een onderbed geamuseerd toekeek.

Coriolanus leunde tegen het bed boven hem. ‘Wat een geluk dat we jouw Moe hebben. Anders waren we helemaal blut.’

‘Platzak inderdaad,’ beaamde Sejanus.

Als Coriolanus ergens nooit aan had getwijfeld, dan was het Sejanus’ eerlijkheid. Het zou soms zelfs wel een tandje minder mogen. Maar dit was een onverholen leugen, die net zo achteloos werd uitgesproken als de waarheid. En dat betekende dat alles wat hij zei nu verdacht was.

26

Sejanus sloeg tegen zijn voorhoofd. 'O! Hoe is je examen gegaan?'

'Dat moet nog blijken,' zei Coriolanus. 'Het wordt nagekeken in het Capitool. Ze zeiden dat het wel even kan duren voordat ik de uitslag krijg.'

'Je haalt het wel,' verzekerde Sejanus hem. 'Je verdient het.'

Zo behulpzaam. Zo huichelachtig. Zo zelfdestructief. Als een mot die op een vlam afkwam. Met een schok dacht Coriolanus aan de brief van Pluribus. Was dat niet wat rector Highbottom had gemompeld na die ruzie met Coriolanus' vader heel lang geleden? Bijna. Hij had het meervoud gebruikt. *Als motten die op een vlam afkomen.* Alsof een hele zwerm motten rechtstreeks een vlammenzee in vloog. Een hele groep die zichzelf de vernietiging in wilde helpen. Over wie had hij het? Ach, wat kon het ook schelen. Die verdoofde, haatdragende, ouwe High-als-een-papegaai-Bottom. Hij moest zich er maar niet druk om maken.

Na het eten vervulde Coriolanus zijn eerste wachtuur in een vliegtuighangar aan de andere kant van het terrein. Hij was gekoppeld aan een oudgediende die Coriolanus opdracht gaf goed op te letten en zelf vervolgens onmiddellijk indutte. Zijn gedachten richtten zich op Lucy Gray – hij wilde dat hij haar kon zien, of in elk geval met haar kon praten. Het leek zo'n verspilling om hier de wacht te houden, waar duidelijk nooit iets gebeurde, als hij haar ook in zijn armen zou kunnen hebben. Hij voelde zich opgesloten in de kazerne, terwijl zij gewoon de nacht kon afschuimen. Ergens was het beter geweest toen ze nog in het Capitool opgesloten had gezeten, waar hij altijd ongeveer had geweten waar ze was. Wie zou het zeggen, misschien probeerde Billy Taupe op dat moment wel weer een plekje in haar hart te veroveren. Waarom zou hij doen alsof hij helemaal niet jaloers was? Misschien had hij hem toch moeten laten arresteren…

Terug in zijn kamer schreef hij een briefje aan Moe met lovende woorden over haar lekkernijen, en een aan Pluribus om hem te bedanken voor zijn hulp en om naar snaren voor Lucy Gray te vragen. Zijn hoofd was moe van het examen dus hij sliep diep, en toen hij wakker werd was hij al aan het zweten op deze hete augustusochtend. Wanneer werd het koeler? In september? Oktober? Bij de lunch liep de rij voor de ijsmachine door de halve eetzaal. Coriolanus had keukencorvee en bereidde zich voor op het ergste, maar kwam tot de ontdekking dat hij tot hakker was bevorderd. Dat zou een welkome afwisseling geweest zijn na het afwassen, ware het niet dat hij de uien toegewezen kreeg. Met de tranen kon hij nog leven, maar hij maakte zich groeiende zorgen over de geur die in zijn handen trok. Zelfs na een avond dweilen begonnen zijn kamergenoten er nog over, en hij kreeg de stank niet weggeboend. Zou hij stinken als hij Lucy Gray weer zag?

Vrijdagochtend was hij in zekere zin opgelucht dat hij die middag met de vogels aan de slag ging, ondanks de hitte en zijn onrust rond de Citadelwetenschappers. Hij vond het vervelende beesten, maar ze lieten in elk geval geen geur na. Toen Bonenstaak tijdens het marcheren flauwviel, moesten zijn kamergenoten hem van de sergeant naar de ziekenboeg dragen, waar Coriolanus van de gelegenheid gebruikmaakte om een metalen busje poeder te halen tegen de warmte-uitslag op zijn borst en onder zijn rechteroksel. 'Drooghouden,' adviseerde de arts. Het kostte hem moeite om niet met zijn ogen te rollen. Zijn huid was niet meer droog geweest sinds hij in het stoombad van District 12 was gearriveerd.

Na een lunch van koude broodjes smeerworst hobbelden ze in de vrachtwagen naar het bos, waar de wetenschappers op hen stonden te wachten – nog altijd in hun witte labjassen. Hij liep weer naar Bug, maar toen hoorde hij dat die woensdag bij gebrek aan partner met dr. Kay had samengewerkt. Ze was zo onder de indruk geweest van zijn behendigheid in de takken dat ze nu weer om hem had gevraagd. Het was te laat om nog van partner te ruilen, dus Coriolanus liep met haar groep mee het bos in en bleef zoveel mogelijk achteraan hangen.

Het hielp niet. Terwijl hij naar Bug keek die een met vers lokaas gevulde kooi de eerste boom in hees en verruilde voor een val met een snatergaai erin, kwam dr. Kay achter hem staan. 'En, wat vind je van de districten, soldaat Snow?'

Hij zat gevangen als een vogel. Als de tributen in de dierentuin. Het bos in vluchten was geen optie. Hij dacht aan het advies van Lucy Gray dat hem in het apenverblijf had gered. *Laat je niet kennen.*

Hij draaide zich naar haar om met een glimlach die schaapachtig genoeg was om te erkennen dat ze hem betrapt had, maar geamuseerd genoeg om te laten zien dat het hem niet kon schelen. 'Weet u, volgens mij heb ik in één dag als vredebewaker meer over Panem geleerd dan in al die jaren op de Academie.'

Dr. Kay schoot in de lach. 'Ja, het is een goede leerschool. Ik ben tijdens de oorlog naar 12 gestuurd. Ik woonde in jouw kazerne. Werkte in deze bossen.'

'Nam u deel aan het snatergaaiproject?' vroeg Coriolanus. Dan hadden ze tenminste allebei publiekelijk gefaald.

'Ik leidde het,' zei dr. Kay nadrukkelijk.

En óf ze publiekelijk gefaald had. Coriolanus voelde zich meer op zijn gemak. Híj had zichzelf alleen maar te schande gemaakt tijdens de Hongerspelen, niet tijdens een landelijke oorlog. Misschien was ze hem gunstig gezind en zou ze bij terugkomst een positief verslag uitbrengen aan dr. Gaul als hij nu zijn best deed. Het kon geen kwaad om een poging te doen haar in te palmen. Hij wist nog dat de snatergaaien allemaal mannetjes waren en zich niet met elkaar konden voortplanten. 'Dus deze snatergaaien zijn dezelfde vogels die u in de oorlog als spionnen hebt ingezet?'

'Hm-hm. Het waren mijn kinderen. Nooit gedacht dat ik ze nog eens terug zou zien. Iedereen was ervan overtuigd dat ze de winter niet zouden overleven. Genetisch gemanipuleerde wezens hebben het vaak zwaar in het wild. Maar ze waren sterk, die vogels van mij, en de natuur heeft een eigen willetje,' zei ze.

Bug klom naar de onderste tak en gaf de kooi met de snatergaai aan. 'We moeten ze nog even in de vallen laten zitten.' Het was een opmerking, geen vraag.

'Ja. Dat maakt de overgang minder stressvol,' bevestigde dr. Kay.

Bug knikte, liet zich op de grond glijden en pakte een nieuwe val aan van Coriolanus. Zonder iets te vragen liep hij naar de volgende boom. Dr. Kay keek goedkeurend toe. 'Sommige mensen begrijpen vogels gewoon.'

Coriolanus voelde heel duidelijk dat hij nooit tot die mensen zou behoren, maar hij kon best een paar uur doen alsof. Hij ging op zijn hurken naast de kooi zitten en bestudeerde de snatergaai, die druk zat te kwetteren. ‘Ik heb nooit echt begrepen hoe ze precies werken.’ Niet dat hij geprobeerd had daarachter te komen. ‘Ik weet dat ze gesprekken vastlegden, maar hoe deden ze wat u wilde?’

‘Ze hebben geleerd om op audiosignalen te reageren. Met een beetje mazzel kan ik het laten zien.’ Dr. Kay haalde een rechthoekig apparaatje uit haar zak. Er zaten diverse kleurige knoppen op, zonder aanduidingen, maar misschien waren die in de loop der tijd weggesleten. Ze knielde tegenover hem bij de kooi en keek met meer genegenheid naar de vogel dan Coriolanus voor een wetenschapper gepast vond. ‘Is hij niet prachtig?’

Coriolanus probeerde overtuigend te klinken. ‘Nou en of.’

‘Wat je nu hoort, dat gekwetter, is van hemzelf. Hij kan de andere vogels imiteren, of ons, of zeggen waar hij zin in heeft. Dit is zijn neutrale stand.’

‘Zijn neutrale stand?’ vroeg Coriolanus.

‘Zijn neutrale stand?’ Hij hoorde zijn eigen stem uit de snavel van de vogel komen. *‘Zijn neutrale stand?’*

Het is nog enger als het je eigen stem is, dacht hij, maar hij lachte opgetogen. ‘Dat was ik!’

‘Dat was ik!’ zei de snatergaai met zijn stem, waarna het dier een vogel in de buurt begon te imiteren.

‘Klopt,’ zei dr. Kay. ‘Maar in neutrale stand zal hij snel op iets anders overgaan. Een andere stem. Meestal slechts een korte zin. Of een flard van vogelgezang. Net waar hij zin in heeft. Voor spionagewerk moeten we hem in opnamestand zetten. Duimen maar.’ Ze drukte op een van de knopjes van de afstandsbediening.

Coriolanus hoorde niets. ‘O, wat jammer. Zeker te oud.’

Maar dr. Kay had een glimlach op haar gezicht. 'Niet per se. Mensen kunnen de commandotonen niet horen, maar vogels pikken ze makkelijk op. Merk je hoe stil hij is?'

De snatergaai zweeg. Hij hipte door zijn kooi, hield zijn kopje schuin, pikte naar dingen – net als eerst, maar dan zonder te praten.

'Werkt het?' vroeg Coriolanus.

'Dat gaan we nu horen.' Dr. Kay drukte op een ander knopje en de vogel tsjirpte verder. 'Dit is weer de neutrale stand. Eens kijken wat hij heeft opgepikt.' Ze duwde een derde knopje in.

Na een korte stilte begon de vogel te praten.

'O, wat jammer. Zeker te oud.'

'Niet per se. Mensen kunnen de commandotonen niet horen, maar vogels pikken ze makkelijk op. Merk je hoe stil hij is?'

'Werkt het?'

'Dat gaan we nu horen.'

Een perfecte kopie. Of toch niet. Het geruis van de bomen, het gegons van de insecten en de andere vogels waren niet vastgelegd. Alleen het geluid van de menselijke stemmen.

'Goh,' zei Coriolanus, enigszins onder de indruk. 'Hoe lang kunnen ze opnemen?'

'Een uur ongeveer, op een goede dag,' vertelde dr. Kay. 'Ze zijn gemaakt om boomrijke gebieden op te zoeken en komen dan af op menselijke stemmen. We lieten ze in opnamestand los in het bos en haalden ze met een baken terug naar de kazerne, waar we de opnames analyseerden. Niet alleen hier, maar ook in District 11, 9, overal waar we dachten dat ze van pas zouden kunnen komen.'

'Konden jullie niet gewoon microfoons in de bomen hangen?' vroeg Coriolanus.

'Gebouwen kun je afluisteren, maar een bos is te groot. De

rebellen kenden het terrein, wij niet. Ze verplaatsten zich voortdurend. De snatergaai is een natuurlijk, mobiel opnameapparaat en bovendien niet te traceren, in tegenstelling tot een microfoon. De rebellen konden ze vangen, doden, opeten zelfs, en dan nog zagen ze alleen een gewone vogel,' legde dr. Kay uit. 'In theorie zijn ze perfect.'

'Maar in de praktijk kwamen de rebellen er toch achter wat ze deden,' zei Coriolanus. 'Hoe?'

'Dat weet ik niet precies. Sommige mensen dachten dat ze de vogels naar de kazerne zagen vliegen, maar we haalden ze alleen midden in de nacht terug, als je ze nauwelijks kunt zien, en altijd maar een paar tegelijk. Het is aannemelijker dat we sporen hebben nagelaten. Dat we informatie hebben gebruikt waar we geen andere bron voor konden hebben dan een opname uit het bos. Dat zal argwaan hebben gewekt, en hoewel die zwarte veren 's nachts een perfecte schutkleur zijn, is hun late bedrijvigheid misschien ook een aanwijzing geweest. Ik denk dat ze toen gewoon zijn gaan experimenteren door ons valse informatie voor te schotelen om te zien of we daarop zouden reageren.' Ze haalde haar schouders op. 'Of misschien hadden ze een mol in de kazerne. Ik denk niet dat we het ooit zullen weten.'

'Waarom gebruikt u nu dat baken niet om ze terug te halen? In plaats van…' Coriolanus zweeg, want hij wilde niet zeurderig overkomen.

'In plaats van jullie de hitte in te sturen om levend verslonden te worden door de muggen?' Ze lachte. 'Het hele zendstation is ontmanteld en het oude vogelverblijf wordt nu als opslagruimte gebruikt. Bovendien regel ik het liever zelf. We willen niet dat ze wegvliegen en nooit meer terugkomen, hè?'

'Natuurlijk niet,' loog Coriolanus. 'Zouden ze dat doen?'

'Ik kan niet voorspellen wat ze zullen doen nu ze zich hier

gevestigd hebben. Aan het eind van de oorlog heb ik ze in neutrale stand vrijgelaten. Anders zou het wreed geweest zijn. Een stomme vogel zou het te zwaar hebben. Ze hebben het niet alleen overleefd, ze hebben zich ook nog eens voortgeplant met de spotlijsters. Dus nu hebben we een geheel nieuwe soort.' Dr. Kay wees naar een spotgaai tussen de bomen. 'De plaatselijke bevolking noemt ze spotgaaien.'

'En wat kunnen zij?' vroeg Coriolanus.

'Ook dat weet ik niet precies. Ik heb ze de afgelopen dagen bestudeerd. Ze kunnen geen spraak nabootsen. Maar ze kunnen muziek beter en langduriger herhalen dan hun moeders,' zei ze. 'Zing eens iets?'

Coriolanus had maar één lied in zijn repertoire.

Pracht van Panem,
Een stad zo groots,
Uit de as weer opgestaan.

De spotgaai hield zijn kopje schuin en begon toen terug te zingen. Zonder woorden, maar met precies dezelfde melodie en een stem die tussen mens en vogel in zat. Een paar vogels in de buurt pikten zijn lied op en weefden er een meerstemmig patroon van, wat hem opnieuw aan de Covey met hun oude deuntjes deed denken.

'We zouden ze allemaal af moeten maken.' Het ontglipte hem voordat hij er erg in had.

'Afmaken? Waarom?' vroeg dr. Kay verbaasd.

'Ze zijn onnatuurlijk.' Hij probeerde een vogelliefhebberige draai aan de opmerking te geven. 'Straks doen ze de andere soorten kwaad.'

'Ze lijken zich goed aan te passen. En je vindt ze in heel

Panem, overal waar snatergaaien en spotlijsters samen voorkomen. We nemen er een paar mee terug om te kijken of ze zich kunnen voortplanten – spotgaaien met spotgaaien. Zo niet, dan zijn ze binnen een paar jaar toch uitgestorven. En anders hebben we er gewoon een zangvogelsoort bij,' zei ze.

Coriolanus gaf toe dat ze waarschijnlijk ongevaarlijk waren. De rest van de middag stelde hij vragen en behandelde hij de vogels heel voorzichtig om zijn harteloze vraag te compenseren. Met de snatergaaien had hij niet zo veel moeite – vanuit militair oogpunt klonken die best interessant – maar de spotgaaien wekten grote afkeer bij hem op. Hij vond het maar niets dat ze spontaan ontstaan waren. De natuur ging veel te veel haar eigen gang. Ze moesten uitsterven, en snel ook.

Aan het eind van de dag hadden ze dertig snatergaaien, maar in geen van de vallen bleek een spotgaai te zitten.

'Misschien zijn de snatergaaien minder wantrouwig, omdat de vallen voor hen bekender zijn. Ze zijn immers opgegroeid in kooien,' peinsde dr. Kay. 'Maakt niet uit. We wachten nog een paar dagen af en als het moet halen we de netten.'

Of de wapens, dacht Coriolanus.

Terug op de kazerne werden Bug en hij uitgekozen om de kooien uit te laden en de wetenschappers te helpen om ze in de oude hangar te zetten waar ooit de vogels waren gehuisvest. 'Vinden jullie het leuk om met de verzorging te helpen tot we ze mee naar het Capitool nemen?' vroeg dr. Kay. Bug liet bevestigend een van zijn zeldzame glimlachjes zien, en Coriolanus zei enthousiast ja. Hij wilde een goede indruk maken, maar daarnaast was het door de grote ventilatoren koeler in de hangar. Dat leek hem beter voor zijn warmte-uitslag, die in het bos hevig was opgelaaid. En het was weer eens iets anders.

Voordat het licht uitging sorteerden de kamergenoten de lekkernijen van Moe en maakten ze een plan voor de komende twee weekenden in de As, voor het geval de volgende dozen op zich zouden laten wachten. Omdat hij zo goed kon onderhandelen werd Smiley hun penningmeester, en hij zette zorgvuldig genoeg apart voor twee rondes drank en bijdragen in de Coveymand. Wat overbleef verdeelden ze door vijf. Coriolanus koos weer zes popcornballen uit, waarvan hij er zelf maar eentje opat. De rest zou hij voor de Covey bewaren.

Zaterdagochtend werd Coriolanus wakker van een hagelbui die op het dak van hun slaapbarak roffelde. Onderweg naar het ontbijt bekogelden de kamergenoten elkaar met ijsballen zo groot als sinaasappels, maar halverwege de ochtend brandde de zon alweer feller dan ooit tevoren. Bug en hij moesten die middag de snatergaaien verzorgen. Ze maakten kooien schoon en gaven de vogels eten en water op aanwijzingen van twee van de Citadelwetenschappers. Sommige vogels waren per twee of drie gevangen, maar ze zaten nu allemaal in hun eigen kooi. Ten slotte droegen ze de vogels voorzichtig een voor een naar een gedeelte van de hangar waar een mobiel laboratorium was opgezet. De snatergaaien werden genummerd, gemerkt en ondergingen een aantal testjes om te zien of ze nog op de audiosignalen van de afstandsbediening reageerden. Ze leken nog allemaal in staat om menselijke stemmen op te nemen en af te spelen.

Buiten gehoorsafstand van de wetenschappers zei Bug hoofdschuddend: 'Is dat wel goed voor ze?'

'Geen idee. Daar zijn ze voor gemaakt,' zei Coriolanus.

'Ze zouden gelukkiger zijn als ze gewoon lekker in het bos mochten blijven,' zei Bug.

Coriolanus wist niet of Bug gelijk had. Voor hetzelfde geld werden die beesten over een paar dagen wakker in het Citadellab en vroegen ze zich af waar die afschuwelijke, tien jaar durende nachtmerrie in District 12 vandaan was gekomen. Misschien zouden ze gelukkiger zijn in een gecontroleerde omgeving met veel minder gevaren. 'De wetenschappers zullen vast goed voor ze zorgen.'

Na het eten probeerde hij zijn ongeduld te verbergen terwijl hij wachtte tot zijn kamergenoten klaar waren om te gaan. Omdat hij besloten had zijn romance geheim te houden, was hij van plan om stilletjes weg te glippen als ze in de As waren. Sejanus bleef echter een probleem. Hij had gelogen over het geld, maar misschien wilde hij gewoon niet uit de toon vallen bij zijn berooide kamergenoten. Na het voorval met de plattegrond was hij oprecht berouwvol overgekomen, dus hopelijk besefte hij nu hoe gevaarlijk het zou zijn om als tussenpersoon contact met Lil te zoeken. Maar zouden Billy Taupe of de rebellen hem weer benaderen, aangezien hij hen in eerste instantie had willen helpen? Hij was zo'n makkelijke prooi. Het zou het handigst zijn om hem mee te nemen naar de Covey als ze de anderen geloosd hadden.

'Zin om mee backstage te gaan?' vroeg hij zacht aan Sejanus toen ze in de As waren.

'Vinden ze dat goed?' vroeg Sejanus.

'Tuurlijk,' zei Coriolanus, hoewel ze daar niets over gezegd hadden. Maar eigenlijk kwam het wel handig uit. Als Sejanus Maude Ivory kon bezighouden, zou Coriolanus misschien even alleen kunnen zijn met Lucy Gray. 'Maar we moeten wel eerst de rest van de groep kwijtraken.'

Dat bleek niet moeilijk, want het was nog drukker dan de vorige week en de nieuwe voorraad moonshine was bijzonder sterk. Ze lieten het afdingen over aan Smiley, Bug en Bonenstaak, vonden de deur bij het podium en glipten een smal, verlaten steegje in.

Wat Lucy Gray een keet had genoemd, bleek een soort oude garage waar een stuk of acht auto's in pasten. De grote deuren voor de voertuigen waren met kettingen afgesloten, maar recht tegenover de ingang naar het podium werd een kleinere deur aan de zijkant van het gebouw met een sintelblok opengehouden. Coriolanus hoorde gebabbel en instrumenten die gestemd werden, en wist dat ze goed zaten.

Ze gingen naar binnen en zagen dat de Covey de ruimte gevorderd hadden – ze zaten gemoedelijk op oude banden en bijeengeraapt meubilair, omringd door hun instrumentenkoffers en apparatuur. Hoewel de achterdeur ook openstond was het bloedheet binnen. Het avondlicht viel door een paar gebarsten ramen op het vele ronddwarrelende stof.

Toen Maude Ivory hen zag rende ze in haar roze jurk naar hen toe. 'Hé daar!'

'Goedenavond.' Coriolanus boog en liet het pakje popcornballen zien. 'Wie zoet is krijgt lekkers.'

Maude Ivory trok het papier opzij en hupte op één been voordat ze een buiginkje maakte. 'Dank u zeer, zeg. Ik zal vanavond een speciaal lied voor je zingen!'

'Je kunt me geen groter plezier doen,' zei Coriolanus. Grappig hoe de beleefdheidspraatjes uit het Capitool hier bij de Covey op hun plek leken.

'Maar ik kan je naam niet noemen, want jij bent geheim,' giechelde ze.

Maude Ivory rende naar Lucy Gray, die in kleermakerszit op een oude tafel haar gitaar zat te stemmen. Ze keek met een glimlach naar het opgetogen gezicht van het meisje, maar zei toen streng: 'We bewaren ze voor straks.' Huppelend liet Maude Ivory haar schatten aan de rest van de band zien. Sejanus ging bij hen staan en Coriolanus stak in het voorbijgaan zijn hand op toen hij naar Lucy Gray liep. 'Dat was niet nodig geweest. Straks raakt ze nog verwend.'

'Ik probeer gewoon een beetje vrolijkheid in dat koppie te krijgen,' zei hij.

'En mijn koppie dan?' vroeg Lucy Gray plagerig. Coriolanus boog zich naar haar toe en kuste haar. 'Dat is een goed begin.' Ze schoof opzij en klopte op het hout naast haar.

Coriolanus ging zitten en keek de keet rond. 'Wat is dit?'

'Op dit moment is het onze kleedkamer. We zitten hier voor en na het optreden en als we tussendoor van het podium gaan,' vertelde ze.

'Maar van wie is het?' Hij hoopte dat ze niet hadden ingebroken.

Lucy Gray leek zich daar niet druk om te maken. 'Geen idee. We zijn hier gewoon neergestreken tot ze ons wegjagen.'

Vogels. Het ging met haar altijd over vogels bij de Covey. Zingen, neerstrijken, veren in hun hoed. Snaveltjes van me. Hij vertelde over zijn opdracht met de snatergaaien, want hij hoopte indruk te maken met het feit dat hij was uitgekozen om ze te verzorgen, maar ze leek er alleen verdrietig van te worden.

'Wat een naar idee dat ze opgesloten zitten nadat ze van de vrijheid hebben geproefd,' zei Lucy Gray. 'Wat denken ze met die onderzoeken te ontdekken?'

'Geen idee. Of hun wapens het nog doen?' gokte hij.

'Lijkt me een marteling als iemand op die manier de macht over je stem heeft.' Haar hand ging naar haar keel.

Coriolanus vond dat nogal overdreven maar probeerde troostend over te komen. 'Bij mensen gebeurt zoiets niet.'

'Niet? Kun jij altijd zeggen wat je denkt, Coriolanus Snow?' vroeg ze met een fronsende blik.

Kon hij zeggen wat hij dacht? Ja, natuurlijk. Binnen de grenzen van het redelijke natuurlijk. Hij ging niet bij elk wissewasje rondbazuinen wat hij ervan vond. Wat bedoelde ze? Ze bedoelde wat hij van het Capitool vond. Van de Hongerspelen. En de districten. De waarheid was dat hij achter vrijwel alles stond wat het Capitool deed en dat de rest hem weinig kon schelen. Maar als het moest, zou hij zich uitspreken. Toch? Tegen het Capitool? Zoals Sejanus had gedaan? Zelfs als dat vervelende gevolgen zou hebben? Hij wist het niet, maar hij voelde zich in de verdediging gedrukt. 'Ja. Ik vind dat je moet zeggen wat je denkt.'

'Dat vond m'n papa ook. En die eindigde met meer kogelgaten in zijn lijf dan ik op mijn vingers kan tellen,' zei ze.

Wat bedoelde ze daarmee? Ze zei het niet letterlijk, maar die kogels waren vast door een vredebewaker afgeschoten. Misschien wel door iemand in net zo'n tenue als Coriolanus nu droeg. 'En mijn vader is vermoord door een sluipschutter van de rebellen.'

Lucy Gray slaakte een zucht. 'Nu ben je kwaad.'

'Nee.' Maar dat was hij wel. Hij probeerde zijn boosheid te onderdrukken. 'Ik ben gewoon moe. Ik heb er de hele week naar uitgekeken om je te zien. En ik vind het heel erg van je vader – ik vind het ook erg van míjn vader – maar ik ben niet de baas van Panem.'

'Lucy Gray!' riep Maude Ivory door de keet. 'Het is tijd!' De Covey stonden met hun instrumenten in hun hand bij de deur.

'Ik ga maar eens.' Coriolanus liet zich van de tafel glijden. 'Veel succes.'

'Zie ik je na afloop nog?' vroeg ze.

Hij klopte het stof van zijn tenue. 'Ik moet terug zijn voordat de poort sluit.'

Lucy Gray stond op en hing haar gitaar om haar nek. 'Dan

zien we nog wel. Morgen gaan we trouwens naar het meer, als je tijd hebt.'

'Het meer?' Waren er daadwerkelijk leuke bestemmingen in deze waardeloze uithoek?

'Dat ligt in het bos. Het is een stukje lopen, maar je kan 'r goed zwemmen,' zei ze. ''k Zou het leuk vinden als je meeging. En Sejanus ook. Dan hebben we de hele dag.'

Hij wilde mee. Een hele dag met haar doorbrengen. Hij was nog steeds gekrenkt, maar dat was stom. Ze had hem nergens van beschuldigd. Het gesprek had gewoon een verkeerde wending genomen. Het kwam allemaal door die rotvogels. Ze reikte hem de hand; wilde hij haar echt wegduwen? Hij zag haar zo weinig dat hij zich geen gemok kon veroorloven. 'Goed. We komen na het ontbijt.'

'Oké dan.' Ze gaf hem een kus op zijn wang en liep met de andere Covey de keet uit.

In de As baanden Sejanus en hij zich een weg door de schemerige ruimte, waar het naar zweet en alcohol rook. Ze vonden hun kamergenoten op dezelfde plek als een week eerder. Bug had kisten voor hen vrijgehouden. Coriolanus en Sejanus gingen aan weerskanten van hem zitten en namen allebei een slok van de gemeenschappelijke fles.

Maude Ivory huppelde naar voren om de band voor te stellen. De muziek begon zodra de Covey op het podium stonden.

Coriolanus leunde tegen de muur en haalde zijn drankachterstand in. Hij zou Lucy Gray straks niet meer zien, dus dan mocht hij toch best een beetje dronken worden? De boze knoop in zijn borst werd losser toen hij naar haar staarde. Zo aantrekkelijk, zo betoverend, zo levendig. Hij begon zich schuldig te voelen dat hij chagrijnig was geworden, en hij wist niet eens meer wat ze nou precies had gezegd om hem op de kast te krijgen. Misschien was het wel helemaal niets. Het was een lange, stressvolle week geweest, met het examen, de vogels en Sejanus' domme gedrag. Hij had recht op een leuke avond.

Hij nam nog een paar flinke teugen en was de wereld weer wat beter gezind. Nieuwe en bekende deuntjes golfden over hem heen. Eén keer betrapte hij zichzelf erop dat hij met de rest van het publiek zat mee te zingen en hij hield beschaamd zijn mond, tot hij besefte dat niemand het een probleem vond en iedereen hoe dan ook te dronken was om het te onthouden.

Op een gegeven moment gingen Barb Azure, Tam Amber en Clerk Carmine het podium af voor een korte pauze in de keet. Maude Ivory bleef achter op haar kist bij de microfoon, met Lucy Gray tokkelend naast haar.

'Ik heb een vriend beloofd dat ik een speciaal lied voor hem zou zingen vanavond, dus daar komt het,' kwetterde Maude Ivory. 'Alle Covey hebben hun naam te danken aan een ballade, en deze is van deze mooie dame hier!' Ze gebaarde naar Lucy Gray, die met een kniebuiginkje een bescheiden applaus in ontvangst nam. 'Het is heel oud en geschreven door een man die Wordsworth heet. We hebben het een beetje aangepast, want dan snap je het beter, maar jullie moeten toch goed luisteren.' Ze legde haar vinger op haar lippen en het publiek werd rustiger.

Coriolanus schudde even met zijn hoofd en probeerde zich te concentreren. Als dit het lied van Lucy Gray was, dan moest hij goed opletten zodat hij er morgen iets aardigs over kon zeggen.

Maude Ivory knikte naar Lucy Gray voor het intro en begon op plechtige toon te zingen:

Van Lucy Gray was me vaak verteld;
Tot ik het kind eens zag;

Ze zwierf verlaten door het veld
Bij 't krieken van de dag.

Geen vriend of maat had Lucy Gray;
Ze ging waar niemand ging,
Trok door de bergen op haar slee
Zo'n liefelijk klein ding!

Oké, dus er was een klein meisje dat in de bergen woonde. En blijkbaar geen vrienden kon maken.

Soms stuit je op de speelse ree
En zie je 't haasje weer;
Maar 't lief gezicht van Lucy Gray
Verschijnt hier nimmermeer.

En ze ging dood. Hoe? Daar ging hij vast zo achter komen.

'Mijn meisje, naar de stad moet jij,
Want er wordt storm verwacht;
Licht met de lamp je moeder bij
Door de besneeuwde nacht.'

'Ja, vader, graag; uw wil is wet;
De middag vangt net aan –
De grote klok sloeg twee daarnet
En ginder staat de maan!'

Haar vader maakte van zijn zicht
Het brandhout voor die dag;
Hij toog aan 't werk; zij nam het licht

En zei hem snel gedag.

Een bergree kan niet blijer zijn;
Ze schopt met dartel been
De sneeuw weg die als rook zo fijn
Omhoogstuift om haar heen.

Al heel vroeg stak de stormwind op;
Ze dwaalde van het pad;
En Lucy klom op top na top,
Maar kwam nooit in de stad.

Juist. Veel rare woorden, maar ze verdwaalde dus in de sneeuw. Tja, geen wonder, als ze haar een sneeuwstorm in stuurden. En daarna was ze zeker doodgevroren.

De arme ouders zochten maar
En riepen wijd en zijd;
Maar vonden nergens sporen waar
Ze door werden geleid.

Bij 't dagen stonden ze op een top
De wereld leek zo klein;
Daar dook de houten brug al op
Over een diep ravijn.

't Ging huiswaarts en ze riepen dit:
'Daarboven zien we elkaar!'
Toen nam de moeder in het wit
Haar dochters voetspoor waar.

O, mooi. Ze hadden haar voetafdrukken gevonden. Eind goed, al goed. Het was weer zo'n raar verhaaltje, net als dat lied dat Lucy Gray had gezongen over een man van wie iedereen dacht dat hij was doodgevroren. Ze probeerden hem in een oven te cremeren, maar toen ontdooide hij en was er niets meer aan de hand. Sam Dinges.

Vanaf de steile heuvelrand
Volgden ze 't smalle spoor
En langs de lange stenen wand,
't Gat in de meidoorn door.

Op 't veld keerde de hele tijd
Datzelfde spoor terug;
Ze raakten het nu niet meer kwijt
En kwamen bij de brug.

De voetafdrukken liepen door,
De brug op, een voor een,
Tot midden op de planken 't spoor
Ineens zomaar verdween.

Wacht, wat? Ze ging in rook op?

Toch hebben sommigen 't idee
Dat ze nog leven moet;
Dat je die lieve Lucy Gray
Soms op de berg ontmoet.

Dan loopt ze maar, dat arme kind,
't Is of ze niemand ziet;

Je hoort in 't huilen van de wind
Haar zeer eenzelvig lied.

O, een spookverhaal. Jak. Boehoe. Wat een onzin. Nou, hij zou erg zijn best doen om het mooi te vinden als hij de Covey morgen zag. Maar wie vernoemde zijn kind nu naar een spookmeisje? Hoewel, als het meisje een spook was, waar was haar lichaam dan? Misschien was ze klaar met die nalatige ouders die haar de hele tijd sneeuwstormen in stuurden en was ze in de natuur gaan wonen. Maar waarom werd ze dan niet ouder? Hij snapte er niets van en de drank maakte het er niet beter op. Het deed hem denken aan die keer dat hij het gedicht in de retoriekles niet had begrepen en Livia Cardew hem ten overstaan van de hele klas belachelijk had gemaakt. Wat een vreselijk lied. Misschien zou niemand erover beginnen... Jawel, dat zouden ze wel. Maude Ivory zou een reactie verwachten. Dan zou hij zeggen dat het schitterend was en het verder laten zitten. Maar stel dat ze erover wilde praten?

Coriolanus besloot het voor te leggen aan Sejanus, die altijd goed was geweest in retoriek, om te horen wat hij ervan vond.

Maar toen hij zich voor Bug langs boog, zag hij dat Sejanus niet meer op zijn kist zat.

27

Coriolanus keek rond en probeerde zijn groeiende ongerustheid te onderdrukken. Waar was Sejanus? Adrenaline vocht met de alcohol om de macht over zijn hoofd. Hij was zo opgegaan in de muziek en de drank dat hij niet goed wist wanneer Sejanus verdwenen was. Stel dat hij niet van gedachten was veranderd wat Lil betrof? Stond hij ergens tussen de mensen met de rebellen te overleggen?

Hij wachtte tot het applaus voor Maude Ivory en Lucy Gray was weggestorven en kwam overeind. Net toen hij op weg ging naar de deur zag hij in het schaarse licht Sejanus teruglopen.

'Waar was je?' vroeg Coriolanus.

'Buiten. Ik moet steeds pissen van al die moonshine.' Sejanus ging op zijn kist zitten en keek naar het podium.

Coriolanus zocht ook zijn plek weer op, met zijn ogen op de muzikanten gericht maar met zijn gedachten heel ergens anders. Niemand moest pissen van moonshine. Het was te sterk en de genuttigde hoeveelheid was te klein. Weer een leugen. Wat betekende dat? Dat hij Sejanus nu geen seconde meer uit het oog kon verliezen? De rest van het optreden wierp hij telkens blikken opzij om zeker te weten dat hij er niet weer vandoor ging. Hij bleef in de buurt nadat Maude Ivory met haar lintjesmand was rondgegaan, maar Sejanus was heel druk bezig om Bug te helpen de dronken Bonenstaak terug naar de kazerne te loodsen. Er was geen gelegenheid om het erover te hebben. En als Sejanus echt was weggeglipt om met de rebellen te praten, dan had het duidelijk niet geholpen dat Coriolanus hem rechtstreeks op dat gedoe met Billy Taupe had aangesproken. Het was tijd voor een nieuwe strategie.

De zondag brak veel te fel aan voor Coriolanus' bonkende hoofd. Hij kotste de moonshine uit en bleef onder de douche staan tot hij weer scherp zag. De vettige eieren in de eetzaal waren absoluut geen optie, dus hij knabbelde wat aan een geroosterde boterham terwijl Sejanus ook zijn portie wegwerkte. Dat bevestigde nog maar weer eens Coriolanus' vermoeden dat hij de vorige avond nauwelijks alcohol had gedronken, en zeker niet genoeg om telkens naar de wc te moeten. Hun drie kamergenoten hadden niet eens hun bed uit kunnen komen. Tot hij een betere aanpak had bedacht, moest hij hem nauwlettend in de gaten houden, vooral als ze van het terrein gingen. Maar vandaag had hij gezelschap nodig om naar het meer te gaan.

Coriolanus' eigen enthousiasme was nogal bekoeld, maar Sejanus nam de uitnodiging opgewekt aan. 'Tuurlijk, het lijkt wel vakantie! Laten we ijs meenemen!' Sejanus troggelde de kok nog een plastic zak af en Coriolanus vertrok naar de ziekenboeg om een pijnstiller te halen. Ze troffen elkaar bij het wachthuis en gingen op pad.

Ze wisten geen kortere route naar de Laag, dus ze liepen eerst naar het plein om vanaf daar dezelfde weg af te leggen als een week eerder. Coriolanus overwoog om weer een openhartig gesprek met Sejanus te voeren, maar als hij zich niet liet afschrikken door het feit dat hij voor verraad zou kunnen worden veroordeeld, waardoor dan wel? En Coriolanus wist niet zeker of hij iets van plan was met de rebellen. Misschien had hij gisteren echt gewoon naar de wc gemoeten, en dan zou hij zich door de beschuldiging alleen maar in het nauw gedreven voelen. Het enige tastbare bewijs dat hij had was het verstopte geld, en misschien had Strabo erop gestaan dat hij dat meenam, maar was Sejanus vastbesloten het niet te gebruiken. Hij gaf niets om geld, en munitiegeld was vast een last op zijn schouders. Misschien was het voor hem een kwestie van eer en wilde hij per se zijn eigen boontjes doppen.

Als Lucy Gray nog boos was over hun gekibbel, dan liet ze daar niets van merken. Ze begroette hem bij de achterdeur met een zoen en een glas koud water om de wandeling naar het meer mee te overbruggen. 'Het is twee of drie uur lopen, dat hangt van de doornstruiken af. Maar het is het waard.'

Voor deze ene keer namen de Covey hun instrumenten niet mee. En Barb Azure bleef thuis om een oogje in het zeil te houden. Ze gaf hun een emmer met een kan water, een brood en een oude deken.

'Ze heeft tegenwoordig iets met een meid van verderop,' vertrouwde Lucy Gray hem toe zodra ze buiten gehoorsafstand waren. 'Die twee zijn vast blij dat ze het huis de hele dag voor zich alleen hebben.'

Tam Amber ging voorop door het Weiland naar het bos. Daarna kwamen Clerk Carmine, Maude Ivory en Sejanus, en Lucy Gray en Coriolanus vormden de achterhoede. Er was geen pad. In een lange rij stapten ze over omgevallen bomen, duwden ze takken opzij en probeerden ze de stekelige struiken te ontwijken die telkens opdoken. Binnen tien minuten herinnerde alleen de bijtende stank van de mijnen nog aan District 12. Binnen twintig werd zelfs die verhuld door het groen. Het bladerdak bood schaduw maar weinig verkoeling. Om hen heen gonsden insecten, kwetterden eekhoorns en zongen vogels, zonder zich iets van hun aanwezigheid aan te trekken.

Zelfs na twee dagen vogeldienst werd Coriolanus nerveuzer naarmate ze verder bij de wat hier voor beschaving doorging verwijderd raakten. Hij vroeg zich af welke andere beesten – grotere, sterkere, met tanden – nog tussen de bomen op de loer lagen. Hij had geen enkel wapen. Zodra hij dat besefte deed hij alsof hij een wandelstok nodig had en bleef even staan om een stevige gevallen tak van de zijtakjes te ontdoen.

'Hoe weet hij de weg?' vroeg hij aan Lucy Gray, met een knikje naar Tam Amber.

'We weten allemaal de weg,' zei ze. 'Het is ons tweede huis.'

Aangezien niemand zich verder zorgen leek te maken, marcheerde hij zo een eeuwigheid mee, en hij was blij toen Tam Amber de groep tot stilstand bracht. Maar hij zei alleen maar: 'Ongeveer halverwege.' Ze lieten de zak ijs rondgaan; ze dronken wat er was gesmolten en sabbelden op de overgebleven blokjes.

Maude Ivory klaagde over pijn aan haar voet en toen ze haar gescheurde bruine schoen uittrok kwam er een forse blaar tevoorschijn. 'Die schoenen lopen niet goed.'

'Het is een oud paar van Clerk Carmine. We hopen dat ze er de zomer nog mee doorkomt,' zei Lucy Gray, die fronsend het voetje bekeek.

'Ze zitten te strak,' zei Maude Ivory. 'Ik wil haringkisten, net als in het liedje.'

Sejanus zakte door zijn knieën en bood haar zijn rug aan. 'Wat dacht je van een lift?'

Maude Ivory klauterde aan boord. 'Pas op voor m'n hoofd!'

De toon was gezet en ze droegen het meisje allemaal om

beurten. Omdat ze zelf geen inspanning meer hoefde te verrichten, gebruikte ze haar longen om te zingen.

In een rotsspleet, in 't gebergte,
steeds maar zoekend naar het goud.
Woont een delver met z'n dochter,
nauwelijks achttien jaren oud.

Kijk haar lichter dan een veertje
Op haar grote voeten staan.
Haringkisten, zonder deksel,
Doet ze als sandalen aan.

Tot afgrijzen van Coriolanus pikte een spotgaaienkoor hoog in de takken de melodie op. Hij had niet verwacht dat ze hier nog zouden zitten – die beesten vormden een ware plaag. Maar Maude Ivory was helemaal in haar nopjes en hield de herrie in stand. Coriolanus droeg haar het laatste stukje en leidde haar af door haar te bedanken voor het lied over Lucy Gray van de vorige avond.

'Wat vond je d'rvan?' vroeg ze.

Hij ontweek de vraag. 'Ik vond het heel mooi. Je deed het geweldig.'

'Dank je wel, maar ik bedoel van het lied. Denk je dat mensen Lucy Gray echt zien, of dat 't gewoon hun verbeelding is?' vroeg ze. 'Want ik denk dat ze haar echt zien. Alleen vliegt ze nu, als een vogel.'

'O ja?' Coriolanus voelde zich beter doordat het cryptische lied in elk geval onderwerp van discussie was en hij niet te dom was om de enige erudiete betekenis te vatten.

'Ja, want anders zou ze toch voetafdrukken maken?' vroeg ze.

'Ik denk dat ze rondvliegt en haar best doet om niemand tegen te komen, omdat de mensen haar zouden vermoorden omdat ze anders is.'

'Tuurlijk is ze anders. Ze is een geest, sufferd,' zei Clerk Carmine. 'Geesten laten geen voetafdrukken achter, want die bestaan uit lucht.'

'Maar waar is haar lichaam dan?' vroeg Coriolanus, die vond dat er wel iets van logica in de verklaring van Maude Ivory zat.

'Ze is van de brug gevallen en doodgegaan, maar het was zo'n eind naar beneden dat niemand haar kon zien. Of misschien was er een rivier die haar heeft meegesleurd,' zei Clerk Carmine. 'Hoe dan ook, ze is dood en ze spookt daar nog rond. Ze heeft toch geen vleugels om mee te vliegen?'

'Ze is niet van de brug gevallen! Dan zou de sneeuw er anders uitzien op de plek waar ze stond!' hield Maude Ivory vol. 'Lucy Gray, wat is het nou?'

'Het is een raadsel, schat. Net als ik. Daarom is het mijn lied,' antwoordde Lucy Gray.

Coriolanus hijgde toen ze bij het meer kwamen, hij was uitgedroogd en zijn uitslag brandde door zijn zweet. De Covey kleedden zich tot op hun ondergoed uit en renden het water in, en hij volgde onmiddellijk hun voorbeeld. Hij waadde het meer in en het koude water omhelsde hem, spoelde het spinrag uit zijn hoofd en verkoelde zijn uitslag. Hij kon goed zwemmen, want hij had het als kind op school geleerd, maar hij had het altijd alleen in een zwembad gedaan. De modderige bodem liep steil af en hij kreeg de indruk dat het diep was. Hij zwom naar het midden van het meer en keek drijvend op zijn rug om zich heen. Hij zag alleen maar bos en hoewel er geen toegangsweg leek te zijn, stonden er toch kleine, ingestorte huisjes op de oevers. De meeste waren niet meer te redden, maar een stevig uitziend, betonnen bouwsel had nog een dak en een deur die de natuur buitensloot. Een meter of wat verderop dobberde een eendenfamilie voorbij en onder zijn tenen ontwaarde hij vissen. Angst voor wat er nog meer om hem heen zou kunnen zwemmen dreef hem terug naar de kant. De Covey hadden Sejanus al in een overgooispelletje betrokken, waarbij ze een grote dennenappel als bal gebruikten. Coriolanus deed mee, want het was fijn om gewoon even iets voor de lol te doen. De druk om elke dag een verantwoordelijke volwassene te moeten zijn begon vermoeiend te worden.

Ze rustten even uit en daarna maakte Tam Amber een paar vishengels van kaalgeschraapte takken waar hij draad en zelfgemaakte haakjes aan bevestigde. Clerk Carmine groef in de grond naar wormen en Maude Ivory mobiliseerde Sejanus om bramen te plukken.

‘Niet op dat pad bij de rotsen komen,’ waarschuwde Lucy Gray. ‘Da’s het lievelingsplekje van de slangen.’

‘Ze weet altijd waar ze zitten,’ zei Maude Ivory tegen Sejanus terwijl ze hem meetroonde. ‘Ze vangt ze met haar blote handen, maar ik vind ze eng.’

Daardoor bleven Coriolanus en Lucy Gray over om droog hout te sprokkelen voor het vuur. Hij vond het allemaal best opwindend, het halfnaakt zwemmen tussen wilde beesten, een vuurtje stoken in de open lucht, het ongeregisseerde samenzijn met Lucy Gray. Ze had een doosje lucifers, maar die waren duur en ze zei dat ze er maar eentje kon gebruiken. Toen het bergje dorre bladeren vlam vatte, zaten ze dicht bij elkaar om eerst kleine takjes en daarna grotere stukken hout toe te voegen, en hij was in weken niet zo blij geweest dat hij leefde.

Lucy Gray leunde tegen zijn schouder. ‘Zeg, sorry als ik je gisteren van streek heb gemaakt. Ik probeerde de dood van m’n papa niet in jouw schoenen te schuiven. We waren allebei nog maar kinderen toen.'

'Ik weet het. Sorry als ik te heftig reageerde. Ik kan me gewoon niet anders voordoen dan ik ben. Ik ben het niet eens met alles wat het Capitool doet, maar ik kom wél uit het Capitool, en over het algemeen denk ik dat we orde en gezag nodig hebben,' zei Coriolanus.

'De Covey geloven dat je op aarde bent om de ellende te verlichten, niet om eraan bij te dragen. Vind jij het goed dat de Hongerspelen er zijn?' vroeg ze.

'Eerlijk gezegd weet ik niet eens waarom we ze eigenlijk houden. Maar ik denk wel dat mensen de oorlog te snel vergeten. Wat we elkaar hebben aangedaan. Waar we toe in staat zijn. Zowel de districten als het Capitool. Ik weet dat het Capitool hier hardvochtig overkomt, maar we proberen gewoon de boel onder controle te houden. Anders zou het een chaos worden en dan zou iedereen elkaar de hersens inslaan, net als in de arena.' Dit was de eerste keer dat hij dit bij iemand anders dan dr. Gaul onder woorden probeerde te brengen. Hij voelde zich een beetje wankel, als een dreumes die leert lopen, maar hij voelde ook de onafhankelijkheid van het op zijn eigen benen staan.

Lucy Gray boog zich een beetje bij hem vandaan. 'Denk je echt dat mensen dat zouden doen?'

'Ja. Er moet wetten zijn en die moeten gehandhaafd worden, anders zouden we net zo goed beesten kunnen zijn,' zei hij met meer zekerheid. 'Of je het nu leuk vindt of niet, het Capitool is het enige wat iedereen beschermt.'

'Hm. Dus ze beschermen me. En wat moet ik daarvoor opgeven?' vroeg ze.

Coriolanus pookte met een tak in het vuur. 'Opgeven? Nou, niks.'

‘De Covey hebben heel veel op moeten geven,’ zei ze. ‘We mogen niet rondtrekken. We mogen niet optreden zonder hun toestemming. We mogen alleen bepaalde liedjes zingen. Als je terugvecht omdat we worden opgesloten schieten ze je dood, zoals m’n papa. Als je je gezin bij elkaar probeert te houden slaan ze je hoofd kapot, zoals m’n mama. Stel dat ik dat een te hoge prijs vind? Misschien neem ik voor mijn vrijheid het risico wel.’

‘Dus je ouders waren toch rebellen.’ Het verbaasde Coriolanus niet echt.

‘Mijn ouders waren Covey, niet meer en niet minder,’ zei Lucy Gray stellig. ‘Geen districtsbewoners, geen Capitoolburgers, geen rebellen, geen vredebewakers, gewoon wij. En jij bent net als wij. Jij wilt zelf nadenken. Jij verzet je. Dat weet ik door wat je tijdens de Spelen voor me hebt gedaan.’

Tja, daar had ze hem. Als het Capitool vond dat de Hongerspelen nodig waren en hij had geprobeerd ze te saboteren, had hij de autoriteit van het Capitool dan niet in twijfel getrokken? Had hij zich verzet, zoals ze zei? Niet zoals Sejanus, die echt was gaan muiten. Maar op een minder opvallende, subtielere, eigen manier? ‘Ik zal je vertellen wat ik geloof. Als het Capitool niet de baas was, zouden we dit gesprek niet eens voeren, want dan hadden we onszelf al de vernietiging in geholpen.’

‘Er hebben heel lang mensen zonder het Capitool geleefd. En ik denk dat ze dat straks ook nog heel lang zullen doen,’ besloot ze.

Coriolanus dacht aan de doodse steden waar hij onderweg naar District 12 doorheen was gekomen. Ze beweerde dat de Covey hadden gereisd, dus dan moest zij die ook hebben gezien. ‘Niet veel. Panem was prachtig. En moet je het nu zien.’

Clerk Carmine kwam Lucy Gray een plant brengen die hij bij

het meer had uitgegraven, met spitse bladeren en witte bloemetjes. ‘Hé, je hebt *katniss* gevonden. Goed gedaan, CC.’ Coriolanus vroeg zich af of de plant voor de sier was bedoeld, zoals de rozen van de grootmadam, maar ze begon meteen de wortels te bekijken, waar kleine knolletjes aan hingen. ‘Nog iets te vroeg.’

‘Klopt,’ knikte Clerk Carmine.

‘Waarvoor?’ vroeg Coriolanus.

‘Om te eten. Over een paar weken zijn dit fatsoenlijke knollen en dan kunnen we ze roosteren,’ zei Lucy Gray. ‘Het wordt ook wel pijlkruid genoemd, maar ik vind katniss mooier. Dat klinkt beter.’

Tam Amber dook op met een paar vissen die hij schoonmaakte, fileerde en in stukken sneed. Hij wikkelde ze in bladeren met takjes van een of ander kruid dat hij had geplukt, en Lucy Gray legde ze tussen de gloeiende houtjes. Tegen de tijd dat Maude Ivory en Sejanus terugkwamen met hun emmer vol bramen, was de vis gaar. Door de lange wandeling en het zwemmen had Coriolanus trek gekregen en hij at zijn vis, brood en de bramen tot de laatste kruimel op. Daarna toverde Sejanus een verrassing tevoorschijn: zes geglazuurde koekjes van Moe die hij als zijn portie van haar pakket had bewaard.

Na de lunch legden ze de deken onder de bomen, gingen er met hun rug tegen de stammen op liggen en staarden naar de schapenwolkjes in de heldere hemel.

‘Ik heb nog nooit een lucht met deze kleur gezien,’ zei Sejanus.

‘Het is azuurblauw,’ vertelde Maude Ivory. ‘Net als bij Barb Azure. Dat is haar kleur.’

‘Haar kleur?’ vroeg Coriolanus.

‘Zekers. Onze eerste naam komt van een ballade en onze tweede van een kleur.’ Ze kwam half overeind om het uit te leggen. 'Barb komt van "Barbara Allen" en azuurblauw is van de lucht. Ik ben "Maude Clare" en Ivory is ivoorkleurig, als pianotoetsen. En Lucy Gray is speciaal, want haar hele naam komt in één keer van haar ballade. Lucy en Gray, grijs.'

'Zo is 't. Grijs als een winterdag,' zei Lucy Gray met een glimlach.

Het was Coriolanus nog niet opgevallen; hij was in de veronderstelling geweest dat ze gewoon rare Covey-namen hadden. Ivoor en amber deden hem denken aan oude sieraden in het juwelenkistje van de grootmadam. Azuurblauw, taupe en *carmine*, karmijn, had hij niet zo herkend. En hoe had hij die ballades moeten kennen? Hij vond het maar een rare manier om een naam voor je kind te bedenken.

Maude Ivory prikte in zijn buik. 'Jouw naam klinkt ook Covey.'

'Hoe dat zo?' vroeg hij lachend.

'Vanwege dat *snow*. Sneeuw. Wit als sneeuw. Sneeuwwitje,' giechelde Maude Ivory. 'Is er een ballade over Coriolanus?'

'Niet dat ik weet. Waarom schrijf jij er niet een over mij?' zei hij terwijl hij haar terugprikte. '"De ballade van Coriolanus Snow".'

Maude Ivory ging op zijn buik zitten. 'Lucy Gray is onze liedjesschrijver. Waarom vraag je het haar niet?'

'Laat hem toch met rust.' Lucy Gray trok Maude Ivory naast haar op de deken. 'Misschien moet jij nog even een dutje doen voordat we naar huis gaan.'

'Jullie dragen me wel,' zei Maude Ivory, die zich loswurmde. 'En dan zing ik erbij!'

Oh, my darling, oh, my darling…

'Even een toontje lager,' zei Clerk Carmine.

'Kom, ga maar lekker liggen,' zei Lucy Gray.

'Alleen als jij voor me zingt. Dat lied van toen ik kroep had.' Ze strekte zich uit, met haar hoofd in Lucy Gray's schoot.

'Vooruit, maar alleen als jij probeert te slapen.' Lucy Gray streek het haar van Maude Ivory achter haar oor en wachtte tot ze haar ogen dichtdeed. Daarna begon ze zachtjes te zingen.

Onder de wilg, diep in het weiland
Is het gras je kussen, je warme ledikant
Vlei je hoofd neer en doe je ogen maar dicht
Als je ze opent, is alles weer licht.

Hier is het veilig, hier is het zacht
Hier houden de madeliefjes de wacht
Hier komen je zoete dromen uit met de morgendauw
Hier is de plek waar ik van je hou.

Maude Ivory werd rustig van het lied en Coriolanus voelde zijn zorgen van zich af vallen. Met zijn buik vol lekker eten, in de schaduw van de bomen en met Lucy Gray die naast hem zat te zingen vond hij de natuur een stuk mooier. Het was hier echt prachtig. De zuivere lucht. De weelderige kleuren. Hij voelde zich vrij en ontspannen. Stel dat dit zijn leven werd: zomaar ergens wakker worden, zijn eten voor die dag bij elkaar scharrelen en samen met Lucy Gray bij het meer zitten? Waarom zou je rijkdom, succes en macht willen als je liefde had? Overwon die niet alles?

Diep in het weiland, ver hiervandaan
Een bladerdeken onder de stralende maan

Vergeet je zorgen, laat je ellende gaan
Straks breekt een nieuwe dag voor je aan.

Hier is het veilig, hier is het zacht
Hier houden de madeliefjes de wacht
Hier komen je zoete dromen uit met de morgendauw
Hier is de plek waar ik van je hou.

Coriolanus dommelde bijna in toen de spotgaaien, die vrij eerbiedig naar Lucy Gray hadden geluisterd, aan hun eigen versie begonnen. Zijn lichaam verstarde en de fijne soezerigheid verdween. Maar de Covey vonden het geweldig dat de vogels er met het lied vandoor gingen.

'Vergeleken met hen zijn wij zandstenen en zij diamanten,' zei Tam Amber.

'Tja... Zij oefenen meer,' zei Clerk Carmine, en de anderen lachten.

Het viel Coriolanus op dat hij geen snatergaaien hoorde. De enige verklaring die hij daarvoor kon bedenken was dat de spotgaaien zich nu zonder hen voortplantten, met elkaar of met de plaatselijke spotlijsters. Het leek hem zeer verontrustend dat de Capitoolvogels buiten spel waren gezet. Die vogels vermenigvuldigden zich hier als konijnen, volstrekt ongehinderd. Ongeoorloofd. Ze annexeerden Capitooltechnologie. Hij vond het helemaal niets.

Maude Ivory was eindelijk in slaap gevallen en lag opgekruld tegen Lucy Gray aan met haar blote voeten in de deken gewikkeld. Coriolanus bleef bij hen terwijl de anderen nog een duik in het meer namen. Na een tijdje kwam Clerk Carmine een felblauwe veer brengen die hij op de oever had gevonden. Hij legde hem op de deken voor Maude Ivory en zei bars: 'Niet zeggen waar hij vandaan komt.'

'Oké. Lief van je, CC,' zei Lucy Gray. 'Die zal ze geweldig vinden.' Hij rende terug naar het water en ze schudde haar hoofd. 'Ik maak me zorgen om hem. Hij mist Billy Taupe.'

'Jij ook?' Coriolanus duwde zich op een elleboog overeind om naar haar gezicht te kijken.

Ze aarzelde geen seconde. 'Nee. Niet na de boete.'

De boete. Hij dacht aan de ballade die ze tijdens het interview had gezongen. 'Wat bedoelde je met dat de boete door hem jouw lot heeft genomen?'

'Hij hoopte dat hij ons allebei kon hebben, Mayfair en mij,' zei ze. 'Het was een gok. Mayfair ontdekte het van mij, ik ontdekte het van haar. Ze heeft haar pa mijn naam laten voorlezen tijdens de boete. Ik weet niet wat ze tegen hem heeft gezegd. In elk geval niet dat Billy Taupe haar vlam was. Iets anders. Wij horen d'r niet bij hier, dus het is makkelijk om iets over ons te verzinnen.'

'Het verbaast me dat die twee samen zijn,' zei Coriolanus.

'Tja, Billy Taupe roept altijd dat-ie 't liefst alleen is, maar stiekem wil hij gewoon een meisje dat voor 'm zorgt. Hij vond Mayfair zeker wel geschikt, dus ging hij achter haar aan. Niemand bakt zulke zoete broodjes als Billy Taupe. Die griet had geen schijn van kans. En ze is vast eenzaam. Geen broertjes of zusjes. Geen vrienden. De mijnwerkers haten haar familie. Zoals ze altijd in die patserige wagen naar de galg rijden om de ophanging te zien.' Maude Ivory bewoog even en Lucy Gray streek haar haar glad. 'Ons vertrouwen mensen niet, maar hen verachten ze.'

Het stond hem niet aan dat haar woede jegens Billy Taupe was weggeëbd. 'Probeert hij je terug te krijgen?'

Ze pakte de veer en liet hem tussen haar duim en wijsvinger rollen voordat ze antwoord gaf. 'Zekers. Kwam gisteren naar mijn weiland. Grootse plannen. Wil dat ik naar de galgenboom kom om er met hem vandoor te gaan.'

'Naar de galgenboom?' Coriolanus dacht aan Arlo die aan de tak had gebungeld terwijl de vogels zijn laatste woorden hadden geroepen. 'Waarom daar?'

'Daar gingen we vroeger altijd heen. Het is de enige plek in District 12 waar je zeker weten alleen bent,' zei ze. 'Hij wil naar 't noorden. Denkt dat daar mensen zitten. Vrije mensen. En als we ze gevonden hebben wil hij de anderen ophalen. Hij legt voorraden aan, ik weet niet precies waarvan. Maar wat doet het ertoe? Ik kan hem nooit meer vertrouwen.'

De jaloezie kneep Coriolanus' keel dicht. Hij dacht dat ze Billy Taupe uit haar leven had gebannen, maar nu vertelde ze achteloos dat ze hem toevallig in het Weiland had gesproken. Maar het was geen toeval. Hij had geweten waar hij haar kon vinden. Hoe lang hadden ze daar gezeten, terwijl hij zoete broodjes bakte en haar probeerde over te halen om weg te lopen? Waarom had ze hem aangehoord? 'Vertrouwen is belangrijk.'

'Ik denk dat het belangrijker is dan liefde. Ik... ik hou van allerlei dingen die onbetrouwbaar zijn. Onweersbuien... sterke drank... slangen. Soms denk ik dat ik van ze hou omdát ze onbetrouwbaar zijn, dat is toch krankjorum?' Lucy Gray haalde diep adem. 'Maar jou vertrouw ik wel.'

Hij voelde dat dat een moeilijke bekentenis voor haar was, misschien nog wel moeilijker dan een liefdesverklaring, maar hij bleef het beeld voor zich zien van Billy Taupe die haar in het Weiland op zijn hand probeerde te krijgen. 'Waarom?'

'Waarom? Tja, daar zou ik even over na moeten denken.' Ze kuste hem en hij kuste haar terug, maar zonder veel overtuiging. Deze nieuwe ontwikkelingen maakten hem ongedurig. Misschien was het niet slim om zo gehecht aan haar te raken. En er zat hem nog iets anders dwars. Dat lied dat ze die eerste dag in het Weiland had gespeeld. Over de terechtstelling, had hij destijds gedacht, maar het was ook over afspreken bij de galgenboom gegaan. Als dat hun oude ontmoetingsplek was, waarom zong ze daar dan nog steeds over? Misschien gebruikte ze hem alleen maar om Billy Taupe terug te krijgen. Speelde ze hen tegen elkaar uit.

Maude Ivory werd wakker en bewonderde haar veer, die ze door Lucy Gray in haar haar liet vlechten. Ze maakten zich klaar voor de terugtocht, vouwden de deken op, pakten de kan en de emmer. Coriolanus bood aan om het meisje het eerste stuk te dragen. Toen ze wegliepen liet hij zich een beetje terugzakken en vroeg: 'En, zien jullie Billy Taupe nog wel eens?'

'O nee,' zei ze. 'Die hoort niet meer bij ons.' Dat deed hem deugd, maar het suggereerde ook dat Lucy Gray hun ontmoeting geheim had gehouden voor de Covey, en dat maakte hem weer achterdochtig. Maude Ivory boog zich naar zijn oor en fluisterde: 'Je moet hem uit de buurt van Sejanus houden. Die is lief en daar is Billy Taupe dol op.'

Coriolanus vermoedde dat hij ook dol was op geld. Waar betaalde hij die voorraden voor zijn vlucht eigenlijk van?

Tam Amber nam een iets andere route langs een stel bramenstruiken, zodat ze onderweg de emmer konden vullen. Toen ze bijna bij de stad waren, ontdekte Clerk Carmine een boom vol appels die bijna rijp waren. Tam Amber en Sejanus liepen alvast door naar huis om Maude Ivory en de spullen terug te brengen. Clerk Carmine klom in de boom en gooide de appels naar beneden, en Coriolanus legde ze in de rok van Lucy Gray. Vroeg in de avond waren ze weer thuis. Coriolanus was doodop en wilde meteen naar de kazerne, maar Barb Azure zat in haar eentje aan de keukentafel de bramen te selecteren. 'Tam Amber is met

Maude Ivory naar de As om te kijken of ze een portie bramen kunnen ruilen voor schoenen. Ik heb gezegd dat ze vast warme moeten nemen, want voor je het weet is het weer koud.'

'En Sejanus?' Coriolanus keek naar de achtertuin.

'Die is een paar minuten later vertrokken. Zei dat hij jou daar zou zien,' zei ze.

De As. Coriolanus nam onmiddellijk afscheid. 'Ik moet gaan. Als ze Sejanus zonder een andere vredebewaker zien krijgt hij een aantekening. En ik trouwens ook. We mogen alleen per twee naar buiten. Dat weet hij best – ik snap niet waar hij mee bezig is.' Maar in werkelijkheid wist hij heel goed waar Sejanus mee bezig was. Dit was een uitgelezen kans om naar de As te gaan zonder Coriolanus die in zijn nek hijgde. Hij trok Lucy Gray naar zich toe voor een kus. 'Het was een heerlijke dag. Dank je wel. Zie ik je zaterdag in de keet?' Voordat ze kon reageren stond hij al buiten.

Hij liep met gestrekte pas naar de As en keek naar binnen. Er slenterden een stuk of tien mensen rond die de waar bij de kraampjes bestudeerden. Maude Ivory zat op een ton en Tam Amber strikte een veterlaars voor haar. Aan de andere kant van het pakhuis stond Sejanus bij een toonbank met een vrouw te praten. Coriolanus liep naar hen toe en zag wat ze verkocht. Mijnlampen. Pikhouwelen. Bijlen. Messen. Ineens begreep hij wat Sejanus met al dat Capitoolgeld zou kunnen kopen. Wapens. En niet alleen de exemplaren die daar uitgestald lagen. Maar ook vuurwapens. Zodra hij binnen gehoorsafstand kwam hield de vrouw haar mond, alsof ze wilde bevestigen dat ze met louche zaken bezig waren. Sejanus kwam meteen naar hem toe.

'Inkopen aan het doen?' vroeg Coriolanus.

'Ik wil misschien een zakmes kopen,' zei Sejanus. 'Maar die heeft ze op dit moment niet.'

Perfect. Heel veel soldaten liepen met een zakmes rond. Ze speelden zelfs een spelletje in hun vrije tijd, waarbij ze geld inzetten op wie een bepaald doel kon raken. 'Ja, daar zat ik ook aan te denken. Als we ons loon hebben.'

'Als we ons loon hebben, uiteraard,' zei Sejanus, alsof dat voor zich sprak.

Coriolanus onderdrukte de aandrang om hem een klap te geven en beende zonder Maude Ivory en Tam Amber te groeten de As uit. Hij moest erachter zien te komen waar Sejanus bij betrokken was. Logica had hem geen geheimen ontlokt. Zou een vriendschappelijke aanpak werken? Het was de moeite van het proberen waard. Een paar straten voor de kazerne legde hij zijn hand op Sejanus' schouder en ze bleven allebei staan. 'Hoor eens, Sejanus, ik ben je vriend. Meer dan een vriend. Niemand is voor mij ooit zo dicht in de buurt van een broer gekomen. En voor familie gelden speciale regels. Als je hulp nodig hebt... Ik bedoel, als je in een situatie belandt die je boven het hoofd groeit... Dan ben ik er voor je.'

Sejanus kreeg tranen in zijn ogen. 'Dank je wel, Coryo. Dat betekent heel veel voor me. Jij bent misschien wel de enige persoon ter wereld die ik vertrouw.'

Ah, alweer vertrouwen. Het hing in de lucht.

'Kom hier.' Hij trok Sejanus in een omhelzing. 'Als je maar belooft dat je niks doms doet, goed?' Hij voelde Sejanus knikken, maar hij wist dat de kans dat hij zich aan die belofte zou houden vrijwel nihil was.

Door hun drukke schema was Sejanus in elk geval nooit alleen, ook buiten de kazerne niet. Maandagmiddag haalden ze de vallen weer uit de bomen. Ze waren het hele weekend ongemoeid gelaten, en toch zat er geen enkele spotgaai in. Anders dan hij had verwacht leek dr. Kay tevreden over de vogels.

‘Blijkbaar hebben ze meer geërfd dan alleen de vergaande imitatievaardigheden. Ze hebben ook hun overlevingstactieken ontwikkeld. We gaan die kooien niet nog een keer vervangen; snatergaaien hebben we genoeg. Morgen proberen we het met de mistnetten.’

Tegen de tijd dat de soldaten dinsdagmiddag de vrachtwagens uit stapten, hadden de wetenschappers al plekken met veel spotgaaienverkeer uitgezocht. In groepjes – Coriolanus en Bug waren weer met dr. Kay – zetten ze telkens twee palen neer. Daartussen werden heel fijnmazige netten gespannen die ontworpen waren om de spotgaaien te vangen. Omdat ze nauwelijks zichtbaar waren, leverden de netten haast direct resultaat op: de spotgaaien raakten verstrikt en vielen in horizontale rijen in een soort zakjes in het gaas. Dr. Kay had gezegd dat de netten voortdurend in de gaten gehouden moesten worden en dat de vogels er direct uit gehaald moesten worden. Anders kwamen ze misschien niet meer los en de ervaring mocht niet te traumatisch voor ze zijn. Ze haalde zelf de eerste drie spotgaaien uit hun net; ze hield ze stevig vast en bevrijdde ze voorzichtig. Daarna gingen de rekruten aan de slag, en Bug bleek een natuurtalent: hij maakte behoedzaam zijn spotgaai los en stopte hem in een klaarstaande kooi. Coriolanus’ vogel begon gekweld te krijsen zodra hij hem aanraakte en toen hij hem een vermanend kneepje gaf stak het beest zijn snavel in zijn hand. Hij liet het dier automatisch los en het was binnen een oogwenk verdwenen tussen de bladeren. Ongedierte, dat was het. Dr. Kay maakte zijn hand schoon en plakte er een pleister op, wat hem aan Tigris deed denken, die op de dag van de boete hetzelfde had gedaan toen hij door de doorn aan de roos van de grootmadam was gestoken. Dat was nog geen twee maanden geleden. Hij was zo hoopvol aan die dag begonnen, en moest je hem nu toch eens zien. Op jacht naar mutilantengebroed in de districten. De rest van de middag droeg hij de gevangen vogels naar de vrachtwagen. Maar ook met zijn gewonde hand moest hij gewoon de vogels verzorgen, en in de hangar ging hij verder met het schoonmaken van de kooien.

Coriolanus werd steeds enthousiaster over de snatergaaien. Het waren echt knappe staaltjes techniek. In het lab lagen een paar afstandsbedieningen en van de wetenschappers mocht hij met de vogels spelen die al gecatalogiseerd waren. 'Dat kan geen kwaad,' zei een van hen. 'Ze lijken het zelfs wel leuk te vinden, een beetje contact.' Bug wilde niet meedoen, maar als Coriolanus zich verveelde nam hij grappige zinnetjes en flarden van het volkslied met ze op, en dan keek hij hoeveel hij er met één druk op de knop kon aanzetten. Soms waren dat er wel vier tegelijk, als hun kooien dicht bij elkaar stonden. Hij wiste de teksten altijd zorgvuldig door nog één opname te maken waarop hij niet te horen was, zodat zijn stem niet in het Citadellab zou belanden. Hij stopte met zingen toen de spotgaaien het oppikten, ook al had het iets bevredigends om die beesten de lof van het Capitool te horen zingen. Hij wist niet hoe hij ze de snavel moest snoeren en ze konden één melodie eindeloos uitsmeren.

Alles bij elkaar werd hij een beetje moe van alle muziek die in zijn leven was gekomen. Het leek wel een invasie. Ze was overal: vogelzang, Covey-zang, vogel-en-Covey-zang. Misschien deelde hij toch niet zijn moeders voorliefde voor muziek. Niet in zulke grote hoeveelheden in elk geval. Ze slokte gulzig al zijn aandacht op, wilde gehoord worden en maakte hem het denken bijna onmogelijk.

Woensdagmiddag hadden ze in totaal vijftig spotgaaien verzameld, een aantal waar dr. Kay tevreden mee was. Coriolanus en Bug waren de rest van de dag met de vogels bezig en brachten de nieuwe spotgaaien van en naar de labtafel waar ze genummerd en gemerkt werden. Die klus was voor het eten gedaan en daarna kwamen ze terug om de vogels klaar te maken voor het vervoer naar het Capitool. De wetenschappers lieten hun zien hoe ze stoffen hoezen om de kooien moesten bevestigen en trokken zich daarna terug in de hovercraft, in de veronderstelling dat het duo het wel zou redden. Coriolanus bood aan om de hoezen te doen en Bug droeg de vogels naar de hovercraft om ze voor te bereiden op de reis.

Coriolanus begon met de spotgaaien, blij dat die beesten vertrokken. Hij verplaatste de kooien een voor een naar zijn werktafel, trok er vlug een hoes overheen, schreef met krijt de letters *SP* en het vogelnummer op de stof en gaf ze aan Bug. Die liep net weg met de vijftigste, wild kwetterende spotgaai toen Sejanus opgewonden binnen kwam stuiteren. 'Goed nieuws! Er is weer een pakket van Moe!'

Het gezicht van Bug, die somber was omdat de vogels weggingen, klaarde op. 'Je Moe is geweldig.'

'Dat zal ik doorgeven.' Sejanus keek Bug na en draaide zich om naar Coriolanus, die net snatergaai nummer 1 pakte. De vogel tsjirpte er lustig op los, want hij deed de laatste spotgaai na. Sejanus' grijns was verdwenen en had plaatsgemaakt voor een gekwelde blik. Zijn ogen gleden door de hangar om te controleren of ze echt alleen waren, en toen zei hij zacht: 'We hebben maar een paar minuten. Je zult het niet eens zijn met wat ik ga doen, maar ik wil dat je het in elk geval begrijpt. Ik heb het gevoel dat ik je een verklaring verschuldigd ben, door wat jij zei, over dat we praktisch broers zijn. Ik wil het uitleggen.'

Nu kwam het. De bekentenis. Coriolanus' pleidooien voor voorzichtigheid en gezond verstand waren gewogen en te licht bevonden. Misplaatste hartstocht had de slag gewonnen. Dit was het moment waarop alle stukjes op hun plek zouden vallen. Het geld. De wapens. De plattegrond van de kazerne. Het moment waarop het hele rebellencomplot aan het licht zou komen. Zodra Coriolanus het gehoord had, zou hij zelf een halve rebel zijn. Een verrader van het Capitool. Hij zou in paniek moeten raken, of weg moeten rennen, of in elk geval een poging moeten doen om Sejanus de mond te snoeren. Maar dat deed hij allemaal niet.

In plaats daarvan gingen zijn handen hun eigen gang. Net als toen hij die zakdoek in de slangenbak had laten vallen voordat hij die beslissing bewust had genomen. Nu trok zijn linkerhand aan de hoes over de snatergaaienkooi, terwijl zijn rechterhand achter zijn lichaam, buiten het zicht van Sejanus, naar de tafel gleed, waar een afstandsbediening lag. Coriolanus drukte op OPNEMEN en de snatergaai werd stil.

28

Coriolanus ging met zijn rug naar de kooi staan en leunde afwachtend met zijn handen op tafel.

'Het zit zo,' zei Sejanus, die geëmotioneerd harder ging praten. 'Sommige rebellen vertrekken voorgoed uit District 12. Ze gaan naar het noorden om een leven buiten Panem te beginnen. Als ik hen help met Lil, mag ik ook mee, zeggen ze.'

Coriolanus trok zijn wenkbrauwen op alsof hij dat betwijfelde.

Sejanus' woorden buitelden over zijn lippen. 'Ja ja, ik weet het, maar ze hebben me nodig. Ze willen gewoon per se Lil bevrijden en haar meenemen. Anders hangt het Capitool haar met de volgende lichting rebellen op. Het plan is heel simpel. De cipiers werken in diensten van vier uur. Ik stop een verdovend middel in een paar koekjes van Moe en geef die aan de bewakers die buiten staan. Dat medicijn dat ik in het Capitool kreeg, daarvan ben je zo onder zeil.' Sejanus knipte met zijn vingers. 'Dan pak ik een van hun geweren. De bewakers binnen zijn ongewapend, dus die hou ik onder schot om ze in de verhoorruimte op te sluiten. Die is geluiddicht, dus daar hoort niemand ze schreeuwen. Vervolgens haal ik Lil. Haar broer kan ons door het hek krijgen. We gaan meteen naar het noorden. Voordat ze die opgesloten bewakers ontdekken, zouden wij al uren weg moeten zijn. Omdat we niet door de poort gaan, zullen ze denken dat we ons op het terrein hebben verstopt, dus ze zullen alles afsluiten en eerst de kazerne doorzoeken. Tegen de tijd dat ze beseffen hoe het zit, zijn wij allang verdwenen. Niemand raakt gewond. En niemand weet waar we zijn.'

Coriolanus boog zijn hoofd en wreef met zijn vingertoppen over zijn voorhoofd, alsof hij zijn gedachten op een rijtje probeerde te zetten. Hij wist niet hoe lang hij kon zwijgen zonder argwaan te wekken.

Maar Sejanus praatte alweer door. 'Ik kon niet vertrekken zonder het tegen jou te zeggen. Je hebt me geholpen alsof je mijn broer was. Ik zal nooit vergeten wat je in de arena voor me hebt gedaan. Ik zal mijn best doen om Moe op de een of andere manier te laten weten wat er met me is gebeurd. En mijn vader ook, denk ik. Zodat hij weet dat de naam Plinth voortleeft, alleen wel in het geheim.'

Daar. De naam Plinth. Dat was genoeg. Zijn linkerhand vond de afstandsbediening en hij drukte met zijn duim op het NEUTRAAL-knopje. De snatergaai hervatte het lied dat hij eerder had gezongen.

Coriolanus zag iets bewegen. 'Daar is Bug.'

'Daar is Bug,' herhaalde de vogel met zijn stem.

'Sst, stom beest,' zei hij tegen de vogel, maar stiekem was hij blij dat de vogel weer zijn normale, neutrale gedrag vertoonde. Zo zou Sejanus geen argwaan krijgen. Snel trok hij de doek naar beneden en zette er *SN1* op.

'We hebben nog een fles water nodig. Er is er eentje gevallen,' zei Bug toen hij de hangar in liep.

'Er is er eentje gevallen,' zei de vogel met Bugs stem, en daarna

begon hij een langsvliegende kraai na te doen.

'Ik haal er wel een.' Hij gaf hem de kooi. Toen Bug vertrok liep Coriolanus naar een kist waar ze de voorraden bewaarden en begon erin te rommelen. Hij kon tijdens de rest van het gesprek beter uit de buurt van de andere snatergaaien blijven. Als ze te veel gingen herhalen zou Sejanus zich misschien afvragen waarom de eerste vogel zo stil was geweest. Niet dat hij echt wist hoe de vogels werkten. Dr. Kay had het niet aan de hele groep uitgelegd.

'Het klinkt krankzinnig, Sejanus. Er kan van alles misgaan.' Coriolanus dreunde een rijtje op. 'Stel dat de bewakers geen zin hebben in de koekjes van Moe? Of de een wel, waarna de ander hem in elkaar ziet zakken? Stel dat de bewakers binnen om hulp roepen voordat je ze in die kamer hebt opgesloten? Stel dat je de sleutel van Lils cel niet kunt vinden? En hoe bedoel je, haar broer kan jullie door het hek krijgen? Want het zal niemand opvallen als hij daar een gat in zit te knippen?'

'Nee, achter de generator zit een zwakke plek in het hek. Daar zit het al los of zo. Ik weet heus wel dat er een heleboel goed moet gaan, maar ik denk dat het gaat lukken.' Sejanus klonk alsof hij zichzelf probeerde te overtuigen. 'Dat moet wel. En zo niet, dan arresteren ze me gewoon nu in plaats van later, toch? Als ik met nog veel ergere dingen bezig ben?'

Coriolanus schudde ongelukkig zijn hoofd. 'Kan ik je niet op andere gedachten brengen?'

Sejanus was onvermurwbaar. 'Nee, mijn besluit staat vast. Ik kan hier niet blijven. Dat weten we allebei. Vroeg of laat draai ik door. Ik kan niet met een zuiver geweten vredebewaker zijn en ik kan jou niet de hele tijd in gevaar brengen met mijn geschifte plannen.'

'Maar waar gaan jullie daar van leven?' Coriolanus vond een doos met een nieuwe waterfles.

'We nemen voorraden mee. En ik kan goed schieten,' zei Sejanus.

Hij had niet gezegd dat de rebellen vuurwapens hadden, maar blijkbaar wel, dus. 'En als de kogels op zijn?'

'We verzinnen wel iets. Vissen, of vogels strikken. Ze zeggen dat er mensen wonen in het noorden,' vertelde Sejanus.

Coriolanus dacht aan Billy Taupe die Lucy Gray naar die denkbeeldige nederzetting in de rimboe had proberen te lokken. Had hij daarover gehoord van de rebellen, of was het andersom?

'En zelfs als er geen mensen wonen, dan is er nog steeds geen Capitool,' ging Sejanus verder. 'En dat is voor mij het belangrijkste, snap je? Zonder districten. Zonder Academie en vredebewakers. Ik wil ergens wonen waar ze geen controle over mijn leven hebben. Ik weet dat het laf lijkt om te vluchten, maar ik hoop dat ik helderder kan denken als ik hier eenmaal weg ben. Dan kan ik misschien een manier verzinnen om de districten te helpen.'

Echt niet, dacht Coriolanus. Het zou al een wonder zijn als je de winter overleeft. Hij haalde de waterfles uit de verpakking. 'Tja, dan kan ik alleen nog maar zeggen dat ik je zal missen. En dat ik je veel succes wens.' Hij voelde dat Sejanus hem wilde omhelzen toen Bug weer binnenkwam. Hij hield de fles omhoog. 'Gevonden.'

'Ik zal jullie niet langer van je werk houden.' Sejanus zwaaide en vertrok.

Op de automatische piloot ging Coriolanus verder met het inpakken en nummeren van de kooien, maar ondertussen dacht hij koortsachtig na. Wat moest hij doen? Ergens wilde hij naar de hovercraft rennen en snatergaai 1 wissen. Hem op AFSPELEN zetten, dan op NEUTRAAL, dan op OPNEMEN en dan weer op

NEUTRAAL, zo snel dat het dier alleen de vage kreten van de soldaten op de landingsbaan zou registeren. Maar welke opties had hij dan nog? Moest hij proberen om Sejanus over te halen het niet te doen? Dat zou vast niet lukken, en anders kwam Sejanus binnenkort wel weer met een ander plan. Moest hij hem verraden bij de kazernecommandant? Dan zou hij het vast ontkennen, en aangezien het enige bewijs in het interne geheugen van de snatergaai lag, zou Coriolanus zijn beschuldiging nergens mee kunnen staven. Hij wist niet eens hoe laat de ontsnapping gepland stond, dus er kon ook geen valstrik gezet worden. En hoe moest hij daarna dan verder met Sejanus? Of, als het bekend werd, met de hele kazerne? Als verklikker, en nog een onbetrouwbare ook, en een herrieschopper?

Hij had expres niets gezegd toen de snatergaai aan het opnemen was, om zelf volledig buiten schot te blijven. Maar dr. Gaul zou die opmerking over de arena begrijpen en snappen dat de vogel bewust was aangezet. Als hij de vogel naar de Citadel stuurde, kon zij beslissen hoe deze situatie moest worden aangepakt. Ze zou waarschijnlijk een belletje plegen naar Strabo Plinth, Sejanus uit militaire dienst ontslaan en hem naar huis sturen voordat hij schade kon aanrichten. Ja, dat zou voor iedereen het beste zijn. Hij liet de afstandsbediening in de bak met vogelspullen vallen. Als alles goed ging, zou hij over een paar dagen geen last meer hebben van Sejanus Plinth.

De rust bleek van korte duur. Na een paar uur slaap werd Coriolanus wakker uit een nachtmerrie. Hij had vanaf de tribune in de arena naar Sejanus gekeken, die op zijn knieën naast het toegetakelde lijk van Marcus zat. Hij strooide er kruimels overheen, zich niet bewust van het leger veelkleurige slangen dat hem van alle kanten insloot. Coriolanus bleef maar schreeuwen, schreeuwde dat hij moest opstaan, dat hij daar weg moest, maar Sejanus leek hem niet te horen. En zodra de slangen bij hem waren had hij zelf genoeg te schreeuwen.

Vol wroeging en nat van het zweet besefte Coriolanus dat hij niet goed over de consequenties van de opgestuurde snatergaai had nagedacht. Sejanus zou hier echt grote problemen mee kunnen krijgen. Hij boog zich over de rand van zijn bed en werd gerustgesteld door het beeld van Sejanus die in het stapelbed tegenover hem vredig lag te slapen. Hij reageerde te heftig. De wetenschappers zouden de opname waarschijnlijk niet eens horen, laat staan dat ze hem aan dr. Gaul zouden doorgeven. Waarom zouden ze de moeite nemen om de vogel op AFSPELEN te zetten? Daar zou helemaal geen aanleiding voor zijn. De snatergaaien waren in de hangar al getest. Het was een twijfelachtige actie geweest, maar niet een die tot Sejanus' dood zou leiden, door slangen of anderszins.

Die gedachte kalmeerde hem tot hij besefte dat hij in dat geval weer terug bij af en in groot gevaar was omdat hij op de hoogte was van het rebellenplan. De bevrijding van Lil, de ontsnapping, zelfs de doorgang in het hek achter de generator drukte op hem. Die zwakke plek van het Capitool. Het hele idee dat de rebellen stiekem toegang tot het kamp hadden. Het maakte hem bang en woedend. Deze schending van het contract. Deze uitnodiging tot chaos en alles wat daarop zou kunnen volgen. Begrepen deze mensen niet dat het hele systeem zonder het gezag van het Capitool zou instorten? Dat ze net zo goed allemaal naar het noorden konden vluchten om daar als beesten te leven, want meer dan dat zouden ze niet zijn?

Uiteindelijk hoopte hij dat de snatergaai toch zijn boodschap zou afleveren. Maar als de Capitoolfunctionarissen per ongeluk Sejanus' bekentenis zouden horen, wat zouden ze dan met hem doen? Zou wapens kopen voor rebellen om tegen de vredebewakers te gebruiken reden zijn voor executie? Nee, wacht, hij had niets opgenomen over de illegale wapens. Alleen dat stuk over Sejanus die het geweer van de vredebewaker zou stelen... maar dat was al erg genoeg.

Misschien bewees hij Sejanus wel een dienst. Als ze hem arresteerden voordat hij iets kon doen, zou hij misschien alleen naar de gevangenis moeten en een zwaardere straf ontlopen. Of waarschijnlijk zou de oude Plinth hem wel uit de problemen kopen. Zou hij de rekening betalen voor een nieuwe kazerne voor District 12. Sejanus zou uit het leger getrapt worden, waar hij blij mee zou zijn, en waarschijnlijk een of ander kantoorbaantje krijgen in het munitie-imperium van zijn vader, waar hij niet blij mee zou zijn. Ongelukkig, maar niet dood. En, het belangrijkste, niet meer Coriolanus' probleem.

De rest van de nacht kon Coriolanus de slaap niet meer vatten, en zijn gedachten dwaalden af naar Lucy Gray. Wat zou zij van hem vinden als ze hoorde wat hij Sejanus had aangedaan? Ze zou hem haten, natuurlijk. Met haar voorliefde voor vrije spotgaaien, vrije snatergaaien, vrije Covey, iedereen vrij. Ze zou waarschijnlijk vierkant achter Sejanus' ontsnappingsplan staan, vooral nadat ze zelf in de arena opgesloten had gezeten. Hij zou een monster uit het Capitool zijn en zij zou zich weer in de armen van Billy Taupe storten, samen met het laatste restje geluk dat hij nog bezat.

's Ochtends klom hij moe en geïrriteerd uit bed. De wetenschappers waren de vorige avond terug naar het Capitool gevlogen en zijn peloton ging weer over op de saaie dagelijkse routine. Hij sleepte zich erdoorheen en probeerde niet te bedenken dat hij over een paar weken eigenlijk met een volledige beurs aan de Universiteit zou moeten beginnen. Zou bedenken welke lessen hij ging volgen. De campus zou verkennen. Zijn boeken zou kopen. Wat het Sejanus-dilemma betrof had hij geaccepteerd dat niemand het snatergaaienbericht zou horen en dat hij dus gewoon moest proberen om hem wat gezond verstand bij te brengen. Hij zou dreigen dat hij hem bij zowel de commandant als zijn vader zou verlinken en dat dreigement ook uitvoeren als Sejanus niet luisterde. Hij was klaar met dit idiote gedoe. Helaas kreeg hij die dag geen kans om Sejanus zijn ultimatum voor te leggen.

Om het nog erger te maken kwam er op vrijdag een brief van Tigris, tjokvol slecht nieuws. Potentiële kopers en een heleboel nieuwsgierige mensen hadden het appartement van de familie Snow bezichtigd. Er waren twee biedingen gedaan, allebei ver onder het bedrag dat ze nodig hadden om naar het kleinste appartement dat Tigris had kunnen vinden te verhuizen. De grootmadam was over haar toeren geraakt door de bezoekers; ze had zich tussen de rozenstruiken teruggetrokken en net gedaan alsof het niet gebeurde. Maar ze had een van de stellen die het dak bekeken horen zeggen dat ze op de plek van haar geliefde tuin een goudvisvijver konden aanleggen. Het idee dat de rozen, het symbool van de Snow-dynastie, vernietigd zouden worden, had haar in een neerwaartse spiraal naar nog grotere onrust en verwarring gestort. Ze mocht eigenlijk niet meer alleen gelaten worden. Tigris was ten einde raad en vroeg om advies, maar welk advies moest hij haar geven? Hij had hen in alle opzichten laten zitten en kon geen oplossing voor hun ellende verzinnen. Woede, onmacht, schaamte – meer had hij niet te bieden.

Zaterdag had hij bijna zín om het gesprek met Sejanus aan te gaan. Hij hoopte dat er een paar klappen zouden vallen. Iemand moest boeten voor de vernedering van de familie Snow, en een Plinth was het ideale slachtoffer.

Smiley, Bug en Bonenstaak keken net zo uit naar hun bezoekje aan de As als altijd, al werden ze het wel zat dat ze telkens de hele zondag moesten bijkomen. Toen ze zich omkleedden besloten zijn kamergenoten dat ze in plaats van sterkedrank gefermenteerde appelcider zouden drinken, die minder sterk was maar nog steeds voor een lekkere roes zorgde. Het maakte Coriolanus niet uit, want hij was sowieso niet van plan om te drinken. Hij wilde een helder hoofd houden voor zijn confrontatie met Sejanus.

Toen ze naar buiten liepen, werden ze door de kok voor extra corvee gestrikt en waren ze nog een halfuur bezig om een hovercraft vol kisten uit te laden. 'Volgend weekend zijn jullie er blij om. Verjaardagsfeestje van de commandant,' zei hij, en hij gaf hun stiekem een literfles met wat goedkope whisky bleek te zijn. Het was een stuk beter dan de plaatselijke brouwsels.

Bij de As hadden ze nauwelijks tijd om een paar kisten te halen en een plekje bij de achterste muur te veroveren voordat Maude Ivory het podium op danste om de Covey voor te stellen. Het waren geen geweldige plaatsen, maar door de whisky en het feit dat ze nu een paar van Moes lekkernijen konden opeten in plaats van ze te ruilen had niemand iets te klagen, al vond Coriolanus het wel jammer dat hij niet naar Lucy Gray in de keet had gekund. Hij zette zijn kist bijna boven op die van Sejanus zodat hij het meteen zou merken als hij er weer vandoor probeerde te gaan. En ja hoor, na een uur of wat voelde hij dat Sejanus opstond en zag hij hem naar de hoofdingang lopen. Coriolanus telde tot tien en liep toen zo onopvallend mogelijk achter hem aan, maar ze zaten vlak bij de uitgang en niemand leek hen op te merken.

Lucy Gray begon aan een somber lied en de Covey speelden treurig achter haar.

Je komt laat thuis,
Neemt nog een glas.
Je ruikt naar iets wat niet gratis was.
Ons geld is allang opgegaan,
Dus wees eens eerlijk, hoe kom je daaraan?

De zon komt heus niet op voor jou.
Nee echt, dat doet ze niet.
Als jij zo liegt, blijf ik niet trouw –
Ik ruil je nog voor 'n lied.

Het lied werkte op zijn zenuwen. Het klonk als het zoveelste door Billy Taupe geïnspireerde nummer. Waarom schreef ze niet iets over hem in plaats van bij die lapzwans te blijven hangen? Híj had haar leven gered nadat Billy Taupe een kaartje naar de arena voor haar had gekocht.

Coriolanus liep net op tijd naar buiten om Sejanus de hoek van de As om te zien gaan. De stem van Lucy Gray stroomde de nacht in terwijl hij langs de zijkant van het gebouw sloop.

Je staat laat op.
Je zegt geen woord.
Je was bij haar, heb ik gehoord.
Ik ben je baas niet, zeg je vaak,
Maar wat moet ik doen als ik nachten waak?

De maan wordt heus niet vol voor jou.
Nee echt, dat doet ze niet.
Je doet me pijn, ik roep toch auw? –
Ik ruil je nog voor 'n lied.

In het donker achter de As zag Coriolanus Sejanus door de open deur de keet in schieten. De vijf Covey stonden allemaal op het podium, dus wie verwachtte hij daar? Had hij afgesproken met de rebellen om de ontsnappingsplannen te beklinken? Coriolanus voelde er niets voor om bij een hele troep van die lui naar binnen te lopen. Hij had net besloten om te wachten toen de vrouw uit de As bij wie Sejanus zogenaamd om een zakmes had gevraagd, naar buiten kwam en een stapel biljetten in haar zak propte. Ze liep weg bij de As en verdween in een steegje.

Dus dat was het. Sejanus had haar geld voor wapens gegeven, waarschijnlijk die geweren waarmee hij in het noorden wilde jagen. Hij kon hem er net zo goed meteen mee confronteren, nu hij er gloeiend bij was met dat illegale spul. Stilletjes liep hij naar de keet, want hij wilde Sejanus niet laten schrikken als die een vuurwapen vasthield, en de muziek overstemde zijn voetstappen.

Je komt en gaat.
Het is niet jij,
Het is niet ik, nee, het is wij.
Ze zijn bezorgd met hun jonge lijf.
Vertel ze toch eindelijk of je blijft.

De sterren schijnen niet voor jou.
Nee echt, dat doen ze niet.
Je wilt me niet, ik lust je rauw –
Ik ruil je nog voor 'n lied.

Tijdens het applaus dat volgde gluurde Coriolanus om het hoekje van de open deur de keet in. Het enige licht kwam van een kleine lantaarn, net zo een als sommige mijnwerkers bij de ophanging van Arlo hadden gedragen, op een krat achter in de keet. In de gloed zag hij Sejanus en Billy Taupe gehurkt bij een jute zak zitten waar meerdere wapens uit staken. Toen hij binnenkwam verstijfde hij, zich plotseling bewust van de loop van een jachtgeweer op een paar centimeter van zijn ribbenkast.

Hij hield zijn adem in en wilde net langzaam zijn handen opsteken toen hij snelle voetstappen en het gelach van Lucy Gray hoorde. Haar handen vielen op zijn schouders met een: 'Hé! Ik zag je weggaan. Barb Azure zei dat als je...' Ze verstarde toen ze de man met het geweer ontdekte.

'Naar binnen,' was het enige wat hij zei. Coriolanus liep naar de lantaarn en Lucy Gray klemde zich vast aan zijn arm. Hij hoorde het sintelblok over de betonnen vloer schrapen en de deur achter hen dichtvallen.

Sejanus sprong overeind. 'Nee. Niks aan de hand, Spar. Hij hoort bij mij. Ze horen allebei bij mij.'

Spar liep het licht in. Coriolanus herkende hem als de man die Lil na de ophanging in bedwang had gehouden. Ongetwijfeld de broer over wie Sejanus het had gehad.

De rebel liet zijn blik over hen heen glijden. 'Ik dacht dat dit onder ons zou blijven.'

'Hij is als een broer,' zei Sejanus. 'Hij vertelt een smoes als we ervandoor zijn. Zodat we meer tijd hebben.'

Coriolanus had dat absoluut niet beloofd, maar hij knikte.

Spar richtte zijn loop op Lucy Gray. 'En zij?'

'Ik heb over haar verteld,' zei Billy Taupe. 'Ze gaat met ons mee naar het noorden. Dat is m'n meissie.'

Coriolanus voelde dat Lucy Gray in zijn arm kneep en hem toen losliet. 'Als het mag,' zei ze.

'Horen jullie niet bij elkaar?' vroeg Spar, en zijn grijze ogen gleden van Coriolanus naar Lucy Gray. Daar was Coriolanus ook benieuwd naar. Ging ze echt met Billy Taupe mee? Had ze hem gebruikt, zoals hij al had vermoed?

'Hij gaat met mijn nicht. Barb Azure. Ik moest hiernaartoe om te zeggen waar hij haar vannacht kan vinden, meer niet,' zei Lucy Gray.

Dus ze had gewoon gelogen om de rust te bewaren. Was dat het? Coriolanus wist het niet zeker, maar speelde het spelletje mee. 'Zo is het.'

Spar dacht even na, haalde zijn schouders op en liet het geweer zakken, zodat Lucy Gray veilig was. 'Jij kunt Lil wel gezelschap houden.'

Coriolanus' blik viel op de voorraad wapens. Twee jachtgeweren en het standaardgeweer van de vredebewakers, waar ze ook mee oefenden. Een zwaar ding waarmee je waarschijnlijk granaten kon afschieten. Meerdere messen. 'Dat is een flinke buit.'

'Niet voor vijf mensen,' antwoordde Spar. 'Ik maak me vooral zorgen om de munitie. Zou handig zijn als je nog wat uit 't kamp kon meenemen.'

Sejanus knikte. 'Wie weet. We hebben geen toegang tot het wapenmagazijn. Maar ik zal eens kijken.'

'Tuurlijk. Inslaan maar.'

Iedereen keek met een ruk op naar het geluid. Een vrouwenstem, in een hoek achter in de keet. Coriolanus was de tweede deur helemaal vergeten, omdat niemand die ooit leek te gebruiken. In de inktzwarte duisternis buiten de lichtkring van de lantaarn kon hij niet zien of die open of dicht was en ook de indringer niet ontwaren. Hoe lang had ze zich daar al in het donker verstopt?

'Wie is daar?' vroeg Spar.

'Geweren, munitie,' spotte de stem. 'Die hebben ze daar niet, hè? In het noorden?'

Door de gemene toon werd Coriolanus herinnerd aan die avond waarop er in de As gevochten was. 'Het is Mayfair Lipp, de dochter van de burgemeester.'

'Die als een loopse teef achter Billy Taupe aan trippelt,' zei Lucy Gray binnensmonds.

'De laatste kogel moet je altijd goed bewaren. Zodat je die door je kop kunt knallen voordat ze je te pakken krijgen,' zei Mayfair.

'Ga naar huis,' beval Billy Taupe. 'Ik leg het later wel uit. Het is niet zoals het klonk.'

'Nee, nee. Kom erbij, Mayfair,' zei Spar uitnodigend. 'We hebben niks tegen jou. Je hebt je pa niet voor het kiezen.'

'We doen je niets,' zei Sejanus.

Mayfair lachte boosaardig. 'Tuurlijk niet.'

'Wat is hier aan de hand?' vroeg Spar aan Billy Taupe.

'Niks. Ze kletst maar wat,' zei hij. 'Ze doet niks.'

'Zo ben ik. Ik blaf wel, maar ik bijt niet. Toch, Lucy Gray? Hoe vond je het Capitool eigenlijk?' De deur kraakte zachtjes en Coriolanus had het idee dat Mayfair achteruit liep, klaar om te vluchten. En met haar zou ook zijn toekomst verdwijnen. Nee, meer nog, zijn leven zelfs. Als zij meldde wat ze had gehoord, waren ze allemaal zo goed als dood.

Bliksemsnel richtte Spar zijn geweer om haar neer te schieten, maar Billy Taupe sloeg de loop naar de grond. In een reflex pakte Coriolanus het vredebewakersgeweer en schoot in de richting van Mayfairs stem. Ze gilde en hij hoorde haar in de deuropening op de grond vallen.

'Mayfair!' Billy Taupe rende door de keet naar haar toe. Hij wankelde het licht weer in, zijn hand glanzend van het bloed, en hij spuugde naar Coriolanus als een hondsdol dier. 'Wat heb je gedaan?'

Lucy Gray begon te trillen, net als in de dierentuin toen de keel van Arachne Crane was doorgesneden.

Coriolanus gaf haar een zet en haar voeten liepen naar de deur. 'Ga terug. Ga het podium op. Dat is je alibi. Nu!'

'O nee. Als ik moet hangen, hangt zij naast me!' Billy Taupe stormde achter haar aan.

Zonder aarzelen schoot Spar Billy Taupe door zijn borst. Door de knal vloog hij naar achteren en hij zakte in elkaar op de grond.

In de stilte die volgde hoorde Coriolanus voor het eerst sinds Lucy Gray was uitgezongen de muziek die uit de As kwam. Maude Ivory liet het hele pakhuis een meezinger brullen.

Zie het maar zonnig in, zie het altijd zonnig in,

'Doe wat hij zegt,' zei Spar tegen Lucy Gray. 'Voordat ze je missen en iemand poolshoogte komt nemen.'

Zie het maar zonnig in vandaag.

Lucy Gray kon haar blik niet van het lichaam van Billy Taupe afwenden. Coriolanus greep haar bij de schouders en dwong haar hem aan te kijken. 'Ga. Ik regel dit wel.' Hij duwde haar naar de deur.

Want dat helpt je elke dag, laat je stralen met een lach,

Ze trok hem open en ze keken allebei naar buiten. De kust was veilig.

O, dus zie het maar zonnig in vandaag.
Goed zo, zie het maar zonnig in vandaag.

De hele As barstte los in een dronken gejoel, wat betekende dat het lied van Maude Ivory was afgelopen. Ze waren precies op tijd. 'Je bent hier nooit geweest,' fluisterde Coriolanus in Lucy Gray's oor toen hij haar losliet. Ze struikelde over de stoep de As in. Hij schoof met zijn voet de deur dicht.

Sejanus voelde aan de pols van Billy Taupe.

Spar propte de wapens terug in de jute zak. 'Doe geen moeite. Ze zijn dood. Ik was niet van plan dit aan iemand te vertellen. Jullie?'

'Ook niet natuurlijk,' zei Coriolanus. Sejanus staarde hen aan, nog steeds in shock. 'En hij ook niet. Daar zorg ik wel voor.'

'Misschien moet je overwegen om met ons mee te gaan. Iemand gaat hiervoor boeten,' zei Spar. Hij pakte de lantaarn en verdween door de achterdeur. Het werd aardedonker in de keet.

Coriolanus liep op de tast naar voren tot hij Sejanus had gevonden en trok hem mee, achter Spar aan. Hij duwde het lijk van Mayfair met zijn laars moeizaam de keet in en drukte met zijn schouder de deur naar de plaats delict stevig dicht. Zo. Het was hem gelukt om de keet te verlaten zonder iets aangeraakt te hebben. Behalve het geweer waar hij Mayfair mee had vermoord natuurlijk en dat ongetwijfeld onder zijn vingerafdrukken en DNA zat, maar dat zou Spar meenemen bij zijn vlucht uit District 12. Coriolanus kon absoluut geen herhaling van het zakdoekscenario gebruiken. De treiterende woorden van rector Highbottom schoten weer door zijn hoofd...

'Hoor je dat, Coriolanus? Dat is het geluid van vallende sneeuw.'

Heel even ademde hij de avondlucht in. Er zweefde muziek over hen heen, een instrumentaal nummer. Waarschijnlijk kon Lucy Gray op het podium nog geen woord uitbrengen. Hij greep Sejanus bij de elleboog, trok hem om de keet heen en gluurde het steegje tussen de twee gebouwen in. Leeg. Haastig loodste hij hen langs de zijgevel van de As en hij bleef even staan voordat ze de hoek omgingen. 'We zeggen niets,' siste hij.

Sejanus' pupillen waren groot en hij had zweetvlekken in zijn kraag. Hij herhaalde: 'We zeggen niets.'

Ze liepen terug naar hun plek. Naast hen leunde Bonenstaak ogenschijnlijk buiten westen tegen de muur. Aan de andere kant zat Smiley een meisje te versieren terwijl Bug de whisky soldaat maakte. Niemand leek hen gemist te hebben.

Het instrumentale nummer was afgelopen en Lucy Gray was weer in staat om te zingen. Ze koos een nummer waarbij de Covey een achtergrondkoortje vormden. Slim van haar. Zij zouden de lijken waarschijnlijk ontdekken, omdat ze de keet als kleedkamer gebruikten. Hoe langer ze hen op het podium hield, hoe sterker hun alibi werd, hoe meer tijd Spar had om die wapens weg te halen en hoe moeilijker het publiek achteraf zou kunnen bepalen wat wanneer was gebeurd.

Met bonkend hart probeerde Coriolanus de schade in te schatten. Hij dacht niet dat iemand zich druk zou maken om Billy Taupe, behalve Clerk Carmine misschien. Maar Mayfair? Het enige kind van de burgemeester? Spar had gelijk: daar ging iemand voor boeten.

Lucy Gray vroeg om verzoekjes en slaagde erin om alle Covey de rest van het optreden op het podium te houden. Maude Ivory ging zoals gewoonlijk rond met de mand. Lucy Gray bedankte iedereen, de Covey maakten nog een laatste buiging en het publiek schuifelde naar de uitgang.

'We moeten meteen terug,' zei Coriolanus zacht tegen Sejanus. Ze legden allebei een arm van Bonenstaak om hun schouders en liepen naar buiten, gevolgd door Bug en Smiley. Ze waren een meter of twintig van de As vandaan toen het hysterische gegil van Maude Ivory door de nacht snerpte en iedereen omkeek. Het zou verdacht zijn om door te lopen, dus Coriolanus en Sejanus draaiden Bonenstaak ook om. Al snel hoorden ze de fluitjes van de vredebewakers en een paar officieren stuurden hen terug naar de kazerne. Ze gingen op in de meute en zeiden niets tegen elkaar tot ze weer in hun barak waren, hun kamergenoten hoorden snurken en de doucheruimte in slopen.

'We weten niets. Meer kunnen we er niet over zeggen,' fluisterde Coriolanus. 'We zijn even naar buiten gegaan om te pissen. De rest van de avond hebben we naar het optreden gekeken.'

'Oké,' zei Sejanus. 'En de anderen?'

'Spar is allang weg en Lucy Gray houdt haar mond, ook tegen de Covey. Ze zou hen nooit in gevaar brengen,' zei hij. 'Morgen hebben we allebei een kater en blijven we op de kazerne.'

'Ja. Ja. Op de kazerne.' Sejanus leek zo in de war dat hij onsamenhangend werd.

Coriolanus pakte zijn gezicht met twee handen. 'Sejanus, dit is een kwestie van leven of dood. Je mag niet instorten.' Sejanus knikte, maar Coriolanus wist dat hij daarna geen oog dichtdeed. Hij hoorde hem de hele nacht woelen. Zelf zag hij telkens de schietpartij weer voor zich. Hij had voor de tweede keer iemand gedood. Als het bij Bobbin zelfverdediging was geweest, wat was het dan bij Mayfair? Geen moord met voorbedachten rade. Welbeschouwd was het überhaupt geen moord, maar ook een vorm van zelfverdediging. De rechter zou daar misschien anders over denken, maar hij niet. Mayfair had geen mes gehad, maar wel de macht om hem aan de galg te laten bungelen. Om nog maar te zwijgen van wat ze Lucy Gray en de anderen zou aandoen. Het raakte hem minder dan toen hij Bobbin had gedood, omdat hij haar niet daadwerkelijk had zien sterven misschien, zelfs het lijk niet echt had bekeken. Of misschien was het de tweede keer gewoon makkelijker. Hoe dan ook, als hij het nog een keer moest doen zou hij haar weer neerschieten, en op de een of andere manier leek zijn daad daardoor gerechtvaardigd.

De volgende ochtend sleepten zelfs zijn katerige kamergenoten zich naar de eetzaal voor het ontbijt. Smiley werd ingelicht door zijn bevriende verpleegkundige, die aan het werk was geweest toen de lijken 's nachts waren binnengebracht. 'Het zijn twee mensen uit de stad, maar een ervan is de dochter van de burgemeester. De ander is muzikant of zo, maar niet een die wij hebben gezien. Ze zijn doodgeschoten in die garage achter de As. Tijdens het optreden! Maar door de muziek heeft niemand het gehoord.'

'Weten ze al wie het heeft gedaan?' vroeg Bonenstaak.

'Nog niet. Officieel hebben die lui geen vuurwapens, maar ik zei al dat ze wel rondzwerven in het district,' zei Smiley. 'Ze zijn door hun eigen mensen vermoord.'

'Hoe weten ze dat?' vroeg Sejanus.

Hou je mond! dacht Coriolanus. Sejanus kennende zou die jongen op het punt kunnen staan om een misdaad op te biechten die hij niet eens had gepleegd.

'Nou, volgens haar denken ze dat het meisje is neergeschoten met een vredebewakersgeweer, waarschijnlijk een oud exemplaar dat tijdens de oorlog is gestolen. En de muzikant is vermoord met een geweer waarmee ze hier vroeger op jacht gingen. Ze gaan uit van twee schutters,' meldde Smiley. 'Ze hebben het gebied afgezocht maar geen wapens gevonden. Die hebben de moordenaars natuurlijk meegenomen, als je het mij vraagt.'

De knoop in Coriolanus' maag werd iets losser en hij nam een hap pannenkoek. 'Wie heeft de lijken gevonden?'

'Dat kleine zangeresje – je weet wel, die met die roze jurk,' zei Smiley.

'Maude Ivory,' zei Sejanus.

'Ik geloof het wel. Die is helemaal geflipt. Ze hebben de muzikanten ondervraagd, maar wanneer hadden die het moeten doen? Ze zijn nauwelijks het podium af geweest en er waren dus geen wapens,' vertelde Smiley. 'Maar ze zijn wel behoorlijk van slag. Blijkbaar kenden ze die muzikantenkerel.'

Coriolanus prikte een worstje aan zijn vork en voelde zich een stuk beter. Het onderzoek was goed van start gegaan. Al kon het nog steeds slecht uitpakken voor Lucy Gray, want zij had een dubbel motief met Billy Taupe als haar oude vlam en Mayfair die haar de arena in had gestuurd. Maar als de arena in beeld kwam, zou hij dan ook verdacht worden? Hier in 12 wisten alleen de Covey dat hij haar nieuwe geliefde was, en Lucy Gray zou er wel voor zorgen dat die hun mond hielden. En waarom zouden hij en Lucy Gray zich nog druk maken om Billy Taupe nu ze een nieuwe geliefde had? Of zou men denken dat ze Mayfair uit wraak hadden willen vermoorden en dat Billy Taupe haar te hulp was geschoten? Dat kwam behoorlijk in de buurt van de werkelijkheid. Maar honderden getuigen konden bevestigen dat Lucy Gray vrijwel de hele avond op het podium had gestaan. Er waren geen vuurwapens gevonden. Het zou lastig zijn om haar schuld te bewijzen. Hij zou geduld moeten hebben, dan zouden de gemoederen vanzelf bedaren en daarna konden ze weer samen zijn. In veel opzichten voelde hij zich door deze gedeelde, onherroepelijke ervaring sterker met haar verbonden dan ooit.

Vanwege de gebeurtenissen van die nacht hield de commandant de poorten van het kamp de hele dag op slot. Niet dat Coriolanus op pad had willen gaan – hij zou een tijdje uit de buurt van de Covey moeten blijven. Sejanus en hij dwaalden wat rond en probeerden normaal over te komen. Ze kaartten, schreven brieven, poetsten hun laarzen. Coriolanus klopte de modder van zijn zolen en fluisterde: 'Hoe zit het met het ontsnappingsplan? Gaat dat nog door?'

'Geen idee,' antwoordde Sejanus. 'Het verjaardagsfeest van de commandant is pas volgende week. Die avond zou het gebeuren. Coryo, stel dat ze een onschuldige oppakken voor de moorden?'

Dan zijn wij uit de brand, dacht Coriolanus, maar hij zei: 'Die kans lijkt me heel klein, zonder wapens. Als dat echt gebeurt, zien we dan wel verder.'

Die nacht sliep Coriolanus veel beter. Maandag gingen de poorten weer open en de geruchtenmachine beweerde dat de moorden te maken hadden met een onderlinge strijd tussen de rebellen. Ze mochten elkaar lekker afmaken. De burgemeester kwam naar de kazerne en ging tekeer tegen de commandant over zijn dochter, maar aangezien hij Mayfair door en door verwend had en haar als een wilde kat door de stad had laten struinen, vond iedereen dat hij het geheel aan zichzelf te danken had als zij het met een rebel had aangelegd.

Dinsdagmiddag was de belangstelling voor de moorden dusdanig gezakt dat Coriolanus alweer naar de toekomst keek terwijl hij aardappelen schilde voor het ontbijt van de volgende dag. Allereerst moest hij ervoor zorgen dat Sejanus dat ontsnappingsplan uit zijn hoofd zette. Hopelijk hadden de gebeurtenissen in de keet hem doen inzien dat hij met vuur speelde. Morgenavond hadden ze samen dweildienst, dus dan zou hij hem erop aanspreken. Als hij het plan toch wilde doorzetten, zou Coriolanus gedwongen zijn hem aan te geven bij de commandant. Vol overtuiging schilde hij zo geestdriftig dat hij vroeg klaar was, en de kok liet hem een halfuur eerder gaan. In de postkamer trof hij een doos van Pluribus vol met pakjes snaren voor allerlei verschillende instrumenten en een aardig briefje dat hij er niets voor hoefde te hebben. Hij legde ze in zijn kluisje, blij bij de gedachte hoe blij de Covey zouden zijn als het veilig genoeg was om ze op te zoeken. Over een week of twee misschien, als het zo rustig bleef.

Coriolanus voelde zich weer bijna de oude toen hij op weg ging naar de eetzaal. Op dinsdag kregen ze hachee. Hij had een paar minuutjes over en liep langs de ziekenboeg voor een nieuw blikje poeder tegen zijn uitslag, die eindelijk wegtrok. Op het moment dat hij met het spul de deur uit liep, stopte er een legerambulance voor de kliniek. De achterdeuren zwaaiden open en twee broeders trokken een man op een brancard naar buiten. Door zijn met bloed doordrenkte hemd leek het of hij dood was, maar toen ze hem het gebouw in droegen keek hij opzij. Twee grijze ogen richtten zich op Coriolanus, die onwillekeurig naar adem hapte. Spar. De deuren vielen dicht en de man was verdwenen.

'S Avonds besprak hij het met Sejanus, maar ze wisten niet wat het betekende. Spar was duidelijk in een gevecht met de vredebewakers verzeild geraakt, maar waarom? Hadden ze hem in verband gebracht met de moorden? Wisten ze van het ontsnappingsplan? Waren ze op de hoogte van de gekochte wapens? Wat zou hij vertellen nu hij gevangen was genomen?

Tijdens het ontbijt van woensdag had Smiley's betrouwbare verpleegkundige hem laten weten dat Spar die nacht aan zijn verwondingen was bezweken. Ze wist niet precies hoe het zat, maar de meeste mensen dachten dat hij iets met de moorden te maken had. Coriolanus kwam de ochtend door op de automatische piloot en wachtte op de volgende klap. Die kwam bij de lunch. Twee militaire politieagenten liepen door de eetzaal naar hun tafel en arresteerden Sejanus, die zonder iets te zeggen meeging. Coriolanus probeerde de geschokte gezichten van zijn kamergenoten te imiteren. Dit was natuurlijk een vergissing, bauwde hij hen na.

Onder leiding van Smiley stapten ze tijdens de schietoefeningen op de sergeant af. 'We willen alleen even zeggen dat Sejanus die moorden niet gepleegd kan hebben. Hij was de hele nacht bij ons.'

'We zijn niet bij elkaar vandaan geweest,' beweerde Bonenstaak. Alsof hij dat kon weten, terwijl hij buiten westen tegen de muur had gehangen, maar ze bevestigden het allemaal.

'Ik waardeer jullie kameraadschap,' zei de sergeant, 'maar volgens mij gaat dit over iets anders.'

Er trok een rilling over Coriolanus' rug. Iets anders – zoals het ontsnappingsplan? Hij kon zich niet voorstellen dat Spar het verraden had, want dat had ook gevolgen voor zijn zus kunnen hebben. Nee, Coriolanus wist zeker dat de snatergaai dr. Gaul had bereikt, en dat dit de gevolgen waren. De arrestatie van Spar en nu die van Sejanus.

De twee dagen daarna leek alles in te storten terwijl hij zichzelf ervan probeerde te overtuigen dat dit voor Sejanus' eigen bestwil was, terwijl zijn kamergenoten ondanks hun smeekbedes hun vriend niet mochten bezoeken, terwijl Sejanus nog altijd in de cel zat. Hij bleef maar wachten op Strabo Plinth die in een privéhovercraft zou arriveren, over vrijlating zou onderhandelen, zou aanbieden om de hele luchtvloot gratis op te waarderen en zijn dwalende zoon met gezwinde spoed mee naar huis zou nemen. Maar was zijn vader wel op de hoogte van Sejanus' benarde positie? Dit was de Academie niet, waar ze je ouders belden als je het verprutste.

Zo achteloos mogelijk vroeg Coriolanus aan een oudere soldaat of ze wel eens naar huis mochten bellen. Ja, iedereen had recht op een halfjaarlijks telefoontje, maar pas als ze zes maanden in dienst waren. Alle andere communicatie moest per post. Omdat hij niet wist hoe lang Sejanus opgesloten zou blijven, schreef Coriolanus een haastig kattenbelletje naar Moe om haar in algemene bewoordingen te vertellen dat Sejanus in de problemen zat en dat Strabo misschien een paar mensen wilde bellen. Hij haastte zich op vrijdagochtend naar de brievenbus, maar werd onderbroken door een omroepbericht dat alle manschappen die hun werk konden neerleggen naar de gehoorzaal moesten komen. Daar deelde de commandant hun mee dat een van hun eigen mensen die middag wegens verraad zou worden opgehangen. Ene Sejanus Plinth.

Het was te onwerkelijk, alsof hij in een nachtmerrie leefde. Tijdens het exerceren voelde zijn lichaam als een marionet die aan onzichtbare touwtjes naar links en rechts werd gerukt. Na afloop riep de sergeant hem naar voren en kreeg hij ten overstaan van iedereen – zijn mederekruten, Smiley, Bug, Bonenstaak – te horen dat hij bij de ophanging aanwezig moest zijn om de gelederen aan te vullen.

In hun kamer waren zijn vingers zo stijf dat hij de zilveren knoopjes van zijn uniform, stuk voor stuk met het Capitoolembleem erop, nauwelijks dicht kreeg. Hij had net zo weinig controle over zijn benen als tijdens bommentijd, maar op de een of andere manier wist hij naar het wapenmagazijn te wankelen om zijn geweer op te halen. De andere vredebewakers, van wie hij niet wist hoe ze heetten, bleven ver bij hem uit de buurt in de vrachtwagen. Hij was natuurlijk besmet omdat hij de veroordeelde kende.

Net als bij Arlo's executie kreeg Coriolanus opdracht om in

een peloton naast de galgenboom te gaan staan. Hij verbaasde zich over de omvang en de onrust van de menigte – Sejanus had zich toch zeker niet binnen een paar weken zo populair gemaakt? – tot het vredebewakersbusje arriveerde en Sejanus en Lil in ketenen naar buiten struikelden. Toen ze het meisje zagen begonnen veel toeschouwers haar naam te jammeren.

Arlo, een oud-militair die gehard was door jaren in de mijnen, had zich op het schavot nog redelijk kunnen beheersen, tot hij Lil in het publiek had horen schreeuwen in elk geval. Maar Sejanus en Lil zagen er, slap van angst, veel jonger uit dan ze waren en dat versterkte het idee dat er twee onschuldige kinderen naar de galg werden gesleept. Lil zakte door haar trillende benen en werd meegetrokken door twee bars kijkende vredebewakers die de volgende avond waarschijnlijk hun best zouden doen om deze gebeurtenis met behulp van moonshine te vergeten.

Toen ze hem passeerden keek Coriolanus in Sejanus' ogen en hij zag alleen maar dat achtjarige jongetje op het speelplein met die zak gomballen in zijn knuistje. Alleen was deze jongen veel en veel banger. Sejanus' lippen vormden zijn naam, *Coryo*, en zijn gezicht vertrok van pijn. Maar of hij om hulp smeekte of hem van verraad beschuldigde, dat wist Coriolanus niet.

De vredebewakers zetten de veroordeelden naast elkaar op de valluiken. Een derde probeerde het vonnis boven het gegil van de menigte uit voor te lezen, maar Coriolanus ving alleen het woord *verraad* op. Hij wendde zijn blik af toen de vredebewakers naar voren kwamen met de stroppen en ineens zag hij het aangeslagen gezicht van Lucy Gray. Ze stond vrij vooraan in een oude grijze jurk, haar haar bedekt met een zwarte sjaal, en de tranen liepen over haar wangen terwijl ze opkeek naar Sejanus.

Toen het tromgeroffel begon kneep Coriolanus zijn ogen

dicht, en hij wilde dat hij het geluid ook kon buitensluiten. Maar dat kon hij niet, en hij hoorde alles. De schreeuw van Sejanus, de klap van de valluiken en de snatergaaien die Sejanus' laatste woord overnamen en het in de brandende zon krijsend bleven herhalen.

'Moe! Moe! Moe! Moe! Moe!'

29

Coriolanus knokte zich een weg door de nasleep. Zwijgend en met een onbewogen gezicht reed hij terug naar het kamp, leverde zijn wapen in en liep naar hun slaapbarak. Hij wist dat er naar hem gekeken werd: iedereen wist dat Sejanus zijn vriend was, of in elk geval een pelotongenoot. Ze wilden dat hij instortte, maar dat plezier gunde hij hun niet. In zijn kamer trok hij langzaam zijn uniform uit en hij hing alle stukken heel nauwkeurig op, streek de kreukels er met zijn vingers uit. Buiten het zicht van de bemoeizuchtige blikken liet hij zijn lichaam inzakken en mochten zijn schouders hangen van vermoeidheid. Hij had die dag alleen een paar slokken appelsap naar binnen kunnen krijgen. Hij was te gesloopt om naar de schiettraining te gaan en Bug, Bonenstaak en Smiley onder ogen te komen. Zijn handen trilden toch te hevig om een geweer te kunnen vasthouden. In plaats daarvan ging hij in zijn onderbroek in de snikhete kamer op het bed van Bonenstaak zitten en wachtte op wat komen ging.

Het was slechts een kwestie van tijd. Misschien moest hij zichzelf maar gewoon aangeven. Voordat ze hem kwamen arresteren omdat Spar had bekend of – en dat was aannemelijker – Sejanus de details van de schietpartij had prijsgegeven. En anders slingerde altijd dat vredebewakersgeweer nog ergens rond, bedekt met zijn DNA. Spar was niet gevlucht, maar had zich waarschijnlijk ergens schuilgehouden tot hij Lil kon bevrijden, en als hij in het district was gebleven, dan gold dat ook voor de moordwapens. Misschien was men op dit moment wel zijn geweer aan het analyseren, op zoek naar bewijs dat Spar Mayfair daarmee gedood had, om tot de ontdekking te komen dat de schutter hun eigen soldaat Snow was. De jongen die zijn beste vriend verlinkt en naar de galg gestuurd had.

Coriolanus begroef zijn gezicht in zijn handen. Zoals hij Bobbin had doodgeknuppeld, zoals hij Mayfair had neergeschoten, zo had hij Sejanus ook vermoord. Hij had de jongen vermoord die hem als zijn broer beschouwde. Maar terwijl zijn eigen laaghartigheid hem kopje-onder dreigde te trekken, bleef een stemmetje zeuren: *Wat had je anders gemoeten?* Wat? Niets. Sejanus was op zijn eigen vernietiging afgestevend en hij had Coriolanus meegesleurd, tot hij uiteindelijk zelf ook aan de voet van de galgenboom neergesmeten zou zijn.

Hij probeerde het rationeel te bekijken. Zonder hem zou Sejanus in de arena gestorven zijn, als prooi van de tributenroedel die hen onderweg naar de uitgang had geprobeerd te vermoorden. Welbeschouwd had Coriolanus hem een paar extra weken en een tweede kans gegeven, de gelegenheid om tot inkeer te komen. Die kans had hij niet gegrepen. Hij kon het niet. Wilde het niet. Hij was wie hij was. Misschien was hij in de rimboe het beste af geweest. Arme Sejanus. Arme, gevoelige, domme, dode Sejanus.

Coriolanus liep naar Sejanus' kluisje, haalde zijn doos met persoonlijke bezittingen eruit, ging zitten en legde de inhoud voor zich op de grond. Sinds zijn eerdere onderzoek waren er alleen een paar zelfgemaakte, in dun papier gewikkelde koekjes bij gekomen. Coriolanus pakte er een uit en nam een hap. Waarom ook niet? De zoete smaak verspreidde zich over zijn tong en er schoten allerlei beelden door zijn hoofd – van Sejanus die in de dierentuin een broodje door de tralies stak, Sejanus die tegen dr. Gaul inging, Sejanus die hem omhelsde onderweg naar de kazerne, Sejanus die aan het touw bungelde...

'Moe! Moe! Moe! Moe! Moe!'

Hij stikte bijna in het koekje en er kwam een slok zuur, bijtend appelsap met de kruimels mee omhoog. Zijn lijf droop van het zweet en hij begon te huilen. Leunend tegen de kluisjes trok hij zijn knieën op naar zijn borst en gaf zich over aan de akelige, hevige snikken. Hij huilde om Sejanus, om die arme Moe, om lieve, toegewijde Tigris en zijn broze, malende grootmadam, die hem binnenkort op zo'n onwaardige manier zou verliezen. En om zichzelf, want hij kon nu elk moment sterven. Doodsbang hapte hij naar adem, alsof de strop het leven al uit zijn lichaam kneep. Hij wilde niet dood! Zeker niet in dat veld, met die gemuteerde vogels die zijn laatste kreet zouden herhalen. Wie wist welke rare dingen je op zo'n moment uitkraamde? En dan was hij dood en zouden de vogels blijven schreeuwen tot de spotgaaien er een of ander luguber lied van maakten!

Na een minuut of vijf was de inzinking voorbij en kwam hij tot rust. Met zijn duim wreef hij over het koele marmeren hartje uit Sejanus' doos. Het enige wat hij nog kon doen was zijn dood als een man onder ogen komen. Als een soldaat. Als een Snow. Nu hij zijn lot had geaccepteerd, vond hij dat hij zijn zaakjes op orde moest brengen. Hij moest zijn dierbaren zo goed mogelijk achterlaten. Hij maakte de achterkant van het zilveren fotolijstje los en ontdekte dat er nog aardig wat geld over was na Sejanus' wapenaanschaf. Hij pakte een van de roomkleurige, mooie enveloppen die Sejanus uit het Capitool had meegenomen, stopte het geld erin, plakte hem dicht en adresseerde hem aan Tigris. Daarna ruimde hij Sejanus' spulletjes weer op en zette de doos terug in de kluis. Wat nog meer? Hij dacht aan Lucy Gray, de eerste en nu ook enige liefde van zijn leven. Hij zou haar graag een aandenken nalaten. Hij rommelde door zijn eigen doos en koos voor de oranje sjaal, want de Covey hielden van kleur en zij al helemaal. Hij wist niet goed hoe hij die bij haar kon krijgen, maar als hij zondag nog leefde, kon hij misschien het terrein af glippen om haar nog één keer op te zoeken. Hij legde de keurig opgevouwen sjaal bij de snaren die Pluribus had gestuurd. Toen hij het snot en de tranen van zijn gezicht had gewassen, kleedde hij zich aan en liep naar de brievenbus om het geld naar huis te sturen.

Tijdens het eten deed hij fluisterend verslag van de ophanging aan zijn bedroefde kamergenoten. Hij probeerde het af te zwakken: 'Ik denk dat hij op slag dood was. Hij heeft waarschijnlijk niet geleden.'

'Ik kan nog steeds niet geloven dat hij het heeft gedaan,' zei Smiley.

De stem van Bonenstaak trilde. 'Als ze maar niet denken dat wij er ook bij betrokken waren.'

'Alleen Bug en ik zouden van steun aan de rebellen verdacht kunnen worden, want wij komen uit de districten,' zei Smiley. 'Jullie hoeven je nergens druk om te maken, want jullie komen uit het Capitool.'

'Sejanus kwam ook uit het Capitool,' hielp Bonenstaak hem herinneren.

'Maar niet echt, toch? Hij had het altijd over District 2,' zei Bug.

'Niet echt, nee,' bevestigde Coriolanus.

Die avond had hij wachtdienst bij de lege cellen. Hij sliep alsof hij nooit meer wakker zou worden, en dat was logisch, want over een paar uur zou hij dood zijn.

Werktuiglijk werkte hij de ochtendtraining af en hij was bijna opgelucht toen de assistent van commandant Hoff aan het eind van de lunch naast hem opdook en vroeg of hij meeliep. Het was minder dramatisch dan de militaire politie, maar men probeerde de troepen weer tot de orde van de dag over te laten gaan, dus dit was een verstandige keuze. Coriolanus wist zeker dat hij van het kantoor van de commandant rechtstreeks naar de cel gestuurd zou worden en hij had spijt dat hij niet iets van thuis bij zich had gestoken om zich in zijn laatste uren aan vast te kunnen klampen. Het poeder van zijn moeder zou goed geweest zijn, iets om troost uit te putten terwijl hij op de strop wachtte.

Het kantoor van de commandant was niet groot, maar mooier dan alle ruimtes die hij op het terrein had gezien. Hij liet zich tegenover Hoff op de leren stoel aan het bureau zakken, dankbaar dat hij zijn doodvonnis met enige klasse zou ontvangen. Vergeet niet dat je een Snow bent, hield hij zichzelf voor. We gaan eervol ten onder.

De commandant stuurde zijn assistent weg, die de deur van het kantoor achter zich dichtdeed. Hoff leunde achterover op zijn stoel en keek Coriolanus langdurig aan. 'Dat was me het weekje wel voor jou.'

'Inderdaad, meneer.' Hij wilde dat de man gewoon aan het verhoor zou beginnen. Hij was te moe voor kat-en-muisspelletjes.

'Het weekje wel,' herhaalde Hoff. 'Ik heb begrepen dat jij in het Capitool een uitzonderlijk goede leerling was.'

Coriolanus had geen idee van wie hij dat gehoord had, en

vroeg zich af of Sejanus dat had gezegd. Niet dat het uitmaakte. 'Dat is erg genereus gesteld.'

De commandant glimlachte. 'En nog bescheiden ook.'

Man, arresteer me toch gewoon, dacht Coriolanus. Hij had geen behoefte aan een lange aanloop naar een verhaal over wat een teleurstelling hij uiteindelijk bleek te zijn.

'Mij is verteld dat je goed bevriend was met Sejanus Plinth,' zei Hoff.

Kijk, daar gaan we, dacht Coriolanus. Waarom zou hij het proces niet een beetje bespoedigen in plaats van het met een ontkenning te rekken? 'We waren meer dan vrienden. We waren bijna broers.'

Hoff keek hem meelevend aan. 'Dan kan ik je namens het Capitool alleen maar oprecht bedanken voor je offer.'

Wacht. Wat? Coriolanus staarde hem niet-begrijpend aan. 'Pardon?'

'Dr. Gaul heeft je bericht van de snatergaai ontvangen,' vertelde Hoff. 'Ze zei dat het niet makkelijk voor je geweest moet zijn om hem terug te sturen. Je hebt een hoge, persoonlijke prijs betaald voor je trouw aan het Capitool.'

Dus hij kreeg nog even respijt. Blijkbaar was het geweer met zijn DNA erop nog niet boven water gekomen. Ze beschouwden hem als een Capitoolheld met gewetensnood. Hij trok een gekweld gezicht, passend bij iemand die rouwde om zijn tegendraadse vriend. 'Sejanus was niet slecht, hij was… in de war.'

'Dat ben ik met je eens. Maar ik ben bang dat samenzweren met de vijand een te groot vergrijp is om door de vingers te zien.' Hoff zweeg peinzend. 'Denk je dat hij bij de moorden betrokken is geweest?'

Coriolanus zette grote ogen op, alsof dat nog nooit bij hem opgekomen was. 'De moorden? In de As, bedoelt u?'

'Ja, de burgemeestersdochter en...' De commandant bladerde door een stel papieren en besloot toen dat het er niet toe deed. 'En die andere kerel.'

'O... Ik denk het niet. Denkt u dat het iets met elkaar te maken heeft?' vroeg Coriolanus zo verbaasd mogelijk.

'Geen idee. Het interesseert me ook niet echt,' vertelde Hoff. 'Die jongeman hoorde bij de rebellen en die meid hoorde bij hem. Degene die ze vermoord heeft, heeft mij waarschijnlijk een hoop toekomstige ellende bespaard.'

'Het lijkt me niet iets voor Sejanus,' zei Coriolanus. 'Hij wilde nooit iemand pijn doen. Hij wilde hospik worden.'

'Ja, dat zei je sergeant ook al,' knikte Hoff. 'Dus hij heeft niet verteld of hij geweren voor die lui ging kopen?'

'Geweren? Daar weet ik niets van. Waar zou hij geweren vandaan moeten halen?' Coriolanus begon er bijna lol in te krijgen.

'Van de zwarte markt? Hij schijnt uit een rijke familie te komen,' zei Hoff. 'Maar goed, het zal wel een raadsel blijven tot die wapens opduiken. Ik laat een stel vredebewakers de komende dagen de Laag uitkammen. Ondertussen hebben dr. Gaul en ik besloten om jouw hulp met Sejanus voor je eigen veiligheid stil te houden. We willen natuurlijk niet dat de rebellen het straks op jou gemunt hebben, of wel?'

'Ik zou het hoe dan ook liever stilhouden,' zei Coriolanus. 'Het is al lastig genoeg om in mijn eentje met mijn beslissing in het reine te komen.'

'Dat begrijp ik. Maar als alles straks weer een beetje gekalmeerd is, vergeet dan niet dat je je land een grote dienst hebt bewezen. Probeer het achter je te laten.' En toen, alsof hem nog iets te binnen was geschoten, voegde hij eraan toe: 'Ik ben jarig vandaag.'

'Ja, ik heb de whisky voor uw feest helpen uitladen,' zei Coriolanus.

'Meestal is het erg gezellig. Probeer de zinnen maar een beetje te verzetten.' Hoff kwam overeind en stak zijn hand uit.

Coriolanus stond op en schudde hem. 'Ik zal mijn best doen. En gefeliciteerd, meneer.'

Zijn kamergenoten begroetten hem opgetogen toen hij terugkwam en bestookten hem met vragen over waarom hij bij de commandant was geroepen.

'Hij wist dat Sejanus en ik elkaar al langer kenden, en hij wilde gewoon even weten hoe het met me ging,' vertelde Coriolanus.

Daar knapte iedereen van op en een wijziging van hun middagrooster bracht Coriolanus enige voldoening. In plaats van op doelwitten te schieten, mochten ze de snatergaaien en de spotgaaien rond de galgenboom afmaken. Hun kreten na Sejanus' laatste schreeuw waren de druppel geweest.

Triomfantelijk knalde Coriolanus de spotgaaien van de takken, en hij wist er drie te doden. Nu zijn jullie niet zo slim meer, hè? dacht hij. Helaas waren de meeste vogels na een tijdje gevlogen. Maar ze zouden terugkomen. En hij ook, als hij niet eerst werd opgehangen.

Ter ere van de verjaardag van de commandant namen ze allemaal een douche en vertrokken in schoon werktenue naar de eetzaal. De kok had een verrassend verfijnd diner samengesteld, met biefstuk, aardappelpuree met jus en verse doperwtjes, niet uit blik. Alle soldaten kregen een grote pul bier en Hoff stond klaar om een enorme geglazuurde taart aan te snijden. Na het eten verzamelden ze zich in de sportzaal, die voor de gelegenheid versierd was met banieren en vlaggen. De whisky vloeide rijkelijk en er werd meermaals spontaan een toost uitgebracht bij de microfoon die daarvoor klaarstond. Maar Coriolanus realiseerde zich pas dat er muzikanten kwamen toen een paar soldaten stoelen neer begonnen te zetten

'Jazeker,' zei een officier. 'We hebben die band uit de As ingehuurd. De commandant wordt helemaal wild van ze.'

Lucy Gray. Dit was zijn kans, misschien wel zijn enige, om haar nog een keer te spreken. Hij rende naar de slaapbarak, pakte de doos van Pluribus met de snaren en zijn sjaal, en vloog weer terug. Hij zag dat zijn kamergenoten ongeveer halverwege de zaal een stoel voor hem hadden vrijgehouden, maar hij bleef achterin staan. Als de gelegenheid zich straks voordeed wilde hij zich niet langs de hele rij moeten worstelen. Bijna alle lampen in de sportzaal gingen uit, behalve die rond de microfoon, en het publiek werd stil. Alle ogen waren op de kleedkamer gericht, waar nu het laken voor hing dat de Covey in de As ook gebruikten.

Maude Ivory huppelde naar voren in een boterbloemgele jurk met een wijde rok en sprong op een kist die iemand voor de microfoon had gezet. 'Hé daar, allemaal! Vanavond is een heel bijzondere avond, en jullie weten wel waarom! Er is er een jarig!'

De vredebewakers begonnen joelend te klappen. Maude Ivory zong een oud, bekend verjaardagsliedje en iedereen deed mee:

Wij wensen jou
Een fijne verjaardag
En nog vele jaren meer!
Eén keer per jaar
Roepen wij hoera
Voor jou, commandant Hoff!
Gefeliciteerd!

Het was het enige couplet, maar ze zongen het drie keer terwijl de Covey een voor een opkwamen. Coriolanus hapte naar adem toen Lucy Gray verscheen in de regenboogjurk uit de arena. De meeste mensen zouden denken dat ze die voor de verjaardag van de commandant had aangetrokken, maar hij wist zeker dat het voor hem was. Een manier om iets te zeggen, om de kloof te overbruggen die door de omstandigheden tussen hen was ontstaan. Er ging een overweldigende golf liefde door hem heen toen ze hem eraan herinnerde dat hij niet alleen was in deze ellende. Ze waren weer in de arena, vochten om te overleven, zij samen tegen de wereld. Hij voelde een bitterzoete steek bij het idee dat ze hem zou zien sterven, maar hij was dankbaar dat zij zou blijven leven. Hij was de enige overgebleven getuige die haar op de plaats delict had gezien. Ze had de wapens niet aangeraakt. Wat er ook met hem zou gebeuren, het was een troost om te bedenken dat zij voor hen allebei zou voortleven.

Het eerste halfuur keek hij alleen maar naar haar terwijl de Covey een paar liedjes uit hun vaste repertoire zongen. Daarna ging de rest van de band af en bleef zij alleen achter in het licht. Ze ging op een hoge kruk zitten en – of verbeeldde hij zich dat? – klopte op de zak van haar rok, zoals ze in de arena ook had gedaan. Het was haar teken dat ze aan hem dacht. Dat ze in gedachten samen waren, ook al waren ze niet in dezelfde ruimte. Met tintelende zenuwen luisterde hij ingespannen naar het onbekende lied dat ze zong:

Iedereen wordt onschuldig geboren,
Zo groen als een grasje,
En zonder een krasje.
Blijf je ook zo? Da's knapper dan lastig,

't Is zwaarder dan lood,
De moeite is groot.

De wereld is donker,
En de wereld is wrang.
Ik heb klappen gehad,
Dus ik ben altijd bang.
Daarom ben jij
Zo goed voor mij,
Jij bent zuiver als verse sneeuw.

O nee. Hij had zich helemaal niets verbeeld. Het woord 'sneeuw' bevestigde het. Ze had dit lied voor hem geschreven.

Iedereen wil de eeuwige held zijn.
De taart met de slagroom,
Vol daden, geen dagdroom.
Om iets te bereiken,
Moet je hard werken –
Van geitenmelk naar boter,
Van ijsblok naar water.

De wereld kijkt weg
Als kinderen doodgaan.
Ik ga in rook op, maar
Jij blijft telkens doorgaan.
Daarom hou ik
Zoveel van jou,
Jij bent zuiver als verse sneeuw.

Er sprongen tranen in zijn ogen. Ze zouden hem ophangen, maar zij zou erbij zijn en weten dat hij nog steeds een oprecht goed mens was. Geen valsspelend monster dat zijn vriend had verraden, maar iemand die in onmogelijke omstandigheden edelmoedig probeerde te zijn. Iemand die alles in de waagschaal had gesteld om haar in de Spelen te beschermen. Iemand die dat opnieuw had gedaan om haar tegen Mayfair te beschermen. De held van haar leven.

Koud en schoon,
Dwarrel je over mijn huid,
Bedekt me.
Je trekt eropuit,
Recht naar mijn hart.

Naar haar hart.

Iedereen denkt mij heel goed te kennen.
Ze strooien met namen,
Ze moesten zich schamen.
Jij zag me staan en wist meteen beter.
Jij zag mijn potentie,
Mijn ware essentie.

De wereld is wreed,
Met ellende voor tien.
Je vroeg om een reden:
Ik heb 'r twintig en drie.
Daarom heb ik
Vertrouwen in jou,
Jij bent zuiver als verse sneeuw.

Als hij nog had getwijfeld, dan was dit de bevestiging. Twintig en drie. Drieëntwintig. Het aantal tributen dat ze in de Spelen had overleefd. Allemaal dankzij hem.

Daarom heb ik
Vertrouwen in jou,
Jij bent zuiver als verse sneeuw.

Het ging weer over vertrouwen. Vertrouwen kwam vóór verlangen, vóór liefde. Dat vond ze het allerbelangrijkst. En ze vertrouwde hém, Coriolanus Snow.

Er barstte een applaus los maar hij bleef staan, met die doos in zijn handen, te ontroerd om zelfs maar mee te klappen. De andere Covey renden het podium op en Lucy Gray verdween achter het laken. Maude Ivory sleepte haar kist weer op zijn plek en er begon een blikkerige gitaar.

Als het leven soms kil en donker is,
Weet dan ook dat de zon altijd schijnt.

Coriolanus herkende het wijsje. Het lied over het zonnig inzien. Dat ze had gezongen tijdens de moorden. Dit was zijn kans. Hij wurmde zich zo onopvallend mogelijk door de dichtstbijzijnde uitgang. Iedereen zat binnen, dus hij rende om de sportzaal naar de kleedkamer en klopte op de buitendeur. Die vloog onmiddellijk open, alsof ze op hem had gewacht, en Lucy Gray wierp zich in zijn armen.

Een ogenblik hielden ze elkaar alleen maar zo vast, maar ze hadden niet veel tijd.

'Ik vind het zo erg van Sejanus. Gaat het wel?' vroeg ze ademloos.

Ze wist natuurlijk niets van de rol die hij daarin had gespeeld. 'Niet echt. Maar ik ben er nog.'

Ze leunde naar achteren om hem aan te kunnen kijken. 'Wat is er gebeurd? Hoe wisten ze dat hij ging helpen om Lil te bevrijden?'

'Geen idee. Ik denk dat iemand hem verraden heeft,' zei hij.

Lucy Gray aarzelde geen moment. 'Spar.'

'Waarschijnlijk wel.' Coriolanus raakte haar wang even aan. 'En jij? Hoe gaat het met jou?'

'Verschrikkelijk. Het was echt verschrikkelijk. Om hem zo te zien sterven. En alles na die nacht. Ik weet dat je Mayfair hebt neergeschoten om mij te beschermen. En de rest van de Covey.' Ze drukte haar voorhoofd tegen zijn borst. 'Hoe kan ik je daar ooit voor bedanken?'

Hij streelde haar haar. 'Je zult in elk geval geen last meer van haar hebben. Je bent veilig.'

'Niet echt. Niet echt.' Lucy Gray draaide zich getergd om en begon heen en weer te lopen. 'De burgemeester is... Hij laat me niet met rust. Hij is ervan overtuigd dat ik haar vermoord heb. Hen allebei. Hij rijdt in die afschuwelijke auto naar ons huis en zit dan uren voor de deur te wachten. De vredebewakers hebben ons allemaal al drie keer ondervraagd. Ze zeggen dat hij dag en nacht roept dat ze me moeten arresteren. En dat hij anders zelf wraak zal nemen.'

Dat was beangstigend. 'Hebben ze gezegd wat je moet doen?'

'Ja, dat ik uit zijn buurt moet blijven. Maar hoe kan dat als hij drie meter voor m'n huis zit?' riep ze. 'Mayfair was alles voor hem. Ik denk dat hij pas ophoudt als ik dood ben. Nu begint hij ook de andere Covey te bedreigen. Ik... ik ga vluchten.'

'Wat?' vroeg Coriolanus. 'Waarheen?'

'Naar het noorden, denk ik. Waar Billy Taupe en de anderen

het over hadden. Als ik hier blijf zal hij zeker weten een manier verzinnen om me te vermoorden. Ik heb al wat voorraden opzijgezet. Daar overleef ik het misschien wél.' Lucy Gray vloog weer in zijn armen. 'Ik ben blij dat ik nog afscheid van je kan nemen.'

Vluchten. Ze ging het echt doen. Ze ging de wildernis in en hoopte er het beste van. Hij wist dat ze dat alleen zou doen als ze echt in levensgevaar was. Voor het eerst in dagen zag hij een manier om aan de strop te ontkomen. 'Nee, geen afscheid. Ik ga met je mee.'

'Dat kan niet. Dat mag niet van mij. Het kan je je leven kosten,' waarschuwde ze.

Coriolanus lachte. 'Mijn leven? Mijn leven draait alleen nog maar om de vraag wanneer ze die wapens zullen vinden en mij aan Mayfairs dood zullen koppelen. Ze zijn de Laag al aan het doorzoeken. Het kan elk moment afgelopen zijn. We gaan samen.'

Ze kreeg ongelovige rimpels in haar voorhoofd. 'Meen je dat?'

'Morgen,' zei hij. 'We zijn de beul een stap voor.'

'En de burgemeester,' voegde ze eraan toe. 'Dan zijn we eindelijk verlost van hem, van District 12, het Capitool, alles. Morgen. Bij zonsopgang.'

'Morgen bij zonsopgang,' bevestigde hij. Hij duwde de doos in haar handen. 'Van Pluribus. Behalve de sjaal – die is van mij. Ik moet gaan, voordat iemand doorheeft dat ik weg ben en argwaan krijgt.' Hij trok haar naar zich toe voor een hartstochtelijke kus. 'Dan is het weer alleen wij tweeën.'

'Alleen wij tweeën,' zei ze, en haar gezicht straalde van vreugde.

Coriolanus rende vliegensvlug de kleedkamer uit.

Elke dag zingen wij vol goede moed,
Zelfs al is het vaak somber en grauw.

Hij zou niet alleen blijven leven, hij zou met háár leven, net als die dag aan het meer. Hij dacht aan de smaak van de verse vis, aan de frisse lucht, aan de vrijheid om te doen en laten waar hij zin in had, zoals de natuur het bedoeld had. Om aan niemand verantwoording af te hoeven leggen. Om voorgoed verlost te zijn van de verstikkende verwachtingen van de rest van de wereld.

Je weet nooit wat de morgen weer doet,
Die houdt van iedereen, ook van jou.

Hij ging de sportzaal weer in en was net op tijd terug om het laatste refrein mee te zingen.

Zie het maar zonnig in, zie het altijd zonnig in,
Zie het maar zonnig in vandaag.
Want dat helpt je elke dag, laat je stralen met een lach,
O, dus zie het maar zonnig in vandaag.
Goed zo, zie het maar zonnig in vandaag.

Coriolanus' hoofd tolde. Lucy Gray voegde zich weer bij de Covey voor zo'n meerstemming geval met onbegrijpelijke tekst, en hij sloot zich af voor de muziek terwijl hij de wending probeerde te bevatten die zijn leven zojuist had genomen. Samen met Lucy Gray de wildernis in. Waanzin. Maar waarom ook niet? Het was de enige reddingsboei die hij kon grijpen, en hij was van plan om zich daar uit alle macht aan vast te klampen. Morgen was het zondag, dus dan had hij vrij. Hij zou zo vroeg mogelijk vertrekken. Snel ontbijten zodra de eetzaal om zes uur openging – misschien wel zijn laatste maaltijd in de beschaafde wereld – en dan op pad. Zijn kamergenoten zouden hun whiskyroes nog aan het uitslapen zijn. Hij zou ongemerkt het terrein af moeten zien te komen… Het hek! Hij hoopte dat Spar gelijk had gehad over de zwakke plek achter de generator. En dan zou hij naar Lucy Gray gaan en heel snel heel ver weg vluchten.

Maar wacht. Moest hij naar haar huis? Waar alle Covey waren? En de burgemeester misschien ook wel? Of wilde ze in het Weiland afspreken? Daar stond hij over te tobben toen het lied was afgelopen en ze met haar gitaar op haar kruk ging zitten.

'Bijna vergeten. Ik had beloofd om dit lied voor een van jullie te zingen,' zei ze. En daar was het weer, o zo achteloos, dat gebaar met haar hand op haar zak. Ze zong het lied waar ze mee bezig was geweest toen hij haar in het Weiland had opgezocht.

Kom je, kom je
Kom je naar de boom
Daar hangt een man, die heeft er drie vermoord
Vreemde dingen heb ik hier gehoord
Zien we elkaar om middernacht
Weer in de galgenboom?

De galgenboom. Waar ze vroeger altijd met Billy Taupe afsprak. Daar wilde ze nu met hem afspreken.

Kom je, kom je
Kom je naar de boom
Waar de dode zijn lief tot vluchten aanspoort
Vreemde dingen heb ik hier gehoord

Zien we elkaar om middernacht
Weer in de galgenboom?

Hij had haar liever ergens anders getroffen dan op de oude ontmoetingsplek van haar voormalige geliefde, maar het was beslist veiliger dan bij haar thuis. Op zondagochtend zou daar vast niemand zijn, toch? En over Billy Taupe hoefde hij zich geen zorgen meer te maken. Ze haalde adem – blijkbaar had ze nog meer coupletten geschreven.

Kom je, kom je
Kom je naar de boom
Daar zijn we vrij, dus haast je voort
Vreemde dingen heb ik hier gehoord
Zien we elkaar om middernacht
Weer in de galgenboom?

Over wie had ze het? Over Billy Taupe die zei dat ze voort moest maken, zodat ze vrij konden zijn? Over zichzelf, die tegen hem zei dat ze vrij zouden zijn?

Kom je, kom je
Kom je naar de boom
Zij aan zij, draag om je hals een koord
Vreemde dingen heb ik hier gehoord
Zien we elkaar om middernacht
Weer in de galgenboom?

Nu snapte hij het. Het lied, de verteller van het lied, was Billy Taupe, en hij zong het voor Lucy Gray. Hij was getuige geweest van Arlo's dood, hoorde de vogels zijn laatste woorden roepen, smeekte Lucy Gray om met hem te vluchten en toen ze hem had afgewezen, wilde hij liever dat ze met hem aan die galg bungelde dan dat ze zonder hem verder ging. Coriolanus hoopte dat dit het laatste lied over Billy Taupe zou zijn. Wat viel er verder nog te zeggen? Niet dat het er nog toe deed. Dit was dan misschien zijn lied, maar ze zong het voor Coriolanus. Sneeuw komt er altijd bovenop.

De Covey zongen nog een paar nummers, en toen zei Lucy Gray: 'Goed. M'n papa zei altijd: je moet met de kippen op stok als je 's ochtends met de haan wilt kraaien. Bedankt dat we hier vanavond mochten spelen. Vooruit, we feliciteren commandant Hoff nog één keer!' De hele dronken sportzaal brulde opnieuw het verjaardagslied voor de commandant.

Na een laatste buiging gingen de Covey af. Coriolanus wachtte achter in de zaal en hielp Bug om Bonenstaak terug naar de barak te krijgen. Voor ze het wisten ging het licht uit en moesten ze in het donker hun bed in klauteren. Zijn kamergenoten waren vrijwel meteen onder zeil, maar hij lag wakker en nam in gedachten het ontsnappingsplan door. Er was niet veel voor nodig. Hijzelf, de kleren die hij droeg, een paar aandenkens in zijn zakken en een heleboel geluk.

Bij het krieken van de dag stond hij op, trok een schoon werktenue aan en propte een paar extra onderbroeken en sokken in zijn zakken. Hij koos drie familiefoto's uit, het poederrondje van zijn moeder en het kompas van zijn vader, en stopte die ook tussen zijn kleren. Ten slotte bootste hij met de deken en een kussen de vorm van zijn lichaam zo goed mogelijk na en legde er een laken overheen. Hij wierp een laatste blik op zijn snurkende kamergenoten en vroeg zich af of hij hen zou missen.

Samen met een paar andere vroege vogels ontbeet hij met broodpudding, wat hem een goed voorteken leek, aangezien

Lucy Gray daar zo dol op was. Hij wilde dat hij iets voor haar mee kon nemen, maar zijn zakken zaten al helemaal vol en ze hadden geen servetten in de eetzaal. Hij dronk zijn appelsap op, veegde zijn mond af met de rug van zijn hand, zette zijn dienblad klaar voor de afwassers en ging naar buiten, waar hij de kortste weg naar de generator wilde nemen.

Zodra hij het zonlicht in stapte, doken er twee bewakers naast hem op. Gewapende soldaten, geen assistenten. 'Soldaat Snow,' zei een van hen. 'De commandant wil je spreken.'

Er raasde een adrenalinestoot door hem heen. Zijn bloed bonsde in zijn slapen. Dit kon niet waar zijn. Kwamen ze hem echt arresteren terwijl hij net op weg was naar zijn vrijheid? Naar een nieuw leven met Lucy Gray? Zijn ogen schoten naar de generator, zo'n honderd meter verderop. Zelfs na alle training zou hij het nooit halen. Nooit. Geef me nog vijf minuten, vroeg hij smekend aan het universum. Of twee, ook goed. Maar het universum luisterde niet.

Geflankeerd door de bewakers marcheerde hij met rechte rug naar het kantoor van de commandant, klaar voor zijn ondergang. Toen hij binnenkwam stond commandant Hoff met een ruk op van zijn bureau, ging in de houding staan en salueerde. 'Soldaat Snow,' zei hij. 'Ik mag je feliciteren. Morgen vertrek je naar de officiersopleiding.'

30

Coriolanus bleef verbijsterd staan terwijl de bewakers hem lachend op de rug sloegen. 'Ik... ik...'

'Je bent de jongste geslaagde ooit.' De commandant straalde. 'Normaal gesproken zouden we je hier opleiden, maar door je prachtige score mag je naar een eliteprogramma in District 2. We zullen je missen hier.' O, wat zou hij graag gaan! Naar District 2, dat helemaal niet zo ver van zijn huis in het Capitool lag. Naar de officiersopleiding, een *elite*-officiersopleiding, waar hij zich kon onderscheiden, om zich uiteindelijk weer op te werken naar een menswaardig bestaan. Misschien was dat wel een betere route naar de macht dan de Universiteit. Maar er slingerde nog altijd een moordwapen met zijn naam erop rond. Zijn DNA zou hem de das omdoen, net als toen met de zakdoek. Het was tragisch, maar het was helaas te gevaarlijk om te blijven. Met pijn in zijn hart deed hij alsof er niets aan de hand was.

'Hoe laat vertrek ik?' vroeg hij.

'Morgenochtend vroeg gaat er een hovercraft die kant op, en jij gaat mee. Vandaag ben je vrij, lijkt me. Gebruik die tijd om in te pakken en afscheid te nemen.' De commandant gaf hem voor de tweede keer in twee dagen een hand. 'We hebben hoge verwachtingen van jou.'

Coriolanus bedankte de commandant en liep naar buiten, waar hij even bleef staan om zijn opties af te wegen. Tevergeefs. Er was geen andere optie. Hij haatte zichzelf en hij haatte Sejanus Plinth nog meer terwijl hij naar het generatorgebouw liep – het kon hem haast niet schelen of hij betrapt zou worden. Wat een bittere teleurstelling dat een tweede kans op een glansrijke toekomst hem zo onherroepelijk werd afgenomen. Hij riep zichzelf tot de orde door aan de strop te denken, aan de galg, aan de snatergaaien die zijn laatste woorden zouden herhalen. Hij stond op het punt om te deserteren, dáár moest hij zich nu op concentreren.

Bij het gebouw wierp hij een snelle blik over zijn schouder, maar iedereen lag nog te slapen en hij sloop er ongezien omheen. Hij bestudeerde het hek, maar vond in eerste instantie geen opening. Hij krulde zijn vingers door de gaten om er gefrustreerd aan te trekken. En ja hoor, bij een van de palen liet het gaas los en ontstond er een kier waar hij zich net doorheen kon wringen. Buiten keerde zijn aangeboren behoedzaamheid terug. Hij liep om de achterkant van het terrein door een bosrijk gebied, en kwam uiteindelijk bij de weg naar de galgenboom. Daar volgde hij gewoon de route die de vrachtwagen altijd nam; hij liep stevig door, maar niet zo snel dat het aandacht zou trekken. Al viel er nauwelijks iets te trekken op deze vroege, hete zondagochtend. De meeste mijnwerkers en vredebewakers zouden nog uren in bed liggen.

Na een paar kilometer was hij bij het treurige veld en rende hij naar de galgenboom, waar hij zich tenminste in het bos kon verstoppen. Lucy Gray was nergens te bekennen en toen hij onder de takken doorliep vroeg hij zich af of hij haar boodschap verkeerd had geïnterpreteerd. Misschien had hij toch naar de Laag moeten gaan. Maar op dat moment ontdekte hij een zweem oranje op een open plek. Hij liep ernaartoe en daar stond ze; ze haalde een stapel pakketjes uit een wagentje, met de sjaal op een aantrekkelijke manier om haar haar geknoopt. Ze rende naar hem toe en sloeg haar armen om hem heen, en hij omhelsde haar ook, al vond hij het daar eigenlijk te warm voor. De kus die volgde beurde hem op.

Zijn hand ging naar de oranje sjaal in haar haar. 'Die lijkt me wel erg fel voor vluchtelingen.'

Lucy Gray glimlachte. 'Ik wil niet dat je me kwijtraakt. Wil je nog steeds mee?'

'Ik moet wel.' Hij hoorde zelf hoe terughoudend dat klonk en voegde eraan toe: 'Mijn leven draait alleen nog maar om jou.'

'En andersom. Jij bent alles voor me. Toen ik hier op je zat te wachten besefte ik dat ik dit zonder jou nooit gedurfd zou hebben,' bekende ze. 'Niet alleen omdat het zwaar zou zijn. Maar omdat het te eenzaam zou zijn. Ik zou het misschien een paar dagen volhouden, maar daarna zou ik terug naar de Covey gegaan zijn.'

'Ik snap het. Ik had niet eens overwogen om te vluchten tot jij erover begon. Het is zo... angstaanjagend.' Hij liet zijn hand over haar pakketjes glijden. 'Het spijt me, het was te gevaarlijk om veel mee te nemen.'

'Daar ging ik al van uit. Ik heb dit allemaal verzameld en ik heb ook onze voorraadkast geplunderd. Maar geen zorgen, ik heb de rest van het geld voor de Covey achtergelaten.' Alsof ze zichzelf probeerde te overtuigen zei ze: 'Ze redden zich wel.' Ze tilde een pak op en hees het over haar schouder.

Hij verzamelde een deel van de voorraden. 'Hoe gaan ze het nu doen? Met de band, bedoel ik. Zonder jou.'

'O, dat komt wel goed. Ze kunnen allemaal wijs houden en Maude Ivory was toch al bijna groot genoeg om hoofdzangeres te zijn,' zei Lucy Gray. 'En ik trek altijd zo veel gedoe aan dat ze me in District 12 misschien wel zat beginnen te worden. Gisteravond zei de commandant dat ik "De galgenboom" niet meer mag zingen. Hij vindt het te duister. Te opstandig, zal hij bedoelen. Ik heb beloofd dat hij het nooit meer over mijn lippen zal horen komen.'

'Het is een vreemd lied,' merkte Coriolanus op.

Lucy Gray lachte. 'Nou, Maude Ivory vindt het mooi. Ze zegt dat het heel gezaghebbend is.'

'Net als mijn stem. Toen ik in het Capitool het volkslied zong,' wist Coriolanus nog.

'Zo is 't,' zei Lucy Gray. 'Ben je d'r klaar voor?'

Ze verdeelden alle spullen. Het duurde even voordat hij doorhad wat er ontbrak. 'Je gitaar. Neem je die niet mee?'

'Die heb ik achtergelaten voor Maude Ivory. Met de jurk van m'n mama.' Ze deed haar best om luchtig te klinken. 'Wat heb ik eraan? Tam Amber denkt dat er nog mensen wonen in het noorden, maar ik weet dat nog zo net niet. Ik denk dat we gewoon met z'n tweetjes zullen zijn.'

Heel even drong het tot hem door dat hij niet de enige was die zijn dromen achterliet. 'We maken gewoon nieuwe dromen daar,' beloofde Coriolanus met meer overtuiging dan hij voelde. Hij haalde het kompas van zijn vader tevoorschijn, bestudeerde het en wees. 'Het noorden ligt daar.'

'Ik dacht dat we misschien eerst langs 't meer konden gaan. Dat ligt in noordelijke richting. Ik wil het graag nog één keer zien,' zei ze.

Het maakte hem niets uit, dus hij protesteerde niet. Binnenkort zouden ze door de wildernis zwerven en nooit meer terugkomen. Als zij daar graag naartoe wilde… Hij duwde een losgeraakt puntje van haar sjaal terug. 'Op naar het meer.'

Lucy Gray keek om naar de stad, al zag Coriolanus alleen de galg. 'Dag District 12. Dag galgenboom, Hongerspelen en burgemeester Lipp. Iets zal ooit mijn dood worden, maar jullie in elk geval niet.' Ze draaide zich om en liep het bos in.

'Je zult er weinig aan missen,' beaamde Coriolanus.

'Ik zal de muziek en mijn snaveltjes missen,' zei Lucy Gray, en haar stem sloeg over. 'Maar ik hoop dat ze op een dag ook kunnen komen.'

'Weet je wat ik niet zal missen? Mensen,' antwoordde Coriolanus. 'Op een paar na. De meeste mensen zijn vreselijk.'

'Mensen zijn van zichzelf niet zo erg,' zei ze. 'Het gaat om wat de wereld met hen doet. Zoals met ons, in de arena. We hebben dingen gedaan die nooit in ons hoofd opgekomen zouden zijn als ze ons gewoon met rust hadden gelaten.'

'Dat vraag ik me af. Toen ik Mayfair vermoordde was er geen arena in de buurt,' zei hij.

'Maar dat deed je om mij te redden.' Ze dacht even na. 'Ik denk dat mensen een ingebouwde goedheid hebben. Je voelt het als je de grens naar het slechte overschrijdt, en het is je hele leven de uitdaging om aan de goede kant van die grens te blijven.'

'Maar dat zijn soms lastige beslissingen.' Die hij de hele zomer had moeten maken.

'Dat weet ik. Natuurlijk weet ik dat. Ik heb de Hongerspelen gewonnen,' zei ze somber. 'Het zou fijn zijn om in mijn nieuwe leven niemand meer te hoeven vermoorden.'

'Dat geldt voor mij ook. Drie lijkt me wel genoeg voor een leven. En al helemaal voor één zomer.' Verderop klonk een wilde kreet en hij besefte dat hij geen wapen had. 'Ik ga een wandelstok maken. Wil jij er ook een?'

Ze bleef staan. 'Prima. Die kan op meerdere manieren van pas komen.'

Ze vonden een paar stevige takken en zij hield ze vast terwijl hij de bladeren eraf schraapte. 'Wie is de derde?' vroeg ze.

'Hm?' reageerde hij, en ze keek hem vreemd aan. Zijn hand gleed uit en er schoot een stuk schors onder zijn nagel. 'Au.'

Ze negeerde zijn verwonding. 'Die je vermoord hebt. Je zei dat je deze zomer drie mensen hebt vermoord.'

Coriolanus beet in het uiteinde van de splinter en probeerde hem er met zijn tanden uit te trekken om tijd te winnen. Ja, wie? Het antwoord was natuurlijk Sejanus, maar dat kon hij niet zeggen.

'Krijg jij deze eruit?' Hij stak zijn hand uit en wiebelde met zijn getroffen vinger, in de hoop dat hij haar kon afleiden.

'Eens kijken.' Ze tuurde naar de splinter. 'Maar goed, Bobbin, Mayfair... Wie is de derde?'

Koortsachtig probeerde hij een geloofwaardige verklaring te bedenken. Kon hij bij een bizar ongeluk betrokken zijn geweest? Een dode die tijdens de training was gevallen? Had hij zijn wapen schoongemaakt en was het toen per ongeluk afgegaan? Hij besloot dat hij er het beste een grapje van kon maken. 'Ikzelf. Ik heb mijn oude ik vermoord om met jou mee te gaan.'

Ze trok de splinter los. 'Zo. Nou, ik hoop maar dat je oude ik niet komt spoken. We dragen al genoeg geesten met ons mee.'

Daarmee was de kous af, maar het gesprek was doodgevallen. Ze zwegen allebei tot ze halverwege waren, waar ze even pauze hielden.

Lucy Gray draaide de dop van de grote plastic fles en gaf het water aan hem. 'Zouden ze al doorhebben dat je weg bent?'

'Nee, ik denk bij het avondeten pas. En bij jou?' Hij nam een grote slok.

‘Toen ik wegging was alleen Tam Amber al wakker. Ik zei dat ik naar ’n geit ging informeren. We wilden misschien een kudde beginnen. De melk verkopen voor erbij,’ zei ze. ‘Ik heb denk ik nog een paar uur voordat ze me gaan zoeken. Kan best zijn dat ze ’s avonds pas aan de galgenboom denken en het wagentje vinden. Dan snappen ze ’t wel.’

Hij gaf haar de fles terug. ‘Denk je dat ze achter je aan zullen komen?’

‘Misschien. Maar dan zijn wij al te ver weg.’ Ze nam een slok en veegde haar mond af met de rug van haar hand. ‘En bij jou? Gaat het leger de achtervolging inzetten?’

Hij dacht niet dat de vredebewakers zich snel zorgen zouden maken. Waarom zou hij deserteren met de elite-officiersopleiding in het verschiet? Als iemand al in de gaten had dat hij weg was, zouden ze waarschijnlijk denken dat hij met een andere vredebewaker de stad in was. Tenzij ze het geweer vonden natuurlijk. Hij had geen zin om over de opleiding te praten nu de wond nog zo vers was. ‘Geen idee. En zelfs als ze doorhebben dat ik ervandoor ben, dan weten ze nog niet waar ze moeten zoeken.’

Ze liepen door naar het meer, allebei in gedachten verzonken. Het leek allemaal zo onwerkelijk, alsof dit gewoon een gezellig uitje was, zoals het twee zondagen geleden was geweest. Alsof ze gingen picknicken en hij op tijd terug moest zijn voor de gebakken worstjes en de sluiting van de poort. Maar nee. Na het meer zouden ze dieper de wildernis in trekken, naar een leven dat enkel in het teken zou staan van overleven. Hoe moesten ze eten? Waar zouden ze wonen? En wat zouden ze in vredesnaam met zichzelf aan moeten als de hordes om eten en onderdak te vinden genomen waren? Zij zou geen muziek hebben. Hij zou geen school, geen leger, geen wat dan ook hebben.

Moesten ze een gezin stichten? Je mocht een kind toch niet tot zo'n treurig bestaan veroordelen? Zeker zijn eigen kind niet. Waar kon je nog naar streven als rijkdom, roem en macht waren weggevallen? Was het doel van overleven om nog langer te overleven, en meer niet?

Hij ging zo op in die vragen dat het tweede gedeelte van de tocht naar het meer snel voorbijging. Ze legden hun bepakking op de oever en Lucy Gray ging meteen op zoek naar takken om hengels van te maken. 'We weten niet wat we zullen tegenkomen, dus we kunnen maar beter hier nog even goed eten,' zei ze. Ze liet zien hoe hij de stevige draad en de haken aan de hengels moest bevestigen. Het in de modder naar wormen klauwen vervulde hem met walging en hij vroeg zich af of hij dat elke dag zou moeten doen. Waarschijnlijk wel, als ze genoeg honger hadden. Ze hingen het aas aan de haken en wachtten zwijgend op de oever tot ze beet hadden, omringd door vogelgekwetter. Zij ving twee vissen. Hij geen een.

Er kwamen donkere wolken op die voor wat verkoeling zorgden na de brandende zon, maar die zijn stemming nog drukkender maakten. Dit was nu zijn leven. Graven naar wormen en overgeleverd zijn aan de genade van het weer. Primitief. Als een dier. Hij wist dat het makkelijker zou zijn als hij niet zo bijzonder was geweest. Het beste en slimste wat de mensheid te bieden had. De jongste persoon ooit die voor het toelatingsexamen van de officiersopleiding was geslaagd. Als hij dom en waardeloos was geweest, had het verlies van de beschaving hem niet zo'n hol gevoel gegeven vanbinnen. Dan had hij het geaccepteerd. Dikke, kille regendruppels spatten op hem neer en maakte natte vlekken in zijn werktenue.

'Nu kunnen we niet koken,' zei Lucy Gray. 'Laten we maar naar binnen gaan. Daar is een haard die we kunnen gebruiken.'

Daarmee moest ze wel het huisje aan het meer bedoelen dat als enige nog een dak had. Zijn laatste dak waarschijnlijk, tot hij er zelf een bouwde. Hoe bouwde je eigenlijk een dak? Dat was geen vraag geweest bij het toelatingsexamen.

Nadat Lucy Gray snel de vissen schoongemaakt en in bladeren gewikkeld had, pakten ze hun spullen en renden in de stromende regen naar het huis. Het had misschien leuk kunnen zijn als dit niet zijn echte leven was geweest. Een mooi avontuur voor een paar uur, met een charmant meisje en een bevredigende toekomst elders. De deur klemde, maar Lucy Gray duwde er met haar heup tegenaan en hij zwaaide open. Ze haastten zich naar binnen en lieten hun spullen vallen. Het was maar één kamer en alles was van beton: de muren, de vloer en het plafond. Er leek geen elektriciteit te zijn, maar er viel licht door de ramen in alle muren en door de enige deur. Zijn gezicht klaarde op bij het zien van de haard, vol met oude as en met een keurige stapel droog hout ernaast. Dat hoefden ze in elk geval niet meer bij elkaar te sprokkelen.

Lucy Gray liep naar de haard, legde de vis op de betonnen rand eromheen en schikte laagjes hout en twijgjes op een oud metalen rooster. 'We zorgen dat hier altijd wat droog hout ligt.'

Coriolanus vroeg zich af of ze misschien gewoon in dit stevige huisje konden blijven, met genoeg hout in de buurt en het meer om in te vissen. Maar nee, het zou te gevaarlijk zijn om zich zo dicht bij District 12 te vestigen. Als de Covey deze plek kenden, dan gold dat vast ook nog voor andere mensen. Hij moest zichzelf ook dit laatste greintje bescherming ontzeggen. Zou hij dan toch in een grot eindigen? Hij dacht aan het prachtige penthouse van de familie Snow, met de marmeren vloeren en kristallen kroonluchters. Zijn huis. Het huis waar hij recht op had. De wind blies een vlaag regen naar binnen en bestookte zijn broek met ijskoude druppels. Hij deed de deur dicht en verstijfde. Er lag iets achter. Een langwerpige jute zak. Waar de loop van een jachtgeweer uit stak.

Onmogelijk. Zijn adem stokte en hij schoof de zak met zijn laars open, waardoor het jachtgeweer en het vredebewakerswapen tevoorschijn kwamen. Nog iets verder en hij ontwaarde de granaatwerper. Dit waren zeker weten de illegale wapens die Sejanus in de keet had gekocht. Waaronder de moordwapens.

Lucy Gray stak het vuur aan. 'Ik heb een oud blikje bij me, want ik dacht dat we misschien telkens wat brandende kooltjes mee konden nemen. Ik heb maar weinig lucifers en met vuurstenen is het heel lastig.'

'Aha,' zei Coriolanus. 'Goed idee.' Hoe waren die wapens hier beland? Ergens was het ook wel logisch. Misschien had Billy Taupe Spar een keer meegenomen naar het meer, of was Spar allang van het bestaan op de hoogte geweest. Het was tijdens de oorlog vast een goede schuilplaats voor de rebellen geweest. En Spar was slim genoeg geweest om te begrijpen dat het te gevaarlijk was om het bewijs in District 12 te verstoppen.

'Hé, wat heb je daar?' Lucy Gray kwam naar hem toe en bukte zich om in de jute zak te kijken. 'O. Zijn dit dezelfde als in de keet?'

'Volgens mij wel,' zei hij. 'Zullen we de geweren meenemen?'

Lucy Gray liet de zak los, kwam overeind en dacht een tijdje na. 'Liever niet. Ik vertrouw ze niet. Maar dit komt goed van pas.' Ze trok een lang mes uit de stapel en bestudeerde het lemmet. 'Ik denk dat ik wat pijlkruidknollen ga opgraven, nu het vuur toch brandt. Ik weet een goeie plek bij het meer.'

'Ik dacht dat ze nog niet groot genoeg waren,' zei hij.

'Twee weken is best lang,' zei ze.

‘Het is nog niet droog,’ wierp hij tegen. ‘Straks ben je doorweekt.’

Ze lachte. ‘Ik ben niet van suiker, hoor.’

Eerlijk gezegd was hij wel blij dat hij even rustig kon nadenken. Toen ze weg was trok hij aan de achterkant van de zak waardoor de wapens op de grond gleden. Hij ging op zijn knieën zitten, pakte het vredebewakersgeweer waarmee hij Mayfair had doodgeschoten en drukte het tegen zijn borst. Daar was het. Het moordwapen. Niet in een forensisch lab van het Capitool, maar hier, in zijn handen, midden in de rimboe, waar het geen enkel gevaar vormde. Hij hoefde het alleen maar te vernietigen en dan was hij verlost van de strop. Dan kon hij terug naar de kazerne. Dan kon hij door naar District 2. Dan kon hij zich zonder angst weer bij de mensheid aansluiten. Tranen van opluchting sprongen in zijn ogen en hij begon van pure vreugde te lachen. Hoe zou hij het doen? Zou hij het in een kampvuur gooien? Het uit elkaar halen en de losse onderdelen overal verspreiden? In het meer gooien? Als het geweer eenmaal weg was, was er niets wat hem nog met de moorden in verband kon brengen. Helemaal niets.

Nee, wacht. Er was wel nog iets. Lucy Gray.

Maar dat maakte niet uit. Ze zou hem nooit verraden. Ze zou natuurlijk niet blij zijn als hij vertelde dat hij van gedachten was veranderd. Dat hij terugging naar de vredebewakers om morgenochtend vroeg naar District 2 te vertrekken, en haar in principe aan haar lot zou overlaten. Maar ze zou hem niet verlinken. Zo was ze niet, en bovendien zou dat voor haarzelf ook een belastende verklaring zijn. Dat zou haar dood kunnen worden, en zoals de Hongerspelen hadden bewezen, had Lucy Gray een buitengewoon groot talent voor zelfbehoud. Bovendien hield ze van hem. Dat had ze gisteren zelf gezegd in dat lied. En sterker nog, ze vertrouwde hem. Hoewel dat misschien zou veranderen als hij haar in het bos liet stikken om haar in haar eentje een bestaan bij elkaar te laten schrapen. Hij moest het nieuws op precies de juiste manier zien te brengen. Maar hoe? 'Ik hou heel veel van je, maar nog meer van de officiersopleiding?' Dat zou niet goed vallen.

En hij hield ook echt van haar! Heus! Maar na een paar uur van dit nieuwe leven in de wildernis wist hij al dat hij het haatte. De hitte, de wormen, die vogels die aan één stuk door zaten te kwekken…

Ze nam wel de tijd voor die knollen.

Coriolanus keek naar buiten. Het miezerde nog een beetje.

Ze had niet alleen willen gaan. Te eenzaam. Haar lied gaf aan dat ze hem nodig had, van hem hield en hem vertrouwde, maar zou ze hem ook vergeven? Ook als hij haar in de steek liet? Billy Taupe had haar belazerd en die was nu dood. Hij hoorde het hem weer zeggen…

'Ik word niet goed als ik zie hoe je de kinderen bespeelt. Arme Lucy Gray. Arm schaap.'

…en hij zag haar weer haar tanden in zijn hand zetten. Hij dacht aan de koelbloedige manier waarop ze de tributen in de arena had gedood. Eerst die verzwakte Wovey – als dat geen meedogenloze actie was geweest… En dan de berekenende manier waarop ze Treech had uitgeschakeld; ze had hem opgehitst tot hij haar aanviel, zodat ze die slang uit haar zak kon trekken. En ze beweerde dat Boetius rabiës had, dat ze hem uit zijn lijden had verlost, maar was dat wel zo?

Nee, Lucy Gray was geen arm schaap. Ze was niet van suiker. Ze was een winnaar.

Hij controleerde of het vredebewakersgeweer geladen was en trok de deur toen wijd open. Ze was nergens te zien. Hij liep naar het meer en probeerde zich voor de geest te halen waar

Clerk Carmine had staan graven voordat hij met dat pijlkruid aan was gekomen. Het was niet nodig. Het moerassige gebied rond het meer was verlaten en op de oever was niemand geweest.

'Lucy Gray?' De enige reactie kwam van een eenzame spotgaai op een tak in de buurt, die een poging deed om zijn stem te imiteren, wat niet lukte omdat zijn woorden niet bepaald melodieus waren. 'Hou toch op,' mompelde hij tegen het beest. 'Je bent geen snatergaai.'

Ze had zich voor hem verstopt, dat kon niet anders. Maar waarom? Er was maar één antwoord mogelijk. Omdat ze het doorhad. Alles. Dat met de vernietiging van de wapens al het tastbare bewijs voor zijn betrokkenheid bij de moorden verdwenen zou zijn. Dat hij niet meer wilde vluchten. Dat ze de laatste getuige was die hem met de misdaad in verband kon brengen. Maar ze hadden elkaar altijd gesteund, dus waarom zou ze ineens denken dat hij haar iets aan zou doen? Terwijl hij gisteren nog zo zuiver als verse sneeuw was geweest?

Sejanus. Ze had vast begrepen dat Sejanus de derde persoon was die Coriolanus had vermoord. Ze wist natuurlijk niets van zijn truc met de snatergaaien, maar ze wist wel dat hij Sejanus' enige vertrouweling was geweest en dat Sejanus een rebel was, terwijl Coriolanus pal voor het Capitool stond. Maar om dan meteen te denken dat hij haar zou vermoorden? Hij keek naar het geladen geweer in zijn handen. Misschien had hij dat in het huisje moeten laten liggen. Het kwam niet goed over als hij gewapend achter haar aan ging. Alsof hij op haar aan het jagen was. Maar hij ging haar niet echt vermoorden. Hij ging gewoon met haar praten en ervoor zorgen dat ze geen domme dingen zou doen.

Leg het geweer weg, zei hij tegen zichzelf, maar zijn handen weigerden mee te werken. Ze heeft alleen maar een mes. Een groot mes. Het lukte hem nog net om het geweer op zijn rug te hangen. 'Lucy Gray! Is alles goed? Je maakt me bang! Waar ben je?'

Het enige wat ze hoefde te zeggen was: 'Ik begrijp het, ik ga wel alleen, net zoals ik al van plan was.' Maar vanochtend had ze nog toegegeven dat ze dacht dat ze het in haar eentje niet zou redden, dat ze na een paar dagen weer naar de Covey zou gaan. Ze wist dat hij haar niet zou geloven.

'Lucy Gray, toe nou. Ik wil alleen maar even met je praten!' riep hij. Wat was ze van plan? Wilde ze zich verstoppen tot hij moe werd en terug naar de kazerne ging? Om dan vannacht weer naar huis te lopen? Dat was voor hem niet genoeg. Ze bleef een gevaar, ook als het moordwapen weg was. Stel dat ze terugging naar District 12 en de burgemeester erin slaagde om haar te laten arresteren? Stel dat ze haar zouden ondervragen, of zelfs martelen? Dan zou het verhaal naar buiten komen. Zij had niemand vermoord. Hij wel. Het was zijn woord tegen het hare. Zelfs als ze haar niet geloofden zou zijn reputatie naar de knoppen zijn. Hun liefdesrelatie zou bekend worden, samen met de details over hoe hij in de Hongerspelen had vals gespeeld. Straks werd rector Highbottom nog opgeroepen om te vertellen wat een vreselijke jongen Coriolanus was. Het risico was te groot.

Hij zag haar nog steeds niet. Ze liet hem geen andere keus: nu moest hij in het bos naar haar op jacht. Het regende niet meer; de lucht was vochtig en de grond modderig. Hij liep terug naar het huis en speurde rond tot hij de lichte afdrukken van haar schoenen had gevonden. Daarna volgde hij haar spoor tot hij bij de struiken kwam waar het bos echt begon, en hij liep zachtjes tussen de druppelende bomen door.

Vogelgekwetter schalde in zijn oren en door de bewolking was het zicht slecht. De begroeiing verhulde haar voetstappen, maar om de een of andere reden voelde hij dat hij de goede kant op ging. De adrenaline zette zijn zintuigen op scherp en hij ontdekte een gebroken tak hier, een afgetrapt stukje mos daar. Hij voelde zich een beetje schuldig dat hij haar zo bang maakte. Zat ze bibberend in de bosjes terwijl ze haar gesnik probeerde te smoren? Haar hart was natuurlijk gebroken bij het idee dat hij uit haar leven zou verdwijnen.

Zijn oog viel op een oranje vlek en hij glimlachte. 'Ik wil niet dat je me kwijtraakt,' had ze gezegd. En dat was gelukt. Hij duwde de takken opzij en kwam op een open plek onder het bladerdak. De oranje sjaal lag op een stel doornstruiken; kennelijk was het ding tijdens haar vlucht losgewaaid en daar blijven haken. Hij wilde de lap pakken – misschien kon hij hem toch houden – maar bleef staan toen hij geritsel tussen de bladeren hoorde. Op het moment dat hij de slang zag sloeg het beest al toe, het schoot als een springveer naar voren en zette zijn tanden in de onderarm die naar de sjaal reikte.

'Aah!' schreeuwde hij van de pijn. Het dier liet hem meteen los en kronkelde weg tussen de struiken voordat hij het goed had kunnen bekijken. Zijn paniek laaide op terwijl hij naar de rode, halfronde beet in zijn onderarm keek. Paniek en ongeloof. Lucy Gray had geprobeerd hem te vermoorden! Dit was geen toeval. De sliertende sjaal. De klaarliggende slang. Maude Ivory had gezegd dat ze altijd wist waar ze zaten. Dit was een boobytrap, en hij was er met open ogen in gelopen! Arm schaap, ja ja! Hij begon medelijden te krijgen met Billy Taupe.

De enige slangen die Coriolanus kende, waren de regenboogkleurige uit de arena. Hij verwachtte met bonkend hart dat hij elk moment dood neer kon vallen, maar hoewel de wond pijn deed, stond hij nog steeds overeind. Hij wist niet hoe lang hij nog had, maar de familie Snow nog aan toe, hier zou ze voor boeten. Moest hij zijn arm afbinden? Het gif eruit zuigen? Ze hadden nog geen survivaltraining gehad. Hij was bang dat zijn eerstehulpbehandeling het gif alleen maar sneller door zijn lichaam zou pompen, dus hij rukte zijn mouw naar zijn pols, trok zijn geweer van zijn schouder en ging achter haar aan. Als hij zich beter had gevoeld, had hij gelachen om de ironie van het feit dat hun relatie binnen de kortste keren in hun eigen privé-Hongerspelen was veranderd.

Ze was nu niet meer zo makkelijk te volgen en hij besefte dat de eerdere aanwijzingen hem rechtstreeks naar de slang hadden geleid. Maar ze kon niet ver weg zijn. Ze zou willen weten of dat beest hem had gedood of dat ze een ander aanvalsplan moest verzinnen. Misschien hoopte ze dat hij bewusteloos zou raken zodat ze met dat lange mes zijn keel kon doorsnijden. Hij probeerde zijn gehijg te onderdrukken en liep dieper het bos in, duwde met de loop van zijn geweer voorzichtig de takken opzij, maar hij kon haar niet vinden.

Denk na, zei hij tegen zichzelf. Waar zou ze heen gaan? Het antwoord trof hem als een mokerslag. Ze zou de confrontatie niet aan willen gaan nu hij een geweer had en zij alleen maar een mes. Ze zou teruggaan naar het meer om zelf ook een geweer te halen. Misschien had ze een omtrekkende beweging gemaakt en was ze al onderweg. Hij spitste zijn oren en ja. Ja! Rechts van hem meende hij iemand in de richting van het meer te horen lopen. Hij rende op het geluid af en bleef toen abrupt staan. Ze moest hem gehoord hebben en vloog nu door het struikgewas; ze realiseerde zich waarschijnlijk wat hij zich gerealiseerd had en liet haar voorzichtigheid varen. Hij schatte dat ze een meter of tien bij hem vandaan was, dus hij zette het geweer tegen zijn schouder en vuurde een lading kogels op haar af. Een zwerm vogels vloog krijsend omhoog en hij hoorde een zwakke kreet.

Hebbes, dacht hij. Hij stormde door het bos achter haar aan, takken en doorns trokken aan zijn kleren en krasten in zijn gezicht, maar hij negeerde alles tot hij de plek bereikte waar hij dacht dat ze was. Ze was nergens te bekennen. Niet erg. Straks moest ze weer verder en dan zou hij haar vinden.

'Lucy Gray,' zei hij op normale toon. 'Lucy Gray. We kunnen er nog uit komen samen.' Dat was natuurlijk niet waar, maar hij was haar niets verschuldigd. En zeker de waarheid niet. 'Lucy Gray, zeg dan iets.'

Hij keek verrast op toen haar stem onverwacht en lieflijk omhoogzweefde.

Kom je, kom je
Kom je naar de boom
Zij aan zij, draag om je hals een koord
Vreemde dingen heb ik hier gehoord
Zien we elkaar om middernacht
Weer in de galgenboom?

Ja, ik snap het, dacht hij. Je weet het van Sejanus. 'Om je hals een koord' en zo.

Hij deed een stap naar haar toe, maar op dat moment nam een spotgaai haar lied over. En toen nog een. En nog een. Overal om hem heen barstte het gezang van tientallen vogels los. Hij dook door de bomen en opende het vuur in de richting van de plek waar haar stem vandaan was gekomen. Had hij haar geraakt? Hij wist het niet, want hij raakte gedesoriënteerd door al die vogels. Er dansten zwarte vlekjes voor zijn ogen en zijn arm begon te bonzen. 'Lucy Gray!' brulde hij gefrustreerd. Slim, sluw, dodelijk kind. Ze wist dat ze haar zouden dekken. Hij hief het geweer en schoot ratelend op de bomen in een poging de vogels uit te schakelen. Er vlogen er veel omhoog maar het lied had zich al verspreid en het schalde door het hele bos. 'Lucy Gray! Lucy Gray!' Woedend ging hij eerst de ene en toen de andere kant op, om vervolgens zijn geweer in een cirkel op de bomen leeg te knallen, tot zijn kogels op waren. Duizelig en misselijk zakte hij op de grond in elkaar terwijl het bos ontplofte en alle vogels van alle soorten in zijn oor krijsten en de spotgaaien hun versie van 'De galgenboom' bleven zingen. Gestoorde beesten. Verstoorde genen. Chaos.

Hij moest daar weg. Zijn arm werd dikker. Hij moest terug naar de kazerne. Met moeite kwam hij overeind en stampte terug naar het meer. Alles in het huisje was nog zoals hij het had achtergelaten. Hij had er in elk geval voor gezorgd dat ze niet terug kon. Met twee sokken om zijn handen veegde hij het moordwapen schoon, propte alle wapens weer in de jute zak, hees die over zijn schouder en rende naar het meer. Hij dacht dat de zak zwaar genoeg was om ook zonder stenen te zinken, dus hij plonsde het meer in en trok het ding mee naar het diepere gedeelte. Daar liet hij de zak los en zag hem langzaam in het donker verdwijnen.

Zijn hele arm begon nu angstaanjagend te tintelen. Op z'n hondjes zwom hij onhandig terug naar de oever en wankelde terug naar het huisje. Wat moest hij met het eten doen? Ook in het meer gooien? Niet nodig. Of ze was dood en dan zouden de Covey het vinden, of ze leefde nog en dan zou ze het hopelijk meenemen op haar vlucht. Hij gooide de vis in het vuur en vertrok, waarbij hij de deur stevig achter zich dichttrok.

Het begon weer te regenen, een stortbui. Die zou de laatste sporen van zijn aanwezigheid wissen. De wapens waren weg. Het eten was van Lucy Gray. Alleen zijn voetstappen waren nog over, en die vervaagden waar hij bij stond. De wolken leken zijn hoofd in te dringen. Hij probeerde na te denken. *Terug. Je moet terug naar de kazerne.* Maar waar was die? Hij haalde zijn vaders kompas uit zijn zak, stomverbaasd dat dat het nog deed na zijn duik in het meer. Crassus Snow was nog steeds ergens aanwezig om hem te beschermen.

Coriolanus klampte zich vast aan het kompas, een reddingsboei in de storm, en ging op weg naar het zuiden. Hij strompelde door het bos, doodsbang en alleen, maar hij voelde dat zijn vader bij hem was. Crassus had misschien geen hoge dunk van hem gehad, maar hij zou wel willen dat zijn erfenis voortleefde, en misschien had Coriolanus zich vandaag weer een beetje bewezen? Al maakte dat allemaal niet meer uit als het gif hem zou doden. Hij bleef staan om over te geven en hij wilde dat hij de fles water had meegenomen. Hij realiseerde zich vaag dat zijn DNA daar ook op zou zitten, maar wat kon het schelen? De fles was geen moordwapen. Het deed er niet toe. Hij was veilig. Als de Covey het lijk van Lucy Gray vonden, zouden ze het niet aangeven. Dat zou te veel aandacht trekken. Misschien zou het hen met de rebellen in verband brengen of hun geheime schuilplaats onthullen. Als er al een lijk was. Hij wist niet eens of hij haar wel geraakt had.

Coriolanus kwam terug. Niet bij de galgenboom, maar wel in District 12; hij wankelde tussen een stel mijnwerkershutten het bos uit en wist op de een of andere manier de weg te bereiken. Donder deed de grond schudden en bliksem doorkliefde de lucht toen hij het stadsplein bereikte. Bij de kazerne was niemand te zien en hij perste zich door het hek weer naar binnen. Hij liep rechtstreeks naar de ziekenboeg en verkondigde dat hij onderweg naar de sportzaal was blijven staan om zijn veter te strikken toen hij vanuit het niets door een slang was gebeten.

De arts knikte. 'Ze komen tevoorschijn als het regent.'

‘Is dat zo?’ Coriolanus had verwacht dat zijn verhaal in twijfel getrokken zou worden, of in elk geval op scepsis zou kunnen rekenen.

De arts leek hem op zijn woord te geloven. ‘Heb je hem gezien?’

‘Niet echt. Het regende en hij was heel snel,’ antwoordde hij. ‘Ga ik dood?’

‘Dat lijkt me niet,’ grinnikte de arts. ‘Hij was niet eens giftig. Zie je die tandafdrukken? Geen giftanden. Maar het zal nog wel een paar dagen beurs blijven.’

‘Weet u het zeker? Ik moest overgeven en ik werd wazig,’ zei hij.

‘Dat heb je vaak met paniek.’ Ze maakte de wond schoon. ‘Je zult er waarschijnlijk een litteken aan overhouden.’

Mooi, dacht Coriolanus. Om me eraan te herinneren dat ik voorzichtiger moet zijn.

Ze gaf hem een paar injecties en een flesje pillen. ‘Morgen terugkomen, dan kijken we er nog een keer naar.’

‘Morgen word ik overgeplaatst naar District 2,’ antwoordde Coriolanus.

‘Dan ga je daar naar de ziekenboeg,’ zei ze. ‘Succes, soldaat.’

Coriolanus liep terug naar zijn kamer en was geschokt toen het nog maar halverwege de middag bleek te zijn. Door de drank en de regen waren zijn kamergenoten nog niet eens hun bed uit gekomen. Hij ging naar de doucheruimte en maakte zijn zakken leeg. Het meer had het rozenpoeder van zijn moeder in een vieze brij veranderd en hij gooide het zo in de prullenbak. De foto’s plakten aan elkaar en scheurden toen hij ze los probeerde te peuteren, dus die gingen achter het poeder aan. Alleen het kompas had zijn tocht overleefd. Hij trok zijn kleren uit en boende de laatste restjes meer van zijn lijf. Hij kleedde zich aan, pakte zijn plunjezak en stopte zijn spullen erin. Het kompas ging weer bij zijn persoonlijke bezittingen en hij duwde de doos diep in zijn tas. Hij dacht even na en haalde toen ook Sejanus' doos uit diens kluisje. Die zou hij in District 2 naar de familie Plinth sturen met een briefje erbij om zijn deelneming te betuigen. Zoals het Sejanus' beste vriend betaamde. En wie weet, misschien zouden de koekjes dan wel gewoon blijven komen.

De volgende ochtend ging hij na een emotioneel afscheid van zijn kamergenoten aan boord van de hovercraft naar District 2. Daar werd alles meteen beter. De zachte stoel. De steward die hem bediende. Het uitgebreide drankenaanbod. Het was allemaal niet luxueus te noemen, maar het was al een groot verschil met de rekrutentrein. Op zijn gemak door alle gemakken leunde hij met zijn wang tegen het raam in de hoop dat hij even zou kunnen slapen. De hele nacht had hij zich terwijl de regen op het dak van de barak roffelde afgevraagd waar Lucy Gray was. Lag ze dood in de regen? Opgekruld bij het vuur in het huisje aan het meer? Als ze het had overleefd, dan was ze toch vast niet meer van plan om terug naar District 12 te gaan. Hij dommelde in met de melodie van 'De galgenboom' in zijn hoofd en werd uren later wakker toen de hovercraft landde.

'Welkom in het Capitool,' zei de steward.

Coriolanus' ogen schoten open. 'Wat? Nee. Heb ik mijn halte gemist? Ik moet me melden in District 2.'

'Wij vliegen straks door naar 2, maar we hebben opdracht om u hier af te zetten,' zei de steward, en hij raadpleegde een lijst. 'Ik vrees dat u er nu uit moet. Anders raken we achter op schema.'

Ineens stond hij op de landingsbaan van een klein, onbekend vliegveld. Er stopte een vredebewakersvrachtwagen naast hem en hij moest achterin gaan zitten. Tijdens de hobbelige rit, waarbij de chauffeur niets wilde zeggen, voelde hij de angst binnensijpelen. Er was een fout gemaakt. Of niet? Stel dat ze hem toch met de moorden in verband hadden gebracht? Misschien was Lucy Gray teruggegaan om hem te beschuldigen en wilden ze hem nu verhoren. Zouden ze in het meer naar de wapens dreggen? Zijn hart maakte een sprongetje toen ze de Weg van de Wetenschappers op draaiden en langs de Academie reden, die er op deze zomermiddag stil en verlaten bij lag. Daar was het park waar ze na school soms rondhingen. En de bakker met die cupcakes waar hij zo dol op was. Hij mocht in elk geval nog een laatste blik op zijn thuisstad werpen. Het nostalgische gevoel vervaagde toen de vrachtwagen een scherpe bocht maakte en hij besefte dat ze op weg waren naar de Citadel.

Binnen wuifden de bewakers hem meteen door naar de lift. 'Ze wacht op je in het lab.'

Hij klampte zich vast aan een sprankje hoop dat ze met 'ze' dr. Kay bedoelden, niet dr. Gaul, maar toen hij de lift uit stapte, zwaaide zijn oude aartsvijand naar hem vanaf de andere kant van het lab. Wat deed hij hier? Zou hij in een van haar kooien belanden? Hij liep naar haar toe en zag dat ze een levend babymuisje in een bak gouden slangen liet vallen.

'De winnaar is terug. Hier, hou eens vast.' Dr. Gaul duwde hem een metalen kom vol wriemelende, roze knaagdiertjes in handen.

Coriolanus probeerde niet te kokhalzen. 'Hallo, dr. Gaul.'

'Ik heb je brief ontvangen,' zei ze. 'En je snatergaai. Jammer van die jonge Plinth. Of nu ja, is het echt zo jammer? Hoe dan ook, het deed me deugd dat je je studie in 12 hebt voortgezet. Je wereldbeeld hebt ontwikkeld.'

Hij voelde dat hij haar les weer in werd gezogen, alsof er niets was gebeurd. 'Ja, het was buitengewoon leerzaam. Ik heb nagedacht over alle dingen die we hebben besproken. Chaos, controle, het contract. De drie C's.'

'En heb je ook nagedacht over de Hongerspelen?' vroeg ze. 'Bij onze eerste ontmoeting vroeg Casca wat hun doel was, en toen gaf je het standaardantwoord. De districten straffen. Zou je nu iets anders zeggen?'

Coriolanus dacht aan het gesprek dat hij met Sejanus had gevoerd toen ze zijn plunjezak hadden uitgepakt. 'Ik zou mijn antwoord aanvullen. De Spelen zijn er niet alleen om de districten te straffen; ze zijn onderdeel van de eeuwige oorlog. Elke editie is een veldslag op zich. Een veldslag die we volledig onder controle kunnen houden in plaats van een echte oorlog die makkelijk uit de hand kan lopen.'

'Hm.' Ze trok een muisje weg bij een happende bek. 'Niet zo gulzig jij.'

'En ze herinneren ons aan wat we elkaar hebben aangedaan en wat we in principe weer zouden kunnen doen, omdat we nu eenmaal zijn wat we zijn,' ging hij verder.

'En wat zijn we volgens jou?' vroeg ze.

'Wezens die het Capitool nodig hebben om te overleven.' Hij kon het niet laten om even een sarcastische opmerking te maken. 'Al heeft het overigens geen enkele zin. De Hongerspelen. Niemand in 12 kijkt ernaar. Alleen naar de boete. Zelfs op de kazerne hadden we geen televisie die het deed.'

'Dat zou in de toekomst een probleem kunnen zijn, maar dit jaar is het juist een geluk, aangezien ik die hele bende heb moeten wissen,' zei dr. Gaul. 'Het was een vergissing om de leerlingen erbij te betrekken. Vooral toen ze bij bosjes neervielen. Het Capitool kwam veel te kwetsbaar over.'

'U hebt ze gewist?' vroeg hij.

'Tot de laatste kopie aan toe. Er zal nooit meer iets van uitgezonden worden.' Ze grijnsde. 'Het origineel ligt natuurlijk nog in mijn kluis, maar die is alleen voor mijn eigen plezier.'

Hij was blij dat de opnames vernietigd waren. Dat was nog een manier om de herinnering aan Lucy Gray de wereld uit te helpen. Het Capitool zou haar vergeten, in de districten wist bijna niemand wie ze was en District 12 had haar nooit echt geaccepteerd. Over een paar jaar zou men zich nog vaag iets kunnen herinneren over een meisje dat een keer in de arena had gezongen. En daarna zouden ook zij het vergeten zijn. Tabee, Lucy Gray, we kenden je toch al nauwelijks.

'Het heeft wel een paar dingen opgeleverd. Ik denk dat we Flickerman volgend jaar terug laten komen. En jouw idee van het wedden is ook een blijvertje,' zei ze.

'U moet het kijken ervan op de een of andere manier verplicht zien te maken. Niemand in 12 zal uit vrije wil op zoiets deprimerends afstemmen,' vertelde hij. 'In de weinige vrije tijd die ze hebben, zetten ze het op een zuipen om de rest van hun leven te vergeten.'

Dr. Gaul grinnikte. 'Zo te horen heb je veel opgestoken tijdens je vakantie, meneer Snow.'

'Mijn vakantie?' herhaalde hij verbluft.

'Ja, wat had je hier dan willen doen? Een beetje lummelen in het Capitool en je krullen kammen? Een zomer bij de vredebewakers leek me een stuk leerzamer.' Ze zag de verwarring op zijn gezicht. 'Je dacht toch niet dat ik zo veel tijd in je had gestopt om je vervolgens aan die imbecielen in de districten over te leveren, of wel soms?'

'Ik begrijp het niet. Ze zeiden dat...' begon hij.

Ze liet hem niet uitpraten. 'Ik heb gezegd dat ze je met onmiddellijke ingang eervol weg moesten sturen. Jij gaat bij mij aan de Universiteit studeren.'

'De Universiteit? Hier in het Capitool?' vroeg hij verbaasd.

Ze liet nog een laatste muis in de bak vallen. 'De colleges beginnen donderdag.'

Epiloog

Op een zonnige oktobermiddag halverwege het herfsttrimester liep Snow de marmeren trappen van het Universitaire Wetenschapscentrum af en negeerde bescheiden alle mensen die naar hem omkeken. Hij zag er prachtig uit in zijn nieuwe pak, vooral nu zijn krullen terug waren, en zijn blauwe maandag als vredebewaker gaf hem een bepaald cachet dat zijn rivalen razend maakte.

Hij had net een excellentiecollege militaire strategie van dr. Gaul achter de rug na een ochtend in de Citadel, waar hij zich had gemeld voor zijn stage bij de Spelmakers. Als je het zo kon noemen, want iedereen behandelde hem als een volwaardig lid van het team. Ze waren al ideeën aan het uitwerken om de districten én het Capitool meer bij de volgende Hongerspelen te betrekken. Snow was degene geweest die had opgemerkt dat de inwoners van de districten, behalve twee tributen die ze misschien nauwelijks kenden, niets te winnen of te verliezen hadden bij de Spelen. De winst van een tribuut moest naar het hele district gaan. Ze hadden bedacht dat alle districtsbewoners een voedselpakket zouden krijgen als hun tribuut de overwinning behaalde. En om sterkere kinderen over te halen zich vrijwillig als tribuut op te geven, had Snow voorgesteld dat de winnaar een huis zou krijgen in een speciaal gedeelte van de stad, dat ze vooralsnog de Winnaarswijk noemden, waar al die mensen in hun krotten stikjaloers op zouden zijn. Met die elementen én een symbolisch geldbedrag zou het wel eens kunnen lukken om een fatsoenlijke lichting kandidaten te oogsten.

Zijn vingers streelden zijn boterzachte leren schoudertas, een cadeau van de familie Plinth voor zijn eerste studiejaar. Hij wist nog steeds niet goed hoe hij ze moest aanspreken. 'Moe' was makkelijk, maar hij vond het ongepast om Strabo Plinth zijn vader te noemen, dus hij zei meestal 'meneer'. Ze hadden niet geprobeerd om hem te adopteren of zo, op zijn achttiende was hij hoe dan ook al te oud. Hij vond het zelf ook prettiger dat hij gewoon tot hun erfgenaam was benoemd. Hij zou de naam Snow nooit opgegeven, zelfs niet voor een munitie-imperium.

Het was allemaal heel vanzelfsprekend gegaan. Zijn thuiskomst. Hun verdriet. De samensmelting van de families. De Plinths waren volledig gevloerd door de dood van Sejanus. Strabo had er geen doekjes om gewonden: 'Mijn vrouw heeft iets nodig om voor te leven. En ik trouwens ook. Jij hebt je ouders verloren. Wij onze zoon. Misschien kunnen we iets voor elkaar betekenen.' Hij had het appartement van de familie Snow gekocht zodat ze niet hoefden te verhuizen, en dat van de familie Dolittle eronder voor zichzelf en Moe. Er werd gepraat over renovaties, over een wenteltrap en misschien een privélift om de twee verdiepingen met elkaar te verbinden, maar dat had geen haast. Moe kwam al dagelijks langs om de grootmadam te helpen, die zich had neergelegd bij het feit dat ze een nieuwe 'meid' had, en Tigris en zij konden het uitstekend met elkaar vinden. De Plinths betaalden nu alles: de belasting op het appartement, zijn collegegeld, de kok. Hij kreeg zelf ook een genereuze toelage. Die kwam goed van pas, ondanks het feit dat hij de envelop die hij vanuit District 12 naar Tigris had gestuurd, had onderschept om het geld in zijn eigen zak te steken, want een fatsoenlijk studentenleven was duur. Strabo vroeg nooit naar zijn uitgaven en deed nooit moeilijk over een paar nieuwe aanwinsten voor zijn garderobe, en hij leek het prettig te vinden als Snow hem om advies vroeg. Ze waren opvallend goed aan elkaar gewaagd. Soms vergat hij bijna dat die oude Plinth uit de districten kwam. Bijna.

Vandaag zou Sejanus negentien geworden zijn en ze hadden afgesproken voor een rustig diner om hem te herdenken. Snow had Festus en Lysistrata ook uitgenodigd, omdat zij Sejanus aardiger hadden gevonden dan veel van zijn andere klasgenoten en vriendelijke dingen zouden zeggen. Hij was van plan om de Plinths de doos uit Sejanus' kluisje te overhandigen, maar hij moest eerst nog iets doen.

Door de frisse wandeling naar de Academie bleef zijn geest vlijmscherp. Hij had niet de moeite genomen om een afspraak te maken; hij kwam liever onaangekondigd binnenvallen. De leerlingen waren een uur geleden al vertrokken en zijn voetstappen galmden door de gangen. Het bureau van de secretaresse van rector Highbottom was leeg, dus hij liep naar het kantoor van de rector en klopte aan. De man zei dat hij binnen mocht komen. Hij zag er slechter uit dan ooit en zat mager en bevend in elkaar gezakt achter zijn bureau.

'Kijk eens aan, waar heb ik deze eer aan te danken?' vroeg hij.

'Ik hoopte dat ik het poederdoosje van mijn moeder terug kon krijgen, aangezien u het toch nergens meer voor nodig hebt,' antwoordde Snow.

Rector Highbottom trok een la open en legde het doosje met een klap op het bureau. 'Verder nog iets?'

'Ja.' Hij haalde Sejanus' doos uit zijn tas. 'Vanavond geef ik Sejanus' ouders zijn persoonlijke eigendommen terug. Ik weet niet zo goed wat ik hiermee moet.' Hij liet de inhoud op het bureau vallen en pakte het ingelijste diploma. 'Ik kan me voorstellen dat u liever niet hebt dat dit nog buiten de school rondzwerft. Een Academiediploma. Uitgereikt aan een verrader.'

'Heel attent van je,' zei rector Highbottom.

'Komt door mijn vredebewakersopleiding.' Snow maakte de achterkant van de lijst los en trok het diploma eruit. Daarna verving hij het als in een opwelling door een foto van de familie Plinth. 'Dit zien zijn ouders vast liever.' Ze staarden allebei naar de overblijfselen van Sejanus' leven. Daarna schoof hij de drie medicijnflesjes in de prullenbak van de rector. 'Hoe minder slechte herinneringen, hoe beter.'

Rector Highbottom keek hem aan. 'Heb je een hart gekregen in de districten?'

'Niet in de districten. In de Hongerspelen,' corrigeerde Snow hem. 'Dat heb ik dus aan u te danken. Want die zijn er immers dankzij u.'

'O, de helft van die eer gaat naar je vader, hoor,' zei de rector.

Snow fronste zijn wenkbrauwen. 'Hoe bedoelt u? Ik dacht dat u de Hongerspelen had bedacht. Tijdens uw studie, toch?'

'Ja, bij een collegereeks van dr. Gaul. Waar ik voor ging zakken, aangezien ik zo van haar walgde dat deelname onmogelijk werd. Het laatste project moesten we in tweetallen doen, dus ik vormde een duo met mijn beste vriend – Crassus natuurlijk. De opdracht was om een straf voor je vijanden te bedenken die zo extreem was dat ze nooit zouden kunnen vergeten wat ze je hadden aangedaan. Het was een puzzel, waar ik heel goed in ben, en net als alle goede uitvindingen was de oplossing in principe absurd eenvoudig. De Hongerspelen. Een buitengewoon kwaadaardig idee, gewiekst verpakt als sportevenement. Als vermaak. Ik was dronken en je vader voerde me nog dronkener, hij speelde in op mijn ijdelheid om me de details te laten uitwerken terwijl hij me verzekerde dat het gewoon een grap tussen ons zou blijven. De volgende ochtend werd ik wakker, vol afgrijzen om wat ik had bedacht – ik wilde het verscheuren, maar het was al te laat. Je vader had het zonder mijn toestemming aan dr. Gaul gegeven. Hij wilde een goed cijfer. Ik heb het hem nooit vergeven.'

'Hij is dood,' zei Snow.

'Maar zij niet,' kaatste rector Highbottom terug. 'Het was altijd puur theoretisch bedoeld. Welk giftig monster zou zoiets daadwerkelijk uitvoeren? Na de oorlog haalde ze mijn voorstel tevoorschijn, met mij erbij, en stelde me aan Panem voor als de uitvinder van de Hongerspelen. Die avond heb ik voor het eerst morfling genomen. Ik dacht dat het allemaal wel over zou waaien, zo'n afschuwelijk project. Maar dat deed het niet. Dr. Gaul ging ermee aan de haal en ze heeft mij er de afgelopen tien jaar in meegesleept.'

'Het past wel bij haar mensbeeld,' zei Snow. 'Vooral het inzetten van kinderen.'

'Hoe dat zo?' vroeg rector Highbottom.

'Omdat we denken dat kinderen onschuldig zijn. En als zelfs de onschuldigsten onder ons tijdens de Hongerspelen in moordenaars kunnen veranderen, wat zegt dat dan over ons? Dat we van nature gewelddadig zijn,' legde Snow uit.

'Zelfdestructief,' mompelde rector Highbottom.

Snow dacht aan Pluribus' verhaal over zijn vaders ruzie met rector Highbottom en citeerde de brief. 'Als motten die op een vlam afkomen.' De rector kneep zijn ogen tot spleetjes, maar Snow glimlachte en zei: 'Maar u probeert me natuurlijk gewoon uit de tent te lokken. U kent haar veel beter dan ik.'

'Daar ben ik nog niet zo zeker van.' Rector Highbottom liet zijn vinger over de zilveren roos op het doosje glijden. 'En, hoe reageerde ze toen je zei dat je wegging?'

'Dr. Gaul?' vroeg Snow.

'Dat zangvogeltje van je,' zei de rector. 'Toen je uit 12 vertrok. Was ze verdrietig?'

'We waren denk ik allebei een beetje verdrietig.' Snow stopte het doosje in zijn zak en verzamelde Sejanus' spullen. 'Ik moet gaan. Er wordt vandaag een nieuwe zithoek bezorgd en ik heb mijn nicht beloofd dat ik erbij zou zijn om een oogje in het zeil te houden.'

'Ga maar gauw,' zei rector Highbottom. 'Terug naar het penthouse.'

Snow wilde niet over Lucy Gray praten, en al helemaal niet met rector Highbottom. Smiley had een brief naar het oude adres van de Plinths gestuurd waarin hij onder andere schreef dat ze was verdwenen. Iedereen dacht dat de burgemeester haar had vermoord, maar ze konden het niet bewijzen. En wat de Covey betrof: Hoff was vervangen door een andere commandant en die had onmiddellijk alle optredens in de As verboden, want muziek gaf maar ellende.

Ja, dacht Snow. Dat kon je wel zeggen.

Het was dus een mysterie wat er van Lucy Gray geworden was, net als bij dat meisje met dezelfde naam in dat vervelende lied. Leefde ze nog, was ze dood, spookte ze door de wilde natuur? Misschien zou niemand er ooit achter komen. Het deed er niet toe – ze waren allebei aan sneeuw ten onder gegaan. Arme Lucy Gray. Arm spookmeisje dat er met haar vogels op los kwetterde.

Kom je, kom je
Kom je naar de boom
Daar zijn we vrij, dus haast je voort

Ze mocht lekker rond District 12 blijven fladderen, maar zij en die spotgaaien van haar konden hem nooit meer iets maken.

Soms dacht hij terug aan een lief moment en dan wilde hij bijna dat het anders was afgelopen. Maar het zou nooit gewerkt hebben tussen hen, ook niet als hij was gebleven. Ze verschilden gewoon te veel van elkaar. En hij vond het maar niks, die liefde, waar hij zich stom en kwetsbaar door had gevoeld. Als hij ooit zou trouwen, zou hij iemand uitzoeken die nooit zijn hart zou kunnen veroveren. Het moest iemand zijn aan wie hij een hekel had, zodat ze hem nooit zou kunnen manipuleren zoals Lucy Gray dat had gedaan. Zodat hij zich nooit jaloers zou voelen door haar. Of zwak. Livia Cardew zou perfect zijn. Hij zag hen voor zich, de president en zijn vrouw, over een paar jaar, aan het hoofd van de Hongerspelen. Hij zou natuurlijk doorgaan met de Spelen, als hij de macht over Panem had. Mensen zouden hem een tiran noemen die met wrede, ijzeren hand regeerde. Maar hij zou in elk geval zorgen voor overleven om het overleven, en hun de kans geven om zich te ontwikkelen. Wat wilde de mensheid nog meer? Ze zouden hem dankbaar moeten zijn.

Hij liep langs Pluribus' nachtclub en stond zichzelf een glimlachje toe. Je kon op meerdere plekken aan rattengif komen, maar hij had vorige week stiekem een hoopje korrels uit het steegje mee naar huis genomen. Het was nog best lastig geweest om die in het flesje morfling te krijgen, vooral met handschoenen aan, maar uiteindelijk had hij een in zijn ogen afdoende hoeveelheid door de opening geperst. Uit voorzorg had hij het flesje schoongeveegd. Er was niets wat de achterdocht van rector Highbottom zou wekken als hij het uit de prullenbak viste en in zijn zak stopte. Ook niet als hij het dopje losdraaide en de morfling op zijn tong druppelde. Maar Snow hoopte wel dat de rector bij het uitblazen van zijn laatste adem zou beseffen wat zo veel anderen ook hadden beseft toen ze tegen hem ingingen. Wat heel Panem op een dag zou weten. Wat onvermijdelijk was.

Sneeuw komt er altijd bovenop.

EINDE

Dankwoord

Ik wil graag mijn ouders bedanken voor hun liefde en omdat ze altijd achter mijn schrijverschap hebben gestaan: mijn vader, die me al van jongs af aan over de verlichtingsdenkers en de natuurtoestand vertelde, en mijn moeder, die Engels heeft gestudeerd, en die de lezer in mij gestimuleerd heeft en me heel wat fijne uren rond de piano heeft bezorgd.

Mijn man, Cap Pryor, en mijn literair agent, Rosemary Stimola, zijn al heel lang mijn eerste lezers. Hun inbreng in de eerste versies van dit boek is van onschatbare waarde geweest voor de ontwikkeling van de jonge Coriolanus Snow en zijn naoorlogse wereld, en heeft mijn redacteuren ongetwijfeld een heleboel soorten hoofdpijn bespaard. En over redacteuren gesproken: geen enkele schrijver heeft ooit over zo'n rijk en getalenteerd stel beschikt. Ze kwamen in golven deze keer, te beginnen met de fenomenale Kate Egan, die me zo vakkundig door tien boeken heeft geloodst, samen met David Levithan, mijn voortreffelijke hoofdredacteur, die overal tegelijk was – bij het smeden van die titel, het snoeien van die weerbarstige bladzijden, en het regelen van stiekeme manuscriptoverdrachten bij – waar anders – de Shakespeare in the Park-voorstelling van *Coriolanus*.

De tweede golf bracht het getalenteerde en opmerkzame duo Jen Rees en Emily Seife, gevolgd door mijn scherpzinnige persklaarmakers Rachel Stark en Joy Simpkins, die op alle slakken zout hebben gelegd. Ik ben jullie heel erg dankbaar omdat jullie me met jullie prachtige hersenen en harten geholpen hebben om dit verhaal vorm te geven.

Het was een genoegen om weer in handen te zijn van het fantastische team bij Scholastic Press. Rachel Coun, Lizette Serrano, Tracy van Straaten, Ellie Berger, Dick Robinson, Mark Seidenfeld, Leslie Garych, Josh Berlowitz, Erin O'Connor, Maeve Norton, Stephanie Jones, JoAnne Mojica, Andrea Davis Pinkney, Billy DiMichele en de hele afdeling verkoop van Scholastic: heel erg bedankt.

Een speciale shout-out naar Elizabeth B. Parisi en Tim O'Brien, die me opnieuw versteld hebben doen staan met hun fabelachtige omslag, dat past bij hun verbeelding van de *Hongerspelen*-trilogie maar tegelijkertijd echt bij dit nieuwe boek hoort.

Ik wil mijn bewondering en dankbaarheid uitspreken voor de muzikanten die liedjes hebben geschreven die in de wereld van Panem voorkomen. Drie van die liedjes zijn traditionals: 'Down in the valley' ('Daar in de bergen'), 'Oh, my darling, Clementine' en 'Keep on the Sunny Side' ('Zie het maar zonnig in'), dat geschreven is door Ada Blenkhorn en J. Howard Entwisle. Het gedicht 'Lucy Gray' is in 1799 op papier gezet door William Wordsworth en verscheen in zijn *Lyrische balladen.* De tekst van de hierboven genoemde liedjes is aangepast om bij de Covey te passen. De andere liedteksten zijn van mijzelf. 'De ballade van Lucy Gray Baird' hoort gezongen te worden op een variant van een traditionele ballademelodie die al heel lang de verhalen begeleidt over de tragische dood van schuinsmarcheerders, dichters, soldaten, cowboys en wat dies meer zij. Twee andere liedjes kwamen ook al voor in de *Hongerspelen*-trilogie. In de filmversie is de muziek voor 'Diep in het weiland' gecomponeerd door T Bone Burnett en Simone Burnett. De muziek voor 'De galgenboom' is gecomponeerd door Jeremiah Caleb Fraites en Wesley Keith Schultz van The Lumineers en gearrangeerd door James Newton Howard.

Voortdurende dank aan mijn geweldige agenten, de eerdergenoemde Rosemary Stimola en mijn entertainmentagent Jason Dravis, op wiens hulp ik volledig vertrouw bij de contacten met de uitgeef- en filmwereld, bijgestaan door onze meer dan adequate advocaten Janis C. Nelson, Eleanor Lackman en Diane Golden.

Veel liefs aan mijn vrienden en familie, vooral aan Richard Register, die altijd maar één berichtje bij me vandaan is, en aan Cap, Charlie en Izzy, die deze rit met zo veel inzicht, geduld en humor hebben uitgezeten.

En ten slotte, aan alle lezers die hun aandacht eerst aan het verhaal van Katniss en nu aan dat van Coriolanus hebben geschonken: ik wil jullie oprecht bedanken dat jullie deze reis met mij hebben gemaakt.

Verantwoording

De vertalingen van de diverse poëziecitaten zijn afkomstig uit de volgende uitgaven:

Thomas Hobbes, *Leviathan*, vertaald door Wessel Krul, Boom Uitgevers, 2010.

John Locke, *Over het staatsbestuur*, vertaald door F. van Zetten, Boom Uitgevers, 1988.

William Wordsworth, 'De rollen omgedraaid', uit: *Lyrische balladen*, vertaald door Jabik Veenbaas, Athenaeum-Polak & Van Gennep, 2010.

William Wordsworth, 'Lucy Gray', uit: *Lyrische balladen*, vertaald door Jabik Veenbaas, Athenaeum-Polak & Van Gennep, 2010.

De uitgever is de vertalers en uitgevers erkentelijk voor het gebruik van deze fragmenten.